BASTEI
LÜBBE

Von John Jakes sind bei
Bastei Lübbe Taschenbücher lieferbar:

10867 Die Erben Kains (Fackeln im Sturm, Bd. 1)
11244 Liebe und Krieg (Fackeln im Sturm, Bd. 2)
11601 Himmel und Hölle (Facklen im Sturm, Bd. 3)
12688 Die Flamme der Freiheit (Schuberausgabe)
14357 Die Flamme der Freiheit
14398 Sterne der Hoffnung

Über den Autor:

JOHN JAKES, den die *Los Angeles Times* als »das Vorbild für Autoren historischer Romane« bezeichnet, wurde 1932 in Chicago geboren und lebt heute in Connecticut und South Carolina. Als Schriftsteller wurde er weltberühmt mit seiner großen Trilogie über den Amerikanischen Bürgerkrieg, die als *Fackeln im Sturm* verfilmt wurde.

JOHN JAKES

Mut der Sehnsucht

Roman

Aus dem Amerikanischen
von Ute Leibmann

BASTEI
LÜBBE

BASTEI LÜBBE TASCHENBUCH
Band 15 060

1. Auflage: Dezember 2003

Vollständige Taschenbuchausgabe
der im Gustav Lübbe Verlag erschienenen Hardcoverausgabe

Bastei Lübbe Taschenbücher und Gustav Lübbe Verlag
sind Imprints der Verlagsgruppe Lübbe

Titel der amerikanischen Originalausgabe: ON SECRET SERVICE

Originalverlag: Dutton, Penguin Putnam Inc., New York

Textredaktion: Claudia Alt
Einbandgestaltung: HildenDesign, München
Titelillustration: Johannes Wiebel, HildenDesign, München,
mit freundlicher Genehmigung
von Leander's Western Article Centre, München
Satz: Kremerdruck GmbH, Lindlar-Hartegasse
Druck und Verarbeitung: Nørhaven Paperback A/S
Printed in Denmark
ISBN 3-404-15060-0

Meinem Freund und Kollegen
Evan Hunter

Dieser Krieg … brachte die ersten Massenstreitkräfte der Nation hervor und schockierte mit seiner Brutalität das Empfinden jener Zeit. Man setzte Luftfahrzeuge ein, Ballons, Unterseeboote, gepanzerte Kriegsschiffe, Maschinengewehre, Schnellfeuergeschütze – und die erste organisierte Form von Spionage.

Harnett T. Kane, *Spies for the Blue and Gray*

Zur Spionage werden Leute benötigt, die patriotisch und aufrichtig sind, doch genau diese Menschen tragen bei der Ausübung ihres Berufs die größten emotionalen Verletzungen davon.

Tidwell, Hall und Gaddy, *Come Retribution, the Confederate Secret Service and the Assassination of Lincoln*

Es ist verzeihlich, eine Niederlage zu erleiden, doch unverzeihlich, sich überrumpeln zu lassen.

Friedrich der Große

Wir leben doch davon, dass der Freund den Freund verrät. Ist das recht gehandelt? Ich sage dir, wir sind kaum besser als die Politiker.

John Gay: *Die Bettleroper*

Geheimdienst: geheime Arbeit für eine Regierung, bes. Spionage [1730-40]

Random House Dictionary of the English Language

ERSTER TEIL

Detektive

1

Januar 1861

»Wir müssten bald in der Nähe von Galena sein«, sagte Lon mit einem Blick auf die geschlossene Tür des Gepäckwagens. »Bis jetzt ist nichts passiert.«

»Wart's ab«, erwiderte sein Begleiter. Sledge saß mit ausgestreckten Beinen auf einer Frachtkiste, die Tasche mit den Lohnzahlungen zwischen den Füßen. Seine Stiefel waren schmutzig und zerkratzt. Lons dagegen sahen bis auf ein paar Schlammspritzer makellos aus. Im Büro wurde er wegen seines guten Benehmens und seiner gepflegten Erscheinung auch »Gentleman Lon« genannt. In seinem englischen Gebaren übertraf er selbst die englischen Privatdetektive, von denen es einige gab.

Der Chicago & Galena-Express fuhr nach Nordwesten, Richtung Dubuque auf der anderen Seite des Mississippi. Das Transportunternehmen Adams Express bezahlte monatlich knapp vierhundert Dollar, um Lagerraum in den Gepäckwagen der Eisenbahnlinie zu mieten. Der konkurrierende American Express hatte ähnliche Vereinbarungen getroffen. Das Detektivbüro, für das Lon Price arbeitete, hatte Verträge mit beiden Transportunternehmen sowie einer Gruppe von sechs Eisenbahngesellschaften abgeschlossen, die zusammen zehntausend Dollar jährlich für den Schutz ihres Grundbesitzes und ihres Frachtguts aufbrachten. Das war auch nötig, denn die Züge galten als bevorzugtes Ziel von Raubüberfällen, und ihr Weg führte durch Gebiete, in denen eine Vielzahl von Sheriffs regierte, die entweder Gauner oder Stümper oder beides waren.

Lon und sein Begleiter ersetzten den regulären Wachmann, da einen Monat zuvor ein versuchter Raubüberfall auf den Zug stattgefunden hatte. Der Versuch war jedoch missglückt. Die unfähigen Zugräuber hatten die Schienen mit einem Stück Scheunenwand aus klapprigen Brettern blockiert, durch die der Zugführer, ohne anzuhalten, einfach hindurchgefahren war. Daraufhin hatte der Boss versucht, die Chicago & Galena-Eisenbahngesellschaft zu überzeugen, ihre nächsten Lohnzahlungen für Dubuque mit einem anderen Zug zu einer anderen Zeit zu verschicken, doch die Geschäftsführung war von den bestehenden Fahrplänen und Zeiten abhängig. Deshalb fuhren die beiden nun durch die Winternacht und warteten.

Lon blies sich in die Hände. Obwohl er sehen konnte, dass in dem kleinen Ofen ein Feuer brannte, war es im Gepäckwagen eisig kalt. Das Ofenrohr führte durch die massive Vorderwand des Waggons nach draußen. Neben dem Ofen saß der Postbedienstete der Eisenbahn auf einem Schemel, die Ellenbogen auf die Schaltertheke gestützt. Seine Post war vollständig in die jeweiligen Fächer sortiert, und er schien vor sich hin zu dösen. Der Angestellte kam Lon verdächtig verschlossen vor. Der Boss verlangte von seinen Mitarbeitern stets genaue Beobachtung.

Lon zog ein ziemlich zerlesenes Buch aus seiner linken Jackentasche. Sledge Greenglass, der eigentlich auf den Namen Philo getauft war, bohrte mit seinem vergoldeten Zahnstocher in einer Zahnlücke herum. Lon war blond und hatte breite Schultern, war sonst jedoch eher schmächtig; Sledge dagegen war größer und schwerer und hatte lockiges schwarzes Haar, das auf italienische oder griechische Vorfahren schließen ließ. Er war etwa zehn bis fünfzehn Jahre älter als Lon.

»Was ist das?«, fragte Sledge und nickte in Richtung des Buches.

»Der neue Charles Dickens. Der neueste Roman, der hier erschienen ist, will ich damit sagen. In England wird gerade ein neuer Fortsetzungsroman von ihm veröffentlicht, *Große Erwartungen*. Dickens ist mein Lieblingsautor, gleich nach Edgar Poe.« Lon zeigte Sledge den Buchrücken.

»*Eine Geschichte zweier Städte*. Lad ihn mal hierhin ein, vielleicht schreibt er dann *Eine Geschichte zweier Länder*.«

Sledges sarkastische Bemerkung war berechtigt. Die Union brach gerade auseinander. Fünf Tage vor Weihnachten hatte South Carolina seine Loslösung von der Union bekannt gegeben, und weitere Südstaaten folgten: in der letzten Woche Mississippi, Florida und Alabama. Der Garnisonskommandant von Charleston hatte seine Truppe auf der Inselfestung Fort Sumter im Hafen zusammengezogen, und die *Star of the West*, das Entsatzschiff des noch amtierenden Präsidenten Buck Buchanan, das Verstärkung bringen sollte, war bereits von den Hafenstreitkräften in Charleston zur Umkehr gezwungen worden. Mit diesem Problem würde sich auch der gerade gewählte neue Präsident konfrontiert sehen, dem Lon einmal in Chicago begegnet war. Er war ein Anwalt aus dem ländlichen Illinois, der eine Zeit lang die Eisenbahngesellschaft Illinois Central vertreten hatte. Lon fragte sich, ob ein so eigenartiger, hässlicher Mann überhaupt irgendetwas bewirken konnte, um das Land vor dem Krieg zu bewahren.

Die Lokomotive pfiff düster. Der Zug quietschte und ratterte um eine Kurve. Die drei Öllampen, die von der Decke hingen, schwankten qualmend hin und her. Im Waggon stank es nach abgestandenem Zigarrenrauch. Lon las eine halbe Seite, dann las er sie noch zweimal. Er klappte das Buch zu und verzog das Gesicht.

»Nervös?«, fragte Sledge.

»Ein bisschen. Ich mach das hier erst seit ein paar Jahren. Gewöhnt man sich jemals an die Gefahr?«

Sie bemerkten, dass der Postbedienstete sie beobachtete. Sledge senkte die Stimme. »Ich bin fast dreizehn Jahre Polizist gewesen, seit ich bei der New Yorker Polizei angefangen hab.« Sledge und der erfahrene Seniordetektiv der Agentur, der ehemalige Polizeisergeant Tim Webster, waren dazu abgestellt worden, die Ausstellung im Chrystal Palace im Jahr 1853 zu bewachen. Dort hatte sie der Boss kennen gelernt, sie gefielen ihm, und er engagierte sie vom Fleck weg.

Sledge fuhr fort: »Im Lauf meiner Dienstjahre hat man bestimmt ein Dutzend Mal auf mich geschossen, mich mit dem Messer angegriffen oder verprügelt. Aber nein – ich habe mich trotzdem nie daran gewöhnt. Doch selbst wenn sie uns heute Nacht überfallen, würde ich mir keine allzu großen Sorgen machen. Eisenbahnräuber sind nicht nur Gauner, die meisten von ihnen sind auch dumm. Denk doch nur dran, wie sie den letzten Überfall verbockt haben. Die Devise ist: Egal, wie viel Angst du hast, egal, was dein Gefühl dir sagt, lass dir nichts anmerken, und teil immer mehr aus, als du einsteckst. So bleibst du am Leben, nur so kannst du gewinnen.«

Meistens mochte Lon Price seinen erfahrenen Kollegen, allerdings nicht, wenn er ihn so reden hörte. »Ich denke, wir sollen professionelle Privatermittler sein und kein Schlägertrupp von Detektiven.« Tatsächlich hatte der Boss ausdrücklich verboten, das Wort »Detektiv« in seiner Gegenwart zu gebrauchen.

»Oh, ich vergaß«, sagte Sledge mit wohl bekanntem Spott in der Stimme. »Du bist ja bei einem Prediger im Pfarrhaus aufgewachsen. Überall nur Hymnen, Heiligkeit, Himmel und Halleluja.«

»Hör mal zu, Sledge. Mein Vater war ein guter Mensch. Er hat sein Leben damit verbracht, Schwarzen bei der Flucht nach Kanada zu helfen. Er wurde sogar einmal von Sklavenjägern angeschossen. Über mich kannst du sagen, was du willst, aber lass meinen Vater aus dem Spiel.«

»'tschuldige. Hab meine guten Manieren vergessen. Die Polizeiarbeit treibt sie einem ziemlich schnell aus.«

Lon schwieg. Sledge wechselte das Thema. »Glaubst du, diese Hitzköpfe aus dem Süden werden es auf einen Krieg ankommen lassen?«

»Hoffentlich nicht. Man darf nicht zulassen, dass sie die Union zerstören. Sie können nicht einfach immer weiter eine ganze Rasse versklaven und Familien auseinander reißen, nur aus Profitgier. Die Schwarzen müssen frei sein.«

»Und dann laden wir alle ein paar von ihnen zum Tee in unsere Salons ein? Als ob sie weiß wären? Das glaube ich kaum.«

»Verdammt, Sledge, das heißt doch nicht ...«

Sledge hob warnend die Hand und gebot Schweigen. Er schaute zur Decke des Waggons empor. Lon hörte dumpfe Geräusche, die sich auf das türlose vordere Ende des Waggons zubewegten, das an den Tenderwagen grenzte. »Irgendjemand ist da oben.«

Sledge schlug seinen Mantel zurück und legte eine Hand auf den Kolben der glänzenden neuen 36er-Remington, die in seinem Gürtel steckte. Lon trug einen kleineren Colt, einen 31er-Taschenrevolver, eine Waffe für die Stadt, eine Waffe, die zu einem Gentleman passte. »Die Mistkerle sind bereits auf dem Zug«, sagte Sledge, »diese Hurensöhne haben sich einen Freifahrschein besorgt!«

Er lief zu der breiten Waggontür und schob sie auf. Der eisige Wind trieb ein paar Schneeflocken hinein. Draußen flogen im hellen Mondlicht die schneebedeckten Felder vorbei. Die Bäume, die rechts und links der Gleise standen, peitschten gegen die Wand des Waggons. Sledge hielt sich fest, lehnte sich hinaus und versuchte zu erkennen, wer da über den Tender kletterte, um den Lokführer zum Anhalten des Zuges zu zwingen. Vermutlich würde ein Zweiter die übrigen Waggons abkoppeln, und der Lokführer würde den Zug ungefähr eine Meile weiterziehen, wo dann der Gepäckwagen geplündert würde.

Aus dem Augenwinkel sah Lon, wie der Postbedienstete eine Schublade öffnete. »Sledge, pass auf!« Der 31er-Colt hatte sich im Futter von Lons Tasche verfangen. Der Bedienstete zog einen Revolver aus der Schublade und richtete ihn auf Sledges bestickte Weste.

»Keine Bewegung! Ich meine es ernst!« Im Waggon war es eiskalt, der Wind heulte und trieb Schneeflocken hinein, doch trotzdem rann dem Postbediensteten der Schweiß über das blasse Gesicht. »Die Hände hoch!«

Sledge gehorchte. »Die haben sich ein schönes Kuckucksei herangezogen«, höhnte er. Endlich hatte Lon den Colt aus seiner Tasche befreit. Er stand mit seiner Linken zum Postbediensteten, der so nervös war, dass er entweder die Bewegung von Lons rechtem Arm nicht gesehen hatte oder nicht wusste, was er dagegen unternehmen sollte. Lon hörte ein Geräusch zu seiner Rechten: die Tür am hinteren Ende des Waggons. Er fuhr herum, die Pistole in der Hand. Ein schlaksiger Mann mit schwarzem Schlapphut und einem langen Mantel mit Pelzkragen betrat mit gezogenem Revolver den Waggon.

»Das Spiel ist aus, Jungs! Nimm ihnen die Waffen ab, Vernon!« Der Postbedienstete hielt eine Armlänge Abstand, während er Sledge die Remington aus dem Gürtel zog. Sledge wirkte so wütend, als wolle er ihm jeden Moment den Arm abbeißen. Sichtbar zitternd drehte sich der Angestellte zu Lon. Plötzlich warf Sledge den Arm um den Hals des Postbediensteten und zog ihn vor seine Brust, während der andere Mann schoss. Im Nachbarwaggon kreischten die Passagiere auf.

Sledge war nur um einen Lidschlag schneller als sein Gegner. Er schubste den Angestellten vorwärts und warf sich selbst auf den Boden. Der Schuss des Banditen tötete den Postbediensteten auf der Stelle. Er fiel neben der offenen Waggontür seitlich zu Boden. Der Zug bog um eine weitere Kurve und wurde dabei langsamer. Die schwankenden Deckenlaternen warfen tanzende Schatten über die Wände. Lon drehte sich nach rechts, um in Deckung zu gehen. Er schoss auf den älteren Banditen, nur eine Sekunde bevor dieser abdrücken konnte. Lons Schuss ging tief und traf den Banditen in den Bauch. Dieser fiel mit dem Gesicht voran zu Boden. Sein Revolver flog ihm aus der Hand und landete einen halben Meter neben seinen ausgestreckten Fingern.

Das Geschrei und Gekreische aus dem Nachbarwaggon wurde lauter. Die Antriebsräder quietschten auf den Schienen. Selbst wenn der Mann im Führerstand Lokführer und Heizer in seiner Gewalt hatte, konnte er nicht wissen, was die Schüsse zu bedeuten hatten. Der Bandit auf dem Boden gab wimmernde Laute von sich. Sein Hut war ihm vom Kopf gefallen; lange graue Haarsträhnen und eine beträchtlich große kahle Stelle kamen zum Vorschein. Lon, der erst kürzlich dreiundzwanzig geworden war, kam der Mann alt und irgendwie bemitleidenswert vor.

Lon bewegte sich vorwärts und wollte den Revolver des Mannes aufheben, drehte sich jedoch wieder um, als Sledge knurrte: »Gottverdammich! Ich wette, es sind bloß zwei – zwei und dieser falsche Fuffziger.« Er stieß den Bahnbediensteten mit seinem abgetretenen Stiefel an, und die Leiche fiel durch die Tür nach draußen. »Man braucht schon vier oder fünf, um einen ordentlichen Überfall durchzuziehen. Ich hab dir doch gesagt, dass Zugräuber dumm sind.« Sledge spähte an Lon vorbei. »Um Himmels willen, erschieß den Kerl doch endlich!«

»Warum? Er ist doch schon erledigt.« Sledge zielte mit seinem Revolver und schoss an Lon vorbei, die Kugel schlug dem Zugräuber mitten in die Stirn, wie ein drittes Auge. Der Mann hatte noch nach seiner Waffe gegriffen, bevor Sledge ihn erwischt hatte.

In den zwei Jahren, die er für das Detektivbüro gearbeitet hatte, war Lon erst in eine weitere Schießerei verwickelt worden, und er zitterte jetzt genauso wie damals. Sledge lehnte sich aus der Tür des Waggons und brüllte: »He, du Saftarsch! Du da im Führerstand! Deine Kumpels sind beide tot. Sie sind *tot*, kapiert?«

Der Gepäckwagen passierte einen Bahnübergang, an dem ein erleuchtetes Farmhaus stand. Der Antwortruf war leise, aber deutlich zu hören, da die Lokomotive ihre Fahrt verlangsamt hatte. »Wer spricht da?«

»Ermittler Greenglass von Pinkertons Detektivbüro. Du weißt schon, ›das Auge‹. Wir sind zu zweit, du bist allein. Der Postmann und der Alte sind übern Jordan. Du springst besser ab und rettest deine Haut!«

»Wir sollten ihn festnehmen«, meinte Lon.

»Wie denn? In der Zeit, in der ich da oben raufklettere, hat er vermutlich längst den Lokführer oder den Heizer erschossen. Und im Mondlicht gebe ich bestimmt ein prima Ziel ab!«

»Ich bin bereit, es zu versuchen.«

Sledge sah ihn durchdringend an. »Das glaub ich gern! Du bist zwar 'n verdammt kultivierter Typ, aber du hast Mumm!« Er lehnte sich wieder aus der Tür. »Saftarsch? Hör mal zu!«

Lokomotive und Zug hatten angehalten. Auf Sledges Ruf folgte ein dumpfer Schlag. Kurz darauf hörten sie den Lokomotivführer: »Feeny hat ihm mit seiner Schaufel eins über den Schädel gezogen. Der ist hinüber!«

Sledge trat in den Waggon zurück und lachte. »Dann sind ja alle versorgt.« Er hob die Segeltuchtasche mit den Lohnzahlungen auf. »Die Jungs von Chicago und Galena werden ihr Geld noch bekommen. Gute Arbeit, würd ich sagen!«

»Zwei Männer sind tot.« Lon konnte Sledges Freude nicht nachempfinden.

Sledge zuckte mit den Schultern. »Denk dran, was der Boss immer sagt: Der Zweck heiligt die Mittel, wenn der Zweck die Gerechtigkeit ist.«

»Mr. Pinkerton sagt vieles, was ich bewundere, aber diese Äußerung gehört nicht dazu.«

»Eines Tages wirst hoffentlich auch du kapieren, dass wir in einem schmutzigen Geschäft arbeiten.« Sledge trat zu Lon und klopfte ihm auf die Schulter. »In der Zwischenzeit geben wir aber ein ganz gutes Team ab!«

2

Januar 1861

Während Lon in Chicago auf einen neuen Fall wartete, machte er sich Gedanken über die Sezessionskrise. Als er zu einem Entschluss gekommen war, suchte er den Bürovorsteher der Detektei auf. George Bangs, ein groß gewachsener, stets geschniegelt gekleideter Mann wirkte wie ein Bankangestellter, der daran gewöhnt war, Nein zu sagen. Bangs bewachte Pinkertons Vorzimmer und durchwühlte gerade sichtlich verärgert Bewerbungsschreiben.

»Wir können nicht genügend Männer für den Wachdienst finden«, brummelte er, als wäre Lon dafür verantwortlich. Der Wachdienst war eine eigene Gruppe innerhalb der Firma, Männer, die eine Uniform trugen und Geschäftsgebäude bewachten. »Kennen Sie nicht jemanden?«

Lon verneinte und bat um einen Termin. Bangs teilte ihm mit, dass Pinkerton bis zum frühen Nachmittag mit einem potenziellen Kunden unterwegs sei. Er trug Lons Namen für ein Uhr in den Terminkalender ein.

An seinem Schreibtisch in dem großen Hauptbüro schrieb Lon den Bericht über den Zwischenfall im Chicago & Galena-Express. Da Pinkerton selbst stets umfangreiche Berichte schrieb, verlangte er das Gleiche von seinen Angestellten. Sledge wiederum meinte, Lon sei gebildet genug, um den Bericht für sie beide zu schreiben.

Gegen Mittag war Lon mit dem Bericht fertig. Er suchte seinen Begleiter und fand Sledge in einem angrenzenden Zimmer, wo dieser gerade falsche Schnurrbärte aus den Requisitenbeständen der Detektei ausprobierte. Sledge hielt sich ein herabhängendes Bärtchen an die Oberlippe.

»Was meinst du?«

»Als was willst du denn gehen? Als chinesischer Mandarin?«

Sledge warf den Schnurrbart zurück in die Kiste und wählte einen anderen aus, kürzer und gepflegter. »Ich gehe als Gentleman, der sich ein schickes Gespann für eine Landpartie ausleiht. Irgendjemand stiehlt teure Pferde aus einem großen Mietstall drüben in Rockford.«

Lon nickte. »Der passt gut.«

»An was arbeitest du gerade?«

»Bis jetzt hab ich noch nichts Neues.« Lon erzählte Sledge nicht, dass er vorhatte zu kündigen.

Timothy Webster, der bärtige und ehrwürdige Seniordetektiv, trat aus dem Raum, in dem sich die Verbrecherkartei befand, und fragte, ob Lon mit ihm Mittag essen wolle. Das Detektivbüro hatte bahnbrechende Arbeit geleistet, indem es eine Kartei aufgebaut hatte, in der Daten und Bilder von bereits bekannten oder mutmaßlichen Kriminellen gesammelt wurden. Tim Webster hielt den neuesten Eintrag in der Hand. Auf der Rückseite waren in gestochener Handschrift Informationen notiert.

»Wer ist das?«, fragte Lon.

»Ralph McSwiney, auch als James Smithfield oder Samuel Smythe bekannt. Reist als wandernder Porträtphotograph durch die Lande. Sein einschmeichelndes Geschwätz und seine Ausrüstung öffnen ihm die Türen der feinsten Häuser, und dort zieht er dann den Besitzern eins über den Kopf und räumt die Bude aus. Lunch?«

Lon entschuldigte sich mit einer Ausrede; in Wahrheit brauchte er Zeit, um sich auf das Kündigungsgespräch vorzubereiten. Er verließ das Gebäude durch die Milchglastür, auf die ein großes Auge gemalt war, das dem Besucher entgegenstarrte. Darunter stand das Motto der Detektei: DAS AUGE, DAS NIEMALS SCHLÄFT.

Plötzliches Tauwetter hatte die ungepflasterten Straßen in braune Schlammlachen verwandelt. Der sonnige Tag wurde verpestet durch Kohlenrauch und den Geruch der Misthaufen, die sich an jeder zweiten Straßenecke auftürmten. Eine leichte Brise, die vom See herüberwehte, fügte noch den Gestank aus den Schlachthäusern am Ufer hinzu. Überall herrschte fürchterlich dichter Verkehr, der zusätzlich durch Viehtreiber verschlimmert wurde, die ihre Rinder durch die Straßen jagten, sowie Schweine, die offensichtlich herrenlos durch die Gegend rannten. Am lautesten in dem unaufhörlichen Lärm klangen jedoch die rauen Signalhörner der Schiffe auf dem See und das schrille Kreischen und Schnaufen der Züge.

Trotz der Verwahrlosung und des Durcheinanders liebte Lon die pulsierende Stadt, in der er Zuflucht gesucht hatte, nachdem er sein Zuhause im südlichen Ohio verlassen musste. Ehemals ein Handelsposten an der Grenze zum Wilden Westen, hatte sich Chicago inzwischen in eine Metropole verwandelt, war Eisenbahnknotenpunkt und florierendes Handelszentrum für Getreide und Fleisch geworden, das mehr als hunderttausend Einwohner umfasste. Lon hob sich deutlich von der Masse der Fußgänger ab: Seinen knielangen Mantel im englischen Stil hatte er wegen des eleganten schwarzen Samtkragens von einem fliegenden Händler gekauft. Vervollständigt wurde der Mantel durch einen verwegenen schwarzen flachen Filzhut mit einem schmalen roten Seidenband und breiter, gewellter Krempe. Anders als die meisten seiner Kollegen trug Lon keinen Bart. Bärte kratzten.

Leider hatte er sich für sein Sandwich und ein paar ruhige Minuten die falsche Kneipe ausgesucht. Als er um Viertel vor eins wieder ins Büro zurückkehrte, hatten sich seine beiden Backen blaurot verfärbt. Eine der Außentaschen seines Mantels war zerrissen und hing herab wie die Zunge eines japsenden Hundes. Als er gerade die Tür öffnen wollte, trat eine schlanke, elegant gekleidete Brünette von Ende zwanzig heraus.

»Hallo, Kate.«

»Gütiger Himmel! Was ist denn mit dir geschehen?«

»Ich habe mich in eine Diskussion über Fort Sumter verwickeln lassen.«

»Eine Diskussion?«, meinte sie mit einem Blick auf seine Prellungen.

»Na ja, eine Auseinandersetzung. Zwei gegen einen. Mir war gar nicht klar, dass es in Chicago so viele Anhänger der Sklaverei gibt.«

»Die gibt's doch überall«, sagte Kate Warne, »außer in diesem Büro.« Kate war verantwortlich für die weiblichen Detektive, die das Büro beschäftigte. Sie hatte sich 1856 als junge Witwe beim Boss vorgestellt. Ursprünglich war sie fest entschlossen gewesen, im Polizeidienst zu arbeiten, doch keine der städtischen Polizeieinheiten wollte eine Frau beschäftigen. Pinkerton dagegen hatte erkannt, wie wichtig weibliche Ermittler sein konnten, und hatte sie sofort eingestellt.

»Bist du gerade an einem Fall?«, fragte Lon.

Kate zwinkerte ihm zu. »Nur eine arme, allein stehende Frau, die den Rat eines Anwalts einholen muss. Zwei seiner Klienten behaupten, dass er sie um ein größeres Vermächtnis betrogen hat. Wir werden sehen.« Winkend ging sie die Treppe hinunter.

Auf dem Weg zu Bangs' Schreibtisch begegnete Lon dem Detektiv John Scully, den die meisten anderen für einen Fehlgriff Pinkertons hielten. Der ungepflegte Scully murmelte »Tach« und stolperte vorbei, während er die übliche Whiskey-Fahne hinter sich herzog.

»Er ist wieder zurück«, sagte Bangs, noch ehe Lon fragen konnte. »Er wartet drinnen.«

Das große Eckbüro des Bosses war über und über bedeckt mit Büchern, Aktenordnern und Stapeln mit Briefen und Berichten. Nur Pinkertons leidenschaftlicher Ordnungssinn bewahrte das Zimmer davor, im Chaos zu versinken. Jeder der säuberlich aufgeschichteten Stapel war mit einem Blatt Papier gekennzeichnet, das eine Beschriftung trug. Der einzige freie Platz im Raum war die lange polierte Anrichte hinter Pinkertons Schreibtisch. Darauf standen eine kleine amerikanische Flagge in einem hölzernen Flaggenständer, ein Photo von Pinkerton zusammen mit seiner Frau Joan und seinen Söhnen, ein paar Bücher, unter anderem eine Sammlung der Reden von Frederick Douglass und ein in Leder gebundenes Exemplar der »Allgemeinen Leitsätze« des Detektivbüros. Auch Lon hatte diese lesen und ihnen zustimmen müssen, ehe Pinkerton ihn einstellte. In dem Schriftstück wurde festgehalten, dass das Büro sich nicht mit Scheidungen oder anderen »Skandalen« beschäftigte. Es nahm weder Erfolgshonorare noch Zuwendungen oder andere »besondere Belohnungen oder finanzielle Anreize« entgegen. Pinkerton hatte die Firma vor zehn Jahren gegründet, die erste ihrer Art in den Vereinigten Staaten. Er selbst betrachtete sich als Fachmann auf seinem Gebiet und bestand darauf, entsprechend behandelt und bezahlt zu werden.

Allan Pinkertons Augen richteten sich auf seinen Besucher. Sie waren graublau, einen Ton heller als Lons. »Ich habe Ihren Bericht erhalten. Ich werde ihn heute Abend noch lesen. Hervorragende Arbeit, Alonzo.« Pinkerton legte gegenüber seinen Angestellten ein Höchstmaß an Förmlichkeit an den Tag. Nach den ersten sechs Monaten in Pinkertons Dienst hatte Lon ihm mitgeteilt, dass er seinen Taufnamen verabscheue, doch der Boss ließ sich nicht dazu bewegen, ihn anders zu nennen. Er blieb darin genauso unbeirrbar wie in allen anderen Dingen, an die er glaubte.

»Philo ebenfalls, Sir. Er hat sich sehr tapfer verhalten.«

»Ja, auch Philo«, stimmte Pinkerton zu, obwohl ein Zucken seiner Augenlider ahnen ließ, dass er mit Sledge und seinen Methoden nicht ganz einverstanden war. »Nehmen Sie Platz. Wo haben Sie sich denn diese Prellungen zugezogen?«

»Eine kleine Diskussion über die Sklaverei in der Kneipe, in der ich zu Mittag gegessen habe. Ich hätte mich nicht einmischen sollen.« Pinkerton neigte den Kopf, was bei ihm einem zustimmenden Nicken gleichkam. Lon befand sich auf sicherem Boden; schon zweimal hatte Pinkerton ihn in sein Haus in der Adams Street eingeladen, um geflohene Sklaven zu treffen. Pinkerton war einer der »Stationsvorsteher« der »Untergrundbahn«, jener Organisation, die Sklaven zur Flucht nach Kanada verhalf. Die Stationsvorsteher betrieben die Stationen und schickten die »Fracht«, die entflohenen Sklaven, zum nächsten Aufenthaltsort weiter.

Lon bewunderte seinen Boss in vielerlei Hinsicht. Es wäre auch schwer, für einen Mann von seinem Temperament zu arbeiten, wenn man ihn nicht bewunderte. Pinkerton lächelte selten, und auch jetzt verzog er keine Miene. Von seinen Mitarbeitern verlangte er bedingungslose Loyalität, die er allerdings auch ihnen entgegenbrachte. Wie Tim Webster einmal bemerkt hatte: »Er würde die Pforten der Hölle für dich stürmen, doch hintergehe ihn ein einziges Mal, und er lässt dich dort für alle Ewigkeit schmoren.«

Pinkerton wartete darauf, dass Lon das Gespräch begann. »Sir, ich bin gekommen, um meine Kündigung einzureichen.« Pinkerton lehnte sich zurück und faltete die Hände. »Zuallererst möchte ich Ihnen sagen, dass ich keinesfalls mit meiner Arbeit unzufrieden bin. Ja, eigentlich gefällt sie mir von Tag zu Tag besser.«

»Was treibt Sie dann zu diesem Schritt?«

»Ich glaube, dass wir bald Krieg haben werden. Ich weiß zwar nicht, wo und wann, aber alles, was ich lese, lässt mich zu der Überzeugung gelangen, dass der Süden von ein paar Fanatikern kontrolliert wird, die nicht einlenken werden.«

»Alle Südstaatler sind Fanatiker«, meinte Pinkerton. Lon misstraute den Südstaatlern, da sein Vater, der Prediger, ihn von Kindheit an gelehrt hatte, die Sklaverei zu hassen. Pinkerton hasste nicht nur die Institution als solche, sondern er verabscheute jeden Einzelnen, der sich ihrer bediente. »Ich teile Ihre Vorahnungen den Krieg betreffend. Aber warum sollten Sie deswegen kündigen?«

»Man wird Männer für die Armee brauchen. Es ist meine Pflicht zu gehen. Natürlich werde ich weiter für Sie arbeiten, bis es Zeit ist, sich zu melden.«

»Ihre Gefühle ehren Sie, Alonzo. Dennoch haben sie Sie zu einer falschen Entscheidung verleitet.«

»Sir?«, meinte Lon verwundert.

»Letzte Woche habe ich einen Brief vom Hauptmann erhalten. Wenn der Krieg kommt, rechnet der Hauptmann fest damit, zusammen mit den anderen West-Point-Absolventen einberufen zu werden. Einige der Sezessionisten aus der Militärakademie werden die Union verraten und zum Süden überlaufen. Früher oder später wird der ganze Haufen gegeneinander kämpfen.«

Pinkerton schwang sich in seinem Drehstuhl herum, der stets gut geölt war und niemals quietschte. Er betrachtete ein gerahmtes Photo an der Wand über der Kredenz: Allan Pinkerton, der an einem sonnigen Tag neben Hauptmann G.B. McClellan auf dem Bahngelände der Illinois Central stand. Die Männer waren etwa gleich groß, einen Meter siebzig, ungefähr fünf Zentimeter kleiner als Lon. McClellan wirkte jugendlich, Anfang dreißig; Pinkerton hatte vor ein paar Jahren die vierzig überschritten, was sich an den Falten in seinem Gesicht zeigte. McClellans Gesichtsausdruck war heiter, Pinkertons wie immer mürrisch. Der Boss trug einen ziemlich durchschnittlichen Vollbart, der Hauptmann einen stattlichen Schnauzer und einen kleinen Knebelbart im napoleonischen Stil. Das Photo stammte aus der Zeit, in der McClellan als leitender Ingenieur für die Eisenbahn tätig gewesen war. Er hatte das Detektivbüro engagiert, um Grund und Boden sowie die Fracht der Illinois Central zu schützen. Kürzlich war er als Präsident zu der in Schwierigkeiten geratenen Ohio & Mississippi-Eisenbahngesellschaft nach Cincinnati gewechselt. Es hieß, sein jährliches Einkommen betrage unglaubliche zehntausend Dollar.

Die enge Freundschaft zwischen den beiden Männern erstaunte jeden im Büro. McClellan war weltgewandt, gebildet und weit gereist. Er hatte am Mexiko-Feldzug teilgenommen, war vom Leutnant zum Hauptmann aufgestiegen und schließlich mit einer Versetzung nach Übersee ausgezeichnet worden, wo er als Beobachter am Krimkrieg teilnahm. Pinkerton hingegen, der nicht viel an Ausbildung genossen hatte, war in den Slums von Glasgow aufgewachsen. Lon hatte einmal mit dem Hauptmann zu Abend gegessen; er wusste, dass McClellan gutes Essen, Wein und Zigarren schätzte. Pinkerton dagegen rauchte weder, noch trank oder fluchte er. Es war eine ziemlich ungleiche Freundschaft – bis auf einen Punkt: Beide Männer waren getrieben vom Ehrgeiz und einer entschlossenen Hingabe an harte Arbeit, lange Arbeitszeiten sowie die unzähligen Details des Geschäftslebens. Lon nahm an, dass hierin ihre enge Verbindung bestand.

»Verzeihen Sie, Sir, aber ich verstehe nicht ganz, was Hauptmann McClellans Zukunft mit uns zu tun hat.«

»Geheimdienst. Militärischer Geheimdienst. Der Generalstab der Armee hat keine eigene Abteilung, die das leisten kann. Jeder General ist auf sich selbst gestellt. Der Hauptmann ist dem restlichen Haufen weit voraus. Er hat geschrieben, um mir mitzuteilen, dass er dieses Büro für besondere Aufgaben einsetzen will, sollte man ihn einberufen.«

Spielte ihm das Sonnenlicht, das durch das blitzblanke Fenster schien, einen Streich – oder zeigte Pinkerton tatsächlich die Andeutung eines Lächelns? Lon war sich nicht sicher. Das Wort *Spion* kam ihm in den Sinn, doch er sprach es nicht aus.

»Alonzo, wenn der Krieg beginnt – und genau wie Sie, glaube auch ich, dass er kommt; er muss kommen, um diese bösartigen Verrückten im Süden zu bestrafen –, dann wird der Hauptmann mit Sicherheit zum General ernannt, und er rekrutiert uns schon jetzt. Jeder x-beliebige Soldat kann bei einem Sturm der Infanterie ums Leben kommen, doch nirgendwo sonst in diesem Land – und auch nicht im Rest der Welt, soweit ich weiß – werden Sie Männer finden, die das leisten können, was wir leisten. Männer, die bereit sind, in einem geheimen Krieg zu dienen. Verlassen Sie unsere Organisation nicht gerade jetzt, wo Sie am meisten gebraucht werden.«

In den blaugrauen Augen zeigte sich ein Anflug von leidenschaftlicher Begeisterung. Lon brauchte keine fünf Sekunden Bedenkzeit. Er zog seine Kündigung zurück und verließ das Büro, überzeugt davon, dass er bald einen neuen, unerschlossenen Bereich seines Berufs betreten würde. Seine freudige Erregung begleitete ihn durch den gesamten Tag und sollte auch noch Tage später andauern.

3

Januar 1861

Fingal's Crab House lag in der Pratt Street mit Blick auf den inneren Hafen. Das ursprüngliche Geschäft war ein Fährmannschuppen gewesen, bis unter die Decke gefüllt mit Hummertöpfen und Krebsreusen, sodass kein Platz für Tische blieb. Durch zahlreiche Anbauten hatte sich das Haus allmählich in seinen gegenwärtigen Zustand verwandelt: ein Labyrinth aus zusammenhängenden Zimmern und Schuppen, in denen ein großes Stammpublikum verpflegt wurde. Das Mobiliar war einfach, doch die Gerichte äußerst schmackhaft. Margaret aß Crabcakes, eine Spezialität aus Baltimore, ihr Vater frische Austern.

»Wann hast du vor, nach Washington zurückzureisen?«, fragte Calhoun Miller, während er mit dem Austernmesser eine weitere Schale öffnete.

»Morgen Nachmittag, denke ich.« Margaret tupfte sich den Mundwinkel mit dem Einschlagpapier ab, das es anstelle von Servietten gab. Kerzen in verschiedensten Flaschen und Gläsern warfen ihr Licht auf die verkratzten Tische. Schneeflocken flogen von außen gegen die Fenster und leuchteten auf wie Glühwürmchen, bevor sie schmolzen.

»Du bist noch nicht einmal drei Wochen zu Hause gewesen.«

»Du hast doch das Stadthaus in Washington gekauft, damit wir uns in der Hauptstadt amüsieren können, Papa!«

»Ich habe es vor allem gekauft, weil es nützlich für die Zeitung ist. Es ermöglicht mir, näher am Kongress zu sein.«

»Und ich fühle mich dort sehr wohl!«

»Du wohnst dort ganz allein, ganz ohne Dienstboten. Treibst dich herum, wo und wann du willst. Ich bin altmodisch, Margaret. Ich finde es nicht schicklich für ein Mädchen deines Alters, so zu leben.«

Margaret streckte den Arm über den Tisch, um die Hand ihres Vaters zu drücken. Sie liebte ihn, weil er sich so um sie sorgte, auch wenn sie seine Sorge manchmal als lähmend empfand. »Du weißt doch, dass du mir vertrauen kannst. Ich benehme mich anständig und bin vorsichtig. Aber Großstädte machen mir nun mal keine Angst. Männer machen mir keine Angst. Ich bin schließlich zweiundzwanzig.«

»Und das ohne Mutter, die während der letzten neun Jahre auf dich aufpassen konnte«, erwiderte Miller mit einem Seufzer. Er war ein stattlicher, würdevoller Mann, einen Meter fünfundneunzig groß. Margaret hatte ihre Größe von ihm geerbt. Dichtes Silberhaar, das ständig einen neuen Haarschnitt zu vertragen schien, lockte sich über seinem Kragen. Er kaufte sich elegante Kleidung und befleckte dann jede Manschette und jede Hemdbrust mit Tinte aus seiner Feder oder Druckerschwärze aus den Zeitungspressen. Der rechte Ärmel seines braunen Gehrocks bildete da keine Ausnahme.

»Deshalb habe ich auch gelernt, mich selbst durchzuschlagen.«

»Ich verstehe immer noch nicht, weshalb du so eilig wieder abreisen willst.«

»Die Weihnachtsferien sind vorbei, Donal ist mal wieder auf einer Rundreise zu den verschiedenen Niederlassungen seiner Firma ...«

»Apropos, wo steckt er eigentlich? Nassau? Savannah?«

»Keine Ahnung. Donal ist kein großer Briefeschreiber. Ich möchte den Rest der Saison in Washington nicht verpassen. Außerdem habe ich genug von dem ganzen Sezessionsgerede in dieser Stadt.«

Es war mehr als nur Gerede, vielmehr wurde überall offen Sympathie für die Südstaaten demonstriert. In dem zur Straße gelegenen Zimmer hatte der Besitzer des Restaurants eine Flagge South Carolinas aufgehängt und daneben zwei Kupferstiche; einer zeigte Fort Sumter im Hafen von Charleston, der andere Baltimores Hafen, so als bestünde eine Verbindung zwischen beiden.

»Dem wirst du auch in Washington nicht entgehen können, mein Kind.«

»Rose lässt keine Hitzköpfe in ihren Salon, nur wohlerzogene Damen und Herren.«

»Das bringt mich auf etwas anderes: diese Greenhow. Ich dachte, sie wäre noch in Trauer um eine ihrer Töchter.«

»Das stimmt auch. Sie geht noch nicht aus, aber sie empfängt trotzdem Besucher.«

»Ich gebe ja zu, dass es großzügig von ihr war, sich um dich zu kümmern und dich mit Leuten bekannt zu machen ...«

»Sie mag mich. Sie kommt aus Maryland, und sie unterstützt die Sache des Südens genauso entschieden wie du, Papa.«

Ihr Vater betrachtete den goldfarbenen Rest Bier auf dem Boden seines Glases. »Man erzählt sich, ihre Tugendhaftigkeit lasse zu wünschen übrig.«

»O Papa, das ist doch bloß Klatsch und Tratsch. Die Leute ärgern sich doch nur über Frauen, die eine eigene Meinung vertreten. Rose ist eine ehrbare Witwe. Ihre jüngste Tochter, Rose, lebt mit ihr im selben Haus. Und die Elite Washingtons geht dort ein und aus. Senatoren, Kongressabgeordnete, Offiziere der Armee – Präsident Buchanan ist einer ihrer treuesten Besucher.«

»Der alte Buck«, meinte Miller düster. »Er zittert und betet und unternimmt nichts gegen die Krise.«

»Ehrlich gesagt wünschte ich, es würde einfach alles vorbeigehen. Ich pfeife auf einen Krieg! Er würde so vieles kaputtmachen!«

»Kein vernünftiger Mensch wünscht sich eine bewaffnete Konfrontation. Doch es ist meine Pflicht, das zu schreiben und zu veröffentlichen, woran ich glaube. Maryland muss sich von der Union lösen und zu seinen verbündeten Staaten im Süden stehen. Wir in Maryland sind mit unserem Herzen eher Südstaatler als Yankees.«

Margaret trank einen letzten Schluck von dem zweitklassigen Bordeaux, der bei Fingal's ausgeschenkt wurde. Sie bestellte nie mehr als ein Glas Wein und trank selten mehr als die Hälfte davon. »Glaubst du wirklich, Maryland kann sich auf friedlichem Wege von der Union lossagen?«, fragte sie.

»Diese Meinung habe ich jedenfalls in der Zeitung vertreten: dass Maryland es kann und muss.« Als Inhaber und Chefredakteur des *Baltimore Independent*, dem Nachfolgeblatt eines weiteren *Independent* in West Virginia, wo sie zuvor gelebt hatten, verteidigte Calhoun Miller seinen Heimatstaat South Carolina und den gesamten Süden. Er argumentierte pragmatisch wie ein Geschäftsmann: Sowohl die Nordstaaten als auch England brauchten die Baumwolle aus dem Süden. Die Industrie des Nordens war auf die Märkte der Südstaaten angewiesen. Ehe das charakteristische Arbeitssystem des Südens nicht von selbst dahinwelkte – was seiner Meinung nach früher oder später der Fall sein würde –, sollte man es unangetastet lassen. Und dies sowohl im Hinblick auf die Einnahmen, die es abwarf, als auch aus Achtung für die Rechtssouveränität der Bundesstaaten, für die der große John Calhoun, nach welchem Millers Eltern ihren Sohn benannt hatten, so leidenschaftlich eingetreten war. In den vergangenen Monaten hatte Margaret beobachtet, wie sich die gemäßigte Haltung ihres Vaters geändert hatte. Inzwischen vertrat er die Überzeugung, dass die Feindseligkeit des Nordens zu groß geworden und der Süden daher gezwungen war, seine Unabhängigkeit zu erklären. Er ging zwar nicht so weit wie die Zeitungen in Richmond, die die Bevölkerung von Maryland dazu aufriefen, die Hauptstadt der Nation zu stürmen, doch er befürwortete die Sezession.

Miller bemerkte ihren leeren Teller. »Können wir gehen?«

»Natürlich. Du musst müde sein nach dem langen Tag!«

Miller nahm den Mantel seiner Tochter von einem Wandhaken, ein modischer dunkelgrüner Burnus mit weißen Längsstreifen. Sie knotete ihr rundes englisches Porkpie-Hütchen unter dem Kinn, die grünen Hängebänder baumelten an ihrem Rücken herab. Margaret war eine gut aussehende junge Frau, langbeinig und mit attraktiven vollen Brüsten. Ihr langes dunkles Haar war zu einem modischen Knoten hochgesteckt, der von einem schwarzen Samtnetz zusammengehalten wurde. Zu ihrer Garderobe gehörte ein eleganter, schmal geschnittener Rock; sie dankte dem Allmächtigen dafür, dass steife, unbequeme Reifröcke aus der Mode gekommen waren. Da sie im Haus eines Journalisten aufgewachsen war und das Mount Washington College für Mädchen besucht hatte, war sie ungewöhnlich weltgewandt für ihr Alter.

Sie hakte sich bei ihrem Vater ein. Auf dem Weg nach draußen warf Miller einen Blick auf seine Taschenuhr. »Simms sollte schon da sein. Ich hatte ihm gesagt, Punkt sieben. Ah, da ist er schon!« Ihr schwarzer Hausdiener saß, dick eingepackt, in einen Wintermantel auf dem Kutschbock von Millers prächtiger geschlossener Rockaway-Kutsche, die sechs Personen Platz bot. Das Verdeck reichte zwar bis über seinen Kopf, bot aber trotzdem nur wenig Schutz vor dem Schneefall. Sofern er die Feuchtigkeit und Kälte spürte, ließ er es sich jedoch – wie es sich für einen guten Diener gehörte – nicht anmerken.

»Wir fahren nach Hause, Simms«, sagte Miller, während er Margaret in die Kutsche half.

»Ja, Sir. Vielen Dank, Sir.« Simms nahm Anweisungen stets entgegen, indem er demjenigen, der sie aussprach, dankte. Er war ein freigelassener Sklave, mittlerweile über sechzig, und wollte mit den Abolitionisten nichts zu tun haben. Margaret nahm an, dass die Unruhe im Land ihn verwirrte oder sogar ängstigte; er sprach nie darüber.

Miller schloss den Verschlag und zog sich und seiner Tochter eine Reisedecke über den Schoß. Aus der Ferne erklang das Signalhorn eines Schiffes, während sie die Pratt Street entlangholperten und den Hafen verließen.

»War dein Bruder vorhin zu Hause?«, erkundigte sich Miller.

»Nein.«

»Wo ist er denn hingegangen?«

»Keine Ahnung. Cicero erzählt mir nichts über sein Tun und Treiben. Er hat doch sicherlich keine mitternächtlichen Termine in der Kanzlei.« Nach seinem Examen an der University of Virginia in Charlottesville hatte ihr älterer Bruder beschlossen, bei einem bekannten Rechtsanwalt in Baltimore Jura zu studieren. Er hatte bereits die letzten vier Jahre damit zugebracht, ohne großartig voranzukommen und ohne sichtbares Verlangen, seine Studien zu beschleunigen. Margaret hatte es schon vor langer Zeit aufgegeben, ihn verstehen zu wollen, bis auf den augenfälligsten Grund für sein manchmal eigenartiges Verhalten: seine körperliche Behinderung.

»Falls Donal zurückkommt, während du in Washington bist, soll ich ihm dann mitteilen, wo er dich finden kann?«

»Ich nehme an, daran führt kein Weg vorbei.«

»Na – das klingt ja nicht gerade begeistert!«, sagte Miller lachend.

»Donal ist ein netter junger Mann, Papa, und ich habe vor, ihn zu heiraten, aber deshalb muss ich doch nicht die ganze Zeit von ihm schwärmen, oder?«

»Ist das nicht üblich, wenn man verliebt ist?«

Margaret wandte ihr Gesicht den vorüberziehenden Lichtern der Stadt zu, ohne eine Antwort zu geben. Statt begeistert in ihre Verlobung mit Donal zu rauschen, war sie vielmehr zufällig hineingeschlittert. Donals Familie besaß seit mehr als hundert Jahren die Firma McKee, Withers, mit der sie als Baumwollmakler tätig war. Ursprünglich war die Firma in London angesiedelt, doch Donal führte die Geschäfte von der amerikanischen Zentrale in Lower Manhattan aus.

Donals Mutter war eine Südstaatenschönheit, eine Mercer aus der Familie der Georgia-Mercers; daher hatte sein Vater sich entschlossen, den Großteil seines Lebens in den Staaten zu verbringen. Auch Donal zog das Leben dort vor, obwohl er seine britische Staatsbürgerschaft behalten hatte. Er sagte, es erleichtere das Reisen und erlaube ihm, gewisse ärgerliche Im- und Exportgesetze zu umgehen. Als Margaret sich nach diesen erkundigte, lächelte Donal nur und empfahl ihr, sich den Kopf nicht über Männerangelegenheiten zu zerbrechen.

Margaret wurde es jedes Mal unbehaglich zumute, wenn sie sich bewusst mit den Gefühlen für ihren Verlobten auseinander setzte. Oder besser: den fehlenden Gefühlen. Diese Tatsache verursachte ihr Gewissensbisse, eine Regung, die sie bei ihrem selbstgerechten Zorn über einen möglichen Krieg ganz und gar nicht empfand. Falls der Krieg kam, so sagten viele in Rose Greenhows

Zirkel voraus, würde er aufgrund der allgemeinen Empörung nicht länger als neunzig Tage dauern. Margaret stimmte das nicht sonderlich versöhnlich.

Musik drang zu ihnen, eine bekannte Melodie, die auf einer Mundharmonika gespielt wurde. »In welch verkehrter Welt wir doch leben«, stellte Miller fest. »Dan Emmett hat ›Dixie‹ ursprünglich für sein Varieté geschrieben, letzten Herbst sind dann Lincolns Republikaner zu der Melodie marschiert, und inzwischen scheint es die Hymne der Südstaaten zu sein. Äußerst befremdlich.«

Nach zehn Minuten hatten sie das imposante Stadthaus aus rotem Backstein im Norden des Zentrums erreicht. Licht drang aus dem halbrunden Fenster über der farbig lackierten Vordertür. Simms band das Pferd am Pfosten vor dem Haus fest.

Calhoun Miller nahm seinen Zylinder ab und verließ zur Straßenseite hin die Kutsche. Er sprach mit Simms, während Margaret auf der Bordsteinseite ausstieg. Die Haustür öffnete sich, und im Lichtstreifen, der sich nach draußen ergoss, wurden ihr Bruder und ein unbekannter Besucher sichtbar: ein abgerissener Schlägertyp mit einer grünen Tweedmütze. Ein kleines, in braunes Papier gewickeltes Päckchen wechselte von den Händen des Besuchers zu Cicero. Die Form, ein rechtwinkliges Dreieck, ließ einen Revolver mit langem Lauf vermuten.

Der Mann lief die Stufen hinunter und hastete davon, ohne Margaret eines Blickes zu würdigen. Calhoun Miller tätschelte die Nase des Pferdes, während er um die Kutsche herum zum Bürgersteig ging. »Füttern Sie ihn, reiben Sie ihn trocken – und das ist dann alles für heute Abend, Simms.«

»Ja, Sir. Vielen Dank, Sir.« Simms schlug kurz mit den Zügeln, und das Pferd trottete um den Häuserblock zu der dahinter gelegenen Remise. Der Besucher hatte Margaret beunruhigt. Wieso wohl steckte dieser unsympathische Mann ihrem Bruder eine Waffe zu? Sofern es sich bei dem, was sie gesehen hatte, tatsächlich um eine Waffe handelte.

Cicero wartete in der Eingangshalle auf sie. Er war neunundzwanzig, ein zarter, blässlicher Mann, schon kahl bis auf einen Kranz rostroter Haare. Durch einen Unfall im Alter von vier Jahren mit einem Reitpony war sein linkes Bein verkrüppelt. Er trug einen Spezialschuh mit einer fünf Zentimeter hohen Sohle und hinkte beim Gehen.

Miller warf seinen Mantel auf eine Bank und marschierte in den Salon, wo im geschlossenen Kamin ein unsichtbares Feuer loderte. Margaret hielt pflichtgetreu an, um Cicero auf die blasse Wange zu küssen. Sie bemühte sich nach Kräften, ihren Bruder zu mögen, doch er war weder warmherzig noch liebevoll. Wegen seines Unfalls fühlte sie sich in gewisser Weise schuldig, obwohl sie noch gar nicht geboren war, als es passierte. Ihr Vater war derjenige gewesen, der das Pony falsch behandelt hatte.

»Schönes Abendessen gehabt?«, fragte Cicero.

»Ja, schade, dass du uns nicht begleiten konntest.«

Er zuckte mit den Schultern und hinkte ihr nach. »Geschäfte.«

»Mit dieser Person, die gerade hier war? Er ist doch bestimmt kein Klient!«

»Nein, nur ein Freund.«

»Seit wann pflegst du Freundschaften mit Leuten, die wie Preisboxer aussehen?«

»Er ist Mitglied einer Organisation, der ich beigetreten bin.«

»Eine Loge? Dafür bist du doch gar nicht der Typ, Cicero.«

»Es ist keine Loge, es ist eine patriotische Verbindung. Mehr kann ich dir nicht erzählen. Sogar der Name ist geheim.« Er reckte den Hals auf eine Weise zu ihr hin, die sie an eine Schildkröte erinnerte, die ihren Kopf unter dem Panzer hervorschob. »Keine weiteren Fragen, bitte.« Er hatte es leichthin gesagt, doch sie konnte die Warnung heraushören.

Cicero war ein weitaus größerer politischer Hitzkopf als ihr Vater. Er wagte es, General Winfield Scott, den ehrwürdigen alten Herrn aus Virginia, der die Armee befehligte, in der Öffentlichkeit als »diesen Freistaatzuhälter« zu bezeichnen. Cicero verkündete unbekümmert, dass »Abe, der Affe« seinen offiziellen Amtsantritt vielleicht gar nicht erleben würde, »sofern uns das Glück hold ist«. Margaret verabscheute solche Bemerkungen. Sie hasste dieses Sezessionsfieber, das über Baltimore wie eine Epidemie hereingebrochen war und sogar ihr eigenes Zuhause infiziert hatte. Sie konnte es kaum erwarten, in die überschaubare, sichere Welt zurückzukehren, die Rose Greenhows Salon ihr bot.

4

Januar 1861

Als er am Montag, dem 21., die Galerie des Senats betrat, fühlte er sich wie ein Wanderer, der ohne Laterne und ohne Wegmarkierung in einem finsteren Moor umherirrt. Die Regierung der Vereinigten Staaten hatte ihn ausgebildet und verlangte im Gegenzug lediglich, dass er seinen Militärdienst leistete; eine Pflicht, der er gern nachkam, denn das militärische Leben mit seiner Ordnung und Vorhersehbarkeit lag ihm. Zudem gab es eine unausgesprochene Wahrheit: Die Armee wurde von West-Point-Absolventen aus den Südstaaten kontrolliert. Fähige Offiziere aus dem Norden, die sich mit dem Einfluss dieses Kaders konfrontiert sahen, reichten ihre Kündigung ein und suchten ihr Auskommen fortan im Zivilleben. Nun dankten Offiziere aus den Südstaaten ab, allerdings aus einem anderen Grund.

Die Nachricht von der bevorstehenden Rede hatte sich wie ein Lauffeuer verbreitet. Schon vor Tagesanbruch hatten sich die ersten Schlangen gebildet. Um neun war die Galerie beinahe gefüllt. Varina Davis trat still ein und setzte sich auf den für sie reservierten Platz. Die berüchtigte Mrs. Greenhow, die zur Hautevolee Washingtons gehörte, gestaltete ihr Kommen zu einem großen Auftritt und versperrte mit den gelben Straußenfedern auf ihrem Hut den hinter ihr Stehenden die Sicht. Trotz mehrfacher Bitten dachte sie nicht daran, ihn abzunehmen.

Er erspähte einen Sitzplatz in der letzten Reihe, gab ihn jedoch fünf Minuten später wieder auf, als es keine freien Plätze mehr für die Damen gab. Er stellte sich ans Ende des Ganges, nahe der Tür; seine Miene wirkte nachdenklich und konzentriert. Er war nicht gut aussehend im herkömmlichen Sinn, doch hatte er ein Gesicht, das Aufmerksamkeit erregte: karottenrotes Haar, helle rötliche Augenbrauen, graugrüne Augen, eine längliche Nase. Männer, die unter seinem Kommando standen, widersprachen nie, wenn er Befehle gab. Und wenn sie es doch taten, dann nur einmal.

Leutnant Frederick Scott Dasher, West-Point-Absolvent von 1857, trug heute Zivilkleidung, Teil seines Sondereinsatzes, der ihm gar nicht gefiel. Der Junggeselle aus Virginia war auf einer Pferdefarm in der Nähe von Front Royal im Shenandoah-Tal aufgewachsen. Inzwischen gehörte ihm die Farm, doch hatte er dort keine Familie mehr. Sein Vater war dem Alkohol zum Opfer gefallen, und sein jüngerer Bruder war im Alter von acht Jahren an Scharlach gestorben. Seine ältere Schwester Marie lebte mit ihrem Mann in Tennessee. Seine arme alte Mutter wurde von Marie in Knoxville betreut, obwohl sie genauso gut auf dem Mond hätte leben können, denn sie erkannte ihre Umgebung nicht mehr. Fred hatte immer angenommen, dass er eines Tages die richtige junge Frau finden, heiraten und die Dasher-Linie fortführen würde. Inzwischen glaubte er das nicht mehr. Er fragte sich, ob es in Amerika überhaupt irgendjemanden gab, der noch eine verlässliche Zukunft vor sich hatte.

Die Zeit verstrich schleppend, während der Senat seinen morgendlichen Geschäften nachging. Jeder Sitzplatz war mittlerweile belegt; in den Gängen und auf den Treppen standen die Menschen dicht gedrängt. Der erste der Senatoren aus den Baumwollstaaten erhob sich, um seinen Abschied zu nehmen. Andere folgten ihm. Die Zuschauer verhielten sich höflich, aber unruhig. Sie waren gekommen, um den Senator von Mississippi zu hören, der ausschließlich zu diesem Anlass sein Krankenbett verlassen hatte. Als er sich erhob, hielt jeder Einzelne im riesigen Saal und auf der Galerie den Atem an.

Jefferson Davis' Stimme klang durch die Krankheit noch geschwächt. Er war Anfang fünfzig, doch die Belastungen ließen sein eingefallenes, zerfurchtes Gesicht ein Jahrzehnt älter erscheinen. Er hatte die Militärakademie von West Point absolviert und in Mexiko zusammen mit Lee, Sam Grant, Tom Jackson und George Picket gekämpft. Unter Präsident Pierce war er Kriegsminister gewesen und hatte anschließend seinen Staat Mississippi ehrenvoll im Senat vertreten. Nun teilte er mit, dass er den Senat verlassen werde, da er glaube, dies sei der einzig mögliche Weg.

»Mr. Calhoun, ein großartiger Mann, der nun bei seinen Vorfahren ruht, hat die Nichtigkeitserklärung, die den einzelnen Bundesstaaten das Recht gibt, ein gegen ihre Interessen verstoßendes Bundesgesetz auf ihrem Territorium zu annullieren, als ein sanftes Heilmittel befürwortet. Die Sezession gehört zu den stärkeren Heilmitteln, doch auf der Grundlage der Staatssouveränität scheint sie durchaus gerechtfertigt. Es gab eine Zeit, zu der niemand diese Souveränität in Zweifel gezogen hat.« Er schwieg einen Moment, die müden, fiebrigen Augen auf die Galerie gerichtet. Seine Frau Varina saß unbeweglich da wie eine Marmorstatue und verbarg jedweden Schmerz, den sie vielleicht empfand.

»Ich hege keinerlei feindselige Gefühle für Sie, meine Herren Senatoren aus dem Norden. Ich bin sicher, dass unter Ihnen niemand ist – egal, welch heftige Wortgefechte es auch zwischen uns gegeben haben mag –, dem ich jetzt nicht vor Gott alles Gute wünsche. Nachdem das gesagt ist, Herr Präsident und meine Herren Senatoren, und nachdem ich Ihnen mitgeteilt habe, was die Situation zu fordern scheint, bleibt mir nur noch, Ihnen von Herzen Lebewohl zu wünschen.«

Davis' Kollegen verharrten in schweigendem Respekt und Bedauern. Von der Galerie erklangen Schluchzer, zu den lautesten gehörten die der Witwe Greenhow. Sie bedeckte ihr Gesicht und wiegte sich auf ihrem Sitz vor und zurück. Tief bewegt, mit einem beklemmenden Gefühl in der Brust, drängte Fred Dasher durch die Tür nach draußen, zu erregt, um sich bei denen zu entschuldigen, die er angerempelt hatte.

Draußen vor dem Capitol hing schwerer, feuchter Nebel. Wie in einem Irrgarten lief er mal in diese, mal in jene Richtung durch das unansehnliche Durcheinander aus korinthischen Säulen, Marmorplatten und Bauholz. Schaulustige – Familien auf Reisen und allein stehende Frauen – mischten sich unter die nachlässigen Handwerker, die nur im Schneckentempo mit der Kuppel des Capitols voranzukommen schienen. Das gusseiserne Fundament war fertig gestellt, jedoch von einem hässlichen Baugerüst umgeben. Die Statue der wehrhaften Freiheit, die künftig die Kuppel zieren sollte, lag der Länge nach im Dreck.

Bei jedem Schritt spritzte Schlamm auf Freds braune Hosen. Allmählich konnte er nach dieser erschütternden Rede wieder klare Gedanken fassen. Wenn ein so brillanter und bedeutender Mann wie Davis dem Angriff der Regierung auf die Freiheit mutig entgegentreten konnte, dann konnte er es auch.

Er bemerkte die herumlungernde Hure erst, als sie sich ihm in den Weg stellte und ihm aus ihrem rot geschminkten Mund zuflötete: »Kauf meinen Muffin, Schätzchen! Ein schöner warmer Muffin.«

Fred Dasher behandelte Frauen stets höflich, doch diesmal nicht. Er schubste sie so grob zur Seite, dass sie gegen einen rohen

Marmorblock stolperte. »Au! Mieser Scheißkerl!« Er rückte seinen Kastorhut wieder zurecht und schritt in den ungesund feuchten Nebel, der über der Mall hing. Schon von weitem konnte er den Kanal riechen, an dem er um zwölf seine Verabredung treffen sollte.

Eilig ging er über den zerfurchten Boden, vorbei an den Türmen der Smithsonian Institution, die emporragten wie eigenartige rote Finger, und weiter, bis er südlich des President's Park war. In der Ferne konnte er gerade noch den unvollendeten Säulenstumpf des Monuments für George Washington aufragen sehen. Die Spenden waren stark zurückgegangen, und die Leute sagten, dass das Denkmal wohl nie fertig gestellt würde.

Er warf mit einem Stein nach ein paar Schweinen, die im Schlamm herumwühlten. Die Gegend war eine Schande für die ganze Stadt und nachts zudem gefährlich. Durch das morastige Sumpfland führte der ehemalige Stadtkanal. Früher einmal hatte der Kanal den Potomac mit dem East Branch verbunden. Doch inzwischen war er verwahrlost, verdreckt mit Abfall, Fäkalien und gelegentlich auch mit vor sich hin faulenden Pferde- oder Hundekadavern. Obwohl Fred sonst nicht besonders empfindlich war, hielt er sich ein Leinentaschentuch vor Nase und Mund, während er sich der Eisenbrücke näherte, die über den Kanal führte. Auf der gegenüberliegenden Seite zwischen den kahlen Bäumen lauerte, ähnlich einem Wegelagerer, ein Mann in dunkelgrauem Feldmantel und einer Feldmütze ohne Abzeichen. Fred empfand Widerwillen. War diese Aufgabe etwa einem Berufssoldaten angemessen?

»Herr Oberst«, grüßte er, während er auf den anderen Mann zutrat. Man hatte ihn angewiesen, nicht zu salutieren, falls er beobachtet wurde.

»Herr Leutnant«, erwiderte der andere. »Was haben Sie herausgefunden?«

»Es ist genau, wie Sie vermutet haben, Sir. Die National Rifles sind fast alle Sezessionisten.«

Oberst Charles Stone, West-Point-Absolvent des Jahrgangs '45, war verantwortlich für die Verteidigungstruppen des District of Columbia. Die Leitung war ihm von Winfield Scott, dem Oberbefehlshaber der Armee, übertragen worden, einem aufgeblasenen Egomanen, der überall nur »alter Schaumschläger« genannt wurde. Fred Dasher war Stones Berater und momentan gezwungen, für ihn als eine Art besserer Schnüffler zu agieren. Bis man Kompanien der regulären Berufsarmee aus Kansas, dem nördlichen New York sowie aus zwei südlichen Waffenlagern abziehen konnte, aus denen sie vertrieben worden waren, bestand der einzige Schutz der Stadt aus vier freiwilligen Milizeinheiten, darunter auch die National Rifles. Fred hatte den Namen Frederick Danner angenommen und seine Papiere als Bürger Virginias benutzt, um den Rifles beizutreten.

»Wie schätzen Sie den Kommandeur der Miliz ein?«, fragte Stone.

»Hauptmann Schaeffer ist schwer zu durchschauen, Sir. Er ist sehr bemüht, nichts zu sagen, was auf irgendeine Parteinahme schließen lässt. Andererseits liefern die Männer, die er rekrutiert hat, den besten Beweis gegen ihn. Er muss jeden Einzelnen aufgrund seiner Sympathien für die Sezession ausgewählt haben. Die Einheit ist gut bewaffnet. Säbel, Revolver, zwei leichte Feldhaubitzen.«

»Großer Gott.«

Fred versetzte ihm einen weiteren Schlag. »Alles stammt direkt aus dem Waffenlager der Armee, das habe ich überprüft.«

»Gute Arbeit, Herr Leutnant. Die Waffen werden konfisziert, doch wir müssen die Augen weiterhin offen halten. Ich schlage vor, dass wir uns wieder treffen.«

»Sir.«

»Am Freitag. Wir sollten uns allerdings an einem wärmeren Ort verabreden.«

»Sir, ich kann keine Verabredung für Freitag treffen.«

»Wieso nicht?«

»Darf ich ganz offen reden?«

»Nur zu«, sagte Stone, doch sein Tonfall klang weniger kameradschaftlich als zuvor.

»Diese Art Arbeit gefällt mir nicht, Sir. Herumschleichen, Lügen über meine Identität erzählen.«

»Leutnant, diese Stadt ist umringt von Feinden, die sich jederzeit erheben und losschlagen können. Es gehört zu meiner Pflicht, Schwächen in unserer Verteidigung aufzuspüren. Die Arbeit ist notwendig, und ich habe niemanden sonst, der sie erledigen kann.«

Fred verspürte eine ungeheure, geradezu freudige Erleichterung, noch ehe er die Worte aussprach, die er so oft in Gedanken formuliert hatte. »Nehmen Sie es bitte nicht persönlich, Herr Oberst, und es tut mir Leid, Sie im Stich zu lassen …«

»Herr im Himmel! Sie nicht auch noch!«

»Doch, Sir, ich werde mit sofortiger Wirkung meinen Rücktritt aus der Armee einreichen.«

»Dann seien Sie verdammt, Sir! Möge Gott Sie für Ihren Verrat bestrafen!«

Verletzt und verärgert wusste Fred nicht, was er sagen sollte. Er hegte keinerlei feindselige Gefühle gegenüber seinem Kommandanten. Hilflos schweigend standen sie sich einen Moment im Nebel gegenüber. Schließlich meinte Stone: »Und wo werden Sie jetzt hingehen?«

»In den Süden«, erwiderte Fred Dasher, »wo immer man mich haben will.«

5

Januar 1861

»Als junges Mädchen habe ich eine Zeit lang im Old Capitol gewohnt«, sagte Rose zu einem jungen Mann mit Glupschaugen, der neu in ihrem Salon war und den sie mit Beschlag belegt hatte. Die Umstehenden hörten höflich zu, obwohl die meisten die Geschichte längst kannten. Margaret jedenfalls hatte sie schon oft gehört.

»Es ist ein Jammer, dass man es in ein Gefängnis umgewandelt hat; es hat so eine berühmte Geschichte. Der Kongress versammelte sich in dem Gebäude, nachdem die Briten Washington 1814 niedergebrannt hatten. Als der Kongress umzog, wurde es eine vornehme Pension. Mrs. H. V. Hill, die Besitzerin, war meine Tante. Für eine junge Frau wie mich war es eine sehr gute Erziehung, dort zu leben. Ich habe Henry Clay und Daniel Webster kennen gelernt. Ich habe dem Vorsitzenden des Obersten Gerichts, Chief Justice Marshall, zugehört, wie er in den Räumlichkeiten des Gerichtshofes im Untergeschoss über das Gesetz doziert hat. Bedeutende Männer. Staatsmänner. Nicht solche Wendehälse, wie sie heute überall die Stadt regieren. Der größte von ihnen war

John C. Calhoun. Er genoss die Gastfreundschaft meiner Tante. Ich hatte die Ehre, während seiner letzten Tage an seiner Bettkante zu sitzen. Ich durfte ihm einen Schluck Wasser oder ein kühles Tuch für seine Stirn reichen. Er hat mein Denken stark beeinflusst. Vor seinem Tod sagte er übrigens einen unheilvollen Konflikt mit dem Norden voraus.«

Rose O'Neal Greenhow war eine auffällig attraktive Frau. Wie Margaret hatte sie dunkle Augen, doch ihr Teint war von einem tieferen Olivton. Niemand kannte ihr genaues Alter. Irgendwo in den Vierzigern, vermutete Margaret. Ihr rabenschwarzes, in der Mitte gescheiteltes Haar wies erst wenige graue Strähnen auf. Ihre Kleidung war dunkel: eine kurze Jacke aus schwarzer Wollgrenadine über einem schwarzen Seidenkleid; auf ihrem üppigen Dekolleté hing eine Perlenkette.

Ein Dutzend Gäste hatte sich in dem Salon ihres Wohnhauses auf der 16th Street, No. 398, versammelt, das ihr von ihrem verstorbenen Ehemann Dr. Greenhow hinterlassen worden war. Man schrieb den letzten Montag des Monats. Rose gab ihre Empfänge montags, freitags und sonntagnachmittags.

»Ah, hier habe ich jemanden, den Sie unbedingt kennen lernen müssen«, rief sie dem glupschäugigen Besucher zu. Senator Seward, schlank und ziemlich gebeugt, betrat den Raum zusammen mit dem Vorsitzenden des Militärausschusses, Henry Wilson aus Massachusetts. Der unscheinbare korpulente Wilson erinnerte Margaret an einen Farmer. Er war ein häufiger Gast und ziemlich vernarrt in Rose, wie Margaret vermutete. Seine Ehefrau brachte er nie mit.

»Herr Gouverneur«, rief Rose und segelte zu Seward hinüber, ihren Besucher im Schlepptau. »Guten Tag, Henry.« Die Begrüßung rief ein dümmliches Grinsen auf Wilsons Gesicht hervor. Rose wandte ihre Aufmerksamkeit dem Senator aus New York zu. »Dieser junge Mann hier ist der Neffe eines guten Freundes meines verstorbenen Mannes. Jarvis Tottle, der ehrenwerte William Seward. Jeder hier nennt ihn Herr Gouverneur, Jarvis, trotz seines Sitzes im Senat.«

»Ist mir ein Vergnügen, Sir«, sagte Seward mit einer Stimme, die von zu vielen Zigarren heiser klang. Auch seine Kleider rochen danach.

Rose hakte sich bei dem jungen Mann unter. »Jarvis hat kürzlich das College in Kentucky abgeschlossen und würde nun gern in der Verwaltung arbeiten. Ich habe ihm erzählt, dass Sie Türen öffnen, vielleicht eine Stellung für ihn finden könnten, denn jeder sagt doch, dass Sie dem neuen Kabinett vorstehen und de facto der Präsident sein werden.« Schon vor langer Zeit hatte Seward den »unausweichlichen Konflikt« zwischen Befürwortern und Gegnern der Sklaverei vorausgesagt. Rose verachtete seine republikanische Politik, begrüßte ihn dennoch herzlich, genau so, wie sie andere aus seiner Partei willkommen hieß, sobald sie sich Vorteile davon versprach.

»Ich muss Sie allerdings warnen. Jarvis macht aus seinen Sympathien für den Süden keinen Hehl.«

»Ja, ich trage ohne Zweifel eine blaue Kokarde am Hut«, sagte Jarvis.

Seward richtete die Schärpe gerade, die er über seinen Gehrock drapiert hatte. »Da sind Sie in Washington sicher nicht allein. Der *Star* behauptet, dass wir im District zwanzigtausend Bürger hätten, die die Sezession befürworten. Ein Drittel unserer weißen Bevölkerung. Viele arbeiten in der Verwaltung. Erzählen Sie mir etwas über sich, Mr. Tottle.«

Margaret hatte zugehört. Nun wandte sie sich ab, enttäuscht darüber, dass Hanna an diesem Abend nicht da war. Sie hatte zahlreiche Bekanntschaften gemacht, seit sie sich in Roses Gesellschaftskreisen bewegte. Doch nur eine, Hanna Siegel, war ihr eine wirkliche Freundin geworden.

Margaret und Hanna waren zwar gleich alt, in vielerlei Hinsicht jedoch vollkommen gegensätzlich. Hanna war Europäerin, blond, schmalhüftig, jungenhaft. Sie kleidete sich so, dass ihr ohnehin kleiner Busen völlig verborgen wurde. Während Margaret lebhaft und dunkel aussah, wirkte Hanna mit ihrem strohblonden Haar und ihren blauen Augen eher kühl.

Margaret führte ein bequemes Leben, Hanna war arm. Ihr Vater war ehemaliger Offizier der österreichischen Armee. Wenn man ihn fragte, warum er nach Amerika ausgewandert war, antwortete er stets mit vagen Aussagen über »bessere Chancen«. Er strebte nach einer Beförderung, einer Offiziersstelle oder Position in der Verwaltung, genau wie der junge Jarvis Tottle und Hunderte andere.

Hanna war Schauspielerin. Sie verkehrte in einer Gruppe von Theaterleuten, die sich genau wie sie mehr schlecht als recht durchschlugen, die Art von Leuten, die Calhoun Miller als »kein passender Umgang« abtun würde. Margaret hatte sich Schauspielerinnen immer als äußerst gesellig, ja geradezu als unzüchtig und oftmals unverfroren ehrgeizig vorgestellt. Hanna dagegen war still und bescheiden, wenn auch zielstrebig, was ihren Beruf betraf. Obwohl sie noch keine drei Jahre im Land war, hatte sie nur einen leisen Anklang ihrer europäischen Aussprache beibehalten. Achtzehn Monate hatte sie als Dienstmagd für die zänkische Frau eines Stimm- und Sprechlehrers gearbeitet. Dort hatte sie Geschirr gespült, Böden geschrubbt, Nachttöpfe geleert, und im Gegenzug dazu hatte der Lehrer ihr ihren Akzent ausgetrieben.

Über die Sklaverei hatten die beiden Freundinnen heftige Meinungsverschiedenheiten. Margaret betrachtete die Sklaverei als bedauerliches, wenn auch absolut notwendiges System, sollte der Süden überleben. Die gleiche Ansicht, die auch Calhoun Miller vertrat. Hanna dagegen wünschte, Gottes rächende Blitze mögen jeden Weißen treffen, der sich der Sklaverei bediente. Hanna wollte ihre Freundin zu ihrer Meinung bekehren, Margaret versuchte das Thema, so gut es ging, zu vermeiden.

Dennoch fühlten sich die beiden jungen Frauen zueinander hingezogen durch etwas, das all ihre Differenzen überwog: der Drang nach Freiheit und Unabhängigkeit, den sie auf vielerlei Weise auszuleben versuchten. Bei schönem Wetter mietete Margaret Pferde, und sie ritten los, Richtung Norden auf der 7th Street oder den Straßen, die nach Rockville führten; nicht etwa im Damensattel in gemessenem Schritt, sondern im Herrensitz in vollem Galopp. Gelegentlich, wenn sie sich besonders hemmungslos fühlten, trugen sie sogar Hosen.

Margarets Füße zeigten in den Steigbügeln unter den Hosenaufschlägen oder lose flatternden Kleidersäumen reichlich Knöchel. Sie wusste, dass sie schöne Beine hatte, und sah keinen Grund, sie zu verstecken. Männer jeden Alters zollten den Reiterinnen bewundernde Blicke und riefen ihnen manchmal unsittliche Bemerkungen hinterher. Einmal zeigte eine alte Frau, die in einem Gemüsegarten in Rockville arbeitete, mit dem Finger auf sie und rief: »Schämt euch! Mädchen wie ihr sollten sich schämen!«

Woraufhin Margaret und Hanna nur lachten und noch schneller galoppierten.

Roses Nichte Adele erschien im Salon. Addie war die Frau von Mr. Douglas, dem Demokraten, den Lincoln bei der Wahl im November geschlagen hatte. Sie unterhielten sich freundlich über belanglose Dinge. Wann würde wohl ein neuer Roman von George Eliot erscheinen? Welches Schauspiel würde das Grover's Theater als Nächstes zeigen? Wann würden die Bauarbeiten an der Kuppel des Capitols beendet sein, wann endlich die schrecklich ungesunden Sümpfe Washingtons trockengelegt, das bröckelnde Kopfsteinpflaster auf der schäbigen Pennsylvania Avenue ersetzt werden?

Alle lachten erheitert, als Rose Greenhows Tochter in ihrer kurzen Krinoline und den bauschigen Pantalons durch das Zimmer tollte. Die kleine Rose war sieben oder acht, ein freches Gör, dessen Benehmen Margarets Vater nicht toleriert hätte. Natürlich war auch die Wilde Rose eine begnadete Selbstdarstellerin, die ihre Schönheit, ihre Erziehung und ihren Einfluss bei jeder sich bietenden Gelegenheit hervorkehrte.

Rose hob theatralisch die Arme empor: »Ladys und Gentlemen, die Erfrischungen sind serviert. Tee, Punsch und auch stärkere Getränke für diejenigen, die sich nicht enthalten können.« Senator Wilson sagte etwas zu ihr, doch Rose ignorierte ihn und rauschte ins Speisezimmer davon. Wilson trottete hinter ihr her wie ein treuer Hund. Manche Männer wurden durch Roses sexuelle Anziehungskraft einfach aus dem Ruder geworfen.

Wenig später fand Margaret sich im Gespräch mit einem gut aussehenden, vollbärtigen Offizier der Armee, der sich ihr als Hauptmann Thomas Jordan vorstellte. Er trug die vertraute Paradeuniform: einen dunkelblauen Uniformrock mit steifem Stehkragen und passende Hosen ohne Seitenstreifen, das Ganze lediglich etwas aufgelockert durch Messingknöpfe, eine weinrote Schärpe und zwei goldene Streifen auf jedem Schulterstück. Jordan hatte ein reserviertes, beinahe argwöhnisches Auftreten. Er blickte wachsam im Zimmer umher, während er die Staatskrise diskutierte.

»Nun haben sich Georgia und Louisiana verabschiedet. Texas wird auch bald gehen. Was empfinden Sie anlässlich des Aufruhrs, Miss Miller?«

»Ich versuche, gar nichts zu empfinden. Ich habe mein eigenes Leben und meine Interessen, wie Sie vermutlich auch. Wir können es weder gebrauchen, noch sollten wir es uns wünschen, dass Amerikaner sich gegenseitig umbringen. Sind Sie nicht auch meiner Meinung?«

»Nur teilweise. Zwar bindet mich mein Eid an den Oberbefehlshaber, aber dennoch fühle ich ein gewisses inneres Widerstreben. Mein Herz schlägt für meinen Heimatstaat Virginia. Ich frage mich, ob Oberst Lee draußen in Texas ebenso empfindet. Vielleicht werden wir es bald wissen. Ich habe gehört, man hat ihn zurückbeordert.« Robert E. Lee war der herausragendste Soldat der Nation. Er hatte die Kompanie der Marineinfanterie angeführt, die John Brown in Harper's Ferry gefangen nahm. Der darauf folgende Prozess und die Hinrichtung John Browns hatten das Land noch tiefer gespalten.

»Nun, ich hoffe, dass Mister Lincoln ein paar Fertigkeiten oder Tricks auf Lager hat, die zu einer baldigen Lösung führen«, meinte Margaret. »Wozu braucht die Regierung diese alte Festung im Hafen von Charleston überhaupt?«

»Ich schätze, die Regierung könnte auch ohne sie bestehen, genau wie ohne all die anderen Waffenlager und Forts. Doch sie freiwillig aufzugeben wäre ein Zeichen von Schwäche. Ich glaube, dass wir um dieses Fort kämpfen werden.«

»Ich hoffe nicht. Und wenn doch, will ich nichts damit zu tun haben.«

»Aber wie kann irgendjemand neutral bleiben, wenn es zum Krieg kommt?«

»Glauben Sie mir, Hauptmann, ich werde mich nach Kräften bemühen!«

»Ich bin entsetzt zu hören, in welcher Weise du dich hier äußerst«, sagte eine wohl bekannte Stimme. Rose erschien auf der Bildfläche, nicht länger die lächelnde Gastgeberin. »Du bist eine intelligente junge Frau, du kommst aus Maryland – wie kannst du nur sagen, dass du nicht bereit bist, dich zu beteiligen?«

Die kleine Rose schlüpfte hinter ihrer Mutter hervor und stampfte mit dem Fuß auf. »Ich werde an ihrer Stelle kämpfen! Ich bin der verfluchteste kleine Rebell, den ihr je gesehen habt!«

Jordan lachte. Rose zog sie am Ohr. »Wir gebrauchen diese Ausdrucksweise nicht in guter Gesellschaft, Schätzchen.« Die kleine Rose stapfte verdrießlich davon, einen marschierenden Soldaten imitierend.

Margaret gefiel es nicht, getadelt zu werden. »Ist es nicht ziemlich albern, diese Frage zu diskutieren?«, meinte sie. »Hauptmann

Jordan wird womöglich Stellung beziehen und am Kampf teilnehmen müssen, doch was kann eine Frau schon tun, ganz unabhängig davon, auf welcher Seite sie steht?«

Jordan erwiderte: »Ich kann Ihnen versichern, dass junge Frauen, die über jeden Zweifel erhaben sind, gebraucht werden.«

»Was heißt ›über jeden Zweifel erhaben‹? Wozu werden sie gebraucht? Ich verstehe Sie nicht.«

Rose warf dem Offizier einen warnenden Blick zu. Seine seltsame Bemerkung hatte sie irgendwie verärgert. Ein schwaches Rot schoss über seine Wangen. In diesem Moment entdeckte Rose einen Neuankömmling.

»Margaret, ich glaube, da ist dein junger Mann gekommen!«

»Donal?«

»Ja. Hast du ihn erwartet?«

»Seit geraumer Zeit. Er war auf Reisen.«

Rose winkte. »Hier ist sie, Mr. McKee.«

Margaret eilte zu ihm. »Donal, danke, dass du mich gerettet hast. Ich hatte keine Ahnung, wann du zurückkehren würdest.«

»Das Dampfschiff hat gestern in Baltimore angelegt. Dein Vater riet mir, dich im Stadthaus zu suchen und, falls du nicht da wärst, hierher zu kommen. Wie geht es dir, meine Liebste?« Donals schwarze Augen wanderten kurz abwärts und glitten über die Kurven ihrer Brüste. »Ich würde dir ja gern einen Kuss geben und dich stürmisch umarmen, wenn wir nicht in der Öffentlichkeit wären. Gibt es irgendwo in diesem Haus Champagner?«

»Hier entlang.« Sie führte ihn zum Büffet im Esszimmer. Manchmal war Donal ihr lästig, doch an diesem Abend war sie dankbar für sein Erscheinen. Der harsche Wortwechsel mit Rose schmerzte noch immer.

Donal McKee war ein schlanker, eleganter Mann, wenn auch bereits stark ergraut durch seine anstrengende Arbeit, obwohl er die fünfunddreißig noch nicht erreicht hatte. Er war ein wenig kleiner als Margaret, hatte schmale Hände, lockiges Haar und ein fliehendes Kinn, das sein im Übrigen ausdrucksstarkes Gesicht verdarb. Sie hatte ihn vor zwei Jahren in Newport kennen gelernt, wo sie, ihr Vater und Cicero die Ferien verbracht hatten. Einige eifersüchtige weibliche Bekannte hatten sie unaufgefordert darüber informiert, dass Donal ein Schürzenjäger sei. Falls das der Wahrheit entsprach, war er immerhin äußerst vorsichtig. Seit Margaret ihn kannte, hatte sie keinerlei Beweise dafür gefunden. Sie fragte sich, ob er mit anderen Frauen flirtete, wenn er unterwegs war.

»Wie war deine Reise?«

»Es macht mir keinen Spaß, in den Büchern der Niederlassungen herumzuspionieren. Dennoch ist es nötig, wenn wir nicht sehenden Auges bestohlen werden wollen. New Orleans war interessant wegen des ganzen Sezessionsgeredes. Ah, danke«, sagte er zu dem weißen Bediensteten, der ihm Champagner anbot. Margaret lehnte ein Glas ab.

Donal legte ihr den Arm um die Taille. »Man scheint mich als Experten für England zu betrachten, weil Vater aus Leeds kam. Man hat mich wiederholt gefragt, ob England wohl die Konföderation anerkennen wird. Ich sagte, ich sei nicht eingeweiht in die Politik der Regierung Ihrer Majestät, doch ich würde es annehmen. Die britischen Spinnereien brauchen Baumwolle aus dem Süden.« Er hatte sie in eine abgeschiedene Ecke gezogen, fort von der Gästeschar. Er trank den Champagner aus, stellte das Glas zur Seite und umfasste sie mit beiden Händen.

»Teufel noch mal, Margaret. Dein Anblick bringt mich immer völlig durcheinander. Ich kann es kaum erwarten, dass du endlich meine rechtmäßige Frau wirst. Hast du dir schon einen Termin überlegt?«

»Noch nicht. Aber ich denke intensiv darüber nach.«

»Nicht intensiv genug. Ich bin ein ungeduldiger Mann. Ich muss mir noch ein Glas holen.«

Er schlenderte davon und kam einen Augenblick später ins Gespräch mit Rose. Rose lachte und strich ihm ein wenig zu herzlich über die Wange. Wieder einmal fühlte sich Margaret in ihrer Beziehung zu Donal verunsichert.

Als sie sich zum ersten Mal begegnet waren, hatte seine Weltgewandtheit sie beeindruckt. Er war älter, weit gereist, erheblich intelligenter und kultivierter als die meisten Schönlinge ihres Alters, die ihr bis dahin über den Weg gelaufen waren und die sie sofort ad acta gelegt hatte. Was sie verwirrte und aus der Fassung brachte, war das Fehlen jeglicher romantischer Gefühle für Donal. Außer Bewunderung und Geborgenheit erregte er nichts in ihr – kaum eine gute Basis für eine Heirat. Aus diesem Grund hatte sie es auch immer wieder verschoben, einen Hochzeitstermin festzusetzen. Während sie beobachtete, wie Donal Roses Arm auf besitzergreifende, ja sogar intime Weise berührte, gingen ihr die wohl bekannten Fragen durch den Kopf: Sollte sie die Verlobung lösen? Wie konnte sie ihrem Vater gegenübertreten, der so erpicht darauf war, dass sie endlich heiratete und versorgt war, und ihm gegenüber zugeben, dass sie ihren Verlobten nicht liebte?

Plötzlich fand sie sich in einem Durcheinander aus Zweifeln und Selbstvorwürfen wieder. All das Gerede über Sezession und Krieg erschien dagegen auf einmal bedeutungslos.

6

Februar 1861

Auf der 14th Street, genauer gesagt auf der respektablen Nordseite der Allee, servierte das Hotel der Willard-Brüder den vornehmen Einwohnern Washingtons von Tagesanbruch bis Mitternacht Mahlzeiten. Zwischen fünf Uhr und der Zeit für ein spätes Abendessen verfügte Willards Restaurant über ein reichhaltiges Angebot zum Tee. Als Hanna Anfang Februar einen Abend frei hatte, traf sie sich dort um halb acht mit Margaret.

Wie immer war Hannas Freundin modisch gekleidet. Sie selbst schämte sich für ihr eigenes ärmliches Aussehen. Über einem zigfach ausgebesserten Kleid trug sie gegen die Kälte das Jackett ihres Vaters. Auf ihrem Schoß lag eine Arbeitermütze aus grobem Tuch. Ihr einziges Zugeständnis an weibliches Aussehen waren schwarze Netzstrümpfe.

»Ich finde es toll, dass du eine Rolle in *Was ihr wollt* bekommen hast«, sagte Margaret, »darf ich es mir anschauen kommen?«

»Sicher – wenn es dir Spaß macht, dabei zuzusehen, wie unbezahlte Schauspieler in einem feuchten Kirchenkeller Shakespeare spielen.«

»Viola ist das junge Mädchen, das sich als Edelknabe Cesario verkleidet, oder?«

»Ja. Wenigstens habe ich die richtige Figur dafür.«

»Hör auf! Du musst dich nicht immer selbst so runtermachen.« Hanna antwortete mit einem Schulterzucken und einem wehmütigen Augenaufschlag. Margaret reichte ihr einen grellbunten Handzettel über die Teetassen und Petits Fours hinweg. »Hier hast du eine Portion Theater. Vater hat das gestern in einem Brief geschickt.«

Der Handzettel vom Halliday Street Theater in Baltimore kündigte an: *Mr. J. W. Booth, Spross der berühmten Schauspielerfamilie, in seiner aufrührenden und lebensnahen Darstellung von Shakespeares unsterblichem Schurken Richard III. NUR an drei Abenden. Definitiv KEINE Verlängerung!*

»Hast du ihn schon gesehen?«, fragte Margaret.

»Nein, nur von ihm gehört. Ich glaube nicht, dass er schon mal in Washington aufgetreten ist. Charleston und die Auftritte im Süden scheinen ihm besser zu gefallen.«

»Im Herzen ein Rebell? Er gefällt mir jetzt schon! Vater sagt, er sei ein besserer Schauspieler als sein Bruder Edward und auch besser, als der Familienvorstand Junius zu Lebzeiten gewesen sei. ›Leidenschaft, Eleganz und ein Hauch von Exotik‹ – so hat Vater den jungen Mr. Booth beschrieben. Meinst du, er wird auch einmal hier spielen?«

Hannas Tee war kalt geworden. Sie trank den letzten Schluck. »Ich glaube kaum, es sei denn, jemand eröffnet endlich ein anständiges Theater. Ein Schauspieler seines Formats würde niemals in den Varietés auftreten.«

Hanna kannte diese Etablissements nur zu gut. Mehrere Abende in der Woche arbeitete sie im Canterbury, einem Varieté, das ein Programm darbot mit drallen Tänzerinnen, Jongleuren, dressierten Hunden und schwarz geschminkten Komödianten, die derbe Zoten vortrugen. Obwohl die Arbeit anstrengend war, half sie Hanna und ihrem Vater, über die Runden zu kommen, und ermöglichte ihr, gelegentlich unbezahlte Rollen bei einer Amateur-Theatertruppe anzunehmen. Hanna servierte billige Getränke und hielt sich die rüpelhaften Männer vom Leib, die glaubten, dass jedes Mädchen im Varieté gegen Bezahlung die Röcke hob. Welche Ironie! Bisher hatte Hanna in ihrem Leben drei kurze Affären gehabt und aus keiner von ihnen Befriedigung gezogen, weder körperlich noch emotional. Manchmal zweifelte sie an ihrer Fähigkeit, überhaupt einen Mann lieben zu können.

Margaret war in Gedanken immer noch bei Booth. »Vater sagt, er sei unverschämt gut aussehend und habe einen Ruf, allem hinterherzujagen, was einen Rock trägt.«

»Ich würde ihn liebend gern kennen lernen, um sein Talent zu beurteilen. Auf der Bühne, meine ich natürlich …«

Beide lachten. Margaret legte den Handzettel beiseite. »Da ich nie Zeitungen lese, kannst du mir vielleicht sagen, wann unser neuer Präsident hier ankommen wird?«

»Ende des Monats. Er unternimmt eine lange feierliche Antrittsreise mit dem Zug von Illinois hierher. Er kann gar nicht früh genug kommen. Ich hoffe, dass er all die Sympathisanten des Südens rausschmeißen wird.«

Margaret lächelte hinterlistig. »Schäm dich, Hanna. Wünschst du dir etwa auch, dass man mich vertreibt? Ich mag Washington.«

»Natürlich will ich das nicht. Wir sind Freundinnen. Manchmal vergesse ich, für welche Seite dein Herz schlägt.«

»Eigentlich für keine Seite. Ich hasse diese ganze wirre Auseinandersetzung. Ich wünschte, sie würde endlich aufhören.«

Hanna erwiderte ernst: »Das wird sie nicht, bis eine Entscheidung gefallen ist.«

»Aber wie denn?«

»Auf die richtige Weise, da bin ich mir ganz sicher!« Hanna vermied ihren Blick; sie war sich des Grolls in Margarets lebhaften dunklen Augen bewusst. Allzu offene Äußerungen über die Abschaffung der Sklaverei hatten sie schon mehrere Freundschaften gekostet. Sie wollte nicht, dass diese Beziehung auch noch zerbrach.

Der Kellner brachte die Rechnung auf einem silbernen Tablett. Hanna steckte die Hand in die Tasche des Jacketts. Sie besaß keine richtige Handtasche.

»Bitte lass mich diesmal meinen Teil selbst bezahlen.«

»Du kannst deinen Teil beitragen, wenn ein Theaterdirektor eine feste Truppe anheuert, um einen bekannten Schauspieler zu unterstützen, und du für eine tragende Rolle engagiert wirst, aber vorher nicht. Oh, ich habe ganz vergessen, nach deinem Vater zu fragen. Gibt es irgendwelche Neuigkeiten?«

»Heute Nachmittag hat er dem Kommandanten der Miliz von Georgetown einen Besuch abgestattet. Sie haben dort einen erfahrenen Ausbilder gesucht.«

»Ich frage mich immer, warum er die österreichische Armee verlassen hat.«

»Er ist nicht schnell genug befördert worden, das ist alles.«

Doch das war keineswegs alles. Vielmehr gab es eine schmutzige Geschichte, die Hanna lieber für sich behielt. Es stimmte wohl, dass Anton Siegel, ein äußerst ehrgeiziger Mann, sich über das langsame Fortkommen und sein schlechtes Offiziersgehalt in Österreich geärgert hatte. Allerdings hatte er als Regimentskommandant seine Position ausgenutzt, um die Bücher zu manipulieren und Schmiergelder von den Lieferanten der Armee zu kassieren. Einer der Kontrakthändler hatte ihn angeschwärzt.

Der Major hatte keinen Augenblick lang Reue gezeigt. Stattdessen hatte er, wütend über die unehrenhafte Entlassung, seine Tochter gepackt und Fahrkarten für eine Überfahrt auf dem Zwischendeck von Hamburg aus gekauft. So endeten Hannas Tage in Wien. Einzig ein paar wehmütige Erinnerungen waren ihr aus jener Zeit geblieben. Heiße Melange in einem der Kaffeehäuser auf dem Stephansplatz. Eine üppige Torte im Garten des Hotel Sacher. Entspannte Minuten mit einem Buch unter den dicht belaubten Bäumen des Stadtparks …

Vater und Tochter waren ohne Zukunftsaussichten und nahezu ohne Geldmittel in Washington angelangt. Drei Monate hatten sie beinahe hungern müssen, bis Hanna eine Arbeit fand. Auch jetzt erging es ihnen nicht viel besser.

»Papa ist in letzter Zeit schrecklich niedergedrückt«, erzählte Hanna Margaret, während sie aus dem Hotel auf den Bürgersteig traten. »Er trinkt wieder viel. Ich bete bloß, dass er in Georgetown Erfolg hatte.«

»Ja, das wünsche ich euch sehr. Vor allem, wenn du dann nicht mehr so angespannt aussiehst.« Margaret gab dem Portier ein Trinkgeld, und dieser pfiff eine Pferdedroschke von der Straßenecke herbei. »Schick mir eine Nachricht, wenn du Zeit hast. Wir müssen wieder einen Ausritt aufs Land machen, sobald dieser schreckliche Winter vorbei ist.«

»Ja, das müssen wir unbedingt«, stimmte Hanna zu. Sie umarmten sich, und Margaret verschwand winkend in der zweirädrigen Droschke.

Hanna ging schnellen Schrittes zur 10th Street und wandte sich dann Richtung Norden. Der Abend war kalt und wolkenlos; die Sterne funkelten wie Eissplitter. Sie hatte noch einen langen Fußmarsch vor sich bis zu dem Viertel, das im Volksmund »Nigger Hill« genannt wurde; sie selbst benutzte diesen diskriminierenden

Namen allerdings nie. Eine Droschkenfahrt zu bezahlen kam für sie nicht infrage.

Auf ihrem Weg die 10th Street entlang wich sie einem Betrunkenen aus, der sich über alles im Umkreis von einem Meter erbrach, hörte eine Salve Schüsse und sah zwei Männer, die sich mit bloßen Fäusten vor einer der vielen »Pensionen« Washingtons schlugen. Mehrere Damen des horizontalen Gewerbes hingen aus den Fenstern im Erdgeschoss und feuerten die Kampfhähne mit unflätigen Begeisterungsschreien an. In einer Stadt, die dicht bevölkert war mit Junggesellen und verheirateten Abgeordneten fern der Heimat, war die Prostitution eine unvermeidbare Einrichtung.

Das schäbige kleine Haus, das die Siegels gemietet hatten, bestand aus drei kleinen Durchgangszimmern und lag am Ende eines lehmigen Weges in einem heruntergekommenen Stadtteil, der »Northern Liberties« genannt wurde. Um es zu erreichen, musste Hanna an einem blitzsauberen Häuschen vorübergehen, das einem Schwarzen namens Spence gehörte, der als Schlafwagenschaffner auf der Baltimore & Ohio-Linie arbeitete. Durch ein Wohnzimmerfenster sah sie Mr. Spence mit seinen beiden kleinen Töchtern herumtollen. Hanna und ihr Vater hatten nie diese Art von liebevoller Zuneigung und Kameradschaft gepflegt. Als Kind auf ihren einsamen Streifzügen durch Wien hatte sie gelernt, solche Wünsche zu unterdrücken, obwohl sie auch heute noch gelegentlich heftige Eifersucht gegenüber Menschen wie Margaret oder Mr. Spence verspürte, die in einer liebevollen Familie lebten.

Hanna betrat das Haus. Die Tür war nie verriegelt, denn die Nachbarn wussten, dass der Major rund um die Uhr Seitengewehr und Säbel griffbereit hielt.

Das kleine vordere Zimmer, ihr Schlafraum, lag im Dunkeln. Sie konnten es sich nicht leisten, Kerzen zu verschwenden. Das daran anschließende Zimmer war das ihres Vaters. Dort schlief er und bewahrte seine modernden Uniformen auf sowie seinen Clausewitz und andere Bücher über die Kunst der Kriegsführung. Auch dort war es dunkel, nur im hintersten Zimmer brannte Licht. Vorsichtig bewegte sie sich in Richtung des schwachen, gelben Scheins.

Der Major hing gekrümmt über dem Tisch aus rohen Kiefernbrettern. Die Tischplatte war zerkratzt und schmierig, ungeachtet Hannas Versuchen, sie sauber zu halten. Ein abgebrochenes Tischbein wurde durch einen Ziegelstein gestützt.

Siegels kurz geschorenes blondes Haar wurde allmählich weiß. Seine Wangenknochen waren breit, sein Kinn markant. Ein langer Schmiss aus seiner Kadettenzeit zierte seine linke Wange, knapp unter dem Auge. Er trug alte kastanienbraune Uniformhosen mit einem grauen Seitenstreifen, doch nichts sonst. Seine Hosenträger waren heruntergerutscht und schlabberten ihm um die Hüften.

Er hörte sie hereinkommen und begrüßte sie, indem er seine Hand ausstreckte, bis die Handfläche ein paar Zentimeter über der Kerzenflamme schwebte. Weder seine Hand noch sein muskulöser Arm zitterten. Er war betrunken; eine leere Schnapsflasche stand zwischen seinen nackten Füßen. Eine Küchenschabe krabbelte um die Flasche herum.

»Papa?«

Siegel zog seine Hand zurück. Mit einem Lächeln zeigte er ihr die unverletzte Handfläche. Hanna nahm ihre Arbeitermütze ab.

»Was ist in Georgetown passiert, Papa?«

Da sein Englisch nicht gut war, redeten sie auf Deutsch. »Ein anderer war schneller als ich.« Er tastete unter dem Stuhl nach der Flasche, stellte fest, dass sie leer war, fluchte und warf sie gegen die Wand. Sie prallte ab und rollte über den Boden.

»Ein dummer Popanz, halb so alt wie ich. Hat in irgendeiner ländlichen Miliztruppe in Pennsylvania gedient. Aber natürlich – natürlich – war er Amerikaner. Meine Erfahrung zählte gar nicht. Außerdem sagte jemand hinter meinem Rücken, dass meine Sprache zu ausländisch klingt. Ich hasse diese schmierige Demokratie! Ich hasse diesen Abschaum, der meint, dass er genauso viel wert sei wie Leute aus guter Familie! Sie sind noch nicht mal gut genug, meine Scheiße aufzuwischen!«

Hanna hätte am liebsten geweint. »Willst du dir nicht wenigstens ein Hemd anziehen?«

»Mir ist nicht kalt. Geh schlafen.« Als sie zögerte, schlug er mit der Faust auf den Tisch. »Geh schlafen!« Sein Schrei trieb selbst die Schabe in die Flucht.

»Das tue ich, wenn du aufhörst zu trinken!«

»Kümmere dich um deinen eigenen Kram! Mach die Tür zu und lass mich in Frieden!«

Hanna kehrte in das vordere Zimmer zurück und schloss die Tür. Ehe sie sich entkleidete, ging sie nach draußen und setzte sich auf die stinkende Latrine, die Unterhosen über die Knie herabgezogen. Wie sehr sie sich wünschte, dass sie ihrem Vater eine größere Stütze sein, ihn besser trösten könnte. Doch natürlich würde er keinen Trost von ihr annehmen; sie war schließlich eine Frau. Sie konnte sich noch an seine betrunkenen Tobsuchtsanfälle erinnern, weil ihre Mutter bei ihrer Geburt gestorben war. »Liesl hat mich im Stich gelassen! Deine Mutter hat mich enttäuscht! Ich wollte einen Sohn, der einmal *Soldat* hätte werden können.« Hanna trug tief gehende Schuld- und Minderwertigkeitsgefühle mit sich herum, weil sie das so oft gehört hatte.

Vor einem Jahr hatte sie in Shillingtons Buchhandlung in einer Kiste mit gebrauchten Büchern einen Roman entdeckt, *Fanny, die Seeräuberbraut*, verfasst von irgendeinem längst vergessenen Trivialschriftsteller. Die Heldin war eine Piratin, und ihr Liebhaber erklärte einmal: »Teufel noch mal, du wärst besser ein Mann geworden.«

Du wärst besser ein Mann geworden. Diesen Satz hatte sie nie vergessen. In der Geschichte war er als begeistertes Lob gemeint. Ihr Vater dagegen schleuderte es ihr als Vorwurf entgegen. Sie wäre besser ein Mann geworden. Manchmal wünschte sie verzweifelt, es wäre so. Hatten ihre kurzen, plumpen Liebesaffären sie vielleicht deshalb keinen Augenblick lang befriedigt?

Sie stapfte zurück ins Haus und kroch in ihrer Unterkleidung ins Bett. Im Haus war es eiskalt; sie konnte kein Feuerholz kaufen, ehe das Canterbury ihr nicht den Wochenlohn ausgezahlt hatte. Sie hatte sich angewöhnt, jede Nacht vor dem Einschlafen alle Textpassagen Violas vor sich hin zu flüstern, doch heute war sie zu aufgewühlt. Durch die Tür konnte sie hören, wie Siegel seine Litanei aus Flüchen murmelte. Er verfluchte sein Unglück, die Miliz von Georgetown, die amerikanische Demokratie – und vermutlich verfluchte er auch sie. Sie zog sich die zerschlissene Wolldecke über den Kopf und überließ sich ihren stillen Tränen.

7

Februar 1861

Sledge arbeitete sich mit seinem goldenen Zahnstocher auf die andere Seite seines Mundes vor. »Gottverdammich – wie lange wollen die denn da drinnen noch diskutieren!« Lon konnte einen Anflug von Unbehagen nicht unterdrücken. Sein Vater, der Prediger, hatte stets grimmig reagiert, wenn man den Namen des Herrn missbrauchte.

Ein Offizier der Armee, Hauptmann John Pope, stand draußen vor der Suite, von der Sledge geredet hatte. Lon und Sledge bewachten den Flur zwischen der Suite und der Treppe des Jones House in Harrisburg. Hauptmann Pope beobachtete sie mit unverhohlenem Misstrauen.

»Womöglich bis in alle Ewigkeit«, sagte Lon. »Oberst Lamon mag den Boss nicht, so viel ist sicher.«

Sledge beugte das Knie und stützte den Stiefelabsatz gegen die helle Tapete, wo er einen Abdruck hinterließ. Lon streckte sich, gähnte und rückte dabei näher an die Suite heran. Unter dem Licht der Gaslampen sahen Sledge und er teigig und abgekämpft aus. Sie waren seit Donnerstag bei Tagesanbruch auf den Beinen, als sie Baltimore verlassen hatten, um nach Philadelphia zu fahren. Man hatte sie dorthin beordert, weil sie Lincoln, seine Frau, seine Söhne, Freunde und politischen Weggefährten auf ihrer offiziellen Zugfahrt schützen sollten.

Da Morddrohungen laut geworden waren, wollte Pinkerton Lincoln am liebsten unverzüglich nach Washington schicken. Dieser hatte sich jedoch geweigert, seinen Zeitplan für Freitag zu ändern. Er hatte eine Flagge über der Independence Hall gehisst, um den neuen Stern für den Bundesstaat Kansas zu zeigen und Washingtons Geburtstag zu feiern. Danach hatte er eine kurze Zugfahrt nach Trenton gemacht und war dann nach Harrisburg gekommen, um sich mit Gouverneur Curtin und der Gesetzgebenden Versammlung von Pennsylvania zu treffen. Um sechs Uhr war Lincoln dann auf Drängen Pinkertons aus dem Bankettsaal des Hotels in den ersten Stock gerufen worden. Inzwischen war es halb neun.

Erregte Stimmen erhoben sich hinter der Doppeltür. Dort drinnen war John Nicolay, der Sekretär des neuen Präsidenten. Auch

Norman Judd, ein korpulenter Politiker aus Illinois war da, zusammen mit zwei weiteren Offizieren, die dazu abgestellt worden waren, den designierten Präsidenten zu bewachen. Das Streitgespräch hatte schon am Vorabend begonnen, als Frederick Seward mit einer brieflichen Warnung im Continental Hotel in Philadelphia eingetroffen war.

»Ich sage nochmals, wir sollten den Plan durchführen.« Das war Pinkerton, der nicht nachgeben wollte. »Schon vor einem Monat sind die ersten Gerüchte über einen geplanten Mordanschlag zu uns gedrungen. Gestern Abend haben wir dann eine weitere Bestätigung erhalten, die von Oberst Stones Agenten in Baltimore an General Scott gesendet wurde, und von dort an Senator Seward, der seinen Sohn mit dem Brief zu uns geschickt hat. Alles deutet auf ein Mordkomplott hin, Sir. Ich bitte Sie dringend, meinen Rat zu befolgen.«

Lamon fiel ihm ins Wort: »Nein, ich erhebe Einspruch. Wir können uns immer noch nicht sicher sein.«

»Ward, einen Augenblick mal.« Das war Lincoln. Er hatte eine dünne, helle Stimme, die sich manchmal unangenehm schrill erhob. Ward Hill Lamon war Rechtsanwalt, Lincolns engster Freund unter all denen, die mit dem Sonderzug nach Washington reisten. »Niemand will sehen, wie sich der gewählte Präsident nachts heimlich wie ein Dieb in die Stadt schleicht. Ich jedenfalls nicht. Seit den Wahlen sind mir Morddrohungen vertraut geworden. Ich versuche, sie zu ignorieren, doch Seward und Scott sind keine Panikmacher. Ich gebe allerdings zu, dass beide und auch Sie, Mr. Pinkerton, möglicherweise auf dieselbe Reihe von Gerüchten reagieren. Das Problem ist, wir wissen es einfach nicht.«

»Ich glaube nicht an eine Verschwörung in Baltimore und habe es nie getan«, sagte Lamon.

»Aber die Banden in Baltimore sind berüchtigt für ihre Skrupellosigkeit.« Das war der alte weißhaarige Oberst Sumner aus der Berufsarmee.

»Das spielt keine Rolle. Diese so genannten Detektive hier versuchen doch bloß, sich mit irgendwelchen Phantomverschwörungen Vorteile zu verschaffen.«

Pinkerton sagte: »Lamon, das ist eine Beleidigung. Wenn Duelle noch erlaubt wären, würde ich Sie jetzt herausfordern. Ich habe seit über einem Monat verdeckt in Baltimore ermittelt, zusammen mit fünf meiner besten Agenten. Mr. Felton, der Direktor der Philadelphia, Wilmington and Baltimore-Eisenbahngesellschaft hat uns darum gebeten, weil Drohungen gegen seine Eisenbahnlinie erhoben wurden. Es ist mir gelungen, das Vertrauen von Anführern der Südstaaten-Sympathisanten zu gewinnen, besonders das von diesem Barbier in Barnum's Hotel, Ferrandini. Er gehört einem Geheimbund an, der sich ›Knights of Liberty‹, Ritter der Freiheit, nennt. Ich habe meine Leute in diese Organisation eingeschleust. Wissen Sie, was Ferrandini zu mir gesagt hat, nachdem ich ihn überzeugt hatte, dass ich ein Sezessionist aus Georgia wäre? ›Es gibt nur eines, was den Süden retten kann: Mr. Lincolns Leiche.‹«

»Du meine Güte«, schmunzelte Lincoln mit bemühter Heiterkeit, »ganz schön heißblütig, diese Italiener!«

»Den Spaghettifresser sollte man erschießen!« Das war Ellsworth, der andere Oberst. Er kommandierte ein Regiment der Zuavenmiliz.

Pinkertons Überzeugung verlieh seiner Stimme Nachdruck. »Ferrandini ist ein ignoranter Nichtsnutz, doch ich nehme ihn sehr ernst. In Italien war er mit dem Mann verbündet, der beinahe Napoleon III. ermordet hat. Außerdem, meine Herren, kennen Sie diese Sklavereianhänger nicht so gut wie ich. Um ihr gottloses System zu erhalten, ist ihnen kein Verbrechen zu abscheulich. Man sollte jeden erwachsenen Mann im Süden an den Galgen bringen, und wir wären alle besser dran!«

»Jeden? Das ist aber eine ziemlich unbarmherzige Ansicht, Mr. Pinkerton«, meinte Lincoln.

»Trotzdem stehe ich dazu, Sir. Ich verachte den ganzen Haufen und misstraue ihm zutiefst. Es ist schon spät. Wir haben einen Sonderzug mit einem Waggon für Sie bereitgestellt, um den Elf-Uhr-Nachtzug in Philadelphia zu erreichen. Meine Agentin, Mrs. Warner, hat Schlafwagenplätze im letzten Waggon reserviert. Sie werden als ihr kranker Bruder reisen. Mr. Felton hat fast zweihundert Männer entlang der Eisenbahnlinie postiert, um Nachricht zu geben, falls auf der Strecke Sabotage verübt wird.« Es war derselbe Plan, den Pinkerton schon am Vorabend vorgeschlagen hatte. Auf seiner langen Zugfahrt von Springfield hierher hatte der designierte Präsident Hunderttausende jubelnder Menschen gesehen. Die Menge hatte ihn stets freundlich empfangen. Baltimore bildete die gefürchtete Ausnahme.

Lincoln seufzte. »Also gut. Wir sollten die Sache nicht noch weiter zerreden. Wenn die Angst vor Spott das Einzige ist, was uns abhält, dann bin ich bereit, dem Plan zuzustimmen.« Lamon wollte erneut widersprechen. »Nein, das reicht jetzt, Ward. Ich ziehe mir nur noch diesen Beerdigungsanzug aus.«

»Ich habe Hut und Schal für Sie bereitgelegt«, sagte Pinkerton.

Lamon stürzte auf den Flur hinaus und stapfte mit einem wütenden Seitenblick auf die Detektive davon. Er war ein imposanter Kerl mit einem Dragonerschnurrbart und selbstgefälligem Auftreten. Lincoln gefiel es, wenn er sang und Banjo spielte, besonders mochte er seine Darbietung von »The Blue Tail Fly«. Lamon trug stets zwei Revolver verborgen bei sich.

Pinkerton kam auf den Flur hinausgestürmt, rot vor Aufregung. Er trieb Sledge und Lon in Richtung der Treppe, fort von dem allzu neugierigen Hauptmann Pope.

»In einer halben Stunde brechen wir auf. Kein anderer Zugverkehr darf bis zum Morgen die Stadt verlassen. Männer stehen bereit, um die Telegraphenleitungen zu kappen. Um sechs Uhr früh werde ich den Präsidenten sicher zum Willard's Hotel gebracht haben. Der Rest der Reisegruppe wird wie geplant über Baltimore fahren. Sie beide werden sie begleiten.«

Lincoln steckte den Kopf durch die Tür, seine weiße Krawatte hatte er bereits gelöst. Er war ein seltsam aussehender Mann, beinahe hässlich. Er hatte traurige, tief liegende Augen, einen unregelmäßigen Backenbart und eine grobe dunkle Gesichtshaut. Einfach erbärmlich, überhaupt nicht wie ein Präsident, dachte Lon.

»Pinkerton, ich fahre nicht, ehe Mrs. Lincoln nicht Bescheid weiß.«

»Ich werde sie höchstpersönlich informieren, Sir.«

Lincoln verschwand wieder in seinem Zimmer. Lon und Sledge tauschten Blicke, während der Boss zu einer angrenzenden Suite ging, klopfte und eintrat. Lon war in der Regel nachsichtig gegenüber seinen Nächsten; sein Vater hatte ihm beigebracht, dass Güte und Nachsicht Tugenden seien. Doch ein Tag in der Gesellschaft von Lincolns hochmütiger und scharfzüngiger Frau hatte jegliche Schulung durch seinen Vater zunichte gemacht. Sie hörten Mary Lincoln hysterisch kreischen:

»Ich erlaube es nicht! Ich erlaube es einfach nicht!«

»Madam, er hat bereits zugestimmt, die Reise anzutreten. Er wird vollkommen sicher sein, das schwöre ich Ihnen.«

»Wer sind Sie schon! Ein Geschäftsmann! Ein Niemand! Ich verlange, dass Oberst Lamon Sie begleitet, um meinen Mann zu schützen!«

»Benimmt sich grad so, als ob sie bereits First Lady wäre«, flüsterte Sledge. Hauptmann Pope war vor lauter Verlegenheit ganz starr geworden. Sie hörten Pinkerton flehentlich bitten: »Um der Barmherzigkeit willen, Madam, mäßigen Sie Ihre Stimme! Ich gehe auf Ihren Wunsch ein. Oberst Lamon kann mit uns kommen.«

»Und Robert auch.« Der achtzehnjährige Bob war der älteste Sohn der Lincolns.

»Nein, nur Lamon.« Mrs. Lincolns schrille Antwort ging in der Stimme ihres Sohnes unter, der sie zu beruhigen versuchte.

Lon machte sich Gedanken über Baltimore. Die Stadt hatte keinen zentralen Bahnhof, und eine alte Verordnung verbot es den Lokomotiven, durch das Stadtzentrum zu fahren. Passagiere aus dem Norden mussten eineinviertel Meilen von der Calvert Street Station zurücklegen, um den Baltimore & Ohio-Express nach Washington zu erreichen. Die Waggons wurden einzeln über Pferdebahnschienen gezogen, doch ursprünglich war geplant gewesen, dass Lincoln diese Strecke in einer offenen Kutsche zurücklegen sollte. Man hatte Pinkerton mitgeteilt, dass in Baltimore eine Gruppe der Verschwörer eine Schlägerei anzetteln würde, um die Polizei abzulenken, während eine kleinere Gruppe sich heranarbeiten sollte, um Lincoln zu erschießen oder zu erstechen. Die Tatsache, dass der Polizeichef offen die Konföderierten unterstützte, vergrößerte die Gefahr noch zusätzlich. Lon schlief in dieser Nacht nicht besonders gut.

»Sind bestimmt tausend da draußen«, meinte Sledge.

»Zwei- oder dreimal so viel«, erwiderte Lon, während der Waggon über die Schienen quietschte. Lincoln war in Sicherheit. Ein Telegramm hatte am frühen Morgen die Botschaft übermittelt, dass »Plums«, Pinkerton, zusammen mit seinem Schützling »Nuts« Washington erreicht hatte. Lon musste über die albernen Codenamen lachen. Sledge sagte: »Vorsicht, wahrscheinlich hat der Boss sie sich selbst ausgedacht.«

Sie hatten gerade die Calvert Street Station verlassen und zogen eine Menschenmasse hinter sich her. Im Bahnhof hatte sich die Menge relativ kontrolliert verhalten. Ihre Anführer hatten dafür gesorgt, dass man drei Hochrufe für die Konföderierten, drei für ihren neuen Präsidenten Davis und drei Buhrufe für Lincoln ausbrachte. Zu diesem Zeitpunkt war Mary Lincoln weinend auf ihrem Plüschsitz zusammengebrochen. Bob, der Harvard-Student, versuchte vergeblich, sie zu trösten und zu beruhigen.

Ein schwerfälliges Pferdegespann zog den Waggon durch den grauen Winternachmittag. Gelegentliche Regenspritzer schlugen gegen die Fenster, von denen einige wegen der milden Temperaturen geöffnet waren. Auf beiden Seiten rannten Männer neben dem Waggon her, spuckten aus, fluchten und schrien.

»Tötet den Gorilla!«

»Das ist seine Frau da drinnen!«

»Dreckige Hure!«

»Mama, was bedeutet das?« Der jüngste Sohn der Lincolns, Thomas, auch Tad genannt, drückte sich mit weit aufgerissenen Augen dicht an seine Mutter. Mary Lincoln war vom Weinen der Puder im Gesicht zerlaufen. Sie ließ Lon an einen verrückten Clown denken. Sie war eine untersetzte, kräftige Frau, die vielleicht früher einmal, in ihrer Jugend in Kentucky, attraktiv gewesen war.

Ein Stein flog herein und prallte von einem Spucknapf ab. »Schließt die verdammten Fenster«, schrie der junge Oberst Ellsworth und schickte sich an, das erste herunterzuschieben. Der alte Oberst Sumner und John Nicolay eilten ihm zu Hilfe. Die Fenster krachten mit einem lauten Knall herunter, und kurz darauf wurden auch noch die Vorhänge zugezogen; zuvor hatten allerdings noch einige Männer Tabak gegen die Scheiben gespuckt und eines mit einer braunen Masse beschmiert, die aussah wie Kot.

Lon und Sledge standen am hinteren Ausstieg des Waggons. Die Offiziere der Armee bewachten die Vordertür. Lon hielt den 31er-Colt in seiner Tasche fest umklammert. Tad und sein älterer Bruder, der zehnjährige Willie, hatten Lon keine Ruhe gelassen und so lange gequengelt, bis er ihnen den Colt zeigte. Sie waren zwar hübsche Jungen, doch verzogen und ungehorsam.

Jemand schlug mit einem Stock von außen gegen den Waggon. Andere fielen ein. Mrs. Lincoln zog Tad und Willie an ihre Brust, umklammerte ihre Köpfe und stieß tiefe Schluchzer hervor. »Wie weit noch?«, rief Oberst Sumner dem Mann zu, der von der vorderen Plattform aus die Pferde lenkte.

»Noch zwei Straßenkreuzungen.«

»Fahren Sie schneller, Mrs. Lincoln geht es sehr schlecht.«

Lon spürte, wie der Waggon schwankte, als die Menge sich gegen die Seiten drückte. Jemand zerbrach mit einem Stein ein Fenster; hinter der Gardine fiel Glas zu Boden. Der Spottgesang ging weiter.

»Hure, Hure!«

»Er wird es nicht mehr erleben, Präsident zu werden!«

»Mein Gott, das sind Verrückte«, flüsterte Lon, ohne an das mögliche Missfallen seines Vaters zu denken.

Plötzlich sah Lon durch ein kleines Fenster in der Tür, wie zwei Männer mit boshaften Gesichtern und schmutziger Kleidung über die Absperrkette kletterten und die Stufen auf die Plattform emporstiegen. Ein Dritter stand auf der hinteren Kupplung, ebenfalls bereit, die Absperrung zu überwinden. Lon riss die Tür auf und sprang nach draußen.

Der erste Mann, derjenige auf den Stufen, schwang einen Knüppel. Lon riss gerade noch rechtzeitig den Kopf zurück und schlug schmerzhaft damit gegen die Wand des Waggons. Sledge drängte sich an ihm vorbei und zielte mit seinem Revolver auf den Mann mit dem Knüppel. Augenblicklich schubste der Mann seinen Begleiter zur Seite und sprang wieder vom Zug.

Inzwischen kümmerte sich Lon um den Mann auf der Kupplung. Der Mann attackierte ihn mit einem Fleischermesser, zerriss dabei Lons Hosenbein und schnitt ihm leicht in die Wade. Wutentbrannt schlug Lon ihm mit dem Revolver ins Gesicht. Der Mann stürzte von der Kupplung hinunter, aus seiner Nase spritzte Blut. Dann lag er mit seltsam abgewinkeltem Kopf quer über den Gleisen.

Von den Stufen aus sah der letzte der Männer, wie Sledge den Arm streckte, die Remington auf ihn richtete und fragte: »Und was ist mit dir, du Hurensohn?« Der Mann sprang vom Waggon, genau wie der Erste.

»Verdammte Feiglinge.« Sledge steckte seine Waffe wieder in das Halfter. Der Waggon entfernte sich von der Menge, die den Mann auf den Schienen umringte. »Ich glaube, du hast ihm den verdammten Hals gebrochen. Gratuliere.« Lons Schuldgefühle gaben sich erst, als er sah, wie einige andere dem zu Boden gegangenen Mann auf die Füße halfen. Er war zwar benommen, stand aber wieder aufrecht. »Geh besser rein, und kümmere dich um dein Bein.«

Die Fleischwunde blutete stärker, als sie schmerzte, doch sie fügte Lons Geldbörse empfindlichen Schaden zu. Er konnte es sich momentan nicht leisten, ein Paar Hosen zu ersetzen. Er verband die Wunde mit einem Stück Stoff, das der Schaffner aufgetrieben hatte. Der Kampf hatte ihn ziemlich mitgenommen.

Pinkertons Leute und die Männer der Armee hielten die Menge in Schach, bis der Waggon die andere Bahnstation erreicht hatte, wo Mrs. Lincoln sich allmählich beruhigte. Es regnete unaufhörlich. Als sie die Grenze überquerten und Maryland verließen, stimmte Bob Lincoln »The Star Spangled Banner« an, und alle fielen ein.

Lon sang ohne große Begeisterung mit. Baltimore hatte ihm eine schmerzhafte Lektion erteilt. Die Rebellen aus dem Süden waren hundertmal brutaler und gefährlicher, als Pinkerton es vorhergesagt hatte. Man musste sie bestrafen und niederzwingen und um jeden Preis davon abhalten, ihre mörderische Anarchie noch weiter zu verbreiten. Er glaubte, dass sein Vater stolz auf seine Entschlossenheit gewesen wäre.

8

1836 – 1858

Als junger Mann in Schottland hatte sich Mathias Price von der Lehre der allumfassenden Liebe angezogen gefühlt, die von John Wesley gepredigt wurde. Sie bot einen Lichtblick für all die Massen, die eigentlich ohne jegliche Hoffnung in den Elendsquartieren seiner Heimatstadt Glasgow dahinvegetierten. Bei einer Erweckungsversammlung in Bristol hatte er sich bekehren lassen und wurde noch vor Vollendung seines dreiundzwanzigsten Lebensjahres Prediger. Er entschloss sich, dem Ruf der Methodisten in Amerika zu folgen.

Als er in Charleston zum ersten Mal amerikanischen Boden betrat, bot sich ihm ein erschreckender Anblick: ein Sklave, dessen bloßer Rücken die Peitsche schon viele Male zu spüren bekommen hatte. Schorfige Narben überzogen die schwarze Haut. »Wie eine Reliefkarte der Hölle«, sagte Mathias.

In den dreißiger Jahren des neunzehnten Jahrhunderts zeichnete sich bereits ab, dass sich die Methodistenkirche über die Sklaverei entzweien würde. Reverend Mathias Price hätte niemals im »rückständigen Süden«, wie er es nannte, Dienst getan. Er übernahm eine kleine Pfarrei im Dorf Lebanon in Ohio, ein Stück nördlich von Cincinnati. Eine Cousine ersten Grades, Dora Filson, und ihr Mann Silas, ein wohlhabender Farmer, hatten ihn dort empfohlen.

In der deutschen Gemeinde Cincinnatis fand Mathias eine Frau. Ein Jahr nach ihrer Heirat starb Christina Price bei der Geburt ihres ersten Kindes. Der Junge kannte seine Mutter nur von einem verwischten Bleistiftporträt, das ein fahrender Künstler von ihr gemacht hatte. Sein Vater hatte es in einem ovalen Rahmen auf seinem Schreibtisch stehen.

Mathias Price war ein hagerer, muskulöser Mann, dessen christlicher Glaube an Stärke seinem Körper in nichts nachstand. Er predigte keine bequeme Selbstzufriedenheit in Erwartung der jenseitigen Welt, sondern eine radikale Reformierung der diesseitigen. An gut sichtbarer Stelle in seinem Pfarrhaus hing eine Stickerei, die Dora auf seinen Wunsch angefertigt hatte. Sie zeigte seine eigene, leicht abgeänderte Version eines Verses aus Jesaja 58:

Löse die Fesseln des Unrechts,
entferne die Stricke des Jochs,
lasse die Versklavten frei.

Er predigte nicht nur aus der Bibel, sondern auch aus den Werken von Philosophen wie Emerson: »Ich sehe nicht, wie eine Gemeinschaft von Barbaren und eine zivilisierte Gemeinschaft zusammen einen Staat konstituieren können. Wir müssen die Sklaverei abschaffen, oder wir schaffen die Freiheit ab.« Er zitierte Wesley, um »diese abscheuliche Summe alles Bösen, die sich Sklavenhandel nennt« zu verdammen. Doch so nahe an Kentucky gelegen, waren die Sympathien für die Südstaaten groß. Einige der Gemeindemitglieder legten dem Bischof daher nahe, Mathias aus dem Amt zu entfernen. Er kämpfte dagegen an, harrte aus, zog seinen Sohn Alonzo groß und lehrte ihn Güte, Intelligenz und vor allem die Freiheit zu lieben.

Zwischen den Sonntagsgottesdiensten verschwand Reverend Price oft für einige Tage. Dann kehrte er häufig zerschunden und mit blauen Flecken übersät zurück, in Begleitung von einigen schwarzen Männern oder Frauen, die er bis zum nächsten Morgen im Keller versteckte, von wo sie dann auf geheimnisvolle Weise verschwanden. Der kleine Lon nahm das als mehr oder weniger selbstverständlich hin und akzeptierte es, wenn sein Vater ihm keine direkten Antworten auf seine Fragen gab.

Wenn sein Vater nicht da war, aß und schlief Lon auf Cousine Doras Farm. Silas, Doras Mann, kam aus Paducah, Kentucky. Er war mit den gegen die Sklaverei gerichteten Aktivitäten des Reverends alles andere als einverstanden, da seiner Ansicht nach der Süden ohne Sklavenarbeit nicht überleben konnte. Dora hegte aus anderen Gründen Einwände: »Er wird noch verwundet oder sogar getötet werden. Diese Arbeit ist zu gefährlich.«

»Aber was macht er für eine Arbeit?«, wollte Lon wissen.

»Arbeit, die ein Geistlicher nicht tun sollte.« Mehr wollte sie nicht sagen.

Die kleine Bibliothek des Reverends stellte für den heranwachsenden Jungen einen Ort dar, an den er sich zurückziehen konnte und wo er glücklich war. Dort machte er seine Hausaufgaben und las die Bücher seines Vaters. Besonders mochte er die tollkühnen Ritterromane Scotts, die aufregenden Lederstrumpfgeschichten James Fenimore Coopers und die amüsanten und melodramatischen Romane Charles Dickens. Er konnte sich noch lebhaft daran erinnern, wie er mit seinem Vater in einer Menschenmenge vor einem Gasthof namens The Golden Lamb in Lebanon gestanden hatte, als der große Schriftsteller dort auf seiner ersten Amerikareise für eine Übernachtung eingekehrt war.

Lon entdeckte Edgar Allan Poe, dessen fremdartige Geschichten in den obskuren literarischen Zeitschriften erschienen, die ins Haus kamen. Besonders faszinierten ihn die Abenteuer von Poes Pariser Detektiv Dupin, der allein durch Verstand und exakte Beobachtung Verbrechen löste. Ein Artikel in einer Tageszeitung Cincinnatis brachte Lon auf die unheimlichen Erinnerungen Vidoçqs, der die Sûreté, die französische Geheimpolizei, gegründet hatte. An heißen Sommertagen lag Lon unter einem schattigen Baum und träumte davon, selbst ein schlauer Polizist zu sein. Zu einer seiner ersten Jugendlieben – er war elf, Patience zehn – sagte er einmal: »Ich will Detektiv werden, so wie Dupin oder dieser andere, ich weiß nicht, wie man seinen Namen ausspricht.«

Er und Patience schlenderten gerade eine Landstraße entlang. Sie erwiderte: »Gibt es denn in Amerika solche Detektive?«

»Weiß ich nicht.«

»Wie willst du denn dann ein Detektiv werden?«

»Weiß ich nicht.«

»Wenn du das nicht weißt, Alonzo, wieso denkst du dann überhaupt darüber nach? Du solltest besser einen Kaufladen aufmachen oder Farmer werden wie Silas Filson.«

»Das wäre zu öde.«

»Was willst du denn dann machen?«

»Weiß ich nicht!«, schrie er verärgert. Die Romanze welkte bald dahin.

Als Halbwüchsiger in den fünfziger Jahren verstand Lon nach und nach, was sein Vater während seiner Abwesenheit unternahm. Lon hörte mit, wie die Leute über etwas redeten, was sich »Untergrundbahn« nannte, aber in Wahrheit gar kein Zug war, sondern ein geheimer Fluchtweg für Sklaven nach Kanada. Schwarze Männer und Frauen tauchten nach wie vor für einen kurzen Aufenthalt im Keller auf. Manchmal hatten sie kleine dunkle Kinder dabei, mit denen Lon gern gespielt hätte, doch sein Vater sagte, dass die Kinder sich bei Tageslicht nicht draußen sehen lassen durften.

Als Lon zwölf Jahre alt war, nahm er all seinen Mut zusammen und fragte seinen Vater: »Arbeitest du für die Untergrundbahn?«

Der Reverend betrachtete seinen Sohn im Licht der Waltranlampe, die auf dem Schreibtisch des Pfarrhauses qualmte. »Ja. Ich bin ein so genannter ›Stationsvorsteher‹. Dieses Haus ist eine Station. Ich habe mich schon gefragt, wann ich es dir erzählen soll.«

»Du denkst, dass Sklaverei falsch ist?«

»In den Augen Gottes ist sie verabscheuungswürdig.«

»Cousine Dora sagt, dass das, was du tust, gefährlich ist.«

Der Reverend berührte geistesabwesend sein linkes Auge, das von einer gelblich-violetten Prellung verfärbt wurde, einem Andenken an seinen letzten Ausflug. »Dora hätte gern, dass ich damit aufhöre. Silas ist der Ansicht, Afrikaner seien von Natur aus Sklaven und die Sklaverei sei unentbehrlich für das Auskommen all dieser fehlgeleiteten Menschen im Süden. ›Was sollen wir tun, wenn wir damit aufhören?‹, rufen sie. ›Wie sollen wir überleben?‹ Ich kann nur sagen: Sucht euch eine andere Arbeit oder verhungert. Sklaverei ist eine Sünde.«

»Warum, Pa? Sind die Sklaven nicht glücklich?«

»Kein Mensch kann in Knechtschaft glücklich sein. Was wäre denn, wenn ich dich anketten würde, sodass du nicht ins Dorf gehen könntest, um dir Lakritze zu holen, wenn du das Geld hättest? Wie wäre es, wenn ich dich dazu zwingen würde, die ganze Zeit die Scheune zu kehren und den Abort zu reinigen?«

»Das würde mir gar nicht gefallen.«

»Nein, aber so ist die Sklaverei.« Der Reverend schwieg einen Augenblick. »Komm mit mir in den Keller.«

In der kühlen Dunkelheit aß eine schwarze Familie bei Kerzenlicht von Blechtellern. Der Reverend bat den Familienvater, seinen Rücken frei zu machen, der über und über mit abscheulichen Narben übersät war, die im Kerzenschein glänzten und nach scharfer Salbe rochen.

Mathias deutete auf die Narben. »Das ist Sklaverei, Alonzo. Vergiss nie diesen Anblick oder was er bedeutet. Wenn wir die Sklaverei bekämpfen, tun wir Gottes Werk.«

Eines Tages kam Mathias Price nach Hause geritten. Er war kaum mehr bei Bewusstsein und hatte den Arm in eine blutige Schlinge gebunden. Dora sagte, dass ihn unten auf dem Ohio River ein Sklavenjäger angeschossen habe. Sie war entsetzt. »Die Kugel hätte ihn ins Herz treffen können!«

Der Streit innerhalb der Nation verschlimmerte sich. Die Menschen diskutierten über die Sklavenfluchtgesetze. Kongressabgeordnete griffen einander mit Worten und sogar mit Spazierstöcken an. Im »blutigen Kansas« brachten Männer einander wegen der Sklavenfrage um. Lon hörte von etwas, das sich Sezession nannte und das, wie Silas meinte, »auf jeden Fall kommen würde«. Dann, an einem Wintertag im Jahr 1857, als Lon gerade achtzehn war, kehrte der Reverend mit hohem Fieber von einer seiner Reisen zurück. Während er abwechselnd schwitzend und zähneklappernd im Bett lag, erklärte er seinem Sohn: »Ich habe sechs Stunden in einem eiskalten Bach auf die Fracht gewartet, die aus Kentucky kommen sollte.«

»Die Fracht?«

»Die Sendung. Die Ladung. Drei Schwarze. Sie kamen nicht an. Ich weiß nicht, was passiert ist. O Gott, erbarme dich, ich habe solche Schmerzen.«

Der Arzt stellte eine Lungenentzündung fest, die sich rasch verschlimmerte. Ohne dass man es ihm sagte, wusste Lon, dass sein geliebter Vater im Sterben lag. Eines Nachts, als draußen ein Schneesturm tobte, rief Mathias ihn an sein Bett. Eine Lampe brannte auf kleiner Flamme. Lon küsste seinen Vater auf die stoppelige Wange. Sie war glühend heiß. Schwache Finger suchten nach seinen.

»Alonzo, nun hole ich mir meinen Lohn ab. Bald werde ich sehen, was Gott für uns bereithält. Du kannst deinen Weg von nun an allein gehen. Du bist erwachsen, du bist klug, rechtschaffen und gütig, sodass ich mir keine Sorgen um dich zu machen brauche. Ich möchte, dass du mir versprichst, immer für die Gerechtigkeit einzustehen, egal, was du im Leben anfängst. Geh nie Kompromisse ein. Die Sklaverei muss aufhören. Arbeite nur für Männer, die ebenfalls daran glauben. Verabscheue und bekämpfe die, die das nicht tun. Versprich es mir.«

Lons Augen füllten sich mit hilflosen Tränen. »Ich verspreche es.«

Die schwachen Finger pressten sich wieder um seine Hand. Laut krachend riss der Sturm einen Fensterladen vom Haus. Nachdem die Lampe erloschen war, blieb Lon an der Bettkante sitzen. Kurz darauf, als der Tag anbrach und der Sturm sich beruhigte, erschlaffte die schwache Hand, die er festhielt.

Silas nahm Lon in seine Obhut. Es bereitete ihm eine geradezu boshafte Freude, dem Jungen Stunde um Stunde zermürbender Knochenarbeit auf der Farm der Filsons aufzubürden. Wenn Lons Arbeit Silas nicht zufrieden stellte, schleppte er den Jungen in die Scheune und verdrosch ihm mit einem langen Walnussast das bloße Hinterteil. Lon ertrug die Strafen und die Schinderei bis zu dem Tag, an dem Silas ihn so fest schlug, dass seine Pobacken bluteten. Als er in dieser Nacht bäuchlings in seinem Bett lag, wurde ihm eines bewusst: Er war nicht besser dran als ein Sklave. Sklaven wurden auf die gleiche Weise behandelt, wie Silas Filson ihn behandelte.

Er überlegte schon, alles Vieh aus der Scheune zu treiben und sie anzuzünden. Doch dann konnte er sich nicht dazu überwinden, weil er vermutete, dass der Reverend ihn von irgendwoher, irgendwie beobachten könne. Daher stahl er sich nur mit ein paar Besitztümern, die er in ein gelbes Tuch geknotet hatte, über die mondhelle Straße nach Dayton davon. Von Dayton reiste er nach Chicago, eine Stadt, die sich schnell zum Eisenbahnknotenpunkt und Fleisch- und Getreidezentrum der Nation entwickelte.

Er fand Arbeit in einem Hotel, wo er die Böden wischte; später lud er Planwagen mit Weizen an einem Getreidespeicher aus. Sein kürzester Job war die Arbeit als Nachtwächter auf einem der Schlachthöfe, die sich am Seeufer der florierenden Stadt entlangzogen. Innerhalb einer Woche trieben ihn der schreckliche Gestank und das blutige Schlachten der hilflosen Rinder und Schweine dazu, wieder aufzuhören.

Er heuerte bei einem Arbeitstrupp an, der die Gleise auf der Illinois-Central-Bahnstrecke wartete. Die Arbeit war extrem hart, doch sie fand im Freien statt, und er war umgeben von der umtriebigen Atmosphäre des Fortschritts, von hin- und herfahrenden Lokomotiven und Güterwaggons, die mit Getreide, anderen Naturprodukten und maschinellen Erzeugnissen beladen waren. Eines Tages unternahm der Vizepräsident der Eisenbahngesellschaft, ein gewisser Mr. McClellan, eine Inspektionsreise, zusammen mit einem kleineren, ernsthafteren Begleiter, der anscheinend daran interessiert war, die Stärke der Schlösser und Sicherheitsketten an den Güterwaggons zu überprüfen. Lon fragte seinen Vorarbeiter, wer der Mann sei. »Hat irgend so 'ne neue private Polizeiagentur. Die Eisenbahngesellschaft hat ihn unter Vertrag genommen, um ihre Verschiebebahnhöfe und Güterzüge zu schützen.«

Das war alles, was Lon wissen musste. Er sparte jeden Penny, schaffte sich nach und nach bessere Kleidung an und versteckte sie in einer Kiste unter seiner schmalen Pritsche in dem feuchten Schlaflager, wo er zusammen mit Trunkenbolden, Herumtreibern und anderen fragwürdigen Gesellen untergebracht war. Er gab sich mit keinem von ihnen ab.

Als er genügend gespart hatte, um sich einen gebrauchten Anzug, ordentliche Schuhe und ein sauberes Halstuch zu kaufen, suchte er die Detektivagentur Pinkerton auf, die ihr Büro im ersten Stock eines Gebäudes auf der West Washington Street, Ecke Dearborn Street hatte. Man verwies ihn an einen Mr. Bangs, bei dem er sich nach einer Stelle erkundigte.

»Nein, wir haben nichts frei. Es sei denn, Sie haben Erfahrungen mit Polizeiarbeit.«

»Diese Erfahrungen würde ich gern sammeln, Sir.«

»Bedaure.«

Er ging noch zweimal hin. Jedes Mal hieß es: »Bedaure.« Beim vierten Mal schließlich betrachtete Mr. Bangs ihn von oben bis unten. »Schon wieder da, Mr. Price? Entschlossenheit ist ein wertvoller Charakterzug. Wie alt sind Sie?«

»Neunzehn.«

»Können Sie lesen und rechnen?«

»Aber sicher.«

Bangs kniff die Augen zusammen und unterzog ihn einer kritischen Musterung. »Wir brauchen eine Hilfe für die Buchhaltung. Ich werde veranlassen, dass Mr. Pinkerton Sie kennen lernt.« Lons Herz pochte wie eine Pauke während der Parade am Unabhängigkeitstag.

»Ja, Sir! Ich bin bereit.«

Bangs lächelte tatsächlich über Lons Begeisterung.

9

1858 – 1860

Allan Pinkerton hatte sauber manikürte Fingernägel, akkurat gescheiteltes Haar und einen perfekten Krawattenknoten. Vielleicht quälte Lon bloß die Angst, doch ihm war, als unterhielte er sich mit einem Eisblock. Pinkerton stellte ihm ein paar kurze Fragen, um sich zu vergewissern, dass Lon lesen und rechnen konnte und ernsthafte Absichten hegte, Detektiv zu werden. Dann fragte er: »Ist Chicago Ihre Heimatstadt?«

»Nein, Sir. Ich komme aus dem Süden Ohios. Mein Vater war dort Methodistenpfarrer, nachdem er Schottland verlassen hatte. Er ist im letzten Jahr gestorben. Er hat sich eine Lungenentzündung zugezogen, als er Sklaven auf der Flucht half.«

»Sehr bewundernswert. Aus welchem Teil Schottlands kam er?«

»Aus Glasgow, Sir.«

»Haben Sie schon mal von den Gorbals gehört?«

»Ja, ein schlimmes Elendsviertel. Mein Vater ist dort geboren.«

»Ich ebenfalls. War Ihr Vater mal Chartist?«

»Nein, Sir. Er sagte mir, dass er zwar an das Ziel der Bewegung glaubte, den armen Arbeitern zu helfen, doch er fand, dass die Chartisten zu gewalttätig seien.«

»Einige nicht – es gab auch die gewaltfreie Fraktion. Ich gehörte allerdings zur kämpfenden Gruppe. Als man brave Männer durch Maschinen ersetzte und auf den Straßen verhungern ließ, blieb als Mittel nur die Gewalt. Nachdem ich von den Gesetzeshütern gejagt wurde, verließ ich Schottland. Ich weiß nicht, ob ich Ihren Vater je kennen gelernt habe, aber es könnte schon sein, falls er mal ein Fass von William McCauleys Böttcherei gekauft hat. Dort bin ich nämlich in die Lehre gegangen.«

»Ich weiß nicht, ob er das getan hat, Sir.« Lon schluckte und wagte einen erneuten Versuch. »Ich würde wirklich sehr gern für Sie arbeiten und lernen, wie man Detektiv wird. Ich habe alles über den Mann gelesen, der die Pariser Geheimpolizei gegründet hat.«

»François Vidoçq. Ein Gauner, aber ein Pionier auf seinem Gebiet.« Pinkerton tauchte seine Schreibfeder in das Tintenfass und kritzelte etwas auf ein Blatt Papier. »Wir werden Sie einen Monat auf Probe anstellen. Wenn Sie ehrlich und gewissenhaft sind und ich keine schwerwiegenden charakterlichen Fehler bei Ihnen feststelle, werden wir Ihnen eine dauerhafte Anstellung geben.«

Lon sprang von seinem Stuhl auf und streckte die Hand so stürmisch vor, dass er beinahe das Tintenfass umgeworfen hätte. Als er ihm die Hand schüttelte, lächelte Pinkerton zum ersten Mal. Vielleicht steckte hinter dem Eisblock doch ein lebendiger Mensch.

Die tägliche Arbeit in der Detektei faszinierte Lon. Pinkertons Büro war eine Art Theater. Die Ermittler gebrauchten bei ihren Einsätzen Verkleidungen und schlüpften in verschiedene Rollen. Manchmal zogen sie auch bewaffnet los, doch meistens verließen sie sich eher auf schnelle Kombinationsgabe als auf Gewalt. Die vier weiblichen Ermittler, die von Kate Warne geleitet wurden, trugen nie Waffen.

Pinkerton saß unbeirrbar täglich um Punkt sieben an seinem Schreibtisch. Der aus England stammende Detektiv Pryce Lewis erzählte Lon, dass der Boss vor Tagesanbruch aufstand, ein kaltes Bad nahm, dann einen langen Spaziergang machte und um halb sieben auf dem Weg zur Arbeit war. Lon mochte Lewis, der ein gebildeter junger Mann war und Bücher verkauft hatte, ehe er bei der Detektei angefangen hatte. Wenn Lewis nicht gerade mit einem Fall beschäftigt war, diskutierten sie in ihrer Mittagspause über Literatur.

Mehrmals täglich verließ Pinkerton sein Büro, um Kunden zu treffen, um die Detektive zu einem Gespräch zusammenzurufen oder Berichte auf diesen oder jenen Schreibtisch zu stapeln. Pinkerton schrieb Berichte, die beinahe schon als Kurzgeschichten durchgehen konnten. Die Angestellten machten sich darüber lustig, allerdings nie in Pinkertons Gegenwart.

Während Lon in der Buchhaltung arbeitete, änderte er schnell seine Meinung über den Boss. Pinkerton war weniger bedrohlich als vielmehr streng und entschlossen. Er folgte einer strikten Arbeitsmoral und erwartete dies auch von allen anderen. Obwohl Pinkerton humorlos und puritanisch war, kam Lon doch zu dem Schluss, dass Mathias Price ihn wegen seines Engagements für die Sache der Abolitionisten gemocht hätte.

Ab Beginn der vierten Woche befand sich Lon in einem Zustand äußerster Anspannung. Er befürchtete, dass man ihn wieder entlassen würde. Es waren ihm zwar keine größeren Fehler unterlaufen, doch es hatte auch niemand seine Buchführung kommentiert, weder positiv noch negativ. Kurz vor Büroschluss am Samstag trat Mr. Bangs schließlich an Lons Schreibtisch und meinte eher beiläufig: »Price, Sie sollen sich am Montag und auch an jedem folgenden Tag im Büro einfinden. Mr. Pinkerton hat seine Zustimmung gegeben.«

Ein freudiger Schauer ging Lon über den Rücken. Es war ihm gar nicht aufgefallen, dass Pinkerton ihn im Lauf des letzten Monats überhaupt bemerkt hatte. Das Symbol der Detektivagentur, das Auge, dem nichts entging, hatte also anscheinend durchaus seine Berechtigung.

Durch die dauerhafte Anstellung konnte Lon sich eine bessere Unterkunft leisten. Er mietete ein sauberes Zimmer im Haus eines Ehepaares im irischen Viertel auf der anderen Seite des Chicago River. Er erstand einen zweiten guten Anzug und strebte bald nach einer anderen Tätigkeit, der eines richtigen Detektivs. Er erwähnte seine Absichten gegenüber Bangs und verschiedenen anderen Mitarbeitern, jedoch ohne Erfolg.

Lon machte Bekanntschaft mit Philo Greenglass. Lon und der ehemalige Polizist waren grundverschieden, doch sie mochten einander. Sledge, wie alle ihn nannten, fragte Lon über Bücher, Tischmanieren, Geographie und einfache Mathematik aus, alles Dinge, die offensichtlich in seiner Erziehung gefehlt hatten. War Lon eher zurückhaltend, so war Sledge laut, manche hielten ihn sogar für grob und ungehobelt. Er ging beinahe immer bewaffnet zu seinen Einsätzen.

Ein trüber Winter war über Chicago hereingebrochen. Auf den Straßen türmten sich Schneehaufen. Als der Schnee schmolz, verwandelten sich die Straßen in dreckige Bäche. Ein kalter, schneidender Wind wehte vom Lake Michigan herüber. Es war eine finstere, deprimierende Zeit für jeden außer Pinkerton, der gegen Ende Februar 1859 ungewöhnlich munter wirkte. Niemand wusste, wieso.

Am Freitag, dem 11. März, saß Lon abends um halb acht noch immer an der Arbeit und stellte die Gehaltsabrechnungen fertig. Pinkerton kam aus seinem Büro gestürmt. »Wo sind denn alle hin?« Er warf einen Blick auf seine Taschenuhr. Die verwaisten Tische und die einsame Lampe, die noch neben Lons Tintenfass brannte, machten eine Antwort überflüssig.

Pinkerton händigte Lon einen versiegelten Umschlag aus, der an Oberst C. G. Hammond, den Generaldirektor der Illinois-Central-Eisenbahngesellschaft adressiert war. »Der muss sofort überbracht werden. Wenn Hammond anwesend ist, warten Sie seine Antwort ab und bringen Sie sie mir in mein Haus.« Pinkerton schwieg einen Moment, ehe er weitersprach. »Ich brauche keine schriftliche Antwort. Ich bin sicher, dass ich Ihnen vertrauen kann. Ich bitte Hammond in dem Schreiben darum, mir einen Sondertriebwagen zur Verfügung zu stellen, um ein paar Leute nach Kanada zu bringen. Diese Leute könnten in Gefahr sein, wenn sie in Chicago bleiben. Deshalb brauche ich umgehend Hammonds Antwort.«

Lon griff nach seiner Mütze und dem wollenen Schal, während Pinkerton hinzufügte: »Wissen Sie, wo ich wohne?«

»Adams Street, in der Nähe der Franklin Street.« Lon war noch nie in Pinkertons Haus eingeladen worden, doch jeder wusste, wo es sich befand.

»Ich warte auf Sie, auch wenn es Mitternacht oder später werden sollte.«

Wieder einmal wütete ein Sturm. Der Wind ließ die schneidenden Graupelkörner beinahe waagerecht fliegen. Lon fühlte sich vollkommen steif gefroren, als er die Villa der Hammonds erreichte. Der Oberst war zu Hause. Er forderte Lon auf, sich am Kamin im Salon zu wärmen, während er den Brief öffnete. Nachdem er ihn durchgelesen hatte, übergab er ihn den Flammen.

»Sie können Mr. Pinkerton ausrichten, dass sein Sondertriebwagen morgen Nachmittag um fünf bereitstehen wird. Wissen Sie, wer nach Kanada reist?« Lon schüttelte den Kopf. »Ich bin leider nicht befugt, Ihnen das mitzuteilen, doch wenn er es tut, werden Sie die Dringlichkeit verstehen.«

Noch einmal begab sich Lon hinaus auf die dunklen, nahezu verlassenen Straßen. Chicago lag unter einer weißen Decke, die alle Geräusche verschluckte und ein trügerisches Gefühl der Ruhe schaffte. Nachdem er eine halbe Stunde durch den Schnee gestapft war, erreichte er das holzverkleidete Haus, in dem der Boss mit seiner Frau, den beiden Söhnen und einer kleinen Tochter wohnte. Durch das ovale Glas in der Eingangstür bot sich Lon ein verblüffender Anblick: zwei schwarze Kinder, die durch den Flur tobten und Fangen spielten.

Pinkerton öffnete auf sein Läuten. »Sie sind sehr pünktlich zurück. Kommen Sie herein, Joan hat den Kessel auf dem Kamin stehen. Sie können bestimmt einen Tee gebrauchen, um wieder aufzutauen.«

Lon sehnte sich nach einem heißen Tee, doch aus Höflichkeit sagte er: »Das ist nicht nötig, Sir. Mir ist nicht kalt.«

»Oh? Dann haben Sie von Natur aus blaue Lippen? Sie werden einen Tee trinken, keine Widerrede! Wie lautet Hammonds Antwort?«

»Der Triebwagen wird morgen Nachmittag um fünf bereitstehen.«

»Großartig. Joan, einen Tee für Mr. Price«, rief Pinkerton ins Innere des Hauses. »Ziehen Sie die Stiefel aus und lernen Sie unsere Gäste kennen. Ich vertraue darauf, dass Sie niemandem gegenüber erwähnen werden, was Sie hier gesehen haben.«

»Natürlich, Sir«, erwiderte Lon. Nachdem er die Stiefel ausgezogen hatte, folgte er dem Boss mit einem Gefühl der Verwirrung ins Wohnzimmer.

Das Erste, was er sah, waren acht schwarze Gesichter. Die fünf Männer und drei Frauen trugen ärmliche, aber saubere Kleidung und hatten scheue, freundliche Mienen. Sie drängten sich hinter einem bärtigen, groß gewachsenen Weißen, der einen schwarzen Gehrock und eine schmale Krawatte trug. In den blaugrauen Augen, die tief in seinem zerfurchten Gesicht lagen, funkelten die Lichtreflexe des Kaminfeuers.

»Diese Menschen sind sechshundert Meilen in einem Planwagen gereist«, erklärte Pinkerton, während seine Frau Lon eine dampfende Tasse Tee servierte. Joan war eine schlichte, warmherzige Frau aus Glasgow; Lon hatte sie einmal im Detektivbüro kennen gelernt. »Sie sind bei jedem ihrer Schritte von diesem Gentleman hier beschützt worden: Mr. Brown.«

Beinahe hätte Lon seinen Tee verschüttet. Er erkannte den Weißen von Kupferstichen aus Zeitschriften wieder. Er stand John Brown aus Kansas gegenüber, dem Mann, der in dem berüchtigten Kampf bei Osawatomie Sklavereianhänger getötet hatte. Brown war landesweit bekannt und für viele ein Held. Andere hingegen nannten ihn einen Mörder.

»Mr. Browns Begleiter sind ehemalige Sklaven. Sie gehen mit ihm nach Kanada.«

»Wo ich meine Übergangsregierung errichtet habe«, sagte Brown, und dabei hatten seine Augen einen wahnsinnigen Glanz, den Lon nicht so bald vergessen sollte. »Danach habe ich im Osten wichtige Arbeit zu erledigen.«

»Für diese Arbeit und auch für die Reise habe ich Geld gesammelt«, sagte Pinkerton.

Lon wurde jedem der entflohenen Sklaven vorgestellt, war aber so überwältigt von ihrem Begleiter, dass er sich ihre Namen nicht merken konnte. Als er sich zum Gehen bereitmachte, ergriff Brown mit seinen riesigen, knorrigen Fingern seine Hand.

»Junger Mann, ich geben Ihnen den Rat, sich mit Tabak, Baumwolle und Zucker einzudecken, denn ich habe vor, die Preise in die Höhe zu treiben. Meine Revolution wird den Süden in die Knie zwingen und seine Sünden mit Blut sühnen.«

Lon verstand diese Bemerkung erst Monate später, als Browns kleiner Stoßtrupp das Waffenarsenal der Regierung bei Harper's Ferry angriff, nur um dann von einer Kompanie der Marineinfanterie Washingtons unter Führung von Oberst Lee gefangen genommen zu werden. Brown wurde der Prozess gemacht. Der Süden nannte ihn einen Verrückten, der Norden einen Heiligen und Märtyrer. Pinkerton sammelte verzweifelt Geld für seine Verteidigung, doch es nützte nichts. Brown wurde gehängt, und der Boss war wochenlang in trübseliger Stimmung.

Im April 1860 wurde der Seniordetektiv Timothy Webster auf einen Unterschlagungsfall in Indianapolis angesetzt. Adam Roche, ein Pfeife rauchender Deutscher, hätte ihn eigentlich begleiten sollen, wurde jedoch krank. Andere Detektive standen gerade nicht zur Verfügung. Bangs erinnerte sich an Lons Wunsch und schickte ihn zusammen mit dem Engländer los. Lon wurde allerdings nicht erlaubt, eine Waffe zu tragen.

Während der Zugfahrt in Richtung Süden erläuterte Webster in seinem gespreizten englischen Akzent den Fall: »Der Bank, die uns engagiert hat, sind zwanzigtausend Dollar abhanden gekommen. Ihr stellvertretender Direktor, ein gewisser Mr. Thor Knudsen, wird von seinen Arbeitgebern verdächtigt. Unser Auftrag ist es, das Geld ganz oder zumindest teilweise wiederzubeschaffen, sodass Knudsen den Justizbehörden übergeben werden kann.«

»Wieso wird er verdächtigt?«

»Sein Verhalten. Knudsen war immer ein Mann mit sehr regelmäßigen Gewohnheiten und einem ausgeprägten Sinn für Ordnung und Perfektion. Dann verstarb seine langjährige Ehefrau. Er nahm sich eine junge schwedische Frau als Haushälterin. Man vermutet eine Affäre zwischen den beiden. Der Bankdirektor meint, Knudsen sei verschlossen geworden, nachlässig in seiner Arbeit und seinem Benehmen. Vielleicht hat die Haushälterin ihn zu dem Diebstahl ermuntert.«

In Indianapolis färbte Webster sich die Haare mit Theaterpuder grau, und an einem sonnigen Samstag fuhren sie zum Dorf Carmel hinaus. Webster trug ein Dokument bei sich, das zwar hochoffiziell aussah, aber einer genaueren Prüfung nicht standhalten würde.

Auf dem Schotterweg vor Knudsens weitläufigem weißem Haus stiegen sie aus dem Buggy. An Hecken und Bäumen zeigten sich die ersten Knospen; ein Geruch nach Frühling versüßte die Luft. Es fiel schwer, sich vorzustellen, dass sie gerade einen Verbrecher jagten.

Webster bemerkte, dass in beiden Verschlägen des Stalles hinter dem Haus Pferdekutschen standen. »Vermutlich werden wir ihn zu Hause antreffen. Anders wäre es mir lieber gewesen. Halten Sie drinnen die Augen auf. Achten Sie auf alles, was Ihnen ungewöhnlich vorkommt.«

Mit dem Selbstvertrauen eines erfahrenen Schauspielers, der die Bühne betritt, marschierte Webster die Verandastufen hinauf und klopfte laut an die Tür. Eine stämmige junge Frau mit breitem rotem Mund und üppigen Brüsten unter der weißen Schürze öffnete die Tür. Webster tippte sich an den Hut.

»Guten Morgen, Miss. Ich bin Mr. Bainbridge vom örtlichen Bauamt. Dies ist mein Kollege, Mr. Harris. Wir sind hier, um eine Routineinspektion des Gebäudes durchzuführen. Unsere Papiere.« Webster zeigte das offiziell aussehende Dokument gerade mal drei Sekunden vor. »Ist der Besitzer zu Hause? Ein gewisser Mr. Knudsen, glaube ich?«

»Nicht hier«, sagte die junge Frau mit starkem Akzent.

»Zu schade. Wir versuchen, es so kurz wie möglich zu machen.« Webster trat über die Schwelle und zwang sie zurückzutreten, ehe sie Einwände erheben konnte. Lon bemerkte ein kleines gerahmtes Landschaftsgemälde, das etwas schief über dem Schirmständer im Flur hing.

Webster setzte ein strahlendes Lächeln auf, während er sich umschaute. Er zeigte auf das Esszimmer. »Dort hinein, Mr. Harris, wenn ich bitten darf. Ich inspiziere derweil den Salon. Sie dürfen uns selbstverständlich begleiten, Miss. Es handelt sich wirklich um eine reine Routineangelegenheit.«

»Beeilen Sie sich!«, rief sie und verschluckte sich dabei fast an ihren Worten. Sie hat ein schlechtes Gewissen und Angst, entdeckt zu werden, vermutete Lon. Das hieß jedoch nicht, dass sie auch Beweise finden würden.

Jedes Einrichtungsstück im Esszimmer stand offensichtlich an seinem Platz, kein Staubkörnchen war zu sehen. Lon hatte das Gefühl, ein Museum zu untersuchen. Er ging zurück in den Salon, wo Webster sich in einem kleinen Büchlein Notizen machte. »Alles zufrieden stellend«, teilte Lon mit.

»Hier auch. Inspizieren wir noch den – was gibt es denn?« Lon starrte auf das Porträt einer älteren Dame in einem dunklen Kleid.

»Das ist das zweite Bild, das schief hängt. Im Flur hängt noch eins. Alles andere ist in bester Ordnung.«

»Vielleicht sollte ich mir das mal genauer anschauen.« Während

Webster auf das Porträt zutrat, schrie die Haushälterin plötzlich los: »Thorvald!«

Webster nahm das Bild vom Haken und drehte es um. Der braune Papierrücken war entlang einer Seite aufgeschlitzt worden. »Irgendetwas ist hier drinnen versteckt und in aller Eile wieder entfernt worden. Überprüfen Sie das andere Bild.«

Lon hörte Geräusche aus dem oberen Stockwerk: polternde Fußtritte und eine wütende Männerstimme. Er untersuchte die Landschaftsmalerei und lief zurück in den Salon. »Genau dasselbe. Meinen Sie, er hatte das Geld in den Bildern versteckt?«

»Ja, und ich wette, da ist noch mehr in den anderen, die er nicht mehr rechtzeitig aufschneiden konnte.« Sie hörten Lärm und rannten in den Flur. Ein korpulenter Mann in den Sechzigern kam die Treppe heruntergestürmt, die Weste und das kragenlose weiße Hemd aufgeknöpft, das dünne graue Haar zerzaust. Lon und Webster standen genau in der Schusslinie seiner Schrotflinte.

»Verlassen Sie mein Haus!«, brüllte er, während er auf sie zielte.

»Knudsen, seien Sie kein Narr. Sie werden sich nur noch weiter schaden«, sagte Webster. Lon tastete hinter sich nach einem kleinen glasierten Tontopf und warf ihn mit Schwung über seinen Kopf hinweg, sodass er Knudsen gegen die Stirn flog und zerbrach. Webster duckte sich auf den Boden. Knudsen taumelte gegen das Treppengeländer und feuerte dabei versehentlich beide Läufe der Flinte in die Decke ab. Putz regnete herab. Oben kreischte die Haushälterin wie eine Irre.

Webster packte den benommenen Thor Knudsen, der ihm nicht mehr gefährlich werden konnte. Lon schlitzte die Rückseite eines weiteren kleinen Ölgemäldes im Esszimmer auf und zog große Geldscheine heraus. Webster hielt die Flinte auf den schluchzenden Bankangestellten gerichtet, während Lon die Behörden verständigte.

»Sie hätten getötet werden können«, sagte Webster später zu Lon.

»Bin ich aber nicht.«

»Gehen Sie nicht zu oft solche Risiken ein. Ein Profi macht das nicht.«

»Jawohl, Mr. Webster.«

»Tim«, meinte dieser und legte Lon kameradschaftlich den Arm um die Schulter.

Nachdem Lon nach Chicago zurückgekehrt war, rief Pinkerton ihn in sein Büro. Der Boss gratulierte ihm zu seiner scharfen Beobachtungsgabe und schnellen Reaktionsfähigkeit, über die Webster großzügigerweise berichtet hatte. Pinkerton schüttelte Lon die Hand und beförderte ihn zum Detektiv. In den folgenden Monaten war Lon beinahe zu beschäftigt, um mitzubekommen, wie das Land unaufhaltsam auf eine Konfrontation über die Sklavenfrage zusteuerte.

10

März 1861

»Papa, ich kann mich jetzt nicht unterhalten, um fünf beginnt die Probe.«

»Aber ich habe großartige Neuigkeiten.« Der Major war mit mehr Energie und Schwung ins Haus gestürmt, als er seit Monaten aufgebracht hatte. Seine Stiefel waren grau vom Straßenstaub, doch sein alter himmelblauer Militärmantel und sein Umhang waren gebürstet und präsentabel. Das Monokel, das er sonst in einer Zigarrenkiste aufbewahrte, hatte er vor sein linkes Auge geklemmt. »Eine Stellung. Eine Sekretärsstelle im Kriegsministerium im President's Park. Ich werde nächste Woche den Dienst antreten.«

Hanna warf sich in Siegels Arme und drückte ihn an sich. »Das ist ja wunderbar. Wie ist es denn dazu gekommen? Hast du dich nicht schon einmal dort beworben?«

»Zweimal. Da hat man mich wie den letzten Dreck behandelt. Doch es gibt jetzt eine neue Verwaltung.«

»Wer hat dich angestellt, der neue Minister?«

»Nein, nicht Mr. Cameron. Zwei seiner Assistenten. Ihnen gefiel meine militärische Vergangenheit. Der Kriegsminister selbst hat gar keine Militärerfahrung. Man macht Witze darüber, dass seine Erfahrung vor allem darin besteht, Pennsylvanias Wahlurnen zu füllen. Lincoln hat ihn in sein Kabinett aufgenommen, weil Cameron seine Aufstellung zum Präsidentschaftskandidaten unterstützt hat. Mir ist das egal – von mir aus kann er Satan persönlich sein,

Hauptsache, er bezahlt mich anständig und … ach, Hanna. Deine Kleider. Wieso ziehst du dich bloß so an?«

Der Major meinte ihre formlose graue Wolljacke und ihre schmalen Hosen; abgelegte Stücke, die ihr die Frau von Mr. Spence, dem schwarzen Schaffner von nebenan, gegeben hatte. Unter ihrem Baumwollhemdchen hatte sie sich den Busen mit sauberen Stoffresten flach gebunden, und das Haar hatte sie sich mit einer alten stumpfen Schere abgeschnitten, sodass es ihr in jungenhaften Fransen über die Ohren hing.

»Es hilft mir dabei, mich in meine Rolle zu versetzen. Ich spiele ein Mädchen, das sich als Page von Herzog Orsino verkleidet.«

»Deine Freunde, diese Theaterleute, üben einen komischen Einfluss auf dich aus!« Kopfschüttelnd streifte er seine alten Handschuhe ab. »Ich habe einen höchst interessanten Mann kennen gelernt, während ich auf mein Vorstellungsgespräch gewartet habe. Einen gewissen Mr. Baker, der ebenfalls eine Anstellung sucht. In San Francisco, in Kalifornien, hat er eine inoffizielle Militäreinheit geleitet, die er Vigilanten nannte. Sie haben jeden aufgehängt, der …«

»Papa, ich muss los. Ich freue mich sehr für dich.«

»Für uns. Wir können endlich aus dieser Nachbarschaft mit den dreckigen Niggern fortziehen. Sei vorsichtig, wenn du ausgehst, die Innenstadt ist im Moment ein Irrenhaus.«

Und so war es schon seit Tagen wegen der Vorbereitungen auf Lincolns offiziellen Amtsantritt am Montag, dem 4. März. Alle Hotels waren überfüllt. Hunderte, die keine Zimmer mehr hatten finden können, schliefen in Hauseingängen oder stolperten einfach Tag und Nacht durch die Straßen. Eine Zeitung berichtete, dass das National Hotel zwölfhundert Mahlzeiten pro Tag serviere. Doch Hanna hatte wirklich nicht vorausgesehen, welches Ausmaß das Gedränge haben würde, bis sie die Pennsylvania Avenue erreichte. Arbeitertrupps harkten und fegten die Straße über die gesamte Strecke, die Mr. Lincoln vom Capitol zum Weißen Haus fahren würde. Auf den Bürgersteigen drängten sich die Menschen. Sie vermutete, dass viele von ihnen aus Illinois kamen, weil sie derbe dunkle Kleidung trugen und schamlos wie Bauerntrampel glotzten. Der Direktor des Canterbury hatte erzählt, die Männer der Prärie seien berüchtigt für ihren Geiz; sie gaben nie Trinkgeld.

Hanna sah andere, noch gröbere Männer, die kräftige Schlucke aus Schnapsflaschen oder kleinen Flachmännern nahmen und jeden beiseite stießen, der ihnen in den Weg kam, sogar Frauen. Durch die Stadt strömten die berüchtigten Schlägertrupps aus Baltimore, die gekommen waren, um die Vereidigung des Präsidenten zu stören. Als ihr einer der Rüpel auf den Fuß trat, starrte sie ihn wütend an und beschimpfte ihn in ihrer Muttersprache. Er war kein bisschen verlegen, sondern bedachte sie stattdessen mit einem unflätigen Schimpfwort und stolzierte weiter.

Ein junger Mann, der soeben aus dem National Hotel trat, wurde von Autogrammjägern bedrängt. Hanna erkannte Lincolns Sohn wieder, der auf die Universität ging und den sie einmal auf einem Zeitungsbild gesehen hatte. Irgendein Witzbold hatte ihn den »Prinz der Schienen« getauft. Bob Lincoln verteilte klaglos Autogramme.

Ein helles Aufblitzen lenkte ihren Blick auf das Dach des Gebäudes, an dem sie gerade vorbeiging. Die Märzsonne wurde vom Feldstecher eines Armeeoffiziers reflektiert, der die Menge beobachtete. Der Regisseur ihres Theaterstücks hatte erzählt, dass man wegen der Morddrohungen gegen den Präsidenten entlang der Strecke der Parade Scharfschützen postieren würde. Einem Gerücht zufolge hatten zwanzig mit Bowie-Messern bewaffnete Schläger aus Texas vor, sich einen Weg durch die Distriktkavallerie zu schlagen, die die Präsidentenkutsche bewachte, und den Präsidenten zu erstechen.

Andere erzählten, dass New York dabei sei, sich zu einer Freistadt zu erklären, um mit beiden Regierungen Handel treiben zu können. Dass Präsident Lincoln unverzüglich eine Friedenskonferenz mit Delegierten aus Montgomery, der Hauptstadt der neuen Konföderation, einberufen werde. Dass die Schwarzen nur auf den Montag warteten, um sich an ihren Herren und Arbeitgebern zu rächen. Genau diese Art von Gerüchten hatte zu einem bedauerlichen Wortwechsel zwischen ihr und Margaret geführt, als sie das letzte Mal zusammen zu Abend gegessen hatten:

»Mein Bruder Cicero schwört, das schwarze Hausmädchen eines Freundes hätte gesagt, dass es seiner Herrin eine Ohrfeige geben und sie bespucken würde, sobald Lincoln sein Amt angetreten hat.«

»Margaret, wie kannst du bloß solchen Blödsinn glauben?«

»Ich erzähle dir nur, was ich gehört habe. Mein Vater meint, dass Blut fließen wird, wenn Lincoln und die Schwarzen Republikaner erst mal an der Macht sind.«

»Und was meinst du dazu?«

»Ich habe keine Meinung. Mir ist jeder Gedanke daran zuwider.«

»Du kannst doch nicht ewig auf deinem hohen Ross sitzen bleiben. Es wird Kämpfe geben. Ich wünschte, ich könnte mich als Soldat melden. Ich wünschte, ich wäre ein Mann, dann könnte ich der Sache dienen.«

»Deiner Sache, nicht meiner«, erwiderte Margaret mit unverhohlener Gereiztheit.

Hannas Wangen röteten sich. Beide Frauen blickten aneinander vorbei. Ihr Kellner, ein Weißer wie alle Kellner in den besseren Hotels und Restaurants der Stadt, sah einen Streit voraus und trat an einen anderen Tisch.

Hanna legte ihrer Freundin die Hand auf den Arm, eine Geste der Versöhnung. Hannas Fingernägel waren stumpf, teilweise abgebrochen, Margarets dagegen perfekt poliert. Sie ergriff als Erste das Wort.

»Das war unhöflich und gedankenlos von mir. Verzeihst du mir?«

»Natürlich«, erwiderte Hanna.

»Wir dürfen uns nicht so mitreißen lassen. Wir sind schließlich Freundinnen.«

»Ja, natürlich. Für immer.«

Doch Freundinnen, sofern sie Charakter haben, beziehen Stellung oder sollten es wenigstens, dachte Hanna. Familien zerstritten sich, Bundesstaaten spalteten sich ab, ja, die ganze Nation entzweite sich erbittert – und genauso war es auch zwischen ihr und Margaret. Hanna sah diese Entwicklung nicht gern und spürte dennoch, dass sie in gewisser Hinsicht unvermeidlich war. Sie trennten sich höflich, ohne sich wie sonst herzlich voneinander zu verabschieden.

Hannas kleine Laienspielgruppe probte auf einer von Vorhängen umgebenen Bühne im Keller einer Episkopalkirche hinter dem Capitol. Der Pfarrer mochte Theateraufführungen und gestattete der Gruppe, den Keller zu mieten, solange sie ihn in Ordnung hielten. In der Kirchengemeinde wimmelte es von Südstaatlern und Leuten, die mit ihnen sympathisierten.

Als sie eintraf, rannten die Schauspieler wie immer aufgeregt gackernd herum wie die Hühner. Heute war die erste Kostümprobe. Regie führte ein talentierter, aber ziemlich pedantischer Schuhverkäufer namens Derek Fowley.

Als Hanna den Umkleideraum betrat, stand Zephira Comfort in Unterwäsche vor ihr und kämpfte mit ihren Korsettbändern. »Was für eine Plage! Würdest du mich schnüren, Schätzchen?«

»Aber natürlich, meine Liebe.« Zephira Comfort war dick und hatte Brüste wie Kanonenkugeln. Sie war keine besonders gute Schauspielerin, doch Derek lebte mit ihr zusammen, daher bekam sie immer eine der Hauptrollen.

Hanna liebte die Rolle der Viola, eine der Shakespeare'schen Frauenrollen, die allesamt in der Elisabethanischen Zeit von Knaben gespielt wurden. Viola, die schiffbrüchig an die Küste Illyriens getrieben wird, verkleidet sich als Jüngling, um sich vor Gefahren zu schützen. Malvolio beschreibt sie als »noch nicht alt genug für einen Mann und nicht jung genug für einen Knaben«. Bald steht Viola als Page Cesario in Diensten des Orsino, der sie zu Gräfin Olivia schickt, um an seiner Stelle um Olivias Hand zu werben. In der fünften und letzten Szene des ersten Aktes hatte Hanna ihren ersten Auftritt im Pagenkostüm: einem grünen Seidenwams und Kniebundhosen; ihre Jackenaufschläge wurden von winzigen gelben Blumen umrahmt. Hanna trug gern die weichen weißen Kniestrümpfe und mochte den Geruch ihrer gepuderten Perücke. Zephira Comfort spielte die Olivia unter einem dichten Schleier, bis der Text von ihr verlangte, sich dem Pagen zu enthüllen.

Zephira schlug die Hände vor die Brust und stieß schwärmerisch hervor: »Wie liebt er mich?«

Hanna sprach ihre Antwort zurückhaltender, lebensechter und daher glaubwürdiger: »Mit Tränenflut der Anbetung, mit Stöhnen, das Liebe donnert, und mit Flammenseufzern! ... Oh, liebt ich Euch mit meines Herren Glut, Mit solcher Pein, so todesgleichem Leben, Ich fänd in Eurem Weigern keinen Sinn.«

Am Ende der Szene sprang Derek von seinem Hocker auf und klatschte. »Zeffie, du warst großartig! Weiter so! Liebe kleine Hanna – das ist ein hübsches Kostüm, allerdings ein wenig abgetragen. Unter dem linken Arm klafft eine riesige Naht. Lass sie von der Garderobiere nähen.«

»Ja, Derek.«

»Ich muss deine Darstellung wirklich loben. Wenn ich dich nicht kennen würde, könnte ich dich tatsächlich für einen Mann halten. Es hilft der Rolle unheimlich, wenn du mit tieferer Stimme sprichst.«

»Danke, Derek.«

»Fünf Minuten Pause, Leute. Dann machen wir weiter.«

Hanna ging nach draußen. Die fahle Sonne versank im Westen hinter der unvollendeten Kuppel des Capitols. Tiefe Schatten zogen sich über der Straße zusammen. Sie hörte, wie eine Gruppe Pferde im Galopp näher kam.

Sie lehnte sich an die Kirchenmauer und zündete sich eine selbst gedrehte Zigarette an. Hanna mochte den Geruch und Geschmack von Tabak. Sie spuckte einen Krümel von der Zunge, als ein halbes Dutzend Kavalleriesoldaten, gestiefelt und gespornt, durch die purpurne Dämmerung an ihr vorbeigaloppierte. Während sie ihnen nachblickte und beobachtete, wie sich die Gestalten der Soldaten in der Dunkelheit durch die weit geschnittenen Uniformen aufzulösen schienen, kam ihr plötzlich eine Idee:

Wenn ich in meiner Rolle so überzeugend bin, könnte ich mich doch auch in Wirklichkeit als Mann verkleiden. Und einem Regiment ins Feld folgen. Das wäre das Richtige für mich. Und Papa hätte endlich doch noch seinen Soldaten.

Sie fühlte sich freudig erregt, obwohl sie nicht wenig Angst vor den möglichen Gefahren hatte. Doch sie war eine begabte Schauspielerin, oder etwa nicht? Solange sie sich nicht nackt auszog – wieso sollte sie die Sache nicht wagen? Sie war so in ihre Gedanken versunken, dass sie Dereks Aufruf für den zweiten Akt gar nicht hörte. Sie musste erst vom mürrischen Inspizienten hereingeholt werden.

11

März 1861

Am Tag der offiziellen Amtseinführung des Präsidenten war es sonnig, aber kühl. Der böige Wind schnitt scharf in die Wangen und ließ ungeschützte Hände starr werden vor Kälte. Das militärische

Aufgebot war gewaltig. Die Distriktkavallerie, die die Parade begleiten sollte, sowie die Infanteriemiliz, die die Strecke bewachte, wurden unterstützt durch Kompanien der regulären Armee, die sich gerade in der F-Street, nördlich der Pennsylvania Avenue formierten, als Lon und Sledge sich um halb zehn auf den Weg zum Capitol machten. Milizsoldaten mit Gewehren kauerten auf den Dächern entlang der Avenue wie Geier, die auf Aas warteten.

Felton, der Direktor der Eisenbahngesellschaft, hatte Pinkertons Detektive als Sonderstreife für die Amtseinführung angeheuert. Es wurde als rein privater patriotischer Akt betrachtet. Offiziell war General Scott verantwortlich für die Sicherheit und wünschte keinerlei Einmischung durch Zivilisten. Der alte Schaumschläger lebte in der I-Street. Dorthin, so hieß es, ließ er sich alle seine Mahlzeiten von einem französischen Lieferservice bringen. Lon vermutete, dass Scott fünf oder sechs Mahlzeiten am Tag aß, denn er war von einer geradezu grotesken Fettleibigkeit, und seine Arme und Beine waren aufgetrieben von der Wassersucht. Er musste sich von mehreren Unteroffizieren in seine Kutsche hieven lassen. Mit seinen fünfundsiebzig Jahren war er für einen Befehlshaber eigentlich zu alt, führte aber dennoch das Oberkommando.

»Scheinen nicht besonders fröhlich zu sein, die Leute hier«, stellte Sledge fest, während sie an den Zivilisten vorübergingen, die sich bereits auf den Bürgersteigen drängten. Lon war das ebenfalls aufgefallen. Überall herrschte Lärm – Jungen verkauften Zeitungen, Verkäufer schwenkten Lithographien von Lincoln –, dennoch war wenig Begeisterung zu spüren. In einigen Gesichtern spiegelte sich Verärgerung, in vielen anderen Sorge. Die Läden vor den Geschäften und Fenstern der oberen Stockwerke waren geschlossen, vielleicht aus Protest.

Sie gingen auf der Südseite um das Capitol herum zum Ostportikus. Mehrere hundert Menschen warteten bereits hinter den reservierten Stühlen, die man gegenüber der mit Flaggtuch geschmückten Plattform aufgestellt hatte. Darunter, so hatte Pinkerton ihnen mitgeteilt, versteckten sich fünfzig bewaffnete Soldaten.

Lon und Sledge trafen in der Menge auf Tim Webster. Er wies Sledge den nordöstlichen Teil des Parks zu, Lon den südöstlichen.

Die Leute zitterten vor Kälte und beklagten sich über den Wind. Lon schlug den Samtkragen seines gebrauchten Mantels hoch und hielt seinen schwarzen Filzhut fest. Er ließ sich durch die Menge treiben, beobachtete die Gesichter und hielt Ausschau nach allem, was möglicherweise auf einen Verrückten hindeutete. Er sah niemand Verdächtigen, war aber dennoch nervös. Wieso sollte ein Attentäter auch auffällig wirken? Er konnte genauso gut elegant aussehen – oder einfach nur gewöhnlich.

Einige der sportlicheren Männer waren auf die kahlen Bäume des Parks geklettert. In der Grünanlage wimmelte es von Stadtpolizisten, und hinter jedem der Fenster auf beiden Flügeln des Capitols stand ein bewaffneter Soldat. Würde einer von ihnen wirklich schnell genug sein, um einen entschlossenen Scharfschützen aufzuhalten?

Die Menge wuchs auf mehrere Tausend an. Kurz nach zwölf hörte man aus der Ferne Musik, das Musikcorps der Marine, das die Avenue hochmarschierte. Lincoln und Buchanan hatten das Willard's Hotel in einer offenen Kutsche verlassen, umgeben von ihren Leibwächtern. Falls der neue Präsident nicht schon vor seiner Vereidigung ermordet wurde, sollte dem neuesten Gerücht zufolge eine Reiterschwadron aus Virginia über die Long Bridge galoppieren und ihn an diesem Abend vom feierlichen Amtsantrittsball entführen.

Lons Blicke glitten ständig hin und her und suchten nach Anzeichen für möglichen Ärger. Als er ein paar Schritte rückwärts ging, stolperte er gegen eine junge Frau und stieß ihr dabei ein Buch aus der Hand.

»Ma'am, es tut mir furchtbar Leid.«

»Das hoffe ich doch!«

Sie war etwa so alt wie er, groß gewachsen und gut aussehend, mit funkelnden dunklen Augen und einem üppigen, runden Busen. Ihre Kleidung zeugte von Geld und gutem Geschmack. Über dem Rock trug sie einen bernsteinfarbenen Samtmantel. Der dazu passende Hut war mit Straußenfedern verziert. Sie war ein paar Zentimeter größer als Lon.

Er bückte sich und hob das Buch vom Boden auf. *Die Frau in Weiß*. Er wischte ein paar vereinzelte Grashalme vom Einband.

»Ich habe das Buch zwar noch nicht gelesen, aber ich habe schon gehört, dass Wilkie Collins ein guter Schriftsteller sein soll. Er und mein Lieblingsautor, Charles Dickens, sind befreundet.«

Sie starrte ihn an.

»Ich habe gehört, in dem Roman kommt ein Detektiv vor.«

Sie starrte seinen Hut an. Aus der Fassung gebracht, strich er weiter über das Buch. »Hier, bitte schön. Mit den besten Wünschen.«

Sie nahm das Buch. »Danke, aber ich brauche keine guten Wünsche von einem Yankee.«

Verärgert fuhr er sie an: »Aber Sie nehmen doch wohl gute Wünsche von einem Amerikaner entgegen!«

Unter ihren gesenkten Wimpern blitzten ihre Augen erheitert auf. »Meine Güte, Sie sind ja frech! Darf ich fragen, womit ein Mann wie Sie sich den Lebensunterhalt verdient? Sie schuften wahrscheinlich wie ein Sklave in einer dieser dunklen, schmutzigen Fabriken und bilden sich ein, frei zu sein?«

»Nein, und lassen Sie uns bloß nicht davon anfangen, dass die Sklaven auf den Plantagen besser dran seien als die Lohnsklaven; das ist ein Scheinargument. Ein Fabrikarbeiter kann jederzeit davonlaufen. Wenn ein Sklave wegläuft, peitscht man ihn aus, brandmarkt ihn oder noch Schlimmeres.« Er hätte es dabei belassen sollen, doch ihr herausfordernder Blick und ihr hochmütiges Kinn provozierten ihn. »Ich nehme an, dass Sie unseren neuen Präsidenten ebenfalls missbilligen.«

»In der Tat. Er ist bloß ein ungehobelter Hinterwäldler aus Illinois.«

»Ich stamme ebenfalls aus Illinois.«

»Ach, tatsächlich. Das ist keine besonders gute Empfehlung. Wenn Abraham Lincoln auch nur ein Quäntchen Verstand hätte, würde er Versöhnung und nicht Auseinandersetzung predigen.«

»Nicht solange der Süden ganz versessen darauf ist, die Verfassung vor eine Zerreißprobe zu stellen, um seine fragwürdigen Sitten zu schützen. Ihr Sezessionisten glaubt immer, euer Weg sei der einzig …«

»Entschuldige, dass ich dich so lange warten ließ, meine Liebe.« Ein älterer Mann, der hinter ihr aufgetaucht war, nahm ihren Arm. »Bin einem alten Freund begegnet. Kennst du diesen Herrn?« Der Mann hatte eine affektierte Art zu sprechen. Nicht richtig britisch, aber gestelzt genug, um seine Überlegenheit zu demonstrieren und einen Zuhörer herablassend zu behandeln. Er war elegant gekleidet, trug einen langen Mantel mit braunen Samtaufschlägen, Stehkragen, Fliege, Zylinder, Handschuhe und einen Spazierstock.

»Nein, Donal. Der Gentleman hat mich beinahe umgerannt und mir dabei mein Buch aus der Hand geschlagen. Wenigstens besaß er die Höflichkeit, es wieder aufzuheben.«

»Nun, dann vielen Dank, Sir«, sagte Donal auf eine etwas sarkastische Art, die unaufrichtig klang. Der Mann führte die junge Frau fort, die Hand fest um ihren Arm gelegt. Lon fragte sich, wie ein so attraktives Mädchen sich mit einem grauhaarigen Mann mit fliehendem Kinn einlassen konnte. Wahrscheinlich war er wohlhabend. Während sie sich entfernte, sah die junge Frau über die Schulter zurück. Lon vermochte nicht zu sagen, ob der Blick neugierig oder verächtlich war.

Was ihn am meisten geärgert hatte, war keineswegs ihre spitze Zunge; tatsächlich hatte ihm ihre Schlagfertigkeit sogar gefallen. Er war wütend über sich selbst, weil er ihr sofort widersprochen hatte, statt sie auf charmante Art für sich einzunehmen. Von dem Augenblick an, in dem er sie gesehen hatte und die Rundung ihrer Wangen, ihr glänzendes Haar bewundert hatte, wollte er, dass sie ihn mochte.

Reine Zeitverschwendung. Hier bist du auf dem Holzweg.

Zu schade. Er konnte nicht behaupten, dass er sich in so kurzer Zeit in die attraktive Fremde verliebt hatte, doch etwas in seinem jungen Männerherzen hatte sich dieser Möglichkeit gegenüber geöffnet.

Lon war noch nie verliebt gewesen. Er hatte kurze, oberflächliche Flirts mit einer Reihe junger Damen erlebt und dreimal Sex gehabt. Das letzte Mal hatte Sledge ihn in ein Bordell Chicagos geführt und für das Mädchen bezahlt. Lon hatte das Erlebnis mechanisch, ja sogar traurig gefunden. Er hatte Sledge jedoch nichts davon erzählt, weil dieser ihn sonst als romantischen Bücherwurm verhöhnt hätte.

Als er gerade gehen wollte, sah er dort, wo sie gestanden hatte, ein buntes Lesezeichen auf dem Boden liegen. *Ein gutes Buch von SHILLINGTON'S*, stand darauf.

Auch er war schon in der beliebten Buchhandlung gewesen. Er hob das Lesezeichen auf und war sich sicher, dass es nicht zufällig aus dem Wilkie Collins gerutscht war. Warum hatte sie es fallen lassen? Er suchte die Menge nach ihr ab, als könnte er zusammen mit ihr auch eine Antwort auf diese Frage finden. Sie war verschwunden.

Und er wusste nicht einmal, wie sie hieß.

Er steckte das Lesezeichen in eine seiner Innentaschen und widmete sich wieder seiner Arbeit.

Schreie und Tumult auf der Nordseite des Gebäudes verkündeten die Ankunft der Würdenträger, die auf dem Weg zum Senat und der Vereidigung des Vizepräsidenten Hamlin waren. Im nächsten Augenblick trat die Gruppe aus Kongressabgeordneten, Richtern des Obersten Gerichtshofes, Freunden und Familie aus der Rotunde hervor und stieg die Stufen auf die Plattform hinab. Da war Lincoln, wie immer mit traurigem Blick und enttäuschend gewöhnlich. Er besetzte einen Stuhl in der ersten Reihe und legte sich seinen Spazierstock mit dem Goldknauf über die Knie. Senator Baker aus Oregon stand hinter einem schäbigen kleinen Tisch, um ihn vorzustellen. Gebannt betrachtete Lon den betagten Obersten Richter Taney, der zur Linken Bakers saß. Taney hatte das berühmte Gutachten im Dred-Scott-Prozess geschrieben, in dem stand, dass Sklaven keine Bürger seien und daher auch keinen Anspruch auf Schutz durch das Gesetz hätten. Lon verabscheute den Mann, ohne mehr über ihn zu wissen.

Nachdem Baker Lincoln vorgestellt hatte, erhob sich dieser. Er bedankte sich für den Applaus und legte seinen Stock quer über den Tisch. Er nahm den Hut ab, bewegte sich, als wolle er ihn ablegen, zögerte dann aber. Einige kicherten über seine Unbeholfenheit. Schon sprang Senator Douglas auf, auch »Little Giant« genannt. Lächelnd nahm Douglas Lincoln den hohen Hut ab. Er setzte sich wieder und hielt den Hut vorsichtig auf seinen Knien. Der Menge gefiel die symbolische Geste, die zeigte, dass die politischen Gegner des vergangenen Herbstes nun wieder vereint waren.

Auch bei dieser Gelegenheit klang die Stimme des Präsidenten nicht anders als sonst. Sie war dünn, hoch und – so ungern Lon es sich eingestand – unangenehm. Dennoch zog Lincolns Rhetorik ihn allmählich in seinen Bann.

Lincoln wandte sich der strittigen Sezession zu und verkündete im selben Atemzug, dass sie eine Unmöglichkeit darstelle; die Union sei immer während, sie könne nicht durch das Vorgehen einzelner Bundesstaaten aufgelöst werden. Die Entschlüsse und Verfügungen der Sezession seien null und nichtig.

»Ich stelle daher unter Berücksichtigung der Verfassung und

der Gesetze fest, dass die Union nach wie vor ungebrochen ist; und ich werde mit allem, was in meiner Macht steht, und so, wie es mir die Verfassung selbst auferlegt, dafür sorgen, dass die Gesetze der Union in allen Bundesstaaten gewissenhaft befolgt werden.«

Die Menge war so still, dass man beinahe meinte, die Wolken über den Himmel schweben zu hören. Ein Mann, der hinter Lon stand, flüsterte: »Damit meint der verdammte Idiot, er will einen Krieg führen, wenn der Süden nicht klein beigibt!«

Voller Ernst sprach Lincoln zu ihnen, dass es weder Gewalt noch Blutvergießen geben werde, es sei denn, die staatliche Autorität werde dazu gezwungen. »In euren Händen, meine unzufriedenen Landsleute, und nicht in den *meinen*, liegt die folgenschwere Entscheidung über einen Bürgerkrieg. Die Regierung wird *euch* nicht angreifen. Ihr werdet keinen Konflikt erleben, wenn ihr nicht selbst die Aggressoren seid. *Ihr* habt vor dem Himmel keinen Eid abgelegt, die Regierung zu vernichten, aber *ich* bin dem heiligsten Eid verpflichtet, nämlich sie zu erhalten, zu schützen und zu verteidigen.«

Seine melancholischen Augen richteten sich auf die Menge. »Auch die angespannteste Leidenschaft darf die Bande unserer Liebe nicht zerreißen. Die Zaubersaiten der Erinnerung, die jedes Schlachtfeld und jedes Grab eines Patrioten mit allen Herzen und Herdfeuern im ganzen Land verbinden, werden nach wie vor den Chor der Union erklingen lassen, sobald sie erneut – und sie werden es sicherlich – von unseren guten Schutzengeln angeschlagen werden.«

Als der Applaus verklungen war, holte Richter Taney die Bibel hervor. Er vereidigte den Präsidenten, und die Zeremonie war vorüber. Glücklicherweise ohne Gewalt. Der Ausdruck »Bande unserer Liebe« beherrschte Lons Gedanken, zusammen mit dem Gefühl, dass etwas unwiderruflich verloren war.

Ehe Allan Pinkerton und seine Leute am Mittwoch Washington verließen, stattete Lon Shillingtons Buchhandlung noch einen Besuch ab. Nach fast einem Jahr als Privatdetektiv wusste er, wie er eine Geschichte überzeugend darbieten konnte.

»Eine junge Dame hat am Montag ein Exemplar von *Die Frau in Weiß* im President's Park fallen lassen. Ich habe es gefunden, doch sie war verschwunden, ehe ich es ihr zurückgeben konnte. Ich würde es ihr gern zukommen lassen, sofern sie nicht eine Besucherin von auswärts war, doch ich weiß weder, wie sie heißt, noch, wo ich sie finden kann. Ein Lesezeichen aus Ihrem Laden lässt mich vermuten, dass sie das Buch hier gekauft hat.«

Lons unschuldiger Gesichtsausdruck und seine blauen Augen ließen den Verkäufer jeglichen Argwohn vergessen. Er holte eine Blechdose hinter der Theke hervor. »Wir haben den Collins etliche Male verkauft, seit er im letzten Jahr erschienen ist, doch wir notieren uns die Adressen von unserer hiesigen Kundschaft. Würden Sie mir bitte beschreiben, wie sie aussah?«

Das tat Lon. Der Verkäufer hatte ihre Karte bald gefunden. »Miss Miller.« Lon war mittlerweile darin geübt, auch auf dem Kopf stehende Handschriften zu lesen. Vorname Margaret. Der Daumen des Verkäufers verdeckte die Anschrift.

»Aus Washington?«

»Baltimore. Doch ihre Familie hat einen zweiten Wohnsitz am Franklin Square.« Der Verkäufer zeigte ihm die Hausnummer. Etwas kam ihm plötzlich wieder in den Sinn und brachte ihn zum Lächeln. »Sie hat keine Scheu, mit einigen unserer männlichen Kunden über Politik zu diskutieren. Sie ist eine leidenschaftliche Sezessionistin.«

»So sind die Leute aus Baltimore«, stimmte Lon zu und tippte sich an den Hut.

Er eilte hinaus und lief nach Einbruch der Dunkelheit während eines heftigen Regenschauers zum Franklin Square, nur um dort klitschnass und enttäuscht auf der Veranda vor dem Haus zu stehen. Nirgendwo brannte Licht. Er ging rückwärts die Treppen hinunter, während ihm der Regen von der Hutkrempe rann. Sie hatte wohl die Stadt verlassen. Und er musste am nächsten Morgen fort. Verdammt. Keine Möglichkeit, sie wiederzusehen oder gar den Fuß über ihre Schwelle zu setzen.

Das Abteil im Baltimore & Ohio-Express in Richtung Westen war überheizt, das Wetter draußen feucht und trostlos. Die Fensterscheiben waren beschlagen. Pryce Lewis saß neben Lon und blätterte die Washingtoner und New Yorker Zeitungen durch. »Bei Gott, im Süden rasseln sie wirklich mit den Säbeln. Hör dir mal das hier aus Arkansas an: ›Wenn es nur unter Zwang möglich ist, die Union für immer während zu erklären, dann ist Lincolns Antrittsrede eine Kriegserklärung.‹ Der *Montgomery Advertiser* schreibt: ›Krieg, Krieg und nichts Geringeres als Krieg wird den Anführer der Abolitionisten zufrieden stellen.‹ Ich schätze, wir werden demnächst … Lon, was um alles in der Welt machst du da? Und wer ist Margaret?«

Lon wischte den Namen fort, den er auf das beschlagene Glas geschrieben hatte. »Nur eine Dame, der ich am Tag der Amtseinführung begegnet bin.« Er stützte das Kinn in die Handfläche und starrte durch die blank gewischte Stelle hinaus in den Regen, der auf die winterlichen Wälder fiel. Sie sahen ebenso verloren aus, wie er sich fühlte.

12

April 1861

In der Menge brodelte es, überall erregten blaue Milizuniformen und Gewehre mit aufgepflanzten Bajonetten die Gemüter. Margaret rammte den Ellenbogen in die Person, die sie gerade von hinten quetschte. »Um Gottes willen, hören Sie doch auf, so zu drängeln!«

Sie rutschte aus und wäre beinahe hingefallen und vermutlich von Absätzen und Schuhnägeln zertrampelt worden, wenn sie sich nicht schnell an einer fremden Schulter festgehalten hätte. Sie konnte kaum noch atmen. Sie war gefangen in einer wogenden Menschenmasse, die nach Wut und Whiskey roch. Die Leute schleuderten Gegenstände. Pflastersteine wurden geworfen.

Man hatte schon sieben mit Soldaten bepackte Pferdebahnwagen durch die Stadt zur Camden Station des Baltimore & Ohio-Express gezogen. Dann warf der Mob einen Schiffsanker auf die Schienen und hinderte dadurch die drei folgenden Waggons am Weiterkommen. Junge Männer des Sechsten Massachusetts-Regiments sprangen aus den Wagen und marschierten zwischen den Spalier stehenden Mannschaften von Polizeichef Kane hindurch. Gestern hatten mehrere Kompanien des Fünfundzwanzigsten Pennsylvania-Regiments ohne größeren Ärger passieren können. Für heute hatte Cicero weitere Aktionen versprochen. Margaret war in die Pratt Street gegangen, um den Aufruhr mit eigenen Augen zu sehen.

Der Schauer aus Wurfgeschossen und obszönen Verwünschungen nahm kein Ende. Die Milizsoldaten blickten Hilfe suchend zu ihren Offizieren hinüber und warteten auf das Kommando, sich zu verteidigen. Ein Ziegelstein, der von hinten geworfen wurde, traf Margaret an der Schulter. Jemand feuerte ein Gewehr ab. Ein älterer Zivilist fiel zu Boden. Die Menge kreischte.

Ein Mann in ihrer Nähe zog seinen Revolver. Andere Schusswaffen wurden abgefeuert. Ein Soldat flog rückwärts gegen einen Polizisten; auf seinem Mantel zeigte sich ein roter Fleck. Ein Hauptmann fasste sich ins Gesicht, über das ein Schwall Blut strömte. Das Gewehrfeuer dröhnte.

Sie presste sich die Hände auf die Ohren, konnte es aber immer noch hören. Sie schloss für einen Moment die Augen, doch immer noch sah sie die verrauchte Pratt Street, die niederstürzenden Soldaten und Zivilisten. Sie presste die Handflächen noch fester auf die Ohren, doch das Dröhnen wurde immer lauter. Ein Soldat mit wildem, zornrotem Gesicht griff sie mit dem Bajonett an. Sie wollte rückwärts fliehen, doch eine Wand aus Körpern versperrte ihr den Weg. »Sezessionistenhure!«, schrie der Junge und stach auf sie ein …

»Nein!«

Schreiend und um sich schlagend, erwachte Margaret.

Nur langsam wurde ihr bewusst, dass sie in Sicherheit war. Zitternd, aber behütet in ihrem dunklen Schlafzimmer. Ihr Nachthemd war schweißnass. Im Traum hatte sie noch einmal durchlebt, was sie am Vortag, einem Freitag, auf der Pratt Street gesehen hatte, eine Woche, nachdem Artilleriebataillone aus Charleston das Feuer auf Fort Sumter eröffnet und damit alle Hoffnung auf einen Frieden zunichte gemacht hatten. Am Montag hatte Lincoln eine Proklamation erlassen, in der er zur Verteidigung Washingtons die Einberufung von fünfundsiebzigtausend Freiwilligen forderte. Obwohl Margaret gehofft hatte, dass nichts ihr friedvolles Leben stören würde, war das Schreckliche schließlich doch eingetreten.

Sie blickte auf die Uhr, die auf dem Kaminsims in ihrem Schlafzimmer stand. Halb zehn. Sie warf ihren Morgenmantel über und eilte ins Erdgeschoss. Der Tisch in der Diele war überhäuft mit Sezessionsschriften und Flugblättern. Am Sitzplatz ihres Vaters im Esszimmer lag ein Exemplar einer zweiseitigen Sonderausgabe des *Baltimore Independent*. MORD AN BÜRGERN BALTIMORES DURCH FREMDE SOLDATEN! DREIZEHN EINWOHNER ANGESCHOSSEN – FÜNF TOTE GEMELDET! UNSERE STRASSEN BLUTGETRÄNKT DURCH LINCOLNS GEDUNGENE MÖRDER!

Simms hörte sie umhergehen und schob die Küchentür auf. »Frühstück, Miss Miller?« Der betagte Schwarze war durch die Ereignisse der letzten Woche genauso ernst und niedergeschlagen wie sie.

»Nur Kaffee, bitte. Ich habe gar keinen Appetit. Sind Vater und Cicero unterwegs?«

»Sind zu dem großen Sezessionistentreffen auf dem Monument Square, dann noch zu einem anderen, weiß nicht genau, wo. Mr. Miller ist ganz aufgeregt; weiß wie ein Gespenst. Ich mache mir Sorgen um seine Gesundheit. Am besten, Sie gehen gar nicht nach draußen. Als Clarissa zur Arbeit gekommen is', hat sie mir erzählt, dass sie immer noch auf den Straßen kämpfen. Schrecklich! Alles ist so schrecklich!«

Margaret strich sich eine widerspenstige Locke aus der Stirn. »In welcher Verfassung befand sich mein Bruder?«

»Kaffee ist gleich da.« Simms zog sich zurück, als hätte er die Frage nicht gehört.

Der mit Zichorie versetzte Kaffee schmeckte so bitter, dass sie ihn nicht hinunterbrachte. Donnerstag vor einer Woche war sie auf einem ihrer regelmäßigen Besuche nach Hause gekommen und in Baltimore vom Ausbruch des Krieges überrascht worden. Donal hielt sich wieder einmal in New York auf. Sie hatte sich entschlossen, in Baltimore zu bleiben, da sie angenommen hatte, dass es dort ruhiger wäre als in Washington. Doch da hatte sie sich getäuscht. Innerhalb weniger Stunden hatte sich der Mob in den Straßen versammelt. Sezessionsfähnchen wehten von den Masten im Hafen, und man feierte den Kriegsausbruch mit einem Feuerwerk.

Marylands Gouverneur Hicks hatte in einer Proklamation die Bürger zu Ruhe und Ordnung aufgerufen. Als Reaktion darauf hatte er jedoch nur Hohn und Protest geerntet. Schließlich war Baltimore als Stadt des Mobs und der Straßenbanden geradezu berüchtigt. Literaturliebhaber meinten sogar, der geheimnisvolle Mr. Poe sei 1849 während der Wahlen zum Stadtparlament durch den Pöbel ums Leben gekommen.

Margaret stützte die Ellenbogen auf die polierte Tischplatte und presste die Handflächen vor die Augen. Sie erinnerte sich an den breitschultrigen Fremden im President's Park. Er hatte nur so vor Yankee-Rechthaberei gestrotzt und war allzu schnell bereit gewesen, ihre spöttischen Bemerkungen mit seinen eigenen Sticheleien zu parieren. Ein junger Mann, den man nur ablehnen konnte!

Aber warum hatte sie dann während der vergangenen Wochen so oft an ihn denken müssen?

Nun, er hatte ihr erzählt, dass er Romane las. Sie kannte einige junge Männer aus Baltimore, die das ebenfalls taten, aber sie waren nichts weiter als eitle Stutzer. Er hatte sehr schöne blaue Augen, doch auch das war kaum eine einzigartige Eigenschaft. Sie konnte es selbst nicht erklären. Er war der falsche Typ Mann, stand auf der falschen Seite, und dennoch reizte er sie irgendwie. Zweifellos hatte er vor, sich freiwillig zum Kriegsdienst zu melden, um Südstaatler zu töten, und sie würde ihn niemals wiedersehen.

Sie machte sich Sorgen um ihren Vater. Calhoun Miller hatte in den letzten zwei Wochen kaum geschlafen. Stattdessen hatte er immer wütendere Zeitungskommentare verfasst und mitten in der Nacht merkwürdige Besucher empfangen. Leute aus Virginia, hatte er gesagt, die mit ihrem Kapital den Bundesstaat Maryland unterstützten und ermöglichten, dass die Schriften der Sezessionisten gedruckt wurden. Etliche Male hatte Miller wegen Nichtigkeiten die Geduld mit ihr verloren, was er sonst nie tat. Entweder scheiterten die Sezessionsbemühungen, oder sie gingen ihm zu langsam voran.

Währenddessen wuselte ihr Bruder summend und ungewöhnlich gut gelaunt im Haus herum. Er verriet ihr sogar den Namen seiner geheimen Verbindung: »Knights of Liberty.« Er sagte, sie würden sich den Aggressoren aus dem Norden widersetzen, allerdings nicht mit Phrasendrescherei, sondern mit Sprengstoff, leicht entzündlichem Öl und gestohlenen Waffen. Cicero fand offensichtlich Gefallen an den schrecklichen Krawallen in der Stadt.

Sie fürchtete um seine Sicherheit auf den Straßen, doch noch mehr sorgte sie sich um das Wohlergehen ihres rechtschaffenen Vaters. Als die Nacht hereinbrach, waren weder er noch Cicero nach Hause gekommen.

Im Lagerhaus roch es nach Fisch und der feuchten Wollkleidung der zwei Dutzend Männer, die sich dort versammelt hatten. Als ein weiterer Mann eintraf, wurde er von dem stämmigen Türsteher aufgehalten. Sie tauschten lateinische Losungen aus.

Auf einem kleinen Tisch standen zwei Lampen, die einzige Beleuchtung. Dazwischen lagen gekreuzte Säbel und eine Bibel. Zwei Meter hinter dem Tisch hing eine Flagge des Bundesstaates von einem Balken herab. Cicero Miller stand auf der einen Seite des Tisches und ließ seinen Blick über die Gruppe erzürnter Männer gleiten, die der Rede seines Vaters lauschten.

Calhoun Millers Leinenkleidung sah verschmutzt aus. Seine Augen wirkten trübe vor Erschöpfung. Er hatte auf der öffentlichen Kundgebung vor dem städtischen George-Washington-Denkmal und auf zwei weiteren Zusammenkünften gesprochen, bevor er zu dieser hier gekommen war. Cicero schaffte es, einen gelassenen Gesichtsausdruck aufzusetzen, doch innerlich befand er sich in Hochstimmung. Zum ersten Mal hatten die Ereignisse Calhoun Miller dazu gebracht, vor den Knights zu sprechen.

»Im letzten Jahr«, sagte Miller, »habe ich voller Stolz und Hoffnung an der Wahlversammlung der neuen Constitutional-Union-Partei teilgenommen. Vor den Novemberwahlen haben wir uns als Alternative zu Douglas' Demokraten, zu den Süd-Demokraten und den verachtenswerten Republikanern präsentiert. Unsere Partei war die gemäßigte Fraktion, eine Partei der Kompromisse.«

Als sie das hörten, murrten einige der Anwesenden. Vom Hafen tönte eine Schiffsglocke herüber. Draußen holperte eine Kutsche vorbei, kurz darauf verstummte das Hufgeklapper.

»Unsere Kandidaten, Mr. Bell und Mr. Everett, haben gelobt, die radikalen Ansichten beider Seiten abzulehnen. Wir wollten die Union bewahren …« – hier widersprach irgendjemand mit einem lauten »Nein!« – »… doch wir wollten auch die Interessen des Südens schützen. Der Aufstieg Mr. Lincolns hat mir allerdings gezeigt, dass wir einen Fehler gemacht haben. Auf der Gegenseite herrscht keinerlei Bereitschaft zum Kompromiss, also kann es auch keine Mäßigung unsererseits geben.« Cicero beobachtete, wie ein Rattenpaar hinter seinem Vater durch die Dunkelheit huschte.

»Die Sklaverei hat es in Maryland schon seit Generationen gegeben, und wir können mit Stolz sagen, dass wir von unseren Bräuchen und unserer Mentalität her Südstaatler sind.« Cicero führte den Applaus an. »Unser zaudernder Gouverneur hat endlich auf die Krise reagiert, indem er angeordnet hat, die Eisenbahnbrücken im Norden der Stadt zu zerstören, sodass keine weiteren fremden Truppen passieren können. Doch weit mehr ist erforderlich. Maryland muss sich seinen verbrüderten Staaten in der Konföderation anschließen. Ich fordere Sie als patriotische Bürger auf, dieses voranzutreiben – zügig und unter Zuhilfenahme aller dazu notwendigen Mittel, bevor uns der egalitäre Haufen, der in Washington regiert, überwältigt. Frieden ist nicht länger möglich. Zurückhaltung ist nicht länger möglich. Nun gut. Lieber sterbe ich bei der Verteidigung der Verfassung, wie sie durch den Süden geehrt und aufrechterhalten wird, als auch nur eine Stunde unter der fanatischen Tyrannei des Nordens zu leben.«

»Was sollen wir tun? Jeden töten, der sich nicht von der Union lossagen will?«

Cicero drehte sich um und erkannte einen Mann namens Scully, der erst kürzlich den Knights beigetreten war. Bill Topping, ein stämmiger Mann, der zur gleichen Zeit zu ihnen gestoßen war, stand neben ihm.

Calhoun Miller erwiderte: »Hier antworte ich Ihnen mit einem widerstrebenden Ja. Ja, falls es sich als nötig erweist.«

»Da kann ich nicht mitmachen, tut mir Leid.«

Ciceros verkrüppelter Fuß scharrte über den Boden, als er sich auf den Mann zubewegte, um ihn zur Rede zu stellen. »Sie haben einen Treueeid geleistet, als Sie dieser Organisation beigetreten sind. Sie können jetzt nicht einfach Ihr Wort brechen, wenn es Ihnen passt.«

Scully sagte: »Falsch, ihr Männer wiegelt zum Aufstand auf! Die Versammlung ist hiermit beendet.«

»Wer zum Teufel sind Sie, dass Sie hier Befehle erteilen?«

»Sie kennen meinen Namen. John Scully.« Er zog einen Revolver unter seinem Jackett hervor. »Von Pinkertons Detektivbüro. Bill, ruf die Männer aus der Polizeikutsche.«

Topping stürzte zum Tor des Lagerhauses. Er trug ebenfalls eine Waffe. Lautstarkes Stimmengewirr brach aus.

»Der Mistkerl hat gesagt, er wär aus Alabama!«

»Wie ist er an die Losungen gekommen?«

Ciceros Stimme war die lauteste: »Greift sie euch!«

Topping schob das Tor in seiner rostigen Schiene auf. Draußen auf der Straße, hell erleuchtet vom Licht der Laternen, traten städtische Polizisten hinter ihrer Kutsche hervor. Wutentbrannt hinkte Cicero zum Tisch und blies eine der Lampen aus. Irgendjemand gab einen Schuss ab, der die andere Lampe erwischte, ihren Zylinder splittern ließ und brennendes Öl verspritzte. Knüppelschwingend stürmten die Polizisten das Lagerhaus.

Einer der Yankee-Detektive feuerte mehrere Schüsse ab, einer der Knights schoss zurück. Augenblicklich brach die Hölle über sie herein: Geschrei, weitere Waffen gingen los, Männer rannten hin und her, und von der Lampe auf dem Boden breiteten sich die Flammen aus. Cicero schleppte sich zu seinem Vater hinüber.

»Wir müssen raus hier. Hier entlang!« Direkt neben seinem Ohr wurde ein Revolver abgefeuert. Ein verwunderter Ausdruck trat auf Millers Gesicht. Dann fiel er zu Boden.

»Simms!« Die Stimme im unteren Stockwerk gehörte Margarets Bruder. »Simms, du fauler Nigger, komm her!«

Margaret warf ihr Buch beiseite und rannte die Stufen hinab, als Simms gerade durch die kleine Tür unter der Treppe aus seinem Kellerzimmer hinaufgestolpert kam.

»Zieh dich an, hol den Wagen!« Cicero lehnte an der Wand, zerzaust und mit rußgeschwärztem Gesicht. Margaret erstarrte beim Anblick des rot verschmierten Streifens auf der Tapete hinter ihm.

»Wozu brauchst du um diese nachtschlafende Zeit die Kutsche?«, fragte sie.

»Um einen Toten zum Haus zurückzubringen.«

»Einen Toten? O mein Gott, nicht …«

»Doch. Die Polizei hat unsere Versammlung aufgelöst. Ein Mann, der angeblich aus Alabama stammte, hat uns verpfiffen. Er war in Wahrheit ein Yankee-Detektiv. Ich weiß nicht, wer den Schuss auf Pa abgegeben hat, aber sie haben ihn getötet.«

»Ich komme mit dir.«

Simms trieb das Pferd mit der Peitsche durch rauchgeschwängerte Straßen, auf denen zerlumpte Jungen die Fußgänger mit Steinen bewarfen und zischende, qualmende Knallfrösche losließen. Überall brannten Lagerfeuer und vernichteten Inventar aus geplünderten Geschäften, ausrangierte Kleidungsstücke, einen umgekippten Ponywagen. Scharen von Randalierern hetzten an der Rockaway-Kutsche vorbei wie Bluthunde auf der Jagd.

In dem Lagerhaus am Kai bewachten zwei städtische Streifenpolizisten den auf dem Rücken liegenden Leichnam von Calhoun Miller. Margaret sank neben ihrem Vater auf die Knie. Sie berührte sein weißes Gesicht. »Nein, Papa! O nein!«

»Bürgermeister Brown kommt noch, um den Vorfall zu untersuchen.«

»Soll er doch«, knurrte Cicero wütend. Brown war ein erklärter Gegner der Sklaverei. »Um Himmels willen, machen Sie doch Platz, wo bleibt Ihre Achtung? Das ist Calhoun Miller, der Zeitungsherausgeber. Er wurde auf einer friedlichen Zusammenkunft niedergeschossen. Hilf mir, ihn in die Decke einzurollen, Simms.«

In der Kutsche hätte Margaret angesichts des traurigen Bündels mit Millers Leichnam auf dem gegenüberliegenden Sitz am liebsten geschrien und getobt, doch sie riss sich zusammen.

Cicero umklammerte ihre Hand. »Für diesen Mord werden sie bezahlen! Dafür werde ich sorgen!«

Margaret blickte in die glühenden Augen ihres Bruders. Auch wenn er verrückt sein mochte, hatte dieser Mord sie zu Verbündeten gemacht. Sie drückte seine klammen Finger.

»Ich auch. Wir beide werden sie dafür büßen lassen. Es war so dumm von mir zu sagen, der Kampf sei nicht wichtig.«

ZWEITER TEIL

Spione

13

Mai 1861

Washington stellte entweder ein einziges Vergnügen dar, oder man hatte das Gefühl, in einer Jauchegrube zu sitzen, je nachdem, auf welcher politischen Seite man stand. Margaret kam es eher wie das Letztere vor. Nach einer ereignisreichen Aprilwoche, in der Eisenbahnbrücken abgebrannt und Telegraphendrähte durchschnitten worden waren, einer Woche, die die Stadt aus Angst vor einem Einmarsch hatte erzittern lassen, waren die Telegraphendrähte wieder verbunden, die Brücken repariert worden, und die Züge aus dem Norden brachten erneut Soldaten in die Hauptstadt.

Margaret nannte sie im Stillen Attilas Hunnen. Sie spotteten über die schlammige, baufällige Stadt, die sie verteidigen sollten. Sie übernachteten in Regierungsgebäuden und errichteten dort ihre kleinen Kochfeuer und verunstalteten die Freiflächen mit ihren ausladenden Zeltstädten. Versorgt wurden sie von raffgierigen Marketendern und geschäftstüchtigen Bordsteinschwalben, die mit den Zügen aus dem Westen eintrafen. Sie übten Zielschießen im Park der Smithsonian Institution, ohne Rücksicht darauf, ob sich vielleicht gerade Zivilisten in der Nähe befanden. Ob kampflustige Zuaven der Brooklyner Feuerwehr oder milchgesichtige Playboys vom Siebten New Yorker Regiment – sie verprügelten Zivilisten wegen jeder vermeintlichen Verunglimpfung oder Beleidigung.

Sie exerzierten, trommelten und bliesen rund um die Uhr. Sie randalierten und prügelten sich in den Wirtshäusern und auf den Straßen, bis sie von der Militärpolizei mit aufgedrehten Feuerwehrschläuchen zur Räson gebracht wurden. Ihre Regimentskapellen gaben Konzerte unter den Bäumen im President's Park. Berittene Wachposten schützten die Brücken über den Potomac. Die Truppen weigerten sich, Latrinen zu graben, stattdessen verrichteten sie ihre Geschäfte, wo es ihnen gefiel. Durch die fauligen Kanäle und den mit Abwässern verseuchten Fluss hatte es in Washington immer schon gerochen; nun stank es unbeschreiblich.

An einem milden Mainachmittag verließ Margaret den Franklin Square in ihrem eleganten kleinen vierrädrigen Buggy. Als sie durch einen zusammengebrochenen Transportwagen aufgehalten wurde, torkelte einer der vulgären Yankees vom Bürgersteig, um sich an sie heranzumachen, ohne ihrem schwarzen Trauerkleid, den schwarzen Handschuhen und dem schwarzen Hut weiter Beachtung zu schenken. Der Mann trug gelbe Rangabzeichen auf seinem blauen Flanellhemd. Sein Atem roch wie mit Gin getränkter Müll. Er legte eine Hand auf ihr Bein und fragte sie, ob sie nicht mit einem Freiheitskämpfer ins Bett wolle.

Sie schlug ihm mit der Kutschpeitsche ins Gesicht und lenkte den Buggy durch die schmale Gasse, die sich neben dem Transportwagen öffnete.

Mit zitternder Hand steckte sie die Peitsche in ihre Halterung zurück. Ein heller Blutfaden verschmutzte den Peitschenstock. Sie hatte nicht damit gerechnet, noch so viel aufgestaute Wut in sich zu spüren.

Sie band das Pferd an eine Ringhalterung vor dem Backsteinhaus an der Ecke 16th und I-Street. Ihr achtlos gepudertes Gesicht sah im Sonnenschein aus wie eine groteske weiße Maske. Ihr fiel auf, dass in den Blumenbeeten vor dem Haus Unkraut wuchs. Der Schwarze, der sie gepflegt hatte, musste seine Arbeit im Stich gelassen haben.

Als sich die Tür öffnete, sagte Margaret: »Rose, weißt du schon, dass die Yankees meinen Vater umgebracht haben?«

»Ja, ich habe davon gehört. Es tut mir so furchtbar Leid.«

»Ich bin hier, weil ich früher zu gleichgültig gegenüber wichtigen Dingen war. Das war ein Fehler. Du kennst sicherlich zahlreiche Leute, die Mr. Davis und seiner neuen Regierung Sympathie entgegenbringen. Gibt es irgendeine Möglichkeit, wie ich ihnen helfen kann?«

Rose Greenhow lächelte warmherzig und sanft, beinahe verführerisch. »Natürlich. Komm herein. Wir reden drinnen weiter.«

Roses Salon wirkte stickig und verstaubt. Nur dünne Lichtstreifen drangen durch die geschlossenen Vorhänge. Bis auf die kleine Rose, die im Obergeschoss herumstampfte, hörte Margaret niemanden im Haus.

Rose sah großartig aus in dunkelroter Seide mit Pagodenärmeln und einem eng anliegenden Oberteil, das ihrer üppigen Figur schmeichelte. Als sie sich setzte, konnte Margaret ihre purpurroten Strümpfe hervorblitzen sehen.

»Es tut mir Leid, dass du so viel durchmachen musstest«, sagte Rose. »Willst du mir die traurigen Einzelheiten erzählen?«

Margaret berichtete, was geschehen war. »Ich trage diese Trauerkleider jetzt seit einem Monat. Es ist langsam Zeit, sie wieder abzulegen. Mein Bruder Cicero ist letzte Woche nach Richmond aufgebrochen.«

»Es soll bald die Hauptstadt der Konföderierten werden, habe ich gehört. Montgomery wollen sie aufgeben.«

»Cicero ist entschlossen, die Sache zu unterstützen, genau wie ich. Mit seinem Gebrechen wird er wohl nie Soldat werden, doch er ist schlau. Er wird schon seinen Platz finden.«

Die kleine Rose kam ins Zimmer gestürmt. Sie flitzte hinter ihre Mutter und stieß absichtlich eine Vase mit Tulpen um. Das Wasser lief über einen Tisch mit feinen Einlegearbeiten. Als Rose sie ausschimpfte, brüllte die kleine Rose, warf sich auf den Teppich und biss in ein Tischbein, wo ihre Zähne tiefe Abdrücke hinterließen.

»Entschuldige mich, Margaret.« Rose zerrte das kreischende Kind am Ohr die Treppe hinauf ins Obergeschoss, schloss es in sein Zimmer ein und kam wieder herunter.

»Wenn ich dem kleinen Biest irgendetwas verbiete, zahlt es mir das über Stunden heim. Ich fürchte, meine Tochter trägt echtes Rebellenblut in sich!«

Margaret lächelte. »Ich habe das Haus in Baltimore geräumt. Simms, unser schwarzer Diener, wird dort weiterhin als Hausmeister wohnen. Er wird aus Vaters Nachlass bezahlt. Ich habe nicht vor, nach Baltimore zurückzukehren, bis der Krieg vorüber ist, vielleicht in neunzig Tagen oder so.«

»Da könntest du ein wenig zu optimistisch sein. Hauptmann Jordan – du erinnerst dich doch noch an ihn?« Margaret bejahte. »Er reist ständig von hier nach Richmond und zurück, und er meint, Beauregard wird bald aus Charleston kommen, um das Kommando über die Alexandria-Verteidigungslinie zu übernehmen. Hast du schon gehört, dass Lincoln das Kommando über die Bundestruppen Bob Lee angeboten hat und Lee abgelehnt hat? Er schließt sich Virginia an.«

»Werden die Armeen dort kämpfen?«

»Zweifellos. Für Beauregard wird es von entscheidender Bedeutung sein, Informationen über die Stärke des Feindes zu erhalten. Lass mich dir etwas zeigen.«

Mit raschelnden Röcken führte Rose Margaret in eine kleine Bibliothek, wo sie einen beträchtlichen Stapel Zeitungen ausbreitete. »*New York Herald. Washington Evening Star.* Hier ist der Schund, den die hiesigen Republikaner veröffentlichen. Die Redakteure haben eines gemeinsam: Sie sind äußerst freimütig in ihrer Berichterstattung über die Regimenter der Yankees; wo sie gerade sind, wo sie hinmarschieren, alles bis ins kleinste Detail. Bis unsere Freunde aus dem Norden bemerken, wie dumm das ist, haben sie was gut bei uns. Hauptmann Jordan kümmert sich darum, die Zeitungen nach Richmond weiterzuleiten. Er gibt übrigens sein Offizierspatent zurück.«

»Er ist doch West-Point-Absolvent, oder?«

»Ja und? Einige der besten Absolventen der Akademie sind schon zu uns übergelaufen. Lee ist der brillanteste von ihnen. Wenn Jeff Davis ihn bloß gewähren ließe! Davis hat ebenfalls die Akademie absolviert und in Mexiko gekämpft, deshalb hält er sich irrigerweise für einen hervorragenden Strategen.«

Rose schloss die Tür der Bibliothek, und sie kehrten in den Salon zurück. Margaret fiel auf, dass das Haus verlassen wirkte; die schwarzen Bediensteten waren verschwunden – und das vermutlich nicht, weil sich Rose nach mehr Privatsphäre sehnte.

»Wenn du bei uns mitmachst, wirst du erfahren, welcher Aufgabe der Hauptmann sonst noch nachgeht«, sagte Rose.

»Dann könnt ihr mich also gebrauchen?«

»Ja, in einem kleinen, ausgesuchten Kreis von gebildeten Damen und Herren, die die geheime Aufgabe übernehmen werden, unsere Generäle in Virginia mit militärischen Informationen zu versorgen. Der Süden braucht erheblich mehr als nur Zeitungsabonnements.«
Margarets Herz begann stürmisch zu schlagen.

»Die Arbeit erfordert einen scharfen Verstand und den Mut, sich im Ernstfall mit einigen von diesen Yankee-Grobianen anzulegen. Wir haben allerdings einen Vorteil. Die meisten von ihnen sind dumme Bauerntölpel. Willst du noch ein oder zwei Tage Bedenkzeit?«

»Ich brauche keinen Tag Aufschub mehr, Rose. Ich bin zu dir gekommen, weil ich auf etwas in der Art gehofft hatte. Was du mir erzählt hast, übertrifft meine Erwartungen.«

Rose sprang auf. »Du musst dir deiner Entscheidung ganz sicher sein.«

»Das bin ich.«

»Du verpflichtest dich zu absoluter Loyalität und Geheimhaltung, egal, welche Gefahren auf dich zukommen. Du musst Anweisungen befolgen, ohne Fragen zu stellen und ohne zu zögern.«

»Das werde ich.«

Rose umarmte sie herzlich. »Dann wirst du ein großer Gewinn für uns sein. Attraktive junge Frauen werden von diesen Yankeetrotteln nicht verdächtigt. Hast du hier in Washington Dienstboten?«

»Nur eine wunderbare Köchin, die allerdings als Haushälterin schrecklich faul ist.«

»Entlass sie. Den Farbigen kann man nicht trauen. Nicht in diesen Zeiten. Das Wichtigste ist, sich immer wieder an eines zu erinnern: Es herrscht Krieg. Und diesen Krieg müssen wir gewinnen, selbst wenn wir uns dabei zu einem Verhalten herablassen müssen, das keiner von uns früher je für möglich gehalten hätte.«

Zwei Tage später kehrte Margaret in Roses Haus zurück und wiederholte ihre Absichtserklärung vor Hauptmann Thomas Jordan. Dann fragte sie ihn: »Ist es Ihnen schwer gefallen, Ihr Offizierspatent zurückzugeben?«

Jordan schnaubte verächtlich und zupfte sich am Bart. »General Scotts Leute waren eine Zeit lang eine gute Informationsquelle, doch man kannte meine Einstellung und ließ mich nicht mehr an allem teilhaben. Davon abgesehen empfinde ich kein Bedauern. Die Freiwilligen gehen plumpvertraulich mit ihren Truppenführern um, nennen Sie beim Vornamen und missachten Befehle, wenn sie ihnen nicht in den Kram passen. Alle ihre Offiziere, bis auf den Oberst, werden nach ihrer Beliebtheit ernannt. Das ist keine Armee, das ist ein Pöbelhaufen. Ich bin froh, mich davon gelöst zu haben. Übrigens existiert Hauptmann Jordan in unserer neuen Organisation nicht mehr. Ich bin jetzt Rayford. Decknamen sind eine notwendige Vorsichtsmaßnahme.«

Jordan erzählte ihr, dass er im Süden Marylands so genannte

»sichere Häuser« aufbaute und Fährleute anwarb, die mit ihren Booten Kuriere über den Potomac nach Virginia brachten. Roses Männer und Frauen würden die Aufgabe übernehmen, verschlüsselte Botschaften aus der Stadt hinauszuschmuggeln und sie den Kurieren zu übergeben, die in den sicheren Häusern warteten.

»Wissen Sie irgendetwas über Codes und Geheimschriften, Margaret?«

»Nur das Wenige, auf das ich in Edgar Poes Geschichten gestoßen bin.«

»Lassen Sie mich Ihnen eine Geheimschrift zeigen, die wir benutzen werden. Sie heißt Schweinestall-Code oder manchmal auch Rosenkreuzer-Code, weil die Bruderschaft sie für ihre geheimen Dokumente benutzt hat. Sie ist sehr alt, doch wenn Sie sie einmal verstanden haben, werden Sie feststellen, dass Sie damit eine Botschaft ganz einfach verschlüsseln können.«

Im Lichtkegel der Schreibtischlampe breitete er Papier aus. »Es ist eine Symbolschrift, keine Substitutionschiffre, die Wortfolgen benutzt, um sie für andere Wörter einzusetzen, die der und der Klartext sind.«

»Verzeihen Sie – wie war das? Chiffretext und …?«

»Klartext. Chiffretext sind die Wörter in einer verschlüsselten Botschaft, die keine Bedeutung haben. Nur der Klartext enthüllt den Inhalt. Hier ist der Schweinestall.« Er zeichnete zwei waagerechte Linien, zog zwei senkrechte hindurch und schaffte auf diese Weise ein an den Seiten offenes Gitternetz aus neun Kästchen. Mit ABC im oberen linken Kästchen beginnend, füllte er jedes der Kästchen mit drei Buchstaben. Das untere rechte Kästchen enthielt nur Y und Z.

a b c	d e f	g h i
j k l	m n o	p q r
s t u	v w x	y z

»Weil das Gitternetz an allen Seiten offen ist, gibt es keine zwei gleichen Kästchen. Um eine Botschaft zu verschlüsseln, zeichnen Sie den Umriss des Kästchens, in dem sich der Buchstabe befindet, den Sie haben wollen. Dann setzen Sie einen Punkt für den zweiten Buchstaben in diesem Kästchen, zwei, wenn Sie den dritten Buchstaben darstellen wollen, oder, wenn Sie den ersten wollen, gar keinen. Sie wiederholen diesen Vorgang für alle übrigen Buchstaben Ihrer Botschaft. Ich schreibe jetzt das Wort *Mut*.«

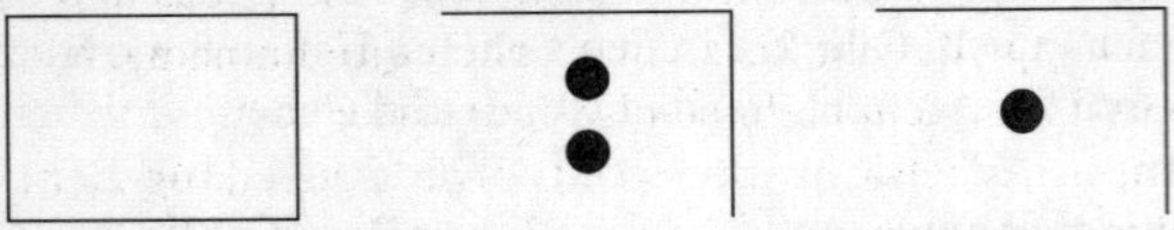

Jordan legte seinen Stift neben das Papier. »Sie sehen, es ist gar nicht besonders schwierig. Kaum einer Armee im Kampf würdig. Doch noch sind wir keine, also müssen wir uns mit einfachen Mitteln behelfen. Bald jedoch werden wir uns zu einer Armee formieren, und dieses Haus wird uns dabei unterstützen. Seien Sie willkommen!«

Er reichte ihr die Hand. Margaret ergriff sie, vor Aufregung am ganzen Körper zitternd.

Am nächsten Tag stöberte sie in Shillingtons Buchladen herum, als eine Stimme sie aufschreckte. »Margaret?«

»Gütiger Himmel, Hanna.« Ihre Freundin war unvorteilhaft in Hosen und einen männlichen Gehrock gekleidet. Ihr blondes Haar war barbarisch kurz geschnitten. Ein Verkäufer starrte sie an, zwei Kunden flüsterten.

Margaret umarmte Hanna. »Wie geht es dir? Es ist ja ewig her, seit wir uns das letzte Mal gesehen haben.«

Hanna berührte Margarets schwarzen Seidenärmel. »Hattest du einen Todesfall in der Familie?« Margaret erzählte ihr von Calhoun Millers Tod. Hanna drückte Margarets Hand.

»Wie furchtbar. Ich erinnere mich noch gut an die Begegnung mit deinem Vater. Er war so ein kluger, höflicher Herr.«

»Er ist von zwei skrupellosen Yankee-Detektiven eiskalt ermordet worden, allerdings weiß ich nicht, welcher von ihnen den Schuss abgegeben hat. Es wird lange dauern, bis ich darüber hinwegkomme. Wie geht es dem Major?«

»So gut wie lange nicht mehr. Er arbeitet jetzt für Minister Cameron im Kriegsministerium.« Margaret dachte an ihr neues Bündnis mit Rose und »Mr. Rayford«. Alle anderen Beziehungen mussten im Hinblick darauf einer eingehenden Prüfung unterzogen werden.

»Er freut sich, im Zentrum des Kriegsgeschehens zu stehen«, fuhr Hanna fort, »aber natürlich ist er unzufrieden mit dem Hungerlohn, den sie ihm zahlen. Er wird nicht eher ruhen, bis er ein Vermögen verdient, obwohl ich nicht sehe, wie er das in Washington erreichen will. Gibt Rose immer noch ihre Empfänge?«

»Ab und zu. Nicht mehr so oft wie früher.«

»Nun, in Anbetracht ihrer politischen Einstellung zieht mich gar nichts dorthin zurück. Sollen wir vielleicht mal wieder nachmittags ausreiten?«

Margaret konnte nicht mit einem begeisterten Ja antworten, wie sie es eigentlich gern getan hätte. »Oh, ich fürchte, ich kann nicht. Im Moment bin ich schrecklich beschäftigt mit anderen Dingen. Der Nachlass ...« Ihre Worte blieben luftleer im Raum hängen, eine ziemlich lahme Ausrede.

Hanna betrachtete sie etwas argwöhnisch. »Ich verstehe. Nun, dann auf Wiedersehen. Bis zum nächsten Mal.«

Hanna verließ den Laden. Margaret schob ein Buch zurück ins Regal, während sie voll Abscheu daran dachte, was sie gerade getan hatte. Ihr schlechtes Gewissen hielt jedoch nicht lange an. Fanden sich Freunde in Kriegszeiten nicht manchmal auf verschiedenen Seiten wieder? Hanna war jetzt der Feind.

14

Juni 1861

Eine halbe Meile entfernt pfiff eine Lokomotive der Baltimore & Ohio-Linie. Die Verbindung zwischen dem Ohio Valley und dem westlichen Teil Virginias war wieder geöffnet. Vor zwei Wochen hatten drei Unionsregimenter Grafton eingenommen und den Knotenpunkt der beiden Zugstrecken nach Wheeling und Ohio gesichert. Fünf Tage später hatte General Morris bei Regen eine kleine Truppe der Konföderierten in Philippi überrascht und die Rebellen in die Flucht geschlagen, einige noch mit heruntergelassenen Hosen. Die im Wesentlichen mit der Union sympathisierenden Bezirke des westlichen Virginias hatten das »Rennen von Philippi« unter großem Beifall begrüßt. Der Mann, der die drei Kolonnen über den Ohio getrieben hatte, war der frisch ernannte Brigadegeneral George McClellan.

Im Kanawha Rest, einem Wirtshaus in Parkersburg, wo sich die B & O-Linie dem Fluss näherte, saßen Lon und sein Partner an einem schmutzigen Fenster und beobachteten ein Lagerhaus auf der gegenüberliegenden Straßenseite. Sie überwachten es schon seit drei Tagen, bei Tageslicht und in der Dämmerung, bisher jedoch ohne Ergebnis.

Lon kratzte mit dem Fingernagel über die grobe Holzplatte des Tisches. Die Ärmel seines grauen Arbeitshemdes waren hochgerollt, die Krempe seines alten Strohhutes heruntergezogen. Sie hatten sich extra so schäbig und gewöhnlich gekleidet, damit niemand sie beachtete.

Sledge paffte eine Maiskolbenpfeife und blätterte träge die Seiten einer Lokalzeitung um. »Scheint, dass sie dabei sind, in Wheeling eine unionstreue Regierung aufzubauen. Wollen wohl nicht mehr Teil eines Sklavenstaates sein.«

»Da hast du Recht. Gut so.« Wie aus heiterem Himmel fiel Lon etwas ein. »Oh, zum Teufel.« Er knallte sein Whiskeyglas auf den Tisch und schreckte damit den Wirt auf. »Wir haben Cincinnati so schnell verlassen, dass ich völlig vergessen habe, meine Miete zu zahlen.«

Sledges eulenhafter Blick zeugte von den drei Whiskeys, die er bereits intus hatte; Lon hatte erst einen getrunken. »Sieht dir gar nicht ähnlich, Partner.«

»Meine Hauswirtin ist eine von diesen Cincinnati-Deutschen. Erwartet alles pünktlich auf die Minute, am besten noch früher. Ich nehme an, sie wird meine Siebensachen einfach auf die Straße stellen.«

»Droh ihr. Dann wird sie sie schon wieder zurückstellen.«

»Das ist deine Antwort auf alles: eine geballte Faust.«

»Funktioniert aber. Und sei nicht so laut, ja!« Sledge äugte verstohlen zu den drei Farmern hinüber, die an der Bar standen. »Du bist ganz schön empfindlich, weißt du das, Lon?«

»Dazu habe ich auch allen Grund. Unsere Kollegen sind in Kentucky oder Tennessee und tragen nützliche Informationen zusammen, und wir sind in der tiefsten Provinz gelandet und beobachten ein beschissenes Lagerhaus voll mit alten Steinschlossflinten, die noch von Bunker Hill übrig sind und zu nichts mehr taugen.«

»Mit neuen Zügen und Zündhütchen taugen sie noch für so einiges. Deshalb sind sie auch aus den anderen Lagerhäusern hier in der Gegend geklaut worden.«

»Aber nicht von den Rebellen. Von ganz gewöhnlichen Dieben.«

»Die Gewehre und die Munition sind Eigentum der Bundesarmee. McClellan will, dass der Gaunerring gesprengt wird. Du bist hier mitten im Krieg, Partner.«

»Kommt mir gar nicht so vor«, entgegnete Lon mit einer Schärfe, die untypisch für ihn war. Während der Krieg voranging, schien sein Leben eher Rückschritte zu machen.

Genau wie der Boss es vorhergesagt hatte, war G. B. McClellan zu den Fahnen zurückgerufen worden. Tatsächlich hatten ihn sogar drei Staaten, New York, Pennsylvania und Ohio, zu rekrutieren versucht. Er entschied sich dafür, das Kommando über den Wehrbereich Ohio zu übernehmen. Unverzüglich telegraphierte er Pinkerton und bat ihn, ein Büro aufzubauen, das militärische Informationen zusammentragen sollte. Er nannte es einen Geheimdienst. Er würde alle Kosten tragen, denn die Armee verfügte weder über eine vergleichbare Abteilung noch das nötige Budget, um eine solche einzurichten. Während seiner Zeit als Beobachter im Krimkrieg hatten ähnliche Geheimdienste in Europa bei McClellan offensichtlich einen bleibenden Eindruck hinterlassen.

Obwohl Pinkerton und Brigadegeneral McClellan in Fragen der Sklaverei meilenweit auseinander lagen – der General war Demokrat und tolerierte die Sklaverei –, empfand der Boss es als seine Pflicht, ihm zu folgen. Er war schon lange bereit. Im April hatte er dem Präsidenten in einem Brief die Dienste seines Büros angeboten. Er war nach Washington eingeladen worden, hatte einer langen Unterredung beigewohnt und etliche Versprechungen erhalten. Dann war er nach Chicago zurückgekehrt und hatte nichts weiter gehört. Aus seinem Zorn darüber machte er keinen Hehl.

Er hatte die Einsätze in Chicago zurückgefahren und seine fähigsten Männer und Frauen nach Cincinnati versetzt, wo sich das Hauptquartier McClellans befand. In einem staubigen Gebäude in der Innenstadt, ohne Namensschild auf der Eingangstür, saß »Major E. J. Allen« seinem neuen Büro vor. Allen war der *nom de guerre* des Bosses, ein Ausdruck, den Pinkerton Lon auf seine Frage hin erklärt hatte.

Die anderen Detektive waren allein oder zu zweit ins Gebiet der Rebellen geschickt worden. Pinkerton selbst unternahm eine gefährliche Reise bis nach Memphis und gab sich dort als Exilbürger Georgias aus, eine Rolle, die er schon in Baltimore gespielt hatte. Lon und Sledge dagegen wurden ausgesandt, unbedeutende Diebe zu jagen. Lon gefiel es ganz und gar nicht, so weit entfernt vom tatsächlichen Kriegsgeschehen zu sein – und von Washington, wo er Margaret Miller getroffen hatte. Er dachte viel an sie.

Das sommerliche Abendlicht, ein staubiges Orange, wurde immer schwächer. In der Junidämmerung summten Insekten, und Glühwürmchen blinkten auf. Der Gastwirt zündete mit einem Streichholz die Deckenlampe an. Während die Farmer dem Alkohol kräftig zusprachen, erzählten sie sich derbe Zoten über Jeff Davis. Dann holte einer der Farmer eine Mundharmonika hervor und spielte »Columbia, the Gem of the Ocean«. Ein anderer jauchzte auf und tanzte schwerfällig durch den Raum. Der Wirt meinte: »Haut mir bloß nich' die Stühle kaputt, oder ihr müsst dafür blechen!«

Ein Geräusch drang von der ungepflasterten Straße herüber. Lon wischte die verschmierte Fensterscheibe mit dem Ärmel ab. Vier derb gekleidete Männer brachten ihre schweißbedeckten Pferde vor dem Lagerhaus zum Stehen. Ohne ihn anzuschauen, griff Lon nach Sledges Arm, wobei er ihm versehentlich Whiskey auf die Hand schüttete.

»Herrgott, Lon, du hast die Hälfte von meinem …«

»Schau mal da. Der Mann in der Mitte – der mit dem riesigen Kopf! Ich habe ihn auf unserer Zugfahrt vor sechs Tagen in West Union gesehen.«

»Erkennst du die anderen auch?«

»Nein, aber an ihn erinnere ich mich.« Das würde wohl jeder; er war ein Riese, eine grausame Last für den durchhängenden Rücken seines Pferdes. Er hatte einen kahl rasierten Schädel, wodurch seine fleischigen Ohren, der geschwollene Kopf, die wulstige Stirn und die hinter Fettpolstern verborgenen kleinen Augen noch betont wurden. Wie die anderen drei Männer trug er seinen Revolver ganz offen sichtbar am Halfter.

»Wo gehen die hin? Gibt es einen Hintereingang ins Lagerhaus?«

»Ja«, erwiderte Sledge. »Ist mir aufgefallen, als ich mich vorhin umgeschaut hab.«

»Warum hast du mir das nicht gleich gesagt?« Lon sprang auf, riss dabei seinen Stuhl um und störte dadurch die musikalische Darbietung von »The Girl I Left Behind Me«. Er stülpte sich eilig seinen Hut auf. »Gehen wir.«

Die Reiter verschwanden hintereinander auf der rechten Seite des Lagerhauses. Das breite, zur Straße gelegene Tor, das verschlossen und mit einer Kette verriegelt war, blieb unberührt. Lon rannte über die Straße auf die linke Seite des Gebäudes und schlich sich durch die Dunkelheit an der Wand entlang. An der Ecke zog er seinen 31er-Colt unter dem Hemd hervor. Der Pfiff der B & O-Lokomotive war erneut zu hören. Der lang gezogene Klagelaut ließ ihn an den Tod denken. Er begann zu schwitzen. Dann hörte er Stimmen.

»Wo ist der verdammte Wagen?«

»An der nächsten Straßenecke. Ich hol ihn, wenn's so weit ist.«

»Hab die Kette gesehen, wir ham doch nich' Zeit bis nächstes Jahr!«

»Halt die Schnauze, Grier, ich mach schon, so schnell ich kann.«

Lon hörte ein Geräusch, als ob jemand Metall feilte.

»Den Teufel werd ich tun und die Schnauze halten. Das ist mein großer Tag – vergiss das bloß nicht!«

Mein großer Tag, Grier. War Grier der Anführer?

Es klirrte und rasselte, dann jauchzte ein Mann leise auf, als die Kette riss. Sie zerrten und rüttelten an der Tür, vermutlich an der Seite, an der kein Vorhängeschloss war. Grier keuchte: »Ich kann mich durchquetschen, aber macht weiter und haut das Schloss kaputt. Wir müssen das Tor weit genug aufbekommen, um die Ware rauszuschleppen.«

»Es ist zu dunkel, Grier. Ich kann nichts mehr sehen.«

»Dann nimm die Scheißlaterne. Der Idiot soll sie halten.«

Soweit Lon es beurteilen konnte, hatten zwei Männer das Lagerhaus betreten und zwei standen noch draußen davor. Einer machte sich weiter am Schloss zu schaffen. Wie hatten sie den anderen genannt? Idiot? Was für ein Haufen!

Flüsternd und gestikulierend machten sich Lon und Sledge einsatzbereit. Lon zählte bis drei und sprang hinter der Ecke hervor, weit genug, um noch Platz für Sledge zu lassen. Der Mann, der das Schloss bearbeitete, entdeckte sie als Erster. Der Mann mit dem

Wasserkopf blickte zum Sternenhimmel empor. Die Laterne sah in seiner Hand aus wie ein Spielzeug.

»Grier!«, rief der erste Mann und schleuderte sein Stemmeisen. Es traf Sledge an der Stirn, der benommen zurücktaumelte. Der Riese wandte seine Schlitzaugen zu den Detektiven und warf seine Laterne nach ihnen. Lon sprang zur Seite. Die Laterne zerschellte auf einem Haufen aus Brennholz und Kienspänen, die sofort Feuer fingen. Lon zielte auf den anderen Mann.

»Hände hoch, Partner. So hoch du kannst.«

Der Bereich hinter dem Lagerhaus wurde hell erleuchtet, als die Kienspäne aufloderten. Der Mann am Schloss gehorchte Lon, doch der Riese packte den Arm des Mannes, schleuderte ihn herum und warf ihn gegen Sledge, der aus einer langen, klaffenden Stirnwunde blutete. Sledge prallte gegen Lon. Dieser stieß ihn weg, doch in diesem Moment hatte ihn der Riese schon an der Kehle gepackt.

Lon sank in die Knie. Der Riese würgte ihn und grinste dabei wie ein Kind. Die Männer im Lagerhaus riefen einander Fragen zu. Lons Blick verschwamm. Die Hände des Riesen drückten auf seine Luftröhre und raubten ihm den Atem. Grier und der vierte Mann traten und drückten gegen die aufgebrochene Seite des Tores, um herauszukommen. Verschwommen kam Lon der Gedanke, dass er hier in Parkersburg ein unrühmliches Ende finden würde, ohne je die Möglichkeit gehabt zu haben, etwas Wertvolles für sein Land zu leisten.

Eine Schuss knallte. Der Riese schnappte nach Luft, stellte sich auf die Zehenspitzen und drückte krampfhaft noch fester zu. Lon wurde schwarz vor Augen. Sledge feuerte drei weitere Schüsse auf den Riesen ab, in Rücken, Beine und Kopf. Der aufgeblähte Schädel des Riesen explodierte wie ein fauler Kürbis, der von einem Dach fällt. Blut und graue Gehirnmasse spritzten auf Lon herab, während er sich aus dem Würgegriff zu befreien versuchte. Einer der Männer war aus dem Gebäude geflohen. Obwohl das Feuer so hell aufloderte, dass es bereits für Tumult in der Wirtschaft gesorgt hatte, war Lon zu benommen, um das Gesicht des Mannes genau zu erkennen. Doch immerhin sah er sein Ziel deutlich genug, um darauf zu schießen. Eine Kugel, und der Mann fiel vornüber.

»O Allmächtiger! Grier? *Grier?*« Das war der Mann, der sich am Schloss zu schaffen gemacht hatte. Er floh und verschwand zwischen zwei Schuppen auf der angrenzenden Straße. Der Mann, der sich noch im Lagerhaus befand, zog sich zurück und trat kurz darauf eine Seitentür ein. Lon rannte um das Gebäude herum, doch der Mann war bereits in der Dunkelheit verschwunden.

Männer mit Laternen tauchten auf. Der Wirt der Schenke brüllte: »Holt Wassereimer, schnell, oder die ganze Gegend brennt ab!«

Lon schluckte die bittere Galle hinunter, die ihm in der Kehle brannte. Er stieß Grier mit seinem Stiefel an und rollte ihn auf die andere Seite. Lons Schuss hatte den Anführer der Bande in der Brust getroffen. Griers Mund stand weit offen, seine Augen ebenfalls. Sein Gesichtsausdruck wirkte merkwürdig unschuldig, geradezu erstaunt.

Lon wischte sich die Stirn ab. »Kennt irgendjemand diesen Mann?«

Einer der Farmer beugte sich über die Leiche. »Sein Name is' Decimas Grier. Kommt irgendwo aus der Gegend von Clarksburg. Is' bekannt dafür, dass er alles stiehlt, was nich' niet- und nagelfest is'. Der andre, das Monster da drüben, wo der halbe Kopf weg is', den kenn' ich gar nich' – oh, Jesus, Maria und Josef!« Der Farmer drehte sich abrupt zur Seite und übergab sich.

Immer mehr Leute aus der Stadt versammelten sich, unter anderem eine Gruppe Halbwüchsiger, die durch den Tumult und die Leichen angelockt worden waren. Die Wassereimer, die man auf das Feuer kippte, verwandelten es bald in einen Aschehaufen. Sledge rieb sich das Blut mit seinem Hemdschoß aus dem Gesicht.

»Danke, dass du mich vor ihm gerettet hast«, sagte Lon, »ich wäre fast erledigt gewesen.«

»Deshalb hab ich ihn auch abgeknallt, Partner. Falls dieser Grier der Boss war, haben wir vielleicht den ganzen Verbrecherring geknackt. Mr. Pinkerton wird froh sein, wenn er das dem General melden kann.«

Lon konnte sich nicht beruhigen. Er war dem Tod allzu knapp entronnen. Beinahe hätte er durch Grier und seine miesen Kumpane sein Ende in irgendeinem Dreckloch in der Provinz gefunden.

Sledge bemerkte seinen Gesichtsausdruck. »Was ist denn jetzt los?«

»Wenn ich mein Leben schon verliere, möchte ich, dass es etwas zählt. Ich sollte besser eine Uniform tragen.«

»Töten ist Töten.«

»Nicht für mich.«

»Ach, manchmal glaub ich, du bist verrückt.« Damit ließ Sledge ihn stehen.

Lon blieb jedoch bei seinem Entschluss. Sobald er wieder in Cincinnati war, würde er kündigen. Dieses Mal würde er sich nicht umstimmen lassen.

Angenommen, er reiste die ganze Strecke nach Washington, um sich als Freiwilliger zu melden. Vielleicht fand er ja sogar die junge Frau wieder, es sei denn, sie hatte ihr Stadthaus verriegelt und war abgereist. Doch auch dann konnte er sich sicherlich auf die Suche nach ihr machen. Ein Gedanke, der ihn erheblich aufmunterte.

15

Juni 1861

Der Sommer brachte lange Tage, große Hitze, den plötzlichen Tod von Stephen Douglas und aufgeregte Spekulationen über einen Angriff auf die Rebellen, die sich auf der anderen Seite des Potomac, bei einem Eisenbahnknotenpunkt weniger als einen Tagesmarsch von Washington entfernt, zusammenrotteten. Brigadegeneral Irvin McDowell aus dem Stab des Oberbefehlshabers der Armee erhielt das Kommando über den Militärbezirk Nordost-Virginia. McDowell errichtete sein Hauptquartier im verlassenen Herrenhaus der Familie Lee in Arlington. Robert E. Lee und seine Familie waren in den Süden gegangen.

Rose Greenhow beendete ihre Trauerzeit endgültig und verließ das Haus wieder häufiger. Auch ihre abendlichen Empfänge setzte sie fort. Hier begegnete Margaret der attraktiven Witwe Augusta Morris und einer hübschen jungen Frau namens Betty Duvall. Vorgestellt wurden sie einander durch Mr. Rayford, ehemals Jordan, der Margaret unter vier Augen mitteilte, dass Mrs. Greenhow es aus Gründen der allgemeinen Sicherheit vorzog, wenn die Damen sich nicht privat trafen, außer bei Veranstaltungen, die sie selbst organisierte.

Eine merkwürdige Auswahl von Herren nahm an den Empfängen teil. Rose lud nach wie vor Republikaner ein, darunter vor allem ihren angeblichen Geliebten, Senator Wilson vom Militärausschuss. Dazu gesellten sich Mr. Donellan, ein ehemaliger Angestellter des Amtes für Landzuteilung, sowie Mr. Butler, der Inhaber eines exklusiven Porzellangeschäfts auf der F-Street. Es gab etliche junge Regierungsangestellte, die, eingeschüchtert von Roses gesellschaftlicher Stellung, bereit waren, alles zu tun, was sie von ihnen verlangte, und gelegentlich fand sich auch ein Offizier ein, so wie Hauptmann Boyce vom Ersten Rhode-Island-Regiment. Rayford erzählte, dass Boyce bei einer der Spielhöllen der Stadt schwer verschuldet und daher »gut formbar« sei.

Hanna kehrte nicht mehr in den Salon zurück. Nach ihrer letzten Begegnung hatte Margaret das auch nicht erwartet.

An einem schönen Samstag organisierte Rose ein Picknick. Ein halbes Dutzend Damen und Herren fuhren in mehreren Kutschen zu einer Wiese nahe einer der neuen Redouten, die gerade errichtet wurden. Die Verteidigungsanlagen der Stadt Washington bestanden aus einem Ring ähnlich gebauter Befestigungen. Gegenstand des Interesses war an diesem Tag Fort Ellsworth, benannt nach dem verstorbenen Oberst der Feuerzuaven. Ellsworth war bei dem Versuch erschossen worden, eine Flagge der Konföderierten einzuholen, die herausfordernd auf dem Dach eines Hotels in Alexandria geweht hatte.

Sie picknickten aus Körben mit kaltem Hühnchen, Pastete, Käse, französischem Baguette, weißen Trauben und eisgekühltem Champagner. Während die Gruppe über unverfängliche Themen plauderte – das schauspielerische Talent von Joe Jefferson, die hohen Preise als Folge des Krieges, die schrecklichen Raufereien, die jedes Mal am Zahltag unter den Soldaten ausbrachen –, spähte Mrs. Greenhow durch ein kleines Fernglas auf die im Bau befindliche Befestigung und machte sich Notizen in ein kleines, in rotes Leder gebundenes Büchlein. Margaret genoss den Ausflug, ärgerte sich jedoch über ihre eigene Untätigkeit. Bislang hatte man ihr nichts zu tun gegeben, außer auf einen Auftrag zu warten.

Dieser kam am folgenden Samstag. Mr. Donellan bat sie, zu einer Adresse in der Nähe des Navy Yard zu fahren und sich im Haus Dr. Whyvilles, eines praktischen Arztes, vorzustellen. Der Doktor war ein fröhlicher, väterlicher Herr mit grauem Bart. Er hieß sie in seiner streng riechenden Praxis willkommen und meinte, dass sie beide bald zusammenarbeiten würden.

Nachdem er sich vergewissert hatte, dass das Wartezimmer leer war, sagte er: »Donellan baut eine Kurierlinie von Ärzten bis nach Richmond auf. Meine Praxis ist die nördliche Endstation. Ärzte sind unantastbar, wissen Sie.« Er zwinkerte ihr zu. »Stets auf Wanderschaft – immer unterwegs, um einem Patienten in Not zu helfen. Niemand wird das Kommen und Gehen eines Arztes infrage stellen oder darauf bestehen, seine schwarze Tasche zu durchsuchen. Eine großartige Tarnung, finden Sie nicht auch, Miss Miller? Vielleicht bringen Sie mir das nächste Mal ja schon eine Botschaft für Richmond mit. Das wird mir gefallen!« Er schüttelte ihr die Hand und sie ging.

Auf ihrem Heimweg sah sie Gruppen von Uniformierten, die auf den Straßen herumkrakeelten. Lautes Gebrüll, Pistolengeknall und der umgeworfene Planwagen eines Bäckers sagten ihr, dass wieder einmal Zahltag war. Sie fuhr einen Umweg, um Ärger zu vermeiden.

In dieser Nacht wurde sie während eines Gewitters durch höllischen Lärm an der Vordertür geweckt. Sie hüllte sich in ihren Morgenmantel und stolperte schläfrig die Treppe hinunter. Durch die seitliche Türverglasung sah sie drei Soldaten, die aneinander gekauert im Regen standen. Der Größte von ihnen hämmerte erneut mit dem Türklopfer. Margaret stellte sich in den Türschlitz. »Was zum Teufel wollen Sie?«

»Oho, die kauf ich gleich auf der Stelle!«, schnaufte einer von ihnen fröhlich.

»n'Abend, Madam Ann«, sagte der Größte, nahm seine Kappe ab und grinste dämlich.

»Ich heiße nicht Ann, und Sie sind hier anscheinend an der falschen Adresse.«

Der große Mann untersuchte einen durchweichten Zettel. »Ist das nicht Madam Anns Pension?« *Pension* war in Washington die Umschreibung für ein Bordell. »Lafayette Square?«

»Sie betrunkener Trottel – hier ist der Franklin Square. Gute Nacht.«

»Hören Sie mal zu, Frau, wir sind völlig durchnässt, wir sind geil wie die Hähne und sind gekommen, um süßes Frischfleisch zu kaufen. Wir kommen jetzt erst mal rein und vergewissern uns, dass Sie uns nicht angelogen haben.«

Zu Tode erschrocken, setzte Margaret ihr ganzes Gewicht ein, um die Tür wieder zu schließen. Der große Mann reagierte zu langsam. Sie schob den Riegel vor und lehnte sich gegen die Wand, während die Soldaten von draußen schrien und mit Fäusten und Ellenbogen an die Tür hämmerten. Wenn sie nun eines der Gläser zerbrachen? Und hineingriffen …?

Doch das taten sie nicht. Der Regen dämpfte ihren Tatendrang, und sie taumelten im Licht eines Blitzes davon.

Als sie Rayford das nächste Mal traf, teilte sie ihm mit, dass sie eine Waffe brauche. Er schickte sie zu einem Waffenschmied, der ihr eine hübsche kleine Pistole verkaufte, die man im Ärmel verstecken konnte, Kaliber 44, aus der Fabrik von Henry Deringer. Im umzäunten Hof hinter dem Geschäft führte der Waffenschmied ihren Arm, während sie ihren ersten Schuss auf eine Flasche abgab. Der Rückschlag war beträchtlich, doch erstaunlicherweise zersprang die Flasche in tausend Scherben. Der Waffenschmied grinste.

»Deringer stellt ausschließlich einschüssige Waffen her. Doch mehr brauchen Sie bei einer Entfernung von drei bis sechs Metern auch nicht. Viele Damen rüsten sich mit diesem guten Stück aus. Wir leben in gefährlichen Zeiten.«

»Ja«, erwiderte Margaret grimmig. »Ich brauche auch noch Munition.«

Rose Greenhow ließ sie an einem Dienstag durch einen Boten rufen. Sie sollte das Haus durch den Hintereingang betreten. Rose zog sie an ein Fenster des Salons, teilte die Vorhänge und zeigte ihr einen Mann in Panamahut und Staubmantel, der auf der gegenüberliegenden Straßenseite in einem Buggy mit Verdeck saß. Er wirkte vollkommen entspannt, so als halte er immer vor einer Kirche an, um seine Zeitung zu lesen.

»Dieser Mann beobachtet das Haus schon seit zwei Tagen. Ich bin mir sicher, dass er uns alles andere als freundlich gesinnt ist. Mr. Tobias ist gerade in der Bibliothek. Er will sich bald mit einer Botschaft, die in einem hohlen Spazierstock versteckt ist, auf den Weg nach Port Tobacco machen. Ich möchte nicht, dass man ihn aufhält oder verfolgt. Kannst du an diesem Mann vorbeifahren, sodass er dich sieht, und dann davonpreschen? Vielleicht lenkt ihn das ab. Wir brauchen bloß fünf Minuten.«

Natürlich erklärte sich Margaret einverstanden. Sie kutschierte eilig mit ihrem kleinen Buggy aus der Seitenstraße in die I-Street und fuhr an dem Fremden vorbei, während sie ihren Wagen in nördliche Richtung auf die 16th Street lenkte. Außer einem üppigen Schnauz- und Backenbart hatte sie nicht viel von dem Mann erkennen können.

Er nahm seine Zügel auf und folgte ihr. Nervös und aufgekratzt berührte Margaret die Kruppe des Pferdes leicht mit der Peitsche.

Zehn Häuserblocks weiter wendete sie den Wagen mitten auf der Straße, brauste nach Süden und lächelte dem Fremden im Vorbeifahren frech zu. Dieser grüßte sie, indem er an seinen Panamahut tippte, wendete sein Gefährt und jagte ihr hinterher.

Margaret schwenkte an den Bordstein vor Roses Haus ein. Sie fasste sich und wartete im Schatten des Buggy-Verdecks, bis der Fremde ebenfalls eintraf. Er kehrte mit dem Wagen an seinen ursprünglichen Platz zurück, band die Zügel um einen Pfahl und schlenderte über die Straße. Er wirkte ziemlich robust, eher klein, aber kräftig. Seine geröteten Wangen waren trotz der Hitze trocken. Sie hatte keine Angst, bis sie die Kälte in seinen grauen Augen sah.

Er nahm lässig den Hut ab und verbeugte sich. Die Junisonne glänzte in seinem langen sandfarbenen Haar. Sie schätzte ihn auf Mitte dreißig. »Eine flotte Kutschfahrt, Ma'am. Leider habe ich zu spät bemerkt, dass sie mich aus irgendeinem Grund absichtlich von diesem Haus weglocken wollten.«

»Der Grund ist ganz einfach. Ich wollte ein paar Minuten lang frische Luft schnappen. Ich weiß nicht, warum Sie das interessiert. Ich habe Sie noch nie gesehen.«

»Verzeihen Sie mein unhöfliches Benehmen. Oberst Lafayette C. Baker, zu Ihren Diensten.« Sein Blick glitt wieder zu dem Backsteinhaus hinüber. »Kommen Sie oft hierher?«

»Und wenn? Sie nennen sich Oberst. Können Sie sich irgendwie ausweisen?«

Baker antwortete mit einem gequälten Lächeln, so als habe er bei einer hübschen jungen Frau nicht mit Widerstand gerechnet. »Noch nicht, Madam. Mein Interesse ist das eines patriotischen Bürgers, der eine mögliche Brutstätte des Verrats erkennt.«

»Verrat? Hier? Was für ein Unsinn.« Sie hob die Zügel. »Entschuldigen Sie mich.«

Verärgert hielt Baker sie am Arm fest. Es störte ihn nicht, dass er ihr mit seinem festen Griff wehtat. »Jeder weiß, dass die Frau, die in diesem Haus lebt, eine leidenschaftliche Sezessionistin ist. Warum nicht auch ihre Freunde? Rund um die Uhr ist hier ein Kommen und Gehen.«

Margaret wand sich aus seinem Griff. »Ich finde Sie beleidigend. Spionieren Sie etwa, Mr. Baker?«

Er schlug sich mit dem Hut gegen das Bein. »Oberst.«

Wenn sie wollte, konnte sie jemanden mit einem Blick herrlicher Verachtung strafen. »Was das betrifft, so habe ich lediglich Ihr Wort.«

Lafayette Baker lief rot an, hielt jedoch die wütende Bemerkung zurück, die ihm wohl auf der Zunge lag. »Ich bedaure es, zu sehen, wie sich eine Frau wie Sie mit der Greenhow gemein macht, Miss …« Eine Pause ließ ihr die Möglichkeit, ihm ihren Namen zu nennen; sie tat es nicht. »Sie sind eine attraktive Dame, obwohl ich annehme, dass Ihre Sympathien ähnlich gelagert sind wie die von Mrs. Greenhow. Die Sezessionisten sind in Washington dieser Tage obenauf. Es wird jedoch eine Zeit kommen, da man ihnen nicht mehr erlauben wird, der gewählten verfassungsmäßigen Regierung ins Gesicht zu spucken. Sie täten also besser daran, sich von dieser Frau zu lösen.« Er legte einen Finger auf Margarets linke Hand und streichelte sie sanft. »Wir könnten dieses Thema eines Abends ausgiebiger diskutieren.«

»Mr. Baker, würden Sie wohl Ihre Hand da wegnehmen – oder möchten Sie meine Peitsche im Gesicht spüren?«

Baker trat zurück. »Wenn ich ein Mann wäre, der Schimpfworte gebrauchte, würde ich Sie so nennen, wie Sie es verdienen.«

»Guten Tag, Sir.« Margaret trieb das Pferd mit der Peitsche an und ließ Baker in einer gelben Staubwolke stehen. Sie fühlte sich lebendig, wertvoll – wichtig. Spiele hatten ihr immer schon Spaß bereitet: Whist, Patiencen, sogar das skandalöse Würfelspiel Craps. Einmal hatte sie Cicero so lange beschwatzt, bis er seine Würfel aus einer Schublade geholt und ihr eine Unterrichtsstunde gegeben hatte. Dieses Spiel der Jagd und Verstellung hatte ihr am besten gefallen.

Am nächsten Tag berichtete sie Rose, was sich bei der Begegnung zugetragen hatte, und teilte ihr mit, dass der Fremde ein gewisser Baker gewesen sei. Ihrer Freundin sagte der Name jedoch nichts.

Hanna stattete Margaret einen Besuch ab. Sie saßen im Salon, steif und formell, so als hätte es ihre gemeinsamen Ausritte und Gespräche nie gegeben. Auf dem Platz vor dem Haus drängten sich unzählige Soldaten und Marketenderwagen. Das Zwölfte New Yorker Regiment bezog Lager und bedeckte die Rasenfläche mit seinen weißen Zelten.

»Margaret, es tut mir Leid, dass ich mit dir darüber sprechen muss, doch es ist notwendig. Mein Vater hat mir erzählt, dass man dich verdächtigt, in Roses Haus mehr zu tun, als nur an Gesellschaften teilzunehmen. Ich darf dir nicht sagen, wie das Ministerium es herausgefunden hat ... «

Margaret fiel ihr ins Wort. »Ich weiß schon, wie. Ein Mann namens Baker. Hat er mit dem Kriegsministerium zu tun?«

Aus Hannas blauen Augen sprach Unbehagen. »Er hätte es gern. Er versucht, dort seine Position zu festigen.«

»Offen gesagt macht er mir Angst. Er ist eine Schlange.«

»Keine Frage. Ich habe ihn mal kennen gelernt.«

»Doch auch viele andere Dinge machen mir Angst, und ich laufe trotzdem nicht vor ihnen weg. Der Mörder meines Vaters hat eine Rechnung hinterlassen, die ich noch begleichen muss.«

»Oh, Margaret, du bist diesen Männern nicht gewachsen, die jetzt in die Stadt kommen. Mein Vater ist unerschrocken, doch er hat Baker richtig eingeschätzt und erkannt, dass mit ihm nicht zu spaßen ist. Baker war Vigilant in San Francisco. Er hat Männer ohne Gerichtsverhandlung hängen lassen. Er prahlt sogar damit. Er oder irgendjemand seines Kalibers wird Rose in die Enge treiben. Sie spricht zu offenherzig über ihre treuen Ergebenen, ihre Schachzüge sind zu dreist. Die Behörden werden das nicht ewig tolerieren. Falls du dich mit ihr eingelassen hast, sieh zu, dass du dich wieder zurückziehst, ehe du mit in die Tiefe gerissen wirst.«

Margaret faltete die Hände im Schoß. Es schmerzte sie, die junge Frau zurückzuweisen, die einmal ihre Freundin gewesen war, doch die Grenzen waren gezogen. »Lass uns über etwas anderes sprechen. Soll ich uns Tee kochen?«

Nach einem traurigen, prüfenden Blick schüttelte Hanna den Kopf. »Ich gehe lieber. Bedauerlicherweise willst du nicht auf mich hören.«

Hanna erhob sich. Margaret bewegte sich auf sie zu, um ihr

einen freundschaftlichen Kuss zu geben. Hanna bemerkte ihre Absicht, schüttelte den Kopf und lief durch die Vordertür in die heiße Sommersonne hinaus. Margaret blieb im düsteren Salon zurück und drehte finster ihr Taschentuch zwischen den Fingern.

16

Juli 1861

Was für eine großartige Rolle! Viel besser, als in Cesarios Beinkleidern über die Bühne zu tänzeln im verzweifelten Versuch, sich an die Zeilen des Barden zu erinnern – und das bei drei fürchterlichen Aufführungen, von denen jede schlechter war als die vorhergehende, dank Zephira Comfort, die durch ihre übertriebene Darstellung alles verdarb.

Sie hatte sich für diesen Donnerstag entschieden. Am Unabhängigkeitstag schienen alle in der Stadt vor lauter Patriotismus verrückt zu spielen. Überall liefen Soldaten herum, Hunderte von wehenden Flaggen stellten Loyalität zur Schau. Artilleriebataillone auf der anderen Seite des Flusses und jenseits der Stadt schickten ihre Salutschüsse in den Himmel. Bürger warfen Papierschlangen, und Knallfrösche flogen von den Balkonen. Zwanzigtausend New Yorker Soldaten marschierten in einer Parade über die Avenue; nur ein Bruchteil der Truppen, die in und um Washington herum Quartier bezogen hatten.

Die Soldaten, die nicht damit beschäftigt waren, ihre Kampfbereitschaft zu demonstrieren, faulenzten in den Zelten, die jeden Quadratzentimeter freier Fläche bedeckten, oder sie schlenderten betrunken durch die Gegend und belästigten Passanten, um Geld für weitere Saufgelage zu bekommen. Die Öffentlichkeit war durch Neuigkeiten aus dem Westen Virginias in Hochstimmung versetzt worden. Ein tapferer junger General namens McClellan, ein echter Held des Westens, rückte vor, um die Aufständischen zurück über die Alleghenies zu treiben. Bis jetzt hatte der Norden keine nennenswerten Kriegsverluste zu verzeichnen gehabt; die Hauptstadt war zum Feiern bereit. Hanna fragte sich, was Margaret nach Sonnenuntergang tun würde, wenn die öffentlichen Plätze von Lampions hell erleuchtet waren und Soldaten die ganze Nacht lang Feuerwerkskörper abschossen.

Die Uniformen der regulären Armee sowie die der Freiwilligen, die sich für drei Monate gemeldet hatten und bald nach Hause ziehen würden, bildeten ein wildes Durcheinander aus Farben und Schnitten. Mit Dereks Erlaubnis hatte Hanna den Kostümfundus der Theatergruppe durchwühlt und eine passable Ausstattung zusammengestellt: graue Haremshosen, die durchaus als Zuavenhosen durchgehen konnten, ein dunkelblaues Jackett mit matten Knöpfen und abgewetzten Goldbiesen, billige, in Massachusetts gefertigte Schuhe, die sowohl am einen wie am andern Fuß passten, und eine graue Kappe mit einem gestickten Wappen auf dem Oberteil, die aus einer französischen Komödie übrig geblieben war. Die Kappe hatte sie ergänzt durch ein im Nacken herabhängendes Tuch, das sie von einer Freundin bekommen hatte, die emsig zusammen mit anderen Damen ihrer Kirchengemeinde Nackenschützer für die Armee nähte. Hanna verbrachte die halbe Nacht des 3. Juli damit, die gestickte Bourbonenlilie von der Mütze abzutrennen, die Knöpfe des Jacketts zu polieren und die ausgefransten Fäden von den Biesen abzuschneiden. Den Nackenschutz aus schwerem weißen Drillich, der an der Mütze befestigt wurde, um den Soldatennacken vor Sonnenbrand zu schützen, hatte man von der Britischen Armee in Indien übernommen.

Während Präsident Lincoln, General Scott, das Kabinett und die ranghöheren Offiziere die Parade auf der Pennsylvania Avenue abnahmen, schritt Hanna zuversichtlich in Richtung der Long Bridge. Sie war fürchterlich nervös, und zwar bereits seit sie sich aus dem Haus fortgeschlichen hatte, als der Major schnarchte. Aber Lampenfieber war durchaus nützlich. Wenn man es im Griff hatte, verlieh es einem Auftritt zusätzlichen Schwung und verbesserte die Darbietung. Sie hatte ihr kurz geschnittenes Haar unter ihrer Mütze befestigt, die Krempe tief über die Augen gezogen und sich Dreck auf eine Wange geschmiert. Eine Zigarre zu zwei Cent, die sie unter viel Brummeln und Fingerzeigen in einem Laden gekauft hatte, hing ihr zwischen den Lippen. Die Hälfte der Zigarre hatte sie in einer engen Gasse geraucht und war dabei halb erstickt. Alles der Kunst zuliebe. Sie hoffte, dass der erloschene Zigarrenstummel ihre männliche Wirkung steigerte.

Auf dem Weg zur Long Bridge grüßten sie freundliche Soldaten.

Ihre Antwort war jedes Mal dieselbe: »Jo!«

Die Holzplanken der belebten Brücke waren übersät mit den Äpfeln der Kavalleriepferde, die zur Stadt und wieder zurück trabten. Die Häuser und Geschäfte Arlingtons hatten zur Feier des Tages Bundesflaggen gehisst, die schlaff in der zunehmenden Hitze hingen. Hanna hatte ihre Unterwäsche bereits durchgeschwitzt. Der Nackenschutz war zu schwer und kratzte. Bestimmt waren die Drei-Monats-Freiwilligen froh, ihre improvisierten Uniformen bald wieder ablegen zu können. Der Major sagte, dass Kriegsministerium sei beunruhigt über die große Zahl der Männer, deren Dienstverpflichtung im Juli endete, da man mit einer größeren Schlacht rechnete.

Während sie an zwei Marketenderwagen vorbeiging, großen mit Segeltuch bezogenen Planwagen, die auf dem Weg in die Stadt waren und deren Fahrer lautstark den Fußgängerstrom verfluchten, merkte Hanna plötzlich, dass jemand neben ihr herging. Wenn sie kein Wort sagte, würde er das wahrscheinlich seltsam finden. Sie wandte den Kopf ein wenig zur Seite.

»Jo.«

Der Mann trug ein blaues Flanellhemd mit einem umgekehrten U aus Knöpfen auf der Vorderseite, graue Hosen mit einem blauen Streifen, ein Halstuch und eine Feldmütze aus Drillichstoff. Sein rostbrauner Bart war lang und dicht. »Wo geht's hin, Soldat?«

»Nach drüben. Arlington.« Hanna ließ ihre Stimme tief klingen und kaute auf der durchweichten Zigarre.

»McDowell is' im Arlington House, schon gehört? Ich mein' damit nich' nur heute, sondern es is' jetzt sein Hauptquartier.«

»Mmhmm. Will ich mir anschauen.«

»Ich heiß Cole. Reliance Cole. Vom Ersten Rhode Island. Sie ham uns endlich aus diesem Scheiß-Patentamt verlegt, zu 'nem Landsitz von irgend so'nem reichen Pinkel im Norden der Stadt.« Hanna nickte und gab ein paar zustimmende Laute von sich, um Interesse zu zeigen.

»Wie heißt du?«

»Smith«, platzte sie heraus. Als ihr aufging, wie unangemessen sie sich vorgestellt hatte, fügte sie schnell hinzu: »Bethlehem Smith.«

»Nett, dich kennen zu lernen. Welches is' deine Einheit?«

Diese Frage hatte sie vorhergesehen. »Elftes Indiana-Regiment.«

»Wusste gar nicht, dass Leute aus'm Westen hier sind.«

Hanna nickte wieder. Seit dem frühen Morgen hatte sie keinen Abort mehr aufgesucht, und langsam wuchs der Druck. Cole kicherte. »Soll mich der Teufel holen, wenn du alt genug für 'nen Soldaten aussiehst, Bethlehem. Haste überhaupt schon angefangen, dich zu rasieren?«

Sie rieb sich über die schmutzige Wange. »Hab kaum Bart. Zu helle Haut.«

»Hell bis unsichtbar.« Cole lachte. Sie verließen die Long Bridge mit ihren Wachhäuschen, aus denen gelangweilte Männer verdrossen den Soldaten hinterherstarrten, die dienstfrei hatten. »Da vorn gibt's 'ne gute Unionsschenke. Besser als das Marshall House in Alexandria, wo's den Ellsworth erwischt hat. Wenigstens ham se den feigen Gastwirt umgelegt, der ihn erschossen hat. Schätze, ich könnt bei der Hitze 'n Bier vertragen. Und du?«

»O nein. Ich glaub nicht ...«

»Klar kannst du, komm.« Cole legte seinen dicken Arm um Hanna und drückte sie.

Ein paar hundert Meter weiter die zerfurchte Straße entlang lag die Schenke, auf die er gezeigt hatte. Sie war bereits gut gefüllt mit Soldaten und Zivilisten, und einige lümmelten mit Gläsern und Humpen draußen vor dem Haus herum. Während sie heranschlenderten, deutete Cole auf seinen Schritt. »Leute, wo is'n das Scheißhaus?«

»Der Graben, hinterm Haus.«

»Hab Bauchschmerzen«, teilte Cole Hanna mit, ehe er sich auf den Weg machte. »Wahrscheinlich vom schlechten Wasser. Musste auch mal pissen?«

»Nee, nee, ich warte hier.« Der Druck auf ihre Blase hatte zugenommen und quälte sie. Sie lehnte sich an die gestrichene Seitenwand der Schenke, der Schweiß lief ihr in die Augen, und ihr Herz schlug unnatürlich schnell. Das war die schwerste Rolle, die sie je gespielt hatte – und das auch noch am helllichten Tag! Sie war stolz auf sich, aber auch aufgeregt. Der Tag war noch lange nicht vorbei.

Cole tauchte wieder auf und knöpfte sich den Hosenschlitz zu. »Komm, wird Zeit für einen kühlen Schluck.«

Sie traten in den verrauchten Schankraum. Cole bestellte zwei Gläser Bier. Hannas Blase war eigentlich schon viel zu voll dafür, doch sie nippte daran, um ihre Nerven zu beruhigen. Cole ließ sich über die unattraktive Visage des Präsidenten aus, über Krankheiten, die möglicherweise von den Huren übertragen wurden, die er im District gevögelt hatte, und erging sich schließlich über die Schönheit des Sommers in Little Compton, Rhode Island, den er, bei Gott, leider gerade verpasste. In der Zeit, in der er zwei Gläser leerte, hatte Hanna gerade mal ein Viertel ihres Bieres getrunken. Der Alkohol entspannte sie etwas, obwohl der Druck, sich zu erleichtern, beinahe unerträglich wurde.

»Komm, wir schaun uns mal Arlington an«, schlug Cole vor, und sie marschierten zu den weitläufigen, hügeligen Rasenflächen, die von dem Haus mit den weißen Säulen überragt wurden, in dem Lee und seine Familie gelebt hatten, bis er, wie Cole es formulierte, »das Land verriet, wo ihm erzogen und ihm vertraut hat«. Vor den vier großen Zelten, auf denen die Flaggen des Hauptquartiers wehten, standen Wachposten. Nachdem sie McDowells Hauptquartier lange genug angestarrt hatten, meinte Cole: »Hab gehört, es soll hier'n ganz schönes Bordell geben, 'ne Meile weit weg oder so. Willste mit?«

»Nee. Muss wieder zurück ins Lager.«

Cole zupfte an seinem rostbraunen Bart herum. »Bethlehem, du bist der ulkigste Soldat, der mir in meinen fünfundzwanzig Jahren übern Weg gelaufen ist. Hörst dich an, als wenn du Sopran in 'nem Kirchenchor singst!«

»Tenor.«

»Hast kein' Bart, 'ne Stimme wie'n Singvogel.« Wie angewurzelt wartete Hanna auf ihre unvermeidliche Entlarvung. Cole furzte laut, lüpfte die Hosen von seinem Gesäß weg und zuckte mit den Schultern. »Schätze, die Armee nimmt alle möglichen Typen. War nett, dich kennen zu lernen.« Er hielt ihr die Hand hin.

Hanna musste sie wohl oder übel schütteln. Cole fragte: »Was machste denn so in Indiana? So weiche Hände arbeiten doch sicher nich' mit'n Pflug.«

»Musiklehrer. Klavier und Gesang.«

»Hätt ich mir denken können. Tenor im Kirchenchor. Ja, es gibt schon so Typen«, wiederholte er, als ob es sich dabei um eine bedeutende philosophische Erkenntnis handelte. Hannas Blase stand kurz vor dem Platzen. Sie salutierte kurz, machte eine Kehrtwendung und schritt eilig in Richtung der Brücke. Sie war noch keine vierzig Schritte weit gekommen, als sie in eine stickige Gasse sauste. Verzweifelt suchte sie zwischen den kleinen Häusern mit Gärten, die schon von der Sommerhitze vertrocknet waren, nach einem Aborthäuschen. Dann war es zu spät.

Sie lehnte sich an einen Geräteschuppen und gab einen Ton irgendwo zwischen Lachen und Schluchzen von sich. Das war der seltsamste, aber zugleich aufregendste Tag, den sie je erlebt hatte. Daran konnten auch ihre nassen Hosen nichts ändern.

Sie wartete in der Gasse, bis der Fleck zu trocknen begann, dann machte sie sich wieder auf den Weg und fühlte sich ungemein erleichtert. Trotz der heißen Wolle und der beschämenden Nässe und obwohl sie beinahe tausend Tode gestorben wäre, als Cole sie mit Fragen bestürmt hatte, war sie freudig erregt und voller Stolz. Auf dem gesamten Heimweg zu den Northern Liberties wurde sie von einem Gefühl getragen, das fast schon sexueller Lust gleichkam.

Bei Sonnenuntergang schlüpfte sie in das stille Haus und zog sich um. Sie band sich eine ausgeblichene, aber feminine Schürze um und sann über ihr nächstes Ziel nach. Ein Schlachtfeld, mitten im Kriegsgeschehen oder doch wenigstens in der Nähe der Kämpfe …

Sie räumte im Haus auf und rückte die zusammengewürfelten Möbel gerade, als ob sie tatsächlich etwas wert seien. Während sie arbeitete, summte sie vor sich hin. Sie summte immer noch, als der Major kurz nach Einbruch der Dunkelheit die Vordertür auftrat. Er roch nach Zigarren, zweifellos bessere als das Kraut, auf dem sie den ganzen Tag herumgekaut hatte.

Siegel ließ seine Kleidung stets achtlos irgendwohin fallen. Hanna hob seinen Umhang auf. Er sagte: »Du lächelst so hübsch, wenn du Theater spielen warst.«

»Ja, ich habe heute Theater gespielt. Und ich war sehr gut.«

»Ich verstehe nicht, wieso ihr an einem Feiertag spielen müsst.«

»Derek führt ein strenges Regiment. Hast du schon zu Abend gegessen?«

»Hab im National mit ein paar Leuten aus dem Ministerium gegessen. Einige der regulären Kellner treten jetzt in die Armee ein, und das Hotel ersetzt sie durch Nigger! Es ist eine Schande, dass Schwarze mit dem Essen von Weißen herumhantieren.« Er schüttelte den Kopf über den Ernst der Lage.

»Papa, ist das National Hotel nicht furchtbar teuer?«

»Dann müssen wir eben mal eine Woche den Gürtel enger schnallen. Sie zahlen mir den Lohn eines Sklaven, doch ich werde nicht wie einer leben. Muss wenigstens den Schein waren, bis ich mir mehr erlauben kann.«

In der Küche fand Hanna einen verschimmelten Brotkanten. Sie schnitt den Schimmel ab und kaute das zähe Brot, während sie sich bemühte, die berauschenden Gefühle des Nachmittags wieder aufleben zu lassen.

17

Juli 1861

Am 6. Juli, einem Samstag, brachte Margaret eine Botschaft zu Dr. Whyville. Am darauf folgenden Dienstag überbrachte sie die nächste. Jede Lieferung bestand aus einem versiegelten Päckchen aus Öltuch, das nicht größer als ein halber Silberdollar war. Die Stärke ließ vermuten, dass es sich um ein eng gefaltetes Blatt Papier handelte. Rose übergab Margaret die Päckchen mit warnenden Worten über ihre Wichtigkeit.

Auf ihren Fahrten zum Haus des Doktors überraschte Margaret die Atmosphäre, die allerorts in der Stadt herrschte. Ja, Washington war von Fremden regelrecht überlaufen; überall standen Zelte, Planwagen hielten den Verkehr auf, und Lebensmittellieferungen und Kriegsmaterial türmten sich am Kai des Potomac, wo Tag und Nacht kleine Schoner und Dampfschiffe an- und ablegten. Arbeitertrupps wickelten Isolierdraht von riesigen Holzrollen ab und spannten Telegraphenverbindungen zu Regierungsgebäuden, Brücken und den Zeltlagern auf der anderen Seite des Flusses. Kaufleute von außerhalb mieteten leer stehende Geschäfte, verlängerten die Öffnungszeiten und verkauften alles von Geflügel bis zu Porträtphotos. Der Krieg hatte plötzlichen Wohlstand gebracht, doch es lag noch etwas anderes in der Luft: Washington verströmte Selbstvertrauen; die Gewissheit, dass die erste große Schlacht des Krieges zugleich auch die letzte sein würde.

Die Zeitungen verkündeten verherrlichend, dass Irvin McDowell Mitte des Monats bis Fairfax Court House vorrücken würde. Flugschriften und Plakate posaunten den Aufruf des Herausgebers Horace Greeley heraus: »Auf nach Richmond!« Es war geplant, dass der neue Kongress der Konföderierten dort am 20. Juli zusammentreten sollte. Treue Unionsanhänger gingen jedoch davon aus, dass der Süden zu diesem Zeitpunkt, oder zumindest kurz danach, auf dem Schlachtfeld bezwungen würde.

Am Freitag, dem 12. Juli, um halb sieben morgens, brachte ein weißer Junge eine dringende Mitteilung zum Franklin Square. Kurz nach acht traf Margaret bei Rose ein; sie trug ein dünnes Kleid aus weißem Batist und einen weichen Strohhut.

»Dr. Whyville ist verhindert«, sagte Rose. »Typhus. Dieses Schreiben muss noch heute die Ärztelinie entlang transportiert werden. Wirst du das übernehmen? Es gibt niemanden sonst.«

»Natürlich mache ich das.«

»Lass mich dir zeigen, wie wichtig es ist.« Rose griff hinter eine Bücherreihe und holte eine mit schwarzer Tinte gezeichnete Landkarte hervor. Margaret erkannte die Windungen des Potomac und die Gegend um Washington. Schwarze Kreise ohne Beschriftung zeigten Städte in Virginia. Eine Linie aus roten Punkten führte von einem schraffierten Bereich, der die Stadt darstellte, hinunter zu einem kleinen Malteserkreuz. Rose berührte das Kreuz.

»Das ist Manassas Junction, wo die Orange & Alexandria-Bahnlinie auf die Manassas-Gap-Linie nach Winchester trifft.« Es hieß, dass Beauregards Armee sich dort sammelte.

»Und das hier …«, sie zeigte auf die roten Punkte, »… ist die Route, der McDowell wahrscheinlich folgen wird, um seine fünf Divisionen in die Schlacht zu führen.«

Die kleine Rose steckte den Kopf durch die Tür der Bibliothek und quengelte nach Süßigkeiten. Ihre Mutter stampfte mit dem Fuß auf. »Jetzt nicht. Verschwinde!« Das Kind bemerkte die Anspannung in der Stimme seiner Mutter und zog sich zurück.

Margaret fragte: »Ist die Landkarte zuverlässig?«

Rose lächelte. »So zuverlässig, wie sie nur sein kann. Schließlich ist sie eine Kopie des Originals, das sich im Kriegsministerium befindet.« Margarets Puls schlug vor Erregung schneller. Hatte Rose die Karte von Senator Wilson bekommen? Verriet er seine Regierung als Gegenleistung für ihre Gefälligkeiten? Sie war klug genug, nicht zu fragen.

»Diese Information wird in ihrer Wichtigkeit nur noch übertroffen von der Nachricht, zu welchem Tag und welcher Stunde genau McDowell gegen Manassas vorrücken wird. Ich bin dabei, das auch noch herauszufinden. In der Zwischenzeit muss dies eilig unseren Freunden überbracht werden.«

Margarets Auftrag erforderte eine Fahrt mit dem Buggy in ein Dorf namens Surrattsville, ungefähr zehn Meilen südlich vom East Branch des Potomac. »Eine halbe Meile hinter der Schenke gibt es einen relativ großen abgestorbenen hohlen Baum. Wenn du auf ihn zufährst, ist er zu deiner Linken. Auf der Seite, die der Straße abgewandt ist, findest du ungefähr einen Meter über dem Erdboden ein Loch. Steck die Karte dort hinein. Einer von Dr. Whyvilles Kollegen wird sie abholen und weitertransportieren.«

»Wie soll ich sie bei mir tragen?

»Komm mit ins Ankleidezimmer.«

Margaret setzte sich und legte die Hände in den Schoß, während Rose die Landkarte sorgfältig in eines der kleinen Ölhaut-Päckchen faltete. Sie hob Margarets Haar im Nacken an, steckte es hoch und verbarg dabei das Päckchen darin. Die Hände in die Hüften gestemmt, begutachtete Rose ihre Arbeit.

»Alles sicher und fest! Dann mach dich mal auf den Weg.«

»Ich habe zu Hause eine Pistole. Soll ich sie noch holen?«

»Dazu ist jetzt keine Zeit mehr. Du musst sofort aufbrechen.« Rose küsste und umarmte sie, und eine Stunde später war Margaret schon auf der anderen Seite des East Branch in Maryland und lenkte ihren Buggy an Bauernkarren vorbei, die Melonen, Kohl und Kartoffeln in die Stadt transportierten. Die Felder und Wäldchen flimmerten in der Hitze. Das Pferd wirbelte Staub von der kurvenreichen Straße auf; bald waren Margarets Gesicht und Hände über und über damit bedeckt.

Da sie bis auf die Einwohner der ländlichen Gegend auf niemanden traf, löste sich ihre Anspannung allmählich. Sie beglückwünschte sich gerade zu diesem ereignislosen Ausflug, als sie einen Reiter hörte.

Sie blickte über die Schulter zurück und fragte sich, ob womöglich sogar zwei Reiter hinter ihr waren. Sie sah jedoch nur ein Pferd, das von einem blau gekleideten Soldaten geritten wurde. Ihr erster Impuls war, ihr Pferd mit der Peitsche anzutreiben und davonzubrausen, doch das würde sie nur verdächtig erscheinen lassen. Der

Reiter fiel in Trab und schloss schnell zu ihr auf. Er hob seinen Handschuh, um ihr zu signalisieren, dass sie am Straßenrand halten solle.

Der Mann war älter, ziemlich dürr und hatte ein freundliches Gesicht. Er trug einen Revolver am Halfter und ein Gewehr in einer Scheide am Sattel. Er tippte zum Gruß mit drei Fingern an seinen Hut, und sie dachte: *Höflich. Alte Schule.*

»Ich grüße Sie, Ma'am. Snell ist mein Name. Militärpolizei Washington.«

»Sind Sie nicht etwas weit von Ihrem Zuständigkeitsbereich entfernt, Herr Feldwebel? Ich dachte, dass die Militärpolizei nur für den District of Columbia zuständig ist.«

»In Kriegszeiten fällt alles in unsere Zuständigkeit, Ma'am.« Margaret fühlte Schweißtröpfchen in ihrem Nacken, unterhalb des versteckten Päckchens.

»Was wollen Sie von mir? Ich bin in Eile.«

»Ma'am, ich möchte nicht unhöflich sein. Ich erfülle nur meine Pflicht. Es besteht Grund zu der Annahme, dass Sie vertrauliche Informationen bei sich tragen.«

»Wie sind Sie denn zu dem albernen Schluss gekommen?«

»Nun, wir sind es eben. Wir vermuten, dass die Informationen irgendwo an ihrer Person versteckt sind.«

»Was schlagen Sie vor? Wollen Sie mich abtasten, um sie zu finden?«

»Ma'am, das möchte ich wirklich nicht, doch es ist erforderlich.«

»Etwas so Schmutziges und Unzivilisiertes habe ich ja noch nie gehört!« Sie hoffte, dass ihr Blick und der Klang ihrer Stimme wütend genug waren.

Er murmelte seine Antwort. »Bedaure, Ma'am, so lauten die Vorschriften.«

Während ihr Herz so laut schlug, dass sie glaubte, er müsse es hören, nahm sie den Sonnenhut ab und legte ihn neben sich. Sie befingerte ihren Hinterkopf und löste dabei eine Haarnadel. »Bitte wenden Sie den Blick ab, während ich hinuntersteige.«

Obwohl sie ihn aufgefordert hatte wegzublicken, vermutete sie, dass er es nicht tun würde. Sie hob ihre Röcke, um ein paar Zentimeter Knöchel, Waden und Strümpfe zu zeigen, während sie über die Trittstufe des Buggys hinunterstieg. Snells Gesicht leuchtete feuerrot vor Verlegenheit. Sie fuhr ihn an: »Herr Feldwebel, ich bitte Sie nochmals – würden Sie freundlicherweise wegschauen?«

Dieses Mal gehorchte er ihr. Indem sie sich so drehte, dass ihre rechte Seite von ihm abgewandt war, griff sie nach dem Päckchen, während sie ihr Haar ausschüttelte, und warf es zwischen das Unkraut am Straßenrand. »Nun dürfen Sie Ihrer Pflicht nachkommen.«

Immer noch errötet, meinte Snell: »Ich würde gern einen etwas geschützteren Ort suchen. Wo es Sie nicht so in Verlegenheit bringt.«

»Verlegenheit? Ich bin furchtbar wütend! Wenn Sie schon auf diesem unsäglichen Benehmen bestehen, dann können Sie mich genauso gut vor Gott und aller Welt durchsuchen. Ich hoffe, dass ein paar Leute vorbeikommen und sehen, wie die Yankees Krieg gegen Frauen führen!«

Zögernd stieg Snell vom Pferd ab. »Beeilen Sie sich, Herr Feldwebel. Ich habe nicht den ganzen Tag Zeit!«

Er errötete erneut. »Ma'am – ich kann es nicht. Ich bringe es nicht über mich, Hand an eine Dame zu legen.«

»Sie haben eine bessere Erziehung, als ich dachte. Darf ich nun weiterreisen?«

»Ja, Ma'am, ich denke, das dürfen Sie.«

Sie nahm wieder ihren Platz auf dem Buggy ein und achtete dabei darauf, ihn noch mal ein Stück ihres Beines sehen zu lassen. In ihrer Jugend hatten ihre Freundinnen sie oft kritisiert, dass sie zu vorlaut, zu ungehemmt gegenüber Männern sei. Diese Eigenschaften hatten sie heute vor Feldwebel Snell gerettet. Es hatte eindeutig Vorteile, eine Frau mit modernen Ansichten zu sein.

Während sie die Zügel aufnahm, führte Snell sein Pferd auf die andere Seite der Straße. Sie war überrascht, als sie, halb versteckt zwischen den Zweigen einer riesigen Weide, einen Mann auf einem Pferd erspähte. Als Snell die Zweige anhob, um darunter hindurchzureiten, konnte Margaret deutlich einen zweiten Reiter erkennen, bekleidet mit einem weißen Staubmantel und einem Panamahut, der sein Gesicht beschattete. Die Weidenzweige schlossen sich wieder und verbargen die beiden Reiter.

Sie jagte den Buggy bis zu Surratts baufälliger Schenke und hielt dort an, um sich zu sammeln. Ein junger Mann stellte sich ihr als der Sohn des Inhabers vor. Er entschuldigte sich für die primitive

Einrichtung des Wirtshauses. Es sei hauptsächlich für Männer bestimmt. Ob sie vielleicht einen Kaffee trinken und eine Schale von Mrs. Surratts Gerstensuppe zu sich nehmen wollte? Das wollte sie.

Als die Mahlzeit beendet war, fuhr sie zurück zu der Stelle, an der Snell sie angehalten hatte. Die Straße war menschenleer, das Päckchen ließ sich auf Anhieb im Unkraut finden. Sie wandte sich erneut nach Süden und erreichte ohne weitere Schwierigkeiten den hohlen Baum.

Ein Farmer tauchte mit einem bellenden Collie auf und trieb ein paar Schafe in Richtung Washington. Von ihrem Platz im Schatten lächelte Margaret ihm höflich zu. Er tippte sich schüchtern an die Stirn, sagte aber nichts. Als er verschwunden war, blickte sie sich um. Weit und breit war nichts Beunruhigendes zu sehen, nur eine weit entfernte Scheune. Sie trat hinter den Baum und steckte das Päckchen in das Loch. Auf ihrer Fahrt nach Norden kam sie wieder an dem Schäfer und seiner blökenden Herde vorbei.

Sie ließ das erschöpfte Pferd eine Weile im Schritt gehen. Durch die Hitze verschwamm die Landschaft in weißlichem Dunst. Sie fühlte sich besser. Sie hatte sich auf das Spiel eingelassen und gewonnen. Sie fing leise an zu singen. Kurz darauf wurde ihr bewusst, dass das Lied, das sie da vor sich hin sang, der »Dixie« war.

Am Mittwoch, dem 17., rief Rose ihre Getreuen zum Tee zusammen. Rose hatte eine frische Gesichtsfarbe, und sie trug ein burgunderrotes Kleid mit gewagtem Ausschnitt, der ihr Dekolleté betonte. Ein weiteres Zeichen dafür, dass die Zeit der Trauer nun endgültig vorbei war.

»Ich habe Neuigkeiten«, verkündete sie. »Unser Freund Thomas Rayford wird in Zukunft nicht mehr bei uns sein. Er wird sich dem Offiziersstab von General Beauregard anschließen, unter seinem richtigen Namen. Er hat uns hervorragend geholfen, indem er unsere Geheimcodes und Kurierstrecken aufgebaut hat.«

Rose glättete ihren Rock. In der Eingangshalle marschierte die kleine Rose pfeifend auf und ab. »Mr. Donellan ist ebenfalls nicht hier. Er ist am Montagabend aus Virginia herübergekommen und noch in derselben Nacht dorthin zurückgefahren, und zwar mit der wichtigsten Botschaft, die bisher aus diesem Haus abgeschickt wurde. Acht Worte.« Sie ließ einen Moment lang die Stille wirken.

»›Befehl erteilt an McDowell, heute Abend Manassas anzugreifen.‹ Ein Freund im Capitol hat überprüft, dass McDowell schon in oder in der Nähe von Fairfax Court House ist, doch General Beauregard hat die Neuigkeiten bereits zuvor erhalten.«

Bettie Duvall seufzte. »Oh, wie schön!« Mr. Butler, der Porzellanhändler, applaudierte und fragte, wie Rose an diese Information gekommen sei.

»Das bleibt besser ein Geheimnis.«

Die kleine Rose kam hereingelaufen und baute sich vor ihrer Mutter auf. »Mama, heißt das, dass die Yankees getötet werden?«

Rose lachte. »Ja, wenn für unsere Seite alles gut läuft, dann heißt es das.«

»Hurra!« Die kleine Rose schlug ein Rad und warf dabei beinahe eine chinesische Vase von ihrem Sockel.

Während der nächsten Tage zehrte Washington von Hinweisen und Gerüchten. Die Rauchfahnen, die man in Virginia emporsteigen sah, kamen von Lagerfeuern, von angezündeten Häusern oder Artilleriegefechten, je nachdem, auf welchen Informanten man sich berief. Am Freitag berichtete der Metzger, bei dem Margaret ihr Fleisch kaufte, dass es »verzweifelte Kämpfe« gäbe, doch als sie ihn drängte, mehr zu erzählen, wurde er äußerst vage, was die Einzelheiten anbelangte.

Als Margaret nachmittags die Einkäufe für ihren Haushalt fortsetzte, erfuhr sie, dass die ganze Stadt damit rechnete, dass am Sonntag die große Schlacht ausgetragen würde. Im Willard's Hotel, wo sie ein frühes Abendessen einnahm, drängten sich zahlreiche Herren um das Büfett, an dem man Speisen zum Mitnehmen ordern konnte, und bestellten Picknickkörbe. Sie erkundigte sich bei ihrem Kellner, was dort vor sich ging.

»Nun, Ma'am, sie wollen aufs Land fahren und sich anschauen, wie McDowell die Rebellen fertig macht. In der ganzen Stadt können Sie kein Fuhrwerk oder Reitpferd mehr zum Mieten finden.« Margaret fand die Vorstellung absonderlich, ein Picknick zu veranstalten, während andere sich abschlachteten. In Kriegszeiten war der Tod unvermeidlich, doch sie sah keinen Grund, sich daran auch noch als Zuschauer zu ergötzen.

Den ganzen Samstag blieb es in der Stadt ruhig, bis auf das schwache, weit entfernte Donnern schwerer Artilleriegeschütze.

Als sie am Sonntag erwachte, war das Donnern erneut zu hören, diesmal lauter.

Sie war zu unruhig, um zu Hause zu bleiben. Sie ließ das Bett ungemacht, den Kaffeesatz im Topf zurück, zog sich an und eilte zur Pennsylvania Avenue. Vom Morgen bis zum Nachmittag lief sie zwischen Tausenden von Menschen herum und wartete auf Neuigkeiten. Die Kreidetafeln vor den Zeitungsbüros, die man sonst für Bekanntmachungen nutzte, blieben leer. Ab und zu machte ein Gerücht seine Runde durch die Menge. McDowell habe gesiegt. Nein, er sei geschlagen worden, seine Armee befinde sich auf der Flucht nach Centreville. Nein, nach Fairfax. Nein, zum Potomac. Bei Sonnenuntergang ließ sich Margaret immer noch durch das Meer von Männern und Frauen treiben, die inzwischen alle seltsam bedrückt wirkten. Wenn McDowell tatsächlich gesiegt hätte, wären dann nicht längst die Neuigkeiten bekannt gegeben worden?

Sie ging zum Kriegsministerium in der Hoffnung, vielleicht dort etwas zu erfahren. Alle Fenster des Gebäudes waren hell erleuchtet. Als auf der Avenue zahlreiche Rufe laut wurden, lief sie mit einigen anderen dorthin zurück und sah ein durchnässtes Ehepaar in einem Landauer, der von der Menge eingekeilt worden war. Das Gesicht der Frau war bleich vor Angst. Auf dem Schoß hielt sie einen Picknickkorb, dessen Deckel fehlte. Man rief ihnen Fragen zu, der Mann antwortete aufgebracht.

»Joe Johnstons Armee kam mit der Shenandoah-Eisenbahnlinie, um Beauregards Truppen zu verstärken. Unsere Truppen haben den Kampf aufgegeben und sind geflohen. Die Straßen sind voll von Feiglingen, die versuchen, ihre Haut zu retten. Die Fuhrwerke der Leute sind zerstört oder gestohlen worden. Wir hatten Glück, überhaupt durchzukommen.«

Jemand rief: »Beauregard lebe hoch, Jeff Davis lebe hoch!« Unter Schreien und Verwünschungen fielen andere über ihn her, schlugen ihn zu Boden und traten auf ihn ein.

Die ganze Nacht blieben Tausende auf den Straßen, während bei Mondschein immer mehr Zivilisten eintrafen und ihre Version der immer gleichen Geschichte von Niederlage und Flucht erzählten. Margaret steckte die Müdigkeit in den Knochen, sie blieb aber dennoch. Wolken ballten sich am nächtlichen Himmel zusammen. Kurz vor Morgengrauen setzte feiner Nieselregen ein. Die ersten Soldaten kehrten aus Richtung der Long Bridge zurück.

Schmutzig, blutbefleckt, viele ohne ihre Waffen, schleppten sie sich zu zweit oder dritt die Straße entlang, da ihre Einheiten sich in alle vier Winde zerstreut hatten. Einige drängten sich in den President's Park und legten sich unter die tropfenden Bäume, um sich auszuruhen. Obwohl Margaret sich über den Sieg der Konföderierten freute, waren die Auswirkungen alles andere als schön. Einen Kriegstriumph konnte man feiern, aber wie sollte man sich über die Toten und Verletzten freuen, die damit einhergingen?

Um halb acht schleppte sie sich nach Hause, stolperte ins Bett und wachte am Vormittag wieder auf. Als sie zur Avenue zurückkehrte, hörte sie, wie erboste Männer und Frauen Scott und McDowell für die Niederlage verantwortlich machten, dann war wieder die Offiziersclique aus West Point Schuld oder aber die Drei-Monats-Freiwilligen, die die Flucht ergriffen hatten. Sie ging zur Long Bridge und sah, wie ein Dutzend konföderierter Gefangener von Wachen in die Stadt geführt wurden. Frauen und Kinder warfen Steine und bespuckten sie: *»Tod den Verrätern!«*

»Wo bringt man sie hin?«, fragte Margaret einen Korporal, der die gefangenen Rebellen begleitete.

»Ins Gefängnis. Ins Old Capitol.« Der Soldat sah ebenso verängstigt aus wie die Gefangenen. Das Geschrei hielt unablässig an.

»Hängt sie!«

»Erschießt sie!«

Dann folgten die Lazarettwagen, zwanzig, vierzig, fünfzig von ihnen in einer langen, gemessenen Prozession. Primitive Vehikel auf zwei Rädern, die an den Seiten mit Segeltuch verhängt waren. Sie schaukelten hin und her und holperten durch die Schlaglöcher. Jeder Ruck, jeder Stoß ließ die unsichtbaren Verwundeten hinter den Vorhängen aufbrüllen. Die Schmerzensschreie trieben Margaret schließlich nach Hause zurück. In dieser Nacht rollten die Lazarettwagen in ihren Träumen weiter, erstreckten sich meilenweit bis zum Horizont. Sie erwachte mit trockener Kehle, die Bilder verblassten langsam, die furchtbaren Schmerzensschreie jedoch hallten ihr noch in den Ohren.

18

Juli 1861

Lon fuhr in der Eisenbahn der B & O-Gesellschaft, während draußen ein gewaltiger Platzregen niederging. An Schlaf war nicht zu denken. Schließlich tauchten vor den wassernassen Fensterscheiben weiße Armeezelte entlang des Bahngeländes auf. Vom Ende des Waggons verkündete der Schaffner: »Beverly, Ohio. Nächster Halt ist Beverly.«

Lon stieg auf den Bahnsteig hinab. Selbst mitten in der Nacht war das kleine Dorf an der Bahnstrecke Columbus-Parkersburg hell erleuchtet. Vor drei Tagen, weniger als vierundzwanzig Stunden nach der katastrophalen Schlacht bei Bull Run, hatte der Kriegsminister General McClellan telegraphiert und ihn nach Washington beordert, um ihm anstelle des in Ungnade gefallenen McDowell das Kommando über die Potomac-Armee zu übergeben. McClellan stand nach seinen Erfolgen bei Grafton, Philippi, Rich Mountain und Corrick's Ford hoch im Kurs. Die Straßen, Flüsse und Eisenbahnstrecken des westlichen Virginia waren sicher in den Händen der Union, eine Basis, von der aus man den östlichen Teil des Staates angreifen konnte.

Die feuchte Luft belebte Lon wieder. Er stapfte durch den Schlamm, fragte sich durch und wich den Packpferden der Feldkuriere aus. Inmitten einer Ansammlung von Firstzelten fand er einen unordentlich aussehenden Offizier, zu dem man ihn geschickt hatte.

»Leutnant Jeter? Ich soll den General treffen.«

»Der General hat keine Zeit für Zivilisten. Er soll morgen früh Wheeling verlassen. Ein Sonderzug bringt ihn nach Washington.« Sein Ton ließ darauf schließen, dass er Lon für irgendeinen dahergelaufenen Hinterwäldler hielt.

Gereizt erwiderte Lon: »Das weiß ich alles. Der General hat nach mir geschickt. Sehen Sie selbst.« Er übergab seinen Brief dem Leutnant.

»Major Allen aus Cincinnati? Nie von ihm gehört.«

»Der General kennt ihn. Verdammt noch mal, ich sage Ihnen doch, er hat mich rufen lassen.«

Mit einem Blick, der Lon als Lügner abstempelte, verließ der Leutnant das Zelt. Der Regen tropfte auf das Zeltdach. Aus der Tasche seines durchnässten Mantels holte Lon eine Flasche Gemüsesaft und ein Stück harten Zwieback, die Überreste seines letzten Abendbrotes. Kurz darauf kehrte der Leutnant zurück; er sah verärgert aus.

»Teufel noch mal, Sie hatten Recht. Er gibt Ihnen zehn Minuten. Folgen Sie mir.«

Generalmajor McClellan hatte ein geräumiges Steilwandzelt für sich. Er stand hinter einem Feldtisch, der mit Notizen, Berichten und gelbem Telegraphenpapier bedeckt war. Eine Ambrotypie auf einer kleinen Staffelei überragte das Durcheinander: seine hübsche Frau Ellen.

»Mr. Price. Ich grüße Sie. Ich kann mich noch gut an Sie aus Chicago erinnern.« McClellan hatte einen festen Händedruck. Lon wunderte sich, wie munter und vital der Mann um halb fünf Uhr früh war.

George McClellan war nicht besonders groß, dennoch wirkte alles an ihm beeindruckend, heroisch. Sein kastanienbraunes Haar war ordentlich gekämmt, der rotbraune Schnauzer sowie der Knebelbart waren gestutzt. Auf seiner blauen Uniformjacke trug er keine Schulterstücke, keinerlei Hinweise auf seinen Rang. Kein Wunder, dass McClellan mit seinen fünfunddreißig Jahren für seine Männer bereits so etwas wie ein Gott war.

Der General deutete auf einen Klappstuhl. Lon ließ sich dankbar darauf niedersinken. »Bisschen hektisch, die letzte Woche«, begann der General.

»Das glaube ich Ihnen gern, Sir. Glückwunsch zu Ihrer Ernennung.«

McClellan lächelte nachdenklich. »Es ist schmeichelhaft, wenn man meint, man wurde einberufen, um die Nation zu retten. Einige Zeitungen haben es auch so verkündet. Ich habe keinerlei Absicht, ein Militärdiktator zu werden, wie man sie im Römischen Reich hatte, doch meine Aufgabe ist klar: In Washington gibt es einen Chaotenhaufen, der sich Armee nennt. Ich soll sie auf Vordermann bringen und in etwas verwandeln, was diesen Namen verdient. Die Ereignisse vom letzten Sonntag sind eine Schande. Ich halte eher Scott als McDowell dafür verantwortlich. Wenn man gnädig sein will, ist General Scott einfach zu alt. Wenn nicht, ist er schlicht und ergreifend unfähig. Doch Sie haben eine weite Reise hinter sich, Mr. Price. Lassen Sie uns zum Thema kommen.«

»Major Allen hat mich gebeten, mit Ihnen zu sprechen.«

»Über Ihre Kündigung.«

»Ja, Sir. Nachdem ich aus dem Westen Virginias zurückgekehrt bin …«

»Sie und Ihr Kollege haben den Verbrecherring geknackt, der sich mit unseren Waffenbeständen davongemacht hat. Einen Tag nach Ihrer Rückkehr nach Cincinnati haben Sie gekündigt. Ist das korrekt?«

»Ja, Sir, ich habe gekündigt, um mich bei der Armee zu melden und zu kämpfen. Ich hoffe, ich klinge nicht anmaßend, doch ich glaube an diesen Krieg. Mein Vater war Prediger. Er hat für die Untergrundbahn gearbeitet. Er glaubte daran, dass Schwarze freie Menschen sein sollten.«

»Nun, ich nehme an, das ist lobenswert. Ich persönlich würde allerdings nicht den geringsten Wert darauf legen, Schwarze in meinem Haus zu empfangen. Ich kann mir auch nicht vorstellen, dass sie dorthin kommen wollten. Dieser Krieg wird geführt, um die Union zu erhalten.« Lon hätte ihm gern widersprochen, doch es war weder die Zeit noch der Ort dazu.

»Major Allen sagt, dass Sie ein Spitzenmann sind. Einer seiner besten. Er will Sie nicht verlieren. Ich weiß Ihren Wunsch, Dienst in der Armee zu tun, zu schätzen, doch Sie sollten sich klarmachen, dass Sie bereits in der Armee sind, wenn Sie für den Major arbeiten.«

»Sir?«, meinte Lon verwundert.

»So bald wie möglich habe ich vor, Major Allen und seine gesamte Organisation in die Hauptstadt zu bringen. Dort sollen Sie der gleichen Geheimdiensttätigkeit für mich und meinen Stab nachgehen, die Sie bereits in Cincinnati ausgeübt haben.« Lon war verblüfft. McClellan fuhr fort: »Sie werden nicht exerzieren, Sie werden weder Gewehr noch Uniform tragen, doch Sie werden ein Soldat sein – mit einer unentbehrlichen Aufgabe. Wie sollen wir gegen die Rebellen kämpfen, wenn wir nicht wissen, wo sie sich aufhalten? Wie viele Männer sie haben? Welche Gefechtsformation sie annehmen? Wir brauchen geschulte Agenten, um Antworten auf diese Fragen zu finden. Sie werden Ihren Teil an Gefechten und Gefahren bekommen, da bin ich mir sicher. Und Sie werden Ihrem Land so gut dienen wie jeder Infanteriesoldat.«

McClellan stand auf, die Zeit war abgelaufen.

»Ich rate Ihnen, noch mal darüber nachzudenken, Mr. Price. Ändern Sie Ihre Meinung und ziehen Sie Ihre Kündigung zurück.«

Lon fühlte sich wie geblendet von all den Möglichkeiten, die McClellan vor ihm ausgebreitet hatte. Plötzlich musste er an Margaret denken, und es gab kein Zögern mehr.

»Wenn das so ist, Herr General – dann ziehe ich die Kündigung zurück.«

»Dann war die Zeit für unser Gespräch nicht vergeudet. Suchen Sie Leutnant Jeter, er soll für Sie in der Offiziersmesse decken lassen. Der Zug nach Columbus wird nicht vor halb acht hier durchfahren.«

»Ja, Sir. Vielen Dank, Herr General.«

McClellan verabschiedete sich mit einer saloppen Handbewegung, halb militärischer Gruß, halb freundliches Winken. In Gedanken war er bereits wieder bei seiner Arbeit am Feldtisch.

Lon trat nach draußen in den Regen. Er und McClellan dachten offensichtlich nicht in gleicher Weise über die Sklaverei, doch das spielte keine Rolle. Wenn er in der neuen Eigenschaft für Pinkerton arbeitete, die McClellan beschrieben hatte, konnte er das Versprechen einlösen, das er seinem Vater gegeben hatte.

Über den Hügeln im Osten brach eine wässrig-graue Morgendämmerung an. Lon fühlte sich viel lebendiger und fröhlicher, als er es bei seiner Abreise aus Cincinnati gewesen war.

In einem Biergarten in Over-the-Rhine, dem deutschen Viertel Cincinnatis, berichtete Lon Sledge von seinem Gespräch. Sledge meinte: »Bin froh, dass wir auch weiter Partner sein werden.« Er wischte sich einen Schaumbart von der Oberlippe und winkte mit seinem leeren Maßkrug einen Kellner heran. In einem anderen Teil des Biergartens spielten vier Männer in Lederhosen einen Schottischen. Lon und Sledge hatten schon mehr Bier getrunken, als gut für sie war. Unter den leuchtenden Papierlampions, umgeben von weißen Spaliergittern, die mit Papierblumen verziert waren, schien der Krieg beinahe nicht zu existieren.

»Ich weiß, warum du's getan hast«, meinte Sledge, während neue Maßkrüge gebracht wurden.

»Um für die Union und das Ende der Sklaverei zu kämpfen.«

»Sicher, klar doch. Ein glorreicher Kreuzzug für den Edelmann Lon. Hör mal, ich bin zwar nicht grad der Hellste, aber eines weiß ich. Die Arbeit, die wir jetzt erledigen, ist schmutzige Arbeit – und das, was auf uns zukommt, wird ganz genauso sein. Ich weiß, dass du mir nicht glaubst, aber eines Tages wirst du's schon noch. Du wirst noch an meine Worte denken! Prost.«

Sie tranken schweigend. Sledge rülpste so laut, dass die anderen Gäste zu ihnen hinüberstarrten. »In der Zwischenzeit, Junge, lass uns 'ne schöne Zeit haben. Ein paar Kerlen eins auf die Mütze geben, ein paar Mädchen treffen – oh, das hab ich ja ganz vergessen. Für dich gibt's ja nur eine. In Washington. Auch *deshalb* hast du deine Meinung geändert.«

Lons roter Kopf war ein stummes Eingeständnis.

19

August 1961

Pinkertons Männer und Frauen zogen in aller Stille nach Washington. Sie versteckten sich in unauffälligen Pensionen der Stadt. Lon und Sledge mieteten sich unter falschen Namen bei einer irischen Witwe in der K-Street ein. Der Boss hatte solch übertriebene Vorsichtsmaßnahmen kaum nötig. Die ganze Stadt richtete ihre Aufmerksamkeit auf den von ihm verehrten Mann, den schneidigen Kommandierenden General der Truppen, die man nun in Potomac-Armee umbenannt hatte.

McClellan tat sein Bestes, um überall Präsenz zu zeigen und Moral und Kampfbereitschaft der Freiwilligen zu heben, die sich für drei Jahre gemeldet hatten und die Neunzig-Tage-Männer ersetzten. Er operierte von seinem Hauptquartier aus, einem Haus an der Kreuzung von 19th Street und Pennsylvania Avenue, das er von einem Offizier der Navy gemietet hatte. Es verfügte über keine Offiziersmesse. Er und sein Stab nahmen die Mahlzeiten in einem Café in der I-Street ein, das von einem stadtbekannten Mulatten betrieben wurde. McClellan arbeitete in seinem Hauptquartier vor allem nachts. Manchmal, wenn Lon etwas in dem Gebäude zu erledigen hatte und an der geöffneten Tür von McClellans Büro vorbeikam, sah er den Präsidenten, der für gewöhnlich einen abgetragenen schwarzen Anzug und Lederpantoffeln trug und dem tadellos gekleideten General Geschichten aus seiner Zeit als Anwalt erzählte oder dessen Theorien über militärische Ausbildung und Strategie lauschte.

Seine Zwölf- bis Vierzehn-Stunden-Tage verbrachte McClellan überwiegend auf dem Rücken seines großen braunen Pferdes Dan Webster, auf dem er durch die Gegend preschte. Er saß auf einem besonderen Sattel, den er im Krimkrieg gesehen und der Kavallerie empfohlen hatte. Dieser Sattel war sogar nach ihm benannt worden. Seinem Offiziersstab und den Dragonern, die mit ihm ritten, gab er ein scharfes Tempo vor. Er inspizierte sämtliche achtundvierzig Verteidigungsforts, Redouten und Batterien, die die Stadt umgaben. Er galoppierte auf die andere Seite des Potomac, um die Feldlager zu besuchen, die sich von Arlington bis nach Alexandria ausbreiteten. Beauregard stand immer noch bei Manassas. Pinkerton meinte, dass der General einen Angriff auf Washington befürchtete, doch McClellans gute Laune und sein Elan verbargen seine Befürchtungen vor den einfachen Soldaten. Die Soldaten winkten mit ihren Feldmützen und jubelten »Little Mac« oder »General George« zu, wenn er vorbeiritt. Dann erhob er sich in seinen Steigbügeln und winkte mit seiner Offiziersmütze, um sie zu grüßen.

Nicht ganz so beliebt war er bei den wenigen Leuten, die bereits seine Strenge zu spüren bekommen hatten. Seine Patrouillen säuberten die Straßen von betrunkenen oder pöbelnden Soldaten. Die Missetäter wurden überwältigt und mundtot gemacht oder dazu gezwungen, stundenlang auf einem Fass zu stehen und einen Sack Ziegelsteine hochzuhalten. Diese öffentlichen Zurschaustellungen sollten anderen als warnendes Beispiel vor Disziplinlosigkeiten dienen.

Jeder patriotische Bürger wollte eine Photographie McClellans haben. Er ließ sich in Matthew Bradys Studio auf der Avenue ablichten. Das berühmteste Bild zeigte ihn mit der rechten Hand im Aufschlag der Uniformjacke, eine Pose, die sehr gern von ranghohen Offizieren eingenommen wurde. Die Zeitungen und die Öffentlichkeit fingen an, ihn »den jungen Napoleon« zu nennen.

Pinkerton schickte Tim Webster und Hattie Lawton zurück nach Baltimore, wo die Geheimbünde wieder einmal von sich reden machten. Pryce Lewis hielt sich zusammen mit einigen anderen Detektiven in Washington auf. Einer von ihnen war Sam Bridgeman, ein Virginier, dessen vornehmes Aussehen über seine in Wahrheit rüden Manieren hinwegtäuschte. Er bohrte in der Öffentlichkeit in der Nase und spuckte hin, wo es ihm gefiel, obwohl er im Sommer bei einer gewagten Aufklärungsmission in Virginia erfolgreich einen Lakaien gespielt hatte. Pryce Lewis war mit ihm dort gewesen und hatte einen englischen Lord gemimt, der sich in Amerika umschauen wollte. Lon mochte Sam Bridgeman nicht.

Eines Nachts stand Lon mit einigen seiner Kollegen an der Mahagoni-Bar des Ebbit Grill. Seit Parkersburg fand er Gefallen an dem Geschmack von Sour-Mash-Whiskey. Er war stärker als Bier und wirkte schneller, wenn es darum ging, böse Erinnerungen zu verdrängen, so wie die an jenen Augenblick in Parkersburg, als Sledges Kugel den Kopf des Riesen in Stücke gerissen hatte.

Ein Detektiv namens Frank Ellis brachte das Gespräch auf die Lage in Maryland. Die Sezession wurde dort immer noch diskutiert, jedoch weniger leidenschaftlich als zuvor, aus Angst vor einem bewaffneten Einmarsch der Unionstruppen. Sam Bridgeman prahlte damit, dass er einen der Geheimbünde Baltimores aufgelöst habe.

»Die ›Knights of Liberty‹. Es hat eine ziemlich heftige Schießerei gegeben. Ein aufwieglerischer Hurensohn namens Miller ist an Ort und Stelle gestorben. Ich weiß nicht, ob meine Kugel ihn erwischt hat, aber ich will es gern glauben!«

Bridgeman wandte sich von der Theke ab und spuckte braunen Tabaksaft auf den Boden. Lon, der zu seiner Linken stand, richtete den Blick auf sein leeres Glas. Miller. Das war der Name der jungen Frau gewesen. Aus Baltimore.

Er mochte sich nicht gern eingestehen, dass Sledge möglicherweise Recht hatte, was ihre Aufgabe anbelangte. Er hoffte bloß, dass die schmutzige Arbeit nicht allzu sehr auf ihn abfärben würde.

Später in dieser Nacht ging er zu dem Stadthaus am Franklin Square. Im Erdgeschoss brannte Licht. Eine weitere Lampe bewegte sich in der Diele auf und ab und erhellte das halbrunde Glas über der Tür wie ein vorbeifliegendes Glühwürmchen. Sie war da.

Wie konnte er sie nur treffen? Würde sie ihm die Tür vor der Nase zuschlagen, wenn er es versuchte? Ihn als Yankee verfluchen? Es war einen Versuch wert.

Pinkerton ließ ihm keine Gelegenheit dazu. McClellan wollte die Stärke von Beauregards Armee erfahren. Pinkerton schickte Lon, Sledge und Sam Bridgeman in die riesige Zeltstadt drüben in Virginia. Jeder, der über die Linien der Konföderierten geflohen war – Deserteure, Flüchtlinge, Sklaven –, sollte befragt werden. Pinkerton wählte Lon aus, um die Konterbande zu vernehmen, wie die entflohenen Sklaven genannt wurden. Er sagte, er habe Lon diese Aufgabe zugewiesen, weil er wusste, dass Lon Mitgefühl und Anteilnahme für die Schwarzen aufbrachte.

»Was, wie ich leider sagen muss, auf den General nicht zutrifft. Ich habe keine Ahnung, wie er mit den Informationen umgehen wird, die wir von den Schwarzen erhalten. Das entbindet uns jedoch nicht von unserer Verpflichtung.«

Lon bezog in einem Steilwandzelt in einem Lager nahe Baileys Crossroads Quartier. Er verbrachte die heißen Augusttage damit, einer langen Reihe Schwarzer, überwiegend Analphabeten, die bei der Flucht vor ihren Besitzern ihr Leben riskiert hatten, geduldig Fragen zu stellen.

Die Schwarzen betraten das Zelt scheu, oft geradezu verängstigt. Gewöhnlich trugen sie zerlumpte oder zumindest stark abgetragene Kleidung. Sie scharrten nervös mit den Füßen und schlugen sich mit den Fingerknöcheln gegen die Stirn, und Lon erzürnte sich erneut über die Bedingungen, unter denen diese Männer seit ihrer Kindheit hatten leben müssen.

Im Zelt roch es nach Schweiß und den nahe gelegenen Latrinengräben. Die Konterbanden saßen auf einem Hocker vor einem Tisch, auf dem sich die Berichte für Pinkerton stapelten. Dieser hatte bereits so viele zu bearbeiten, dass er sich, wie er sagte, wie ein einarmiger Polyphem fühlte.

Lon stellte jedem der Konterbanden die gleichen Fragen: »Wie viele Männer, wie viele weiße Soldaten, würden Sie sagen, campieren bei Manassas Junction? Einige wenige? Viele?«

»Tausende«, antwortete dann der Befragte ganz ernsthaft mit weit aufgerissenen Augen. Oder: »Mehr als wie ich zählen konnt.« Oder: »Hauptmann, sie warn überall, überall, so weit meine alten Augen sehen konnten.«

»In der Schlacht bei Bull Run haben die Rebellen ihre Black-Horse-Kavallerie eingesetzt. Sie haben vielen der freiwilligen Soldaten einen ungeheuren Schrecken eingejagt und sie in die Flucht geschlagen. Haben Sie dort Kavallerie gesehen? Haben Sie die schwarzen Pferde gezählt?«

»Überall schwarze Pferde«, sagten sie dann. Oder: »Das is' alles, wo die haben, Sir, alles voll gewesen mit schwarze Pferde.« Oder »O Allmächtiger, muss wohl 'n ganzer Haufen schwarze Pferde gewesen sein. Wie viel is' eine Million?« Sie wollten nur helfen, doch wenn Lon ein Blatt beiseite legte, das mit »Plato«, »James« oder »Amos« überschrieben war, befand sich in der Regel nicht eine einzige brauchbare Antwort darauf.

Dann kam eines Tages ein ganz anderer Typ Mann hereinmarschiert. Er war dünn wie eine Bohnenstange und trug saubere Drillichhosen und ein Arbeitshemd, von dem die Ärmel abgetrennt worden waren. Das graue wollige Haar auf seinem Kopf deutete darauf hin, dass er vermutlich älter war, auch wenn er auf den ersten Blick wie dreißig wirkte.

Der Mann hatte ein längliches Kinn und ein schmales Gesicht. Buschige Augenbrauen ragten über tief liegenden dunklen Augen hervor. Seine Haut hatte einen leichten Goldton.

Der Mann war zu groß für den Schemel. Er beugte sich vor und verschränkte die Hände auf den Knien. Statt Lon wie die anderen anzugrinsen oder wiederholt »Sir« zu sagen, um seine Bereitwilligkeit zur Kooperation zu zeigen, wartete er darauf, dass Lon das Gespräch begann.

»Auf der Liste steht, dass Ihr Name Zachariah Chisolm ist.«

»Steht wohl da, weil's so ist.«

»Ich heiße Alonzo Price.«

»So.« Keine Anerkennung, keine Missbilligung, nur dieses »So« und dann Schweigen.

»Können Sie lesen, Zachariah?«

»Etwas.«

»Rechnen?«

»Genug, um mich nich' übers Ohr hauen zu lassen.«

»Wo und wann sind Sie geflüchtet?«

»Aus'm Lager der Wade Hampton Legion, vorgestern Abend. Mond schien nich', da dacht ich, ich hätt 'ne Chance.«

»Die Hampton Legion aus South Carolina?«

»Ich war Hausnigger für Hauptmann Tyree Broom. Hat mich von Summerville mitgebracht, um ihm Essen zu kochen und seine Kleidung in Ordnung zu halten, während er als Soldat kämpfte. Viele von uns sind von unsern Herren in den Norden mitgenommen worden.«

»War Ihr Herr gut zu Ihnen oder nicht?«

»Meistens gut, aber das macht keinen Unterschied. Er war der Herr. War allerdings nich' der Hellste. Hat mich fast den ganzen Weg in die Freiheit getragen und nich' damit gerechnet, dass ich die letzte Meile allein gehen würd. Ich hab nur auf die Gelegenheit gewartet. In der Nacht, als ich wegging, hat Hauptmann Broom zu viel Wein getrunken und sich aus Versehen in den Fuß geschossen, als er seine Pistole gereinigt hat. Hat ziemlich viel Wirbel gegeben. Nachdem seine Freunde ihn zum Arzt geschleppt haben, bin ich abgehauen.«

Lon tauchte seine Feder in das Tintenfass und kratzte ein paar Linien auf das Blatt, das mit *Chisolm, Z.* überschrieben war. »Was können Sie mir über die Größe und Disposition der konföderierten Truppen sagen?«

»Dispo was?«

»Wo die Regimenter aufgestellt sind.«

»Kann Ihnen nich' viel erzählen. Weiß nich', wie man die Größe von Armeen schätzt. Da is' jedenfalls 'n ganzer Haufen Soldaten. Wenn Sie mir 'ne Karte geben – ich wär nich' sicher, ob ich ein Kreuzchen einzeichnen könnt, da wo die Hampton Legion sitzt.«

»Einige der Schwarzen, die hier gesessen haben, haben mir Zahlen genannt. Sehr hohe Zahlen.«

»Ja, klar, wundert mich nich'. Sie wollen dem weißen Mann gefallen. Haben Angst, dass der weiße Mann böse auf sie wird und sie zurückschickt, wenn sie ihm 'ne falsche Antwort geben. Deshalb erfinden sie Dinge.«

»Offen gesagt, nicht besonders nützliche Dinge. Warum erfinden Sie keine Antworten?«

Die Frage schien Chisolm verdrießlich zu stimmen – oder vielleicht war er auch enttäuscht von dem Mann, der sie stellte. »Und wenn ich Sie anlügen würd? Würd das einem von uns nutzen?«

Lon lehnte sich zurück und kratzte sich im Gesicht, wo ihn eine Stechfliege erwischt hatte. Ein Hornsignal ertönte. Draußen marschierten Männer bei ihren Exerzierübungen vorbei.

»Ich mag Sie, Chisolm. Sie sind zwar keine große Hilfe, aber ich mag Sie.« Chisolms Lippen zuckten in der Andeutung eines Lächelns. Plötzlich kam Lon eine Idee.

»Würden Sie ins Feindesgebiet zurückgehen?«

»Halten Sie mich für so blöd wie Hauptmann Tyree Broom? Nee, zum Teufel!«

»Würden Sie dorthin zurückkehren, wenn man Sie schickte, vielleicht zusammen mit jemandem wie mir, um Informationen zusammenzutragen, die unserer Seite helfen könnten? Durch Ihre Hautfarbe könnten Sie sich leicht hinter den feindlichen Linien bewegen.«

Chisolm blickte Lon argwöhnisch an, als versuche er, eine Falle zu wittern. »Ja, wenn das so is', vielleicht würd ich das.«

»Das freut mich zu hören.« Lon verschloss das Tintenfass und griff nach seinem Hut. »Wo sind Sie untergebracht?«

»Im Konterbanden-Lager, ungefähr 'ne Meile in die Richtung. Da steht 'n ganzer Haufen von diesen winzigen Schutzzelten.«

»Bleiben Sie bitte dort, damit ich Sie wiederfinden kann. Sorgen Sie dafür, dass die Sie nicht woandershin schicken. Und nun lassen Sie uns endlich aus diesem Backofen verschwinden und was Kühles zu trinken suchen.«

In der sengenden Sonne gingen sie den Weg zwischen den Zelten entlang. Ein junger rothaariger Soldat saß mit nacktem Oberkörper draußen vor seinem Zelt und polierte die Knöpfe seiner Uniformjacke. Der Soldat beobachtete sie. Nachdem sie an ihm vorbeigegangen waren, hörte Lon, wie er verächtlich ausspuckte.

Lon holte einen Tabaksbeutel hervor, rollte sich eine Zigarette und zündete sie an. Ein Stück weiter, wo der platt getrampelte Weg eine kleine Anhöhe hinaufführte, wurden in einem geflickten Zelt mit einer Holztheke Dinge des täglichen Bedarfs verkauft, allerdings, wie ein Hinweisschild warnte, KEIN SCHNAPPS AN SOLDATEN. Ein noch größeres Schild am Giebel des Zeltes verkündete: J. O. HOBHOUSE MARKETENDER, ZWEITES MAINE-REGIMENT. Das Zweite Maine-Regiment hatte McClellans Wut bei einer Kontroverse über die Dauer der militärischen Dienstverpflichtung zu spüren bekommen. Gut sechzig Männer, die einen Aufruhr angezettelt hatten, waren in Handfesseln und Fußeisen ins Straflager auf die Dry Tortugas verschifft worden.

Auf der Theke des Marketenders lagen billige Rasiermesser, Schüsseln für Rasierseife, Schreibmaterial und Nähsets, die »die kleine Hausfrau« genannt wurden. Der Marketender war ein kleiner, verschlagen aussehender Mann. Lon klopfte mit einer Münze auf die Brettertheke.

»Haben Sie in den Fässern da Limonade?«

»Ich kann Ihnen ein Glas verkaufen, aber ihm nicht. Nigger werden hier nicht bedient.«

Lon warf seine Zigarette auf den Boden. »Und wenn ich zwei Gläser kaufe?«

Der Marketender legte ein langes Bowie-Messer auf die Theke. An der Schneide befanden sich rostfarbene Blutflecke. »Bieten Sie ihm ruhig eins an – aber dann haben wir ein Problem miteinander, Mister!«

Lon atmete in der schwülen Luft tief durch und überlegte, was er tun sollte. Zach Chisolm hinter ihm sagte: »Ich hab kein' Durst.«

Lon zügelte seine Wut, zog sich den Hut tief in die Stirn und drehte sich von der Theke weg. »Ich auch nicht.« Während sie weggingen, sagte der Marketender: »Niggerliebchen!«

Chisolm ließ die Schultern sinken und vergrub die Hände in die Taschen. »Schätze, ich hab mich getäuscht, was den Norden angeht. Hab gedacht, dass man hier die Farbigen ordentlich behandelt. Genau wie die Weißen.«

»Viele rechtschaffene Menschen hätten auch gern, dass es so wäre, Zachariah. Ich fürchte nur, viele andere sind noch nicht bereit dazu. Doch eines Tages werden sie es sein.«

»Wahrscheinlich bin ich bis dahin tot«, meinte Zach verdrossen. Darauf wusste Lon nichts zu erwidern.

In Pinkertons Büro, im ersten Stock des Hauptquartiers in Washington, eröffnete Lon Pinkerton seine Idee. Der Boss war begeistert. »Wir dürfen diesen Chisolm nicht aus den Augen verlieren. Wir bringen ihn hierher und suchen ihm eine Arbeit, bis wir ihn einsetzen können. Ich schicke Frank Ellis hin.«

»Ich kann doch gehen«, sagte Lon.

»Nein. Sie, Philo, Bridgeman und Lewis haben eine neue Aufgabe. Sie kam von Tom Scott, dem stellvertretenden Minister im Kriegsministerium. Wir haben den Auftrag, eine mutmaßliche Verräterin namens Rose Greenhow zu observieren.«

20

August 1861

»Kein Fluchen, kein Spucken, keinerlei gotteslästerliches Benehmen«, sagte der Pfarrer der St. John's Church in der I-Street. »Dies ist ein Gotteshaus.«

Der ältliche Pfarrer hatte seinen Lagerraum Major E. J. Allen mit Billigung des Kriegsministeriums zur Verfügung gestellt. Lon erinnerte der Raum in unheimlicher Weise an seine Kindheit, doch es lag eine gewisse Ironie darin, zwischen Regalen voller Gesangs- und Gebetbücher und Sonntagsschulstunden, in denen sanftes und demütiges christliches Handeln gepredigt wurde, Kriegsdienst zu leisten.

Er öffnete das Fenster. Die Hitze des Augustmorgens zog von der staubigen Straße herein, große Schmeißfliegen kamen hinterher. Sie schwirrten über den Dunghaufen herum, die Kutschpferde und Zugtiere hinterlassen hatten. Sledge stellte einen kleinen Tisch, zwei Stühle, einen Wasserkrug, ein Glas, Papier und Stifte bereit. Ihre Schicht dauerte bis zum Einbruch der Dunkelheit, dann sollten Lewis und Bridgeman übernehmen.

Auf der gegenüberliegenden Straßenseite, umgeben von unansehnlichen, am Bordstein gepflanzten Ailanthusbäumen, stand Mrs. Greenhows zweistöckiges Ziegelhaus verschlafen im gelblichen Dunst. Der Boss war nach Washington beordert worden, um militärische Informationen für McClellan zu sammeln, doch dann hatte man ihm eine zweite, ziemlich anders geartete Mission aufgebürdet. Gegenspionage, so nannte Pinkerton es. Die Detektive erhielten den Auftrag, jede Person zu notieren und zu beschreiben, die Rose Greenhows Haus betrat oder verließ.

»Beauregard wusste das Datum von McDowells Angriff bereits vorher«, sagte Pinkerton. »Und Mrs. Greenhow erhält regelmäßig Besuch von Offizieren, die Zugang zu vertraulichen Informationen haben. Sie ist logischerweise eine Verdächtige.«

Während der ersten Tage kamen nur wenige Besucher: Händler, ein niederer Beamter des Außenministeriums; eine prächtig gekleidete junge Dame, der Lon vom Haus bis zu einem Putzmacher und dann zu ihrem Wohnsitz in der Nähe des Rock Creek Park folgte. Der Fahrer eines Eiswagens identifizierte die Dame als Mrs. Philip Phillips.

»Durch und durch Sezessionistin. Ihr Mann war Kongressabgeordneter von Alabama. Er ist in den Süden gegangen. Und nun verraten Sie mir mal, wieso eine Ehefrau allein hier zurückbleibt – wenn nicht, um den verfluchten Rebs zu helfen.«

Das erklärte, weshalb Mrs. Phillips zu Rose Greenhows Zirkel gehörte, genügte jedoch kaum, um sie des Verrats zu überführen. »Wir werden schon noch Beweise finden«, versicherte Pinkerton Lon, als dieser über die Beschattung berichtete. »Die Rebellen-Rose wird ins Schleudern geraten, und wenn es so weit ist, werden wir da sein, um sie aufzufangen. Mit Handschellen.«

Gegen Ende der dritten Augustwoche bekam Lon die Nachtschicht zugewiesen. Während er schwitzend in dem abgedunkelten Lagerraum saß, hielt ein eleganter kleiner Buggy vor Roses Haus. Eine Frau stieg die Verandatreppen hoch. In der Stille war das Läuten der Glocke laut und deutlich zu hören.

Von einem Streifen Licht erhellt, das aus der geöffneten Tür fiel, begrüßte die Hausherrin ihre Besucherin. Lon setzte sich ruckartig auf. Die Besucherin war die hübsche junge Frau vom Franklin Square, Margaret Miller. Er wusste zwar, dass sie Sympathien für den Süden hegte, doch er hätte nie gedacht, dass sie sich mit Spionen einlassen würde.

Sledge hatte sich für eine Stunde davongemacht, um ein Bordell zu besuchen. Margaret fuhr wieder ab, ehe er zurückgekehrt war. Lon verriet nichts über ihren Besuch. Am nächsten Tag, einem Samstag, grübelte er dauernd darüber nach, wie er weiter vorgehen sollte. Mrs. Greenhow wurde des Verrats verdächtigt, doch schloss das auch automatisch Miss Miller ein? Wenn sie nun lediglich eine Bekannte war? Seine Fragen dienten ihm schließlich als Rechtfertigung, sie aufzusuchen.

Am Spätnachmittag band er sein bestes Halstuch um, wischte sich den Staub von den Stiefeln und setzte einen braunen Kastorhut auf. Er hatte ihn von Pryce Lewis geliehen, der drei besaß. Über der drückenden Hitze der Stadt hing ein bedrohlicher kupferfarbener Himmel; aus der Ferne erklang dumpfes Donnergrollen.

Er klopfte an die Tür des Stadthauses am Franklin Square und hoffte, dass er nicht diesen Donald oder Donal – oder wie auch immer er heißen mochte – bei der jungen Frau antreffen würde. Seit ihrer kurzen Begegnung hegte Lon eine starke Abneigung gegen ihn.

Er hörte jemanden in der Diele. Die Tür ging auf, und da stand sie, so lieblich wie eine kühle Brise nach einem Sommergewitter. Er konnte sich nicht erklären, wieso ihre braunen Augen, ihr breiter roter Mund, ihr unvollkommenes, aber dennoch reizendes Gesicht und ihre üppige Figur ihn anzogen und eine solche Sehnsucht in ihm weckten, doch es war so.

»Ja, wer …?« Dann erkannte sie ihn. »Ach, ja. President's Park. Wilkie Collins.«

»Die ungehobelten Bauern aus Illinois nicht zu vergessen. Ich bin geschmeichelt, dass Sie sich an mich erinnern, Miss Miller.«

»Oh, einen guten Gegner vergesse ich nie.« Hörte er da eine Spur von Spott heraus? »Darf ich fragen, was Sie hier wollen?«

»Ich mache keinen Anstandsbesuch. Ich komme wegen eines wichtigen Anliegens, wenn es recht ist.«

»Eigentlich ist es gerade nicht recht, doch Sie dürfen hereinkommen. Kurz.« Sie trat zurück. Das Rascheln ihrer verborgenen Unterröcke führte bei ihm zu einer prompten körperlichen Reaktion. Er hoffte bloß, dass sein Zustand nicht allzu augenfällig war.

Sie führte ihn in einen geschmackvoll, aber nicht verschwenderisch möblierten Salon. Pflanzen in kleinen Kübeln hellten die düstere Eintönigkeit des dunklen Holzes auf. Margaret ließ sich auf einem kleinen Sofa nieder, legte ihren grünen Taftrock zurecht und tupfte sich mit einem Spitzentaschentuch ein paar Schweißtropfen aus dem Gesicht. Eine kleine goldene Palmettopalme an einer Kette ruhte auf dem Brustteil ihres Kleides. Die Palmettopalme war das Symbol South Carolinas. Margaret machte keinen Hehl daraus, wem sie die Treue hielt.

»Ich fürchte, Sie sind im Vorteil, Sir. Ich weiß, dass Sie ein Yankee sind, aber das ist auch schon alles. Da Sie meinen Namen bereits kennen, darf ich den Ihren ebenfalls erfahren?«

»Price, Lon Price. Das ist die Kurzform von Alonzo.« Er setzte sich ihr gegenüber und hielt sich an seinem hohen Hut fest wie ein Ertrinkender an einer Rettungsboje. Ihr Gesicht und ihr Auftreten verunsicherten ihn. »Ich hielt es für wichtig, Sie zu sehen, deshalb habe ich mir einige Mühe gemacht, Ihren Namen und Ihren Wohnort herauszufinden.«

»Darf ich fragen, wie Sie das angestellt haben?«

Er griff in seinen Mantel und legte das Lesezeichen auf sein

Knie. »Sie haben das hier fallen lassen, als wir uns begegnet sind. Ich bin der Spur bis zu Shillingtons Buchhandlung gefolgt.«

Ihr Blick wich dem seinen für einen Moment aus. »Es muss wohl aus dem Buch gefallen sein.«

»Zweifellos«, erwiderte er mit unbewegtem Gesichtsausdruck.

»Sind Sie Polizist, Mr. Price? Man hat hundertfünfzig Leute bei der neuen Polizeieinheit im District eingestellt.«

»Das stimmt, aber ich gehöre nicht dazu.«

»Eine andere Art von Detektiv?«

»Mein Beruf spielt keine Rolle.« Er legte das Lesezeichen beiseite. »Ich bin gekommen, um Sie ganz im Vertrauen zu warnen, dass Ihre Freundin, Mrs. Greenhow, des Verrats verdächtigt wird.«

»Rose? Wen soll sie denn verraten haben?«

»Die Regierung.«

Sie ballte die Faust. Hätte sie statt ihres Taschentuchs einen Stein in der Hand, würde sie ihn vermutlich nach ihm werfen, dachte er. »Also sind Sie ein Detektiv. Irgendein verdammter Spion für Lincoln, Cameron und diesen Haufen?«

»Wenn Sie mich vielleicht erklä …«

»Lassen Sie mich bitte ausreden. Rose Greenhow ist mir eine gute und geschätzte Freundin. Sie sind ein Narr, wenn Sie versuchen wollen, mich gegen Sie aufzuhetzen. Die Männer, die Sie geschickt haben, sind ebensolche Narren.«

Lon sprang auf, das Gesicht rot und erhitzt. »Niemand hat mich geschickt. Niemand sonst weiß von diesem Besuch.«

Darauf reagierte sie mit stummem Zweifel. Im Salon war es erheblich dunkler geworden. Schwarze Wolken türmten sich über den nahen Häuserdächern. Es donnerte.

»Es ist nicht meine Absicht, Sie gegen eine geschätzte Freundin aufzuhetzen«, sagte er mit ruhigerer Stimme. »Der einzige Grund für mich, hierher zu kommen, war Ihr Wohlergehen. Sie setzen sich selbst großer Gefahr aus, wenn Sie sich weiterhin mit der Dame treffen, wie sehr sie Ihnen auch am Herzen liegen mag.«

Ihr Zorn wich argwöhnischem Erstaunen. Lon setzte sich wieder. Sie tupfte sich die Stirn. »Wieso sollte Sie mein Wohlergehen kümmern? Wir haben uns nur einmal getroffen, und unsere Begegnung war nicht gerade herzlich.«

»Nein, aber Sie haben Ihr Buch zurückbekommen.«

»Mr. Price, lassen wir diese Wortgefechte. Ich bin kein Schulmädchen mehr. Sie müssen für Ihren Besuch einen anderen Grund haben als bloße Nächstenliebe. Seien Sie so freundlich, und nennen Sie ihn mir.«

Lon wusste, dass er einen Rückzieher machen konnte; dass er gehen und sich selbst die peinliche Situation ersparen konnte. Doch sie verführte ihn mit dem süßen Schwung ihrer Wangen, dem dunklen, fließenden Haar, der Andeutung von Knöchel und Unterröcken, die sich oberhalb ihrer Knopfstiefel aus rot gefärbtem Leder zeigten.

»Gut, ich werde Ihnen die Wahrheit sagen, obwohl ich vermute, dass Sie sie lieber nicht hören würden. Wie dem auch sei, hier ist sie: Wie Sie schon gesagt haben, hatten wir einen kleinen Wortwechsel, als wir uns kennen lernten …«

»Manche nennen das Wortgefecht.« Sie lächelte beinahe.

»Gefecht«, wiederholte er. »Und Sie haben mich ziemlich schwer getroffen. Trotzdem habe ich beim Fortgehen gedacht, dass Sie eine intelligente Frau sind – und sehr attraktiv. Deshalb habe ich Ihren Namen und Ihre Adresse bei Shillingtons Buchhandlung erfragt. Ich wollte Sie wiedersehen.«

»Nun, das haben Sie jetzt. Ist das alles?«

Ein schwarzer Händler pries auf der Straße Erdbeeren an. Sein Kopf, auf dem ein Strohkorb thronte, schien vor den Fenstern vorbeizuschweben. Die schwüle Luft im Zimmer glich immer mehr einem Treibhaus.

»Nein, und unser Wiedersehen ist auch nicht so, wie ich es mir vorgestellt oder erhofft hatte«, sagte er, während er sich erneut erhob. »Erst nachdem ich dem Buchladen einen Besuch abgestattet hatte, wurde die Angelegenheit mit ihrer Freundin Rose Greenhow bekannt.«

»Wie?«

»Das braucht Sie nicht zu interessieren. Ich möchte Sie nur vor einer Beziehung zu dieser Frau warnen.«

»Mr. Price, lassen Sie sich nochmals gesagt sein, dass Rose Greenhow eine gute Freundin ist und es auch bleiben wird. Wir hegen gemeinsame Sympathien.«

»Offensichtlich. Doch im Augenblick, im derzeitigen politischen Klima, können diese Sympathien Sie in arge Schwierigkeiten bringen.«

Mit rauschenden Röcken und wütendem Blick marschierte sie

direkt auf ihn zu. »Wollen Sie mir drohen?« Ein blendend weißer Blitz erhellte für einen Moment die Fensterscheiben. Dann ließ ein Donnerschlag das Glas klirren. »Für wen arbeiten Sie? Wer bezahlt Sie? Das würde ich gern wissen!«

»Nun, wenn es Sie davon überzeugt, meine Warnung gebührend zu beachten: Ich arbeite für das Kriegsministerium.«

»Also sind Sie ein dreckiger Spion.« Sie gab ihm eine Ohrfeige.

Lon wich zurück. Ihre Hand hatte einen hellen Abdruck auf seiner geröteten Wange hinterlassen. »Ich werde darüber hinwegsehen, Miss Miller, und ich sage Ihnen nochmals, dass Sie sich selbst in Gefahr bringen, wenn Sie mit dieser Frau Umgang pflegen.«

Sie stürmte in die Diele und riss die Vordertür auf. Windböen trieben Staub von draußen herein. Lon stülpte sich den Hut auf. Dann bewegte er sich, wie um sie zu verhöhnen, mit betont langsamen, gemessenen Schritten auf sie zu. Sie stampfte mit dem Fuß auf.

»Verlassen Sie endlich dieses Haus, oder soll ich auf die Straße laufen und um Hilfe schreien? Ich habe kräftige Lungen. Ich kann brüllen wie eine junge Kuh – und das werde ich auch.«

Darüber musste er lachen. »Von Ihnen habe ich auch nichts anderes erwartet, Miss Miller.«

Er hoffte, dass sie ihm mit einem Lächeln antworten, ihm vielleicht einen Waffenstillstand anbieten würde, doch nichts dergleichen geschah. Sie starrten einander einfach nur an, während der Wind draußen wütend heulte. Dann, aus einem plötzlichen Impuls heraus, ergriff er ihre Unterarme und küsste sie.

Er kostete ihren feuchten Mund, die Form ihres Körpers. Nach ein paar Sekunden trat er zurück und erwartete, dass sie ihn wieder ohrfeigen würde. Stattdessen stand sie nur da, stumm und wie zu Eis erstarrt. Sie fing einen Satz an, stockte, die Stimme versagte ihr: »Mr. Price, Sie … Sie sind der unverschämteste Mensch, der mir je begegnet ist. Ein weiterer typischer Charakterzug der Yankees, nehme ich an.«

»Wahrscheinlich. Ich habe Ihnen bereits gesagt, dass ich Sie schon von dem Moment an mochte, als ich Sie zum ersten Mal gesehen habe. Wenn das ein Verbrechen ist, dann bekenne ich mich schuldig. Guten Tag, Miss Miller. Bitte beherzigen Sie meine Warnung.«

Er eilte die Stufen hinunter, hinein in die Staubwolken, die über die Straße wirbelten. Sie warf die Tür hinter ihm zu. Auf der gegenüberliegenden Straßenseite kämpfte ein alter Mann mit seinem Regenschirm. Der Wind packte den Schirm und trieb ihn fort. An der Bordsteinkante rieb sich Lon die schmerzende Wange. Dieser Besuch war wohl das Ende vom Lied gewesen.

Im Weggehen sah er, dass sich hinter einem der Fenster des Stadthauses ein Vorhang bewegte. Er konnte sie nicht sehen, doch er wusste, dass sie ihn beobachtete. Was für ein widersprüchliches Wesen sie doch hatte! Doch gerade das faszinierte ihn so.

Er machte einen Satz, um den Regenschirm des alten Mannes zu retten, der vom Wind den Rinnstein entlanggetrieben wurde. Er überquerte die Straße und gab ihn dem Mann zurück. Als er wieder zum Haus blickte, bewegte sich der Vorhang nicht mehr. Er schüttelte den Kopf und ging weiter.

Sledge erwartete ihn im Speisesaal des Willard's Hotel.

»Meine Herren, Ihre Bestellung, bitte?« Der groß gewachsene Kellner mit der goldbraunen Hautfarbe wirkte ziemlich professionell in seinem gestärkten weißen Hemd mit Ärmelhaltern, einer schwarzen, schmalen Krawatte und einer Kellnerschürze. Zachariah Chisolm war der dritte Schwarze, den man angestellt hatte, um die weißen Kellner zu ersetzen, die sich für die Armee gemeldet hatten.

Sledge bestellte zwei Whiskeys. »Was ist dir denn über die Leber gelaufen, Partner? Du siehst aus wie ein Hahn, dem man den Kamm gestutzt hat.«

»So fühle ich mich auch. Heute habe ich eine Frau aufgesucht, der ich am Tag von Lincolns Vereidigung im President's Park begegnet bin. Ich habe gestern Abend gesehen, wie sie Rose Greenhow besucht hat.«

»Wo war ich denn da?«

»Du hast dich mit Pearl, Maude oder einer ihrer gefallenen Schwestern vergnügt.« Lon erzählte von seinem Versuch, Margaret vor der mutmaßlichen Spionin zu warnen.

»Himmel, was hast du dir bloß dabei gedacht? Jeder, der sich mit der Greenhow abgibt, muss ein verdammter Verräter sein! Trau einem von ihnen – diese Lady eingeschlossen –, und sie betrügen dich nach Strich und Faden! Bringen dich sogar um, falls nötig.«

»Ich kann mir nicht vorstellen, dass sie so ist.«

»Dann bist du ein blöder, naiver Trottel. Hörst du gar nicht, was der Boss erzählt? Die Greenhow und ihre Freunde sind Soldaten, auch wenn sie Puder und Schminke tragen. Du musst noch viel lernen, Partner.«

Zach stand plötzlich wieder an ihrem Tisch und hielt Stift und Kellnerblock bereit. Ein Donnerschlag brachte die Kronleuchter im Speisesaal zum Schwanken. Sledge stopfte sich seine Serviette in den Kragen. »Komm, bestell endlich was, oder wir kommen zu spät. Der Boss hat gesagt, dass er heut Abend vorbeischauen wollte.«

Pinkerton kam kurz vor zehn in der Kirche an, zusammen mit Sam Bridgeman. »Irgendwelche besonderen Vorkommnisse?«

»Still wie in einem Grab da drüben, Sir.« Lon deutete zu dem dunklen Haus hinüber. »Seit halb zehn sieht man kein Licht mehr. Ich nehme an, sie hat sich schlafen gelegt.«

Sie setzten sich, um das Haus zu beobachten. Gegen halb elf traf ein groß gewachsener Mann, der einen Generalshut und einen Regenumhang trug, zu Fuß ein. Das Licht eines Blitzes brach sich auf dem Messingadler, der seine hochgeschlagene Hutkrempe hielt.

»Wer ist das, kennt ihn jemand?«, fragte Bridgeman.

»Ich habe da einen Verdacht«, erwiderte Pinkerton, während der Fremde die Verandastufen emporstieg und klopfte. »Irgendjemand hat Pläne der Stadtbefestigungen kopiert. Ein Beamter hat eine verschmierte, halb verbrannte Abschrift in einem Ofen im Hauptquartier des Kommandeurs der Militärpolizei gefunden.« Ein Licht in der unteren Diele zeigte die Silhouette von Rose Greenhow, die ihren Besucher einließ. »Das könnte unser Vögelchen sein. Folgen Sie mir.«

Sie stießen sich die Schienbeine an und stolperten gegeneinander, während sie die dunklen Treppen hinunterstiegen. Der Regen hatte die Menschen in ihre Häuser getrieben. Unbemerkt überquerten sie die Straße und drängten sich in den Hohlraum unter den Eingangsstufen. Pinkerton starrte auf die Fenster im Hochparterre über seinem Kopf. Durch die Vorhänge sah man einen Lichtschein.

»Sie hat ihn in den Salon geführt. Alonzo, Sam – bücken Sie sich, damit ich auf Ihren Rücken steigen kann.« Pinkerton zog sich die Stiefel aus.

Sie krochen unter den Stufen hervor und stellten sich bereit. Sam Bridgeman gab ein Stöhnen von sich, als Pinkerton auf ihren Rücken stieg. Er hielt sich an der Fensterbank des Salons fest, um einen besseren Stand zu haben. Lon sah, dass sich einen Häuserblock weiter eine Droschke näherte. Wenn es blitzte, während diese vorüberfuhr, würde man sie sehen. Doch ehe er die anderen warnen konnte, bog das Gefährt nach rechts in die K-Street und war verschwunden.

Er stützte sich mit beiden Händen an der Ziegelwand ab. Pinkertons Gewicht war beträchtlich. Ein leises Quietschen verriet ihm, dass der Boss über den unteren Teil des Schiebefensters spähte, um zu sehen, was hinter den Vorhängen vor sich ging. Bridgeman stöhnte: »Lange halt ich's nicht mehr aus.« Lon entdeckte einen Mann und eine Frau, die unter einem Regenschirm die Straße entlangeilten. »Da kommen Leute!«

Pinkerton sprang herunter und bespritzte dabei die anderen mit Schlamm. »Alle Mann unter die Treppe!« Die vier Männer quetschten sich wieder in den engen Raum unter der Eingangstreppe, bis das Paar vorübergegangen war. Der starke Regen half ihnen, nicht gesehen zu werden. Lon schmerzte der Rücken.

Das Paar war verschwunden. Pinkerton flüsterte: »Ich habe den Mann im Salon erkannt. Hauptmann John Elwood von der Fünften Infanterie. Hat enge Verbindungen zum Büro des Kommandanten der Militärpolizei. So dicht hat er bei ihr gesessen«, Pinkerton hob die Hände und zeigte einen Abstand von etwa einem Zentimeter, »und sie haben sich Zeichnungen angeschaut. Ich wette, es sind Pläne unserer Befestigungsanlagen. Moment, die Lampe im Salon ist ausgegangen. Jetzt ist sie in der Diele. Sie führt ihn ins Obergeschoss.«

»Warum denn das?«, fragte Bridgeman.

»Was glauben Sie wohl? Sie zeigt sich ihm erkenntlich, so wie sie es bei allen ihren Helfern macht.«

Der Sturm grollte weiter. Aus fünf Minuten wurden fünfzehn, aus fünfzehn eine halbe Stunde. Sledge hielt seine Taschenuhr schräg, um während eines Blitzschlags die Zeit zu kontrollieren. »Die sind jetzt schon fast eine Stunde da oben. Wie lange sollen wir denn …«

Pinkerton legte Sledge die Hand auf den Mund. Lon hörte Roses Stimme, dann die des Offiziers und schließlich etwas, das wie ein

Kuss klang. Rose flüsterte: »Gute Nacht, mein Lieber.« Der Offizier kam die Stufen hinunter und wandte sich in Richtung Avenue.

»Sam, Sie kommen mit mir«, rief Pinkerton. »Sie beide warten hier.«

»Wie lange denn?« Sledges Frage blieb unbeantwortet; Pinkerton und Sam Bridgeman hatten sich bereits dem Offizier an die Fersen geheftet. Der Boss hatte seine Stiefel vergessen.

Lon kniete sich auf den feuchten Boden unter den Stufen und rieb sich den Rücken. »Das ist verrückt. Wir führen uns auf wie die Zirkusclowns!«

»Ganz meine Meinung«, meinte Sledge.

Ein Pferdefuhrwerk, voll beladen mit Milchkannen, klapperte vorüber. Ein Stück die Straße herunter wurde ein Fenster im Erdgeschoss aufgestoßen, und eine Haushälterin warf eine miauende Katze in den Regen. Das Haus von Rose Greenhow blieb dunkel. Die Zeit verstrich.

Um zwei Uhr sagte Sledge: »Lass uns aufgeben. Die kommen nicht mehr zurück.«

»Noch eine Stunde«, meinte Lon.

Um drei schleppten sie sich schließlich zu ihrer Pension. Lon entledigte sich seiner nassen Kleider und schlief ein paar Stunden. Um halb acht wachte er wieder auf. Um acht waren er und Sledge in Pinkertons Büro in McClellans Hauptquartier. Der Boss war nicht da.

Lon las den neuesten *Evening Star*. Immer noch wurden Vorwürfe erhoben, weil die Konföderierten bei Wilson's Creek in Missouri vor zwölf Tagen gesiegt hatten. Der Norden hatte die zweite große Schlacht des Krieges verloren. In St. Louis wurden mit dem Süden sympathisierende Zeitungen durch General Frémont unterdrückt. Im Bundesbezirksgericht in New York wurden der *Brooklyn Eagle* und die *Daily News* der Illoyalität angeklagt. Es gab kurze Berichte über Kavalleriegefechte in Virginia und Maryland.

Gegen halb zehn hörte man Stiefel die Treppen hinaufpoltern. Pinkerton erschien, völlig durchnässt und ohne Hut, die Augen vor Erschöpfung zu Schlitzen verengt. »Was ist passiert, Sir?«, fragte Lon.

Pinkerton warf seinen triefnassen Mantel ab. »Bridgeman hat sich den Fuß verstaucht, und ich musste ihn zurücklassen. Ich bin unserem Mann bis zur Kaserne gefolgt. Elwood hat die Wache gerufen, um mich festnehmen zu lassen. Ich habe mich als E. J. Allen ausgewiesen und mich nicht beirren lassen. Elwood ließ mich in eine Zelle werfen. Heute Morgen hat er mich zum Kriegsministerium geschleppt, um mich Tom Scott zu präsentieren.«

Pinkerton schenkte ihnen eines seiner seltenen Lächeln. »Scott hat Elwood erzählt, wer ich bin. Daraufhin habe ich Elwood gefragt, ob er in der letzten Nacht Rose Greenhow besucht habe. Er stritt es ab. Ich sagte ihm, dass ich dort gewesen sei, mit Zeugen. Daraufhin revidierte er seine Geschichte. Behauptete, es sei ein privater Besuch gewesen. Dann habe ich ihm erzählt, dass ich beobachtet hätte, wie er dieser Frau eine Zeichnung der Befestigungsanlagen zugeschoben habe. Er brach zusammen. Gab zu, dass er ihr nicht nur Pläne, sondern auch eine Aufstellung über die Truppenstärke gegeben hat. Die Stunde, die sie im ersten Stock verbracht hatten, habe ich mit keinem Wort erwähnt. Das Geständnis war auch so schon demütigend genug für ihn. Elwood steht jetzt unter Arrest. Er hat geweint, als sie ihn abführten. Ich habe ihnen geraten, ihm Gürtel und Hosenträger abzunehmen, alles, womit er sich womöglich etwas antun könnte. Habt ihr Jungs schon gefrühstückt?«

Sledge sagte: »Noch nicht. Ich schätze, wir sollten Ihnen gratulieren.« Kaum zu glauben, dass das alberne Theater der letzten Nacht doch noch zur Verhaftung eines Verräters geführt hatte.

Pinkertons Blick ging übermütig hin und her. »Lasst uns irgendwo Steak und Eier essen, um zu feiern. Elwoods Geständnis ist genau das, was uns gefehlt hat. Unsere Rebellen-Rose ist am Ende. Jetzt sind ihre Freunde dran.«

21

August 1861

An dem gleichen stürmischen Nachmittag, an dem Lon Margaret Miller besuchte, erreichte Hanna völlig außer Atem das Capitol. Sie hörte bereits Kanonendonner, als sie sich noch westlich des Gebäudes befand. Als sie das Freigelände auf der Ostseite erreicht hatte, spielte ein Musikcorps gerade »Columbia, the Gem of the

Ocean«. Die Blechbläser erhoben sich klar und deutlich über den Trommeln. Sie raffte ihre Röcke und begann zu laufen. Der Major hasste Unpünktlichkeit.

Sie rannte hinter einer langen Reihe von Pferdewagen entlang. Familien standen darauf oder daneben, winkten mit kleinen Fähnchen und jubelten den vorbeimarschierenden Einheiten zu. General McClellan hatte die zertrampelten Wiesen in ein Paradegelände verwandelt. Seine großartigen Truppenschauen sorgten in der Stadt, die durch McDowells Niederlage schwer getroffen war, für eine Atmosphäre der Zuversicht und des Frohsinns. Man war einhellig der Meinung, dass die Konföderierten in der Nacht des Rückzugs von Bull Run Washington hätten einnehmen können, wenn sie weiter vorgedrungen wären, statt die Stellung zu halten.

Hanna suchte in einer Menge von mehreren Hundert Zuschauern nach ihrem Vater. Sie entdeckte ihn im Gespräch mit einem gnomenhaften Mann in mittleren Jahren, dessen säuerliches Gesicht, Drahtbrille und voller Backenbart ihr allzu bekannt vorkamen.

Die Kleidung ihres Vaters zeugte von seiner verbesserten Stellung. Sein grauer zweireihiger Gehrock und die Hosen waren aus edler britischer Wolle. Die Rocktaschen waren aufwändig mit Seidenborten eingefasst. Das Grau wurde aufgehellt durch eine scharlachrote Weste und eine Fliege in der gleichen Farbe. Natürlich trug er einen Zylinder. Siegel gab den Großteil seines niedrigen Gehalts für sich selbst aus. Alles, was Hanna für sich benötigte, bis hin zu einer Spule Garn, um einen Rock oder Strumpf auszubessern, bezahlte sie von ihren Einkünften aus dem Canterbury.

Sie hatten die zwielichtige Gegend auf der North Side verlassen und ein Häuschen in einem Viertel hinter dem Navy Yard in der Nähe des East Branch gemietet, wo vorwiegend weiße Handwerker und Büroangestellte wohnten. Der Major betrachtete es lediglich als eine weitere Station auf seinem Weg nach oben. Er versprach Hanna ein größeres, vornehmeres Haus in der Vorstadt oder an einem der in Mode gekommenen Plätze, sobald er mehr als sein mageres Regierungsgehalt verdiente. Er bezeichnete es als »Hungerlohn«, unwürdig eines Mannes seiner Ausbildung und Erfahrung. Dennoch war er froh, dass seine Stellung ihn an bedeutsamer Arbeit teilhaben ließ und ihm Kontakt mit wichtigen Leuten verschaffte.

Die Kompanien mit ihren weißen Handschuhen marschierten auf und ab, begleitet von der Musik der Regimentscorps. Die aufgepflanzten Bajonette leuchteten wie Silberdornen. Die Flaggen wehten steif im stärker werdenden Wind. Am schwarzen Himmel leuchteten Blitze auf.

»Natürlich kenne ich den Präsidenten«, sagte der gnomenhafte Herr gerade, als Hanna sich näherte. »Vor einigen Jahren haben er und ich Cyrus McCormick in einem Prozess vertreten. Ich habe darauf bestanden, erster Verteidiger zu sein, da Mr. Lincoln noch ein unerfahrener Anwalt vom Land war. Ich finde übrigens nicht, dass er sich seitdem großartig verändert hat.«

»Ah, hier kommt meine Tochter«, sagte Siegel. »Hanna, darf ich dir den Anwalt Mr. Stanton vorstellen?«

Edwin Stanton, sie hatte sein Photo gesehen. Sie lächelte und bot ihm ihre Hand. »Freut mich, Sir.«

»Ganz meinerseits.« Stantons Scheitel reichte ihr kaum bis an die Schulter. Seine Beine waren kurz und plump, und sein unangenehmer Gesichtsausdruck erinnerte sie an einen Mops.

»Du bist spät, meine Liebe.«

»Verpflichtungen, Papa.« Sie war vom Canterbury hierher geeilt und wollte den Major nicht in Verlegenheit bringen, indem sie sagte, dass sie den ganzen Nachmittag mit dem Schrubben von Fußböden zugebracht hatte.

Ein Mann, der an der Zuschauermenge vorbeischlenderte und die Gesichter betrachtete, erregte Siegels Aufmerksamkeit. »Herr Oberst!« Der Mann kam herüber und nahm schwungvoll seinen Panamahut ab. Die Schöße eines weißen Staubmantels knatterten im Wind.

»Major Anton Siegel, Sir. Wir haben uns schon einmal getroffen.«

»Ja, das haben wir, wie geht es Ihnen?«

»Gut, Sir. Kennen Sie schon Mr. Stanton, den juristischen Berater von Kriegsminister Cameron?«

»Ich habe nur von seinem exzellenten Ruf gehört. Lafayette Baker. Ihr ergebener Diener.«

»Es ist mir ein Vergnügen«, sprach Stanton mit geschürzten Lippen. Hanna fragte sich, ob er, abgesehen von sich selbst, irgendjemanden mochte. »Sind Sie beim Militär, Oberst Baker?«

»Auf meine eigene Art ja, Sir. Ich hatte das Glück, eine Stellung ohne örtlich beschränkten Zuständigkeitsbereich im Außenministerium zu bekommen. Ich bin damit betraut, abtrünnige Bürger zu beobachten und ausfindig zu machen.«

»Es ist eine Verschwendung und zudem höchst unproduktiv, dass man diese Arbeit zwischen zwei Abteilungen des Ministeriums aufgeteilt hat«, sagte Stanton. »Mr. Seward ist zu nachsichtig gegenüber mutmaßlichen Verrätern, Mr. Cameron zu wenig organisiert und unerfahren, um sie effektiv zu bekämpfen. Alle Anstrengungen sollten besser unter einem starken Kriegsminister gebündelt werden.« Während sie höflich zuhörte, entschied Hanna, dass sie den dogmatischen und spöttischen Anwalt nicht mochte. Den kalt wirkenden Oberst Baker mochte sie sogar noch weniger. Sie ertappte ihn dabei, wie er unverfroren ihren flachen Busen anstarrte.

Ohne Verlegenheit zu zeigen, blickte Baker wieder weg. »Ich stimme Ihnen zu, dass die momentane Situation äußerst verwirrend ist. Aber unser Angriffsziel ist klar: Wir müssen Staatsfeinde aufstöbern und dingfest machen. Es war zwar hilfreich, dass der Präsident das Recht auf Haftüberprüfung durch einen Richter in der Nähe der Feldlager ausgesetzt hat, doch sollte diese Maßnahme noch viel weitreichender durchgeführt werden. Ein Strick, den man über einen Ast wirft, ist auch sehr effektiv.« Er lächelte, als hätte er gerade etwas besonders Komisches gesagt.

»Eine extreme Ansicht, Herr Oberst.« Ein Regentropfen traf Stantons Brille. »Ich habe jedoch durchaus Verständnis dafür.«

Baker verbeugte sich respektvoll. Dann begann der Wolkenbruch. Nach einer hastigen Verabschiedung rannten Hanna und ihr Vater von der Wiese und wichen dabei den Wagen aus, die voller kreischender Kinder vorbeirumpelten. Als das Gewitter schlimmer wurde, flohen sie ins Capitol. Hanna machte ihrer Verärgerung Luft.

»Dieser Mr. Stanton ist unerträglich.«

»Aber ein brillanter Rechtsanwalt, wie es heißt. Ein fähiger Verwaltungsbeamter und scharfer Gegner der Rebellen. Alle sagen ihm eine steile Karriere voraus.«

»Was ist mit dem anderen Mann, diesem Baker? Er wirkt wie ein Intrigant.«

»In Anbetracht seiner Aufgabe ist das nur zum Besten. Ich habe ihn kennen gelernt, als wir beide uns im Kriegsministerium bewarben. Sobald klarer geworden ist, wer welche Verantwortung trägt, wäre es gut, ihn auf unserer Seite zu haben.«

»Du schwimmst mit den Haien, Papa.«

Major Siegel lachte. »Besser, als mit den kleinen Elritzen zu schwimmen.« So schlagartig wie er begonnen hatte, ließ der Regenguss wieder nach. »Dein Rock ist voller Lehmspritzer«, sagte der Major, während sie das Gebäude verließen.

»Ich werde ihn sauber machen, wenn wir zu Hause sind.«

»Ich wollte schon länger mal mit dir über dein Aussehen sprechen. Kannst du dir nicht bessere Kleider kaufen? Wenn du so schäbig gekleidet bist, wirft das ein schlechtes Licht auf mich.«

Die Tränen, die ihr in die Augen traten, bemerkte er nicht. Er hatte einen Mann entdeckt, den er kannte, und stürmte davon, um ihn mit einem Schulterklopfen zu begrüßen.

22

August 1861

Freitag um elf Uhr, am Tag nach Hauptmann Elwoods Verhaftung, fuhr ein zweisitziger Federwagen, kunstvoll schwarz lackiert, mit schwarzen Ledersitzen und einem Fransenbaldachin, langsam die 16th Street in nördlicher Richtung entlang. Lon hielt die Zügel, Pinkerton saß neben ihm. Sledge drängte John Scully beinahe vom hinteren Sitz. Scully musste sich die Zähne mit Gin geputzt haben, doch der Geruch verbarg nicht, dass er dringend ein Bad nötig hatte. Bis auf Scully sahen die Detektive aus wie respektable Büroangestellte auf einem morgendlichen Ausflug.

Sie fuhren am Haus der Greenhow vorbei; die Vorhänge waren gegen die Hitze geschlossen. Pinkerton ließ seinen Blick über den vor ihnen gelegenen Bürgersteig gleiten. »Da ist sie.« Kurz vor der nächsten Kreuzung schlenderte eine Dame mit einem Sonnenschirm Arm in Arm mit einem Gentleman dahin. Lon fuhr an einem Ponywagen vorbei und hatte das Pärchen bald eingeholt. Er zügelte den Grauen auf Schritttempo.

Rose spürte ihre Anwesenheit, drehte sich abrupt um und bedachte die Detektive mit einem scharfen Blick. Pinkerton sprang vom Wagen hinunter. Er nahm seinen schwarzen breitkrempigen Hut ab.

»Major E. J. Allen, Mrs. Greenhow.«

»Ich weiß, wer Sie sind, der kleine jüdische Detektiv.«

Pinkerton lächelte beinahe. »Bezüglich der Religion täuschen Sie sich, doch mit dem Beruf liegen Sie richtig. Könnten wir in Ihr Haus zurückkehren?« Dem kleinen, adretten Mann, der gereizt blinzelnd im Schatten von Roses Sonnenschirm stand, schenkte er keine Beachtung. Lon stützte seinen Stiefel am Trittbrett des Wagens ab. Der Taschenrevolver an seinem Gürtel stach ihn in den Bauch.

Pinkerton sagte zu Roses Begleiter: »Würden Sie bitte verschwinden, Sir?«

Der Mann hatte einen kleinen gewachsten Schnurrbart und blühende Wangen. Er stampfte mit seinem winzigen Schuh auf. »Wissen Sie, mit wem Sie es zu tun 'aben?« Sein Akzent war ziemlich stark. »Étienne Chambord, von der Französischen Gesandtschaft. Sie 'aben 'öchst fresch eine private Unterhaltung gestört.«

Pinkerton schlug seinen schwarzen Gehrock zurück und enthüllte sein Pistolenhalfter. »Dies ist eine Angelegenheit der Regierung der Vereinigten Staaten. Verschwinden Sie.«

»Sie sollten sisch schämen!«, rief der Diplomat. »Ihr Präsident lädt Prinz Napoleon, den Cousin des Kaisers, in aller 'öflischkeit zu einem Staatsdiner ein, und Sie be'andeln die offiziellen Vertreter Frankreischs wie Kriminelle. Isch werde misch nischt von die Stelle rühren!« Ein Dienstmädchen lehnte sich aus einem Erdgeschossfenster und betrachtete neugierig die Auseinandersetzung.

Pinkerton sagte: »Mr. Greenglass, bringen Sie doch bitte den Gentleman dazu, seine Meinung zu ändern.«

Sledge sprang vom Wagen hinunter, grinste und ließ die verschränkten Finger knacken. Er lächelte auf den Franzosen hinab, der einen Kopf kleiner war. »Na, bereit zu zehn Runden Fingerhakeln, Franzmann?«

Rose trat zwischen sie. »Lassen Sie sich nicht mit diesem Yankee-Abschaum ein, Étienne. Wir werden ein anderes Mal über die diplomatische Anerkennung der Konföderation diskutieren.«

Chambord schlug sich mit seinem hohen Filzhut gegen das Bein und marschierte von dannen. Pinkerton sagte: »Mrs. Greenhow, Sie sind hiermit verhaftet. Ich bitte Sie, mich zu Ihrem Haus zu begleiten, wo man Sie unter Arrest halten wird.«

»Mit welcher Befugnis? Zeigen Sie mir den Haftbefehl!«

»Ich habe keinen Haftbefehl. Ich handle auf mündliche Anweisung durch das Kriegs- und Außenministerium. Würden Sie mir bitte folgen? Es würde mir sehr missfallen, ein Mitglied des schwachen Geschlechts grob zu behandeln.«

»Den Teufel missfällt es Ihnen, Sie unbedeutender Wicht!« Rose machte auf dem Absatz kehrt und stapfte los. Pinkerton gab Lon ein Zeichen, den Wagen auf der Straße zu wenden.

Rose trug ihren Sonnenschirm in der rechten Hand, an ihrem linken Arm baumelte ein bestickter Beutel. Ihr Gang und ihr hocherhobenes Kinn zeugten von Trotz. Scully murmelte: »Dieses Weib muss aus Marmor gemeißelt sein.«

Pinkerton ging zwei Schritte hinter Rose, Lon folgte mit dem Wagen dicht dahinter. Kurz vor ihrem Haus stürmte Rose plötzlich schneller vorwärts und vergrößerte den Abstand zwischen ihnen. Am Fuß der Eingangstreppe ließ sie den Sonnenschirm fallen, griff in ihren Beutel, stopfte sich etwas in den Mund und kaute darauf herum. Pinkerton packte sie am Arm.

»Madam, spucken Sie sofort das Papier aus!«

Sie zeigte ihm ihre Zähne und Zunge; sie hatte es bereits hinuntergeschluckt. Lon konnte ein Lachen nicht unterdrücken. Pinkerton hob ihren Schirm vom Boden auf und schob Rose die Treppen hinauf. »Wenn Sie noch irgendetwas anfassen, in Ihrer Handtasche oder im Haus, lege ich Ihnen Handschellen an.«

Lon band den Grauen an und lief hinter Sledge und Scully die Treppen hinauf. Pinkerton war mit seiner Gefangenen bereits im Haus. Ein wildes Geheul verriet ihnen, dass Roses Tochter die Situation bereits erfasst hatte. Lon hatte die kleine Rose vom Lagerraum der Kirche aus beobachtet und festgestellt, dass sie ein verzogenes Balg war.

In der düsteren Diele schrie Pinkerton: »Bringen Sie das Kind hierher zurück, Scully.« Doch die kleine Rose war zu schnell. Sie floh durch die Küche in den hinteren Garten und kletterte eine Ulme hinauf. Sie lehnte sich von der untersten Astgabel, gerade eben außerhalb von Scullys Reichweite, und kreischte: »Mutter ist verhaftet worden! Mutter ist von den verdammten Yankees verhaftet worden!« Ein alter schwarzer Gärtner kam vom angrenzenden Grundstück herangelaufen. Er machte jedoch wieder kehrt, als Scully ihm eine vierläufige Pistole zeigte

»Dann bleib doch da oben, bis du verhungerst!«, rief Scully.

Die kleine Rose spuckte ihm auf den Kopf. Mrs. Greenhow, die vom Küchenfenster aus zusah, amüsierte sich köstlich. Pinkerton zwang sie, sich auf einen Holzstuhl zu setzen. »Mr. Greenglass, Sie und Mr. Price durchsuchen das Haus. Ich will Papiere, Briefe, alles, was wichtig aussieht.« Er rief in den Garten hinaus. »Kommen Sie rein, Scully. Wenn das Gör wegrennt, umso besser!«

Scully stapfte zum Haus zurück und ließ Roses Tochter im Baum zurück. Durch das plötzlich nachlassende Interesse ganz verstört, kletterte sie schließlich vom Baum herunter und folgte Scully in die Küche. Pinkerton schleppte sie zu ihrer Mutter. »Halten Sie sie ruhig, oder wir schließen sie in einen Wandschrank ein!«

Sledge war schon auf dem Weg in den Salon. Als Lon eintrat, riss er gerade die Vorhänge rasselnd zurück. Dann zerrte Sledge einen hohen Sekretär von der Wand weg und ließ ihn krachend vornüber kippen. Papiere flogen heraus. Aus einem Tintenfass spritzte schwarze Tinte auf den Perserteppich. Sledge grinste Lon zu. Dieser war entsetzt und musste daran denken, wie Mathias Price einmal das Grundübel der Sklaverei beschrieben hatte: *Die Besitzer haben zu viel Macht. Es gibt keine Möglichkeit, sie zu kontrollieren.*

Plötzlich ertönte ein Schrei: »Haltet sie auf!«, und als Lon herumwirbelte, sah er gerade noch Roses Absätze die Treppe hinauf verschwinden. Zwei Stufen auf einmal nehmend, rannte er hinter ihr her.

Rose stürzte in ein Schlafzimmer und riss etwas vom Sims des weiß gestrichenen Kamins. Sie wirbelte herum und richtete einen Smith & Wesson-Revolver auf Lons Stirn. Obwohl sie den Revolver mit beiden Händen festhielt, zitterte die Mündung hin und her.

»Sie Yankee-Parasit! Ich bringe Sie um!«

Lon zog seinen Taschenrevolver aus dem Hosenbund. »Gut, Mrs. Greenhow, doch zuerst müssen Sie den Hahn spannen.«

Sie war so perplex, dass Lon genügend Zeit fand, sie zu packen, ihr den Revolver abzunehmen und fortzuschleudern, ohne Rücksicht darauf, wo er hinflog. Er zerbrach ein Fenster und segelte im Sonnenlicht nach draußen.

Mit vorgehaltener Waffe trieb er Mrs. Greenhow die Treppe hinunter. Währenddessen zerrten Sledge, Scully und Pinkerton unten Schubladen aus Anrichten, warfen Vitrinenschränke um, trampelten über Silber und zerbrochenes Porzellan, rissen Gemälde von den Wänden, schlitzten die Leinwände auf und brachen die Rahmen auseinander. Mrs. Greenhow schimpfte aus vollem Halse und enthüllte dabei eine erstaunliche Kenntnis obszöner Wörter. Pinkerton drehte ihr die Arme auf den Rücken, legte ihr eiserne Handschellen an und schubste sie auf ein Sofa. Von dort aus beobachtete sie voll Abscheu und Empörung das Durcheinander. Die kleine Rose drängte sich schniefend an die Brust ihrer Mutter.

Auf der Suche nach versteckten Gegenständen, grub Lon mit den Fingern die Erde einer Topfpalme um. »Dreh sie um, kipp die Erde aus«, meinte Scully, während er mehrere Karteikästen aus Pappe zu Pinkerton hinübertrug. Der Boss studierte ein kleines, in rotes Leder gebundenes Büchlein. Er schien sich zu freuen. Lon ließ die Zwergpalme in ihrem Porzellantopf stehen und lief in die Bibliothek, wo Sledge gerade Bücher aus den Regalen warf. Sledge untersuchte ein Buch, blätterte die Seiten durch und riss dann unter angestrengtem Grunzen den Deckel vom Einband und warf die einzelnen Teile weg.

Zu viel Macht. Keine Möglichkeit, sie zu kontrollieren …

»Reißt du sie aus Spaß kaputt?«, fragte Lon. Sledge hielt ein zweites Buch in der Hand, geprägtes Leder und Goldschnitt. Lon entriss es ihm. »Du musst sie nicht kaputtmachen, um zu prüfen, ob etwas darin versteckt ist.«

»Was kümmert's dich? Die Frau ist eine Sezessionistin.«

»Das ist Privateigentum. Woher nehmen wir das Recht, es zu zerstören?«

Sledge schlug Lon mit der geballten Faust das Buch aus der Hand. Dann versetzte er Lon einen Stoß gegen die Schulter. »Auf welcher Seite stehst du eigentlich, Partner?«

»Tu das nicht!«

Sledge biss die Zähne zusammen und schubste ihn ein zweites Mal. Lon schlug mit dem Taschenrevolver nach ihm. Das Korn am Lauf riss Sledge die Hand auf; nicht tief, aber tief genug, um die Wunde bluten zu lassen. Sledge erhob seine gewaltige Faust. Lon richtete den Colt auf ihn. Plötzlich schüttelte er bestürzt den Kopf, steckte den Revolver in seine Hose zurück und starrte seinen Partner an.

Sledge öffnete die Faust und ließ den Arm sinken. Ihr Zorn war rasch wieder verflogen, doch etwas Neues und Hässliches blieb.

»Zu was werden wir hier gemacht, zum Teufel?«, versuchte Lon es in Worte zu fassen.

Er ging weg. Hinter ihm riss Sledge ein weiteres Buch auseinander. Scully sang, während er das Esszimmermobiliar zerschlug. Falls sie den Sympathisanten des Südens eine Lehre erteilen wollten, dann war das vermutlich die falsche.

23

September 1861

Zwei Tage später erfuhr Margaret von Roses Verhaftung. Mrs. Philip Phillips, eine Frau, die sie durch Roses Zirkel kannte, besuchte sie an einem Sonntagnachmittag, um ihr die Neuigkeiten zu überbringen. Sie fand Margaret an ihrem Schreibtisch, wo sie gerade dabei war, einen Brief an Cicero aufzusetzen. Sie hoffte darauf, ihn durch einen Kurier nach Richmond schicken zu können. Der reguläre Postdienst in den Süden war bereits im Mai eingestellt worden. Margaret hatte nichts mehr von ihrem Bruder gehört, seit er aus Baltimore verschwunden war.

Mrs. Phillips war erregt und wütend. »Rose ist umgeben von Detektiven, die für einen Major Allen arbeiten. Seine Männer haben ihr Haus auf den Kopf gestellt, als sie sie verhaftet haben. Die gleichen Männer haben schon seit den Unruhen in Baltimore für die Yankees gearbeitet.«

Margaret wurde blass. War es möglich, dass einer von ihnen bei der Ermordung ihres Vaters die Finger im Spiel gehabt hatte?

»Behandeln sie Rose anständig?«, erkundigte sie sich.

»Sie ist in ihr Schlafzimmer verbannt worden. Man erlaubt ihr nicht, die Tür zu schließen, noch nicht einmal, wenn sie schläft. Können Sie sich vorstellen, wie man eine Frau so schimpflich behandeln kann?«

»Von den Yankees schon. Wie haben Sie all das erfahren?«

Mrs. Philipps lächelte hinterhältig. »Rose ist schlauer als zehn Männer zusammen. Und sie hat einen Haufen Bewunderer, von denen sie nicht einmal weiß. Als ich gestern am Haus vorbeikam, hatte sich eine Menschenmenge davor versammelt, um ihre Unterstützung zu demonstrieren. Rose hat einem von ihnen heimlich eine Nachricht zukommen lassen.«

»Darf sie Besucher empfangen?«

Mrs. Philipps verneinte und verabschiedete sich kurz darauf. Margaret war höchst beunruhigt. Erst musste sie sich Sorgen um Cicero machen und nun noch um ihre Freundin. Wenig später berichtete die Washingtoner Presse über bedeutsame Entwicklungen im Falle der berüchtigten Mrs. Greenhow. Soldaten der Sturgis Rifles, der persönlichen Leibwache General McClellans, lösten die zivilen Detektive ab, und prompt erhielt das Haus den Spitznamen »Fort Greenhow«. Margaret war entsetzt, als sie lesen musste, dass Mrs. Philipps, ihre beiden Töchter und ihre Schwester ebenfalls wegen »Verrats« verhaftet und in Roses Haus gefangen gehalten wurden. Tagelang ging sie jeden Nachmittag dort vorbei und versuchte, die Frauen zu besuchen, doch jedes Mal wurde sie von einem bewaffneten Soldaten an der Tür abgewiesen. Dann endlich, an einem schwülen Septembertag, wurde sie ohne Erklärung eingelassen.

Sie hatte erwartet, das Haus in einem einzigen Durcheinander vorzufinden. Stattdessen waren wieder Sauberkeit und Ordnung eingekehrt, beschädigte Möbel waren durch neue ersetzt worden. Ein gut aussehender und umgänglicher Offizier der Armee stellte sich als Leutnant Sheldon vor, der für das Wachkommando verantwortlich war. Er führte Margaret zum Musikzimmer, das an den Salon angrenzte. Jemand spielte gerade »Maryland, My Maryland« auf einem Harmonium. Das Lied, das ein Exilbürger Baltimores nach den Aufständen geschrieben hatte, war zu einer neuen Hymne der Rebellen geworden.

Verwirrt durch die Sezessionistenmusik und das freundliche Benehmen der Soldaten, trat Margaret in den Salon. Sie war verblüfft, dort nicht nur Mrs. Philip Phillips anzutreffen, sondern auch Augusta Morris, eine weitere von Roses Agentinnen. Augusta legte ihren Roman von Walter Scott beiseite und warf Margaret einen scharfen Blick zu. Sie vermutete, dass Augusta sie warnen wollte, mit ihren Äußerungen vorsichtig zu sein.

Sie klopfte an die geöffnete Tür des Musikzimmers. Rose brach mitten im Spiel ab. »Margaret! Wie wunderbar, dich zu sehen!« Sie umarmten sich.

»Ich weiß gar nicht, was ich von all dem hier halten soll, Rose.«

»Typische Yankee-Gräueltaten. Ich komme mir vor wie Marie Antoinette in der Bastille, bevor man sie guillotiniert hat. Die Lage hat sich allerdings ein wenig verbessert, seitdem dieser Detektiv fort ist.«

»Major Allen?«

»Sein richtiger Name ist Pinkerton.« Dann flüsterte sie: »Er hat Walker verhaftet, und Oberst Empty. Sie sind im Old Capitol eingesperrt.« Walker war ein wertvoller Agent, ein Angestellter bei der Post. »Empty« – die Initialen M. T. für Michael Thompson, ein Rechtsanwalt aus South Carolina – war ein weiterer Agent. »Pinkerton hat mein Notizbuch mit Tom Jordans Geheimschriften gefunden, doch ich habe noch andere Möglichkeiten, mit der Außenwelt zu kommunizieren.«

»Du meinst, die Soldaten verhalten sich kooperativ?«

»Einige ja. Sofern sie sich wie Gentlemen benehmen und in die andere Richtung schauen, wenn ich sie darum bitte, betrachte ich sie gern als meine Freunde. Wenn sie mir allerdings meine kleinen Wünsche verweigern, haben sie nichts Gutes von mir zu erwarten.« Margaret war voller Bewunderung. Rose hatte nichts von ihrem Charme und ihrer Entschlossenheit eingebüßt.

»Ich habe vielleicht bald einen Auftrag für dich.« Rose wurde von einer bellenden Altstimme im Salon unterbrochen. *»Guten Morgen, meine Damen.«* Niemand erwiderte den Gruß. Mrs. Phillips blickte die neu angekommene Dame voller Verachtung an und widmete sich wieder ihrer Handarbeit.

Verstimmt ließ sich die Frau nieder. Sie war groß, mit runden, groben Gesichtszügen. Rose flüsterte hinter vorgehaltener Hand: »Mrs. Onderdonk. Durch und durch gewöhnlich. Leutnant Sheldon will nicht sagen, warum sie verhaftet worden ist. Ich nehme an, dass man sie hier eingeschleust hat, um uns nachzuspionieren. Ich weigere mich, mit ihr am selben Tisch zu essen. Komm mit nach oben. Ich zeige dir den Brief, den ich an Minister Seward schreibe, um gegen die schlechte Behandlung hier zu protestieren.«

Als Margaret zwei Tage später wiederkehrte, zeigte Rose ihr noch etwas, an dem sie gearbeitet hatte: ein Lesezeichen aus Stoff, das mit winzigen Blumen in verschiedenen Farben bestickt war. »Ich möchte gern, dass du das Dr. Whyville überbringst.«

»Geht es ihm wieder besser?«

»Ja, obwohl er immer noch recht schwach ist.«

»Und er braucht ein Lesezeichen?«, erkundigte sich Margaret amüsiert.

Rose blickte rasch zu dem Wachposten in der Diele hin, einem blonden Jüngling, der in die *Police Gazette* vertieft war. »Die Farben und verschiedenen Fäden übermitteln eine Botschaft, die der Doktor verstehen und weiterleiten wird. Die Detektive haben zwar mein Chiffrebuch konfisziert, doch mein Gehirn konnten sie mir nicht abnehmen.«

Noch an diesem Nachmittag fuhr Margaret zum Haus des Arztes. Sie trug das Lesezeichen und den Brief an Cicero bei sich, der postlagernd nach Richmond adressiert war. Als sie hineinging, bemerkte sie einen Wagen, der im tiefen Schatten einer gegenüberliegenden Gasse stand.

Dr. Whyville hatte ziemlich viel Gewicht verloren. Er sah bleich und abgezehrt aus. Margaret hielt sich weniger als drei Minuten bei ihm auf. Als sie nach draußen in die heiße Septembersonne trat, kam Lon Price aus der Gasse auf sie zugeschlendert.

Heftige, wenn auch äußerst widersprüchliche Gefühle überkamen sie. Mit einer Mischung aus Scham und Freude erinnerte sie sich an den Geschmack und die Leidenschaft seines Kusses. Zu ihrem Erstaunen hatte er tief in ihrem Innern etwas aufgewühlt. Und dennoch war dieser Mann womöglich Mitglied der Organisation, die für den Tod ihres Vaters verantwortlich war. Das durfte sie nicht vergessen.

»Mr. Price.« Sie verbarg ihre Nervosität hinter einem kühlen Kopfnicken. »Warum schnüffeln Sie in dieser Gegend herum?«

»Das ist ein ziemlich schroffer Ausdruck: schnüffeln.«

»Aber ist es nicht das, was Sie tun? Werden Sie nicht von einem Detektiv namens Pinkerton bezahlt?«

Seine blaugrauen Augen verrieten nichts. »Ich arbeite für Major E. J. Allen vom Kriegsministerium.«

»Ich nehme an, für einen Spion ist ein Name so gut wie der andere.« Sie hatte eine wütende Reaktion erwartet und war daher überrascht von seinem wehmütigen Lächeln.

»Sie sind mir eine, Miss Miller, Sie sind mir vielleicht eine!«

Seine Äußerung machte sie verlegen. Sie atmete tief ein. »Ich muss mich bei Ihnen entschuldigen.«

»Wieso?«

»Als wir uns das letzte Mal trafen, habe ich die Hand gegen Sie erhoben.«

Er zuckte mit den Schultern. »Unser Wortgefecht ist ein wenig heftig geworden, das ist alles. Lassen Sie uns über den Mann sprechen, der in diesem Haus wohnt. Dr. Whyville ist ein bekannter Sympathisant der Südstaaten und ein mutmaßlicher Spion der Konföderierten. Ich bedaure sehen zu müssen, dass Sie ihn besuchen. Es bringt Sie wieder einmal mit den falschen Leuten in Verbindung.«

»Dr. Whyville ist ein guter Arzt. Ich suche ihn immer auf, wenn ich mich nicht wohl fühle.«

»Und er stellt seine Diagnose und behandelt Sie in weniger als fünf Minuten? Irgendwie habe ich daran meine Zweifel.« Ehe sie antworten konnte, sagte er: »Offensichtlich ist meine erste Warnung ungehört verhallt. Sie scheinen einfach die Realitäten zu verkennen. Leute werden verhaftet und eingesperrt.«

»Und das völlig zu Unrecht, verdammt noch mal!« Sie war nicht die Einzige, die ihr wenig damenhaftes Fluchen erstaunte. Ein schwarzer Junge, der gerade seinen Reifen über die staubige Straße trieb, starrte ebenfalls überrascht in ihre Richtung.

»Gerechtigkeit ist rar in Washington, Miss Miller. Die Aussetzung des Rechts auf Haftprüfung durch den Präsidenten wird von den Behörden sehr breit ausgelegt. Wenn man meint, dass sich jemand verdächtig benimmt, vergisst man nur zu gern, ihm ein ordentliches Verfahren zu machen.« Den Rücken gegen Dr. Whyvilles stabilen Lattenzaun gelehnt, suchte er die Straße ab. Sie war verlassen bis auf eine weißhaarige Frau, die drei Häuser weiter ein vertrocknetes Blumenbeet bearbeitete.

»Man hat mich beauftragt, das Haus des Doktors zu beobachten, doch vielleicht ist Ihnen noch jemand anderes hierher gefolgt.«

»Ich habe niemanden gesehen.« Der Gedanke beunruhigte sie.

»Ich beschwöre Sie: Fahren Sie nach Hause! Bitte! Lassen Sie sich nicht noch weiter hineinziehen.«

»Warum sagen Sie mir das alles?«

Er antwortete mit einem Lächeln, das ihr aufrichtig vorkam, ohne Heuchelei. »Hab ich Ihnen das nicht schon gesagt? Ich wünschte, ich wäre gescheit genug, meine Erklärung in Poesie zu fassen, aber das bin ich nicht. Ich bin bloß ein Narr, der seinen Träumen nachjagt. Ich weiß, dass Sie sich nicht für mich interessieren.«

Wie grausam war es, dass sie ausgerechnet diesen Mann mochte. Er war der Feind. Sie sagte: »Sie täuschen sich, Mr. Price. Ich interessiere mich für Sie, besonders für Ihre Vergangenheit. Im April haben Detektive in Baltimore einen Mann angegriffen, der auf einer privaten Versammlung einer Gruppe sprach, die sich die ›Knights of Liberty‹ nannte.« Gespannte Wachsamkeit ließ sein Lächeln erstarren und dann ganz verschwinden. »Hatten Sie oder Ihre Organisation irgendetwas damit zu tun?«

»Ich bin nicht befugt, Ihnen mitzuteilen, wo wir hingehen oder was wir tun.«

»Mein Vater wurde auf diesem Treffen ermordet. Erschossen wie ein gemeiner Verbrecher. Er war unbewaffnet.«

»Vielleicht hat er die Gruppe zu ungesetzmäßigen Handlungen aufgehetzt.«

»Fahren Sie zur Hölle, Mr. Price! Fahren Sie doch zur Hölle! Ich glaube, Sie haben schon so gut wie zugegeben, dass Sie über diesen Mord Bescheid wissen.«

»Die ›Knights‹ hatten sich dem Terrorismus gegen die Regierung verschrieben. Sie wurden aufgelöst. Ich wusste wohl, dass ein Mann namens Calhoun Miller bei einer ihrer Zusammenkünfte umgekommen ist, doch ich habe ihn nicht mit Ihnen in Verbindung gebracht. Ich bedaure sehr, dass dieses Unglück passiert ist. Mehr kann ich nicht sagen. Und nun fahren Sie bitte nach Hause und bleiben Sie dort. Sonst kann Sie nichts mehr schützen.«

Er ging rasch auf die Gasse zu und wirbelte im Gehen gelben Staub auf.

Eine Woche später, an einem Donnerstagabend, war Donal wieder in Washington. Er hatte Karten für eine Vorstellung mit Joe Jefferson in seiner ewigen Rolle als Rip van Winkle. Margaret hatte den großen Schauspieler bereits in der Rolle der Titelfigur gesehen, doch sie war gern bereit, ihn sich ein zweites Mal anzuschauen. Jeffersons Schauspielkunst konnte vielleicht die schmuddelige Atmosphäre des alten Washington Theater an der Kreuzung von Eleventh und C-Street wettmachen.

In der Loge, die Donal reserviert hatte, war es fürchterlich heiß. Margaret war froh, als sie während der Pause in den Säulengang vor dem Gebäude flüchten konnte. Zischende Gaslampen über den Haupttüren zeigten die abblätternde Farbe auf den hohen weißen Säulen. Donal betrachtete ein paar Soldaten, die mit zwei Prostituierten auf der Straße herumtändelten. Peinlich berührt tupfte er sich die Lippen mit einem Taschentuch ab.

»Mir gefällt die Atmosphäre in dieser Stadt nicht. Mir wäre erheblich wohler dabei, in New York oder Nassau auf das Kriegsende zu warten. Ich hätte gern, dass du einmal ernsthaft darüber nachdenkst, schon um deiner eigenen Sicherheit und Zufriedenheit willen. Wir könnten heiraten. Du hast doch im Prinzip schon zugestimmt.«

»Donal, dies ist nicht der richtige Zeitpunkt dafür.«

»Du willst dich immer noch nicht auf einen Hochzeitstermin festlegen? Warum nicht?«

Eine Droschke fuhr auf der Straße vor. Die Tür wurde geöffnet, und Lon stieg aus dem Verschlag. Als er den Kutscher bezahlte, wurde Margaret plötzlich von Angst ergriffen.

»Weil ich eine Verpflichtung habe. Rose wird widerrechtlich festgehalten. Sie braucht ihre Freunde, die ihr beistehen.« Es war eine schnelle und hinreichend bequeme Ausrede, das Thema Heirat zu umgehen. Lon kam mit grimmigem Gesicht auf sie zu. Er tippte sich höflich an den Hut, um sie zu begrüßen.

»Ich fürchte, ich muss Ihnen diesen Abend verderben, Miss Miller. Ich muss Sie leider verhaften.«

»Verhaften? Was zum Teufel meinen Sie?« Donals Aufschrei lenkte die Blicke der anderen Theaterbesucher auf sie.

»Es handelt sich um eine Angelegenheit des Kriegsministeriums. Ich habe darum gebeten, derjenige zu sein, der die Verhaftung durchführt, weil ich Miss Miller die Behandlung ersparen wollte, die einige unserer Männer Gefangenen zuteil werden lassen.« An Margaret gewandt fügte er hinzu: »Ein Agent namens Scully ist Ihnen zum Haus des Doktors gefolgt.«

Donal sagte: »Wovon redet er da, Margaret? In was hast du dich da verwickeln lassen?«

Wie seltsam sie sich fühlte. Sie hatte Angst, war aber dennoch in Hochstimmung, dass ausgerechnet Lon Price sie fürs Erste davor bewahrt hatte, über eine Hochzeit nachzudenken, die sie nicht wollte.

»Ich habe nur getan, was ich für richtig hielt«, erwiderte sie. »Ich werde bei diesem Gentleman in guten Händen sein. Er ist ein Yankee, aber irgendjemand hat ihm Manieren beigebracht.« Sie hängte sich bei Lon ein; ihre Brust drückte gegen den Ärmel seines Mantels. Obwohl sie es nicht beabsichtigt hatte, bereitete ihr dies ein unerwartetes Vergnügen.

Donal brüllte wieder, vielleicht in der Hoffnung, dass sich noch andere einschalten würden: »Sie können nicht einfach jemanden ohne Haftbefehl abführen!«

Zwei wohlbeleibte Herren traten mit kampflustigem Gesichtsausdruck hinzu. Lon schlug sein Jackett zurück, um ihnen den Revolver an seinem Hosenbund zu zeigen. »Ich an Ihrer Stelle würde mich nicht einmischen.«

Die Männer zogen sich zurück. An Donal gewandt sagte Lon: »Sie täuschen sich. Washington steht unter Kriegsrecht. Jeder kann verhaftet werden, jederzeit, für alles Mögliche. Miss Miller?«

Arm in Arm traten sie auf die Straße. Donal McKee blickte ihnen mit einem Ausdruck ohnmächtiger Wut hinterher.

24

Dezember 1861 – Januar 1862

»Wie geht es Ihnen, Zachariah?«, erkundigte sich Lon in der Gasse hinter der Küche des Willard's Hotel. Ihre Zigaretten glühten in der Dämmerung des Dezemberabends. Einzelne Schneeflocken wechselten sich mit Nieselregen ab.

»Was muss, das muss«, erwiderte der hoch gewachsene Mann. »Hab mir ein ordentliches Zimmer bei einer farbigen Witwe besorgt.«

Ein Geflügelwagen hielt im aufgewühlten Schlamm. Der Kutscher entlud seine Lieferung, gerupfte Hühner, die an einer Stange hingen. Während er hineinging, stieß er gegen Zach. »Aus dem Weg, Nigger.«

Lon fragte: »Haben Sie häufig solche Erlebnisse?«

»Mehr, als wie ich erwartet hab, und mehr als genügend, um dran zu ersticken. Wenn ich gegen jeden weißen Mann kämpfen tät, der mich Nigger nennt, hätt ich gar keine Zeit mehr zum Essen und Schlafen. Brauchen Sie immer noch 'n Schwarzen, der mit zu den Rebellen geht, wie Sie mal gesagt haben?«

»Wenn die Armee sich endlich mal vorwärts bewegt.«

George McClellans Stern stand höher denn je, dank seines geschickten Lavierens nach dem Fiasko von Ball's Bluff im Oktober. Am Potomac, nordwestlich von Washington, hatte sich ein Gefecht – etwa siebzehnhundert Mann auf jeder Seite – zu einer empfindlichen Niederlage für die Union entwickelt. Die meisten Männer auf konföderierter Seite hatten bereits ihre Feuertaufe erlebt, die Bundestruppen nicht. Das kleinere Gefecht brachte McClellan in eine peinliche Situation: Er unterhielt eine private Druckerpresse, die am laufenden Band Proklamationen auswarf. Die Proklamation kurz vor Ball's Bluff hatte verkündet: »Soldaten! Wir haben unseren letzten Rückzug gesehen! Wir haben unsere letzte Niederlage gesehen!«

Der Kongress brauchte einen Sündenbock. McClellan überzeugte einige wichtige Senatoren davon, dass die Schuld bei Winfield Scott zu suchen sei. Der Oberbefehlshaber sei zu alt, zu müde, er leide zu stark an Wassersucht und Gicht, um erfolgreich zu sein. Seine List ging auf. Der Kongress sprach McClellan von jeglicher Schuld frei und machte den Befehlshaber der Schlacht von Ball's Bluff, Brigadegeneral Stone, für das Versagen verantwortlich. Am 1. November trat McClellan auf Befehl Lincolns die Nachfolge Scotts als Oberbefehlshaber an. Washington feierte die Ernennung mit einem Fackelzug von Blenkers deutschen Divisionen und einem Feuerwerk aus roten, weißen und blauen Raketen über dem Capitol.

Während Weihnachten nahte, exerzierten McClellans Truppen, drängten sich in regenüberfluteten Zeltlagern zusammen und warteten auf ihren Einsatz. Man zitierte spöttisch die Zeile aus der täglichen offiziellen Bekanntmachung der Regierung, »Alles ruhig am Potomac«. Radikale Kongressabgeordnete fanden Lincoln zu geduldig. Sie organisierten ein gemeinsames Komitee, das die Kriegsführung unter die Lupe nehmen sollte. Minister Camerons wichtigster Berater, Edwin Stanton, kritisierte McClellans Trägheit und seinen luxuriösen Lebensstil: »Die Champagner- und Austerndiners des Generals müssen aufhören!«

Lon sagte: »Ich bin gekommen, um mir einen Rat von Ihnen zu holen, Zachariah. Ich brauche ein Weihnachtsgeschenk für eine Dame. Sie ist gemeinsam mit sieben anderen Frauen in einem Haus inhaftiert. Die Regierung behauptet, sie sei eine Spionin. Essen ist das einzige Geschenk, das sie erhalten darf.«

Zach warf seine Zigarette in eine Pfütze. Die Klänge einer Straßenkapelle, die »Adeste Fidelis« spielte, drangen in die Gasse. Wetter und Krieg zum Trotz genoss Washington die Vorweihnachtszeit. In der Stadt wimmelte es von Erfindern und Taschendieben, Waffenhändlern und Cowboys, Leichenbestattern und Chirurgen, die alle Ausschau nach einem guten Geschäft hielten. Der berühmte Romanautor Mr. Trollope besuchte die Stadt. Und täglich trafen mehr Huren ein.

»Bedeutet Ihnen die Lady was?«

»Wenn ich im Dienst bin, nicht. Sonst …«

Der unvollendete Satz brachte Zach zum Lächeln. »Gespickter Schinkenbraten, 'n großer gespickter Schinkenbraten wär gut. 'ne Delikatesse, aber nich' zu aufdringlich. Ihren Gefängniswärtern wird er auch schmecken.«

»Kann ich so einen Braten vom Hotel kaufen?«

»Ich seh mal zu, dass ich's beim Chef arrangiere. Muss jetzt gehen. Denken Sie an das, was ich gesagt hab! Ich möcht irgendwas tun, um den Rebellen eins zu verpassen!«

»Ich auch. Ich habe genug davon, immer nur Deserteure zu verhören.«

Am Weihnachtsabend stattete Lon Fort Greenhow einen Besuch ab, den Schinkenbraten hatte er in Geschenkpapier gewickelt. Margarets gesunde Gesichtsfarbe war verschwunden. Sie sah schmaler aus, jedoch nicht weniger begehrenswert. Er hätte sie gern berührt, sie umarmt. Doch sie wurden von einem Wachposten beobachtet.

Der Salon war mit ein paar grünen Zweigen dekoriert worden, der einzige Hinweis auf den Feiertag. Drei der weiblichen Häftlinge saßen gedankenverloren da. Laut Margaret erlitt die neueste der Gefangenen, eine Mrs. Baxley, täglich mindestens einmal einen hysterischen Anfall.

»Wie großzügig von Ihnen«, sagte Margaret, als Lon ihr das Geschenk in der Bibliothek übergab. »Ich weiß gar nicht, wie ich mich für Ihre Freundlichkeit revanchieren kann, Mr. Price.«

Der süße Duft des Schinkens drang durch das farbenfrohe Geschenkpapier. In der Ecke suchte die kleine Rose nach einem Buch.

»Es wäre schön, wenn Sie mich Lon nennen würden, obwohl ich annehme, dass Sie eher andere Namen für mich parat haben.« Sie lachte. »Wie ergeht es Ihnen hier drinnen?«

»Die Tage gehen allzu langsam vorüber. Nachts ist es am schlimmsten. Man hat mich in eine kleine Dachkammer mit zwei

Pritschen verdammt, zusammen mit der schnarchenden Mrs. Onderdonk.«

Die kleine Rose streckte die Zunge heraus. »Mama sagt, sie ist ein Schwein und eine dreckige Denunziantin.« Grunzend wie ein Schwein, hüpfte sie mit ihrem Buch davon.

»Im Old Capitol wären Sie erheblich schlimmer dran«, meinte Lon.

»Denkt man daran, uns zu verlegen?«

»Es gibt Gerüchte. Minister Cameron befindet sich in einer unsicheren Lage. Es heißt, dass er zum Rücktritt gezwungen werden soll, und Stanton wird als sein wahrscheinlicher Nachfolger gehandelt. Mr. Stanton vertritt gegenüber Staatsfeinden eine harte Linie.« Und auch in der Frage der Sklaverei, was ihn zu einem Gegner von Pinkertons Schirmherr McClellan machen würde. Der Boss murrte bereits über Cliquen, die sich gegen McClellan formierten.

»Major Allen meint, die Sicherheit hier drin lasse zu wünschen übrig«, fuhr Lon fort. »Mrs. Greenhow schmuggelt nach wie vor Botschaften nach draußen.«

»Sie ist eine sehr beliebte Frau. Sie hat viele Freunde. Auch Senator Wilson besucht sie noch, obwohl er jedem erzählt, dass er für irgendein Komitee Untersuchungen durchführt. *Er* hält uns nicht für Verräter.«

»Sie machen mich für das verantwortlich, was passiert ist, nicht wahr?«

»Wie sollte ich das nicht? Mir ist sehr wohl bewusst, dass Sie nicht die Befehle erteilen. Sie sind lediglich ein gehorsamer Soldat. Ich wünschte bloß, Sie wären es nicht. Ich wünschte, Sie wären auf meiner Seite.«

»Das bin ich, mehr als Sie ahnen. Sie bedeuten mir viel, Margaret.«

»Ich bin verlobt.«

»Mit diesem McKee. Das ändert nichts an meinen Gefühlen.«

Eine Uhr tickte in der Stille. Margaret ließ sich auf einen Bibliothekshocker niedersinken; im Licht der Lampe sah sie zart und verletzlich aus. »Gott, ich weiß nicht, ob wir uns in einer komischen Oper oder in einem schlechten Traum befinden.«

»Im Krieg, Margaret. Einem Krieg, wie ihn dieses Land noch nie zuvor erlebt hat. Vettern, Brüder und Freunde kämpfen gegeneinander und bringen sich gegenseitig um.«

»Wann, glauben Sie, wird es vorbei sein?«

»Im Frühling, falls General McClellan ins Feld rückt, wenn die Straßen wieder trocken sind. Der Präsident will, dass er seine Truppen vorzieht und Richmond erobert.«

Sie blickte ihn fest an. »Ich will wissen, wer meinen Vater ermordet hat.«

»Dabei kann ich Ihnen nicht weiterhelfen. Das habe ich schon gesagt.«

»Also sind wir immer noch Feinde.«

»Ich hoffe nicht.«

Sie schwieg. Die Mauer zwischen ihnen war so hoch wie eh und je. Entmutigt wünschte er ihr ein frohes Weihnachtsfest und ging.

Das Gefängnis im Old Capitol an der Ecke von 1st Street und East Capitol Street bestand aus mehreren Gebäuden; einige erstreckten sich einen ganzen Block nach Norden bis zur A-Street. Die Bretterzäune, die man seit Kriegsbeginn errichtet hatte, bildeten einen Gefängnishof, in dem die Häftlinge bei gutem Wetter frische Luft schnappen konnten. Doch es gab kein gutes Wetter; vom Neujahrsabend bis in den Januar hinein regnete es beständig. McClellan blieb untätig und erholte sich von einer Typhusinfektion.

Am Montag, dem 20. Januar, schickte Pinkerton Lon zum Old Capitol, um dem Gefängnisdirektor, einem unangenehmen kleinen Mann namens William Wood, einen versiegelten Umschlag zu übergeben. Lon erwartete nicht, dass der Boss ihn in jeden Gedanken und jede Entscheidung einweihte, doch es fiel ihm auf, dass Pinkerton verschlossener geworden war, seit man Stanton in der vorangegangenen Woche zum Kriegsminister ernannt hatte.

Der Regen rann Lon an seinem Hut und Regenumhang hinunter, als er sein Pferd vor dem Gefängnis festband, einem dreistöckigen, ehemals eleganten Ziegelbau, in dem inzwischen Schmutz und Elend herrschten. Früher einmal waren Mitglieder von Kongress und Senat durch das Hauptportal geschritten, um sich den Belangen der Nation zu widmen. Nun hatte man die Versammlungssäle im ersten Stock in fünf große Räume geteilt, in denen Offiziere der Armee auf das Urteil des Kriegsgerichts warteten und etliche Bürger Virginias und Marylands wegen Feindeshilfe einsaßen. In Raum 16, dem größten der Zimmer, harrten die Männer und Frauen aus, deren politische Ansichten als gefährlich eingestuft worden waren. In einem anderen Teil des Gefängnisses hatte man obdachlose schwarze Konterbanden untergebracht.

Pinkertons Leute bezeichneten das Old Capitol scherzhaft als »eine Rattenfalle, in die viele Löcher hineinführen, aber keines wieder hinaus«. Lon ekelte sich vor dem Schmutz, den rauen, weiß gekalkten Wänden und dem Gestank der überquellenden Freiluftlatrinen. Gegen entsprechende Bestechungsgelder an die Gefängniswärter standen auch zwei ummauerte Aborte, die für die Angestellten eingerichtet worden waren, zur Verfügung. Der Gefängnisdirektor schleuste bezahlte Spitzel ein und verschlimmerte auf diese Weise Hinterlist und Betrug unter den Gefangenen.

Lon zeigte dem Soldaten, der draußen Wache hielt, seinen Passierschein. Zwei Unteroffiziere, die eine Bahre trugen, kamen aus dem Gebäude. Ein schmutziges Leintuch verhüllte einen Männerkörper. Lon fragte den Feldwebel: »Wer ist das?«

»Hauptmann Elwood. Er hat schließlich doch noch einen Strick in die Finger bekommen. Hat sich letzte Nacht erhängt.« Der Regen ließ das Leintuch an Nase, Kinn und dem offenen Mund des Toten kleben. Lon schauderte und erinnerte sich an die Nacht unter der Eingangstreppe von Rose Greenhows Haus.

Der Dienst habende Feldwebel im Vorzimmer sagte, dass Direktor Wood im Keller sei und einen Gefangenen verhöre. Geschichten über Woods Verhörmethoden hatten schon ihren Weg bis in Pinkertons Büro gefunden. Lon ging auf die Treppen zu. »Sie können da nicht runter!« Lon ließ sich jedoch nicht beirren.

Im schlecht beleuchteten Flur des Untergeschosses roch es nach Urin. Irgendetwas sprang über Lons Zeh, als er auf die einzige Tür zuging, unter der Licht hervorschien. Er hörte eine schmeichelnde Stimme, die er als diejenige Woods erkannte. Er klopfte. »Eine Nachricht von Major Allen für den Direktor.«

Die Tür wurde von einem wohlhabend aussehenden Mann geöffnet. Er trug einen knielangen Mantel aus grauem Tweed, aus dessen Brusttasche verwegen ein rotes Taschentuch hing. Der Mann trug elegante Lederhandschuhe und einen grauen Bowlerhut aus Filz. Lon kannte ihn nicht.

»Ich nehme die Nachricht entgegen.«

»Ich soll sie dem Direktor persönlich übergeben.«

»Lassen Sie ihn rein, lassen Sie ihn nur rein, wir sind fast fertig mit unserem Neuzugang hier.« Wood trat einen Schritt zur Seite und gab den Blick auf einen Armeeoffizier frei, der zusammengesunken, die Hände hinter dem Rücken gefesselt, auf einem Stuhl kauerte. Der Gefängnisdirektor war ein kleiner, hässlicher Mann mit schiefen Zähnen und Haarbüscheln in den Ohren. Seine Weste, die Hemdsärmel und Hosen waren schmutzig und mit Essensresten besprenkelt. Der Direktor erinnerte Lon immer an einen Bösewicht aus einem Roman von Dickens.

Lon übergab ihm den Brief. Der erschöpfte Offizier hob den Kopf. »Um Himmels willen, Sie haben mich seit drei Tagen weder essen noch schlafen lassen. Ich sitze in meiner eigenen Scheiße.«

»Das tut mir Leid, das tut mir außerordentlich Leid«, sagte Wood kopfnickend und rieb sich die Hände. »Ich bin auch nur ein rechtschaffener Mann wie Sie, und tue das, was mir aufgetragen wird. Ich möchte ja Ihr Freund sein. Ich möchte Ihnen helfen. Alles, was Sie tun müssen, ist, dieses Papier unterschreiben.«

»Ich habe Ihnen schon gesagt: Ich unterschreibe kein Blanko-Schuldgeständnis, verdammt noch mal. Ich habe mir nichts zuschulden kommen lassen, außer dass ich den Präsidenten nicht mag und das auch öffentlich gesagt habe.«

»Dann – ich bedaure das sagen zu müsssen – werden Sie leider noch ein Weilchen länger wach bleiben und hungern. Wenn Sie Ihre Meinung ändern, werde ich der Erste sein, der Ihnen hilft. Dann werde ich Ihnen sogar höchstpersönlich das Frühstück servieren, Sir.«

Der gut gekleidete Mann schien sich köstlich zu amüsieren. Wood tätschelte dem Gefangenen den Kopf und winkte dann die anderen in den Flur hinaus. Während er die Tür schloss, legte er seine Freundlichkeit ab wie eine Maske. »Er wird schon unterschreiben. Dem Hurensohn brechen wir noch vor Einbruch der Dunkelheit den Willen!«

Er trennte den Umschlag mit einem schmutzigen Fingernagel auf und las die Nachricht. »Da haben Sie mir ja eine schöne kleine Neuigkeit gebracht. Kennen Sie schon meinen Kollegen aus dem Kriegsministerium, Oberst Lafayette Baker?«

»Lon Price. Ich habe schon viel von Ihnen gehört, Herr Oberst.« Das war also der geheimnisvolle unabhängige Agent, der so lange die verschiedenen Ministerien des Kabinetts umkreist und sich eingeschmeichelt hatte, bis er sich einen Posten gesichert hatte. Der Boss hatte erzählt, Baker habe sogar auf eigene Faust eine gefährliche Reise nach Richmond unternommen, um Stanton zu beeindrucken.

Sie schüttelten sich die Hand. Bakers Händedruck war kräftig. »Sie arbeiten für Major Allen, Mr. Price?«

»Das stimmt.«

»Also arbeiten Sie in Wahrheit für McClellan.«

»Ich arbeite für die Union.«

»Minister Stanton hat kein großes Vertrauen in Ihren General. Wenn er sich nicht bald zum Angriff entschließt, wird er sich demnächst wieder um eine Eisenbahnlinie in der Provinz kümmern müssen. Ich erwähne das nur, weil ich gehört habe, dass Sie ein erstklassiger Detektiv sind. Setzen Sie nicht aufs falsche Pferd!«

Lon hätte ihm am liebsten die Faust in das selbstgefällige Gesicht geschlagen. »Soll ich irgendeine Antwort auf die Nachricht übermitteln, Herr Direktor?«

»Richten Sie ihm aus, dass wir unser Bestes tun werden, um die Gäste in geziemendem Rahmen zu empfangen. Hat Allen Ihnen die Neuigkeit auch mitgeteilt?«

»Nein.«

Wood bleckte die Zähne und grinste wie ein Kobold. »Er hat die Oberen überzeugt, Fort Greenhow zu schließen. All die reizenden Damen werden ab morgen hier residieren!«

25

Februar – März 1862

Pinkerton verfügte über zwei Dutzend Detektive, die in Washington für ihn arbeiteten. Während des Winters reisten einige von ihnen getarnt nach Richmond und wieder zurück. Sie gaben Getränke aus und entlockten unzufriedenen konföderierten Soldaten Informationen; sie beobachteten und zeichneten Befestigungsanlagen und brachten aus zufälligem Klatsch und Tratsch in Erfahrung, so viel sie konnten. Einem Agenten, Elvin Stein, gelang es sogar, während Jeff Davis' Amtseinführung in der Hauptstadt Virginias dicht neben ihm zu stehen.

Tim Webster unternahm die gefährliche Reise mehrere Male, zusammen mit Hattie Lawton, die sich als Mrs. Webster ausgab. Lon beneidete die Männer. Ihre Arbeit hinter den feindlichen Linien vergrößerte seine Unzufriedenheit über seine eigene eintönige Aufgabe noch zusätzlich. *Wie war der Name des Regiments? Haben Sie die Baracken gezählt? Wie waren die Lebensmittelrationen bemessen? Beschreiben Sie die Kriegsmoral der Leute.* Deserteure und Konterbanden übertrieben nach wie vor, um ihren neuen Freunden zu gefallen. Als Lon die geschätzten Truppenstärken einreichte, erhöhte Pinkerton sie kurzerhand.

»Rechnen Sie immer zehn Prozent dazu, um die Regimenter wettzumachen, die bei der Zählung nicht berücksichtigt wurden. Wenn der General Erfolg haben soll, müssen ihm die Intriganten in Washington genügend Soldaten zur Verfügung stellen. Solange die Zahlen des Feindes nicht entsprechend hoch sind, wird das nicht geschehen.« Der Ausdruck »die Intriganten in Washington« bezog sich auf Minister Stanton und die Radikalen im Kongress, »heimliche Feinde«, die »versuchten, den Präsidenten gegen seinen Oberbefehlshaber einzunehmen«.

Sie schienen gute Arbeit zu leisten. Im Herbst, als Little Mac seine Leute sieben oder acht Stunden täglich hatte exerzieren lassen, um aus einer wild gemischten Schar von Drei-Jahres-Freiwilligen und alten Armeeangehörigen eine trainierte Kampftruppe aufzubauen, hatte Lincoln ihn gewähren lassen. Der General sollte sich nicht gedrängt fühlen. Doch im Januar, beeinflusst womöglich durch die Radikalen, war Lincoln es müde, auf McClellans so häufig versprochenen »einen großen Schlag, der die Rebellion vernichten wird« zu warten. Die Besuche des Präsidenten im Hauptquartier des Generals zwecks Austausch von Geschichten fanden ein Ende. Durch Pinkerton erfuhr Lon von besonderen, geheimen Kriegsbefehlen Lincolns, in denen er unumstößlich Daten festlegte, an denen die Armee den Kampf gegen Joe Johnstons konföderierte Truppen eröffnen sollte, die sich bei Manassas und Centreville verschanzt hatten.

Pinkerton meinte, McClellan sei durch Lincolns dilettantische Einmischung in militärische Angelegenheiten »erzürnt und gedemütigt«. Gleichzeitig warb McClellan für seinen Plan, Richmond einzunehmen. Um diesen in die Tat umzusetzen, wäre die Armee per Schiff zur Chesapeake Bay und dann nach Urbanna am Rappahannock zu befördern. Von dort aus wollte McClellan die letzten fünfzig Meilen auf dem Landweg zurücklegen. Lincoln zögerte und hielt seine Zustimmung zurück.

Die Radikalen brachten wieder einmal Ball's Bluff ins Gespräch, wo einer der Senatsmitglieder, Senator Baker aus Oregon, im Kampf gestorben war. Brigadegeneral Stone wurde vor das »Gemeinsame Komitee für Kriegsführung« gezerrt und beschuldigt, »Kontakte zum Feind zu unterhalten«. Die Anklage wurde aufgrund der Aussage eines Deserteurs namens Jacob Shorb erhoben. Er bestätigte unter Eid, dass die bereits früher geäußerten, aber unbewiesenen Gerüchte, nach denen geheime Verhandlungen zwischen Stone und konföderierten Offizieren stattgefunden hätten, der Wahrheit entsprächen. Pinkerton erklärte Shorbs Aussage für unzuverlässig, doch er reichte den Bericht an McClellan weiter, der ihn an Stanton schickte. General Stone stritt die Anschuldigungen ab und verteidigte seine Ehre und Treue zum Vaterland. Er wurde verhaftet und ins Gefängnis im New Yorker Hafen verfrachtet; seine militärische Karriere war damit beendet. Diese Tatsache blieb dem Boss nicht verborgen:

»General Stone ist ein konservativer Demokrat, der den Süden toleriert, genau wie ein gewisser, uns bekannter hochrangiger Offizier. Die Republikaner haben daran schwer zu knabbern. Sie sind ganz versessen darauf, Männer loszuwerden, die ihre Ansichten nicht hundertprozentig teilen. Ein Befürworter der Sklavenbefreiung zu sein ist löblich und gut. Ich bin selbst Anhänger der Sklavenbefreiung. Doch die Art, in der die Befürworter der Sklavenbefreiung im Kongress ihre Ziele verfolgen, ist boshaft und gewissenlos. Das ist kein Idealismus, das ist Interessenpolitik!«

Aus dem Westen kamen Berichte über neue Siege. Fort Henry am Tennessee River und Fort Donelson am Cumberland fielen. Nashville wurde besetzt. Warum hieß es dann im Osten immer noch »alles ruhig am Potomac«? In Verbindung mit McClellan wurde immer häufiger das Wort »Feigheit« geflüstert.

Alle paar Tage brachte Lon seine Berichte in die Stadt. Einmal wurde er dort von einem einbrechenden Schneesturm überrascht. Er durchschritt gerade vornübergebeugt gegen den Wind die weiße Einöde des Treasury Park, als eine vogelscheuchenähnliche Gestalt so plötzlich vor ihm auftauchte, dass er ihr nicht mehr ausweichen konnte. Sie stießen zusammen. Ein Soldat in einem blauen Umhang, der dem großen Mann gefolgt war, zog seine Waffe. Lon rief: »Herr Präsident, verzeihen Sie vielmals! Ich habe Sie nicht kommen sehen.«

Ein Schal bedeckte Lincolns blasses Gesicht zur Hälfte. Seine tief liegenden Augen schienen fiebrig unter seinem Zylinder hervorzuleuchten. Er gab dem Soldaten ein Zeichen, der daraufhin seine Pistole wegsteckte. Lincoln beugte den Kopf, um Lon zu betrachten. »Wir sind uns schon einmal begegnet, Sir.«

»In Harrisburg, Herr Präsident. Ich heiße Price. Ich arbeite für Major E. J. Allen. Ich möchte Ihnen sagen, wie Leid es mir tat, von Ihrem Verlust zu erfahren.«

»Willie war ein guter Junge. Vielleicht ein bisschen verzogen, doch das hätte sich schon gegeben. Die Ärzte nannten es Gallenfieber. Es ist immer Gallenfieber, wenn sie den wahren Grund nicht kennen.«

»Ein schrecklicher Verlust für Sie und Ihre Frau.«

»Wir haben alle unsere Last zu tragen. Die Nation trägt die schwerste. Viele Familien werden ihre geliebten Söhne verlieren. Wir werden darüber hinwegkommen. Ich bete für Sie, dass auch Sie Ihre wichtige Arbeit gut überstehen. Bitte bestellen Sie Ihrem Chef Grüße von mir.«

Knochige Finger, kalt, aber kräftig, umfassten Lons Hand. Dann schritten der Präsident und sein Leibwächter weiter den Pfad entlang und waren bald im Schneesturm verschwunden.

Der Präsident hatte traurig und mitgenommen ausgesehen. Der Krieg war zum Stillstand gekommen. Seine Frau wurde wegen ihrer Verwandtschaft in Kentucky des Landesverrats verdächtigt – »zwei Drittel Sklavenhalter, das andere Drittel Sezessionistin«, sagte man über Mary Lincoln. Lincolns Oberbefehlshaber brüskierte ihn, lehnte sich gegen seine Einmischung auf und versuchte dann wieder, ihn für jedes militärische Ziel zu gewinnen, das ihm gerade in den Sinn kam. Während Lon zur Avenue weiterstapfte, sann er darüber nach, dass der hagere, schwermütige Mann aus Illinois wohl die schwerste Last von allen zu tragen hatte.

An einem Abend Ende Februar ritt Sledge nach Fairfax Station. Die Temperaturen waren gestiegen, der Schnee schmolz. Sledge und Lon gingen zwischen den Blockhütten der Soldaten an der Orange & Alexandria-Bahnstrecke entlang und stiegen dann einen flachen

Hügel hinauf, an dessen südlichem Abhang ein schwarzer Granattrichter klaffte. Lon stellte ein Fernrohr scharf. Er hoffte, Joe Johnstons Lagerfeuer zu sehen. Das Gelände war jedoch zu hügelig. Alles, was er weit hinten am Horizont erkennen konnte, war die klobige Silhouette eines der neuen Heißluftballons, die die Unionstruppen zur Beobachtung einsetzten. Ein Telegraphendraht lief vom Korb des Ballons zum Boden hinunter. Vor der tief blauen Dämmerung, in der eben die ersten Sterne sichtbar wurden, sank das Gefährt langsam hinab, als der Navigator die Gaszufuhr drosselte. Am Boden klammerte sich eine Gruppe von Leuten, die man nicht sehen konnte, an die schweren Halteseile, um den Ballon vor plötzlichen Windböen zu schützen.

Sledge zündete sich seine Maiskolbenpfeife an. »Lewis und Scully sind gestern nach Richmond aufgebrochen. Tim Webster liegt dort ziemlich krank in einem Hotel. Arthritisanfall, kann sich kaum mehr bewegen. Ich schätze, er hat ein paar Mal zu oft bei eiskaltem Wetter den Potomac überquert. Hattie pflegt ihn. Pryce und John werden seinen Posten übernehmen und versuchen, ihn aus Richmond rauszuschaffen.«

»Die haben's gut!« Lon schob sein Fernrohr zusammen.

»Glaubst du? Pryce sagt, dass es in Richmond nur so von Detektiven wimmelt. Sie arbeiten für Winder, den Kommandanten der konföderierten Militärpolizei. Er spielt ein ziemlich übles Spiel. Härter als unseres!«

»Trotzdem würde ich gern dabei sein.«

Sledge zog an seiner Pfeife und blies den Rauch in die Nachtluft. Er hatte es inzwischen aufgegeben, Lon überzeugen zu wollen, dass sie keineswegs Ritter waren, die ihre Schwerter mit edlen Gegnern kreuzten. Er begnügte sich damit, ab und an vorauszusagen, dass Lon eines Tages schon die Augen geöffnet würden und ihm – so zart, wie er besaitet war – das, was er dann zu sehen bekam, überhaupt nicht gefallen würde.

Als Lon mit einer weiteren Tasche voller Berichte nach Washington zurückkehrte, drängten sich auf dem Potomac Dampfschiffe, Schlepper und Barkassen: McClellans Flottille sammelte sich für die Reise nach Urbanna. Die Bürger der Stadt fürchteten sich immer noch vor einem Einmarsch. General Tom Jackson, der nach seinem heldenhaften Einsatz bei Bull Run nur noch »Stonewall«, Steinmauer, genannt wurde, befand sich mit einer Truppe, deren Stärke auf zwanzig- bis dreißigtausend geschätzt wurde, im Shenandoah Valley. Jackson war der Albtraum der Hauptstadt. Falls McClellan den Großteil der Armee in Richtung Richmond abzog, wäre die Stadt einem Angriff durch Jacksons schnell marschierende »Fußkavallerie« ausgesetzt.

Pinkerton verkündete, dass er der Armee nach Richmond folgen wolle, um vor Ort Spionage zu betreiben. »Ich weiß, dass Ihnen all diese stundenlangen Befragungen zum Hals heraushängen, Alonzo. Ich hoffe, Mr. Bangs als meinen Assistenten ins Feld mitzunehmen, und dazu noch zwölf weitere Männer. Sie werden einer von ihnen sein. Kümmern Sie sich um Ihre Ausrüstung, beschaffen Sie sich eine Waffe, und treffen Sie alle nötigen Vorkehrungen, falls Sie getötet oder gefangen genommen werden sollten. Ein Testament ist vermutlich sinnvoll.«

»Danke Sir, doch da gibt es niemanden, der etwas erben sollte.« Bei diesem Eingeständnis musste er frustriert an Margaret denken.

Sledge und er diskutierten Pinkertons Bemerkung über eine mögliche Gefangennahme. Lon hatte eine Idee, die ihnen in diesem Fall vielleicht nützlich sein könnte, und er nahm Sledge mit in Matthew Bradys Studio auf der Pennsylvania Avenue. Brady, ein munterer kleiner Ire mit buschigem Bart, war ein beliebter Washingtoner Photograph. Er unterhielt ein Lager mit militärischen Requisiten für Soldaten, die gern ein Porträt von sich nach Hause schicken wollten.

»Wir arbeiten für Major E. J. Allen«, begann Lon.

»Der Name kommt mir irgendwie bekannt vor.« Bradys Gesichtsausdruck ließ ahnen, dass er mehr als nur den Namen gehört hatte.

»Wir möchten gern beweisen können, dass wir Südstaatler sind, falls es nötig wird.«

»Warten Sie.«

Brady kehrte mit einer etwa anderthalb Quadratmeter großen Flagge zurück, der neuen Kriegsflagge der Konföderierten: ein blaues Andreaskreuz vor rotem Hintergrund, auf dem sich dreizehn weiße Sterne befanden; elf für die abgefallenen Staaten, zwei weitere für Missouri und Kentucky. Die Flagge wirkte echt, die Farben leuchteten.

»Wie sind Sie denn daran gekommen?«, fragte Sledge. »Sieht nagelneu aus.«

»Ein Herr aus dem Kirchenvorstand einer unserer schönen Episkopalkirchen hat sich letzte Woche hier photographieren lassen. Er hat die Flagge als Hintergrund mitgebracht. Sagte, dass er sie in einem Geschäft hier in der Stadt erworben habe.« Brady lächelte hinterhältig. »Er hat das Geschäft allerdings nicht genannt, und ich werde seinen Namen auch nicht nennen. Sonst verhaften Sie ihn vermutlich.«

»Die Flagge ist ideal«, meinte Lon. »Falls man uns gefangen nimmt, sind wir treue Söhne des Südens und haben ein Photo, um das zu beweisen.«

Brady platzierte sie – Lon im Sitzen, Sledge im Stehen – vor der Flagge und einer Topfpalme und fixierte ihre Köpfe mit Metallbügeln. Er steckte den Kopf unter das schwarze Tuch, belichtete einige Zeit lang, und sagte Lon, er könne morgen wiederkommen. Einen Tag später holte Lon zwei kleine Metallrahmen ab, in jedem steckte ein blasses, bräunliches Photo von zwei konföderierten Helden mit entschlossen vorgerecktem Kinn und kämpferischem Blick.

Am nächsten Tag nahm Lon sein Photo mit zum Old Capitol, um es Margaret zu zeigen. Zimmer 16 im ersten Stock beherbergte etwa zwei Dutzend Männer und Frauen verschiedenen Alters und Auftretens. Es war ein schmutziger, verwahrloster Ort; entlang der Wände standen Feldbetten, es gab keinerlei Privatsphäre. Auf den meisten Betten türmten sich kleine Koffer, Hutschachteln, Schuhe, Bücher und andere persönliche Gegenstände.

»Warum benutzen sie ihre Betten als Stauraum?«, fragte Lon den Wärter.

»Taugen nich' zum Draufschlafen. Wir ham mehr Wanzen inne Matratzen, als McClellan Soldaten hat. Nachts legen sich die Leute mit Strohsäcken auf'n Boden. Manche ziehen auch die Tische da drüben zusammen und legen Decken drauf.« Lon entdeckte Margaret. Sie war ins Gespräch mit jemandem vertieft, der von einem anderen Häftling halb verdeckt wurde. Lon schob sich zwischen den Tischen hindurch, an denen die Leute Briefe schrieben und Karten spielten, hielt dann jedoch abrupt inne, als sich der Häftling zur Seite bewegte und er dahinter Margarets Verlobten McKee erkannte. Von Eifersucht gepackt, machte er auf dem Absatz kehrt und verließ das Gefängnis.

Im Verlauf des Winters hatte sich Lon noch in anderer Weise auf die Möglichkeit einer Gefangennahme vorbereitet. Er prägte sich alles ein, was er über Geheimcodes und Chiffren lesen und im Gedächtnis behalten konnte. Wenn man als Spion dem Feind in die Hände fiel, brauchte man vermutlich ein sicheres Mittel, um seinem Vorgesetzten eine Nachricht zukommen zu lassen.

In Cincinnati hatten der Boss, General McClellan und ein Telegraphist eine Transpositionschiffre entwickelt, die sie häufig benutzten. Sie basierte auf Codetafeln, die jeden, der mit ihnen gefangen genommen wurde, schwer belasten konnten. Lon brauchte etwas, mit dem sich arbeiten ließ, das aber weniger gefährlich war. Er entdeckte etwas Passendes in einer Übersetzung der sonst reichlich schwülstigen »Abhandlung über Geheimschriften« des französischen Adligen Blaise de Vigenère.

Er entdeckte die so genannte Vigenère-Tafel, ein klassisches Gitter aus Buchstaben des Alphabets, die jeder auch ohne besondere Kenntnisse, Apparate, Codebücher oder Ähnliches behalten und benutzen konnte. Bei dieser Geheimschrift wurden die Buchstaben der Nachricht mithilfe eines vorher festgelegten Schlüsselworts codiert und konnten anhand der Tafel leicht wieder entschlüsselt werden.

	A	B	C	D	E	F	G	H	I	J	K	L	M	N	O	P	Q	R	S	T	U	V	W	X	Y	Z
A	a	b	c	d	e	f	g	h	i	j	k	l	m	n	o	p	q	r	s	t	u	v	w	x	y	z
B	b	c	d	e	f	g	h	i	j	k	l	m	n	o	p	q	r	s	t	u	v	w	x	y	z	a
C	c	d	e	f	g	h	i	j	k	l	m	n	o	p	q	r	s	t	u	v	w	x	y	z	a	b
D	d	e	f	g	h	i	j	k	l	m	n	o	p	q	r	s	t	u	v	w	x	y	z	a	b	c
E	e	f	g	h	i	j	k	l	m	n	o	p	q	r	s	t	u	v	w	x	y	z	a	b	c	d
F	f	g	h	i	j	k	l	m	n	o	p	q	r	s	t	u	v	w	x	y	z	a	b	c	d	e
G	g	h	i	j	k	l	m	n	o	p	q	r	s	t	u	v	w	x	y	z	a	b	c	d	e	f
H	h	i	j	k	l	m	n	o	p	q	r	s	t	u	v	w	x	y	z	a	b	c	d	e	f	g
I	i	j	k	l	m	n	o	p	q	r	s	t	u	v	w	x	y	z	a	b	c	d	e	f	g	h
J	j	k	l	m	n	o	p	q	r	s	t	u	v	w	x	y	z	a	b	c	d	e	f	g	h	i
K	k	l	m	n	o	p	q	r	s	t	u	v	w	x	y	z	a	b	c	d	e	f	g	h	i	j
L	l	m	n	o	p	q	r	s	t	u	v	w	x	y	z	a	b	c	d	e	f	g	h	i	j	k
M	m	n	o	p	q	r	s	t	u	v	w	x	y	z	a	b	c	d	e	f	g	h	i	j	k	l
N	n	o	p	q	r	s	t	u	v	w	x	y	z	a	b	c	d	e	f	g	h	i	j	k	l	m
O	o	p	q	r	s	t	u	v	w	x	y	z	a	b	c	d	e	f	g	h	i	j	k	l	m	n
P	p	q	r	s	t	u	v	w	x	y	z	a	b	c	d	e	f	g	h	i	j	k	l	m	n	o

Q	q	r	s	t	u	v	w	x	y	z	a	b	c	d	e	f	g	h	i	j	k	l	m	n	o	p
R	r	s	t	u	v	w	x	y	z	a	b	c	d	e	f	g	h	i	j	k	l	m	n	o	p	q
S	s	t	u	v	w	x	y	z	a	b	c	d	e	f	g	h	i	j	k	l	m	n	o	p	q	r
T	t	u	v	w	x	y	z	a	b	c	d	e	f	g	h	i	j	k	l	m	n	o	p	q	r	s
U	u	v	w	x	y	z	a	b	c	d	e	f	g	h	i	j	k	l	m	n	o	p	q	r	s	t
V	v	w	x	y	z	a	b	c	d	e	f	g	h	i	j	k	l	m	n	o	p	q	r	s	t	u
W	w	x	y	z	a	b	c	d	e	f	g	h	i	j	k	l	m	n	o	p	q	r	s	t	u	v
X	x	y	z	a	b	c	d	e	f	g	h	i	j	k	l	m	n	o	p	q	r	s	t	u	v	w
Y	y	z	a	b	c	d	e	f	g	h	i	j	k	l	m	n	o	p	q	r	s	t	u	v	w	x
Z	z	a	b	c	d	e	f	g	h	i	j	k	l	m	n	o	p	q	r	s	t	u	v	w	x	y

Als Erstes schrieb der Sender so oft wie nötig sein Schlüsselwort über die Worte, die übermittelt werden sollten. Zur Übung wählte Lon

P I N K E R T O N
B o t s c h a f t

mit *Pinkerton* als Schlüsselwort. Als er der senkrechten P-Spalte bis zu der Stelle folgte, wo sie auf die waagerechte B-Zeile traf, erhielt er den Buchstaben *q* als ersten Buchstaben des verschlüsselten Wortes. Für das *o* in *Botschaft* folgte er der I-Spalte, bis sie auf die waagerechte O-Zeile traf, wodurch er ein *w* erhielt, und so weiter. Das ganze Wort *Botschaft* hieß verschlüsselt also:

q w g c g y t t g

Derjenige, der die Botschaft entschlüsseln wollte, benötigte dazu das Schlüsselwort des Senders, doch das war schon alles. Lon freute sich über seine neueste Errungenschaft für die Spionage und vergewisserte sich, dass sowohl der Boss als auch George Bangs sein Schlüsselwort erfuhren: *Prediger.*

Am Freitag, dem 7. März, wurde Lon morgens unsanft durch die Klänge von Trommeln und Signalhörnern auf den Straßen geweckt. Hauptstraßen und Brücken waren den ganzen Tag lang mit Regimentern der Blauröcke gefüllt, die nach Virginia marschierten. Aus Richtung der konföderierten Befestigungen bei Centreville und Manassas sah man Rauch aufsteigen.

Der Boss befahl Lon, den Truppen zu folgen und Bericht über die Kampfhandlungen zu erstatten. Doch es gab keinen Kampf. Ein Offizier galoppierte über die Long Bridge in die Stadt und rief jedem zu, der es hören wollte: »Joe Johnston ist fort! Die ganze Rebellenarmee ist nach Süden entwischt!«

In Centreville bot sich Lon ein erstaunlicher Anblick. Auf den Schienen lagen die Überreste einer schwarzen Lokomotive, dahinter wie verkohlte Skelette die zusammengebrochenen Güterwagen. Johnstons Leute hatten ihre Hütten und Lagerhäuser verbrannt, alles, bis auf ihre Erdbefestigungen. Aus den Schießscharten ragten lange, schwarz angemalte Kanonenrohre aus Holz hervor. Feixende Soldaten schnitten bereits mit ihren Messern Späne und Splitter von den hölzernen Attrappen.

Lon kam ins Gespräch mit einem stämmigen britischen Journalisten namens Russell, der voller Verachtung feststellte: »Der kleine Napoleon hat sich von den Rebellen und ihren Quäkerkanonen ordentlich an der Nase herumführen lassen! Welchen Fehler wird er als Nächstes machen?«

Am nächsten Tag befand sich ganz Washington in heller Aufregung über die Nachricht, dass ein konföderiertes Panzerschiff, die *Virginia*, in Hampton Roads zwei Fregatten versenkt hatte. Die *Virginia* war der ehemalige Unionsdampfkreuzer *Merrimac*, den die Konföderierten erbeutet und umgebaut hatten. Einen Tag später lieferte sich die *Virginia* eine Schlacht mit einem merkwürdigen neu konstruierten Schiff, das *Monitor* hieß. Lon hatte das Unionsschiff bereits früher auf einer Radierung gesehen. Es sah aus wie eine flache Blechbüchse auf einer Holzplatte.

Da ein feindliches Panzerschiff die Gewässer der Chesapeake Bay unsicher machte und Joe Johnstons Armee sich laut Berichten hinter dem Rappahannock verschanzt hatte, war der Urbanna-Plan gestorben. Pinkerton rief die Männer zusammen, die er für den Feldeinsatz ausgewählt hatte. Einer von ihnen war sein Sohn William, der kürzlich das College verlassen hatte, um als Kurier Dienst zu tun.

»Halten Sie sich einsatzbereit«, sagte Pinkerton. »Wir werden gemeinsam mit der Armee auf dem Dampfschiff den Fluss zum Fort Monroe hinunterfahren.«

»Heißt das, dass auf der Halbinsel gekämpft werden soll?«

»Ich glaube, das ist die Absicht des Generals.«

McClellan hatte nicht länger den Rang des Oberbefehlshabers der Armee inne. Bis auf das Kommando über die Potomac-Armee hatte Lincoln ihn all seiner Pflichten enthoben. Der Präsident hatte gesagt, er habe dies aus Gefälligkeit getan; McClellan könne sich so besser auf den Feldzug konzentrieren. Der Boss sah das allerdings anders:

»Die Intriganten in Washington sind ihm wieder mal in den Rücken gefallen.«

Lon fand es beunruhigend, dass der Boss ständig auf der Idee einer Verschwörung herumritt. Existierte in Washington tatsächlich eine geheime Clique, oder handelte es sich nur um eine Einbildung Pinkertons, die Folge seiner unerschütterlichen Verehrung für den eitlen und stolzen General? Lon hatte zwar von widerstreitenden Splittergruppen innerhalb der Regierung gehört, war jedoch der Ansicht, dass sie zusammenarbeiten sollten, anstatt aufeinander loszugehen wie blutrünstige Kampfhähne.

Als die Besprechung zu Ende war, nahm Pinkerton ihn beiseite. »Dieser Konterbande, den Sie da angebracht haben – wie hieß er noch gleich?«

»Zachariah Chisolm.«

»Wird er uns begleiten?«

»Wenn Sie ihn dabeihaben wollen, bin ich sicher, dass er seine Arbeitsstelle sofort sausen lässt.«

»Kümmern Sie sich darum. Wir könnten Einsatzmöglichkeiten für einen Farbigen haben.«

Lon beglich die Rechnung bei seiner Vermieterin. Sie versprach ihm, ein Zimmer für seine Rückkehr freizuhalten. »Passen Sie auf sich auf, Alonzo. Sie sind ein guter Junge. Kommen Sie gesund zurück.«

»Ganz bestimmt«, sagte er. Es war nicht so, dass er die Gefahren des Krieges unterschätzte, doch den ganzen trüben Winter lang hatte er auf diesen Moment gewartet. Das Gefühl, endlich etwas Sinnvolles zu tun, war stärker als seine Befürchtungen.

Die Detektive erhielten sechs Dollar pro Tag zuzüglich einer Aufwandsentschädigung. Lon hatte regelmäßig Geld in einer Kaffeedose unter seinem Bett angespart. Er verwandte diese Ersparnisse darauf, sich für den Feldzug auszurüsten. Pinkertons Leute wurden nicht von den Quartiermeistern der Armee ausgestattet, was im Prinzip sogar ein Segen war, da Kleidung und Essen, die die Regierung von privaten Kontrakthändlern bezog, häufig verdorben oder von minderwertiger Qualität waren.

Um sich entsprechend vorzubereiten und zu erfahren, was im Feld nützlich war und was nicht, hatte Lon sich mit einigen Veteranen der Armee unterhalten. In einen neuen Tornister hatte er je ein Paar Socken und Unterhosen zum Wechseln und ein zusätzliches Hemd gestopft, dazu Munition für seinen Colt, ein Klappmesser mit Elfenbeingriff, Tabak, Zigarettenpapier, Zündhölzer in einem wasserdichten Röhrchen, seine Bibel, Rasiermesser und Seife sowie eine Dose mit Zahnpulver, das man mit jedem grünen Zweig auftragen konnte. Statt einer Feldflasche hatte er eine schwere Blechtasse eingepackt, die auch zum Kaffeekochen dienen konnte. Das Kochgeschirr für die Detektive sollte in einer Feldkiste auf einem Proviantwagen transportiert werden.

Der Tornister wog etwa zwanzig Pfund. Darauf befestigte Lon eine gerollte Wolldecke und die Hälfte eines Schutzzeltes, das er in seinen gummierten Regenumhang einschlug. Der Umhang konnte als Zeltboden dienen.

Er kaufte sich einen neuen knielangen Mantel ohne Abzeichen aus schwerem Denimstoff. Auf Rat eines Feldwebels der Infanterie besorgte er sich statt Stiefeln ein Paar stabile Wanderschuhe, derbe Schnürschuhe mit dicken Sohlen und flachen Absätzen. Kordhosen und eine Feldmütze ohne Abzeichen vervollständigten die Uniform. Wenn er die Feldmütze wegwarf, konnte er als Bauer durchgehen.

Am St. Patrick's Day, einem Montag, drängten sich auf dem Potomac zwei- bis dreihundert Schiffe der Transportflotte. Dampfer tuteten, und die Schlepper warfen Taue zu den Lastkähnen hinüber. Die ersten Kompanien von Heintzelmans Drittem Corps marschierten zum Kai in Alexandria, um an Bord der *Ocean Queen* und der *Constitution* zu gehen.

Es war zwei Uhr, als Lon das Old Capitol besuchte. Er fand Margaret in Zimmer 16, wo sie zusammen mit einem männlichen Häftling an einem rohen Brettertisch saß. Spielkarten und ein Cribbage-Brett deuteten darauf hin, dass gerade eine Partie stattfand.

Der Ärmel von Margarets gelbem Seidenkleid war mit einem blauen Flanellflicken ausgebessert. Ihr zerknitterter Rock wies

Schmutzflecken auf, genau wie die Kleidung des jungen Mannes, der bei ihr saß. Er war blass, hatte große Ohren und einen phlegmatischen Gesichtsausdruck. Seine hellblaue Weste zierte ein ziemlich großer Weinfleck. Beide hatten ihr Mittagessen, eine zähe weiße Pampe aus gekochten Bohnen, Reis und grauen Fleischbrocken, unberührt gelassen. Nur leichtsinnige Gemüter aßen das Fleisch, das im Gefängnis serviert wurde.

Als Margaret Lon erblickte, schob sie ihre Karten zusammen und sprang mit einem Lächeln auf, das warmherzig und ehrlich war oder ihm zumindest so vorkam. Das dunkle Haar fiel ihr offen bis auf den Rücken hinab. Er fragte sich, wie sie es so sauber und glänzend hielt.

»Mason, das ist ein Bekannter von mir, Mr. Price. Das ist Mason Highbourne. Mason hat ein Predigerseminar besucht, als er gefangen genommen wurde. Es scheint, dass der erste Zusatzartikel der Verfassung nicht mehr gilt, wenn man in ungünstiger Weise über die Lincoln-Regierung schreibt oder spricht.«

Mason reichte ihm eine schmale, etwas feuchte Hand. »Ich bedaure Ihre Verhaftung, falls Sie nur Ihre ehrliche Meinung ausgesprochen haben, Mr. Highbourne. Doch ich bin nicht für die Politik des Kriegsministeriums verantwortlich. Es ist ein wunderschöner Tag, Margaret. Erlaubt man Ihnen, nach draußen zu gehen?«

»Ja, das wenigstens versagen sie uns nicht. Entschuldigen Sie uns, Mason.«

Der junge Mann murmelte etwas vor sich hin, setzte sich wieder und fing an, eine Patience zu legen.

In dem umzäunten Gefängnishof, unter einem strahlend blauen Himmel mit dicken Kumuluswolken, schnappten etliche Häftlinge frische Luft. Über die Mauer drangen die Geräusche der nahe gelegenen Straßen: Hufschläge der Kavallerie, weit entfernte Marschmusik, das Rumpeln der Lafetten und Protzen auf dem Weg zu den Kais. Die Sonne hatte den Schlamm hart gebrannt, so wie sie wohl auch die Straßen und Wege in Virginia aushärten würde. Die Erde roch nach Frühling.

Margaret hängte sich bei ihm ein. Lon konnte die Rundung ihrer Brust an seinem Ärmel spüren. Sein Körper reagierte umgehend darauf. »Sie sind heute anders gekleidet«, stellte sie fest.

»Ich bin gekommen, um mich zu verabschieden. Ich verlasse die Stadt. Es könnte der erste und letzte Feldzug des Krieges sein.«

»Ich würde mich nicht darauf verlassen, dass der Süden sich so einfach geschlagen gibt.« Eine Brise wehte ihr das dunkle Haar um die Schultern. Er sah, wie sich ihr Spiegelbild in einer Pfütze kräuselte.

»Ehe ich gehe, muss ich Sie etwas fragen. Sie werden es vielleicht unverschämt finden, doch für mich gibt es nichts Wichtigeres.« Sie wartete, den Kopf in seine Richtung geneigt. »Wie stark ist Ihre Bindung an McKee?«

Ein Konterbande lief auf bloßen Füßen vorüber, der Schlamm quoll zwischen seinen braunen Zehen hervor. Er war keineswegs ein alter Mann, sondern weitaus jünger, als Lon auf den ersten Blick gedacht hatte. Dennoch ging er gebeugt und war frühzeitig ergraut durch die Jahre, die er als Sklave verbracht hatte – und vielleicht auch durch die Aussicht auf ein Leben im Norden, wo er nicht erwünscht war.

Margaret berührte die kleine goldene Palmettopalme, die an ihrer Brust hing. »Ich habe versprochen, ihn zu heiraten. Mein Vater hat mir beigebracht, dass man seine Versprechen nicht bricht.«

»Nun, das respektiere ich. Ich wünschte bloß, es hätte sich anders ergeben.«

Sie ergriff seinen Arm und drückte ihn sanft. »Es gibt Momente, in denen ich genauso empfinde.«

»Trotz meiner Arbeit?«

»Ich habe mich bemüht, Sie zu hassen. Es gelingt mir nicht.«

Er wusste nicht, was stärker war, sein Schmerz oder seine Sehnsucht. »Ich schätze Sie sehr, Margaret. Schon als ich Sie zum ersten Mal sah, habe ich mich verliebt ...«

»Nicht.« Kühle Finger auf seinen Lippen hinderten ihn daran, weiterzusprechen. »Sie wecken nur Gefühle, die ich mir nicht gestatten darf.«

»Sie meinen, unter anderen Umständen ...?« Überwältigt von seinen Empfindungen, wagte er nicht, den Satz zu beenden. In ihren Augen glänzten Tränen. Sie wischte sie fort.

»Ja.«

Ohne sich um die anderen Gefangenen im Hof zu kümmern, warf sie ihm die Arme um den Hals. »Ja, ja! Und jetzt geh. Und pass um Gottes willen auf dich auf!«

Er konnte ihre warmen Tränen spüren. Sie drückte ihm einen Kuss auf die Wange, ehe sie sich aus der Umarmung löste und auf die Gefängnistür zulief. Hinter einem Fenster im zweiten Stock sah er jemanden hastig zurücktreten; jemand, der sie beobachtet hatte und von dem er annahm, dass es der junge Prediger war.

In der Eingangstür hob Margaret die Hand. Ein kurzes Winken, dann war sie im Halbdunkeln des Gebäudes verschwunden.

Lon verließ das Gefängnis durch ein bewachtes Tor im Lattenzaun des Hofes. Fünf Minuten später klopfte Mason Highbourne an die Tür des Gefängnisdirektors im Erdgeschoss und schlüpfte in dessen Büro.

26

März 1862

Am folgenden Tag hatte Margaret einen weniger willkommenen Besucher.

Sie war ein Stockwerk höher gewesen und hatte Rose in dem Zimmer besucht, das diese sich mit ihrer Tochter teilte. Das Mobiliar bestand aus einem schmalen Bett, einem kaputten Stuhl, einer Pritsche für die kleine Rose, einem Stück Spiegelglas, das an einem Nagel hing, sowie Roses Nähmaschine. Ein Jasminzweig hing schlaff in einem Einmachglas auf dem Tisch. Das Zimmer hatte keine Fenster, doch man konnte die Tür schließen, um etwas Privatsphäre zu wahren. Sympathisanten, die das Old Capitol besuchten, erzählten Geschichten über die Berühmtheit, die Rose in Richmond erlangt hatte. Die Wilde Rose war zu einer Heldin der Konföderierten geworden.

Rose erkundigte sich, ob Margaret geweint habe.

»Ja. Ich schäme mich, es zuzugeben, doch dieser Ort ist einfach zu bedrückend.« Sie hätte auch kaum etwas anderes erwidern können, denn ihre Wangen und ihre Nase waren rot. Sie hatte die ganze Nacht lang still und leise geweint, aus Angst, dass Lon Price getötet werden würde, aus Sehnsucht nach seiner Umarmung, aus Schuldgefühlen über den ungesühnten Tod ihres Vaters und aus Unsicherheit über ihre Zukunft mit Donal.

Sie sprachen über Hanna Siegel. Sie hatte keine von ihnen im

Gefängnis besucht. Margaret bedauerte das, nahm es jedoch als eine weitere Folge des Krieges hin.

Nachdem sie in Zimmer 16 zurückgekehrt war, unterhielt sie sich mit Dr. Whyville. Er war zwei Tage nach ihrer Verhaftung festgenommen worden. Sie sann über die Ironie des Schicksals nach: »Beide sind wir wegen eines harmlosen Lesezeichens hier!«

»Nicht ganz so harmlos, meine Liebe. Jede der kleinen Blumen stellte zehn Artilleriewaffen einer bestimmten Art dar. Die roten Blumen bedeuteten Sechspfünder, die gelben standen für die alten Zwölf-Pfund-Haubitzen und die weißen für Louis-Napoleons leichte Zwölfpfünder von 1857. Rose hätte den Schlüssel nicht in ihrem Notizbuch niederschreiben sollen.« Roses arrogantes Selbstvertrauen, die Sorglosigkeit, mit der sie allzu viele Decknamen und Aufzeichnungen an Orten notierte, wo sie gefunden werden konnten, war ein Thema, das von denjenigen, die wegen ihr im Gefängnis gelandet waren, häufig diskutiert wurde. Rose war eine engagierte, aber leider keine umsichtige Spionin gewesen.

»Ich glaube, dieser Herr sucht nach Ihnen«, sagte der Doktor und schob seine Spielkarten zusammen. Auf den Bildkarten waren berühmte Indianerhäuptlinge abgebildet.

Der Mann trat zu ihnen. Er hob höflich seinen grauen Bowlerhut. »Guten Tag, Miss Miller. Erinnern Sie sich noch an mich? Oberst Baker?«

Margaret spürte plötzlich einen pochenden Schmerz in den Schläfen. Eine Frau mittleren Alters, die auf ihrer Pritsche saß, übergab sich in einen Eimer. Der Gestank verteilte sich im ganzen Zimmer. Baker fächelte sich mit seinem Hut Luft zu.

»Man hat mir gesagt, dass Sie sich hier befinden, doch meine Pflichten im Kriegsministerium haben mich bis jetzt davon abgehalten, Ihnen einen Besuch abzustatten. Wäre es nicht angenehmer, ein paar Schritte im Hof zu gehen?«

»Nein. Und Sie brauchen Ihre Zeit gar nicht zu verschwenden. Ich habe alles gesagt, was ich zu sagen habe.«

»Was bisher so gut wie nichts war. Ich habe mich mit Direktor Wood über Ihren Fall und Ihr hartnäckiges Schweigen unterhalten. Wie auch immer, ich bin nicht hier, um herumzuschnüffeln, sondern um mich zu erkundigen, wie es um Ihre Bequemlichkeit steht.«

»Tatsächlich? Ist das nicht ein wenig lächerlich? Schauen Sie sich doch um.« Die alte Frau, die in den Eimer würgte, hatte mittlerweile die Hälfte der Häftlinge in eine Zimmerecke getrieben, die anderen betrachteten sie angeekelt.

»Sie müssen das hier nicht ertragen, wissen Sie. Sie könnten ein Zimmer für sich haben. Besseres Essen. Das kann alles arrangiert werden.«

»Indem ich diese korrupten Wärter besteche? Nein, vielen Dank.«

»Jemand anderes könnte ihnen Geld bezahlen. Ein Wohltäter. Ein besonderer Freund.« Bakers Augen glitten über die Rundung ihrer Brüste. »Sie sind eine ausgesprochen attraktive Frau.«

Sie erinnerte sich an die Verfolgungsjagd in der heißen Sonne die 16th Avenue hinauf und hinunter; schon da hatte sie das gleiche Glitzern in seinen Augen bemerkt. Ihr Lächeln war voll süßer Verachtung, als sie sagte: »Mr. Baker, egal, wer Sie sind, egal, was Sie auch tun, ich will nichts von Ihnen wissen. Ich verkehre nicht mit Yankee-Abschaum.«

Bakers Wangen färbten sich dunkelrot. Er umklammerte seinen Bowlerhut so fest, dass seine Fingerknöchel weiß hervortraten.

»Das Gegenteil von Freundschaft ist Feindschaft, Miss Miller. Keine kluge Wahl in diesen Zeiten.«

»Gehen Sie mir aus den Augen.«

»Selbstverständlich, aber erst, nachdem ich Sie daran erinnert habe, dass man Feinde der Regierung jahrelang im Gefängnis festhalten kann, ohne Grund, ohne Einschaltung der Rechtsinstanzen und ohne jede Hoffnung auf Begnadigung. Ich fürchte, Sie haben sich gerade selbst dieses Schicksal gesichert, Miss Miller. Guten Tag.«

DRITTER TEIL

Vergeltung

27

April 1862

»Allmächtiger, sieh dir das an!«

»Das Schiff mit Professor Lowes Heißluftballon«, erwiderte Lon. »So was hat's noch nicht gegeben. Erinnerst du dich nicht?«

Sledges Vergesslichkeit war verzeihlich. Bei der geballten Kriegsmacht, die sie wie ein großes, sonnenbeschienenes Panoramabild umgab, gab es einfach zu viel zu sehen. Auf dem York River, unterhalb des Steilufers, zog ein Schleppdampfer einen Kohlenkahn der Navy mit einem flachen Deck; auf dem Vorschiff befanden sich Deckshäuser, und achtern war das Zubehör zum Auffüllen des Ballons untergebracht. Sicher vertäut schwebte oberhalb des Decks einer von Lowes Fesselballons aus indischer Seide. Er war über fünfzehn Meter hoch und mit Sternen und einem grimmig blickenden Bundesadler bemalt.

Doch das war nur ein Teil des Spektakels, das die Potomac-Armee bei ihrem Einlaufen in Fort Monroe an der Spitze der Halbinsel am Zusammenfluss des York und des James River bot. Eine Garnison von zehntausend Mann unter Führung des betagten General Wool hatte das Fort seit Ausbruch der Kämpfe gehalten. Raddampfer und Kähne löschten Männer, Kriegsmaterial, Fuhrwerke, Lazarettwagen und Geschütze, darunter auch riesige Küstenmörser, die Zentimeter für Zentimeter von Gespannen zu hundert Pferden bewegt wurden. Zudem wurden aus den Kähnen gewaltige Rollen mit Telegraphendraht auf den Landungssteg geladen, um McClellan mit seinen Generälen im Feld und seine Kommandostellen mit Washington zu verbinden. In welch großartiger moderner Welt sie doch lebten!

»Ist Lowe tatsächlich irgendwo Professor?«, erkundigte sich Sledge.

»Glaub ich nicht. Er hält vor allem öffentliche Vorträge. Er ist

Wissenschaftler, und Wissenschaftler werden immer Professor genannt.«

Hinter den beiden Männern erstreckte sich ein weißes Meer aus Zelten; irgendwo darin lag auch ihres verborgen. Die Luft hallte wider von Axthieben, Peitschenschlägen, brüllenden Unteroffizieren sowie quiekenden Schweinen und muhenden Rindern in hastig zusammengezimmerten Pferchen. In den letzten fünfzehn Tagen hatten sich hundertfünfundzwanzigtausend Männer den Potomac hinunterbewegt – Kompanien mit ihren Regimentern, Regimenter mit ihren Divisionen, Divisionen mit ihren Brigaden, Brigaden mit ihren Corps. Der Boss meinte, dass Little Mac zurzeit auf einem Dampfschiff unterwegs nach Fort Monroe sei. Drei Meilen weiter südlich, auf der anderen Seite des Flusses, lag der Stützpunkt der Rebellen im Dunst verborgen; die Anwesenheit des Feindes erschien irgendwie unwirklich, nicht im Geringsten bedrohlich.

»Allmächtiger«, sagte Sledge wieder. »Lon, hast du jemals so eine Armee gesehen? Ich wette, wir stürmen Richmond noch vor dem 1. Mai. Dann können wir alle wieder nach Hause gehen.«

Es war ein strahlender Moment voller Hoffnung, an diesem heißen Morgen des 1. April. Lon konnte sich später noch gut daran erinnern, weil sie so erwartungsvoll und zuversichtlich gewesen waren und danach alles so schrecklich schief ging.

McClellan rechnete für seinen Feldzug mit einer Streitmacht von mehr als hundertfünfzigtausend Mann. Lincoln und das Kriegsministerium schienen allerdings entschlossen, ihm diese zu verweigern. Am 31. März wurde Blenkers zehntausend Mann starke Division nach Harper's Ferry abkommandiert und Frémonts Kommando unterstellt. General Wools Garnisonstruppe sollte in Fort Monroe bleiben, um es vor Angriffen durch die *Virginia* zu schützen. McClellan zählte jedoch auf eine Trumpfkarte: McDowells Erstes Corps, das vor Washington auf seinen Marschbefehl wartete. Am 3. April, einen Tag nachdem der General auf der Halbinsel eingetroffen war, meldete Washington, dass das Erste Corps zurückgehalten würde, um die Hauptstadt zu verteidigen.

»Bei Gott, es ist einfach unverantwortlich«, sagte Pinkerton zu seinen Leuten. »Ich habe den General noch nie zuvor so wütend und verbittert gesehen. Wenn es je Zweifel an den Absichten der Intriganten aus Washington gab – jetzt sind sie ausgeräumt!«

Dennoch waren die Bundestruppen zahlenmäßig im Vorteil; das Selbstvertrauen blieb stark. Die Armee rückte auf das alte Kolonialstädtchen Yorktown vor, zwölf Meilen nördlich auf der Halbinsel gelegen. Dort hatte sich seinerzeit Cornwallis ergeben, um die Revolution zu beenden. Heintzelmans Drittes Corps nahm die Hauptstraße, Keyes Viertes Corps marschierte in gleicher Richtung, jedoch dichter am James River entlang. Die Soldaten sangen ein neues Kampflied; man hatte der alten Melodie von »John Brown's Body« einen neuen Text verpasst. Es herrschte herrlichster Sonnenschein.

Am zweiten Tag öffnete der Himmel seine Schleusen. Sturzbachartiger Regen verwandelte die Straßen in zähen Leim. McClellans Stab hatte man erzählt, dass die Straßen bei jedem Wetter passierbar seien. Der alte General Wool hatte jedoch fehlerhafte Karten herausgegeben, auf denen der Warwick River parallel zum James River verlief. In Wahrheit aber durchschnitt er die Halbinsel und floss in Richtung Yorktown. Die Rebellen hatten sich hinter dem Fluss verschanzt. McClellans großer Moloch musste anhalten. Auch Professor Lowes Beobachtungsballons wurden durch das Wetter am Aufsteigen gehindert.

Lon und seine Kollegen wurden von Sandflöhen, Bremsen, Kriebelmücken und Moskitos geplagt. Sie schliefen in Schlamm und Nässe. Innerhalb von wenigen Stunden war Lons Kleidung steif und schmutzig geworden. Sie würde erst gewaschen, wenn er selbst die Zeit dazu fand, denn die Wäscherinnen der Armee hatte man zurückgelassen.

Wenigstens bekamen sie anständig zu essen. Pinkerton hatte einen italienischen Koch aufgetrieben, den er aus eigener Tasche bezahlte. Spaldinis englischer Wortschatz bestand größtenteils aus Flüchen. Er verließ sich auf seine Hände, mit denen er wild gestikulierte, wenn er nicht gerade Zutaten klein schnitt oder den Kessel mit Eintopf umrührte. Pinkerton lockerte seine Haltung gegenüber dem Alkohol und erlaubte, dass zum Abendessen kleine Gläser mit Portwein serviert wurden. Er selbst aß und trank nichts, denn seit seiner Ankunft litt er an der Ruhr.

Yorktown lag hinter gewaltigen Befestigungsanlagen, einige stammten noch aus der Zeit der Revolution. Sie wurden durch tiefe Außengräben und Unterstände gesichert, die Artilleriebeschuss standhalten konnten. Eine zweite Bastion der Konföderierten in

Gloucester Point, auf der anderen Seite des York River, bedrohte sowohl die Unionstruppen als auch ihre Kanonenboote auf dem Fluss.

Im Lager hieß es, dass die Union leicht die Befestigungen Yorktowns stürmen und die geschätzten fünfzehn- oder zwanzigtausend Verteidiger überwältigen könne. McClellan zog jedoch eine langsamere, sichere Methode vor: eine Belagerung. Vom 6. April an wurden nachts Feldschanzen aufgeschüttet und an den folgenden Tagen Kanonen heraufgeschafft. Die Befestigungen waren Meisterwerke der Ingenieurskunst, große Erdwälle, die durch Schanzkörbe, mit Erde gefüllte Körbe, gestützt und mit Sandsäcken bedeckt wurden. Lon, der ungeduldig auf einen Einsatz wartete, ließ sich durch solche Feinheiten der Kriegsführung nur mäßig beeindrucken.

Pinkerton schleppte sich graugesichtig und schwach durch die Tage. Auf ihm lasteten alle möglichen neuen Aufgaben aus dem Kriegsministerium: Deserteure verfolgen, die sich mit dem Handgeld davongemacht hatten; Anfragen von Politikern, die sich irgendeinen Gefallen vom General erhofften; Vorladungen, um Verhandlungen vor dem Kriegsgericht beizuwohnen; Klagen über betrügerische Kontrakthändler. Manchen dieser Beschwerden musste Lon nachgehen. Ungewollt wurde er so Experte für wurmstichigen Zwieback und den bläulichen Schimmer von verdorbenem Fleisch. Er schrieb Bericht um Bericht.

Sein Bart war lang und dicht geworden; die Mehrzahl der Männer in der Armee sah aus wie biblische Patriarchen. Wo Lon auch hinging, immer trug er den geladenen Revolver in einer Manteltasche und die Photographie, die Brady angefertigt hatte, in der anderen. Zu gern hätte er ein Bild von Margaret Miller bei sich gehabt.

Per Telegraph erhielten sie Nachrichten von einer großen Schlacht an einem Ort namens Shiloh Church im weit entfernten Tennessee. Ein gewisser General Grant, der den Spitznamen »Unconditional Surrender«, Bedingungslose Kapitulation, trug, wurde besonders gerühmt. Die Rebellen hatten mit Albert Sidney Johnston einen ihrer besten Generäle verloren.

Einigen konföderierten Deserteuren gelang die Flucht über die Linien der Union. Lon verhörte einen Deserteur vom Neunten Alabama-Regiment. Der schielende Korporal war eifrig um Kooperation bemüht. »Die ham einen Neuen, der jetzt Jeff Davis berät. General Bob Lee. Ham ihn gesehen, als wir durch Richmond gekommen sind.«

Lon machte sich eine Notiz, obwohl ihm diese Neuigkeit bereits bekannt war. »Wie viele Männer waren in Ihrem Regiment?«

Der Korporal wand sich auf dem Hocker hin und her und kratzte sich im Schritt, wo sich wohl unliebsamer Besuch eingefunden hatte. »Meinen Sie, auf den Soldlisten oder wie viele kampfbereit waren?«

»Ist denn da ein Unterschied?« Ein Verdacht in dieser Richtung hatte ihn schon seit Tagen gequält.

»Scheiße ja, Mann! Was glauben Sie denn, wie viele Männer wir haben?«

»Wir schätzen sieben- oder achthundert bis zu einem Regiment.«

»Vielleicht auf den Soldlisten. Das heißt aber noch lange nicht einsatzbereit. Ein Haufen ist immer grad krank oder in Eisen gelegt. Dann gibt's die Köche und Trommler und manche sin' zu feige, um 'ne Flinte abzufeuern. Sechshundert oder sechshundertfünfzig kommt der Sache wohl näher, obwohl ich nie nachgezählt hab.«

Lon notierte die Angaben. Pinkerton wollte grundsätzlich die größere Zahl, also die Gesamtsumme aller Soldaten, die er dann um die üblichen zehn Prozent erhöhte. Lon fragte sich, wieso sie massenweise irreführende Informationen sammelten. Er ärgerte sich, dass niemand diese Tatsache zur Sprache brachte.

Der draufgängerische General der Konföderierten »Prince John« Magruder behinderte entlang des zehn Meilen langen Frontverlaufs am Warwick River das Vorrücken der Unionsarmee. In dem aufgestauten Fluss hatten sich zwischen fünf Mühlwehren eine Reihe von Becken gebildet, die zu breit und zu tief waren, als dass Infanterie oder Kavallerie sie hätten durchqueren können. Die schmalen Wehre bildeten die einzige Möglichkeit, über den Fluss zu gelangen, aber die Rebellen sicherten sie durch Scharfschützen, die sich in den Wäldern und hinter Befestigungswällen verborgen hielten.

Magruders Artillerie schoss auf alles, was sich bewegte. Seine Männer zeigten sich regelmäßig den Unionstruppen, um ihre Kampfstärke zu demonstrieren. Sein Musikcorps spielte die ganze Nacht hindurch, um den Schlaf der Unionstruppen zu stören. Täglich stiegen Lowes Ballons auf, um den Feind zu beobachten. Manchmal fuhr Lowe mit einem oder mehr Spähern im Ballon, manchmal schickte er einen seiner Navigatoren. Auch Angehörige von Pinkertons kleiner Truppe stiegen ab und an mit in die Luft, um das Gelände zu erkunden und Karten zu skizzieren. Lon war Ende April an der Reihe.

Ursprünglich sollte Sledge mit ihm aufsteigen, doch er litt unter dem gleichen Drang zur Latrine, der zuvor den Boss geplagt hatte. Zach Chisolm hatte schon seit Wochen am Rande der Gruppe ausgeharrt, er wurde gerade mal toleriert, jedoch niemals dazu eingeladen, mit den anderen am Tisch zu sitzen. Er bat darum, Sledges Platz einnehmen zu dürfen. Pinkerton stimmte widerwillig zu: »Der Navigator hat das letzte Wort.«

Lowes Ballons stiegen gewöhnlich vor dem Morgengrauen auf, wenn man noch die Lagerfeuer der Feinde sehen konnte. Veränderungen ihrer Position deuteten oft auf Truppenbewegungen hin. Um halb vier Uhr morgens machten sich Lon und Zach auf den Weg zu einer von Lowes Bodenstationen, die einige Meilen hinter der Kampflinie, außerhalb der Reichweite der Artilleriegeschütze, auf einer Lichtung lag.

Kalklichter mit versilberten Reflektoren tauchten die Lichtung in ein grelles weißes Licht. Die Lampen waren in sicherem Abstand von den Gasgeneratoren aufgestellt, zwei sperrige Wagen, die im Prinzip aus säurebeständigen Kolben auf Rädern bestanden. Eisenspäne wurden durch eine Luke am oberen Ende eingefüllt. Durch ein senkrechtes Rohr wurde Schwefelsäure gegossen, um Wasserstoffgas herzustellen. Mit Segeltuch gedämmte Rohrleitungen verbanden jeden der beiden Tanks mit einem rechteckigen hölzernen Apparat, auf dessen anderer Seite ein einzelner größerer Schlauch hinauslief. Dieser Schlauch konnte einen Ballon in weniger als zwei Stunden mit Gas füllen.

An diesem Morgen schien Thaddeus Lowes vollständige Besatzung von fünfzig Mann zu arbeiten. Obwohl das Balloncorps an die Topographen der Armee Bericht erstattete, waren Lowe und seine Mannschaft Zivilisten. Lon entdeckte den einsachtzig großen stämmigen Professor, wie er gerade zusammen mit einem kleineren Mann mit Mopsgesicht und Walrossschnauzbart eine Karte studierte.

»Hallo, mein Junge«, grüßte Lowe, als Lon näher trat. Thaddeus Sobieski Constantine Lowe war noch keine dreißig Jahre alt, doch jeder, der merklich jünger war, wurde »mein Junge« genannt.

Er war ein schwerer, großspuriger Mann mit glänzend schwarzem Haar und kräftigen Schultern. Er trug einen langen schwarzen Mantel, hohe Stiefel und eine Drillichmütze, an der ein ballonförmiges Metallabzeichen mit den eingestanzten Buchstaben B. C. für »Balloncorps« befestigt war. Lon vermutete, dass er am Vortragspult eine eindrucksvolle Figur machte. »Sie sind Mr. Price?«

»Das bin ich.«

»Mr. Harper ist heute Morgen ihr Navigator.« Lon streckte diesem die Hand entgegen. Der mopsgesichtige junge Mann ignorierte sie und starrte Zach an.

»Wer ist das denn?«

»Zach Chisolm. Er gehört zu unserer Einheit.«

Harper rollte die Karte zusammen. »Mit Niggern hab ich nicht gerechnet!«

Lowe mahnte ihn mit strengem Blick zur Vorsicht. Harper stapfte zum Ballon hinüber. An den aufgemalten Sternen und Streifen erkannte Lon den Ballon als die *Liberty*.

Der einzelne Schlauch aus dem hölzernen Apparat schlängelte sich über den Boden und verband sich mit der Hülle des Ballons, wo er in eine Einfüllöffnung lief. Die beigefarbenen Wände des Ballons dehnten sich langsam aus, zusammengehalten von einem Netz aus Leinen. Diese liefen hinunter zu einem dicken Holzring, der die Einfüllöffnung umgab; jede der Leinen war am Ring festgebunden. Unterhalb des Rings hing ein blauer, mit weißen Sternen bemalter Weidenkorb, an den Männer Sandsäcke als Ballast banden. Der Ballon war bereits etwa achtzehn Meter hoch und schwankte in eigenartiger Schönheit an seinen Befestigungsleinen aus Hanfseil hin und her.

»Wir haben keinen Nebel und eine günstige Brise«, sagte Lowe. »Harper hat den Befehl, den Fluss zu überqueren. Auf unsere Ballons wird immer geschossen. Sind Sie darauf auch vorbereitet?« Lowe hatte seine blauen Augen auf Zach gerichtet. Zach reagierte mit vorwurfsvollem Blick auf die Andeutung, er sei ein Feigling.

»Wir nehmen dieselben Risiken auf uns wie Ihr Navigator«, sagte Lon. In diesem Moment kam ein Mann auf einem Pferd aus dem Wald getrabt. Lon erkannte den Zivilisten mit der Brille, der von dem schweißüberströmten Pferd sprang.

»Stein, was zum Teufel machen Sie denn hier?«

»Ich bin auf dem Weg zurück zu Major Allen.« Elvin Stein war ein kleiner, nervöser Mann. Auf seinen kleinen, kreisrunden Brillengläsern spiegelten sich die Kalklampen wider. In seinem schäbigen Mantel mit Samtkragen und der stumpfgelben Weste hätte man ihn für einen Versicherungsvertreter oder Lehrer halten können. Er sah keinesfalls aus wie ein Spion.

Stein schöpfte Wasser aus einem Eimer, trank etwas davon und kippte sich den Rest über die schmutzige Stirn. Seine Hosen waren an zwei Stellen zerrissen, als wäre er durch Dornensträucher geritten.

»Wir sind in Richmond aufgeflogen. Ich habe es gerade noch geschafft, die Stadt zu verlassen. Ein Ruderboot hat mich den James River runtergebracht. Das Pferd hab ich da unten irgendwo gestohlen.«

»Was ist denn in Richmond schief gelaufen?«

»Lewis und Scully haben wie geplant Tim Webster gefunden, der mit Arthritis im Bett lag. Hattie hat ihn gepflegt. Erinnern Sie sich noch an Senator Morton aus Florida?«

»In Washington hatte der Boss Senator Morton und seine Familie eine Zeit lang unter Hausarrest gestellt.«

»Und Lewis und Scully haben sie bewacht. Zwei von Mortons Söhnen sind zurzeit in Richmond. Sie haben Pryce und John erkannt und identifiziert. General Winder, der Kommandeur der Militärpolizei, hat eine Liste von all unseren Detektiven; weiß der Teufel, wie er da rangekommen ist!«

»Rose Greenhow könnte dafür verantwortlich sein. Was ist dann passiert?«

»Die Rebellen haben Pryce und John ins Henrico-County-Gefängnis geworfen. Pryce und einigen anderen gelang es zu fliehen, doch Pryce wurde erneut gefasst. Er und John wurden daraufhin ins Castle Godwin verfrachtet. War früher einmal ein Gefängnis für Farbige. Jetzt ist es ein scheußliches Loch für Kriegsgefangene. Die Detektive der Militärpolizei haben sie in die Mangel genommen. Ein widerlicher Haufen. Unsere Männer haben beide dichtgehalten, obwohl ich gehört habe, dass Scully bereits da beinahe weich geworden wäre. Man hat sie vor Gericht gestellt. Das Urteil war schnell gefällt. Schuldig. Kein Gefangenenaustausch, keine bedingte Haftentlassung gegen Kaution. Das Urteil lautete: Tod durch Erhängen.«

»Mein Gott«, sagte Lon.

»Das Schlimmste hab ich Ihnen noch gar nicht erzählt. Scully konnte den Gedanken, zu sterben, nicht ertragen. Er versprach auszusagen, wenn sie ihn begnadigen. Er hat Pryce verpfiffen und auch Tim und Hattie. Pryce ist Engländer. Der amtierende Britische Konsul hat sich dafür eingesetzt, dass man sein Urteil mildert, doch für Tim und Hattie gibt es leider kein solches Hintertürchen. Wo genau finde ich denn den Boss?«

Lon beschrieb ihm den Weg. Stein schob den Fuß in den Steigbügel und schwang sich aufs Pferd. »Am Anfang war es ja noch das Spiel ein paar feiner Gentlemen. Inzwischen ist es das nicht mehr.« Er ritt in den dunklen Wald davon.

Im weißen Lichtschein überwachte Lowe das Verschließen des Gassacks. Harper brüllte: »He, Herr Detektiv, wenn Sie mit hochwollen, dann kommen Sie her, Sie und Ihr Nigger.«

Ein Muskel auf Zachs Stirn schwoll an. Lon meinte: »Vielleicht solltest du besser hier bleiben. Ich habe das Gefühl, er ist ein hinterhältiges Schwein.«

»Der macht mir keine Angst.«

»Also gut, aber lass dich nicht von ihm provozieren. Wir sollten doch alle auf der gleichen Seite stehen.«

»Ja, sicher«, meinte Zach und verzog das Gesicht. Während sie zum Ballon hinübergingen, klangen Lon noch Steins unheilvolle Worte im Ohr: *»Am Anfang war es ja noch das Spiel ein paar feiner Gentlemen. Inzwischen ist es das nicht mehr.«*

Harper befand sich bereits im Ballonkorb. Lon hob ein Bein über die Kante und kletterte hinein, Zach folgte. In der Ferne dröhnten John Magruders Geschütze und begrüßten die Morgendämmerung.

28

April 1862

Der birnenförmige Ballon erhob sich langsam auf Höhe der Baumlinie, während die Bodenmannschaft seine Halteseile über Taljen abrollte. Der Ballon bot einen schönen Anblick, seine Lackschichten glänzten umso leuchtender, je höher er sich über die Baumwipfel ins Licht erhob. Der Korb schwankte leicht, was gar kein unangenehmes Gefühl war, wie Lon fand. Zach sah gereizt aus.

Lon bemerkte ein Gewehr, das zwischen den Ballonkorb und einen Haufen zusätzlicher Sandsäcke gekeilt war. Eines der neuen siebenschüssigen Spencer-Repetiergewehre. Diese Waffe war das Einzige, um das er Harper beneidete.

Die flache bewaldete Halbinsel, die allmählich sichtbar wurde, während sie aufstiegen, war in Tageslicht getaucht. Lon erkundigte sich nach den beiden Leinen, die durch den Holzring liefen und direkt über ihnen herabhingen. Harper erwiderte, dass mit der einen ein Ventil kontrolliert werde, das oben am Ballon Gas ablasse, wenn man langsam sinken wolle. Die andere öffne die so genannte Reißbahn im oberen Viertelkreis des Ballons und erlaube es, im Notfall die Ballonhülle schnell zu entleeren.

Zach fragte: »Wie hoch fliegen wir wohl, Sir?« Harper antwortete nicht. Aus der Instrumentenkiste, die außen am Ballonkorb befestigt war, nahm er einen Marine-Feldstecher, der geeignet war, ein großes Gebiet abzusuchen, wenn es nicht auf die Vergrößerungsstärke ankam.

»Harper«, meinte Lon, »haben Sie die Frage nicht gehört?«

»Hundert bis zweihundert Meter sind üblich für Beobachtungsflüge. An einem klaren Tag kann man zwölf, fünfzehn Meilen weit sehen. Heute werden wir ziemlich tief bleiben«, erwiderte Harper, ohne den Feldstecher vom Auge zu nehmen.

Vor ihnen erstreckte sich ein Anblick von atemberaubender Schönheit. Sie schwebten auf das ihnen zugewandte Ufer des Warwick River zu, der breit und friedlich wie ein Burggraben im Sonnenlicht lag. Lon bat Harper, ein schmales Wehr zu identifizieren.

»Lee's Mill.«

Am jenseitigen Ufer des Flusses, auf einem Landstück, das man von Buschwerk und kleinen Bäumen gerodet hatte, waren Schützengräben ausgehoben worden. In ihnen und den dahinter liegenden Wäldern konnte Lon Bewegung erkennen. Eine Rauchwolke kräuselte sich zwischen den Bäumen, gefolgt vom Krachen eines Artilleriegeschützes. »Haben uns entdeckt«, stellte Harper fest. »Jetzt schicken sie ihren üblichen Morgengruß.«

Lon schätzte, dass sie etwa tausend Meter von der verborgenen Kanone entfernt waren. Die Explosion der Granate wäre selbst noch bei der Hälfte des momentanen Abstands vollkommen ungefährlich.

»Sie haben da drinnen Zwölfpfünder versteckt«, sagte Harper. »Glatte Rohre, in Viererbatterien. Kein Grund, sich Sorgen zu machen. Der Abstand ist viel zu groß, und die Zwölfer können nicht im steilen Winkel schießen. Sie kratzen einem vor allem an den Nerven.«

»An meinen kratzen sie jedenfalls kräftig«, sagte Zach mit Nachdruck. Harpers Antwort darauf war ein herablassender Blick.

Er stellte den Feldstecher in die Instrumentenkiste zurück; er hatte gesehen, was er näher untersuchen musste. Dann öffnete er die Verschlussklappe eines lackierten Teleskops, zog das Rohr auseinander und blinzelte durch das Okular.

Zu ihrer Rechten konnte Lon bis nach Yorktown blicken – die malerischen Dächer, Joe Johnstons Befestigungsanlagen, auf denen es von Männern nur so wimmelte, die ebenso belebten Feldschanzen der Union, die ihnen gegenüberlagen. Auf der anderen Seite des schmalen Kanals konnte man Gloucester Point erkennen. Genau geradeaus, etwa eine Meile hinter dem Wehr von Lee's Mill, hatten die Rebellen einen Baumverhau errichtet; einen breiten Wall aus gefällten Stämmen mit angespitzten Ästen, die nach außen ragten, um ein Vordringen des Feindes zu verhindern. In einigem Abstand dahinter lag ein riesiger Schanzenbau. Davor waren die Bäume gefällt worden, um ein freies Schussfeld zu schaffen. Lon tippte Harper an und zeigte ihm die Schanze.

Harper erwiderte: »Fort Magruder. Eine zweite Verteidigungslinie, falls die erste nicht standhält. Scheint sich nicht viel verändert zu haben seit gestern. Wir schweben mal näher ran, um uns die Sache anzuschauen.« Er lehnte sich aus dem Korb und gab den winzigen Gestalten am Boden Handzeichen. Die Bodenmannschaft rollte die Leinen ab, und der Ballon trieb auf den Fluss zu. Sein Schatten spiegelte sich auf dem glatten Wasser.

Der Morgen war ruhig. Lon konnte die Vögel zwitschern hören, irgendwo bellte ein Hund. Rauch, der aus den Wäldern aufstieg, deutete darauf hin, dass die Feldlager allmählich erwachten. Eine plötzliche Windböe aus Osten erfasste den Ballon und drückte ihn nach unten. Als der Wind nachgelassen hatte, knotete Harper einen Sandsack ab und warf ihn herunter, damit der Ballon wieder an Höhe gewann. Lon fand, dass der Navigator besorgt aussah.

Er lieh sich Harpers Teleskop und beobachtete, wie auf einer fernen Lehmstraße Artillerieprotzen entlangfuhren, dann sah er eine Kavallerietruppe, die sich im Schritt in Viererkolonnen der alten Kolonialhauptstadt Williamsburg näherte. Ein paar übereifrige Jungs in der graubraunen handgewebten Kleidung der Südstaaten-Freiwilligen kletterten aus einem Schützengraben und gaben ein paar vergebliche Schüsse auf den Ballon ab. Eine neuerliche Fallböe drückte sie nieder, doch der Ballon fing sich und stieg rasch wieder auf. Lons Puls schlug etwas schneller.

»Erstaunlich, wie viel man von hier oben sehen kann«, sagte er zu Harper.

»Zuerst haben die Hochdekorierten ja über die Idee des Professors gelacht, den Feind aus der Luft auszukundschaften. Doch eine Gruppe von ihnen, Fitz-John Porter, Stoneman, Heintzelman und auch Little Mac, sind alle mal mitgeflogen. Das hat sie wohl überzeugt.«

Während sie über den ruhigen Fluss schwebten, konnte Lon den Wind spüren, stärker als zuvor. Die Böen führten dazu, dass der Ballon plötzlich absank. Jedes Absinken um drei bis sechs Meter schien Lon den Magen bis in die Kehle hinaufzudrücken, zumindest kam es ihm so vor. Am Boden wurden weitere Schüsse abgegeben in der Hoffnung, den Ballon zu treffen. »Der verfluchte Wind treibt uns zu dicht ran«, sagte Harper. »Wir müssen höher steigen. Mach dich nützlich, Nigger! Wirf mal vier bis fünf Sandsäcke ab.«

»Hören Sie mal, Harper, nennen Sie Mr. Chisolm nicht so. Er ist ein freier Mann, genau wie Sie.«

»Ein Scheißdreck ist er.« Harper drehte ihnen den Rücken zu. Wieder drückte der Wind sie hinunter. Dann plötzlich stoben Splitter vom Boden des Ballonkorbs auf. Harper sprang zurück. Ein Schütze hatte den Korb direkt von unten getroffen.

»Allmächtiger, der hätt mich fast erwischt! Gib mir das Gewehr rüber, Nigger.«

Lon zerrte den Spencer hinter den Sandsäcken hervor und knallte ihn Harper buchstäblich in die Hände. »Ich hab Ihnen schon mal gesagt, Sie sollen …« Harper schwang den Spencer mit dem Kolben voran gegen Lons Mund.

Lons Lippe platzte auf. Blut lief ihm über das Kinn. Dennoch spürte er eher Wut als Schmerz. Während der Ballon immer weiter auf die Wälder zutrieb, ballte er die Fäuste. Harper hob das Gewehr und deckte sein Gesicht. »Wollen Sie sich prügeln, oder wollen Sie, dass wir heil davonkommen? Wir sind zu tief, verdammt noch mal. Du«, das war an Zach gerichtet, »wirf alle Sandsäcke ab. Price, ziehen Sie an der Halteleine da. Dreimal fest rucken, warten, dann wieder dreimal ziehen.«

Zach knotete die Sandsäcke ab und warf sie hinunter. Lon zog dreimal an dem Hanfseil, dann wieder dreimal. Als Antwort kamen zwei kurze Rucke. Mit Gebrüll, Verwünschungen und Gewehrsalven quittierten die Rebellen die herabfallenden Sandsäcke. Im Wald donnerte eine der Geschützbatterien. Harper schrie: »Kopf runter! So tief, wie wir sind, können sie uns treffen. Siebzig oder achtzig Bleikugeln sind in jeder ...« In diesem Moment detonierte ein zeitgezündetes Sprenggeschoss in der Luft.

Lon und Zach duckten sich. Lon schützte seinen Kopf mit den Händen. Bleikugeln pfiffen durch die Ballonleinen. Eine schlug ein Stück Holz aus dem Korbring. Zwei Ballonleinen rissen. Harper brüllte Lon an: »Haben die geantwortet, als Sie an der Halteleine gezogen haben?«

»Glaub schon. Ich hab zwei Rucke gespürt.«

Kugeln aus den Schützengräben schlugen gegen die Seiten des Korbes. »Warum zum Teufel ziehen sie uns nicht rein? Wir müssen leichter werden.« Der Navigator hatte einen irren Gesichtsausdruck. Er lud den Spencer durch, spannte ihn und richtete ihn auf Zach.

»Tu deinen Landsleuten einen Gefallen, Nigger. Spring.«

Zachs Mund klappte auf. Wutentbrannt zog Lon den Colt aus der Tasche. Ein Dröhnen warnte sie, dass ein weiteres Geschoss im Anflug war. Lon stürzte sich quer durch den Ballonkorb auf Harper.

Der Navigator holte mit dem Spencer aus, um ihn niederzuknüppeln. Das Artilleriegeschoss detonierte nahe dem Ballon. Keinen Meter von Lon entfernt schlug eine Bleikugel in Harpers rechtes Auge. Harper riss die Hände empor. Sein Handgelenk verstrickte sich in der Reißleine. Während er stürzte und den Namen einer Frau rief, zog er noch daran. Mit einem Knall öffnete sich die Reißbahn über ihnen. Laut zischend trat das Gas aus, und sie sackten in die Tiefe.

Eine dritte Granate explodierte. Bleikugeln bohrten sich durch den Gassack. Lon blieb nur noch Zeit, den am Boden liegenden Spencer zu greifen, und brüllte: »Halt dich fest, Zach!«, ehe sie aufschlugen.

Harper schrie auf. Lon biss sich auf die Unterlippe, die erneut zu bluten begann. Wie in einem Albtraum nahm er Harpers herabbaumelnden Kopf wahr; ein Auge war ein blutiger Hohlraum, das andere im Tod weiß verdreht.

Lon stieß Zach aus dem Ballonkorb und stolperte hinter ihm her, nur einen Moment bevor der Ballon mit seinem Netz aus Seilen über dem Korb zusammensank und all die brüllenden Männer in dem Schützengraben, in dem sie gelandet waren, unter sich begrub.

Mit dem Spencer in der Hand krabbelte Lon den Graben hinauf. Nicht weit entfernt schimmerte der Fluss wie ein Spiegel aus blassrotem Glas, zweigeteilt durch das schmale Wehr. »Lauf, Zach! Folg mir über das Wehr.«

Die Rebellen drängten sich aus den Schützengräben und stießen Freudenschreie über die fette Yankee-Beute aus. Lon rannte mit gebeugtem Oberkörper, so schnell er konnte. Er sah sich nicht um, aber er konnte hören, dass Zach noch da war und genauso schnell lief wie er.

Gewehrschüsse knallten. Eine Kugel zerriss Lon das Hosenbein. Er stolperte und wäre beinahe kopfüber in den Fluss gefallen, konnte sich jedoch wieder fangen. Er schlitterte auf die schmale Holzabdeckung des Wehrs und rannte auf die andere Seite. Rechts und links von ihm schlugen Kugeln ins Wasser. Ein Viertel der Strecke ...

Die Hälfte ...

Drei Viertel ...

Das vor ihm liegende Gelände war nur spärlich mit Bäumen bewachsen und bot schlechte Deckung. Am Ende des Wehrs stolperte er über einen Stein und stürzte seitwärts auf die abschüssige Uferböschung. Er landete im Schlamm und schlitterte bäuchlings nach unten. Seine Schuhe versanken im Wasser. Er rammte den Gewehrkolben des Spencers in den Boden und klammerte sich daran fest wie an einem Pfahl, um nicht weiter abzurutschen. Mit seinem ganzen Gewicht auf den Lauf gestützt, zog er sich aus dem Wasser. Der Schaft des Spencers splitterte, brach, und Lon stürzte mit dem Gesicht voran auf die Böschung. Die Wucht des Aufpralls ließ ihn nach Luft schnappen, Schlamm hing ihm zwischen den Zähnen.

»Steh auf, Lonzo.« Zach kniete neben ihm. Seine langen, schlanken Finger schoben sich unter Lons Arme, um ihn hochzuheben. In dieser Stellung kauerte er, als der erste der sechs Rebellen, die hintereinander das Wehr überquerten, seine Muskete abfeuerte. Zach schrie auf und fiel über seinen am Boden liegenden Freund.

We shall meet, but we shall miss him.
There will be one vacant chair …

Wir werden zusammenkommen, doch ihn werden wir vermissen,
denn ein Stuhl bleibt leer.

Margaret legte eine rote Vier auf die schwarze Fünf und lauschte dem Sänger. Sie kannte ihn nicht, doch er hatte einen wunderschönen Tenor. Die Worte berührten sie tief, obwohl es sich um eine Ballade der Yankees handelte, die nach der Niederlage bei Ball's Bluff geschrieben worden war.

We shall linger to caress him
While we breathe our evening prayer.

Wir werden verweilen, um seiner in Liebe zu gedenken,
während wir unser Abendgebet flüstern.

Sie starrte die Patience an, die vor ihr auf dem Tisch lag, wohl die fünfzigste oder auch fünfhundertste, die sie in all den Tagen und Wochen, die in schrecklicher Eintönigkeit miteinander verschwammen, gelegt hatte. Einige Häftlinge verließen das Gefängnis, andere kamen, herbeigeschleift von Stantons privater Polizeitruppe. Dr. Whyville kränkelte wieder. General McClellan rückte auf Richmond vor. War Cicero noch in Sicherheit? Sie kämpfte gegen die Sorge und Verzweiflung an, die sie täglich ein wenig mehr niederdrückten. Sie hasste sich dafür, ihren deprimierenden Gefühlen derart nachzugeben, doch sie schien unfähig, sich dagegen zu wehren.

Sie dachte oft an Lon Price. War er in Gefahr? Warum nahm er so viel Raum in ihren Gedanken ein? Sie wusste es nur zu gut. Sie hatte sich in ihn verliebt; eine hoffnungslose, falsche, schmerzensreiche Liebe. Sie erzählte niemandem davon. Lon war der Feind.

Nun, es war vorbei. Tatsächlich hatte es ja nie richtig angefangen, und zweifellos würde sie ihn niemals wiedersehen.

Das traurige Lied war zu Ende. Sie legte eine schwarze Drei auf die Vier. Ihr Haar war matt und strähnig. Sie hatte keine Seife, um es vernünftig zu waschen, und bekam nur einen halben Eimer Wasser pro Woche zugeteilt. Unter ihrer Kleidung, auf Beinen, Hals und zwischen den Brüsten juckten sie rote Insektenstiche.

Direktor Wood, das barmherzige kleine Monster, ließ sie immerhin die ummauerten Aborte benutzen. »Das ist alles, was ich für Sie tun kann. Sie haben sich das selbst eingebrockt. Ich würde ja gern Ihr Freund sein, doch mir sind die Hände gebunden. Man hat Sie dabei beobachtet, wie Sie einen der Pinkerton-Detektive umarmten und versucht haben, ihn zu verführen.«

Margaret lachte über die absurde Unterstellung.

Wood quasselte weiter vor sich hin: »Sie haben Oberst Baker beleidigt, tief beleidigt. Er ist ein sehr einflussreicher Mann. Steht Mr. Stanton sehr nahe. Es liegt leider nicht mehr an mir. Ich bedaure es sehr.«

Jemand näherte sich ihrem Tisch. Sie sah mit eisigem Blick auf. »Guten Tag, Mason.« Sie glaubte nicht länger, dass Mason Highbourne ein angehender Prediger war. Er konnte nur ein Spion sein.

»Wie geht Rose mit ihrer Berühmtheit um, hat sie schon gestanden?«

»Nein, Mason.« Margaret legte eine weitere Karte ab. »Warum fragen Sie nicht Ihren Freund, den Gefängnisdirektor? Vielleicht weiß er es ja.« Irgendwie war es Rose gelungen, einen Brief entlang der Kurierlinien bis zu Thomas Jordan alias Rayford in Virginia zu schmuggeln. In diesem Brief beschrieb sie in glühenden Farben die »Gräueltaten« von Pinkertons »Schlägertypen«, als sie in ihr Haus eingedrungen waren und ihre Person durchsucht hatten. Der sensationsheischende Brief war im *Richmond Whig* abgedruckt worden, in Folge hatten ihn auch Zeitungen überall im Norden und in England veröffentlicht.

Einige von Roses Anhängern wachten täglich vor dem Gefängnis in der Hoffnung, sie hinter einem Fenster zu erspähen. Auf die Stufen des Gefängnisses legte man Blumen mit Gedenkkärtchen, auf denen ihre Treue zum Süden gepriesen wurde. Freundliche Besucher, die Lebensmittelkörbe brachten, schmuggelten gleichzeitig Zeitungsausschnitte aus den Südstaaten ein, in denen Rose als

Frontsoldatin oder Heilige gerühmt wurde. Die ganze Konföderation wusste, dass sie im März bei ihrem offiziellen Verhör vor Gericht General Dix und Richter Pierrepont mit Verachtung gestraft hatte, alle Anklagen zurückgewiesen hatte, die von dem »jüdischen Detektiv« zusammengetragen worden waren, und Lincoln vor dem überfüllten Gerichtssaal verunglimpft hatte.

»Warum beschuldigen Sie mich ständig, ich sei gut Freund mit dem Direktor?«, fragte Highbourne verdrießlich.

»Warum? Weil Ihre Backen rasiert sind. Ihr Mantel ist frisch gebürstet, Ihre Wäsche stets sauber. Irgendjemand versorgt Sie mit gutem Essen. Wer sollte Ihnen wohl alle diese Gefälligkeiten erweisen, wenn Sie doch behaupten, Sie seien zu arm, um Bestechungsgelder zu zahlen? Jeder weiß doch, dass Sie sich beinahe täglich in den Räumen des Direktors aufhalten. Beantwortet das Ihre Frage, Mason? Wenn ja, dann seien Sie jetzt bitte so freundlich und gehen mir aus den Augen!«

Highbourne zog die Schultern hoch und senkte den Kopf. Er kam ihr vor wie eine beleidigte Schildkröte, vorausgesetzt, Schildkröten konnten beleidigt sein. »Arrogante Ziege«, sagte er und rauschte davon.

Margaret hätte am liebsten gelacht. Stattdessen traten ihr die Tränen in die Augen. Diese Menschen zermürbten sie, das Gefängnis zermürbte sie. Mit einem kleinen Aufschrei, halb Wut, halb Verzweiflung, wischte sie das Patiencespiel vom Tisch. Die Häftlinge blickten kurz von ihren Näharbeiten oder Büchern auf, dann wandten sie sich wieder ab.

Sie musste an Donal McKee denken. Er war nach New York zurückgefahren. Donals Anwesenheit hätte ihr geholfen. Sie liebte ihn nicht, doch seine Besuche brachten ihr Augenblicke der Ruhe und Erleichterung. Sie sehnte sich nach seiner Rückkehr.

29

April – Mai 1862

Zach kauerte auf den Knien, die rechte Hand auf den Boden gestützt. Sein linker Arm hing herab wie der gebrochene Flügel eines Vogels. Ein Kranz aus Blut durchtränkte sein grob gewebtes Hemd oberhalb des Ellenbogens. All das nahm Lon in den paar Sekunden wahr, die er brauchte, um sich aufzusetzen und den zersplitterten Spencer durchzuladen.

Der erste der Rebellen hatte das Ende des Wehrs erreicht. Lon schoss, verfehlte ihn aber. Die Soldaten, allesamt jung und unerfahren, prallten gegeneinander wie die Zirkusclowns. Lon lud ein zweites Mal durch und feuerte. Die letzten drei Männer der Gruppe traten den Rückzug an. Der zweite und der dritte Rebell sprangen – oder besser fielen – in den Fluss. Nur der rothaarige Jüngling, der als Erster das Wehr überquert hatte, hielt die Stellung und lud eilig seine Muskete nach. Lon wollte den Spencer erneut durchladen, aber die Kammer war leer. In Harpers Waffe waren nur noch zwei Patronen gewesen.

Lon drückte Zach flach auf den Boden, nur einen Moment bevor der Rotschopf auf sie schoss. Der Rebell zielte nicht besser als Lon. Die Kugel sauste über ihre Köpfe hinweg und landete auf einem Flecken mit trockenem Gestrüpp unweit der Bäume. Lon rollte sich auf den Bauch und feuerte zweimal seinen Taschenrevolver ab. Der Rotschopf drehte um, wollte davonlaufen, rutschte aber aus und machte, zusammen mit seiner Muskete, einen unfreiwilligen Kopfsprung ins Wasser.

Lon half Zach auf die Beine. »Hättest du dir die Kugel nicht eingefangen, hätte sie mich erwischt.«

»Is' schon gut. Du bist mein Freund. Hatte noch nich' viele im Leben. Können wir hier verschwinden, bevor die Rebs ihr Bad beenden?« Vom Fluss erklang lautes Geplantsche und ein Schrei: »Charlie! Ich kann nich' schwimmen!«

»Kannst du laufen?«, fragte Lon.

»Ich hab's am Arm, nich' am Bein! Manchmal frag ich mich, wie ihr Weißen überhaupt genügend Grips habt, um die Welt so zu beherrschen, wie ihr es tut!«

Lon lachte und winkte seinen Freund vorwärts. »Lauf da

durch!« Sie rannten zu dem Flecken mit dem trockenen Gestrüpp. Lon fand in der Tasche das wasserdichte Röhrchen mit den Streichhölzern. Er zündete eins an und warf es ins Gestrüpp. Sie ließen ein Bollwerk aus blaugrauem Rauch hinter sich, während sie in Richtung der Bodenstation des Ballons weiterhasteten. Nach und nach wurde das Geschrei der Rebellen leiser.

Lon berichtete Lowe, dass sie sowohl die *Liberty* als auch Harper verloren hätten, als sie von plötzlichen Windböen über den Fluss ins Feindesgebiet getrieben wurden. Über Harpers niederträchtiges und feiges Verhalten verlor er kein Wort. Was nutzte das noch? Der Mann war gestorben und sein schlechter Charakter mit ihm.

Die Wundärzte holten eine abgeflachte Musketenkugel aus Zachs Arm, flickten ihn wieder zusammen und erklärten, dass er sich glücklich schätzen könne, keine Knochenverletzungen davongetragen zu haben. Er erholte sich in dem kleinen Zelt, das er allein bewohnte. Lon schaute bei ihm vorbei, so oft er konnte, und brachte ihm eine Extraration Schiffszwieback und eine Feldflasche, die eine Mischung aus Wasser und Whiskey enthielt. Sledge verspottete ihn, weil er so viel Aufhebens um einen Farbigen machte, doch Lon erinnerte ihn an Zachs mutiges Handeln.

Bis Ende April waren nahezu alle Belagerungskanonen McClellans stationiert. George Bangs meinte, der Artilleriebeschuss von Yorktown stehe unmittelbar bevor. Am 1. Mai, direkt nach dem Frühstück, rief Pinkerton seine Männer in seinem Zelt im Stabsbereich des Lagers zusammen. Pinkertons Unterkunft stand immer in Sichtweite derjenigen des Generals. Ein scharfer Wind schlug gegen die Zeltwände. Pinkerton sah schwach und abgezehrt aus.

»Meine Herren, ich muss Ihnen leider äußerst unerfreuliche Neuigkeiten mitteilen. Die Rebellion hat eine finstere Wendung genommen. Am 29., letzten Dienstag, haben wir trotz all meiner humanitären Appelle einen hoch geschätzten Kollegen und Freund verloren. Timothy Webster.«

Es herrschte Schweigen. Die Männer scharrten betreten mit den Füßen.

»Tim war ein engagierter und mutiger Agent. Ein Vollprofi, der wiederholt sein Leben riskiert hat, indem er nach Richmond gefahren ist, um Informationen zusammenzutragen. Seine Berichte waren ein Musterbeispiel an Gründlichkeit. Er hat nichts ausgelassen, egal, ob es um Rationierungen von Heu oder Armeemänteln oder die Anzahl und Ausstattung von Richmonds Verteidigungsbatterien ging. Durch Pech und den Verrat eines feigen Säufers, John Scully, sind Tim und Hattie Lawton dem Kommandeur der konföderierten Militärpolizei in die Hände gefallen. General Winder hat sie eingekerkert und vor Gericht gebracht. Das Urteil für Hattie war relativ human, eine einjährige Haftstrafe mit der Möglichkeit zur bedingten Hafterlassung oder zum Gefangenenaustausch. Tim hatte nicht so viel Glück. Das Tribunal hat ihn zum Tod durch Erhängen verurteilt.«

Der Wind ließ die Zeltleinwand wie Gewehrschüsse knallen.

»Mit Unterstützung von General Wool habe ich unter Parlamentärflagge selbst die Feindeslinien überquert, um der Davis-Regierung ein schriftliches Gnadengesuch zu überbringen.« Pinkerton griff nach einem Papier auf seinem Klapptisch. »Hier ist ein Teil dessen, was ich geschrieben habe: ›Die Haltung, die die Regierung der Union gegenüber Spionen eingenommen hat, ist bisher nachsichtig gewesen. In vielen Fällen sind diese Personen schon nach einem kurzen Arrest entlassen worden, und in keinem Fall ist irgendjemand, der der Spionage beschuldigt wurde, zum Tode verurteilt worden.‹«

Pinkerton legte das Papier beiseite. »Mein Versuch war erfolglos. Tim ist seinem Schöpfer mutigen Herzens gegenübergetreten, doch er hat einen grausamen Tod erdulden müssen. Seine Hinrichtung war ein beschämendes öffentliches Volksfest, das auf dem Rummelplatz der Stadt abgehalten wurde. Straßenhändler haben Souvenirs verkauft. Angesehene Damen der Gesellschaft kamen in eleganten Kutschen, um sich bloß nicht das Ableben eines Yankees entgehen zu lassen. Als schließlich die Schlinge um Tims Hals gelegt worden war und die Falltür aufklappte, riss durch einen schrecklichen Umstand der Strick. Tim fiel zu Boden, er lebte noch. Er war gezwungen, die Stufen noch einmal hinaufzusteigen, sich ein zweites Mal den Strick um den Hals legen zu lassen.«

Ein Agent meldete sich zu Wort. »Sir, woher wissen wir das alles?«

»Durch Mrs. Lawton. Hattie hat einen ausführlichen und herzzerreißenden Bericht verfasst. Wir verfügen in Richmond über ein paar versteckte Freunde, die die Möglichkeit haben, Botschaften nach draußen zu schmuggeln.«

Pinkerton schloss für einen Moment die Augen. »Tim Websters Tod schlägt ein neues und hässliches Kapitel in der Geschichte unseres Kampfes auf. Unser Feind hat sein wahres Gesicht gezeigt. Wir waren immer schon wachsam, doch von nun an müssen wir, wann immer es nötig wird, ebenso skrupellos sein.«

Lon hatte das deutliche Gefühl, beobachtet zu werden, und sah sich um. Sledge blickte ihn an, ganz so, als wolle er ihm sagen, er habe ja immer schon gewusst, dass es eines Tages so weit kommen würde. Er hatte Lon gewarnt, dieser hatte jedoch nur töricht abgewunken.

Nun, jetzt nicht mehr. Lon verließ das Zelt zusammen mit den anderen. Niemand sagte ein Wort.

Am Samstag, dem 3. Mai, zwei Tage bevor McClellans Kanonen die Belagerung eröffnen sollten, ergriff Joe Johnstons Artillerie die Initiative. Vom späten Nachmittag an donnerten Kugeln und Granaten gegen die Linien der Union. Das Dröhnen der Kanonen war noch lange nach Einbruch der Dunkelheit zu hören. Am nächsten Morgen durchbrachen Kundschafter das Ausfalltor Yorktowns und mussten feststellen, dass Johnston unter dem Schutz des Sperrfeuers seine Soldaten abgezogen hatte. Er hatte sich nach Westen, Richtung Richmond, davongemacht und die Stadt den Unionstruppen überlassen.

Am Sonntag eilte Spaldini auf der Suche nach frischem Gemüse für Pinkertons Feldküche nach Yorktown. Unter ihm flog die Straße in die Luft. Die Rebellen hatten Bodenminen, ausgerüstet mit Sprengzündern aus Knallquecksilber, vergraben. Diese teuflischen Vorrichtungen explodierten unter dem Gewicht eines Mannes oder Pferdes. Lon hörte am späten Sonntagabend von dem Unglücksfall und suchte die Lazarettzelte ab, bis er Spaldini gefunden hatte.

Der Mann mit den hellen Augen lag wach, aber phantasierend vor Schmerzen und unter dem Einfluss von Opiaten, auf einer Pritsche unter einer qualmenden Laterne. In seinem gebrochenen Englisch wiederholte er etwas, was sich anhörte wie »Wie ich kochen jetzt?«. Blutdurchtränkte Verbände bedeckten die Stümpfe seiner Handgelenke. Die Mine hatte ihm die Hände abgerissen. Irgendwie hatten die Ärzte ihn am Leben erhalten.

»Besser, wenn es mich getötet hätte. Besser.«

Lon konnte keine Worte des Trostes finden. Vermutlich spielte es keine Rolle, denn er glaubte, dass Spaldini ihn ohnehin nicht erkannte. Er verließ das Zelt. Am Morgen erzählte George Bangs ihm, dass Spaldini um vier Uhr früh gestorben sei.

Während Sledge schnarchte und heftiger Regen auf das Zeltdach schlug, las Lon bei Kerzenlicht in der Bibel.

Er las das Buch Exodus. *Du sollst nicht töten.* Er las Jesaja. *Da werden sie ihre Schwerter zu Pflugscharen und ihre Spieße zu Sicheln machen. Denn es wird kein Volk wider das andere das Schwert erheben, und sie werden hinfort nicht mehr lernen, Krieg zu führen.* Er las Matthäus. *Selig sind, die Frieden stiften; denn sie werden Gottes Kinder heißen.*

Wie oft hatte Mathias Price aus diesen Texten zitiert oder gepredigt! Lon glaubte an ihren Sinn und Wert. Und dennoch schienen sie nicht länger Gültigkeit zu besitzen in diesem Sumpf aus Hass und Tod, der ihn umgab.

Er blies die Kerze aus. Der düstere Regen fiel herab, strömte an den Zeltwänden entlang und sickerte darunter. Er lag da und hörte auf die Trommeln und Hornsignale, das Patschen von Stiefeln im Schlamm, das Rasseln von Ketten und Quietschen von Rädern, das die ganze Nacht andauerte. Er lag immer noch wach und zitterte in der Kälte und Feuchtigkeit, als die Signalhörner zum Wecken bliesen und der Rest der Armee ausrückte, um Joe Johnston zu verfolgen.

30

Mai 1862

Dr. Whyville erlag seiner Krankheit. Offensichtlich hatte er nur eine einzige Verwandte, eine Cousine. Sie kam von Fairfax Court House angereist, um die Leiche abzuholen. Sie war eine kleine, unscheinbare Person, ganz in Schwarz gekleidet bis hin zu dem Spitzentaschentuch, mit dem sie sich die Tränen aus den Augen tupfte. Sie sah dabei zu, wie die Gefängniswärter die Leiche in einem billigen Kiefernsarg hinuntertrugen. Als sie die Hälfte der Treppe zurückgelegt hatten, fing sie an zu schreien: »Mörder! Mörder!«

Alle in Zimmer 16 hielten mit dem inne, was sie gerade taten. Margaret saß starr vor ihren Karten, unfähig, die Partie Patience auf dem Tisch richtig zu ordnen. Die Schreie hallten durch das Gebäude, bis die Frau gegangen war und ihre Trauer mit sich genommen hatte.

Am Montag, dem 5. Mai, brodelten im Gefängnis Gerüchte, dass seine berühmteste Insassin am nächsten Tag nach Richmond entlassen würde, da ihre Anwesenheit in Washington für dauerhafte Irritation und Verlegenheit sorgte.

Rose und ihre Tochter verabschiedeten sich von ihren Freunden unter den Gefangenen. Rose sah großartig aus. Sie hatte eine frische Gesichtsfarbe, und ihre Augen leuchteten so lebhaft und kampflustig wie eh und je.

»Versuch, was du nur kannst, um von diesem schrecklichen Ort wegzukommen«, sagte Rose zu Magaret, nachdem sie einander umarmt hatten. »Du hast es nicht verdient, von Baker und Wood derart schlecht behandelt zu werden.«

Margaret antwortete mit einem resignierten Schulterzucken. »Würdest du etwas für mich in Richmond erledigen?«

»Wenn es in meiner Macht steht, natürlich.«

»Versuch herauszufinden, ob es meinem Bruder Cicero gut geht.«

»Das werde ich, und ich werde dir eine Nachricht zukommen lassen, verlass dich darauf.«

Die kleine Rose zerrte an ihrer Hand. »Mama, die Kutsche wartet.«

Eine Menschenmenge hatte sich draußen versammelt, um sie zu verabschieden. Wie eine Königin zu ihrem Volk winkte Rose und rief »Auf Wiedersehen«, während sie majestätisch davonrauschte und den Schmutz und den Trübsinn von Zimmer 16 hinter sich ließ. Margaret fiel in den Applaus ein. Der Chor der jubelnden Menge, die »Rose! Rose!« skandierte, drang laut und deutlich von der Straße herauf. Margaret hörte noch die kleine Rose auf den Stufen sagen:

»Den verdammten Republikanern haben wir's aber gezeigt, nicht wahr, Mama?«

Drei Tage später schwelgte ganz Washington in Neuigkeiten über ein scharfes Gefecht in Williamsburg auf der Halbinsel. Zwei Brigadekommandeure der Union, Kearny und Hancock, hatten sich dort besonders hervorgetan.

An diesem Tag überraschte Hanna Margaret mit einem Besuch im Gefängnis.

Hanna trug einen Anzug aus grauem Wollstoff, eine geknöpfte Weste und ein lose herabhängendes Seidentuch. Die Hosenbeine reichten nur bis zur halben Wadenlänge und zeigten darunter graue Strümpfe mit senkrechten schwarzen Streifen. Margaret hatte keine Ahnung, ob der Anzug für eine Frau genäht worden war oder ob es sich um den geänderten Anzug eines Jungen handelte. Egal, wie, Hanna wirkte flachbusig und unweiblich. Ihr Gesicht war blass, ohne Farbe oder Puder.

Hanna verhielt sich reserviert und zögerlich, als sie Margaret begrüßte. Nachdem Hanna ihr einen kleinen, in eine karierte Serviette gewickelten Edamer Käse überreicht hatte, umarmte Margaret sie, und die Stimmung taute etwas auf. Hanna zog sich einen Stuhl heran und flüsterte verschwörerisch: »Du wirst nie glauben, wo ich gewesen bin.«

»Bestimmt nicht. Erzähl es mir.«

»In Virginia. Falmouth. General McDowells Corps hat dort Lager bezogen und wartet auf den Befehl, McClellans Truppen zu verstärken. Ich habe eine Uniform getragen und mich unter die Soldaten gemischt, als ob ich dorthin gehörte.«

»Wirklich? Du hast mal davon gesprochen, dass du das tun wolltest, doch ich hätte nie geglaubt, dass du wirklich so weit gehst.«

»Ich habe mir im Canterbury freigenommen, meine Ausrüstung und eine Decke zusammengepackt und bin losmarschiert.«

»Was hat der Major dazu gesagt?«

»Oh, er hat energisch protestiert. Doch er hatte gar keine Zeit, mich aufzuhalten. Mr. Stanton hält seine Angestellten zu sehr auf Trab.«

Hanna blickte sich in dem Zimmer um, das inzwischen zu Margarets Welt geworden war. »Es tut mir Leid, dass du an diesem schrecklichen Ort sein musst. Ich habe Papa gefragt, ob er nicht etwas für dich tun kann. Er meinte, du bist Oberst Lafayette Bakers Gefangene und er ist der Einzige, der deine Freilassung bewirken kann. Papa hat mich davor gewarnt, dich zu besuchen, weil du eine gefährliche Spionin seist. Ich habe ihm erwidert, dass ich trotzdem käme, selbst wenn es wahr sei.«

»Nun, lass uns nicht darüber nachdenken, ob es wahr ist oder nicht. Hier bin ich nun, und hier soll ich nach dem Wunsch des feinen Oberst Baker auch bleiben. Erzähl mir mehr von deinem Abenteuer. Ist es nicht furchtbar gefährlich als verkleidete Frau?«

»Ich wünschte, es wäre so! Du musst nur zwei Dinge vermeiden: dich vor den Männern auszuziehen und die Latrinen zu benutzen. Ich bin einen ganzen Tag in den Lagern herumgestreift, habe sogar dort übernachtet, ohne dass es irgendwelche Schwierigkeiten gegeben hätte. Hunderte von Männern sind von ihren Einheiten getrennt. Etliche sind Nachzügler, die nicht mithalten konnten.«

»Und wenn dich jemand aufgefordert hätte, dich auszuweisen?«

»Oh, das haben sie. Doch vergiss nicht, ich bin Schauspielerin. Ich habe meine Stimme verstellt und mich als Gefreiter Siegel von einem erfundenen Regiment aus Ohio ausgegeben.« Mit übertriebenem Akzent fügte sie hinzu: »Mit ein paar deutschen Brocken gewürzt, um sie abzulenken.« Sie kicherte. »Wenn sie fragten, wieso ich keine Muskete, sondern nur eine Provianttasche und eine Decke bei mir trüge, habe ich geantwortet, dass sie mir gestohlen worden sei. Die Offiziere sind viel zu beschäftigt und, offen gesagt, auch zu unerfahren, um sich über jeden Einzelnen Gedanken zu machen.«

Belustigt meinte Margaret: »Wenn es so einfach ist, dann könntest du dich ja eigentlich auch freiwillig melden.«

»Das könnte ich. Die meisten Freiwilligen müssen sich für die Musterung gar nicht erst ausziehen. Ein Arzt prüft ihre Größe, ihre Hände und vor allem die Füße. Das ist schon alles.«

»Nun, du hast dein Abenteuer gehabt, also brauchst du keine weiteren Risiken einzugehen.«

»O doch. Ich werde wieder dorthin gehen. Das erste Mal war eine schreckliche Enttäuschung. Ich habe nichts außer Landstraßen, Lagerfeuern und einem Haufen unreifer Jungs gesehen, die herumsaßen und sentimentale Balladen grölten, obszöne Bücher lasen oder Karten spielten. Ich muss endlich dem Krieg ins Auge sehen.«

»Wie bitte?«

»In die Schlacht ziehen. Eine richtige Kugel vorbeizischen

hören. Ich werde abwarten, bis es mehr Kämpfe in der Nähe von Washington gibt.«

»Meinst du, das es so weit kommen wird?«

»Daran habe ich wenig Zweifel. Papa meint, dass die meisten im Kriegsministerium McClellan für einen inkompetenten, geltungssüchtigen und übertrieben ängstlichen Mann halten. Mr. Stanton ist sicher, dass er scheitern wird.« Hanna betrachtete die trostlose Umgebung. »Gibt es wirklich keine Möglichkeit, wie du hier rauskommen kannst?«

»O doch. Ich könnte zum Feind überlaufen. Einige meiner Mitgefangenen beim Gefängnisdirektor anschwärzen.« *Oder Baker nachgeben*. Margaret strich sich eine Haarsträhne aus der Stirn. »Du weißt, dass ich so etwas nie tun könnte.«

Hanna drückte ihr die Hand. »Ich weiß. Ich bedaure es so sehr, dass der Krieg uns auseinander gerissen hat. Wir machen es wieder gut, wenn er vorbei ist.«

»Da bin ich sicher.« Doch hinter ihrem Lächeln verbarg sie ihre nagenden Zweifel.

Sie sah ihre Freundin zur Treppe gehen. Margaret fühlte sich für den Bruch in ihrer Freundschaft zum Großteil verantwortlich. Doch was konnte sie daran ändern, da sie doch auf verschiedenen Seiten standen?

Gerade als es ihr so vorkam, als ob sich ihr Leben nicht noch weiter verschlimmern könnte, zeigte sich ein unerwarteter Hoffnungsschimmer am Horizont. Sie kam gerade von einem mittäglichen Gang zum ummauerten Abort zurück, und da stand – mitten in Zimmer 16, mit malvenfarbenen Handschuhen und lackiertem Gehstock – Donal.

Sein lockiges Haar glänzte vom Frisieröl. Der Blick aus seinen schwarzen Augen wurde zärtlich, als er sie entdeckte. Die Häftlinge lächelten, als Margaret mit wehendem Haar zu ihm rannte. Sie warf sich in seine Arme und vergrub ihr Gesicht an seinem Hals. »Ich habe mir solche Sorgen gemacht. Kein Brief, kein Sterbenswörtchen!«

»Verzeih mir, Liebling. Ich wurde zwei Wochen in Nassau aufgehalten. Die verfluchte Anakonda, mit der Scott den Süden abschnürt, macht den Handel nahezu unmöglich. Der Süden ist versessen darauf, seine Baumwolle gegen Bargeld einzutauschen, doch die Seeblockade hat die Zufuhr eingeschränkt. Doch egal, ich bin schließlich hier, um nach dir zu schauen.«

Er trat einen Schritt zurück und betrachtete ihr Gesicht. »Was machen sie bloß mit dir? Du siehst einfach schrecklich aus. Ich habe die Absicht, dies zu ändern.«

Sie konnte die Tränen nicht länger zurückhalten. In diesem Moment, als sie Donal derart zuversichtlich und besorgt sah, empfand sie beinahe so etwas wie Liebe für ihn.

31

Mai 1862

In der schwülen Frühlingswärme ritt Hauptmann Frederick Scott Dasher, Erstes Virginia Kavallerieregiment, auf einer bewaldeten Straße im Spotsylvania County Richtung Norden. Nach Freds Schätzung waren sie noch etwa fünfzehn Meilen südlich von Fredericksburg, wo McDowells Corps lagerte.

Der fünfunddreißig Mann starke Spähtrupp bestand aus einer Hälfte der Schwadron, die normalerweise unter der Führung von Hauptmann Calder stand. Calder kannte offensichtlich irgendeine einflussreiche Person in Richmond, denn von Pferden hatte er überhaupt keine Ahnung. Sein schwarzer Hengst war tot zusammengebrochen, als Calder ihm nach einem scharfen Ritt von Williamsburg, wo sie Joe Johnstons Rückzug gedeckt hatten, zu viel Wasser und Futter gegeben hatte. Calder war zurzeit unterwegs, um ein neues Reitpferd aufzutreiben. Dass jeder Kavallerist sich sein Pferd selbst beschaffen musste, war eine der blödsinnigen Ideen der konföderierten Regierung. Fred diente der Konföderation mit einer Mischung aus Stolz und Schuldgefühl. Wenigstens würde er keine Probleme haben, sich neue Pferde zu besorgen, solange die Farm seiner Familie in der Nähe von Front Royal auf konföderiertem Gebiet blieb. Sein Pferd Baron kam auch von dort. Baron war ein riesiger, intelligenter Wallach mit kohlrabenschwarzen Flanken, die Art Pferd, die die Unionssoldaten bei der Schlacht von Manassas so erschreckt hatte und sie schreiend vor der Black-Horse-Kavallerie davonrennen ließ.

Freds Truppenführer war Brigadegeneral James Ewell Brown Stuart, den er schon auf der Militärakademie gekannt und bewundert hatte. Fred hatte sich bei Stuart in Manassas verpflichten lassen, ehe Joe Johnston sich zum Rappahannock zurückgezogen hatte. Ohne sich groß etwas darauf einzubilden, war Fred klar geworden, dass Stuart ihn persönlich mochte und ihm in militärischer Hinsicht vertraute. Aus diesem Grund hatte ihn der General auch auf die Nordseite des Pamunkey River geschickt, um nach Anzeichen für einen Vormarsch McClellans Ausschau zu halten.

Fred ritt neben Jonas Eberhart an der Spitze der Zweierkolonne. Eberhart war einer von Calders Leutnants. Er war gewissenhaft, aber unerfahren. Das Wenige, das er über Pferde wusste, hatte er sich durch gelegentliche Arbeit im Mietstall seines Onkels angeeignet. Er war nicht gerade ein typischer konföderierter Kavallerist, denn diese hatten in der Regel ihre ganze Kindheit mit Pferden verbracht.

Schmetterlinge flatterten in den Sonnenstrahlen, die zwischen den Bäumen hindurchfielen. Drosseln und Eichelhäher zwitscherten und schimpften. Fred hatte drei Späher eingeteilt, die der Kolonne vorausritten. Acht weitere Männer deckten in Reihe hintereinander die beiden Flanken. Das gesamte Sonderkommando konnte im Falle eines Angriffs schnell nach rechts oder links schwenken.

Bis auf das Klirren des Zaumzeugs und das Stampfen der Hufe rückte die Kolonne lautlos vor. Gelblicher Staub wirbelte empor und legte sich auf Flanken und Gesichter, während die Soldaten vorwärts ritten. In ihren Satteltaschen trugen die Männer Verpflegung, aber keine Decken. Fred hatte nicht vor, zum Übernachten anzuhalten.

An seinem Schulterriemen hing eine in Richmond gefertigte Reproduktion eines Sharps-Hinterladers. Zwei neue doppelläufige LeMat-Revolver, 40er Kaliber, aus Belgien ragten aus seinen Sattelhalftern. Der obere Lauf des LeMat verfügte über eine neunschüssige Trommel; der untere war glattläufig für Schrotmunition. Bisher hatte er die Waffen erst zweimal abgefeuert: bei einem kurzen Gefecht bei Dranesville und während sie den Rückzug von Williamsburg deckten.

In Freds lockigem rotem Haar sammelte sich der Schweiß und lief unter seiner Feldmütze mit dem leuchtend gelben Oberteil heraus. Sein Zweitagebart kratzte. Er sehnte sich nach einem kräftigen Schluck aus seiner Feldflasche. Er wusste, dass er zu viel trank. Sein Konsum war gestiegen, nachdem er Washington verlassen hatte.

Ein Reiter trabte heran, der sich als Kundschafter John Mosby herausstellte. Der Gefreite Mosby war ein schmächtiger junger Mann mit hängenden Schultern und einem seltsam unsteten Blick. Mosby, von seiner Ausbildung her Anwalt und ehemaliger Adjutant des jähzornigen »Grumble« Jones, verachtete jegliche Disziplin und legte eine Unbekümmertheit an den Tag, die Freds bedächtiger Gründlichkeit zuwiderlief. Aus irgendeinem unerfindlichen Grund mochte Jeb Stuart Mosby jedoch und wollte ihm einen Offiziersposten verschaffen.

Fred blickte zur Sonne empor. Noch etwa eine Stunde bis Mittag, schätzte er. Seit Tagesanbruch waren sie abwechselnd im Trab und Schritt vorgerückt. Bald war es Zeit, die Pferde abzusatteln und ihnen die Rücken zu kühlen. Sie mussten sich unbedingt vergewissern, dass die Satteldecken glatt lagen, wenn sie weiter ...

Das Geräusch eines Reiters schreckte ihn aus seinen Gedanken. Er hob die Hand, um die Kolonne anzuhalten und trabte voran, vorbei an Soldat Mosby, der zusammengesunken im Sattel saß. Einer der Kundschafter stürmte durch eine von der Sonne beschienene Staubwolke heran.

»Herr Hauptmann, Sir.« Der atemlose Reiter salutierte, während er sein Pferd zügelte. »Eine Kolonne der Yankee-Infanterie ungefähr vier Meilen die Straße hoch! Wir haben noch eine zweite Kolonne fünf oder sechs Meilen weiter östlich gesehen!«

»McDowell?«

»Da bin ich mir ziemlich sicher, Sir.«

»Gute Arbeit. Reiten Sie zurück und halten Sie weiterhin Ausschau, aber ziehen Sie sich rechtzeitig vor ihnen zurück. Wir wollen nicht gesehen werden.«

Der Kundschafter galoppierte davon. Falls sie tatsächlich auf die Vorhut von McDowells Corps gestoßen waren, die sich in Richtung Süden bewegte, mussten Stuart und der Führungsstab es umgehend erfahren. Zweifellos marschierten die Yankees Richtung Süden, um sich mit McClellan für den Angriff auf Richmond zu vereinen. Fred trabte zurück zu Leutnant Eberhart.

»Yankee-Infanterie kommt die Straße entlang. Wir teilen die Kolonne auf. Sie führen eine Hälfte der Männer nach Westen. Beobachten Sie weiter den Feind, aber bleiben Sie im Verborgenen. Ich führe die andere Hälfte nach Osten. Keine Schüsse, es sei denn, Sie werden entdeckt. Haben Sie eine Uhr?«

»Ja, hier, Sir.«

»Bleiben Sie bis fünf Uhr in der Nähe der Yankees. Wenn sie dann noch weiter marschieren, lassen Sie sie. Erinnern Sie sich noch, wo wir gestern Abend die Pferde getränkt haben?«

»Der Bach östlich der Snell-Kreuzung.«

»Wir treffen uns dort. Wenn eine der beiden Gruppen nicht binnen einer halben Stunde nach Sonnenuntergang aufgetaucht ist, reitet die andere weiter und erstattet General Stuart Bericht. Und nun los.«

Die Kolonne teilte sich. Anders als einige seiner blasierten Kampfgefährten in der Kavallerie hielt Fred die Yankees im Allgemeinen nicht für dumm. Die Infanteristen würden zweifellos die Hufabdrucke und Pferdeäpfel auf der Straße bemerken und richtig zu deuten wissen. Das war jedoch nicht zu ändern. Er bezweifelte, dass die Yankees ihre Formation auflösen würden, um die Wälder abzusuchen, wenn doch ihr Befehl lautete, sich so schnell wie möglich McClellans Regiment anzuschließen.

Er führte seine Männer von der staubigen Straße hinunter, beorderte die Flankendeckungen zurück und ritt in den Wald. Nach einer halben Meile – die Straße war immer noch in Sicht – befahl er den Männern abzusteigen. Er ermahnte sie, ihre Pferde unter Kontrolle zu halten. Die meisten Tiere des Ersten Kavallerieregiments waren gut ausgebildet, wenn auch nicht alle. Manchmal bäumten sich unerfahrene Pferde auf, schnappten und benahmen sich wie die Zirkusgäule.

»Wenn ihr pinkeln müsst, dann tut es jetzt, und zwar schnell und leise.« Nachdem er das gesagt hatte, knotete Fred seine Feldflasche von einem Ring am Sattel ab und entfernte sich ein Stück von der Truppe. Während er die Feldflasche mit den Zähnen öffnete, vertrieb er ein paar lästige Insekten. Dann nahm er einen kräftigen Schluck von dem Fusel. Irgendein schreckliches Gebräu auf Whiskeybasis. Weiß der Himmel, was der Marketender da reingetan hatte.

Er verschloss die Feldflasche wieder, kehrte zu seinen Leuten zurück und fühlte sich schon deutlich besser. Mosby lehnte an einem Baum und kaute auf einem Zweig herum. Er betrachtete Fred, ganz so, als ob er sein Geheimnis kannte.

Vierzig Minuten später erblickten sie die Infanteriekolonne, Wachposten auf Pferden ritten weit voraus. Die jungen Blauröcke und ihre berittenen Offiziere näherten sich im Schritttempo. Mosby strich sich über den Bart. »Sir, sollten wir sie nicht besser umlegen?«

»Es mit ein paar Hundert Infanteristen aufnehmen? Ich glaube kaum, Soldat. Unser Auftrag lautet, zu beobachten und Bericht zu erstatten.«

»Ja, Sir. Ist das eine West-Point-Strategie, Sir?«

»Nein. Ein Befehl.« Sie starrten einander an. Mosby blickte als Erster weg.

Eine harmlose grüne Schlange glitt unter dem Pferd eines Korporals über den Boden. Das Pferd scheute und wieherte. Daraufhin schnaubten und stampften auch einige der anderen Tiere. Der Korporal versuchte verzweifelt, sein Pferd mit Flüstern und Streicheln zu beruhigen. Einige der Infanteriesoldaten auf der Straße sahen sich um. Das Pferd beruhigte sich wieder. Die Yankees marschierten weiter.

Fred und seine Männer folgten der Infanteriekolonne in sicherem Abstand. Kurz nach vier ließ er den Trupp in Richtung Südosten abdrehen. Nur wenig später hatten sie die Straße aus dem Blickfeld verloren. Zehn Minuten darauf befahl er den Kavalleristen, in Trab zu fallen.

Als die untergehende Sonne die Bäume im Westen in weiches Licht tauchte, erreichten sie den Treffpunkt am Bach. Leutnant Eberhart traf kurz nach ihnen ein, erhitzt und froh, dass er ohne irgendwelche Zwischenfälle durchgekommen war. In vollem Galopp ritten sie Richtung Süden und legten dabei in einer halben Stunde acht Meilen zurück, dann zügelten sie die Pferde zu einem langsamen Trab und schafften in den nächsten dreißig Minuten weitere drei Meilen. Schließlich ordnete Fred Schritttempo an und gab den Männern die Erlaubnis, im Sattel zu dösen.

Er selbst konnte nicht schlafen, obwohl er sein Knie über den Sattelknauf hängte, die Zügel locker ließ und die Arme vor der Brust verschränkte. Seine Nerven waren zu stark angespannt. Mehr als einmal sah er Mosbys gehässige Augen im Mondlicht glitzern. Der Soldat kam Fred unzuverlässig, latent gefährlich, wenn nicht sogar psychisch gestört vor.

Baron schritt gleichmäßig voran. Freds Gedanken wandten sich der Ursache seines schlechten Gewissens zu, der Militärakademie.

Er erinnerte sich noch lebhaft an einzelne Szenen und Momente, angefangen bei seinem ersten langen Aufstieg vom Schiffsanleger am Hudson zu der Hochebene. Er erinnerte sich daran, wie man ihm in jenem ersten Sommer das Leben in der Kaserne zur Hölle gemacht hatte; wie die Kadetten aus den oberen Klassen schrien, dass er kein menschliches Wesen sei, sondern ein niederes, wertloses, krankes, abscheuliches *Ding*. Einer der Älteren, dem die Beleidigungen besonders viel Spaß bereitet hatten, war Jeb Stuart aus Virginia aus der 54er-Abschlussklasse gewesen. Jeder Kadett hatte einen Spitznamen, der ihm von den anderen verliehen wurde. Stuarts Beiname war »Beauty«, gerade weil er weit davon entfernt war, ein schöner Mann zu sein.

Fred erinnerte sich an lange Nächte des Studiums bei Kerzenlicht und sogar noch längere, in denen er bei bitterkaltem Wetter Wache schieben musste, um Strafpunkte abzuarbeiten. Er erinnerte sich an seine Freunde; zwei der besten waren ein junger Kadett aus Pennsylvania, Billy Hazard, und ein anderer aus South Carolina, Charles Main. Beide hatten Verwandte, die die Akademie absolviert und im Mexiko-Krieg gekämpft hatten. Charlie Main hatte Fred seinen Spitznamen gegeben; »Carrots«, »Karrote«, wegen seiner roten Haare. Vielleicht würde er in einem von Stuarts sechs Kavallerieregimentern auf Charlie treffen. Er vermutete, dass Billy auf Seiten der Union kämpfte.

Eine seiner deutlichsten und zugleich schmerzlichsten Erinnerungen führte ihn zurück in eine Kapelle, in welcher der neue Direktor der Akademie, Oberst Robert E. Lee, eine Ansprache vor dem Kadettencorps und dem Lehrkörper gehalten hatte. Lee hatte aus *Heinrich V.* zitiert und die Kadetten einen »Bund von Brüdern« genannt. Er hatte gesagt, dass sie nicht irgendeinem Bundesstaat oder einer Region verpflichtet seien, sondern einzig der Nation, die ihnen ihre Ausbildung ermöglicht habe, der Nation, der sie nach ihrem Abschluss an der Akademie treu zu dienen geschworen hätten.

Wie die Nation war auch der »Bund von Brüdern« zerbrochen. Und was war mit den Brüdern selbst? Waren auch einige von ihnen zerbrochen? Fred schüttelte den Kopf und ärgerte sich über seine verdrießlichen und ängstlichen Gedanken. In letzter Zeit war ihm einiges dieser Art durch den Kopf gegangen.

Sie erreichten Stuarts Hauptquartier am Pamunkey River kurz nach Sonnenaufgang. Der neunundzwanzigjährige General, geschniegelt wie eh und je mit seinen polierten hohen Stiefeln, einer mit Goldquasten geschmückten Schärpe und dem opulenten Vollbart, frühstückte gerade zusammen mit Oberst Fitzhugh Lee und dem stämmigen Heros von Borcke, der auf Beurlaubung von seinem Preußischen Dragonerregiment in Charleston gelandet war. Stuart hatte Gefallen an von Borckes exotischer weißrosa Reitertracht gefunden und ihn in seinen Stab aufgenommen.

Fitz Lee hatte '56 seinen Abschluss in West Point gemacht; ein Jahr vor Fred. Sein Bart war ebenso prächtig wie der Stuarts und trug dazu bei, seine Jugend zu verbergen. Fitz war auf der Akademie ein fröhlicher Unruhestifter gewesen und wäre beinahe von seinem Onkel, dem Direktor, von der Schule geworfen worden. Die Männer respektierten Fitz, weil er mit der Berufsarmee im Westen gekämpft hatte und verwundet worden war. Es gab noch einen weiteren Lee, der in Stuarts Truppe kämpfte, Roberts Sohn Rooney. Obwohl er ein fähiger Kavallerist war, gehörte er nicht zur West-Point-Clique, weil er in Harvard seine Ausbildung absolviert hatte.

Stuart winkte Fred, sich auf einen Klappstuhl zu setzen. Dieser berichtete, was sie gesehen hatten. Stuart war hocherfreut. »Wir werden sofort einen Kurier zu General Johnston schicken.«

Fred wusste, dass er eigentlich nicht über Mosby sprechen sollte, tat es aber trotzdem. »Ich weiß nicht, wie ich den Mann einschätzen soll. Ich glaube nicht, dass er für die Armee geeignet ist.«

Stuarts Zähne schimmerten inmitten seines rostbraunen Bartes. Er war ein untersetzter, kräftig gebauter Mann, der sowohl gute Laune als auch unbedingte Autorität ausstrahlte. »Ich gebe ja zu, dass er ein komischer Kauz ist, aber ich hab so eine Ahnung, dass er sich im Kampf als echter Teufelskerl erweisen wird. Unsere schwierige Aufgabe besteht lediglich darin, die richtige Einsatzmöglichkeit für ihn zu finden.«

Fitz Lee und von Borcke baten darum, sich verabschieden zu dürfen. Stuart wies seinen Burschen an, Fred heißen Kaffee in die Blechtasse nachzuschenken. »Erlauben Sie mir eine Bemerkung, Hauptmann Dasher. Sie sehen nicht gerade vergnügt aus. Gab es außer dem Soldaten Mosby noch andere Probleme?«

»Eigentlich nicht, Sir. Es ist nur – ich habe die ganze letzte Nacht an West Point denken müssen.«

Nicht unfreundlich erwiderte der General: »Ihre Ausbildung auf der Akademie ist ein Problem für Sie, nicht wahr?«

»Manchmal ja.«

»Sie sind nicht der Einzige, der Bedauern und ein gewisses Maß an Schuldgefühlen empfindet. Wir alle haben die Armee verlassen, die wir geliebt haben. Ich musste mit ansehen, wie mein Schwiegervater es vorzog, für die Gegenseite zu kämpfen«, – hier lächelte Stuart –, »was er wohl in Zukunft noch schwer bedauern wird. Fitz war taktischer Offizier an der Akademie, als der Krieg begann. Ich kann mir vorstellen, dass noch viele andere sehr gemischte Gefühle hegen: General Longstreet, General Johnston, mit Sicherheit auch Präsident Davis. Doch wenn Sie einmal an einer Kreuzung stehen und sich für einen Weg entschieden haben, ist es sinnlos und gefährlich, dauernd zurückzublicken.«

»Das sage ich mir auch immer. Trotzdem habe ich ein schlechtes Gewissen.«

»Weil Sie ein anständiger Mann sind, der einen Eid abgelegt hat und ihn nur sehr ungern bricht. Wir haben aber keine Zeit für Schuldgefühle. Wir haben nur eine einzige Pflicht – jeden Auftrag gewissenhaft und mit vollem Einsatz auszuführen, egal, was es kostet, egal, wer sich uns in den Weg stellt. Nun zu den vorrangigen Dingen: Ich habe bereits drei andere Sonderkommandos als Spähtrupps bei Fredericksburg eingesetzt, doch Ihres würde ich ebenfalls gern dorthin schicken. Wir wollen McDowell keinen Moment aus den Augen lassen. Es macht Ihnen doch nichts aus, vom Stab entfernt zu sein?«

»Offen gesagt, Sir, ziehe ich es sogar vor, im Feld zu sein.«

»Wie kommen Sie mit Calders Leuten zurecht?«

»Einigen von ihnen fehlt noch die Erfahrung, doch sie gehorchen den Anweisungen und lernen schnell. Sie sind ein guter Trupp.«

»Bis auf Mosby.«

»Es war nicht meine Absicht …«

»Machen Sie sich keine Sorgen, ich habe auch schon von anderen entsprechende Beschwerden gehört. Wir werden schon die richtige Nische für ihn finden. Und nun sehen Sie zu, dass Sie noch ein bisschen Schlaf bekommen, und denken Sie immer daran, was ich Ihnen gesagt habe.« Der General beugte sich vor, seine leuchtend blauen Augen fest auf Fred gerichtet. »Wenn Sie einmal an der Kreuzung stehen und sich für einen Weg entschieden haben, können Sie es sich nicht mehr leisten zurückzublicken. Denn dabei übersehen Sie womöglich den Feind, der Ihnen auflauert.«

»Ja, Sir.«

Fred erhob sich, salutierte und machte auf dem Absatz kehrt. Als er ging, rief Stuart seinen Burschen herbei: »Geh, und such Mosby. Er soll General Johnston eine Nachricht überbringen.«

Fred spazierte am Flussufer entlang. Wäre es doch nur so einfach, dem Ratschlag des Generals zu folgen und sich eine Entscheidung zu verzeihen. Eine Entscheidung, die er anzweifelte, die ihm das quälende Gefühl vermittelte, dass er das in ihn gesetzte Vertrauen verraten hatte.

Als Kind hatte seine Mutter ihn gelehrt, was Ehre bedeutete und wie wichtig es war, ein Versprechen zu halten. Manchmal hatte er sich über ihre Rechtschaffenheit geärgert, genau wie er sich über all die Prediger und Lehrer geärgert hatte, die ihm mit ihren Reden Schuldgefühle eingeimpft hatten, um seine Standfestigkeit zu stärken. Seine Feldflasche enthielt die einzig verlässliche Medizin gegen Schmerz und Zweifel. Auf dem Kundschaftsritt hatte er erst die Hälfte getrunken. Ehe es Mittag wurde, leerte er in der Abgeschiedenheit seines Zeltes auch noch den Rest.

Anderthalb Tage später, am Nachmittag des 27. Mai, entdeckte Freds Sonderkommando erneut Unionstruppen auf dem Marsch, diesmal in Richtung Norden, nach Fredericksburg. Fred und seine Männer beobachteten die Soldaten und stellten fest, dass es sich nicht um einen Einzelrückzug handelte, sondern vielmehr um eine Bewegung des gesamten Corps. Aus irgendeinem Grund wurde McClellan nicht durch McDowells Truppen verstärkt. Mit diesen Neuigkeiten führte Fred seine Kavalleristen in vollem Galopp zurück zu Stuart.

32

Mai 1862

Besucher versorgten das Old Capitol regelmäßig mit Neuigkeiten. Anhänger der Konföderierten berichteten schadenfroh über die Abwehr von fünf Kanonenbooten der Union auf dem James River. Die konföderierte Artillerie bei Drewry's Bluff hatte sie acht Meilen vor Richmond zur Umkehr gezwungen. Vorerst war die Stadt vor einem Angriff durch die Yankees sicher.

Die Aussichten zu Lande waren weniger erfreulich. McClellans mächtige Armee stand bereit, um die wohl größte Schlacht seit Manassas zu schlagen. Partisanen des Südens hofften, dass Joe Johnston eine massive Offensive starten würde, um den Feind von der Halbinsel zu vertreiben.

Zu Beginn der dritten Maiwoche wurde Margaret vom Besuch eines älteren Episkopalpfarrers überrascht, den sie nicht kannte. Direktor Wood hatte sie in Roses altes Zimmer verlegt, wo sie etwas mehr Privatsphäre hatte und den Besucher empfing. Er setzte sich so, dass sein Rücken jedem, der vielleicht ins Zimmer sah, den Blick verstellte. Während er über die Sünden der Lincoln-Regierung plauderte, schob er die Hand unter sein schwarzes Beffchen und überreichte ihr einen Brief. Sie wunderte sich nicht besonders über den Pfarrer; die Episkopalgemeinden Washingtons waren berüchtigt dafür, treue Südstaatler zu beherbergen.

Am Ende des Besuchs dankte sie dem Pfarrer und begleitete ihn aus dem Zimmer. Vor der Tür lungerte ein Wärter herum, ein Mann, der noch ziemlich neu im Gefängnis war. Er hieß Hodges. Er war nicht einfach nur alt, etwa sechzig bis fünfundsechzig, sondern war das auf geradezu abstoßende Weise, mit hängendem Bauch und falschen Zähnen, die wie Porzellan leuchteten, wenn er grinste. Etwas, das er jedes Mal tat, wenn er Margaret traf. Er verursachte ihr eine Gänsehaut.

Sie lehnte die Tür an und riss den Umschlag auf. Sie erkannte Roses Handschrift wieder. Rose war in Richmond.

Die kleine Rose und ich sind stürmisch willkommen geheißen worden, viel stürmischer, als ich erwartet hatte. Diese Stadt befindet sich zurzeit in einem Zustand schrecklicher Angst – während ich dies schreibe, stehen McClellans Bastardtruppen aus Deutschen, Iren und Gott weiß was noch für Leuten keine zwanzig Meilen entfernt. Mrs. Davis und die vier Kinder des Präsidenten sind bereits nach Raleigh geflohen. Die Regierung wird ihren Staatsschatz nach South Carolina schaffen, falls es weiterhin so aussieht, als ob die Stadt eingenommen wird. Unser Nigger-Hausdiener hat schon Tabaksbeutel gehortet, um sie als Tauschwährung im Handel mit einer Besatzungsarmee zu nutzen. Ich habe sogar gehört, dass Davis Richmond eher niederbrennen will, als dass er eine Eroberung zulässt.

Doch es gibt auch eine gute Neuigkeit für meine liebe Freundin: Obwohl ich deinen Bruder Cicero selbst noch nicht zu Gesicht bekam, habe ich aus zuverlässiger Quelle erfahren, dass er lebt und für den Kommandeur der Militärpolizei arbeitet, allerdings weiß ich nicht, in welcher Funktion.

Margaret schluchzte auf vor Erleichterung. Dann hörte sie plötzlich Geräusche von draußen, ging zur Tür und trat gleich wieder zurück, als sie Hodges Porzellangrinsen gegenüberstand.

»Alles in Ordnung, Miss?«

Sie schlug ihm die Tür vor der Nase zu.

Lon verlor an Gewicht. Er ließ seinen Bart wachsen. Dieser verlieh ihm ein raues, bäuerliches Aussehen, das ihm nützlich sein würde, sollte Pinkerton ihn je hinter die feindlichen Linien schicken. McClellans Armee lagerte am unteren Pamunkey River, zwischen White House, einer ausgedehnten Plantage, die Lees Familie gehörte, und dem weiter südlich gelegenen Cumberland Landing. Lon befragte Gefangene, Deserteure und Konterbanden und wurde von Tag zu Tag beunruhigter über die Diskrepanz zwischen den Zahlen, die er ablieferte, und denen, die dem General übermittelt wurden.

Little Mac nutzte Pinkertons Schätzungen, um seinen Angriff mit der Begründung, er brauche Verstärkung, immer weiter hinauszuzögern. Phil Kearny, der einarmige Brigadekommandeur, der sich bei Williamsburg hervorgetan hatte, nannte McClellan abfällig den »Virginia-Kriecher«. Ein Trinkkumpan von Sledge, der ziviler Telegraphist im Dienst der Armee war, erzählte, er habe eine Nachricht des Kriegsministeriums entschlüsselt, in welcher der Präsident McClellan unumwunden mitteilte, dass er entweder Richmond angreifen oder aber aufgeben und nach Washington zurückkehren müsse, um die Stadt zu verteidigen.

»Sie würden meinen Kumpel aufhängen, wenn sie wüssten, dass er solche Sachen herumposaunt«, meinte Sledge. »Natürlich war er besoffen, als er mir das erzählt hat. Meinst du, der General ist ein Feigling?«

»Ich nehme an, er ist lediglich vorsichtig, weil er nicht unnötig Männer verlieren will.«

»Oder auch, weil er seinen Ruf nicht verlieren möchte? Ich habe gehört, dass er unter Umständen in zwei Jahren als Präsident kandidieren will. Ich glaube, er würde Lincoln ohne weiteres schlagen.«

Lon gestand, dass auch er hinsichtlich des Generals Zweifel hegte, insbesondere, was McClellans wohl bekannte und häufige Proteste anbelangte, Stanton und Lincoln behinderten seine Arbeit, indem sie weitere Truppen zurückhielten.

»Wir hören immer nur, dass wir in der Unterzahl sind. Ich zähle aber die Truppenstärken zusammen, die ich bei den Befragungen von den Männern erfahre, rechne daraufhin hoch – und ich glaube es einfach nicht. Ich schätze, wir haben etwa hunderttausend einsatzbereite Soldaten, Johnston dagegen kann nur drei Viertel davon aufbieten. Elvin Stein stimmt mir zu, und er ist selbst in Richmond gewesen.«

»Hast du dem Boss schon was erzählt?«

»Er ist wieder krank. Und hat eine Stinklaune.«

Mit einem zynischen Schulterzucken, das typisch für ihn war, meinte Sledge: »Wenn es dir nichts ausmacht, dich ordentlich zur Schnecke machen zu lassen, red noch mal mit ihm. Vielleicht triffst du ihn ja in empfänglicher Stimmung an.«

»Du hast gut reden.«

Sledge grinste. »Klar. Ich bin ja auch nicht wie du. Ich zerbreche mir über diese Dinge nicht den Kopf.«

Margaret erwachte in der Hitze und dem Gestank des fensterlosen Zimmers. Der Lichtstreifen einer Laterne fiel durch den geöffneten Türspalt. Sie hatte die Tür geschlossen, ehe sie ihre Lampe gelöscht hatte.

Eine Diele knarrte. Immer noch schläfrig, stützte sie sich auf und erhob sich. Sie roch den Schnaps im ranzigen Atem des Eindringlings.

Obwohl sein Gesicht im Dunkeln lag, erkannte sie ihn an seiner Kopfform. Er fasste durch ihr verschwitztes Baumwollnachthemd nach ihrem Bein. »Komm her, Schätzchen, du musst doch inzwischen ganz heiß drauf sein.« Finger wanderten wie Spinnen ihren Schenkel hinauf.

Sie schlug mit der rechten Hand nach ihm. Ihre abgebrochenen Fingernägel zerkratzten ihm die Backe, er schrie auf. Er beschimpfte sie, stieß sie auf die Pritsche hinunter, zwängte seine Hand unter ihr Nachthemd und rieb sie zwischen den Beinen. Sie schlug ihn mit der flachen Hand. Er setzte sich breitbeinig auf sie. Sie schrie um Hilfe. Daraufhin sprang er auf, lief hinaus und schlug die Tür hinter sich zu.

Schwer atmend strich sie sich das Haar aus den Augen. Ein Wärter mit einer Lampe stieß, ohne anzuklopfen, die Tür auf. Margaret zog sich den Saum ihres Nachthemdes über die Knie.

»Was ist los? Warum haben Sie geschrien?«

»Hodges war hier. Er hat versucht, mir etwas anzutun.«

»Kann nich' sein. Hodges hat gar keinen Nachtdienst.«

»Ich sage Ihnen, es war Hodges! Rufen Sie den Direktor!«

»Ach, halten Sie die Klappe. Der Direktor kommt nicht vor sieben Uhr morgens.«

Er ging wieder. Margaret schlang die Arme um die Knie und wiegte sich auf ihrer Pritsche hin und her. Den Rest der Nacht schlief sie kaum, und wenn sie doch ein wenig einnickte, erwachte sie mit einem erstickten Schrei in der Kehle, weil sie die raue Hand wieder zwischen ihren Beinen spürte.

Um acht Uhr erschien Direktor Wood bei ihr. Er behauptete, ihre Geschichte zu glauben. Doch die Art, in der er die Hände rang und mit den Augen rollte, hätte jedem Schauspieler in einem Melodram Ehre gemacht.

»O Gott, das tut mir so Leid, Miss Miller! Ich werde Hodges zum Dienst außerhalb des Gebäudes einteilen. Diese Dinge passieren nun mal. Männer haben ihre Gelüste. Ich halte nicht viel von Hodges, doch ich muss leider nehmen, was ich kriegen kann, was soll ich tun? Wenn Sie keine Staatsfeindin wären, könnte ich ein Schloss an Ihrer Tür anbringen lassen.« Wood kratzte sich am Nasenloch. »Das hätte sich vermeiden lassen. Vielleicht sollten Sie in

Erwägung ziehen, netter zu Oberst Baker zu sein, wenn er wieder vorbeikommt.«

Was er mit Sicherheit tun würde; das wusste sie plötzlich gewiss. Hatte Baker Hodges auf sie angesetzt, um ihren Willen zu brechen? Falls ja, dann hatte er allmählich Erfolg mit seinen Methoden.

An den feuchten Abenden, wenn Lon den letzten Gefangenen befragt, den letzten Bericht verfasst, seine Socken gestopft oder sich den Bart mithilfe einer von Sledge geborgten Schere und einer Spiegelscherbe gestutzt hatte, ging er gern am Ufer des gewundenen Flusses spazieren, rauchte und hing seinen Gedanken nach.

Die Nacht hallte wider von den Rufen der Wachposten und Losungen, die als Antwort gegeben wurden. Eulen schrien; Insekten summten. Der Hitzedunst über dem Wasser hüllte die Lichter der ankernden Kanonenboote in Nebel. Irgendwo übte ein Hornist ein neues Abendsignal, das in der Armee eingeführt worden war. George Bangs hatte erzählt, dass ein Brigadekommandeur die Melodie »Taps« während des Halbinsel-Feldzugs komponiert habe. Die melancholische Melodie ließ Lon an Margaret denken. Krieg oder nicht – er konnte sie nicht einfach aufgeben. Wenn er sie wiedersah, würde er ihr erneut seine Gefühle eingestehen und darauf hoffen, dass er ihr wirklich etwas bedeutete.

Auf einer seiner nächtlichen Wanderungen beschloss er, dass er über die Zahlen nicht länger schweigen konnte. »Dürfte ich Sie kurz sprechen, Sir?«, fragte er Pinkerton am nächsten Morgen in dessen Zelt auf der White-House-Plantage.

In den tief liegenden Augen des Bosses zeigte sich keinerlei Freundlichkeit. »Ich bin äußerst beschäftigt!« Das war nicht zu übersehen. Pinkertons Klapptisch war beinahe vollständig unter Stapeln von Dokumenten verborgen. Auf dem Boden neben seinem Schemel stapelten sich weitere Papiere. Seine Hände und Manschetten waren voller Tintenflecke.

»Ich will es kurz machen, Sir. Es geht um Ihre Berichte an General McClellan. Ich frage mich bloß, ob die Zahlen nicht ein falsches Bild vermitteln. Zu den falschen Schlussfolgerungen führen.«

Pinkertons blaugraue Augen wurden eisig. »Fahren Sie fort.«

»In Yorktown dachten wir, wir wären in der Unterzahl, doch jede Schätzung, die wir seitdem vorgenommen haben, sagt uns, dass

Joe Johnston etwa fünfzigtausend kampfbereite Soldaten hatte, wir aber mindestens fünfundsiebzigtausend. Falls das den Tatsachen entspricht, hätten wir ihre Verteidigungstruppen überwältigen können. Stattdessen hat der General eine Belagerung angeordnet.«

»Sie überschreiten Ihre Kompetenz, Alonzo. Sie waren nicht in West Point. Sie sind kein Stratege.«

»Ich kann Berichte lesen und zwei und zwei zusammenzählen, Sir.« Er hatte vorgehabt, sachlich mit dem Boss zu sprechen, ihn zu überzeugen. Doch ihm wurde bewusst, dass die Atmosphäre durch Pinkertons blinde Ergebenheit seinem Gönner gegenüber viel zu angespannt war. Dennoch drängte ihn sein Gewissen weiterzureden.

»Ich sage nur, was allgemein bekannt ist. Die Belagerung hat Johnston fast einen Monat Zeit gegeben, seine Truppen zu verstärken. Manche Leute behaupten, dass Yorktown in Wahrheit eine Niederlage für uns war.«

»Welche Leute? Nennen Sie mir ihre Namen.«

»Ich kenne ihre Namen nicht. Ich würde sie auch nicht mit hineinziehen, wenn ich die Namen wüsste. Sie haben lediglich ihre Meinung geäußert, mit der ich zufällig überein ...«

»Diese Männer, von denen Sie da reden, verhalten sich unbotmäßig. Auch Sie neigen dazu!«

»Sir, ich protestiere«, rief Lon aus. »Sie haben selbst gesagt, dass wir die Zahlen um wenigstens zehn Prozent anheben, doch schon die Ausgangszahlen sind fehlerhaft. Wir schätzen die Gesamtzahl der anwesenden Männer, so gut wir können, aber diese Zahl schließt Kranke und Verwundete mit ein. Womöglich zählen wir sogar Männer mit, die längst desertiert sind. Wir sollten nur die Anzahl der Soldaten schätzen, die tatsächlich einsatzbereit sind. Andernfalls bekommen wir ein völlig falsches Bild.«

»Alonzo, Sie sind hier, um Befehle zu befolgen, nicht um diese zu interpretieren oder zu kritisieren. Ich werde Sie mit einigen Berichten nach Washington schicken, die zu lang zum Telegraphieren sind. Vielleicht werden Ihnen ein oder zwei Wochen Schreibtischarbeit in der Hauptstadt den Kopf wieder gerade rücken! Wir werden unsere Streitkräfte weiterhin auf jede nur mögliche Weise stützen, weil die Arbeit des Generals ständig vom Kriegsminister und vom Präsidenten unterminiert wird. Die Intriganten in Washington ...«

Lons Temperament ging mit ihm durch: »Haben wir irgendwelche Beweise dafür, dass tatsächlich eine Verschwörung existiert? Wenn ja, dann würde ich sie gern sehen. Dann könnte ich sagen, dass ich meine Zweifel bedaure, doch bis dahin …«

»Genug! Fordern Sie ein Pferd an, und melden Sie sich morgen um sechs Uhr früh bei Mr. Bangs! Er wird Ihnen die Unterlagen für Washington und die nötigen Passierscheine aushändigen. Offen gestanden bin ich von Ihnen enttäuscht. Ich hatte gedacht, dass Sie das Zeug zu einem hervorragenden Geheimdienstagenten hätten. Ich habe mich geirrt. Guten Tag.«

Gegen Ende der dritten Maiwoche besuchte Donal McKee erneut das Old Capitol. Er war seit einer Woche in der Stadt, sagte jedoch nicht, in welcher Angelegenheit. Er und Margaret unterhielten sich ungestört in ihrem Zimmer.

»Ich habe regen Kontakt zu Lord Lyons, dem britischen Botschafter, gepflegt.« Der Whiskeygeruch in Donals Atem konnte einen feineren, süßlichen Duft nicht ganz verbergen, einen alles andere als männlichen Duft.

»Du weißt ja, dass ich einen britischen Pass besitze. Daher hat seine Lordschaft mir auch entsprechende Aufmerksamkeit geschenkt. Außerdem weiß er, dass ich eines der größten Vorratslager mit Rohbaumwolle auf dem Kontinent kontrolliere und dass ich Männer und Schiffe anheuern kann, um einiges oder alles davon durch die Blockade zu den englischen Spinnereien zu schaffen, die ihre Produktion einstellen müssten, falls der Nachschub abgeschnitten wird.«

Donal legte seinen Spazierstock und seinen Zylinder auf den Tisch. Er war überschwänglicher, als Margaret ihn seit langem erlebt hatte. »Seine Lordschaft und ich haben uns bei drei Anlässen getroffen, das letzte Mal zu einem köstlichen Champagner-Diner.«

Mit ein paar jungen Damen aus einer »Pension« zum Dessert?

Sie schämte sich augenblicklich für ihren Gedanken. Sie kannte Donal und seine Vorlieben. Er war nicht nur ein Mann mit starken Gelüsten, sondern auch ein reicher Mann. Frauen fanden dies äußerst anziehend.

Er nahm ihre Hand. »Lord Lyons und ich sind zu einer befriedigenden Übereinkunft gelangt. Als Folge davon kann ich dir ein Angebot machen, durch das sich die Pforten dieses unaussprechlichen Ortes für dich öffnen werden«, sagte er in ernstem Ton.

Margaret schwindelte fast vor Aufregung. Donal war zufrieden, so viel konnte sie in seinem selbstsicheren Lächeln sehen. Er umfasste ihre Hand fester.

»Wenn du meinem Plan gewogen bist, ist es nur noch eine Sache von ein paar Tagen für mich, dich hier rauszuholen. Und niemand, weder dieser Schuft Baker noch Stanton, Lincoln oder sogar Gott selbst, kann mich daran hindern.«

33

Mai – Juni 1862

Zach hatte seine Arme tief in einen hölzernen Bottich mit Spülwasser versenkt. Wenn er nicht gerade Dinge für Pinkerton besorgte oder durch die Gegend trug, spülte er Geschirr und räumte die Feldküche auf, allerdings nicht ohne Murren. »Du bist 'n Laufbursche, ich spül Blechtassen«, meinte er zu Lon. »Wo is' denn diese wichtige Geheimdienstarbeit, die wir tun sollen? Da könnt ich genauso gut als Kellner die weißen Leute im Willard's Hotel bedienen.«

»Meine Schuld.« Lon pflückte sich einen Zwiebackkrümel aus dem Bart. »Ich stehe beim Boss im Moment nicht gerade hoch im Kurs.«

Zach hängte sein Spültuch über den Rand des Bottichs. »Pass auf dich auf, da oben in Washington! Du bist der einzige Freund, den ich hab. Und hier liegt 'n ganzer Haufen Ärger in der Luft.«

»Mehr als sonst?«

»Denk schon. Konnt letzte Nacht nich' schlafen, also bin ich rumspaziert, wo ich's eigentlich nich' darf, aber keiner hat mich gesehen. Das Zelt vom Boss war hell erleuchtet, wie immer. Hatte Besuch. Den großen General, der sich aufgeführt hat wie'n Verrückter. Irgendwas über Soldaten, die nach Washington abgezogen werden.«

»McDowells Verstärkung?«

»Muss wohl so sein. Der große General hat über Mr. Stanton geflucht. Hat ihn Judas Ischariot genannt.«

»Großer Gott.«

»Du kommst besser schnell wieder zurück, eh's hier noch schlimmer wird.«

Während seines Ritts nach Fort Monroe und der Reise mit dem Dampfschiff flussaufwärts plagten Lon unheilvolle Gedanken. Die Reise dauerte anderthalb Tage. Pinkerton legte die Strecke häufig zurück; er hetzte nach Washington, um als Zeuge bei einer Kriegsgerichtsverhandlung oder der Vernehmung eines Kontrakthändlers aufzutreten, und eilte dann wieder ohne Schlaf zurück, was sein abgezehrtes Aussehen und seine schlechte Laune erklärte.

Als Lon in Washington eintraf, erfuhr er, dass McDowell tatsächlich von Fredericksburg zurückbeordert worden war, um die Hauptstadt vor Stonewall Jackson zu schützen. Lag vielleicht doch ein Funken Wahrheit in McClellans Behauptung, es gäbe eine Verschwörung?

Die Stadt befand sich in heller Aufregung über die Nähe Jacksons und die Kämpfe, die am letzten Maitag bei Seven Pines an der York-River-Eisenbahnlinie stattgefunden hatten. Die Bekanntmachungen vor den Zeitungsbüros verkündeten einen Sieg der Union. Johnston, der Kommandant der Konföderierten, sei gleich zweifach verwundet worden. Doch in Pinkertons Hauptquartier sah man die Sache anders. Kate Warne, die mit Papierkram an den Schreibtisch gefesselt war, berichtete Lon: »Wir haben ein Telegramm über die Schlacht erhalten. McClellan hat ungefähr sechstausend Leute verloren – getötet oder verwundet. Eine solche Schlappe hat er noch nie zuvor erlitten. Weiß der Himmel, wozu ihn das treiben wird. Man sagt, er sei nicht mehr Herr der Lage, und Lincoln ist mit seiner Geduld am Ende.«

»Wenn Johnston verletzt ist – wer wird ihn ersetzen?«

»Bobby Lee. Das hat Davis schon angekündigt.«

»Woher wissen wir das?«

»Von unseren Leuten in Richmond.«

Wie stark war Pinkertons Position noch angesichts McClellans Versagen? Lon erinnerte sich an Lafayette Bakers warnende Worte im Old Capitol: *Setzen Sie nicht aufs falsche Pferd.* Dieser Ratschlag kam ihm nicht länger dumm oder eigennützig vor.

Mit beklommenem Gefühl überbrachte er die versiegelten Kuriertaschen dem Kriegsministerium im President's Park. Dort empfing Minister Stanton allmorgendlich Bittsteller; dabei stand er hinter einem Pult und bellte Fragen und Antworten wie ein strenger Zuchtmeister. Dutzende von Bittstellern drängten sich auf den Bänken in der Halle und warteten darauf, in ähnlicher Weise angeschnauzt zu werden.

In der Bibliothek im zweiten Stock befand sich mittlerweile das Telegraphenbüro. Stanton hatte die Geräte beschlagnahmt und sie aus dem Hauptquartier der Potomac-Armee entfernen lassen. Lon hörte die Empfänger ticken und klappern, als er das Gebäude verließ. Im Eingang stieß er mit dem Präsidenten zusammen. Lincoln tippte sich an seinen alten Zylinder und entschuldigte sich; er erkannte Lon nicht wieder. Er drängte sich an einigen Bittstellern vorbei, die kaum Notiz von ihm nahmen, und eilte die Treppen hinauf.

Lons nächster Auftrag, eine Lieferung an das Büro des Generalquartiermeisters, bestand aus mehreren Bündeln von Hauptbüchern. Man hatte sie bei einem Kontrakthändler beschlagnahmt, der dabei erwischt worden war, wie er mit Getreidekäfern verdorbenen Zwieback an die Halbinseltruppen verkauft hatte. Sledge hatte die Bücher unter Zuhilfenahme seines Schlagrings sichergestellt. Er prahlte damit, dass der Kontrakthändler nun mit Knochenbrüchen und blauen Augen das Bett hüten musste, was ihm reichlich Zeit gab, über seine Verfehlung nachzudenken.

Nervös bereitete Lon sich auf den privaten Teil seines Besuchs vor. Ein Barbier schnitt ihm Haare und Bart. In Shillingtons Buchladen diskutierte er mit einem Verkäufer über ein Geschenk. Der pingelige Verkäufer empfahl eine relativ neue Übersetzung der *Rubaiyat*, Gedichten von Omar Khayyam, die Lon noch nicht gelesen hatte. Der Verkäufer versicherte ihm, dass sie viel mit Romantik und Schicksal zu tun hätten, jedoch in einem elegischen Ton geschrieben seien, der den Kriegszeiten angemessen sei.

»Schlagen Sie es in Geschenkpapier ein«, sagte Lon. »Es ist für eine Dame.«

»Sie wird Ihre Empfindsamkeit zu würdigen wissen.«

Das Old Capitol war noch genauso trostlos, wie er es in Erinnerung hatte. Die Gewitterwolken, die sich an diesem warmen Nachmittag am westlichen Himmel zusammenballten wie eine Warnung vor Stonewall Jacksons Truppen jenseits des Horizonts, ließen es sogar noch düsterer und trauriger erscheinen. Die Wärter ließen ihn ohne Einwände eintreten, als er seine Papiere zeigte, doch er erlebte eine Überraschung: Margaret hatte inzwischen eine eigene Zelle bekommen, das Zimmer, in dem zuvor Rose Greenhow gewohnt hatte.

Zwei Stufen auf einmal nehmend, stürmte er die Treppe hinauf. Er war entschlossen, sein Anliegen vorzubringen und ihr seine Gefühle zu offenbaren. Er wollte sie fragen, ob sie genauso für ihn fühlen könne, wenn der Krieg erst einmal vorbei sei. Suchend ließ er den Blick über die unglücklichen lesenden, schreibenden, schlafenden und Karten spielenden Bewohner in Raum 16 gleiten. Sie befand sich nicht unter ihnen. Eilig ging er zu Roses ehemaligem Zimmer und klopfte. Margaret öffnete die Tür.

»Ja, was gibt es?« Sie trug ein Kleid mit dunklem Schottenmuster, schwarz und grün, dass sich an ihre Hüften und Brüste schmiegte. Sie starrte ihn an und versuchte, das Gesicht hinter dem langen Bart zu erkennen.

»Großer Gott! Du bist es!«

»Guten Tag, Margaret.« Erhitzt und errötet überreichte er ihr das eingewickelte Buch. »Ich weiß, dass sie hier eigentlich nur Lebensmittel als Geschenke erlauben, doch niemand hat mich zurückgehalten.« Ihr Gesicht war schmaler geworden, farblos. Die Blässe ließ die dunklen Ringe um ihre Augen noch deutlicher hervortreten. Sie betrachtete das Päckchen mit einem verwirrten Lächeln.

»Vielen Dank. Möchtest du nicht hereinkommen?«

Das Zimmer deprimierte ihn. Eine trübe Lampe schickte eine Rauchsäule zu den Wasserflecken an der Decke empor. Jemand hatte Boden und Wand mit Schüssen durchlöchert; Wärter, nahm er an. Margaret bestand darauf, dass er sich auf den einzigen Stuhl setzte.

»Das ist aber eine freudige Überraschung. Ich vermute, du warst in Virginia?«

»Ja, mit General McClellan.«

»Er macht keine besonders gute Figur – und das auch noch gegen Truppen, die klar in der Unterzahl sind.« Sie sagte es mit einem Hauch von Trotz, einer Andeutung von Schadenfreude. Was war an dieser Frau, das ihn so faszinierte und erregte? Er wusste es nicht. Er wusste nur, dass er sie liebte.

Sie saß auf dem Bett und zog sich den Plaidrock über die langen Beine. »Warst du in Sicherheit?«

»O ja. Die meiste Zeit arbeiten wir hinter der Front, weit genug von der Gefahr entfernt.« Die Ballonfahrt erwähnte er lieber nicht. Der Drang, ihr seine Gefühle zu gestehen, wurde stärker und stärker, wie der wachsende Dampfdruck in einer Maschine. Sie packte das Buch aus.

»Ich weiß, wieso du keine Probleme hattest, das Geschenk hier hereinzubringen. Die Wärter sind nachlässiger, weil ich das Gefängnis bald verlasse.«

»Du wirst entlassen? Wann?«

»Direktor Wood soll nächste Woche die Papiere unterschreiben, sobald mein Verlobter von den Bermudas zurückkehrt. Du erinnerst dich doch noch an Donal? Wir werden noch am Tag meiner Entlassung heiraten.«

Hätte sie ihm mit einem Hammer vor die Stirn geschlagen, es hätte ihn auch nicht härter treffen können. Jede Hoffnung, jede Erklärung, die er mühevoll eingeübt hatte, waren mit einem Mal wie weggeblasen. Sie ließ ihre Hände auf dem Buch in ihrem Schoß ruhen, während sie erklärte:

»Baker ist fest entschlossen, mich für alle Zeiten hier drinnen zu behalten, verstehst du. Die Heirat ist der einzige Weg, das zu umgehen. Donal hat von Kindheit an in Amerika gelebt, doch er hat seine britische Staatsbürgerschaft behalten. Offensichtlich ist sie hilfreich, um das ein oder andere Exportgesetz zu umgehen. Er hat eine offizielle Beschwerde über meine Lage bei Lord Lyons, dem Botschafter, eingereicht. Die Beziehungen zu Großbritannien sind äußerst heikel. Die verdammten Schwarzen Republikaner haben Angst, dass die Regierung Ihrer Majestät die Konföderation anerkennen könnte; deshalb sind sie vorsichtig. Sie würden nie die Frau eines britischen Staatsbürgers in Haft halten.«

»Ist das der einzige Grund, weshalb du ihn heiratest? Um hier rauszukommen?«

»Wir sind schon eine ganze Zeit lang verlobt. Ich mag Donal sehr gern, er ist ein vermögender Mann und …«

Lon zog sie vom Bett hoch. Das Buch fiel zu Boden. »Weißt du, warum ich hierher gekommen bin? Ich wollte dich inständig bitten, zu warten und diesen Krieg durchzuhalten, damit ich um deine Hand anhalten kann, wenn er vorbei ist.«

»Ich hoffe … o Gott, ich hoffe, ich habe dir keine falschen Hoffnungen gemacht.«

Er hielt sie an den Schultern fest und blickte in ihre braunen Augen. »Nein. Trotz all der Unterschiede, die es zwischen uns gibt, habe ich bemerkt, wie du mich angeschaut hast. Ich habe in deinen Blicken gelesen, dass du dir vielleicht etwas aus mir machst. Oder dass ich dich wenigstens mit der Zeit dazu bringen könnte, dir etwas aus mir zu machen.«

Sie ließ sich an seine Schulter sinken. Ihr langes dunkles Haar verhedderte sich in seinem Bart. Er konnte die Rundungen ihres Körpers spüren. »Am Tag, als wir uns kennen lernten, hätte ich mir das zwar nie träumen lassen.« Sie trat zurück und suchte seinen Blick. »Ja doch – du könntest mich dazu bringen.«

Er näherte seine Lippen den ihren, während er ihre Taille umfasste. Zur Hölle mit Anstand und Etikette; es war sowieso alles verloren.

Einen Moment lang erstarrte sie in seinen Armen. Dann spürte er eine Veränderung, ein Drängen, als sie ihre Arme um seinen Hals schlang und den Kuss leidenschaftlich erwiderte. Ihr Mund war feucht und süß. Sie presste sich an ihn. Als sie sich ihm wieder entzog, blickte sie ihn mit großen Augen an, jung und verletzlich wie ein Reh, das im Wald überrascht wird.

»Ich kann das nicht, Lon. Dieser abscheuliche Krieg lässt nicht zu, dass …«

»Der Krieg wird in ein oder zwei Jahren vorüber sein.«

»Ich kann kein Jahr mehr an diesem schrecklichen Ort aushalten, geschweige denn zwei. Ich halte es hier keinen Monat länger aus! Du weißt ja nicht, was alles passiert ist!« Sie drehte sich weg und verbarg ihr Gesicht vor ihm. Er streckte den Arm aus, um sie zu berühren, sah, wie ihre Schultern zitterten, und zog die Hand wieder zurück. Als sie sich wieder zu ihm wandte, glänzten Tränen auf ihren Wangen.

»Ich habe es dir schon einmal gesagt. Mein Vater ist von Yankees umgebracht worden. Von Männern, die im Auftrag deines Arbeitgebers handelten. Ich weiß nicht, ob ich je darüber hinwegsehen könnte. Ich habe mir geschworen, jemanden für Vaters Tod büßen zu lassen. Bisher habe ich meine Sache erbärmlich schlecht gemacht, doch wenn ich erst wieder frei bin, werde ich eine zweite Chance haben.« Sie zögerte. »Und es gibt noch einen Hinderungsgrund.«

»Du magst mich nicht.«

»Der Himmel steh mir bei, das tue ich! Doch ich habe Donal in diesem Zimmer gegenübergestanden und ihm von Angesicht zu Angesicht versprochen, ihn zu heiraten. Ich breche meine Versprechen nicht.«

»Noch nicht einmal, wenn das bedeutet, dein Leben wegzuwerfen?«

»Ich glaube, du gehst jetzt besser.«

»Margaret …«

»Nein, bitte. Geh!« Das letzte Wort klang heftig. Wieder wandte sie sich ab. Ihm blieb nur der Blick auf ihr zerzaustes Haar und den Gedichtband. Auf das Vorsatzblatt hatte er das Datum geschrieben, zusammen mit der Widmung *In ewiger Zuneigung, L. Price*.

Was für eine einfältige, verzweifelte und kindische Geste. Er setzte sich den Hut auf und ging.

Noch lange danach dachte er, dass diese Begegnung, dass Margarets Abfuhr seine letzten romantischen Gefühle für diesen Krieg getötet hatte. Von nun an bedeutete der Krieg für ihn nur noch eine brutale, seelenlose Pflichterfüllung, die schnell erledigt werden musste, unter Einsatz aller notwendigen Mittel, egal, wie grausam sie auch waren. Er konnte beinahe hören, wie Sledge lachte und ihm zu seiner neu gewonnenen Erkenntnis gratulierte.

Wie im Fieber wanderte er benommen durch Washington. Im Westen türmten sich die schwarzen Wolken, und Donner krachte, als käme er aus den Kanonen von Jacksons heranmarschierender Armee.

34

Juni 1862

»Wahnsinn« war Freds Bezeichnung für Stuarts Plan. »Selbstmord« flüsterten einige andere Offiziere hinter vorgehaltener Hand. Fred gab jedoch »Wahnsinn« den Vorzug – der Plan war göttlich, heldenhaft, wie immer man es nennen wollte, aber dennoch Wahnsinn.

Es begann am 12. Juni. Nachdem Stuart Männer aus dem Vierten und Neunten Regiment und der Jeff-Davis-Legion ausgewählt hatte, gab er ihnen Befehl, die Pferde zu satteln und um zwei Uhr morgens loszureiten. Im Mondlicht bewegten sie sich von Richmond aus in Richtung Norden, zwölfhundert Kavalleristen, die Abteilungen, die von Fitz und Rooney Lee geführt wurden, mit eingeschlossen. Leutnant Breathed von der berittenen Artillerie hatte das Kommando über ein Geschütz mit gezogenem Rohr und eine Zwölf-Pfund-Haubitze. Von Borcke ritt mit ihnen, ebenso der Banjospieler des Generals, Sam Sweeney, ein Varietékünstler, der bei Ausbruch des Krieges in der Hauptstadt hängen geblieben war. Auch der verfluchte Mosby war dabei.

Da sie sich in Richtung Louisa Court House bewegten, nahmen sie an, dass sie Jacksons Truppen im Shenandoah Valley verstärken sollten. Sie lagerten kurze Zeit auf einer Farm in der Nähe von Taylorsville, nahe dem South Anna River. Die Kundschafter kehrten vor Tagesanbruch zurück. Stuart ordnete an, dass zwar Signalraketen abgefeuert, aber keine Hörner zum Wecken geblasen wurden. Sie stiegen auf ihre Pferde und ritten nach Osten, in Richtung Hanover Court House, und erst dort enthüllte Stuart ihnen ihren wahren Auftrag: einen heimlichen Aufklärungsfeldzug hinter die feindlichen Linien, der von Johnstons Vertreter, Bob Lee, angeordnet worden war. Viele Offiziere misstrauten Lee wegen der unrühmlichen Reihe von Angriffen und Rückziehern, die er im Vorjahr im westlichen Virginia befehligt hatte. Lee war ein äußerst sittenstrenger Mann; ernst, geradezu unnahbar. Dem kleinen Joe Johnston konnte man ruhig freundlich die Glatze tätscheln, ohne dass er es krumm nahm. Doch keiner versuchte das bei »Granny« Lee.

Verschwunden war die gesellige Ausgelassenheit der frühen Morgenstunden. Sie waren auf dem Weg zu McClellans rechter Flanke, um herauszufinden, wo diese sich befand und wie gut sie geschützt war. Sie wussten es bald. Entlang des Totopotomy Creek konnten sie keine Schützengräben der Yankees entdecken, obwohl dort eigentlich welche hätten sein müssen, um Porters Stellung auf der Rechten der Unionstruppen zu schützen.

Rooney Lee traf als Erster auf den Feind, auf die hundert Mann starke Kavallerie Stonemans. Rooney Lee zog seinen Säbel und rief zum Angriff. Seine Männer galoppierten auf den Gegner zu und stießen dabei den neuen Kriegsruf der Rebellen aus, ein Geheul, das ihren Feinden das Blut in den Adern gefrieren ließ. Die Truppe der Union brach auseinander und floh in alle Himmelsrichtungen. Fred und der Rest schlossen auf, jagten den Yankees beinahe zwei Meilen hinterher und nahmen ein paar verängstigte Gefangene.

Die Union formierte sich neu und verwickelte einige von Stuarts Leuten in ein heftiges Gefecht. Fred kämpfte mit dem Säbel in der rechten und dem LeMat in der linken Hand. Er musste einen Säbelhieb auf die Wange einstecken. Ein anderer Yankee-Säbel schlug eine Kerbe in Barons Ohr. Der Wallach buckelte weder, noch versuchte er durchzugehen; Fred hatte genügend Zeit, dem Yankee-Hauptmann ins Gesicht zu schießen.

Er sah, wie der Schrotschuss das Gesicht des Hauptmanns zerfetzte, sah ihn aus dem Sattel sinken. Obwohl er noch nie zuvor jemanden umgebracht hatte, ließ es ihn ungerührt. Im rauchgeschwängerten Durcheinander von wiehernden Pferden, klirrenden Säbeln und krachenden Gewehren wunderte er sich darüber, wie leicht es war, jemanden zu töten, wenn derjenige es zuerst auf einen abgesehen hatte.

Im verlassenen Unionslager von Old Church plünderten sie die Vorräte, die sie davontragen konnten, verbrannten den Rest und ruhten sich aus, während Stuart seinen nächsten Zug plante. Konnten sie den Pamunkey überqueren, dessen Wasserpegel nach den Regenfällen angestiegen war? Nein, sie hatten keine Pontons. Konnten sie umkehren? Nein, denn die Nachhut berichtete, dass Unionskavallerie und -infanterie sie verfolgten. Was dann? Vorwärts marschieren, nach Südosten. Den Chickahominy bei Forge Bridge jenseits der linken Flanke der Union überqueren, bei Charles City den James River erreichen und nach Richmond zurückkehren – und dabei einmal ganz um McClellan herumreiten! Diese Idee entsprach Stuarts herausforderndem Gebaren und seinem oft wiederholten Vorsatz, »tapfer zu sterben«.

Als dieser Plan sich herumsprach, hörte Fred die Soldaten zum ersten Mal »Selbstmord« flüstern. Es war wirklich wahnsinnig und erschien in Anbetracht der Jahreszeit noch verrückter. Juni war eigentlich der Monat, in dem Kinder den Gefängnissen der Schulen entflohen, junge Frauen zu Bräuten wurden, Farmer ihre rauen Hände in die schwarze Erde gruben, Gott für das gute Wetter dankten oder um Regen beteten. Nichts von einer solchen Stimmung war zu spüren, als sie die Straße nach Enon und Haw's Shop einschlugen. Nach zwei Tagen und Nächten im Sattel mit wenig oder gar keinem Schlaf und leeren Provianttaschen machten sich Benommenheit und Angst breit.

Sogar der General blieb davon nicht ganz verschont. Selbst der Federbusch auf seinem schnittigen Hut schien schlapp herabzuhängen. Die rote Rose, die er an den Aufschlag seiner kurzen Uniformjacke gesteckt hatte, welkte. Sam Sweeney sang inzwischen nicht mehr »Camptown Races« oder »Kathleen Mavourneen«, und niemand forderte ihn mehr zu einem Lied auf. Sie befanden sich jenseits von McClellans rechtem Flügel, keine fünf Meilen von seinem großen Stützpunkt bei White House entfernt. Sie konnten sich glücklich schätzen, wenn sie mit dem Leben davonkämen. Fred trank heimlich aus seiner Feldflasche, einen kostbaren Schluck nach dem anderen.

Am 14. Juni, einem Samstagnachmittag, steuerten sie auf Tunstall's Station zu, einen Bahnhof an der York-River-Strecke, die White House mit der Unionsfront verband. Stuart rief Fred zu einer Besprechung im Sattel.

»Führen Sie Hauptmann Knights Schwadron diese Abzweigung entlang. Von hier ist es nicht mehr weit bis Garlick's Landing. Zerstören Sie, was Sie an Vorratslagern der Union finden können, und reiten Sie dann nach Tunstall's Station.« Garlick's Landing war eine Siedlung am Fluss; die Kundschafter hatten berichtet, dass sich dort eine kleine Garnison befand und zwei Dampfschiffe vor Anker lagen.

»Werden Sie in Tunstall's Station Halt machen, Herr General?«

»Jedenfalls lange genug, um die Schienen rauszureißen, die Telegraphenleitung zu zerstören und festzustellen, was wir noch so an Unheil anrichten können. Viel Glück.« Er ritt davon, ehe Fred richtig salutieren konnte.

Fred erleichterte sich in einem Pinienwäldchen, eine günstige Gelegenheit, um erneut einen Schluck aus der Feldflasche zu nehmen. Bald darauf führte er seinen Trupp in Zweierkolonne einen Weg zwischen hohen Ulmen und Platanen entlang, der im Sonnenlicht wirkte wie eine grüne Kathedrale. Farmerfamilien eilten an den Wegesrand, um ihnen zuzuwinken und sie mit Zurufen zu ermutigen. Die Aufforderung, »Schießt ein paar von den Blaumeisen für uns ab, Jungs«, brachte Fred zum Lachen.

Als die Kolonne aus dem dichten Wald auftauchte, sah er etwa eine Meile voraus eine Ansammlung einfacher Gebäude. Winzige blau gekleidete Gestalten huschten zwischen Planwagen hin und her. Er stellte sein Fernrohr ein und konnte neben den Soldaten auch einige Zivilisten erkennen, allerdings keine Befestigungsanlagen. Er hob die Hand.

»Bildet Vichererkolonnen! Zieht die Säbel!«, – das metallische Geräusch von mehreren Säbeln, die gleichzeitig aus ihren Scheiden glitten, ließ ihn immer erschauern – »Vorwärts.« Das letzte Wort erklang undeutlich, denn er hatte bereits die Zügel zwischen die Zähne genommen.

Er umklammerte Baron mit den Knien, zog mit der linken Hand seinen LeMat aus dem Sattelhalfter und sprengte mit erhobenem Säbel los. Heiße Luft streifte sein Gesicht. Hinter den Hütten und Lagerhäusern aus rohen Holzbrettern konnte man die Aufbauten eines kleinen Dampfschiffs erkennen.

Einer der Blauröcke hatte sie erspäht und rannte los, um Alarm zu schlagen. Eine eiserne Glocke bimmelte. Die Pferde der Rebellen donnerten über die sonnenbeschienene Straße. Die Männer ließen ihren wilden Kriegsschrei ertönen. Fred gab den Befehl zum Angriff. Sie sprengten auf Garlick's Landing zu und wurden von vereinzelten Verteidigungsschüssen empfangen. Hinter sich hörte Fred einen Kavalleristen aufschreien und vom Pferd stürzen. Das Tier drehte ab und schleifte ihn durchs Unterholz; sein Fuß hing noch im Steigbügel.

Ein blonder Feldwebel sprang hinter einem Wagen hervor und richtete sein Gewehr auf Fred. Dieser lenkte Baron an ihm vorbei und schlitzte dem Yankee mit einem heftigen Säbelhieb das Genick auf. Die Augen des Mannes weiteten sich vor Entsetzen. Sein hervorschießendes Blut spritzte auf Barons Flanke und Freds Stiefel. Um auf Nummer sicher zu gehen, schoss Fred dem Mann noch in die Brust.

Die Yankees, die sich in der Minderheit befanden, legten bereits ihre Waffen nieder. Am Kopf des Landungsstegs stand ein zweistöckiges Gebäude mit durchhängendem Dach. Eine Art Wirtshaus, schloss Fred aus den Wassertrögen, Bänken und dem ausgeblichenen Blechschild. Die Fensterläden im oberen Stockwerk flogen auf. Eine alte Frau in einer Morgenhaube schwenkte ein weißes Kopfkissen. Einer der Kavalleristen ritt zu der Unionsflagge, die über der Eingangstür hing, und riss sie herunter. Plötzlich kam ein Yankee aus dem Haus gerannt, schoss aus kurzer Distanz auf den Kavalleristen und fegte ihn rückwärts vom Pferd.

Fred sprengte voran, den Säbel hatte er zugunsten eines zweiten Revolvers in der rechten Hand wieder in die Scheide gesteckt. Drei weitere Yankees stürmten, Gewehr im Anschlag, aus der Wirtschaft und feuerten Schüsse ab. Hinter sich hörte er Blauröcke um Gnade flehen, doch die drei vor ihm wollten nicht so leicht aufgeben. Er ritt von rechts auf sie zu und jagte dem, der ihm am nächsten stand, zwei Schüsse in die Brust. Der Mann wurde hochgeschleudert und flog gegen das Gebäude; er starb, bevor er den Boden wieder berührte. Fred galoppierte vorbei, wendete Baron um hundertachtzig Grad und feuerte, ohne zu zögern, beide Revolver ab.

Der Yankee zu seiner Rechten war bereits kopfüber zu Boden gegangen; jemand anders hatte ihn getroffen. Der Revolver in Freds linker Hand erledigte den dritten Mann und ließ ihn zur Seite stürzen. Im selben Augenblick kam ein etwa zehnjähriges Mädchen in einem Flickenkleid aus der Tür gelaufen und schwenkte eine kleine bunte Flagge mit dem Andreaskreuz. Der Schuss von Freds rechtem Revolver, der eigentlich für den bereits am Boden liegenden Soldaten bestimmt war, traf stattdessen das Mädchen. Ein Blutfleck erblühte auf der Brust der Kleinen, während auf ihren Lippen immer noch das strahlende Lächeln lag, mit dem sie die Befreier begrüßen wollte.

»O Gott! O Allmächtiger!«

Er sprang aus dem Sattel, wobei ihm der Hut herunterfiel. Er lief zu ihr und kniete sich in den Staub. Sie richtete den Blick auf sein Gesicht. Ihre Augen waren von einem wunderbaren Kornblumenblau. Ihre Hand tastete nach seiner und schloss sich darum. »Grandma? Grandma, es tut so weh!« Ihr Kopf rollte zur Seite und wirbelte ein wenig Staub auf.

Eine alte Frau kam aus dem dunklen Türrahmen in die Sonne gerannt. »Warum haben Sie sie erschossen? Wir sind treue Anhänger von Jeff Davis; sie hat sein Bild unter ihrem Kopfkissen aufbewahrt!«

»Madam, sie ist ganz plötzlich aufgetaucht, ich wollte nicht …«

»Sie Schlächter! Mörder! Verflucht sollen Sie sein, sie war mein einziges Enkelkind.« Sie ließ sich auf eine Bank fallen und schlug sich verzweifelt gegen die Brust. Ein alter Mann trat aus der Taverne, um sie zu trösten, sah die Leiche des Kindes und taumelte benommen zurück.

Der LeMat in Freds linker Hand fühlte sich schwer und heiß an. Blinzelnd stand er auf und trat Hauptmann Knight gegenüber, der auf seinem Pferd saß.

»Es war ein Unfall. Sie kam herausgerannt. Ich habe sie nicht rechtzeitig gesehen.«

Der Hauptmann nickte zu den Rauchsäulen hinüber, die südlich von ihnen aufstiegen. »Es scheint, als ob der General sich um Tunstall's Station kümmert.«

Fred schrie geradezu: »Verdammt, Hauptmann Knight! Es war keine Absicht! Glauben Sie, ich würde ein Kind erschießen?«

»Nein, Sir. Nicht absichtlich.« In Knights Augen flackerte etwas auf, das Mitleid oder auch Verachtung sein konnte. »Wir haben etwa fünfundzwanzig Gefangene gemacht, Sir. Was sollen wir niederbrennen?«

Während das Gefühl der Schuld wie ein glühendes Eisen seine Eingeweide zu versengen drohte, erteilte Fred Befehle, an die er sich später nicht mehr erinnern konnte. Sie setzten Planwagen in Brand, die mit Getreide- und Kaffeesäcken beladen waren. Bald hing der scharfe Duft nach gerösteten Kaffeebohnen über Garlick's Landing. Die Wachposten auf den beiden Yankee-Dampfschiffen ergaben sich schnell. Die Rebellen schwärmten an Bord und setzten die Güterwagen mit Nachschub in Brand, die zum Ausladen bereitstanden.

Freds Trupp hatte bei dem Scharmützel zwei Männer verloren, ein Dritter war am Oberschenkel verwundet worden. Sie trieben die Yankees zusammen und ließen sie auf Maultiere aus einem Pferch steigen. Die Gefangenen leisteten nicht den geringsten Widerstand. Fred bewegte sich wie eines dieser mechanischen Wunder, die man im Kuriositätenmuseum besichtigen konnte; lebensechte Figuren, die nickten, Karten spielten und lebendige Wesen imitierten. Hinter Baron verborgen, leerte er die Feldflasche mit Whiskey. Voller Wut warf er sie auf den Boden.

Als sie sich in der Dämmerung Tunstall's Station näherten, wurden sie von emporlodernden Flammen und Funkenflug begrüßt. Von dem kleinen Depot war nur noch ein schwarzer Schutthaufen übrig geblieben. Man hatte die Telegraphenmasten gefällt und über die Schienen geworfen. Fred erstattete Bericht an General Stuart, der daraufhin ihm und Hauptmann Knight seine Anerkennung aussprach.

»Es hat einen Unfall gegeben, Sir. Aus einem Gebäude, das von ein paar Yankees verteidigt wurde, kam ein kleines Mädchen gelaufen. Meine Kugel hat es anstelle eines der Yankees getroffen.« Die Worte waren bitter wie Galle. »Ich habe es getötet.«

Jeb Stuarts blaue Augen hatten einen seltsam eisigen Glanz. Er wirkte nicht länger geschniegelt, sondern verdreckt; seine Stiefel waren lehmverschmiert, und auf dem Rücken seines rot eingefassten Umhangs waren Schmutzstreifen.

»Das ist bedauerlich, Herr Hauptmann. Doch solche Dinge passieren in Zeiten des Krieges. Es tut mir Leid. Wir müssen zum Chickahominy weiterreiten, ehe die Männer ganz zusammenbrechen.« Stuart ritt davon, eine schwarze Silhouette vor den Flammen der brennenden Wagen.

In Tallysville stießen sie auf ein Feldlazarett der Union. Stuart gab Befehl, die Kranken und Ärzte unbehelligt zu lassen. Einige zurückgelassene Marketenderwagen erbrachten reiche Beute: Rinderzunge, saure Gurken, Kuchen, Ketchup und andere Esswaren, zusammen mit Champagner und Wein. Die ausgehungerten Kavalleristen aßen und tranken alles, was sich fand. Fred probierte den Champagner und leerte dann eine halbe Flasche Bordeaux.

Der Chickahominy führte Hochwasser, als sie dort eintrafen. Rooney Lee wäre beim Versuch, die Tiefe des Flusses abzuschätzen, beinahe ertrunken. Stuarts Feldzeugoffizier ging auf Erkundung flussabwärts nach Forge Bridge. Die Brücke selbst war fortgespült worden, doch die steinernen Stützpfeiler standen noch, ebenso wie ein verlassenes Lagerhaus voller Bauholz. Die Kavalleristen überquerten den Fluss auf einer improvisierten Brücke aus Holzplanken und führten ihre Pferde im Wasser neben sich her. Nachdem auch die beiden Feldgeschütze, die Gefangenen sowie die erbeuteten Tiere den Fluss überquert hatten, zündete die Nachhut die Behelfsbrücke an.

Am Morgen des 15. Juni ritt Brigadegeneral Jeb Stuart seinen Truppen weit voraus in Richmond ein. Er konnte Lee berichten, dass McClellans rechte Flanke ohne nennenswerten Schutz in der Luft hing. Eine lärmende Menge bejubelte die Wiederkehr der erschöpften Reiter, die über die Charles City Road in die Stadt trabten. Sie kehrten mit 165 gefangenen Yankees und beinahe doppelt so vielen Pferden und Maultieren zurück. Fred Dasher aber hatte eine Wunde davongetragen, die nie mehr heilen würde.

Stuart empfahl eine Reihe der Männer zur Beförderung, unter ihnen auch John Mosby. Ein Grund mehr für Fred, eine Schenke aufzusuchen und sich sinnlos zu betrinken.

35

Juli – August 1862

Der Ruhm, der George Brinton McClellan monatelang umgeben hatte, sollte in einem blutigen Kampf vor den Toren Richmonds für immer verblassen. Der Sturm tobte sieben Tage lang. Die Stadt wurde gerettet, der Halbinsel-Feldzug beendet und McClellans Ruf befleckt, wofür er allerdings anderen die Schuld zuschob.

Nach Gefechten bei Oak Grove und Mechanicsville brachte eine größere Schlacht bei Gaines' Mill am 27. Juni einen teuer erkauften Sieg der Konföderierten. Soldaten, die bei Einbruch der Nacht mit den neuesten Meldungen durch die Lager zogen, erzählten das Wenige, das sie wussten. In der Ferne donnerte unregelmäßig Artilleriefeuer. Gegen Mitternacht rief Allan Pinkerton seine besorgten Agenten in der Offiziersmesse in White House zusammen. Als Pinkerton seine Ansprache hielt, stellte Lon eine geradezu unheimliche Ähnlichkeit zwischen ihm und John Brown fest.

»Heute haben die Rebellen uns geschlagen, wenn auch mit dem Verlust von mehreren Tausend Soldaten. Wir verlieren Schlachten, weil unsere Streitmacht zu klein ist. General McClellan gibt die Verantwortung dafür ganz klar dem Präsidenten und seiner Clique und wird das auch Mr. Lincoln in einem Brief mitteilen. Morgen wird dieser Stützpunkt aufgegeben. Wir bewegen uns in Richtung Süden nach Harrison's Landing am James River. Der General wird den Angriff auf Richmond einstellen, um seine Truppen zu retten, und wenn er sie rettet – wovon ich überzeugt bin –, werden wir das ausschließlich ihm und niemandem in Washington zu verdanken haben. Nur die Intrigen Washingtons, nicht aber die Konföderierten, können den besten Soldaten unserer Nation besiegen.«

Die Männer wagten kaum aufzublicken, so heftig und fürchterlich waren die Anschuldigungen. Pinkerton ließ glühende Blicke durch das Zelt gleiten, als wolle er jedweden aufspüren, der es wagte, seine Worte infrage zu stellen. Das skeptischste Gesicht machte Zach. Er stand mit verschränkten Armen hinter Lon, glücklicherweise im Halbdunkeln, wo ihn der trübe Schein der Laterne nicht erreichte.

Als Pinkerton den Raum verließ, ging ein allgemeines Aufseufzen durch die Anwesenden. Am nächsten Morgen bewegte sich der erste lange Wagenzug über vom Regen zerfurchte Straßen in Richtung Süden, gefolgt von einer muhenden Rinderherde der Armee.

Mit Savage Station, Frayser's Farm und Malvern Hill endete am 1. Juli die so genannte Schlacht der sieben Tage. Richmond konnte von den Rebellen gehalten werden. Allerdings wiesen die Schätzungen über die Zahl der Opfer, die auf Pinkertons Tisch flatterten, darauf hin, dass Lee die Gnadenfrist für die Stadt auf Kosten etwa eines Viertels seiner Armee erkämpft hatte.

Die Potomac-Armee beging den Unabhängigkeitstag hinter den Befestigungen von Harrison's Landing. Musikkapellen spielten, die Artillerie schoss Salut, und McClellan gab eine weitere Erklärung heraus, in der er die Armee für ihren heldenhaften Einsatz lobte. Von einem Sieg war nicht die Rede, dennoch fühlten sich die Truppen ermutigt. Sledge war in gehobener Stimmung, als er am nächsten Tag nach Lon suchte. Er fand ihn beim Waschen seiner Socken und Unterhosen an einem Bottich mit schmutzigem Wasser, das schon von anderen benutzt worden war. Beide Männer versuchten tapfer, die Schreie und knirschenden Sägegeräusche zu überhören, die aus den nahe gelegenen Lazarettzelten drangen, wo wohl gerade einigen Soldaten die Gliedmaßen amputiert wurden.

»Ich habe gehört, Lincoln kommt morgen hierher«, begann Sledge.

»Bestimmt nicht, um mich zu besuchen!«

Die unerwartete Bitterkeit ließ Sledge die Stirn runzeln. Er trug die Kleidung, die er schon seit Wochen am Leib hatte: ein lockeres weißes Hemd mit einem Flicken auf dem Ellenbogen, den Lon für ihn aufgenäht hatte. Allerdings hatte er sich heute herausgeputzt, indem er seine schwarze Krawatte zu einer Schleife gebunden und sich das Haar mit Wasser glatt gekämmt hatte. Lon machte eine Bemerkung über sein geschniegeltes Aussehen.

»Hab grad den Boss getroffen. Er meint, Richmond wird sich noch eine ganze Weile halten, deshalb fangen wir die Sache jetzt anders an.«

»Soll heißen?«

»Er schickt mich nach Richmond, um die Befestigungen auszuspionieren.«

Lon spürte Enttäuschung und Neid.

»Gefährliche Aufgabe, Sledge.«

»Klar, aber wir haben lange genug auf unseren Hintern gesessen.«

Lon wrang seine Unterwäsche über dem Bottich aus. Sledge kaute auf seinem vergoldeten Zahnstocher herum. »Er will zwei Männer schicken. Ich habe dich vorgeschlagen.«

Lon legte das nasse Kleidungsstück beiseite und wischte sich mit der Handfläche über die nackte Brust. Das beseitigte zwar etwas den Schweiß, verschaffte ihm aber keine Kühlung. Der Sommertag war glühend heiß, gnadenlos brannte die Sonne vom wolkenlosen Himmel. Aus dem schlammigen Boden stieg feuchter Dampf empor. Lons Haut auf Nase und Schultern war gerötet und kurz davor, Blasen zu bilden.

»Was hat der Boss dazu gesagt?«

»Er meinte, in Ordnung. Kann allerdings nich' grad sagen, dass er sich vor Freude ins Hemd gemacht hat. Was hast du angestellt? Ihm ins Gesicht gespuckt?«

»Ich kann mir vorstellen, dass er es so sieht. Ich habe die Zahlen infrage gestellt, die wir in den letzten Monaten für den General zusammengetragen haben. Ich hab sie nicht glauben wollen.«

»Schätze, der gute Stanton auch nich'. Is' aber auch nich' mein Problem«, meinte Sledge mit dem für ihn typischen Schulterzucken, das die gesamte Greenglass'sche Lebensphilosophie auf den Punkt zu bringen schien.

»Wann brechen wir auf?«

»Sobald sich die Lage etwas beruhigt hat. In ein, zwei Wochen. Bist du dabei?«

»Na klar.« Nach Wochen eintöniger Pflichterfüllung, die nur durch den gefährlichen Ballonflug unterbrochen worden waren, konnte Lon es kaum mehr erwarten.

»Was ist mit Zach?«

»Ich nehme an, er soll ins Willard's Hotel zurückkehren. Er wird nicht gerade glücklich darüber sein.«

»Wer zum Teufel ist schon richtig glücklich in diesem Lager? Wir haben versagt, Kumpel. Davis und Lee sitzen in Richmond und drehen uns 'ne lange Nase. Little Mac hängt bis zum Hals in der Scheiße, und wenn der Boss nicht aufpasst, wird er mit ihm untergehen. Hinter den feindlichen Linien sind wir besser dran.«

Angesichts der dort lauernden Gefahren bezweifelte Lon das, doch er widersprach nicht. Sledge zog pfeifend von dannen. Lon sammelte seine Wäsche zusammen und stapfte zu seinem Zelt; unterwegs zuckte er zusammen, als ein weiteres Amputationsopfer aufschrie.

Der Gedanke, dass McClellan Pinkerton mit sich in den Abgrund zog, betrübte ihn. Der Boss hatte seine Fehler wie jeder andere auch, aber dennoch bewunderte Lon ihn, und das nicht nur wegen seines Hasses auf die Sklaverei, sondern auch, weil er sich für seine Leute einsetzte. Monatelang hatte er mit dem Kriegsministerium über die Frage der Bezahlung seiner Leute gestritten. Stantons Bürokraten behaupteten, sie könnten Pinkertons Gehaltsforderungen nicht anerkennen, weil sie nur aus einer Gesamtsumme ohne weitere Aufschlüsselung bestanden. Das Kriegsministerium verlangte eine Liste der beschäftigten Agenten. Diese jedoch verweigerte Pinkerton hartnäckig mit der Begründung, dass eine solche Liste seine Mitarbeiter in Gefahr bringen könne, falls sie ein Angestellter mit Sympathie für die Rebellen in die Hände bekomme. Während seines Besuches in Washington hatte Lon einen Hauptmann kennen gelernt, der im Kriegsministerium Zeuge eines Streits zwischen Pinkerton und einem großmäuligen Europäer namens Siegel geworden war. Der Boss war so aufgebracht und heftig geworden, dass der Hauptmann schon damit gerechnet hatte, dass er entweder Siegel tätlich angreifen oder einen Herzanfall erleiden würde.

Pinkerton hatte die Auseinandersetzung verloren. Das Ministerium schickte weiterhin lediglich einen Teil der Gehaltsforderungen, niemals die gesamte Summe. Und das Geld kam grundsätzlich verspätet. Wie konnte ein einzelner Mann mit so viel Verantwortung fertig werden, ohne unter der Last zusammenzubrechen?

Pinkertons Probleme zogen weitere Fragen nach sich. Was passierte, wenn der Boss zusammen mit seinem Gönner stürzte? Könnte Lon auch einem anderen gegenüber loyal sein und für jemanden wie Lafayette Baker arbeiten? Könnte er aus seinem Bedürfnis, alles in seiner Macht Stehende für einen schnellen Sieg zu tun, den Abscheu vor dem Mann überwinden, der Margaret Miller eingesperrt hatte?

Bakers Gesicht, das er im Geist vor sich sah, verschwamm und verwandelte sich in ein anderes, schmerzhaft erotisches Bild: Margaret, die nackt auf dem Ehebett lag. Lons Laune sank in den Keller. General McClellan war nicht der Einzige, der in diesem Sommer unter einer Niederlage zu leiden hatte.

Lincoln trennte sich nicht etwa von McClellan, sondern beorderte ihn stattdessen zurück nach Washington, um die Potomac-Armee zur Verteidigung der Hauptstadt umzustrukturieren. Der Präsident tat dies trotz eines weiteren unhöflichen Briefes, den McClellan ihm aus Harrison's Landing schickte. Gerüchten zufolge hielt Little Mac Lincoln darin nicht nur Vorträge über Militärstrategie, sondern auch über Politik, besonders über die Sklavenfrage. Er meinte, sie dürfe bei militärischen Entscheidungen keine Rolle spielen.

McClellan erhielt Befehl aus Washington, die Halbinsel aufzugeben und die Truppen nach Aqua Landing und Alexandria zu verlegen. Er protestierte, gehorchte aber. Zum Kommandanten der neu formierten Virginia-Armee berief Lincoln General John Pope, den Helden der Schlacht von Island No.10 auf dem westlichen Kriegsschauplatz. Die Hauptstadt empfing Pope mit dem gleichen euphorischen Tamtam, das seinerzeit McClellan zuteil geworden war, als er nach Washington kam.

Hanna wartete ungeduldig auf die nächste Gelegenheit, wieder aufs Schlachtfeld zu ziehen. Margaret war plötzlich auf geheimnisvolle Weise aus dem Old Capitol verschwunden und hatte einen Brief zurückgelassen, den Hanna voller Erstaunen las:

> *Wenn du diese Zeilen liest, meine liebe Freundin, werde ich schon eine verheiratete Frau sein. Donal und ich haben im Gefängnis geheiratet, und sofort danach wurde ich freigelassen. So etwas kann der Zauber der Diplomatie bewirken! Ich hoffe, der abscheuliche Baker wird schäumen und knurren, wie es einem tollwütigen Hund angemessen ist.*
>
> *Donal möchte in Zukunft in New York leben, doch zuvor werden wir über Land nach Richmond reisen, um meinen Bruder zu treffen. Donal wird alle erforderlichen diplomatischen Papiere besorgen, um uns ohne Behinderungen sowohl durch die Linien der Yankees als auch der Konföderierten zu bringen.*

Ein gewisses Risiko besteht natürlich trotzdem, da sich die Kriegsfronten ganz unerwartet zu verändern scheinen. Donal ist bereit, um meinetwillen die Gefahr auf sich zu nehmen, und zudem kann er in Richmond wichtige Geschäftskontakte knüpfen. Die Regierung dort ist bemüht, so viel Baumwolle wie möglich ins Ausland zu verschiffen, um für die Waren zu bezahlen, die sie nicht länger vom Norden kaufen kann. Ich vertraue darauf, dass wir das ganze Abenteuer unbeschadet überstehen werden.

Der Brief schloss mit guten Wünschen für Hannas Glück und Wohlergehen und dem Versprechen, die gemeinsame Freundschaft wieder zu kitten, *wenn die Wolken sich verziehen und der Himmel wieder aufklart*.

Nirgendwo im Brief erwähnte Margaret auch nur mit einer einzigen Silbe, dass sie als verheiratete Frau glücklich war.

Der Rückzug von der Halbinsel begann im August. Nach Tagen des Wartens bereiteten Lon und Sledge sich auf ihren neuen Auftrag vor. George Bangs händigte jedem von ihnen eine eng beschriebene Liste mit Passwörtern und Parolen aus und erklärte ihnen, wie sie mit dem einzigen Agenten des Spionagerings in Richmond in Kontakt treten sollten, dessen Namen sie erfahren durften. Siegfried Retz, ein Immigrant aus Europa und Gegner der Sklaverei, betrieb eine Metzgerei.

»Sie werden ihn nicht sofort aufsuchen können«, sagte Bangs. »Falls die Ereignisse den üblichen Verlauf nehmen, werden Sie erst einmal eingesperrt, bis man es für an der Zeit hält, Sie einer Arbeitskolonne zuzuweisen. Schlimmstenfalls wird man Sie in eine Uniform stecken und Sie an die Front schicken, doch je weiter der Krieg voranschreitet, desto unwahrscheinlicher wird diese Möglichkeit. Sollte das passieren, desertieren Sie einfach noch mal.«

»Ja klar, nichts einfacher als das«, meinte Sledge und rollte mit den Augen.

Sie suchten sich neue Namen aus. Lon nannte sich Soldat Albion Rogers, Sledge war Soldat Sam Snowdon. Sie rüsteten sich mit blauen Kerseyhosen, Gürteln mit Metallschnallen und dunkelblauen Jacken aus, an denen sie rautenförmige Abzeichen aus rotem Stoff befestigten. Phil Kearney hatte während des Halbinsel-

Feldzugs Corpsabzeichen eingeführt, und seine Idee hatte weithin Anklang gefunden.

An dem Abend, als sie das Lager verließen, kam Pinkerton zu ihnen und gab ihnen zum Abschied die Hand. Er machte Lon keine Vorwürfe, was für ihn sprach.

Sie machten sich durch die von Granaten verwüstete Landschaft auf den Weg nach Richmond und hielten sich dabei fern der Hauptstraßen. Eine kühle Brise aus dem Norden ließ den nahenden Herbst erahnen. Am ersten Tag sahen sie lediglich drei konföderierte Patrouillen und konnten ihnen ohne Schwierigkeiten ausweichen. Am Spätnachmittag des zweiten Tages befanden sie sich in Hörweite der Kirchenglocken der Stadt. Auf einem Trampelpfad, der sich durch den Wald schlängelte, trafen sie schließlich auf drei bewaffnete konföderierte Soldaten. Sie tauchten urplötzlich aus einem Granattrichter vor ihnen auf. Freiwillige, schloss Lon; zwei von ihnen waren kaum älter als vierzehn. Er und Sledge nahmen unaufgefordert die Hände hoch.

Der bärtige Anführer sah aus wie ein zurückgebliebener Hinterwäldler. Die Hälfte seiner Vorderzähne fehlte ihm bereits. Er trug einen alten, von Einschüssen durchlöcherten Filzhut und eine Uniform wie aus einer komischen Oper: smaragdgrüner Mantel und ausgebeulte malvenfarbene Hosen. An seiner roten Schärpe hingen ein Bowie-Messer und ein überdimensionaler 45er-Allen-Pepperbox-Revolver. Er salutierte spöttisch.

»Oberst Jeffa Mars, Henrico County Defenders. Wo marschiert ihr denn hin, Jungs?«

Sledge zeigte sich angemessen demütig und knetete seine Feldmütze in den Händen. »Nach Richmond, hoffen wir. Haben die Schnauze gestrichen voll davon, für die falsche Seite zu kämpfen.«

Oberst Mars musterte sie von oben bis unten. »Wie heißt ihr?«

»Soldat Sam Snowdon, Heintzelmanns Drittes Corps, Erste Division.« Sledge berührte die rote Raute.

»Soldat Albion Rogers, gleiches Corps«, sagte Lon. »Lassen Sie mich etwas unter meinem Hemd hervorholen, um Ihnen zu beweisen, dass wir das, was wir sagen, auch ehrlich meinen.«

»Na, dann los. Aber schön langsam.«

Lon knöpfte seine Jacke auf und zog das Photo aus Bradys Studio hervor. »Hier, das sind wir beide. Haben das in Washington aufnehmen lassen. Ich hätt mich nie gemeldet – hab's bloß wegen meinem Mädchen zu Hause in Albany, New York, gemacht. Wollt nur mit mir auf den Heuboden gehen, wenn ich ihr sag, dass ich mich freiwillig melde. Ich hab's ihr versprochen, und sie hat's auch getan.«

Oberst Mars kratzte sich eifrig an den Genitalien. »Tja, Sir, das is ja'n ganz schön hoher Preis für 'n bisschen Gerammel. Aber der alte Schwanz hat seinen eigenen Kopf, was? Sagt Hauptmann Seamus Tipper und Hauptmann Bellephon Forney guten Tag, zwei der tapfersten Kerle, die je für die Rechte des Südens gekämpft haben.« Die beiden Hauptleute Tipper und Forney waren schlecht ernährte Halbwüchsige. Ihre militärische Ausrüstung bestand aus rostigen, schätzungsweise dreißig Jahre alten Flinten.

»Wir ham in letzter Zeit 'n ganzen Haufen von euch Blauröcken hier«, sagte Mars. »Wenn ihr beiden Jungs für die gerechte Sache kämpfen wollt, wenn ihr die Nigger und all die, die ihnen den Arsch küssen, aufrichtig hasst, dann heiße ich euch willkommen. Wenn ihr aber lügt und in Wahrheit elende Feiglinge oder Spione oder so was seid, dann ham wir genügend Henker, die nur auf euch warten!«

Der selbst ernannte Oberst sah zwar vielleicht aus wie ein Hinterwäldler, doch er schien einen gewissen gefährlichen Scharfsinn zu besitzen. Die angenehm frische Abendluft wurde plötzlich kühl. Die Spätsommersonne warf lange Schatten. Durch die Baumwipfel sah Lon einen Schwarm Wasservögel südwärts fliegen. Er wünschte, sie könnten auch so einfach davonschweben.

Oberst Mars massierte sich noch einmal kräftig im Schritt. »Eh' wir in die Stadt marschiern, möcht ich gern noch sehen, was ihr in den Taschen habt. Dreht sie mal um!«

Es blieb ihnen nichts übrig, als zu gehorchen; genau wie Sledge war Lon unbewaffnet. Er hatte seinen Taschenrevolver und andere persönliche Dinge in eine kleine Kiste gepackt, die Zach für ihn mit nach Washington nehmen sollte. Sledge zeigte den einzigen Gegenstand, den er außer Tabak bei sich trug, seinen vergoldeten Zahnstocher. Oberst Mars bekam große Augen.

»He, was ham wir denn da Feines!« Sichtlich bestürzt legte Sledge den Zahnstocher in Mars' schmutzige Handfläche. Mars hielt ihn empor, sodass sich das Sonnenlicht darin brach. Er hob ihn an die Lippen und leckte liebevoll daran. »Gold, was? Sehr gut!« Tipper und Forney kicherten und stießen sich mit den Ellenbogen an. »Ich glaub, das behalt ich mal!« Mars schob den Zahnstocher in seine Manteltasche.

»Mein Pa hat mir den Zahnstocher geschenkt«, sagte Sledge.

Oberst Mars entgegnete fröhlich: »Was kümmert mich das?«

»Er gehört mir. Geben Sie ihn mir wieder, oder ich hol ihn mir zurück!«

»He, das ist mir aber 'n mutiger Kerl«, sagte Oberst Mars zu seinen Begleitern. Die jungenhaften Hauptleute legten die Gewehre an. Lon warf Sledge warnende Blicke zu, aber dieser ignorierte sie oder bemerkte sie nicht. »Hol ihn dir doch, wenn du kannst, Yankee!«

Sledge blieb ein Augenblick Bedenkzeit, doch er nutzte ihn nicht. Er trat vor und hob seine großen Fäuste. Oberst Mars zog die Pepperbox aus seiner roten Schärpe und schoss ihm in die Stirn.

Sledge rollte über den Boden und blieb bewegungslos liegen. Seine Gedärme gaben nach. Lon zitterte vor Schreck; der unerwartete, sinnlose Mord hatte ihm die Sprache verschlagen. Oberst Mars warf ihm einen scharfen Blick zu.

»Wie steht's mit dir? Willst du auch für 'n Zahnstocher sterben?«

In Richmond läuteten die Kirchenglocken; ihr friedlicher Klang schwebte über der sommerlichen Landschaft. Ein Hase spähte unter einem Himbeerstrauch hervor und zog sich wieder zurück. Derweil lag Philo Greenglass tot auf dem Boden, mit einem Loch im Schädel, sein Gesicht eine einzige blutige Masse. Lon rief sich ihren Auftrag ins Bewusstsein und schüttelte wie betäubt den Kopf. Oberst Mars lächelte und zeigte dabei seine verfaulten Zähne.

»Also gut. Dann vorwärts, marsch!«

36

Juli – August 1862

Die letzten Tage des Halbinsel-Feldzugs brachten Stuarts Leute wieder hinter die gegnerische Front. Am 25. Juni führte der General zweitausend Reiter aus Richmond. Sie sollten sich mit Jacksons

Infanterie vereinen, die heimlich und in aller Eile aus dem Valley heranmarschiert kam. Stuarts Streitkräfte umfassten Teile von Fitz Lees Erstem Virginia-Regiment, Rooney Lees Neuntem und Wickhams Viertem Regiment sowie den Legionen von Jeff Davis und Wade Hampton und auch Pelhams Artillerie. Unter Hamptons Leuten entdeckte Fred Dasher endlich auch Charlie Main. Sie begrüßten sich freudig und ritten aufeinander zu.

»He, Charlie, du siehst großartig aus! Keinen Tag älter und so braun wie Mahagoniholz!«

Charles Main, ein sehniger und auf raue Weise gut aussehender Mann, berührte seine Wange. »Ich trag diese Lederhaut mit mir herum, seit ich vor zwei Jahren die Zweite Kavallerie in Texas verlassen hab.«

»Glaubst du, wir können diesen Krieg gewinnen?«

»Teufel noch mal, Carrots, das weiß ich nicht. Manchmal glaube ich, wir kämpfen aus den völlig falschen Gründen. Am besten treffen wir uns noch mal und reden ausführlicher, sobald McClellan geschlagen ist. Adios!«

Stuart führte Jacksons »Fußkavallerie« auf McClellans ungeschützte rechte Flanke. Jackson war ein bleicher, ausgezehrter Mann, noch keine vierzig Jahre alt. Statt der ordentlichen Dienstkleidung trug er eine schmutzige, abgetragene Uniform und, über ein Auge heruntergezogen, eine schäbige Mütze aus dem Virginia Military Institute, wo er unterrichtet hatte. Fred sah ihn zum ersten Mal, als er auf einem Felsen saß und eine Landkarte studierte. Er konnte kaum glauben, dass dieser unauffällige Mann der berühmte Stonewall Jackson sein sollte.

Bald schon waren sie in unzählige Kämpfe verwickelt. Während ihnen Granaten um die Ohren pfiffen, die Bäume entwurzelten, das Erdreich emporsprengten, Männer und Pferde in die Luft wirbelten und dabei zerstückelten, ritt Fred einen Angriff, der siebenhundert Lanzenreiter der Union in die Flucht schlug, deren altertümliche Waffen sich als vollkommen nutzlos erwiesen. Sein Trupp marschierte vor McClellans Stützpunkt White House auf. Die Zurschaustellung ihrer Kampfstärke war so wirkungsvoll, dass die Yankees umgehend Haupt- und Nebengebäude der Plantage in Brand setzten und ihre Infanterie eilig per Schiff in Sicherheit brachten. Um die eroberten Lokomotiven der Yankees zu zerstören, schoss Pelhams Artillerie aus einem Abstand von fünfzig Metern Löcher in die Dampfkessel.

Die Kavalleristen stöberten in der Asche und zwischen den verrußten Balken des schönen alten Anwesens herum. Sie fanden Kisten mit unverdorbenen Delikatessen und Whiskey. Fred trank seinen Anteil und bekämpfte damit wenigstens für kurze Zeit einen schlimmen Anfall von Frontkoller. Der Landstrich zwischen dem Chickahominy und dem James River war von einer unvergleichlichen Trostlosigkeit: eine öde, verwüstete Landschaft aus verbranntem Wald, umgestürzten Bäumen und Feldern, die mit madenzerfressenen Leichen übersät waren. In den Flüssen verrotteten tote Maultiere und Pferde. Angesichts des Geruchs, der in der Luft lag, konnten viele der Soldaten ihr Essen nicht mehr bei sich behalten.

Nach sieben Kampftagen wich McClellan zurück, in Richmond feierte man Freudenfeste, und die Kavallerie konnte sich ausruhen.

Jeb Stuart erstattete Bericht an Lee und kehrte mit einer Ernennung zum Generalmajor wieder. Er empfahl etliche Männer, die unter seinem Kommando standen, zur Beförderung, darunter auch Fred. Doch das schien Fred nicht besonders aufzumuntern. Er hatte das Gefühl, dass es mit dem Krieg – oder zumindest seiner Beteiligung daran – bergab ging.

Körperlich und seelisch erschöpft, war er nicht bereit, auf die gefährliche Medizin zu verzichten, die ihm Linderung verschaffte. Er befürchtete, zum Säufer zu werden. Er hatte fürchterliche Träume voll greller Farben und Geräusche. In ihnen starb das kleine Mädchen von Garlick's Landing, einmal, zweimal, immer wieder.

Er verabredete sich mit Charlie im Hauptquartier der Kavallerie, einer Farm in der Nähe von Atlee's Station, nördlich von Richmond. Sie entspannten sich und plauderten im Schatten einer riesigen Eiche. Auf der Wiese des Farmhauses tollte General Stuart mit seinen Kindern herum, während seine hübsche Frau Flora sich auf einer Schaukel ausruhte, die vom Ast eines Walnussbaums hing. Eine sommerliche Brise trug das Schnaufen eines Militärzugs der Virginia Central Line zu ihnen herüber.

Fred und Charlie lachten und tauschten Erinnerungen über die Militärakademie aus. Mit ausgestreckten Beinen und einer kleinen

Zigarre zwischen den Zähnen stellte Charlie fest, dass die Kavallerie inzwischen zu Auge und Ohr der Armee geworden sei, er und Fred also eigentlich Spione im Sattel seien. Dann gestand er, dass er – wie er es ausdrückte – etwas mit einer Frau habe. Sie lebte in Spotsylvania County.

»Um die Wahrheit zu sagen, Fred, wegen ihr fange ich auch an, den verfluchten Krieg zu hassen. Es kann einen täglich erwischen, peng, einfach so, ohne Vorwarnung, und ich glaube nicht, dass es richtig ist, sich zu verlieben, wenn einem so etwas bevorsteht. Das Dumme ist bloß, es ist passiert! Keine Ahnung, wo das noch hinführen wird!«

»Wie heißt sie denn?«

»Augusta Barclay. Eine Witwe. Herrgott, sie ist vielleicht hübsch und süß! Wie steht's mit dir? Gibt's da jemanden?«

Fred schüttelte den Kopf. Einen Großteil seines Lebens hatte er der guten alten Armee gewidmet, und seine wenigen kurzen Liebesaffären konnte man kaum als solche bezeichnen. Normalerweise verließ er sich auf entsprechende Etablissements. In letzter Zeit hatte er jedoch ein immer größeres Verlangen nach einer Frau verspürt. Er beneidete Charlie.

Ein Zug fuhr auf den im Sonnenlicht glänzenden Schienen vorbei. Von den Plattformwagen riefen Soldaten ihnen Grüße zu und winkten mit ihren Hüten. Fred vermutete, dass sie ganz frisch Rekrutierte waren, die dem Krieg noch nicht ins Auge gesehen hatten. Die Lokomotive pfiff lang und schwermütig. Fred und Charlie klopften sich das Gras ab und machten sich bereit, einander auf Wiedersehen zu sagen.

Sie umarmten sich wie Brüder. Charlie sagte: »Wir sprechen uns wieder, wenn wir diesen ganzen Mist hinter uns haben!« Er setzte sich seinen lädierten Schlapphut auf. »Bist du sicher, dass mit dir alles in Ordnung ist, Carrots? Du bist weiß wie eine Wand.«

Fred sah Garlick's Landing vor sich. Er sah das Mädchen sterben. Er hatte nicht darüber gesprochen. Es dürstete ihn nach einem Schluck Whiskey.

»Mir geht's großartig. Pass auf dich auf. Grüß deine Herzensdame von mir!«

»Danke. Viel Glück, Herr Major, Sir!« Fred hatte ihm von seiner bevorstehenden Beförderung erzählt. Lächelnd erwiderte er Charlies gespielten militärischen Gruß. Er blickte seinem gut aussehenden, braun gebrannten Freund hinterher, der sich unbekümmert auf die Suche nach seinem Pferd machte. Fred blieb im heißen Schatten stehen, schweigsam und traurig.

Den restlichen Juli sowie Anfang August verbrachte er in einem Ausbildungslager in Hanover Court House und drillte dort neue Männer. Er freute sich im Stillen, als er hörte, dass John Mosby, der sich auf einem Erkundungsritt leichtsinnig in Gefahr gebracht hatte, von der Yankee-Kavallerie gefangen genommen worden war. Im August erfuhr er jedoch, dass man Mosby in einem Gefangenenaustausch wieder auf freien Fuß gesetzt hatte.

McClellan zog seine Halbinsel-Armee als mögliche Verstärkung für John Popes neue Virginia-Armee den Potomac hinauf. Pope rückte auf eine exponierte Stellung zwischen den Flüssen Rapidan und Rappahannock vor. Lee entschied sich für eine Präventivstrategie, einen Angriff auf Pope, ehe sich die beiden Armeen vereinigen konnten.

Nachdem er Popes Armee von einem Hügel namens Clark's Mountain beobachtet hatte, schickte Lee Stuart und eine kleine Eskorte los, um die Stellung des Feindes zu untersuchen. Fred gehörte der Gruppe an, ebenso Mosby. Am 17. August schlugen sie kurz vor Mitternacht ihr Lager auf einer Farm vor Verdiersville auf. Die Männer streckten sich auf der duftenden Wiese aus, um zu schlafen, während Stuart es sich auf der Veranda des Farmhauses gemütlich machte.

In der Stille der sternenklaren Nacht wurde Fred durch das Geräusch von herantrabenden Pferden auf einer nahe gelegenen Straße geweckt. Er stieß seine Decke zur Seite. Auf der Veranda weckte Mosby Stuart auf. »Yankee-Kavallerie, Sir. Können jeden Augenblick hier sein.«

Sie rannten zu ihren Pferden. Stuart schwang sich so stürmisch auf sein Pferd Skylark, dass sein gefiederter Hut herunterfiel. Stuart, Fred und die anderen galoppierten in einem Geschützhagel von der Farm fort und entkamen nur knapp ihren Verfolgern. Stuart war äußerst erbost über den Verlust seines Hutes.

Einen Tag später begann Pope unerklärlicherweise den Rückzug nach Norden, in Richtung des Rappahannock. Lee sandte Stuarts Leute aus, um die feindliche Armee auszuspionieren, ihre Kommunikationsverbindungen zu stören und den Rückzug zu behindern. Diesmal nahm Stuart fünfzehnhundert Reiter und zwei Feldgeschütze mit. Als sie losritten, rief er, höchst erleichtert, einer Gefangennahme entronnen zu sein: »Jungs, jetzt holen wir meinen Hut zurück!«

Ihr erstes Operationsziel im Rücken des Feindes war eine Eisenbahnbrücke über den Cedar Run bei Catlett's Station, an der Orange & Alexandria-Linie. Um die Brücke zu erreichen, schlugen sie einen großen Bogen über Warrendon, nordwestlich von Catlett's Station. Als sie bei Einbruch der Dunkelheit in einer Wirtschaft eingekehrt waren, um zu rasten, führte ein Leutnant einen schlaksigen Schwarzen mit weißen Haaren zu Stuart. »Die Vorposten haben ihn vor der Stadt geschnappt, Herr General.«

»Mussten sich gar nich' groß anstrengen«, sagte der Schwarze. »Ich heiß Simon Biggs. Bin Fuhrmann und freigelassener Sklave. Die Scheiß-Yankees haben mich geködert, genau wie früher die Engländer die Seeleute schanghait haben! Hab jetzt sechs Monate lang ihre Scheiß-Frachtwagen gefahren. War mir ein bisschen zu viel ›Nigger, tu dies, Nigger, tu jenes‹, deshalb bin ich weggelaufen.« Während Fred mit einem Blechbecher schalem Bier in der Hand an einem Holztisch neben Stuart saß, kam ihm der Gedanke, dass keine der beiden Seiten in diesem Krieg der anderen in puncto Grausamkeit nachstand.

»Und wo genau sind Sie hergekommen, Mr. Biggs?« fragte Stuart.

Simon Biggs wusste genau, dass er Herr der Lage war, egal, wie viele Pistolen und Säbel ihn umgaben. Er kostete den Moment aus und strich umständlich den verschlissenen Kragen seines alten grauen Arbeitshemdes glatt. Dann warf er Stuart einen Blick zu und lächelte dabei wie ein gerissener Fuchs.

»Ja doch, Herr General. Ich komme aus dem Hauptquartier eines anderen Generals, dem Lager von John Pope.«

In der Stille, die darauf folgte, konnte Fred eine Fliege summen hören. Mosby, der stets bestrebt war, Aufmerksamkeit auf sich zu ziehen, sprang von seiner Bank hoch und schritt zu Stuarts Tisch, um besser hören zu können. Während er zusah, trank Fred aus seinem Blechbecher und machte ein Gesicht, als hätte er Gift geschluckt.

»Ist das Lager in der Nähe?« Aus Stuarts Stimme klang mühsam unterdrückte Anspannung.

»In der Nähe von Catlett's Station.«

»Ist Pope selbst auch da?«

»Bin nich' sicher. Er war es bis vor kurzem. Aber sein ganzes Marschgepäck steht da noch auf einem Haufen. Ich kann Sie hinführen.«

Stuart schüttelte ihm die Hand. »Vielen Dank, Mr. Biggs, ich bin hocherfreut, dass Sie mit uns zusammenarbeiten wollen.« Zu den versammelten Offizieren sagte Stuart: »In zwei Minuten im Sattel!«

Auf dem staubigen Höhenweg, der nach Catlett's Station führte, wurden die Reiter von einer kräftigen Brise überrascht. Wolken zogen über den Himmel und verdeckten die Sterne. In den Wolken flackerten weiße Blitze auf. Blätter wehten von den Bäumen, als der Wind stärker wurde. Fred fühlte, wie die ersten Regentropfen gegen seine Wange klatschten.

Ein paar Minuten lang erreichte der Wind Sturmstärke, ließ jedoch nach, als der Regen zunahm. Der stetige Niederschlag verwandelte sich in einen Wolkenbruch. Sie ritten im Schritttempo weiter, während der Donner unablässig grollte. Die Blitze hüllten die Landschaft in ein unheimliches Licht. Simon Biggs, der auf dem Rücken eines Maultiers neben Stuart ritt, deutete auf schwache Lichter in der Ferne. »Da drüben is' das Lager, auf der andern Seite vom Fluss. Der Fluss is' flach.«

»Dann sollten wir ihn wohl besser überqueren, ehe das Wasser steigt. Vorwärts, in Zweierreihen.«

Stuart dicht auf den Fersen, zog Fred ein Halstuch aus seinem Kragen hervor und schob es sich über die Nase, um den Regen abzuhalten. Er schlug seine Hutkrempe herunter, um die Augen zu schützen. Baron scheute und wieherte, doch eine Berührung durch Freds Hand beruhigte das Tier.

Sie wateten durch den reißenden Fluss und verteilten sich rechts und links am schlammigen Ufer, immer noch etwa eine Viertelmeile von den Zelten und Wagen entfernt, die inzwischen durch das Licht Dutzender Laternen etwas deutlicher zu erkennen waren. Fred stärkte sich mit Whiskey aus seiner Feldflasche. Es donnerte. Stuart trug nichts auf dem Kopf, Wasser rann ihm in den Bart, wie um daran zu erinnern, dass er sich auf dieser Unternehmung seinen Hut zurückholen wollte.

Gerade als Fred seinen Säbel zog, blitzte es. Die Klinge schimmerte im Lichtschein auf wie das Schwert Excalibur. Er hatte die

Heldentaten der Artussage immer geliebt. Die Wirklichkeit sah leider anders aus.

»Soldat Freed, blasen Sie zum Angriff!«

Regen peitschte Fred ins Gesicht, als Baron vorwärts galoppierte und sie über das Lager der Union herfielen. Das Laternenlicht in den Zelten zeigte die Umrisse der darin befindlichen Männer. Geschützt vor dem Regen, schienen sie sich zu entspannen, zu essen und zu trinken. Fred erhob seine Stimme zu einem langen klagenden Schrei, der sich mit Hunderten anderer Schreie vereinte.

Er ritt mit den Zügeln zwischen den Zähnen und seinen LeMats in den Händen. Ein Wachposten, kaum mehr als ein Junge, stellte sich ihm in den Weg und versuchte vergeblich, seine Muskete abzufeuern. Fred schoss ihm in die Brust. Es donnerte.

Die Kavalleristen zerschnitten die Spannseile, sodass die Zelte zusammenbrachen. Die darunter gefangenen Männer zappelten wie Fische im Netz, versuchten zu fliehen und wurden erschossen. Verwirrte Wachposten rannten durcheinander, schossen oder schlugen mit dem Säbel um sich, sofern sie nicht augenblicklich die Waffen streckten. Stuarts Männer entzündeten unter ihren Regenumhängen Fackeln und warfen diese in die Proviantwagen. Ein weiterer Wachposten stürzte sich mit erhobenen Händen in Barons Weg: »Ich ergebe mich!« Fred feuerte und traf den Mann in die Brust.

Als Fred in einen Pfad zwischen den Zelten einschwenkte, drang aus einem Zelt ein markerschütternder Schrei. Entweder war da ein Rekrut noch nicht in den Stimmbruch gekommen, oder jemand beherbergte eine Frau bei sich. Fred steckte einen Revolver ins Halfter, verbarg den anderen unter seinem Mantel und sprang vom Pferd. Patschend bahnte er sich einen Weg durch Wasserlachen und zog im Zelteingang den LeMat unter seinem Mantel hervor.

37

August 1862

Nach dem gescheiterten Halbinsel-Feldzug trafen Bootsladungen voller Verwundeter auf den Landungsstegen des Potomac ein. Viele der Verwundeten starben in den Lazaretten, und bald füllten sich die Läden für Gebrauchtkleidung mit ausrangierten Uniformen. Hanna sichtete die traurige Ware, handelte und erwarb einige Teile: Einen steifen Rucksack von der Art, wie ihn die europäischen Truppen trugen. Ein Paar himmelblaue Kerseyhosen, eine dunkelblaue Uniformjacke mit vier Knöpfen. Eine Chasseurmütze, die nur einen kleinen Blutflecken auf der Kappe hatte. Zudem ein Paar »Schlammtreter«, die billigen, eckigen Schuhe, die der Armee von den Kontrakthändlern geliefert wurden. Irgendwie waren die Schuhe unheimlicher als der Rest der Kleidung. Wer wohl der arme Junge gewesen sein mochte, der in ihnen gestorben war?

Falls ein Händler sich laut darüber wunderte, dass eine Frau solche Dinge kaufte, erwiderte Hanna, sie sammle Kriegsandenken. Warum auch nicht? Washington war in diesem Sommer ein verrückter Ort. Arbeitskolonnen trugen ihren Teil zu dem Tumult auf der Pennsylvania Avenue bei, indem sie die Wege für den Bau von neuen Straßenbahnschienen aufrissen. Damen, die mit den Sezessionisten sympathisierten, kamen ohne Probleme über die Brücken des Potomac, um einzukaufen oder sich mit gleich gesinnten Freundinnen zu treffen. Seltsames neues Papiergeld machte die Runde: »Greenbacks«, grün bedruckte Banknoten aus dem Staatsschatz von Finanzminister Chase, und »Shinplasters«, Noten verschiedenster Größe und Beschaffenheit, die von den Städten des Nordens ausgegeben wurden.

Lincoln rief weitere Freiwillige auf, sich zu melden, und regte dadurch eine neue Hymne an: »We are coming, Father Abraham, three thousand strong. – Wir kommen, Vater Abraham, dreitausend Mann stark.« Waggonladungen voller Rekruten trafen in der Stadt ein. Major Siegel arbeitete täglich bis zehn oder elf Uhr abends und beklagte sich fortwährend über die langen Arbeitszeiten und die schlechte Bezahlung. Dennoch schien er sich in der Stellung des Eingeweihten äußerst wohl zu fühlen und erzählte zu Hause Geschichten über den neuen, wenig beliebten Oberbefehlshaber der Armee, Halleck, oder berichtete von der weit verbreiteten Skepsis gegenüber dem prahlerischen Kommandanten der neuen Virginia-Armee, Pope, dessen betrunkene Truppen in den Lagern bei Manassas herumkrakeelten. Die Union hatte inzwischen zwei Armeen im nördlichen Virginia stehen, Popes und McClellans. Die Letztere wurde durch ihren abgestraften, beinahe in Ungnade gefallenen General allmählich wieder in Form gebracht.

Hanna versteckte ihre Erwerbungen in einem alten Wandschrank in dem kleinen Häuschen in der Nähe des Navy Yard. Als Pope im August ins Feld zog, beschloss sie, ihr Vorhaben besser nicht weiter hinauszuzögern.

Unglücklicherweise hatte Derek Foley sie als Julia für eine Aufführung im Herbst vorgesehen, deren Proben gerade begannen. Als sie Derek mitteilte, dass sie für kurze Zeit unterwegs sein würde, erwiderte er, er habe allmählich die Nase voll von »rücksichtslosen Künstlern«. Hanna musste lachen, eine verhängnisvolle Reaktion. Derek schob ihr sein Gesicht bis auf zwei Zentimeter entgegen und brüllte, dass Zephira Comfort ihre Rolle übernehmen werde. Daraufhin kicherte Hanna unkontrolliert los, denn die dicke Zephira hatte genügend Körperumfang für zwei Julias. Sie erkannte, dass für ihre Bühnenkarriere mit Derek der letzte Vorhang gefallen war.

Um ein Uhr am nächsten Morgen kehrte der Major nach Hause zurück; er roch nach Schnaps. Hanna wiederholte, was sie bereits Derek mitgeteilt hatte. Siegel ließ sich auf einen Stuhl fallen und schrie: »Wo gehst du hin? Ich habe ein Recht, das zu erfahren!«

»Ich schaue mir die Lager an.«

»Das hast du schon einmal getan!«

»Ich möchte noch mal gehen.«

»Wozu? Du hast mit den Soldaten nichts zu schaffen« – die rosa Lippen des Majors verzogen sich zu einem Grinsen –, »es sei denn, du verdienst dir bei ihnen etwas dazu, wie es manche Frauen tun.«

»Papa, das ist ein schmutziger Witz!«

»Ist mir egal. Ich weiß nicht mehr, was du eigentlich bist, Hanna. Du bist kein Mann, aber du bist eine ziemlich merkwürdige Frau. Wenn du dich unbedingt in solche Gefahr bringen musst, will ich damit nichts zu tun haben.« Er stand schwankend auf und warf dabei den Stuhl um. »Ich muss jetzt schlafen. Stanton hat für sieben Uhr morgens eine Versammlung einberufen.«

Hanna blickte der untersetzten, schlurfenden Gestalt hinterher und hätte am liebsten genauso laut wie er gebrüllt: *Du weißt nicht, was ich bin? Ich bin deine Tochter, die versucht, ein Mensch zu sein, der dir etwas bedeutet!* Sie fragte sich, ob der Major je Interesse für etwas anderes aufbringen würde als für sich selbst, sein persönliches Fortkommen und den Gedanken daran, wie seine Tochter ihn einzig und allein durch ihr Dasein enttäuscht hatte.

Sie schnitt sich ihr strohblondes Haar wieder kurz und steckte sich Korken in die Tasche, die sie anbrennen konnte. Die Kohle wollte sie dann auf ihrem Gesicht verreiben, um ihre helle Haut dunkler zu tönen und Bartstoppeln anzudeuten. Mit ihrem festen europäischen Rucksack und den blauen Augen konnte sie als einer von Tausenden deutscher Einwanderer durchgehen, die sich aus Hass auf die Sklaverei freiwillig gemeldet hatten, um für Father Abraham zu kämpfen.

Sie hatte einen herrlich einfachen Plan, wie sie den Weg nach Süden zu Popes Armee zurücklegen wollte: Sie redete nur in ihrer Muttersprache Deutsch.

Ein Umstand ließ diesen Plan durchführbar erscheinen. Es gab eine große Anzahl von Deutschen, die bereits unter der Führung von General Franz Sigel in Popes Armee kämpften. Sigel war aus Missouri gekommen und hatte davor in der gescheiterten Revolution von 1848 in Europa gekämpft. Er kommandierte eine der drei Divisionen Popes. Hanna hatte ihn auf einer Parade in Washington gesehen, einen schmächtigen, bärtigen Mann mit verdrießlichem Gesichtsausdruck. Wann immer man sie anhielt und ausfragte, antwortete sie mit dem einen Satz, den viele deutsche Soldaten benutzten, wenn sie kein Englisch verstanden: »Ich kämpfen mit Sigel.«

Wenn sie nach ihrer Einheit gefragt wurde, antwortete sie: »Schimmelfennig, Erste Brigade.« Oberst Alexander Schimmelfennig war ein weiterer 48er-Emigrant aus Deutschland. Stellte man ihr sonstige Fragen, gab sie sich verständnislos.

Manche, die sie anhielten, wollten wissen, weshalb sie allein unterwegs war. »Ich krank.« Jeder wusste über das große Corps von Kriegsverletzten in Washington Bescheid. Man winkte Hanna weiter, oft mit guten Wünschen für die Reise. Deserteure schritten nicht so beherzt aus wie sie. Sie schlichen eher unauffällig dahin und waren zudem nie in Richtung Süden unterwegs.

Popes Armee lag irgendwo unterhalb des Rappahannock. An einem Freitagabend gegen Ende August hatte Hanna ihr Ziel fast erreicht, als sie von einem schweren Gewitter überrascht wurde. Sie humpelte in ein großes Lager an der Orange & Alexandria-Bahnlinie. Ein Feldwebel der Wache fing sie ab und brüllte über den tosenden Regen hinweg: »Name und Einheit?«

»Hugo Rauch. Ich kämpfen mit Sigel. Schimmelfennig, Erste

Brigade. Ich krank.« Sie deutete mit Gebärden an, dass sie sich verlaufen habe. »Wo Schimmelfennig?«

»Teufel noch mal, wenn ich das wüsste! Das hier is' das Hauptquartier von General Pope.« Welches bei flüchtigem Hinsehen nur leicht bewacht erschien. Der Feldwebel deutete auf ein großes, hell erleuchtetes Steilwandzelt. »Das da drüben is' sein Gepäck. Der General selber is' nich' da.«

Für ein Lager an der Front kam ihr der Ort ungewöhnlich ruhig und entspannt vor. Hanna konnte Kaffee und Schinken riechen. Ihr knurrte der Magen. Ihren letzten Zwieback hatte sie zur Mittagszeit gegessen.

Der Feldwebel führte sie zu einem Aufenthaltsraum für Leutnants. Er erzählte ihr, dass sie knapp an Arbeitskräften seien. Ehe Soldat Rauch seine Reise auf der Suche nach seiner Einheit fortsetze, könne er sich eine Mahlzeit verdienen, indem er sich nützlich mache. Sie fanden einen alten Regenumhang aus Öltuch und eine Muskete für sie. Um halb zehn hielt Hanna im Wagenpark Wache, zusammengekauert im Windschatten eines großen Frachtfuhrwerks.

Sie beglückwünschte sich selbst dazu, so weit vorgedrungen zu sein. Trotz ihres Hungers und der nassen Kleidung war sie guter Dinge und überlegte, wie sie sich davonstehlen und ihre Uniform trocknen konnte, sobald die Sonne wieder schien.

Zwischen den Donnerschlägen hörte sie Kavallerie und Hornsignale. Dann erklangen Pistolenschüsse und ein markerschütternder Schrei aus Hunderten von Kehlen. Das musste der Kriegsruf der Rebellen sein, von dem sie schon gehört hatte. Ihr drehte sich der Magen um, eine unerwartete Reaktion darauf, dem Krieg so direkt ins Auge zu blicken.

Eine Kugel schlug in das Fuhrwerk hinter ihr ein und riss Holzsplitter heraus, die ihr gegen die Wange flogen. Sie hantierte mit der Muskete herum, als plötzlich Reiter ihr Blickfeld kreuzten. Im Schein der Blitze wurden bärtige Gesichter, nasse Pferde und durchnässte graue Uniformen sichtbar. Einige der Reiter trugen Hüte mit schwarzen Federn: Konföderierte Kavallerie bei einem Einsatz hinter den feindlichen Linien.

Ein Offizier kam aus einem Zelt gerannt, offensichtlich direkt von seiner Mahlzeit, denn im Kragen hatte er noch die Serviette stecken. Einer der Rebellen erschoss ihn, und die weiße Serviette färbte sich rot, während er in den Schlamm sank. Zelte wurden in Brand gesteckt. Männer brüllten, dass sie Kisten mit Lebensmitteln und Wein gefunden hätten. Gegen ihre Angst ankämpfend, kroch Hanna davon. Einer der Rebellen tauchte zu Fuß aus der Dunkelheit vor ihr auf und zeigte im Schein des Blitzes seinen Säbel. Der Soldat packte ihre Muskete, dann ihren Arm. Hanna zerkratzte ihm mit ihren kurzen, abgebrochenen Fingernägeln das Gesicht.

Vor Wut kochend, steckte er seinen Säbel in den Schlamm, umklammerte sie und versuchte, ihr das Kreuz zu brechen. Während sie im Regen eine Art grotesken Tanz aufführten, entfuhr ihm plötzlich ein verblüfftes »Hä?«. Seine Hand betastete unsanft das Vorderteil ihrer Uniformjacke und ihre flach gebundenen Brüste.

»Jesusmaria! Leutnant Buford? Sir, sehen Sie mal, was ich hier für ein Vögelchen gefangen habe!«

Wenige Augenblicke später wurde Hanna in ein Zelt geschubst, an dessen Firststange eine Laterne hing. Der Mann, der sie ergriffen hatte, ein junger Kavallerist der Konföderierten mit strohblondem Haar, stieß ihr die Mütze vom Kopf.

»Wer bist du?«

»Ich kämpfen mit Sigel.«

»Zieht Sigel neuerdings auch Mädchen ein?« Der Leutnant betrat das Zelt. »Wir ham hier 'ne Frau, die sich als Fußsoldat verkleidet hat, Leutnant Buford.«

»So, ich hab schon von so was gehört«, sagte der Leutnant mit der schleppenden Aussprache der Südstaatler. Er war groß, trug einen Hut mit schwarzer Feder und hatte ein derbes Gesicht mit Hängebacken. Hanna verschränkte die Arme vor der Brust. »Halten Sie sie fest.« Der Kavallerist drehte ihr die Arme auf den Rücken. Buford ergriff sie am Kragen und riss ihre Uniformjacke auf, wobei die Knöpfe absprangen. Ein Lächeln breitete sich auf seinem feuchten Gesicht aus. »Da haben Sie in der Tat einen seltenen Vogel gefangen, Feldwebel. Sollten wir das nicht ein bisschen feiern?«

Die Augen des Kavalleristen leuchteten auf, als er begriff, was gemeint war. »Ist es denn hier sicher?«

»Wenn wir uns beeilen. Ich zuerst. Löschen Sie die Laterne, und halten Sie Wache.«

Hanna warf sich gegen die Zeltwand in der Absicht, sie zu zerreißen oder das Zelt zum Einsturz zu bringen. Leutnant Buford stellte ihr mit dem Stiefel ein Bein. Sie stolperte und landete unsanft auf dem Boden. Der Leutnant stand breitbeinig über ihr, die Füße rechts und links von ihren Hüften gespreizt. Als sie versuchte wegzukriechen, stellte er sich auf ihre Wade. Vor Schmerz schnappte sie nach Luft.

Der Feldwebel blies die Lampe aus, die an einem Stück Draht von der Firststange herabhing. Das Letzte, was Hanna sah, war das selbstgefällige Grinsen des Leutnants und das rote Glied, das aus seinem Hosenschlitz hervorragte.

38

August 1862

Als Fred das Zelt betrat, entdeckte er zwei Männer. Einer von ihnen, ein hässlicher Leutnant, kniete zwischen den Beinen eines Soldaten, der auf dem Rücken lag. Fred erhaschte einen flüchtigen Blick auf blondes Haar und ein jungenhaftes, dreckverschmiertes Gesicht. »Was zum Teufel ist hier los?« Fred schwenkte seinen Revolver. »Aufstehen!«

Der Leutnant kämpfte sich auf die Füße, seine Erektion schrumpfte dahin. Fred holte aus seiner Tasche die Blechbüchse für Streichhölzer, die wie ein Tornister geformt war. Er warf die Büchse dem Leutnant zu.

»Zünden Sie das Licht an.«

Der Leutnant stocherte mit einem brennenden Streichholz in der schwarzen Blechlaterne herum, auf der in Weiß die Buchstaben *U.S.* gemalt waren. Er zündete die Kerze an und schloss das Türchen. Dann gab er die Streichholzschachtel zurück und sagte: »Herr Major, bitte lassen Sie mich das erklären.« Er hatte den starken Akzent eines Hinterwäldlers, der in den Ohren eines Virginiers schrecklich klang.

»Bemühen Sie sich nicht. Ich werde Meldung machen, weil Sie einen Kameraden belästigt haben.«

»Sir, sehen Sie mal genauer hin. Es ist eine Sie.«

Ein weiterer Blick zeigte Fred, dass er sich getäuscht hatte. »Er« war tatsächlich eine Sie; sie hatte blaue Augen und zitterte wie ein verängstigtes Kind. Die kleinen Brüste unter ihrer Uniformjacke wurden von Stoffstreifen zusammengehalten.

Fred spürte einen Luftzug – der Feldwebel wollte sich aus dem Staub machen. Fred drehte sich auf dem Absatz um und stieß dem Mann den Revolver unter das Kinn.

»Keinen Schritt weiter.« Zum Leutnant sagte Fred: »Weisen Sie sich aus!«

Der Leutnant stopfte seine besten Teile wieder in die Hose zurück und salutierte. »Leutnant Henry Buford, Sir. Jeff-Davis-Legion.«

»Von den Mississippi-Truppen?«

»Ja, Sir. Wir haben dieses Stück Yankee-Scheiße gefunden, wie es herumgeschnüffelt hat und ...«

»Halten Sie den Mund. Sie sind eine verdammte Schande für uns alle!« Fred stieß den Feldwebel mit dem Revolver. »Und Sie?« Die Antwort war ein gurgelndes Geräusch. Fred spannte die Waffe. »Nicht so schüchtern!«

»F-F-Feldwebel Cleatus Voss, S-sir.« Noch ein Bauerntölpel aus dem tiefen Süden.

Fred nahm den LeMat wieder vom Hals des Unteroffiziers. Brennende Zelte und Wagen warfen mit ihrem Feuerschein Muster auf die Zeltwände. Vereinzelte Schüsse waren noch zu hören, doch der Kampf war fröhlicher Ausgelassenheit gewichen, während sich die Kavalleristen über das Beutegut aus Popes Lager hermachten. Freds Müdigkeit und Erschöpfung, die er während der letzten Minuten vergessen hatte, kehrten zurück. Er fühlte sich vom Reiten völlig zerschlagen: das wehe Steißbein, der Schmerz unter seinen Hoden, die wund geriebene Haut auf der Innenseite seiner Oberschenkel. »Ich werde Sie beide bei Oberst Martin melden. Und jetzt raus hier!«

Leutnant Buford knöpfte sich die Hose zu, schlüpfte an Fred vorbei und hob im Rausgehen das Knie, um es dem Unteroffizier in den Hintern zu rammen, als wäre er verantwortlich für ihre missliche Lage. Die Männer verschwanden in den Nieselregen.

»Stehen Sie auf, und ziehen Sie sich wieder an.«

Die junge Frau setzte sich auf und stellte sich dann hin. Sie hielt sich unsicher auf den Beinen. Fred packte sie am Ärmel. Ihr strohblondes Haar war feucht, ihre Augen hatten die lebhafte Farbe eines Frühlingshimmels. Sie war ein hübsches Ding, mit fein geschnittenen Gesichtszügen, die es ihr erlaubten, als junger Mann durchzugehen. Er schluckte und ließ sie los.

»Was haben Sie hier zu suchen? Wo kommen Sie her?«

»Aus Washington. Ich wollte mir die Front ansehen.«

»Nun, das haben Sie jetzt. Gehen Sie wieder nach Hause. Das hier ist kein Maskenball, Miss. Hier sterben Menschen.«

Was sollte er bloß mit ihr anfangen? Er beschloss, die Verantwortung weiterzugeben und den Kommandeur entscheiden zu lassen. Natürlich mussten sie sie gehen lassen. Falls sie eine Gefangene blieb, konnte er sich bestens vorstellen, wie oft sie von gefangenen Yankees und geilen Rebellen gleichermaßen vergewaltigt würde.

»Wie heißen Sie?«

»Hanna Siegel.«

»Deutsche?«

»Beinahe richtig. Österreicherin. Sie klingen nicht wie ein Südstaatler.«

»Ich komme aus Virginia. Habe lange Zeit im Norden verbracht. Ich muss mit dem General über Sie sprechen.«

»Welcher General?«

»James E. B. Stuart, von Stuarts Kavallerie. Ich heiße Frederick Dasher.«

»Ich bin Ihnen sehr dankbar für das, was Sie getan haben, Major Dasher.«

»Schön«, erwiderte Fred und war nahe daran, sich in den blauen Tiefen dieser Augen zu verlieren. Er war nicht mehr mit einer Frau zusammen gewesen, seit er vor Wochen Richmond verlassen hatte. Dieses koboldhafte Wesen mit den rußgeschwärzten Wangen und der bunt zusammengewürfelten Uniform rührte ihn irgendwie an. Die junge Frau reichte ihm gerade bis zur Schulter, sie musste ihren Kopf heben, um mit ihm zu sprechen. Sie wirkte verletzlich und rief bei ihm Gefühle hervor, die überraschend und gefährlich waren.

»Ziehen Sie die Schnürsenkel aus Ihren Schuhen«, sagte er.

»Warum?«

»Weil ich Ihnen nicht trauen kann und ich den General aufsuchen muss. Setzen Sie sich auf die Pritsche.« Er griff wieder nach ihrem Arm, als wolle er sie stützen. Doch in Wahrheit tat er es, weil er sie berühren wollte.

Hanna zog die ledernen Schnürsenkel aus ihren lehmigen Schuhen. Fred schob den Revolver in seinen Hosenbund, knotete die beiden Riemen zu einem zusammen und fesselte ihr damit die Handgelenke hinter dem Rücken.

»Nicht so fest.«

»Entschuldigung.«

Er zog den Knoten zu. »Ich verlasse mich darauf, dass Sie hier bleiben, bis ich zurückkomme.«

»Ich könnte im Augenblick sowieso keine zwanzig Schritte laufen!«

Sein Mund fühlte sich wie ausgedörrt an. *Du würdest laufen wie der Teufel, wenn sie dich mit Männern zusammenstecken, die seit einer ganzen Weile keine Frau mehr gesehen haben,* dachte er.

»Sie können sich setzen, wenn Sie wollen.«

»Danke.« Während er die Zeltklappe beiseite schlug, fragte sie: »Besitzen Sie Sklaven, Herr Major?«

»Ich habe eine Pferdefarm in der Nähe von Front Royal. Sechs Schwarze arbeiten dort für mich. Vor etwa vier Jahren habe ich für alle die Freilassungspapiere unterschrieben.«

»Also glauben Sie nicht, dass der Kampf der Konföderierten moralisch richtig ist?«

»Das habe ich nicht gesagt. Ich habe die U.S.-Armee aus denselben Gründen verlassen wie General Lee: um für Virginia zu kämpfen. Ich bin bald zurück.«

In der Zeltgasse wartete der treue Baron mit gesenktem Kopf auf ihn, ohne dass er ihn angebunden hatte. Fred tätschelte den Rappen und murmelte etwas von dieser neuen Schwierigkeit in ihrem Leben. Er nahm seine Feldflasche vom Sattel und schüttelte sie. Etwas Whiskey war noch drin. Er trank ihn aus.

Er fand Stuart in einem Karree zwischen vier großen Hauptquartierszelten. Drei standen in Flammen, doch das vierte war unbeschädigt. Davor stolzierte Fitz Lee auf und ab, bekleidet mit einem federgeschmückten Hut und einem blauen Offiziersmantel mit der schwarzen Ärmeltresse eines Generals, zur Belustigung von Stuart, von Borcke und einigen anderen.

»Sehen Sie sich das an, Fred!«, rief Stuart, als Fred herantrat und salutierte. »General Popes feinster Ausgehmantel! Ich nehme ihn als Entschädigung für meinen Hut an mich. Doch das ist noch nicht alles, was wir gefunden haben. Wir haben Frontbefehle, Chiffrierbücher – was ist los? Stimmt irgendetwas nicht?«

»Ich habe vor ein paar Minuten einen Gefangenen genommen.«

»Glückwunsch. Das ist doch kein Grund für so eine trübselige Miene, oder?«

»Dieser Gefangene, Sir, ist eine Frau.« Die Hände in die Hüften gestemmt, hielt Fitz Lee in seinem Parademarsch inne und wandte Fred seine Aufmerksamkeit zu, genau wie die anderen. »Eine junge Frau aus Washington, die sich als Mann verkleidet hat, um sich das Kriegsgeschehen anzuschauen. Ich muss wissen, was …«

In diesem Moment kam ein Hauptmann atemlos aus der Dunkelheit gerannt: »Herr General, wir können die Eisenbahnbrücke nicht abbrennen. Die Balken sind zu nass. Wir haben nicht genügend Äxte, um sie kaputtzuschlagen.«

»Ich werde es mir anschauen.« Stuart war schon halb auf dem Weg, blieb dann aber am Rand des Feuerscheins stehen und sagte zu Fred: »Behandeln Sie die Frau wie jeden anderen Gefangenen auch. Wenn sie Manns genug ist, eine Uniform zu tragen, dann ist sie auch Manns genug, ins Gefängnis zu gehen.«

Eine paar Offiziere grinsten. Fred wollte widersprechen, doch Stuart war schon in Richtung des über die Ufer getretenen Cedar Run verschwunden.

Er konnte einfach nicht glauben, dass der General seine Worte ernst gemeint hatte. Ein Gentleman aus Virginia schickte ein Mädchen von neunzehn oder zwanzig Jahren nicht in ein Gefängnis voller Ratten und Vergewaltiger.

Kopfschüttelnd eilte er zum Zelt zurück. Hanna sah ihm erwartungsvoll entgegen, als er eintrat.

»General Stuart will, dass man Sie wie jeden anderen Kriegsgefangenen behandelt. Sie sollen eingesperrt werden, bis man Sie austauscht.« Sie zuckte zusammen, als hätte er sie geschlagen, und flüsterte erschreckt etwas auf Deutsch.

»Der General ist im Augenblick nicht er selbst. Wir sind in einer angespannten Lage, nur ein paar Meilen hinter der Unionsfront. Wir können uns nicht noch mit einem Haufen Gefangener belasten; das wird er auch noch einsehen. Stehen Sie auf.«

Verwirrt ließ sich Hanna von ihm umdrehen. Er fummelte an dem Knoten im Schnürsenkel herum und brach sich zwei Fingernägel ab, ehe er ihn geöffnet hatte.

»Ich werde Sie hier herausführen. Halten Sie die Hände hinter dem Rücken verschränkt, so als ob Sie noch gefesselt wären. Wir werden zur nächsten geschützten Stelle gehen, an den Waldrand, und dann rennen Sie wie der Teufel. Den ganzen Weg zurück nach Washington. Und versuchen Sie so einen Blödsinn nicht noch einmal!«

»Nein, das werde ich bestimmt nicht. Warum tun Sie das?«

»Ich glaube einfach nicht, dass es richtig ist, Frauen in solche Gefängnisse zu werfen, wie wir sie in Richmond haben. Sie sind kaum für Hunde geeignet, geschweige denn für Menschen.«

»Werden Sie Ärger bekommen?«

»Damit werde ich schon fertig.« Obwohl er noch nicht genau wusste, wie. »Machen Sie ein ängstliches Gesicht, wenn wir nach draußen gehen.«

Mit tapferem Lächeln meinte sie: »Ich bin schon im Theater aufgetreten, aber dazu brauche ich mich jetzt noch nicht mal zu verstellen.«

Vielleicht lag es am Whiskey, am Regen oder an dem Gefühl der Verlorenheit, das ihn die ganze Zeit quälte, seit er das kleine Mädchen getötet hatte. Was immer es war – es trieb ihn dazu, ihr seine großen Hände um die zerbrechlichen Schultern zu legen, sich herunterzubeugen und sie zu küssen.

Erst wurde sie ganz starr. Dann erwiderte ihr Mund seinen Kuss. Die Berührung ihrer Lippen war kühl, doch er konnte spüren, wie sie sich erwärmten, ehe er zurücktrat. Ihm schwirrte der Kopf. Etwas war passiert.

»Du heißt Hanna.«

»Ja.«

»Ich werde es nicht vergessen.«

»Ich auch nicht.«

»Die Hände auf den Rücken.«

Sie traten hinaus in den Regen und die Dunkelheit.

Stuarts Kavallerie legte denselben Weg nach Warrenton zurück. Sie hatten Gefangene bei sich und General Popes Berichtsbücher, obwohl der General selbst durch Zufall während des Angriffs nicht da gewesen war. Die Kriegskasse der Konföderierten war um 350 000 Dollar angewachsen, den Inhalt von Popes Geldtruhe.

Die jungen Damen von Warrenton traten bei Tagesanbruch auf die Straßen, um mit ihren Taschentüchern zu winken und den erschöpften Kavalleristen zuzujubeln. Stuart ordnete eine Pause an, damit die Pferde sich ausruhen konnten. Er rief Fred auf die Terrasse eines Hauses, das einer Familie namens Lucas gehörte, und erkundigte sich nach dem Verbleib der weiblichen Gefangenen.

Fred sah keinen Sinn darin, sich in Ausreden zu flüchten. Er gab zu, dass er sie hatte gehen lassen. Wie vorauszusehen war, reagierte Stuart äußerst wütend. »Ihnen ist klar, dass Sie sich einem Befehl widersetzt haben!«

»Der Befehl wurde sehr beiläufig gegeben, Sir. Ich dachte, ich hätte etwas Handlungsspielraum.«

»Das hatten Sie nicht. Ich kann das nicht durchgehen lassen.« Stuart zerrte Fred am Ärmel von etwaigen Zuhörern weg. »Verdammt, warum lassen Sie sich so gehen? Was ist passiert? Sie brauchen gar nicht zu antworten, die Soldaten tratschen auch so genug darüber. Sie trinken sich um den Verstand. Und jetzt das.«

Erschöpft und schrecklich durstig, wie er war, hätte Fred am liebsten gebrüllt: *Ich trinke, um zu vergessen, wen ich in diesem verfluchten, unglückseligen Krieg getötet habe!* Er biss jedoch die Zähne zusammen und schwieg.

»Haben Sie irgendetwas dazu zu sagen?«

»Ich habe getan, was ich für richtig und menschlich hielt, Herr General. Ich bin sicher, dass die junge Frau noch keine zwanzig war. Sie muss zufällig in Popes Lager geraten sein.«

»Keine Entschuldigung. Ich habe Ihnen einen klaren Befehl erteilt. Ich werde Sie nicht vors Kriegsgericht bringen; wir können es uns nicht leisten, einen guten Soldaten zu verlieren. Doch Sie werden zum Gemeinen Soldaten degradiert. Die Papiere werde ich persönlich unterschreiben.«

Die Strahlen der dunstigen Morgensonne glitten über die Dächer der kleinen Häuser. Aus den Bäumen tropfte der Regen der letzten Nacht. Irgendwo sang eine Spottdrossel. Junge Damen mischten sich unter die schmutzigen Kavalleristen, beglückwünschten sie und boten ihnen Schöpflöffel mit Wasser und Brotscheiben an. Stuart entdeckte jemanden in der Menge. Er blickte einen Augenblick hinüber und wandte sich dann wieder an Fred.

»Um Sie davon abzuhalten, noch weitere Fehler zu begehen und ernstlichen Schaden anzurichten, werde ich sie außerdem versetzen. John Mosby bekniet mich schon seit geraumer Zeit, eine kleine Partisanentruppe aufzustellen, die als Stoßtrupp hinter der gegnerischen Front arbeiten soll. Ich bin geneigt, dem zuzustimmen, weil ich glaube, dass Person und Aufgabe zueinander passen. Ich werde Sie Mosby zuteilen. Von nun an werden Sie Ihre Befehle von ihm entgegennehmen.«

39

August – September 1862

Die Vorderlichter eines Zuges auf dem Weg nach Süden beleuchteten die Schienen der Orange & Alexandria-Bahnstrecke. Hanna sprang vom Bahndamm hinab und kauerte sich auf den feuchten Boden, bis der Zug vorübergefahren war. Ein paar Minuten später verriet entferntes Geschützfeuer, dass die Mannschaft des Zuges von den Rebellen stürmisch empfangen wurde.

Sie kletterte auf die Gleise zurück und schleppte sich durch wiederholte Regenschauer, die den Großteil der Nacht andauerten. Bis zum Morgen hatte sie sich eine Erkältung eingefangen. Gegen Mittag verkroch sie sich fiebernd und mit Durchfall in einem dichten Unterholz. Sie blieb dort liegen, bis sie sich bei Einbruch der Dunkelheit stark genug fühlte, um weiterzuziehen.

Sie kam zu dem Schluss, dass die Schmerzen in ihrem Bauch vom Hunger und nicht von der Krankheit herrührten, und ging deshalb zu einer abgelegenen Farm und bat die Frau des Hauses um ein Stück Brot. Die Frau war dünn wie ein Strich und hatte große Leberflecken im faltigen Gesicht. Sie hob ihre Öllampe empor, um Hanna genauer zu betrachten.

»Was hat denn ein Mädchen in dieser Uniform zu schaffen?«

Hanna versuchte es mit der erstbesten Geschichte, die ihr in den Sinn kam: »Ich bin Krankenschwester. Ich habe meine Einheit verloren.«

»Wusste gar nicht, dass Billy Yank auch Krankenschwestern im Feld hat. Sie können in der Scheune schlafen, dort ist es warm. Ich bringe Ihnen einen Teller und mache Ihnen morgen früh einen Beutel mit Essen zurecht.« Hannas Rucksack war ihr von den Soldaten abgenommen worden. »Warten Sie, ich hole Ihnen eine Decke.«

Hanna lehnte sich an den Türrahmen und schloss die Augen. Der Krieg hatte doch nicht alle um ihre Menschlichkeit gebracht, wie sie schon manchmal befürchtet hatte. Doch eigentlich sollte sie es besser wissen, sie brauchte nur an den Major zu denken. Sie sah sein Gesicht vor sich, wie es sich zu ihr herabbeugte. Graugrüne Augen von seltsam trauriger Eindringlichkeit …

»Hier haben Sie die Decke.«

»Vielen Dank, Ma'am. Das ist sehr freundlich von Ihnen.«

»Mein Mann und mein Sohn kämpfen für Lee. Sollten Sie eines Tages einen von ihnen schwer verwundet finden, hoffe ich, dass Sie auch ihn pflegen – egal, zu welcher Seite er gehört.«

»Ja, Ma'am, das würde ich.«

»So habe ich Sie auch eingeschätzt. Hier entlang.«

Hanna verließ die Farm am Sonntagmorgen und marschierte nach Norden. Sie bewegte sich von der Bahnlinie weg, als sie im Westen am Horizont eine lange Reihe konföderierter Reiter entdeckte. Als sie sich Bristoe Station näherte, hörte sie Gewehrschüsse und wandte sich eine Zeit lang nach Osten. Auf ihrer Wanderung durch Wälder und über Felder sah sie mehrmals große Ansammlungen marschierender Infanterie, die allerdings zu weit weg waren, um sie genauer erkennen zu können.

Bis Mitte der Woche war sie in die Nähe von Manassas Junction gelangt. Aus dem Nachschubdepot der Union stieg schwarzer Rauch empor. Auf der Straße nach Washington reihte sie sich in einen großen Flüchtlingsstrom ein, weiße Familien auf Planwagen, Schwarze zu Fuß: Alle versuchten, der Zerstörung zu entkommen. Ein stämmiger Schwarzer, der eine Latzhose trug, benannte den Schuldigen: »Stonewall Jackson. Er brennt alles nieder, was er nich' davonschleppen kann.« Hanna sah Blut an den bloßen Füßen des Schwarzen.

Aber auch sie war nicht viel besser dran. Die breiten Sohlen ihrer Schlammtreter waren durchgelaufen. Irgendein gieriger Kontrakthändler in Maine oder Massachusetts ergötzte sich wahrscheinlich gerade an Cognac und Zigarren vom Verkaufserlös der minderwertigen Ware.

Die Wachposten auf der Long Bridge unternahmen keine Anstalten, die Flüchtlinge aufzuhalten. Wenn sie das getan hätten, wären sie wahrscheinlich niedergetrampelt und zerfleischt worden. Auf den Straßen der Stadt wimmelte es vor verängstigten Menschen. Hanna hörte, wie eine gut gekleidete Matrone ihre Kinder anschrie:

»Lee ist uns mit hundertfünfzigtausend Mann auf den Fersen.« Drüben in Virginia ließ Kanonengrollen vermuten, dass sie womöglich keine leere Drohung aussprach.

Verdreckt und mit wund gelaufenen Füßen hinkte sie am Freitagmorgen in das kleine Häuschen unweit des Navy Yard. Sie durchsuchte den Speiseschrank und fand ein paar Würstchen und einen Laib altes Brot. Sie schabte den Schimmel von der Brotkruste, ehe sie sich Brotscheiben mit den Würstchen briet.

Sie pumpte Wasser aus dem Brunnen im Hinterhof, machte es heiß und goss es in die Zinkwanne. Dann ließ sie sich in die Wanne sinken und döste in der lindernden Wärme des Wassers. Vor ihren geschlossenen Augen tauchten erneut die graugrünen Augen des Rebellenoffiziers Dasher auf. Während sie sich abschrubbte, fragte sie sich, weshalb die Erinnerung an ihn sie so berührte.

Sie verschlief den Großteil des Nachmittags und den frühen Abend. Der Major kehrte um halb elf nach Hause zurück, zerzaust und tintenbeschmiert. Er grüßte sie ohne große Freude oder Überraschung und sagte nur: »Ich dachte schon, du wärst umgebracht worden.«

»Nein, Papa, mir geht es gut.«

»Du machst aber gar nicht den Eindruck. Du siehst krank aus. Wo bist du gewesen?«

»In Virginia. Ich bin bis zu einem Ort namens Catlett's Station gekommen.«

»Mein Gott. Das ist doch da, wo sie Popes Lager überfallen haben.«

»Ich muss wohl vorher da gewesen sein. Davon habe ich nichts mitbekommen.« Sie wollte ihn nicht mit der Geschichte ihrer Gefangennahme beunruhigen.

Der Major warf seinen Mantel ab und stapfte an den Herd; sie hatte einen Lammeintopf gekocht. Die Veränderungen an ihrem Vater waren nicht zu übersehen. Von seinem Gehalt aus dem Ministerium brachte er nicht viel nach Hause; das meiste gab er für Abendessen mit seinen Vorgesetzten in den besseren Hotels aus. Als Folge davon hatte sich sein Bauch aufgebläht und die militärische Durchtrainiertheit verloren. Seine geröteten Augen deuteten auf Stunden intensiver Lektüre hin. Vor einem Monat hatte er einen Optiker aufsuchen müssen und seine erste Brille erhalten. Diese Tatsache hatte ihn tagelang in Wut versetzt.

Er schöpfte sich Eintopf in eine gesprungene Schüssel. »Was du getan hast, war dumm, Hanna. Wie soll ich dich nur davon abhalten, solche leichtsinnigen Sachen anzustellen?«

Sie setzte sich an den Brettertisch und stützte die gefalteten Hände auf das zerkratzte Holz. »Mach dir keine Sorgen, ich hab jetzt genug davon. Ich hab tatsächlich etwas von den Kämpfen gesehen. Aus der Ferne«, fügte sie schnell hinzu.

Er betrachtete sie einen Moment lang schweigend. Mit überraschend milder Stimme sagte er dann: »Hat ja einiges an Mut verlangt.« Diese Äußerung kam einem Kompliment näher als alles, was sie in den letzten Jahren von ihm gehört hatte. Sie lächelte.

»Ich bin froh, wieder hier bei dir zu sein, Papa.«

»Nun, wahrscheinlich wirst du morgen oder übermorgen schon nicht mehr so froh darüber sein.« Er setzte sich und zog sich die polierten, kniehohen Stiefel aus. »Bei Bull Run wird schon wieder gekämpft. Ein großes Gefecht. Pope versucht, Jackson zu kriegen – ihn frontal zu schlagen, während McDowell ihn von der Gainesville-Flanke angreift. Keiner weiß, wie es ausgehen wird. Der Präsident hat sein Lager im Telegraphenbüro errichtet. Heute Morgen hat Stanton uns allen Befehl gegeben, die Papiere zusammenzusuchen und einzupacken.«

»Wieso?«

»Falls die Rebellen über die Brücken kommen.« Die Augustnacht war warm, und dennoch spürte Hanna plötzlich ein schwaches Frösteln.

»Als ob das nicht schlimm genug wäre«, – er schlürfte Eintopf von seinem Löffel, leckte sich die Lippen ab, vergaß jedoch einen Essensrest auf seinem Kinn –, »stell dir vor, was Stanton noch getan hat. Der Kerl liebt anscheinend die Farbigen. Er hat den Militärbezirk Süd angewiesen – er hat sein Hauptquartier auf irgendeiner beschissenen kleinen Insel vor der Küste South Carolinas –, er hat sie also angewiesen, fünftausend Nigger einzuziehen und sie für den Einsatz als Wachposten und Späher auszubilden. Was kommt wohl als Nächstes? Ein Regiment von Affen? Das wäre uns in der alten Heimat nicht passiert.«

Der folgende Tag, ein Samstag, war schwül und drückend. Hanna ging zum Canterbury, um sich nach ihrem Job zu erkundigen. Man hatte sie mittlerweile ersetzt. Komischerweise schien es ihr gar nichts auszumachen, jedenfalls nicht im Augenblick, wo die ganze Stadt aus Angst vor einem Einmarsch zitterte. Auf den Straßen hörte sie mehr als nur einen betrunkenen Soldaten dabei, wie er John Pope und die gesamte Militärführung verfluchte.

Am Nachmittag stand sie inmitten einer großen Menge vor dem Schatzamt, als dort die neuesten Bekanntmachungen ausgehängt wurden. GROSSER UNIONSSIEG BEI BULL RUN! Die Jubelrufe und der Applaus verebbten jedoch, als die Menge den nächsten Aushang las. VERMUTLICH ZEHNTAUSEND TOT ODER VERWUNDET. Untertitelt waren die Schlagzeilen mit dem Aufruf an Ärzte und Sanitäter, sich um fünf Uhr vor dem Schatzamt zu versammeln.

Eine Menge von Schaulustigen – Kongressabgeordnete, Familien mit Kindern – strömten gegen Ende des Tages zur Long Bridge. Hanna stand eine Zeit lang am Washingtoner Ende der Brücke und beobachtete, wie neue Flüchtlinge sich ihren Weg durch die Menschenmenge bahnten. Ihr kam in den Sinn, wie leicht es in dieser Nacht für Verräter wäre, Washington zu betreten oder zu verlassen.

Auf ihrem langen Heimweg sah sie eine Gruppe von Kavalleristen, die eine Mietskutsche umringten. Der verantwortliche Korporal befahl dem Fahrer mit vorgehaltener Pistole abzusteigen und setzte die beiden Passagiere mit ihren sechs Gepäckstücken auf die Straße.

»Aber wir sind gerade erst aus Dayton gekommen«, protestierte der Mann, während seine Frau vor sich hin schniefte. »Ich habe Angelegenheiten mit dem Quartiermeister zu regeln.«

»Dieses Fuhrwerk wird für Verwundete gebraucht! Bewegen Sie sich auf Schusters Rappen weiter! Brewster!« Ein Soldat sprang auf den Kutschbock und lenkte die Droschke davon.

Auf dem Rest des Heimwegs erlebte Hanna noch zahlreiche ähnliche Szenen: Pferde wurden aus einem Mietstall getrieben, während der Besitzer vergeblich protestierte; vor einer noblen Stadtresidenz beschlagnahmten Infanteristen eine goldgeschmückte Kalesche. Jedes Privathaus und jedes Geschäft wurde nach einem Gefährt durchsucht – egal, ob Fuhrwerk, Sulky oder Dogcart, Hauptsache, es hatte Räder.

Major Siegel tauchte erst um halb zwei Uhr nachts auf. Seine Augen waren vor Müdigkeit geschwollen.

»Es ist furchtbar, Hanna. Wir haben sie nicht geschlagen, die Armee ist auf dem Rückzug. Sigels Corps ist aufgelöst, McDowells ebenfalls. Heintzelman und Porter wurden vernichtend geschlagen.

Dieser feige Hund McClellan hat seine Truppen zurückgehalten, sodass Pope nicht gewinnen konnte. Heute Abend hat der Minister eine Petition an den Präsidenten unterzeichnet. Er und Chase haben sie ausgearbeitet. Sie verlangen McClellans Entlassung. Stanton sagte, dass Chase McClellan am liebsten erschießen lassen würde.«

»Mein Gott, Papa. Alles bricht zusammen.«

»Die Welt ist aus den Fugen, ja. Geh zu Bett. Bis Montag müssen wir womöglich zusammenpacken und fliehen.«

Am Sonntag sah es tatsächlich so aus. Soldaten strömten über den Potomac, zusammen mit verängstigten Einwohnern Virginias, Weiße wie Schwarze. Alle bezeugten die Niederlage. Die geschlagene Armee bezog Stellung in den Befestigungen rund um die Stadt. An diesem Abend kam der Major mit weiteren schlechten Neuigkeiten nach Hause.

»Innerhalb der letzten zwei Tage hatten wir zwölf- bis vierzehntausend Verwundete und Gefallene. Pope ist erledigt. Aber Lincoln will, dass McClellan wieder die Armee führt. Es ist einfach nicht zu fassen! Er will diesem Versager die Verantwortung übertragen. Er glaubt, die Truppen hätten immer noch Vertrauen in McClellan. Der Minister hat über eine Stunde lang getobt, als er das gehört hat. Beinahe wäre es komisch, wenn es nicht so schrecklich wäre. Pack eine Tasche zusammen.«

»Heute Abend noch?«

»Ja. Es kann sein, dass wir morgen das Ministerium evakuieren müssen. Wenn es geräumt wird, dann gehen wir auch.« Während er sein Halstuch abnahm, musterte er Hanna genauer. Sie saß ruhig, mit gedankenverlorenem Lächeln im Schaukelstuhl.

»Was ist los mit dir?«

»Was meinst du, Papa?«

»Seit du von diesem irrsinnigen Ausflug zurückgekehrt bist, benimmst du dich so merkwürdig. Ich weiß nicht, wie ich es ausdrücken soll: Du bist nicht mehr du selbst? Träumerisch? Hast du mir wirklich alles erzählt? Hat dich bei den Soldaten womöglich irgendein Grobian geschnappt und …?«

»Nein, Papa. Nichts dergleichen. Ich bin nur froh, wieder bei dir zu Hause zu sein, das ist alles. Ich hatte in Virginia die meiste Zeit über schreckliche Angst. Mir wurde klar, dass ich einen Fehler gemacht habe.«

In seiner Miene spiegelten sich Zweifel an ihrer Erklärung. Er nahm die Kerze aus dem Wohnzimmer mit und ließ Hanna in der dunstigen Dunkelheit in dem Schaukelstuhl sitzen, den Kopf zurückgelehnt und die Augen geschlossen. Sie hatte ihrem Vater nicht im Entferntesten die Wahrheit erzählt. Was ihr tatsächlich widerfahren war, war die Begegnung mit dem Major der Konföderierten. Er hatte etwas Tapferes, aber auch Trauriges an sich gehabt. Sie konnte wieder seine feuchte Wolluniform riechen, den Regen auf seiner Haut, seinen Schweiß und den Whiskey, ganz so, als wäre er hier mit ihr im Zimmer.

Sie stellte sich seine graugrünen Augen vor. Sie sah, wie sich sein Gesicht zu ihr herunterbeugte. Sie fühlte und schmeckte seinen Kuss. *Das* war passiert.

Am Montag, dem 1. September, lauschten die Menschen in der Stadt erneut dem Artilleriefeuer in Virginia. Droschken, Dogcarts, Omnibusse, Heuwagen und Rockaway-Kutschen kamen mit ihrer Fracht schluchzender und schreiender Verwundeter über die Long Bridge gerumpelt. Betrunkene Deserteure prügelten sich auf der Avenue, ohne dass irgendjemand einschritt. Später am Tag durchbrach ein Gewitter mit heftigem Regen die schwüle Hitze und trieb die Leute in ihre Häuser zurück. Mitte der Woche, als offensichtlich wurde, dass die Armee das Schlimmste überstanden hatte, die Stadt wieder verteidigt wurde und McClellan erneut das Kommando führte, war die Krise vorüber. Was blieb, war eine Atmosphäre der Niederlage und Verzweiflung, die jeden, Soldat wie Zivilisten, gepackt hatte. Eine Ausnahme bildeten lediglich diejenigen, die die zweite Schlacht von Bull Run als Triumph für ihre Seite betrachteten.

Hanna dachte immer wieder an ihren ritterlichen Offizier. Sie betete, dass er noch lebte und in Sicherheit war. Sie sehnte sich danach, ihn wiederzusehen.

40

Oktober 1862

Vom Capitol Square in Richmond, wo ein riesiger George Washington, inzwischen als »Vater der Konföderation« gefeiert, heldenhaft auf seinem Bronzepferd ritt, machte Lon sich auf den Weg die Franklin Street hinunter. Er schritt selbstsicher, mit erhobenem Kopf und versuchte, keinerlei Aufmerksamkeit auf sich zu ziehen. Unter dem Arm trug er eine Büchse mit einem halben Pfund englischem Tee, für die er fünf Dollar von Leutnant Turners Geld bezahlt hatte. Der Gefängnisdirektor fand Gefallen an Schildkröten, frischen Austern und anderen Delikatessen, die nicht von der Verpflegungsstelle der Konföderierten ausgegeben wurden. Ein Lebensmittelhändler verkaufte den Tee zu überhöhten Preisen unter der Hand, während er seinen normalen Kunden erzählte, dass Tee aus London wegen der Blockade nicht mehr erhältlich sei.

Die Oktoberluft war erfrischend; auf der hügeligen Straße wimmelte es von Fußgängern und Verkehrsmitteln jeglicher Art. Lon fand die Fleischerei von Siegfried Retz fünf Häuserblöcke östlich des Capitol Square. Von der Eingangstür des Ladens aus blickte er prüfend die Bürgersteige entlang. Er konnte niemand Verdächtigen sehen. Er zog die verschlissene Manschette seines grauen Kadettenhemdes bis zum Daumenansatz hinunter und verdeckte so die einzelne, fünf Zentimeter dicke Handschelle an seinem linken Handgelenk.

»Gentleman Lon« existierte nicht mehr. Lons Bart war ihm bis zum zweiten Hemdsknopf hinabgewachsen. Seine Haut spannte sich über den Knochen wie ein Trommelfell, alles Fett war in den Wochen verschwunden, seit Oberst Mars ihn seinen Gefängniswärtern übergeben hatte. In der reizenden alten Stadt der Hügel und Wasserläufe gab es nicht nur reichlich Gefängnisse für Kriegsgefangene, sondern auch jede Menge verkrüppelter Veteranen, die auf dem Capitol Square bettelten, Spekulanten, Falschspieler und Taschendiebe in den Hotels sowie zahllose einsame Soldatenfrauen, die fremden Männern auf der Straße Blicke zuwarfen. Vor allem aber hegte Richmonds Bevölkerung ausgeprägte Hassgefühle gegenüber »Lincolns Gedungenen«.

Im Laden roch es nach Fleisch und Sägemehl. Ein hübscher farbiger Junge, gekleidet in ein sauberes weißes Hemd und Hosen, saß auf einer Kiste neben der offenen Theke und schwenkte einen Fliegenwedel über ein paar traurigen grauen Fleischstücken, die in Pfützen aus geschmolzenem Eis schwammen. Durch Lons Eintreten aufgeschreckt, ließ der Fleischer sein Hackbeil auf den Klotz sinken. Er war etwa dreißig, mit drahtigem Körperbau, traurigen braunen Augen und einem rostbraunen Schnurrbart mit gewachsten Enden.

»Siegfried Retz?«

»Ja, genau, der bin ich.« Er sprach Englisch mit starkem Akzent.

»Haben Sie Koteletts im Angebot?«

Retz musterte seinen Besucher argwöhnisch. »Schweinekoteletts oder Kalbskoteletts?«

»Die Dame des Hauses hasst Schwein.«

»Wir haben ohnehin nur Kalb.« Nachdem die Erkennungsparolen ausgetauscht waren, klopfte Retz dem Jungen auf die Schulter. »Hiram, mach doch mal einen kleinen Spaziergang und kauf dir einen Apfel, wenn du welche findest.« Er drückte dem Jungen eine Münze in die Hand. Der Junge hüpfte aus dem Laden. »Ich habe mich schon gefragt, wann endlich jemand vorbeikommt.«

»Ich bin seit August hier. Major Allen hat zwei von uns geschickt, als Deserteure verkleidet.«

»Ich hoffe, Sie haben mehr Erfolg als der Kerl, den sie gehängt haben, Webster hieß er.«

»Auch wir hatten leider zu Beginn nicht viel Glück. Ein Reb hat uns gefangen genommen und meinen Begleiter getötet. Dann hat er mich ins, wie er es nannte, ›Depotgefängnis‹ gebracht.«

»Ins Libby-Gefängnis. Es ist ein ehemaliges Handelslager.«

»Ein scheußliches Loch.«

»Es gibt noch schlimmere. Wie heißen Sie?«

»Lon Price.«

»Sig Retz. Klingt wie ›cigarettes‹ auf Englisch, was?« Er deutete ein paar Züge aus einer Zigarette an. Er sprach auf eine abgehackte, atemlose Art und Weise. Lon mochte ihn.

»Kommen Sie mit nach hinten. Wie Sie sehen, habe ich keine Kunden. Als ich vor fünf Jahren in Boston vom Schiff ging, dachte ich eigentlich, ich würde in Amerika mein Glück machen. Aber ich habe mir wohl die falsche Stadt ausgesucht.«

Retz hob einen Vorhang zur Seite, sodass Lon hindurchgehen konnte. Das Hinterzimmer, das von einer Gaslampe erhellt wurde, war möbliert mit einem Einzelbett, einem Sessel mit Kissen, einem Herd, einem kleinen Tisch, auf dem sich Hauptbücher türmten, einem lackierten Eisschrank und einem großen Stapel Zeitungen. Trotz seiner Ärmlichkeit war das Zimmer makellos sauber.

Begierig nach Neuigkeiten überflog Lon einen *Enquirer*, der oben auf dem Zeitungsstapel lag. Der längste Artikel ereiferte sich über Lincolns Proklamation zur Freilassung der Sklaven, die vom 1. Januar an in allen »aufständischen Staaten« in Kraft treten sollte. Ihm waren schon seit Monaten Gerüchte über einen solchen Plan zu Ohren gekommen. Offensichtlich hatte die gigantische Schlacht in Maryland im September Lincoln ausreichend Zuversicht gegeben, um die Proklamation zu verkünden. McClellan hatte seine Ehre bei Antietam teilweise wiederhergestellt, indem er Lees Invasion des Nordens zurückgedrängt hatte. Der Artikel im *Enquirer* triefte vor wütenden rhetorischen Attacken: Ausdrücke wie »egalitärer Wahnsinn« und »Bastardisierung des reinen Blutes unserer Stammväter« häuften sich.

»Was halten Sie davon, hm?«, fragte Retz.

»Die Proklamation? Ich bin dafür.«

»Ja, sicher, aber sagen Sie das hier bloß nicht zu laut – oder man wird Sie am nächsten Laternenpfahl aufhängen!« Retz wischte sich die Hände an seiner fleckigen Schürze ab. »Haben Sie etwas für mich dabei?«

Lon holte ein zusammengefaltetes Blatt Papier unter seinem Hemd hervor. »Für Major Allen. Ich glaube, er ist inzwischen wieder in Washington.«

Retz nickte und studierte die mit Bleistift beschriebenen Seiten. Lon hatte Tage damit verbracht, Informationen zu sammeln, und dafür bei jedem Botengang für den Gefängnisdirektor etwas Zeit abgezweigt. In einigen Hundert Wörtern berichtete er über alles, vom miserablen Zustand der konföderierten Wirtschaft bis hin zur Anzahl und Größe der Kanonen, die die Stadt zum Fluss hin verteidigten. Er hatte die Botschaft mithilfe der Vigenère-Tafel und dem Schlüsselwort »Prediger« chiffriert. Die erste Zeile lautete »QVVLKNXGGZGH«, entschlüsselt bedeutete sie »Bericht Price«.

»Wie wird das nach Washington gelangen?«

»Ich werde es entlang unserer geheimen Kurierlinie weiterreichen. Mehr brauchen Sie nicht zu wissen.« Retz faltete die Blätter zusammen und versteckte sie in einem Schlitz im Sesselkissen. Er klopfte gegen Lons Handschelle. »Hat der Direktor Ihnen den Gefängnisschmuck umgehängt?«

»Genau, Leutnant Turner. Ein niederträchtiger Kerl.«

»Nicht halb so bösartig wie der, den sie letzten Herbst rausgeschmissen haben. Das war ein Halbbruder von Lincolns Frau. Ein fieser Säufer und Experte für Folterungen. In der Zeitung stand, der Kongress wolle gegen ihn ermitteln. Stattdessen haben sie ihn dann versetzt. Möchten Sie ein Bier?«

»Danke, gern. Ich habe schon seit Monaten kein Bier mehr getrunken.«

Retz holte einen zinnernen Bierkrug aus dem Eisschrank und füllte einen kleinen Humpen. Lon genoss den Geruch und Geschmack des Gebräus, obwohl es lauwarm war. »Ich würde gern mehr über das Schmuckstück an ihrem Handgelenk erfahren.«

»Das ist eine lange Geschichte.«

»Ich habe kein Eis mehr. Ich habe kein frisches Fleisch mehr zum Verkaufen. Sie sehen selbst, wie viele Kunden sich in meinem Laden drängen. Zeit – also, die habe ich reichlich!«

Oberst Mars hatte Lon an einem drückend schwülen Augustnachmittag den Militärbehörden übergeben. Für seine Mühen erhielt er eine Belohnung von einem konföderierten Dollar. Eine noch größere Befriedigung zog er jedoch daraus, Lon über die Main Street zu führen. Lons Uniform zog eine Menschenmenge aus Straßenjungen, invaliden Soldaten und gut gekleideten Zivilisten an. Ein einbeiniger Veteran auf Krücken warf Steine nach ihm. Einer traf Lon an der Stirn und schlug ihm eine Platzwunde.

Die Sprache der Menge war erstaunlich unflätig. »Blauschwanzbastard!« »Hurensohn Lincolns!« Die Frauen standen den Männern in punkto Obszönität in nichts nach. Mars ließ ihnen ihren Spaß, bis sie genug hatten und ihr Speichel von Lons Gesicht tropfte. Seit Sledges Ermordung war der Zorn in ihm stetig angewachsen, ohne dass er sich Luft machen konnte. Der Spießrutenlauf steigerte seine Wut ins schier Unerträgliche.

Ihr Ziel war Richmonds Aufnahmelager für Kriegsgefangene, das sich in einem Viertel zwischen Lagerhäusern, Baracken, Ställen und unbebauten Grundstücken befand. Drei Stockwerke des Gebäudes überragten die Cary Street, einen Block von der Main Street entfernt. Die 19th Street schlängelte sich von der Cary zur Canal Street hinab, die zum Kanal gelegene Seite des Gefängnisses hatte noch ein zusätzliches Stockwerk. Es war ein schönes, altes Ziegelgebäude, an der Außenmauer prangte groß der Schriftzug LIBBY PRISON.

Sie passierten ein Wachhäuschen an der Straßenecke und betraten das Gefängnis durch eine mehrfach verriegelte Tür. Bewaffnete Wachposten patrouillierten in der Eingangshalle. Lon blickte in eine Gemeinschaftsküche mit mehreren Herden. Aus dem Büro des Direktors, das sich ein paar Schritte weiter befand, kam gerade ein schmächtiger glatzköpfiger Mann. »Vielen Dank, dass Sie Ihre Zeit für mich geopfert haben, Sir. Falls Sie der Meinung sind, dass einer Ihrer Gefangenen mehr ist, als er zu sein vorgibt, händigen Sie ihn an uns aus.«

Der Mann setzte sich einen braunen Filzbowler auf. Sein linkes Bein war verkrüppelt und ließ ihn beim Gehen hinken, dabei scharrte ein Schuh mit verstärkter Sohle über den Boden. Der Mann starrte Lon an, während er vorbeiging.

Der Direktor, Leutnant Turner, war ein ernsthafter junger Soldat von Anfang zwanzig. Er war tadellos rasiert und trug das Haar kurz geschnitten.

»Name und Dienstgrad?«, fragte er mit polternder Bassstimme.

»Soldat Albion Rogers.« Lon machte Angaben über sein Regiment, die Division und das Corps. Turners Schreiber notierte sie in ein großes Buch.

»Wir werden Sie so bald wie möglich verlegen. Desertierte Yankees werden in Palmer's Factory im Castle Thunder geschickt. Die Gefangenen haben den Ort selbst so genannt. Hat irgendwas mit dem Zorn Gottes zu tun, der auf jeden Mann dort niedergeht. Und es stimmt: Verglichen mit Castle Thunder haben wir hier eine Schule für höhere Töchter. Hier im Libby-Gefängnis gibt es eine oberste Regel: Halten Sie stets zwei Meter Abstand von den Fenstern, oder Sie werden erschossen. Wir haben Platz für vierhundert Gefangene. Zurzeit haben wir dreimal so viele in Verwahrung. Wenn Sie sterben, tun Sie uns damit einen Gefallen. Bursche!«

Ein Jüngling in Uniform schlenderte herein. »Übergib diesen Mann dem Sergeanten im ersten Stock.« Turner wandte sich an

Lon: »Er ist nicht wirklich Sergeant. Wir nennen ihn bloß so, weil wir ihm die Aufsicht übertragen haben.«

»Erster Stock, jawohl, Sir.« Der Bursche versetzte Lon mit seinem Knüppel einen Schlag auf den Ellenbogen. »Marsch, los, Mister Sklavenbefreier!«

Lon sträubte sich: »Hören Sie, Herr Leutnant. Ich musste denen ihren Scheißschwur sprechen, als ich mich gemeldet hab, aber ich bin desertiert, weil ich, weiß Gott, nich' dafür kämpfen will, dass die Nigger herumstolzieren und so tun können, als wärn sie so gut wie die Weißen. Wann kriege ich endlich die Gelegenheit, für die richtige Seite zu kämpfen?«

»Irgendwann in der Zukunft. Vielleicht. Führ ihn raus.«

Auf dem Weg zur Treppe stieß der Bursche Lon mit seinem Knüppel an. Dann noch mal. Und ein drittes Mal. Lon wirbelte mit rotem Gesicht herum.

»Haste was zu meckern, Blauschwanz?« Der Bursche schlug Lon mit dem Knüppel über das Ohr. Lon taumelte zur Treppe und griff nach dem klebrigen Geländer, um sich festzuhalten. »Du Yankeescheißer! Willst du wohl aufstehen, oder soll ich dir gleich hier den Kopf einschlagen?«

Lon stand auf.

Laut Mathias Price und seinen Glaubensgenossen lag Satans Reich irgendwo unter der Erdoberfläche. Lon fand die Hölle an diesem Tag auf einem anderen Weg: Er stieg zu ihr hinauf.

Die Wand des Treppenhauses glich einer Tapisserie aus zerquetschten Insekten, hingekritzelten Flüchen und obszönen Zeichnungen von Geschlechtsteilen. Am Fuß der Treppe war der Geruch nach menschlichen Exkrementen deutlich zu riechen. Auf dem ersten Treppenabsatz wurde er durchdringend. Weiter oben war er unerträglich.

Im ersten Stock wurde er bereits von einer pfeifenden und schreienden Häftlingsmenge erwartet: »Frischer Fisch! Wir haben einen Neuzugang!« Die Gefangenen waren lebende Leichname, vor Dreck starrende, abgemagerte menschliche Hüllen. Sie stießen und kniffen Lon. Einer flüsterte ihm zu: »Haste Geld? Ich mach's dir für'n Zehner!«

»Haltet eure verdammten Schnauzen, Ladys«, ertönte jemand aus dem Hintergrund. Die Häftlinge wichen zurück wie das Rote

Meer und gaben den Blick auf einen stämmigen Soldaten frei. Sein blaues Hemd wurde von einem selbst gefertigten Blechorden geschmückt. Ein rotes Tuch, das er sich um die Stirn gebunden hatte, verlieh ihm ein piratenhaftes Aussehen. Sein rechtes Auge hatte die beunruhigende Neigung, in Richtung seines Ohrs zu wandern. Lon musste sich beinahe übergeben von dem Geruch, der aus einem weiter hinten gelegenen Raum kam, in dem die Gefangenen sich auf dem Boden erleichtert hatten. Er sah einen Soldaten, der mit dem Kopf in den Fäkalien lag. Der kräftige Mann wies den Burschen darauf hin:

»Sonny is' letzte Nacht gestorben. Wahrscheinlich hat ihn das Heimweh geschafft. Hat seit fast einer Woche nur noch an die Decke gestarrt und geheult.«

»Bildet eine Gruppe, und tragt ihn nach unten«, befahl der Bursche. Er stupste Lon an. »Das ist der Sergeant für dein Stockwerk, Soldat Griff.«

Der Bursche ging die Treppe hinunter. Lon und Griff starrten einander an. Die anderen Gefangenen beobachteten sie. Griffs Auge glitt wieder zur Seite weg. Er streckte die Hand aus und bewegte fordernd die Finger hin und her.

»Die Schuhe. Zieh sie aus und gib sie rüber! Betrachte es als deinen Aufnahmebeitrag für den ersten Stock.«

Lon verspürte den starken Drang, den Kerl anzugreifen. Doch er wollte nicht schon am ersten Tag in Ketten gelegt werden, deshalb setzte er sich auf die Stufen und zog sich die kaputten Schuhe aus. Mars hatte ihn schon gewarnt, dass persönliche Besitztümer konfisziert würden, entweder von Wärtern oder Häftlingen. Wenn er erst einmal den Bogen raus habe, meinte Mars, könne er sich das, was er brauche, ja ebenfalls von anderen zusammenstehlen.

»Sehr schön. Und jetzt dreh deine Taschen um.«

»Ich habe nur das hier.« Lon zeigte sein Klappmesser mit dem Elfenbeingriff. Mars hatte ihm erlaubt, es zu behalten, und es als »wichtigste Ausrüstung« eines Häftlings bezeichnet.

Griff sagte: »Wunderbar; das nehm ich.«

»Der Mann, der mich gefangen genommen hat, hat gesagt, dass die Gefangenen immer ihre Messer behalten.«

»Ich geb einen Scheiß drauf, was er dir gesagt hat, Mister! Ich kann 'ne gute Klinge wie die da sehr gut weiterverscherbeln.«

Lon schüttelte den Kopf. »Nein, tut mir Leid.«

Griff seufzte, als habe er es mit einem unverständigen Kind zu tun. »Jetzt hör mir mal zu, Fisch.« Er trat dicht auf Lon zu. Plötzlich hob er das Knie und rammte es Lon zwischen die Beine. Lon krümmte sich.

Griff riss ihn an den Haaren empor. »Ich sag noch mal, gib mir das …«, Lon schloss die Faust um das Klappmesser und verpasste Griffs Kopf einen gezielten Schwinger.

Griff taumelte gegen die Wand. Die anderen Häftlinge wichen zurück. Einer schrie: »Scheiße, Mann, Paddy, hier gibt's 'ne Prügelei!«

Wie ein wild gewordener Bär schleppte Griff sich auf Lon zu. Lon war halb blind vor Schweiß und Wut. Er wusste noch, dass er mit erhobenen Fäusten auf Griff losgegangen war, aber er konnte sich an nichts weiter erinnern, bis sich der Nebel lichtete und er Applaus und Pfeifen hörte. Wärter zerrten ihn an den Schultern hoch. Griff lag auf dem Treppenabsatz, sein Schritt war fleckig, die Nase platt, und Blut quoll aus seinen Lippen. Sein rechtes Bein lag gekrümmt unter dem linken. Lon blickte verwirrt auf seine eigenen blutenden Fingerknöchel.

Ein Gefängniswärter drängte ihn mit vorgehaltener Pistole an die Wand. Ein anderer versuchte, Griffs gekrümmtes Bein zu strecken. Der Soldat schrie auf. Leutnant Turner kam die Treppe hinaufgerannt, um der Ursache des Tumults nachzugehen. Der verblüffte Rebell, der neben Griff kniete, sagte: »Ich glaub, sein Bein is' gebrochen, Sir. Ich glaub, der da hat es mit bloßen Händen gebrochen!«

Lons Augen funkelten wütend aus dem Dickicht seines behaarten Gesichts hervor. »Der Hurensohn hat versucht, mir mein Klappmesser abzunehmen.«

Zu Retz sagte er: »Ich dachte, ich wäre erledigt. Der Direktor hat mich in eine Arrestzelle im Keller geworfen, dunkel wie eine Höhle. Drei Tage lang weder Wasser noch Brot, noch nicht mal ein Eimer zum Pinkeln. Dann haben sie mich zurück in den ersten Stock geschickt, und ich stellte fest, dass Turner mich in Abwesenheit zum Sergeanten des Stockwerks ernannt hatte. Ich benahm mich gut. Ich habe feste Gruppen eingeführt, die zweimal täglich Essen aus der Küche holen, ich habe die Prügeleien unterbunden, ich habe Briefe für die geschrieben, die das nicht konnten. Bald darauf rief mich Turner zu sich und sagte, er brauche einen weiteren Burschen, jemanden, der weder dumm noch ein verrückter Schlägertyp sei. Falls ich mich als vertrauenswürdig erweisen würde und der Konföderation dienen wolle, so wie ich es gesagt hätte, bekäme ich erst für kurze und später längere Botengänge Freigang aus dem Gefängnis. Turner stellte allerdings eine Bedingung.«

Lon zeigte sein linkes Handgelenk. Die eiserne Handschelle glänzte im Licht der Gaslampe.

»Jeder, der das sieht, weiß sofort, dass ich ein Häftling bin. Einer, der zwar etwas mehr Vertrauen genießt als andere, aber dennoch ein Häftling. Ich musste einen Treueeid leisten. Das gefiel mir eigentlich gar nicht, doch mein Boss hat mich geschickt, um eine Aufgabe zu erledigen, und deshalb habe ich mitgemacht. Sie statteten mich mit grauer Uniformkleidung aus, sodass man mir nicht jedes Mal eins überzieht, wenn der Leutnant mich irgendwohin schickt. Vor ein paar Wochen hatte ich das Gefühl, es sei nicht mehr so gefährlich, mit dem Sammeln von Informationen zu beginnen. So weit meine Geschichte.«

»Ja, das ist natürlich eine dolle Geschichte«, sagte Retz voll offener Bewunderung. »Ihr Spione seid raffinierte Kerle.«

»Nur gezwungenermaßen. An diesem Krieg ist leider nichts Raffiniertes, Sig. Wir alle verhalten uns eher wie eine Horde wilder Tiere, die sich gegenseitig zerreißen. Das hat mich mein Begleiter gelehrt, der jetzt tot ist.«

»Werden Sie mir weiterhin Botschaften bringen?«

»So oft ich kann.«

»Möchten Sie noch etwas Bier, ehe Sie gehen?«

»Nein danke, aber ich würde mir gern ein paar Minuten die Zeitungen da durchsehen. Im Gefängnis erlaubt man uns nicht, welche zu lesen, bis auf ein kleines handgeschriebenes Blättchen, dass sie selbst herausgeben.«

Sig Retz machte eine einladende Geste: »Machen Sie es sich bequem; Sie können bleiben, solange Sie wollen. Ich muss mal nachschauen, was aus Hiram geworden ist. Es könnte ja doch noch ein Kunde kommen. Oder vielleicht fallen plötzlich ein paar Schweine vom Himmel.«

Lon ließ sich auf den gepolsterten Sessel fallen. Es belustigte ihn, auf einem verschlüsselten Bericht zu sitzen, der ihm die Todesstrafe einbringen konnte.

Auf Seite Zwei des *Richmond Dispatch*, neben einer Klagelitanei über Lebensmittelverknappung und unverschämte Preise, entdeckte er eine Notiz, die ihn härter traf als jeder Faustschlag. Bei einem Empfang, der von Großbritanniens konsularischem Vertreter, J. Cridland, Esquire, veranstaltet wurde, befand sich unter den Gästen ein weiterer Bürger dieses Landes, der Geschäftsmann Donal McKee, Esquire, aus New York City. *Mr. McKee, den wichtige geschäftliche Interessen mit der Konföderation verbinden, residiert zurzeit in einem gemieteten Quartier auf dem Church Hill, gemeinsam mit seiner Gattin.*

41

November 1862

Am Fuß der Treppe angekommen, fragte Margaret: »Ist Mr. McKee schon unten gewesen, Eudora?«

»Unten gewesen, gegessen und gegangen.« Eudora schwenkte ihren Staubwedel aus Federn über einen reich bemalten chinesischen Krug, der die Eingangshalle schmückte. Sie war eine Schwarze mit üppigem Busen, etwa Anfang dreißig. Ihr heller Hautton ließ auf ein oder zwei weiße Vorfahren schließen. Eudora kochte und machte sauber, ihr Bruder, Morris Thompson, verrichtete die anderen Hausarbeiten. Beide waren Sklaven. Sie gehörten zu dem eleganten Zehn-Zimmer-Haus auf der 24th Street, Church Hill. Das Haus wiederum gehörte zum Nachlass eines allein stehenden Rechtsanwalts, der im vorangegangenen Dezember verstorben war. Donal hatte es für sechs Monate gemietet. Es war ein staubiges, altes Gebäude, unnötig groß, verfügte allerdings über einen hübschen Garten, der mit Apfel- und Kirschbäumen sowie Spalieren von süß duftenden Jasminbüschen bepflanzt war.

»Hat mein Mann gesagt, wohin er geht?«

»Exchange Hotel, zu einer Besprechung.« Wahrscheinlich eher zu einem weiteren endlosen Kartenspiel. Manchmal dauerten sie die ganze Nacht an. Bei Sonnenaufgang kehrten Donal und seine Freunde dann kurz nach Hause zurück, badeten und kleideten sich um, ehe sie ihr Spiel wieder aufnahmen.

Margaret fiel es schwer zu glauben, dass noch vor sechs Monaten eine riesige Armee der Union nur sechs Meilen vor Richmond gestanden hatte; so nahe, dass die Wachfeuer des Feindes von den Hügeln der Stadt zu sehen waren, wie die Leute erzählten. Die Yankees waren zurückgedrängt worden, der Krieg hatte sich wieder nach Norden verlagert, und eine elitäre Schicht von Südstaatlern ging ihren Geschäften und Freizeitvergnügungen nach, als stünden nicht gerade andere Männer für sie im Feld und starben. Nur wenn man durch einen unglücklichen Zufall zu nahe am Chimborazo- oder Winder-Krankenhaus vorbeifuhr, wurde man durch die Schreie und das Wehklagen daran erinnert.

»Gibt es richtigen Kaffee?«

»Nein, Ma'am, nur das Gemisch mit gebranntem Getreide. Ich bring es ins Esszimmer. Kommt Ihr Bruder heute wieder?«

»Wir frühstücken jeden Mittwoch zusammen, das weißt du doch, Eudora.« Eine der wenigen positiven Seiten des erzwungenen Aufenthalts in Richmond war, dass sie ihren Bruder sicher und wohlbehalten in der Hauptstadt der Konföderierten angetroffen hatte. »Er sollte gegen neun hier sein. Bitte bereite etwas für ihn vor.«

»In Ordnung, Ma'am.« Aus Eudoras hübschen braunen Augen sprach die Abneigung, die die beiden Frauen füreinander hegten. Vom ersten Abend an hatten Eudoras Lächeln und ihre Gefälligkeiten ausschließlich Donal gegolten. Sie war schlicht und einfach hingerissen von ihm und deshalb eifersüchtig auf Margaret und jeden anderen, der Anspruch auf ihn erhob.

Was vielleicht auch erklärte, weshalb Eudora Ende September Margaret etwas über eine Fahrt in die Stadt zugeflüstert hatte. Eudora war auf der Suche nach Lebensmitteln gewesen und hatte beim Verlassen eines Ladens, in dem es keine Waren mehr gab, Margarets Ehemann in einer offenen Kutsche vorbeifahren sehen, zusammen mit einer attraktiven weißen Frau, die, wie Eudora wusste, Witwe war. Eudoras hübsches Gesicht hatte sich vor Eifersucht verzerrt, während sie diesen Leckerbissen an Margaret weitergab, die sie prompt zurechtwies. Seitdem betrachtete Eudora sich nicht nur einfach als Margarets Rivalin, sondern als ihre Feindin.

Margaret raffte den Rock ihres wunderschönen Morgenkleides aus bernsteinfarbener Seide und ging ins Esszimmer. Das Kleid war Teil der Pariser Garderobe, die Donal ihr gekauft hatte, ehe sie in den Süden gekommen waren.

Obwohl der Kaffee nur eine Ersatzmischung war, half diese gegen die schläfrige Trägheit. Draußen vor dem Fenster fielen tiefrote Ahornblätter von den Bäumen. Eine Frau mit einem Einkaufskorb über dem Arm ging vorbei. Miss Van Lew war eine gut situierte alte Jungfer aus der Nachbarschaft, ein seltsames kleines Wesen mit Ringellöckchen und einer unschönen großen Nase. Eudora spottete über Miss Van Lew und erzählte: »Die Leute nennen sie die verrückte Bet.«

Margarets Ansicht nach war die ganze Stadt ein bisschen verrückt. Sie fand die riesige Anzahl von Verwundeten und Verkrüppelten deprimierend, genau wie die leeren Regale, gleichgültigen Ladenbesitzer und gereizten Hausfrauen. Mit dem Anschein verzweifelter Fröhlichkeit nahmen die jungen Damen der Stadt nach wie vor an Tanzveranstaltungen in den besseren Hotels teil oder besuchten Camp Lee, das ehemalige Ausflugsgelände, rösteten in der purpurroten Abenddämmerung Marshmallows über dem Lagerfeuer und sangen »The Bonnie Blue Flag« oder »Lorena«. Jefferson Davis' Ehefrau Varina, eine angenehme Frau mit olivfarbener Haut, die Margaret sympathisch war, sagte ganz offen, sie fände Richmond eine hochmütige Stadt, der die Freundlichkeit der Mississippi-Region fehle, wo sie aufgewachsen war. Margaret hoffte, dass es nicht mehr allzu lange dauern würde, bis sie von Wilmington oder Charleston aus auf ein Boot stiegen und die riskante Fahrt durch die Blockadeflotte wagten.

Trotzdem zog sie eine belagerte konföderierte Stadt immer noch New York vor, das im Yankee-Gebiet lag. Egal, wo sie waren, Donal würde überall willige Frauen finden; damit hatte sie sich abgefunden.

Zu Margarets Freude hatten Rose Greenhow und ihre Tochter ihren Wohnsitz im Ballard House bezogen. Rose schrieb gerade die Erinnerungen an ihre Gefangenschaft. Sie hatte inzwischen eine gewisse müde Ausgezehrtheit an sich und war weniger überschäumend, als Margaret sie von früher kannte. In ihrem Haar zeigten sich etliche graue Strähnen. Die kleine Rose wuchs heran, entwickelte sich und zeigte neuerdings Interesse für Jungen.

Rose erzählte, Jefferson Davis habe ihr für ihre Dienste in Washington persönlich zweieinhalbtausend Dollar bezahlt und behauptet, dass ohne ihre Hilfe die erste Schlacht von Manassas nicht zu einem Sieg geführt hätte. Mary Chesnut, die scharfzüngige Frau eines konföderierten Kongressabgeordneten, verbreitete dagegen das Gerücht, Seward oder Stanton hätten Rose als Spionin nach Richmond geschickt. Margaret hörte die Geschichte von Varina Davis, die darüber lachte. »Natürlich denkt Mary schlecht von beinahe jedem. Sie führt ein Tagebuch, wissen Sie. Ich hoffe nur, dass ich nicht darin vorkomme.«

Ganz bestimmt kam Varinas Ehemann darin vor. In der Stadt gab es eine große Anti-Davis-Fraktion, die von den Leitartikelschreibern des *Examiner* angeführt wurde. Sie meinten, dass Davis wegen seiner Ausbildung in West Point und seinem Einsatz im Krieg gegen Mexiko glaube, er könne seinen militärischen Kommandanten Vorschriften machen. Varina erzählte, die herbe Kritik verursache Mr. Davis schwere Magenverstimmungen.

Zweimal in der Woche traf sich Margaret mit Rose und einem Kränzchen weiterer Damen, um Socken und Handschuhe für die Soldaten zu stricken. An anderen Tagen versuchte sie, ihre Niedergeschlagenheit durch lange, erschöpfende Spaziergänge zu bekämpfen. Auf ihrem Weg traf sie auf Prostituierte, die sich auf den Straßen ganz offen um Kundschaft bemühten. Sie sah Rekrutierungsparaden; üblicherweise marschierten ein oder zwei Schwarze in den improvisierten Kapellen mit. Es erschien ihr wie eine Ironie des Schicksals, dass ein schwarzer Trommler oder Querpfeifenspieler dabei half, Männer zu rekrutieren, die das System aufrechterhielten, das ihn zum Sklaven machte. Sehr oft spielte die Musikkapelle statt dem »Dixie« die »Marseillaise«.

Mehrere Male sah sie eine Prozession von armen Schwarzen vom Land, die sich, angetrieben von einem Weißen, auf dem Weg zu einem der so genannten Sklavengefängnisse befand. Es wurde immer noch rege mit Sklaven gehandelt, und häufig fanden Versteigerungen statt. Einmal, als sie sich in eine schmale Gasse nahe dem Kanal verirrt hatte, erstarrte sie beim Anblick eines schwarzen jungen Mannes, der nackt auf einem Auktionsblock stand. Als mehrere weiße Herren sie umringten und zum Verschwinden drängten, blieb ihr Blick an den gepeinigten Augen der menschlichen Ware hängen. Sie schienen stumm um Beistand zu flehen oder wenigstens um das Eingeständnis, dass das, was da passierte, eine Sünde war. Noch Nächte später schlief sie schlecht. In Baltimore hatte sie nie etwas derart Qualvolles gesehen, doch vielleicht hatte sie solche Anblicke auch bewusst gemieden.

Cicero kam pünktlich auf die Minute. Er hatte Quartier im Spotswood Hotel bezogen, weil er dies für bequemer hielt, als sich um ein Haus zu kümmern. Sie hatte ihn ausfindig gemacht, indem sie eine kleine Anzeige in den *Enquirer* gesetzt hatte, mitten zwischen all die Anzeigen, in denen Leute einen hohen Preis für einen Ersatzmann boten, der an ihrer Stelle den Militärdienst verrichtete. Cicero arbeitete in ziviler Eigenschaft für den militärischen Nachrichtendienst. Das war alles, was er erzählen wollte, obwohl er ihr versicherte, dass er höchst wichtige Arbeit leistete.

»Es tut den Yankees weh, und das gefällt mir wirklich gut«, bemerkte er einmal. »Alle paar Tage kassiere ich ein weiteres Pfund Yankeefleisch für Vater. Ich habe auch schon viel für deinen Kummer einkassiert, Margaret.« Sein Lächeln war freundlich und sanft, beunruhigend sanft.

»Meine liebe Schwester, guten Morgen«, grüßte er, während er ins Esszimmer hinkte. Er beugte sich vor, um sie auf die Stirn zu küssen. Seine Augen funkelten. Sein brauner Anzug aus karierter Wolle, die flaschengrüne Weste und das passende Halstuch, das er sich um den Kragen geknotet hatte, ließen auf ein Gehalt schließen, das ihm ein Leben weit oberhalb der Armutsgrenze ermöglichte.

»Du scheinst recht vergnügt zu sein«, stellte sie fest.

»Wir haben einen Journalisten der Union geschnappt, der sich als Verkäufer von Patentarzneien getarnt hatte. Er verteilte ganz unverfroren Visitenkarten in der Bar des Spotswood Hotel. Ich nehme an, er ist ein Spion. Das werden wir noch herausfinden. Wir haben da unsere Methoden, die ich an einem so schönen Tag lieber nicht erwähnen will. Hallo, Eudora.«

»Tag, Sir«, erwiderte Eudora, während sie eine kleine Portion Rühreier vor ihn hinstellte, zusammen mit zwei Scheiben fettigem, gebratenem Schinken, deren Preis Margaret sich nicht zu schätzen getraute. Dann servierte Eudora einen Korb mit Schrotbrot, das sie in der Küche gebacken hatte. Für Cicero hatte sie ein Lächeln übrig, nicht jedoch für Margaret. Er steckte sich die Serviette in den Hemdkragen und machte sich munter über das Essen her.

»Ich dachte, Donal würde uns vielleicht Gesellschaft leisten.«

»Er ist wieder zu einem von seinen grässlichen Kartenspielen gegangen. Er sagt, es sei eine Möglichkeit, wichtige Geschäftsleute kennen zu lernen. Ich hoffe, das ist alles, was er tut. Ich habe wirklich keine Ahnung, was er treibt.«

»Höre ich da einen leisen Anklang weiblicher Eifersucht? Du bist doch noch ganz frisch verheiratet, Margaret.«

»Vielleicht habe ich ja Grund für meinen Verdacht. Du kennst doch Donals Ruf.«

»Du hast schon ein paar Mal darauf angespielt, ehe ich Baltimore verlassen habe. Du willst doch nicht etwa sagen, dass er ein Verhältnis mit einer anderen Frau hat?«

»Ich weiß, dass er mit einer im Buggy durch die Gegend gefahren ist. Zweifellos die unverheiratete Tante irgendeines Baumwollpflanzers.«

Cicero sagte: »Oh!« und duckte sich, als wolle er einer Kugel ausweichen. Er legte seine Hand auf ihre. »Ich hoffe, du bildest dir diese Dinge bloß ein. Donal ist ein großartiger Fang. Er hat dir aus einer scheußlichen Situation geholfen.«

»Ja, das ist er, und geholfen hat er mir auch«, stimmte sie zu. »Können wir jetzt über etwas anderes reden?«

Sie wollte Cicero gegenüber nicht zugeben, dass ihre Beziehung zu Donal sich seit den Flitterwochen in Washington zwar unterschwellig, aber dennoch rapide verschlechtert hatte. Donal zeigte sich im Lauf der Wochen weniger aufmerksam, obwohl er ein zärtlicher und rücksichtsvoller Liebhaber blieb. Wenn es ihm beliebte, sie des Nachts in ihrem Zimmer zu besuchen, konnte er sie in einen Zustand versetzen, der jenseits von allem war, was sie sich je hatte vorstellen können. Wenn sie miteinander schliefen, stellte sie sich jedoch unanständigerweise manchmal den Yankee-Detektiv in ihren Armen vor.

Sie und ihr Bruder plauderten miteinander und stellten Vermutungen über den neuen Unionskommandanten Burnside an, der McClellans Posten eingenommen hatte. Cicero machte sich kurz vor zehn auf den Weg; mit quälender Langsamkeit zog er seinen Schuh mit der verstärkten Sohle die Marmorstufen der Villa hinunter. Vom Fenster aus beobachtete Margaret, wie er den gepflasterten Bürgersteig entlanghinkte. Was tat er bloß, das ihm solches Vergnügen bereitete? Falls er Rache für die Ermordung ihres Vaters nahm, wieso beunruhigte sie das so?

Am Nachmittag trank sie wieder Tee mit Varina Davis und verschiedenen anderen Ehefrauen der Kabinettsmitglieder in der Villa mit dem Säulenvorbau auf der Clay Street, die jeder das »Weiße Haus« der Konföderierten nannte. Irgendwann schaute der Präsident vorbei und begrüßte die Damen mit der typischen Höflichkeit der Südstaatler, verbeugte sich, um jede Hand zu küssen, und kitzelte dabei Margarets mit seinem Kinnbart. Wie die Kissen, Vorhänge und alles andere in der Villa roch auch er nach Zigarren. Sie fand, dass er müde und bekümmert aussah.

Sie beschloss, zu Fuß nach Hause zu gehen. Der Tag war trostlos und kalt geworden. Rauch aus den Fabriken trübte den schiefergrauen Himmel, Laub trieb ihr um die Füße. Eudora begrüßte sie, kaum dass sie das Haus betreten hatte.

»Ein Mann hat das vorhin gebracht. Hat gesagt, ich soll Ihnen das sofort geben.« Sie drückte Margaret ein gefaltetes Stück Tapetenpapier in die Hand, das mit einem braunen Wachsklecks versiegelt war.

»Wer war es denn? Wie sah er aus?«

»Wie einer, wo an die Hintertür kommen sollte. Hat er auch gemacht. Nich' sehr alt, aber sah müde aus. Bart bis hier unten«, – sie fasste sich an den Busen, »und dicht genug für ein Vogelnest. Trug alte graue Sachen, wie abgelegte Soldatenkleidung. Oh, und er war weiß.«

»Danke, Eudora. Du kannst gehen.« Eudora hatte keine andere Wahl, als zu verschwinden, ehe sie die geheimnisvolle Nachricht zu Gesicht bekommen konnte.

Margaret trug den Brief in den Salon. Sie setzte sich auf ein Rosshaarsofa und zog die Handschuhe aus. Ferner Kanonendonner ließ die Fensterscheiben erzittern. Sie hoffte, dass es nur die heimische Artillerie bei einer ihrer Übungen war.

Sie brach das Wachssiegel. Das Innere der Tapete war nicht bedruckt. Auf das weiße Papier hatte jemand mit einem stumpfen Bleistift eine Nachricht geschrieben:

triff mich freitag, 4 uhr nachmittags, friedhof shockoe hill?
hoffe, diese bitte fordert keinen zu hohen
Preis.

Wieso war nur ein Wort groß geschrieben? Preis? Wer …? Preis – Price! »O Gott.« Er war es, daran bestand kein Zweifel.

42

November 1862

Auf dem Friedhof von Shockoe Hill umringten ihn steinerne Engel, Seraphim und Kreuze. Die Häftlinge vom Libby-Gefängnis sagten, Tim Webster liege hier in einem anonymen Grab. Als Lon um halb vier ankam, schritt er zehn Minuten lang über den Abschnitt mit den Armengräbern; diese Geste der Ehrerbietung war er dem tapferen Detektiv schuldig.

Früher am Tag hatten Totengräber jemanden bestattet; Lon kam auf seinem Weg zur südwestlichen Seite des Friedhofs an dem frischen Grab vorbei. Dort legte er das in Ölpapier gewickelte Päckchen auf dem Sims eines Grabsteins ab. Ehe er die Wäsche des Gefängnisdirektors abgeholt hatte, hatte er einen Kuriersack mit Berichten im Büro des Kommandeurs der Militärpolizei abgeliefert. Unter dem im gesamten Stadtbereich geltenden Kriegsrecht, das General Winder durchgesetzt hatte, durfte er nach Einbruch der Dunkelheit selbst mit einem gültigen Passierschein nicht mehr auf der Straße sein.

Sein günstiger Aussichtspunkt erlaubte es ihm, sowohl den Verkehr auf der 2nd Street zu beobachten als auch den, der die 3rd Street entlangkam. Nebel hatte sich gebildet; der James River und der Kanal waren hinter einem dichten Dunstschleier verborgen. Lampen leuchteten wie Hunderte von Katzenaugen daraus hervor. Sein graues Sakko, bei dem bis auf einen alle Knöpfe fehlten, war nicht gerade warm.

Die Kirchenglocken schlugen vier Uhr. Die tiefen Klänge hallten im Nebel wider. Er rieb mit seinem rechten Daumen über das kalte Metall der Handschelle, vor und zurück, vor und zurück. Wenn sie nun nicht kam? Oder die Nachricht nicht verstanden hatte, die er der schwarzen Dienerin übergeben hatte?

Eine streunende Katze strich um die Grabsteine und miaute ihn an. Er scheuchte sie weg. Als er wieder den Hügel hinunterblickte, sah er einen Buggy die 2nd Street hinauffahren. Der Kutscher war eine Frau, allein. Obwohl ein grauer Schleier an ihrem schwarzen Hut ihre Gesichtszüge verdeckte, wusste er sofort, dass es Margaret war.

Er trat hinter einem Grabstein hervor, der von einem Marmorchristus mit ausgestreckten Armen gekrönt wurde, und winkte ihr zu. Der Buggy schwankte um die Ecke. Wie elegant sie in ihrem schwarzen Reitkostüm und den gelben Handschuhen aussah!

Er rannte zu ihr, um das Pferd an einem der Eisenbalken entlang des Bordsteins anzubinden. Er half ihr vom Wagen, erregt von ihrer üppigen Figur und dem beinahe scheuen Lächeln, das sichtbar wurde, als sie den Schleier zurückschlug. Ihr breiter Mund war von einem tiefen Kirschrot.

»Ich wusste, dass du die Nachricht geschickt hast, aber als ich dich sah, dachte ich schon, ich hätte einen furchtbaren Fehler begangen. Ich dachte, du wärst jemand anderes.« Sie berührte seinen Bart.

»Lässt mich so aussehen wie Hunderte anderer Soldaten auch. Deshalb habe ich ihn mir wachsen lassen.«

Sie entdeckte die Handschelle. »Was ist das? Bist du ein Häftling?«

»Im Libby-Gefängnis. Ich erkläre es dir gleich. Lass uns von der Straße verschwinden.«

Sie hängte sich bei ihm ein. Die Berührung ihrer Brust erregte ihn. Er führte sie tiefer auf das Friedhofsgelände. Mausoleen, die kleinen griechischen Tempeln nachgebildet waren, schirmten sie von der Straße ab.

»Hasst du mich immer noch wegen der Leute, für die ich arbeite, Margaret?«

»Würde ich mich mit dir treffen, wenn ich es täte? Es ist gefährlich für eine Frau, sich hier allein sehen zu lassen.«

»Warum bist du dann gekommen?«

»Weißt du das wirklich nicht? Ich konnte nicht anders. Ich musste dich wiedersehen.«

Er lächelte. »Bist du glücklich?«

»Frag lieber nicht.«

Zärtlich strich er ihr mit dem Daumen über die Wange, sie war feucht. »Ich muss es wissen. Du hast mir das Herz gebrochen, als du mir sagtest, dass du McKee heiraten würdest.«

»Ich war verzweifelt. Ich war am Boden. Baker hätte mich bis in alle Ewigkeit im Old Capitol festgehalten. Donal war in der Lage, mich aus dem Gefängnis zu befreien und aus Washington fortzuholen. Es gab keine andere Möglichkeit.«

»Aber bist du glücklich?«

»Oh, Lon. Wer ist schon glücklich in diesen Zeiten! Ich habe ein Abkommen getroffen. Donal mag mich. Es gefällt ihm, wie ich aussehe und mich kleide. Ich bin nützlich für ihn. Er ist … wie soll ich sagen … er unterhält freundschaftliche Beziehungen zu einer ganzen Reihe Frauen. Doch die meisten von ihnen hätte er schwerlich als Gastgeberin in seinem Haus präsentieren können. Ein gegenseitiges Abkommen.« Sie legte ihre Hand auf den Aufschlag seines alten Mantels. »Bedräng mich nicht weiter. Ich wünschte, du würdest mich festhalten.«

Er nahm sie in die Arme, zog sie fest an seine Brust und küsste ihren Hals über dem schwarzen Kragen ihres Reitkostüms. Hinter ihnen, unsichtbar im Nebel, grüßten zwei Totengräber einander; die Stimmen entfernten sich jedoch und bedeuteten keine Gefahr.

Er küsste ihren Mund. Der Kuss war lang und intensiv, so schmerzlich wie glückselig.

»Woher wusstest du, dass ich in Richmond bin?«, fragte sie. Er erzählte ihr, wie er die Notiz in der Zeitung gelesen hatte. »Ich will alles über dich hören. Wie du hierher geraten bist. Bist du in geheimer Mission für die Yankees hier?«

»Das war ich.« Er zog sie zu einem Grabstein mit einem breiten Sockel, auf den sie sich setzen konnten, verborgen vor Blicken von der Straße. Er legte seine Hand mit der Handschelle auf ihr Knie, während er ihr von seiner Gefangennahme erzählte, von Sledges Tod, dem Kampf mit Griff und dem langsamen Prozess, wie er das Vertrauen von Leutnant Turner gewann.

»Besteht die Möglichkeit, dass du ausgetauscht wirst?«

»Ich nehme es an. Ich habe meinen Verbleib nach Washington gemeldet.«

»Wie?«

»Ich habe eine Kontaktperson hier in der Stadt. Mehr kann ich nicht sagen. Wie lange wirst du in Richmond bleiben?«

»Ich weiß es nicht.«

»Wirst du nach New York zurückkehren?«

»Vermutlich, aber ich hasse die Vorstellung. Obwohl es nichts ändern wird, glaube ich. Egal, wo wir sind – Donal wird immer willige Damen finden.«

»Du bist jetzt wie lange verheiratet? Vier Monate? Willst du damit etwa sagen, dass er dich schon betrügt?«

»Ich wusste über Donals Charakter Bescheid, als ich seinen Antrag annahm. Ich wollte nicht jahrelang in diesem verdammten Gefängnis dahinvegetieren.«

»Was für eine schreckliche Situation.« Sie schwiegen einen Augenblick lang. »Margaret.« Sie wandte sich ihm zu. »Ich liebe dich.«

»O bitte, sag das nicht!«

»Ich liebe dich.«

In ihren dunklen Augen glänzten Tränen. »Und ich liebe dich.« Sie presste ihre Hände an seine feuchten Wangen und liebkoste ihn mit ihrem Mund, ihrer Zunge und ihrem zitternden Körper. Schließlich wich sie zurück, tupfte sich die Augen und ließ dann ihren Schleier wieder herunter.

»Du darfst nicht mehr an mich denken. Du wirst mich schon vergessen, wenn du es nur versuchst.«

»Dich vergessen? Du bist ein Teil meines Seins, Teil von mir selbst. Du warst in jedem Landschaftsbild, das ich sah, seit wir uns begegnet sind. Bis zu meiner letzten Stunde wirst du ein Teil meines Wesens bleiben.«

Ihre Augen wurden größer, als sie begriff, was er da zitierte. »Das sind Pips Worte, oder? Als Estella will, dass er sie vergisst.«

»Ich habe sie mir gemerkt. Manchmal erlaubt man uns im Gefängnis, Bücher zu lesen. Wohlmeinende Leute aus der Stadt bringen sie uns. Gefangenenhilfe nennt man das. Im letzten Monat habe ich *Große Erwartungen* noch einmal gelesen. Was Pip für Estella fühlt, als sie Drummle heiratet, ist genau das, was ich für dich empfinde. Dickens hat es vollendet ausgedrückt. Wir können zwar auseinander gehen, doch du wirst mich nie verlassen. Nie.«

Sie ergriff seine Hände mit solcher Heftigkeit, dass ihm die Finger schmerzten. Dann hörten sie Pferde näher kommen.

Er sprang auf. Sie presste sich an seine Schulter und bemühte sich, die schwarze, mit zwei Männern besetzte Kutsche zu erkennen, die die 3rd Street hinauffuhr. Ein dritter Mann, ein Zivilist, folgte ihr zu Pferde. Das vorstehende Verdeck der Kutsche verbarg den Kutscher und den Passagier im Halbdunkeln. Nebel umhüllte die Seitenlaternen aus Messing mit einem gespenstischen Schein. Die Kutsche sah bedrohlich aus, wie das Gefährt des Teufels, das geradewegs aus der Hölle emporgefahren war.

Margaret flüsterte: »Das ist Donals Phaeton.« Sie sah Lons Gesichtsausdruck. »O nein, du denkst doch nicht etwa, dass ich …?«

»Nein, nein«, erwiderte er schuldbewusst und verlegen, denn genau das hatte er einen Moment lang geglaubt. »Hat irgendjemand sonst meinen Brief gesehen?«

»Nur unser Hausmädchen, Eudora. Das Wachssiegel war aber intakt, als sie mir den Brief gab.«

»Wachs kann man schmelzen und dann wieder versiegeln, ohne dass es Spuren hinterlässt.«

»Dann muss sie ihn gelesen haben. Die Frau mag mich nicht. Sie hat es Donal bestimmt aus Gehässigkeit erzählt.«

Der Phaeton rollte um die Ecke und hielt schwankend hinter dem Buggy an. Der Reiter, ein stämmiger Mann in Gehrock und Panamahut mit breiter Krempe, stieg ab, um sich mit den beiden anderen Männern zu beraten. Er hob den Arm und zeigte in ihre Richtung. Sie hatten Lon und Margaret entdeckt.

Margaret stieß ihn an: »Lauf!«

»Was wirst du …?«

»Ich werde mich schon aus der Affäre ziehen, keine Sorge. Liebling – *lauf*!«

Er drehte sich schnell um und stürzte über den nebligen Friedhof davon. Er hätte wissen müssen, dass er zu Fuß wenig Chancen hatte zu fliehen, doch er wollte die Männer von ihr fortlocken. Hinter sich hörte er ein Pferd herangaloppieren. Der gestiefelte und gespornte Reiter verfolgte ihn zwischen den Grabsteinen hindurch wie die Beute bei einer Fuchsjagd.

Er lief schneller, seine Arme schwangen hin und her, sein Atem ging stoßweise. Der Reiter hatte ihn rasch eingeholt, zog einen Revolver aus einem Halfter an seinem Bein. »Anhalten, oder ich jage Ihnen eine Kugel in den Rücken.«

Lon rutschte aus und prallte gegen eine Eiche, wobei er sich die Nase an der Rinde aufschürfte.

»Umdrehen! Die Hände hoch.« Das Gesicht des Mannes hatte eine blühende Farbe; ein goldener Schneidezahn glänzte in seinem Mund. »Und jetzt gehen Sie vor mir her, bis zu Mr. McKee und Mr. Cridge.«

»Wer sind Sie?«

»Parsons heiße ich. Mein Partner Humboldt Cridge und ich

sind Agenten von General John Winder, dem Kommandeur der Militärpolizei für den Bezirk Richmond.«

Der Mann, der die Gefängnisse betrieb – und sich mit Spionen befasste.

Lon folgte der Spur aus aufgewühltem Gras, die das Pferd hinterlassen hatte. Parsons ließ sein Pferd im Schritt gehen, den Revolver auf seinen Oberschenkel gestützt. Lon ging an Margaret vorbei, an der gleichen Stelle, wo er sie verlassen hatte. Gott sei Dank konnte er ihr Entsetzen oder ihre Bestürzung nicht sehen; er hätte es nicht ertragen.

Donal McKee wartete neben seinem Phaeton, die Daumen in die Taschen seiner bestickten Weste gehängt. Sein Passagier untersuchte das Wäschebündel. Er war ein unscheinbarer Typ, ungefähr vierzig, mit rundem, rotbackigem Gesicht, das zu einem Lehrer, Chorleiter oder einem netten Verwandten in einem viktorianischen Roman gepasst hätte. Als er die Hand hob, um seinen Derbyhut zurechtzurücken, zeigte sich eine hässliche Narbe, die vom Ansatz seines Daumens bis zu seiner Manschette verlief.

McKee rief seiner Frau zu: »Bitte warte hier, bis wir fertig sind.« Er wirkte so beherrscht, dass es unmöglich war, das Ausmaß seines Zorns einzuschätzen. Der Mann mit dem Derbyhut musterte Lon von oben bis unten.

»Hummy Cridge, Sir. Vom Büro der Militärpolizei.« Seine Stimme klang weich, geradezu sanft. Hinter den kleinen runden Brillengläsern wirkten seine gelbbraunen Augen älter, aber auch kälter als seine übrige Erscheinung. »Haben Sie einen Passierschein, um in der Stadt umherzustrolchen?«

Lon zog den Schein hervor. Cridge prüfte ihn. »Die Unterschrift ist die General Winders. Der Passierschein ist auf Albion Rogers ausgestellt. Sind Sie Rogers?«

»Ja, Soldat Albion Rogers, Heintzelmans Drittes Corps, Erste Divi…« Cridges Arm schoss vor wie eine angreifende Schlange. Seine Faust ließ Lons Kopf zu einer Seite schnellen.

»Also, Sir, das stimmt aber ganz und gar nicht, oder?«

McKee sagte: »Ich habe Ihnen doch gesagt, sein Name ist Price. Meine Frau hat das zumindest gesagt, nachdem wir ihn einmal in Washington getroffen haben. Er hat auch den Brief mit dem Namen Price unterschrieben.«

»Ja, Sir, das habe ich gesehen«, stimmte Cridge zu. »Sind Sie sicher, dass es sich um dieselbe Person handelt.«

»Kein Zweifel. Er ist während Lincolns Vereidigung Streife gegangen. Zumindest glaube ich das. Er drehte regelmäßig seine Runden durch die Menge. Beobachtete die Leute. Ich sah ihn mit einem anderen Mann sprechen, der dasselbe tat. Ich bin sicher, dass er als Spion hier ist!«

Cridge sah betrübt aus. »›Die da Frevel pflügten und Unheil säten, ernteten es auch ein.‹ Hiob, fünftes Kapitel.«

»Es steht im vierten Kapitel. Achter Vers«, entgegnete Lon.

»Oh, was haben wir denn da – einen Bibelkundler?«, sagte Cridge fröhlich. »Ein Mann, der seine Bibel gut kennt, wird aber genauso leicht und schnell aufgehängt wie ein Heide. ›Die Blutgierigen und Falschen werden ihr Leben nicht bis zur Hälfte bringen.‹ Wissen Sie auch, aus welchem Psalm das stammt?«

»Sie können mich mal, Rebellenbastard!«

Cridges Gesicht nahm die Farbe einer reifen Pflaume an. Er gab Parsons ein Zeichen. Dieser trat vor und ließ den Kolben seines Revolvers auf Lons Schädel niederkrachen. Lon ging in die Knie. Margaret schrie auf. McKee lächelte.

Cridge quetschte Lons Kinn zwischen seinen Fingern. »Ich will wissen, wieso Sie die graue Kleidung der Konföderierten und eine Handschelle tragen. Ich will wissen, wem die Wäsche da gehört. Ich will wissen, ob es hier in Richmond einen Spionagering der Union gibt. Meine Vorgesetzten und ich haben alle Zeit der Welt, um diese Dinge herauszufinden, und wir werden es! Stehen Sie auf.«

43

November 1862

Das »Weiße Haus« der Konföderierten an der Kreuzung von 12th und Clay Street war ein stuckverziertes Herrenhaus mit Säulenvorbau, eher grau als weiß zu nennen. Lon wurde dort eine halbe Stunde lang in einem fensterlosen Raum im oberen Stockwerk festgehalten. Parsons bewachte ihn ohne offenkundige Feindseligkeit und sagte nur: »Ich würde es vorziehen, wenn Sie sich setzen«, als Lon auf- und abging. Er quälte sich mit Gedanken an Margaret. Würde McKee sie bestrafen? Wenn er bloß nicht so unbesonnen gewesen wäre und den Brief geschrieben hätte …

Ein militärischer Berater des Präsidenten öffnete die Tür. »Der Präsident ist bereit, Sie zu empfangen.«

Lon und Parsons folgten ihm in ein bescheidenes Büro mit Blick über die laternenerleuchtete Stadt. Eine tickende Kaminuhr zeigte halb sieben. Aus einem Besuchersessel vor dem Schreibtisch des Präsidenten beäugte ein gut aussehender, stämmiger Offizier von etwa sechzig Jahren feindselig den Gefangenen. Lon hatte ihn schon einmal auf einem Kupferstich gesehen und erkannte ihn wieder; es war der Befehlshaber der Militärpolizei, Brigadekommandeur John Winder, ein weiterer West-Point-Absolvent, der die Seiten gewechselt hatte. Während des Halbinsel-Feldzugs hatten die Soldaten über Winders Sohn getratscht, einen Hauptmann der Armee, der bei Kriegsbeginn nach Washington gekommen war. Pinkerton hatte gewollt, dass er einen Treueid unterzeichnete. McClellan dagegen zog es vor, ihn zum Kriegsdienst nach Kalifornien zurückzuschicken.

Das dichte weiße Haar des Generals fiel ihm in elegant gekämmten Wellen bis zu den Ohren herab. Selbst seine eigenen Offiziere, Turner eingeschlossen, hielten ihn für streng und unflexibel. Immer wenn sein Name auftauchte, erinnerte sich jemand daran, dass Winders Vater die Truppen kommandiert hatte, die 1814 vor den Briten geflohen waren und Washington schutzlos der Plünderung und Brandschatzung überlassen hatten.

Jefferson Davis deutete auf einen freien Sessel. »Bitte setzen Sie sich, Sir.« Sein Ruf, die Höflichkeit in Person zu sein, schien verdient.

»Danke.« Lon ließ sich vorsichtig auf dem Sessel nieder. Davis' rechtes Auge war von einem grauen Schleier überzogen. Man konnte seinen schlechten Atem über den Tisch hinweg riechen. Er hielt sich die Hand vor den Mund und stieß leise auf, während er ein Schriftstück studierte. Parsons hatte sich an die hohen Bücherregale gelehnt, Cridge stand neben ihm, den Derbyhut auf eine Weise an seine Weste gedrückt, die auf Lon kriecherisch wirkte. Er bemerkte einen dritten Zivilisten, der mit verschränkten Armen in einer dunklen Ecke stand. Er erkannte in ihm den kahlköpfigen jungen Mann, dem er in der Eingangshalle des Libby-Gefängnisses begegnet war.

Davis sagte: »Sie bestehen darauf, dass Ihr Name Rogers ist, Sir?«

»Soldat Albion Rogers, das ist korrekt, Sir.« Lon sprach laut und bemühte sich, nicht ängstlich zu erscheinen.

»Ein Herr von untadeligem Ruf hat uns allerdings einen anderen Namen genannt. General Winders Detektive verfügen über einen Brief, den Sie im Haus des Herrn abgegeben haben und der mit dem gleichen Namen unterschrieben ist. Streiten Sie immer noch ab, eine doppelte Identität zu besitzen?«

»Ja, Sir.«

»Ich bewundere Ihren Mut, obwohl Sie feststellen werden, dass Sie ihn vergeuden. Ich habe den Verdacht, Sie sind ein Agent von General McClellans Geheimdienstchef Pinkerton.«

In barscherem Tonfall sagte Winder: »Das wird Ihnen kein bisschen nutzen, falls Sie auf eine Rettung durch einen Gefangenenaustausch hoffen. General McClellan ist vom Dienst entbunden worden.«

»Ja, Sir, das habe ich gehört.«

Der kahlköpfige Mann sprach aus dem Halbdunkeln: »Wenn ein Versager geht, dann fallen auch seine Günstlinge. Vorletzte Woche haben wir einen Brief abgefangen, der zusammen mit einigen Austauschvereinbarungen und Namenslisten über die Frontlinien geschickt wurde. Ihr Arbeitgeber, Pinkerton, hat an Pryce Lewis im Castle Thunder geschrieben, um ihm mitzuteilen, dass er seinen Dienst quittiere und zu seinem, wie er es nannte, alten Standort Chicago zurückkehre. Wir haben den Brief weitergeleitet, nachdem wir ihn gelesen haben. Lewis wird seinen Inhalt bestätigen.«

Davis verschränkte seine stark geäderten Hände auf den Tisch. »Es ist zwecklos, Ihre Tarnung weiter aufrechtzuerhalten, Mr. Price. Zwei Ihrer Kollegen, Mr. Lewis und Mr. Scully, werden augenblicklich im Castle Thunder festgehalten. Falls Sie von Mr. Pinkerton bei uns eingeschleust wurden, werden diese Männer Sie identifizieren. Machen Sie es sich doch leichter. Geben Sie uns eine Aufstellung Ihrer Kontakte in Richmond, nennen Sie uns die Agenten der Unionsregierung, und wir sind möglicherweise bereit, Milde walten zu lassen.«

Hummy Cridge hustete und ließ gleich darauf eine übertriebene Entschuldigung folgen, die Davis ungeduldig abwinkte.

Lon sagte: »Das kann ich nicht, Sir. Ich weiß nicht, was Sie mit Kontakten meinen. Ich bin von den Unionstruppen desertiert, weil ich nicht an deren Sache glaube. Ich bin nach Richmond gekommen, um auf Seiten der Konföderation zu kämpfen. Das ist meine Geschichte.«

Davis blickte gequält. »Ihre Seite wird verlieren, wissen Sie das? Lincoln hat keine wirklich fähigen Generäle, nur inkompetente oder geltungssüchtige Männer wie McClellan. Ich weiß das, ich habe mit vielen von ihnen in Mexiko gekämpft. Wir haben die Besten der Militärakademie auf unserer Seite, angefangen bei General Lee. Unsere Sache ist gerecht. Wir streben nach Unabhängigkeit von der Bevormundung durch die industriellen Nordstaaten. Nach der Freiheit, unseren eigenen Lebensstil zu verfolgen, ohne Einmischung von rassenvermischenden Heuchlern, die doch selbst befreiten Niggern niemals erlauben würden, einen Fuß in ihre Wohnzimmer zu setzen, solange sie nicht dazu gezwungen oder bestochen werden.«

Lon erwiderte nichts. Was sollte er auch sagen? Davis war bezüglich der Sklaverei vollkommen im Unrecht, obwohl er hinsichtlich der Heuchelei der Nordstaaten vermutlich den Nagel auf den Kopf getroffen hatte. Was die Generäle betraf, so schienen seine Worte auf bedrückende Weise der Wahrheit zu entsprechen. McClellan hatte sich von einer zahlenmäßig unterlegenen Armee zurückdrängen lassen, als Richmond sich schon in seiner Reichweite befand. Alles erschien Lon verpfuscht und, verglichen mit Margarets Misere und seiner eigenen Schuld daran, auch bedeutungslos.

Die Uhr tickte. Cridge fing erneut an zu husten. Winder schnaubte. In Davis' ungetrübtem rechtem Auge brach sich das Gaslicht in kleinen Reflexionen. Er spreizte die Hände auf der Tischplatte. »Meine Herren, ich fürchte, das hat alles keinen Sinn. Mr. Price, Sie werden Ihre Weigerung, mit uns zusammenzuarbeiten, noch bereuen. Castle Thunder ist nicht gerade die bequemste aller Unterbringungen. Mr. Miller, bitte führen Sie ihn ab.« Er griff nach einem Folianten und gab damit zu verstehen, dass die Befragung beendet war.

Lon horchte auf. *Miller?*

Der kahlköpfige Mann hinkte über den Teppich, ergriff Lon am

Arm und zog ihn aus dem Sessel hoch. Fünf Minuten später saßen sie in einer geschlossenen Kutsche und entfernten sich rumpelnd vom Capitol Square.

Von ihrem Schlafzimmer auf dem Church Hill starrte Margaret in den Regen hinaus. Er strömte vom Dach herunter und zerteilte den Nebel. Sie war barfuß und trug nur ihren schwarzen Morgenmantel im japanischen Stil, der mit fliegenden Kranichen bestickt war.

Die furchtbare Szene auf dem Friedhof hatte damit geendet, dass Winders Detektive Lon im Phaeton wegbrachten. Donal fuhr sie im Buggy nach Hause. Er sprach kein einziges Wort mit ihr. Als sie auf dem Church Hill ankamen, drückte er ihr einen schwarzen Regenschirm in die Hand. Nachdem sie aus der Kutsche gestiegen war, fuhr er wieder davon. Zweifellos würde sie später noch von ihm hören. Sie wusste, dass eine Auseinandersetzung unvermeidlich war, Angst davor hatte sie jedoch nicht. Ihre Sorge galt vielmehr Lon, der sich da draußen in der Dunkelheit mit Winders Schlägern befand.

An ihrem Ankleidetisch bürstete sie sich ihr langes dunkles Haar. Normalerweise empfand sie Vergnügen dabei, an diesem Abend tat sie es rein mechanisch. Ihr Morgenmantel öffnete sich, im Spiegel sah sie ihre hohen gewölbten Brüste.

Schritte in der Eingangshalle warnten sie, dass Donal zurückgekehrt war. Er trat ohne anzuklopfen ein. Sein englischer Morgenmantel aus kupferfarbener Seide mit Steppkragen und einem quastenverzierten Gürtel stand ihm ausgezeichnet, kein Wunder bei der Summe, die er für seine Garderobe ausgab. Er roch nach Talkum und irgendeinem Mittel, das auf seinem lockigen Haar glänzte.

Donal setzte sich auf die Bettkante. Sie wollte etwas sagen, doch er hob die Hand.

»Lass es mich ganz klar und deutlich sagen, Margaret. Es interessiert mich nicht, welchen Auftrag dieser Yankee ausführt oder wer sein Arbeitgeber sein mag. Es interessiert mich allerdings, ob du mit ihm herumgeschäkert hast.«

»Wenn du damit meinst, ob er mit mir im Bett gewesen ist, nein.«

»Nicht dass es dir nicht gefallen würde – meinst du das?«

»Ich habe ihn gern, Donal.«

»Mehr als deinen Ehemann?«

Sie blickte ihn mit unbewegter Miene an. Sie brauchte nicht zu antworten.

Nachdenklich sagte er: »Der Vorfall von heute hat mich in eine höchst peinliche Lage gebracht. Das wird sich auch nicht ändern, solange wir in Richmond sind. Ein Mann kann sich so etwas nicht bieten lassen. Die Bilanz muss ausgeglichen sein. Ein Vergehen – eine Strafe. Verstehst du mich?«

»Willst du damit sagen, dass du mich, wenn ich es nicht wieder tue, nicht wieder bestrafen wirst?«

»Du bist ein kluges Mädchen. Wie ein kluges Mädchen allerdings einen so schrecklichen Fehler begehen konnte, entzieht sich meinem Verständnis. Ich vermute, wir alle sind von Zeit zu Zeit Opfer unserer Menschlichkeit.«

»Du ganz gewiss, Donal.«

Das gefiel ihm gar nicht. Er nahm ihre gelb gefärbten Handschuhe von der Platte des Schminktisches. »Sehr hübsch. Ich glaube, sie würden mir passen.« Er streifte sich einen Handschuh über, dann den zweiten. Ihr Herz raste. Das Gefühl der Bedrohung wuchs.

»Ich tue das nicht gern, Margaret. Ich bedaure, dass es so weit kommen musste.«

»Aber warum …«

Das Letzte, was sie sah, war seine gelbe Faust, die auf ihre Augen zuflog. Als sie wieder zu Bewusstsein kam, nackt auf dem Bett liegend mit einem zugeschwollenen Auge, schmerzendem Gesicht und Brüsten, spreizte er ihre Beine. Sein Gesicht verzerrte sich, während er in sie eindrang und seine Strafe auf brutale Weise vollendete.

Ihr Ziel war die Ecke 18th Street und Cary, einen Block vom Libby-Gefängnis entfernt. Die Lichter der Läden und Hotels, die am Weg lagen, glitten über die Gesichter von Hummy Cridge und dem kahlen Mann, die Lon gegenübersaßen. Regen prasselte auf die Kutsche nieder und sammelte sich in Pfützen auf der Straße. Trotz der Kälte schwitzte Lon.

Er betrachtete seine Häscher. Cridge hielt er für einen Mann aus einfachen Verhältnissen mit Aufstiegsambitionen. Er strahlte Brutalität aus und konnte ohne Zweifel jederzeit ein Bibelzitat oder ein paar patriotische Phrasen aus dem Hut zaubern, um sein brutales Vorgehen zu rechtfertigen. Der andere, Miller, schien ihm intelligenter, berechnender und daher gefährlicher. Miller saß unbeholfen da und hatte sein verkrüppeltes Bein über die gesamte Breite der Kutsche ausgestreckt. Lon sah Miller als Stabsoffizier und Cridge als einen seiner Feldkämpfer. Sie waren ein Gespann, das man fürchten musste.

Miller betrachtete seine polierten Fingernägel. »Glauben Sie bloß nicht, dass Sie hier wieder rauskommen, Price. Ich bin sicher, dass Sie für Pinkerton arbeiten oder gearbeitet haben. Seine Schläger haben in Baltimore meinen Vater umgebracht.« Lon saß ganz still.

»Außerdem hat Pinkerton meine Schwester einsperren lassen, die Dame, mit der Sie offensichtlich näher bekannt sind. Da Ihre Seite sie eingesperrt, beleidigt und gequält hat, werden wir uns entsprechend revanchieren, allerdings mit einem kleinen Unterschied. Margaret ist aus dem Gefängnis freigekommen, Sie werden dort verfaulen. Was, Cridge?«

»Das will ich meinen, Mr. Miller. ›Lass der Gottlosen Bosheit ein Ende nehmen.‹«

»Mr. Cridge unterrichtet in einer evangelischen Sonntagsschule«, sagte Miller. »Ah, da sind wir.«

Durch das Fenster der Kutsche sah Lon die Lichter der drei Ziegelgebäude, in denen sich das berüchtigte Gefängnis befand.

»Möchten Sie sich noch ein letztes Mal draußen umschauen?«, fragte Miller. »Sie werden Richmond nicht mehr wiedersehen. Castle Thunder wird vermutlich Ihre letzte Behausung auf dieser Erde sein.«

VIERTER TEIL

Aufruhr

44

Dezember 1862

Als kleines Mädchen in Virginia hatte Margaret immer mit einer Lieblingspuppe gespielt. Die strohgefüllte Stoffpuppe, die eine grinsende schwarze Amme darstellte, trug eine Schürze aus vielen bunten Flicken, deren wildes Gemisch aus Farben und Formen Margaret fasziniert hatte. Noch Tage nach Donals Bestrafung zeigte ihr der Spiegel ein ähnlich buntes Patchworkmuster auf ihrem übel zugerichteten und geschwollenen Gesicht.

Irgendwann in jener schrecklichen Nacht war Eudora unbemerkt mit ihren Siebensachen aus dem Haus geschlüpft; offensichtlich zog sie den Zorn der Soldaten, die die Ausgangssperre durchsetzten, einer Konfrontation mit Margaret vor. Eudoras Bruder Morris stritt ab, irgendetwas außer dem Alleroffensichtlichsten zu wissen: »Sie is' weggelaufen; mehr weiß ich nich'.« Egal, wie viele Fragen Margaret ihm stellte, die Antworten lauteten im Prinzip immer gleich: »Sie is' weggerannt. Weiß nich, wohin. Wir ham uns nie nahe gestanden.« Während dieser Verhöre schaute Morris Margaret nie offen in die Augen, sondern hielt den Blick gesenkt. Bald gab sie auf.

Donal behandelte sie wieder mit vollendeter Höflichkeit. Über die blauen Flecken in ihrem Gesicht oder den Grund dafür verlor er kein Wort. Er entfernte sich häufig von Church Hill und blieb oft die ganze Nacht über fort. Er kam nicht mehr in ihr Zimmer, wofür sie dankbar war.

Margaret grübelte nicht länger über ihre Ehe. Solche Gedanken hätten nur einen weiteren ausgiebigen Tränenstrom ausgelöst und waren überdies sinnlose Zeitverschwendung, da sie immer wieder auf dieselbe unumstößliche Wahrheit zurückführten: Sie hatte Donals Antrag freiwillig angenommen. Sie allein trug die Schuld an den Folgen.

Sie versuchte, alle Gedanken an Lon Price zu unterdrücken, es gelang ihr jedoch nicht. Sie kaufte einige Bücher, wickelte sie in Geschenkpapier und fuhr an einem stürmischen Nachmittag zum Libby-Gefängnis in der Annahme, dass Lon immer noch dort eingesperrt saß. In der leisen Hoffnung, dass Lon die Bücher auch bekommen würde, übergab sie sie dem ungeschlachten Wachposten am Eingang. Graupel prasselten ihr ins Gesicht und brannten in ihren Augen, während sie die Canal Street hocheilte, sich an der 18th Street hügelaufwärts wandte und am Castle Thunder vorbeifuhr, einem weiteren Militärgefängnis, das einen noch schlimmeren Ruf hatte. Sie würdigte die rußigen Ziegelgebäude kaum eines Blickes, jene alten Tabakfabriken, die jetzt von einem hohen Bretterzaun umgeben wurden.

Anfang Dezember schneite es häufig und stark. Die weißen schönen Flocken verwandelten sich auf den Straßen in hässlichen braunen Matsch. Die Menschen waren niedergeschlagen und schlecht gelaunt. Die Freude auf das nahende Weihnachtsfest wurde getrübt durch Lebensmittelknappheit und die Aussicht, dass vom 1. Januar an Lincolns Emanzipationserlass in Kraft treten sollte. Nat Turners Sklavenaufstand von 1831 war den meisten Leuten noch sehr gut in Erinnerung. Die Journalisten schürten in ihren Leitartikeln die Angst zusätzlich und prangerten den Erlass als »abscheulichen Aufruf zum Aufstand von vier Millionen Sklaven« und »Beginn einer Regentschaft der Hölle auf Erden« an.

Nachdem Eudora gegangen war und keine andere Hilfe zur Verfügung stand, fiel es nun Margaret zu, einkaufen zu gehen. Sie kaufte wenig, denn sie brauchte nur für sich zu kochen. Ihre Beutezüge in die Lebensmittelgeschäfte zeigten ihr, welch schrecklichen Druck der Krieg auf die Zivilbevölkerung ausübte. Die Preise waren unverschämt hoch. Ein Stück Kernseife war von zehn Cent auf mehr als einen Dollar gestiegen. In den Zeitungen wurde darüber geklagt, dass auch die Lebensmittelrechnungen der Familien zehnmal so hoch waren wie früher.

Donal beschönigte die Schwierigkeiten der Konföderation nicht. »Die Zeitungen drucken natürlich nicht die Wahrheit, aber man hört sie trotzdem. Es gibt einen Engpass bei der Versorgung der Armee mit Feuerholz, deshalb reißen sie überall, wo sie hinkommen, die Holzhäuser ihrer treuen Anhänger nieder. Soldaten stellen Rattenfallen auf und grillen die erbeuteten Tiere dann, weil es nicht genug Lebensmittelrationen gibt. Ich bin zwar ganz zufrieden, mithilfe dieser Leute mein Geld zu verdienen, doch ich halte sie für einen Haufen Stümper. Der Süden kann nicht gewinnen. Darauf würde ich all meine Besitztümer verwetten.« Margaret fragte sich bitter, ob auch sie auf der Liste seiner Besitztümer stand.

Ganz so, als solle Donals schlechte Meinung über die Konföderierten widerlegt werden, konnte sich Richmond Mitte Dezember über die Neuigkeit einer gewaltigen Schlacht bei Fredericksburg begeistern. Am 13. Dezember stürzte sich die Potomac-Armee unter ihrem neuen General Burnside auf die Rebellen und wurde mit großen Verlusten zurückgeschlagen. Ein Angriff auf Longstreets Truppen, die einen Ort namens Marye's Heights verteidigten, führte zum blutigsten Gefecht des Tages. Burnside trat den Rückzug an.

Eigentlich hätten zur Feier des Sieges die Kirchenglocken läuten sollen. Stattdessen prangerten die Zeitungen »Granny« Lee an, weil er seine Überlegenheit nicht zu einem Gegenangriff genutzt und dadurch Burnsides angeschlagene Armee aufgerieben hatte. Zwei Tage nach dem zweifelhaften Sieg verkündete Donal, dass seine Geschäfte in Richmond erledigt seien. Sie würden die Stadt verlassen und über Weihnachten die Firmenniederlassung in Savannah besuchen.

»Da unten ist es wärmer, zumindest sollte es das um diese Jahreszeit sein. Richmond zu verlassen scheint mir eine gute Idee. Schließlich ist dein Freund immer noch hier eingesperrt. ›Führe uns nicht in Versuchung‹«, murmelte er mit einem spöttischen Lächeln. Margaret wusste, dass ihre Ehe in so gut wie jeglicher Hinsicht – abgesehen von der formal juristischen – beendet war.

Sie stattete Rose Greenhow einen Abschiedsbesuch ab. Rose wollte nach England reisen. Falls die Regierung Ihrer Majestät die Konföderation anerkannte, wie es die Davis-Regierung inständig hoffte, würde London Südstaatler willkommen heißen. Margaret wünschte Rose Erfolg bei der Fertigstellung ihrer Memoiren und gab ihr einen Abschiedskuss. Allerdings sah sie davon ab, die kleine Rose zu küssen, die inzwischen zu einer jungen Frau heranwuchs und unverschämter war denn je.

Zwei Tage ehe sie nach Georgia abreisen wollten, speiste Margaret mit Cicero in Madam Zetelles beliebtem Restaurant auf der Main Street. Cicero war ungewöhnlich redselig und vergnügt und würzte seine Konversation mit Anspielungen darauf, dass er die »Yankees gehörig zum Singen brachte«. Als sie fragte, wie er das anstellte, bestand seine Antwort lediglich aus einem gezierten Lächeln.

»Hast du irgendetwas mit Kriegsgefangenen zu tun?«, wollte sie wissen.

»Ab und zu.«

»Kennst du einen Gefangenen namens Alonzo Price? Ich glaube, er ist im Libby-Gefängnis.«

»Price.« Eine Pause. »Nein. Wieso fragst du?«

»Er war mit jemandem befreundet, den ich in Washington kannte.«

»Wenn er besonderer Aufmerksamkeit bedarf, werde ich mich glücklich schätzen, das in die Wege zu leiten.«

»Du meinst mit besonderer Aufmerksamkeit wohl nicht, es ihm bequem zu machen?«

»Nein, ganz im Gegenteil.«

Margaret schauderte. Die gute Laune ihres Bruders hatte einen grausamen Unterton. Es gefiel Cicero, Leute zu verletzen, und jetzt konnte er seiner Neigung freien Lauf lassen, ohne dafür zur Rechenschaft gezogen zu werden. Manchmal kam er ihr nicht mehr wie ihr eigen Fleisch und Blut vor. Sie versprach, ihm zu schreiben, und fragte sich, ob sie es wirklich tun würde.

An einem dunklen und stürmischen Morgen brachte Morris sie zum Bahnhof. Donal und sie stiegen in die nach Süden fahrenden Waggons der Petersburg-Eisenbahnlinie. Der Zug brachte sie durch schneebedeckte Felder, eine trostlose Landschaft, die keinerlei Farbe und für Margaret auch keinerlei Hinweise auf Glück oder ein normales Leben aufwies.

Allmählich ließen sie den Schnee hinter sich. Eine wässrige Dezembersonne schien auf die Baumwollfelder neben den Bahngleisen. Als sie North Carolina verlassen hatten, verschwand das Gefühl der Bedrohung durch den Krieg beinahe ganz, obwohl die Yankees eine der Inseln vor der Küste South Carolinas besetzt hatten, einen unbedeutenden Ort namens Hilton Head, unweit von Savannah. Es sei hauptsächlich ein Kohlelager für die Blockadeflotte der Union, sagte Donal, und stelle bisher keine Gefahr für die Küste dar.

Die elegante alte Stadt Savannah aalte sich im milden Wintersonnenschein. Eine Brise vom nahen Ozean bewegte die Palmen und ließ die Wedel der Palmettobäume rascheln, die rund um die hübschen Plätze gepflanzt waren. Schiffe fuhren den Fluss entlang und drängten sich an den Kais. Die Stadt strahlte Wohlstand aus, der Krieg schien weit entfernt zu sein.

Sie bezogen getrennte Zimmer, die sie bei einer Mrs. Wilkes mieteten, und nahmen ihre Mahlzeiten unten am Pensionstisch ein. Margarets Gesicht war verheilt. Der letzte blaue Fleck war kaum mehr sichtbar. Während Donal sich im Büro seiner Firma beschäftigte, kaufte Margaret lustlos Weihnachtsgeschenke ein. Die Geschäfte flossen vor Luxusgütern über: edle Zigarren aus Havanna, Champagner, Cognac und Parfüm aus Frankreich und beinahe alles, was man sich vorstellen konnte, von Korsettstangen über Ballen von Satin bis hin zu Leberpillen und hässlichen handkolorierten Karikaturen von Abe Lincoln, die ihn besonders abstoßend aussehen ließen. Margaret kaufte für Donal ein elegantes Paar Lederstiefel und eine Kiste spanischen Portwein.

Am Weihnachtsabend bestand er darauf, dass sie zum Flussufer hinunterspazierten. Aus einer überfüllten Wirtschaft drangen die Klänge einer Ziehharmonika, die »Good King Wenceslas« spielte, begleitet von den rauen Gesängen der Seeleute. Donal führte sie über das Kopfsteinpflaster des Kais bis zu einem lang gestreckten, schmalen Frachtschiff, das nebelgrau gestrichen war und dessen beide Schornsteine die kürzesten waren, die Margaret je gesehen hatte. Selbst zu dieser Stunde trugen schwarze Stauer Baumwollballen an Bord, banden sie an Deck fest und bedeckten sie mit Planen.

»Wie findest du es, meine Liebe?«

»Ich verstehe nicht viel von Schiffen, doch es ist ungewöhnlich, das würde ich schon sagen.«

»In vielerlei Hinsicht«, stimmte er zu. »Sehr geringer Tiefgang. Es kann mindestens achtzehn Knoten fahren. Seine Bunker sind mit der teuersten Kohle gefüllt, mit Anthrazit, das so gut wie keinen Rauch produziert. Die Baumwolle, die du hier siehst, ist bei uns etwa neun Cents das Pfund wert, aber auf der anderen Seite des Teiches zehnmal so viel. Es ist ein Frachtschiff der McKees.«

»Das Schiff ist ein Blockadebrecher?«

»Ja, es wurde in Glasgow gebaut und gehört einem Syndikat, das kürzlich auf der Isle of Wight gegründet wurde. Letzte Nacht ist es den Fluss heraufgekommen, nach einer dreitägigen Überfahrt von St. George's auf den Bermudas. Eine ereignislose Fahrt, wie ich vielleicht hinzufügen sollte.« Donal schäumte nur so über vor jungenhafter Begeisterung. »Das Gewinnpotenzial dieses Schiffes ist gewaltig. Mehr als zwei Dritteln der ein- und ausfahrenden Blockadebrecher gelingt es, unbemerkt an der Yankeeflotte vorbeizukommen. Der Schiffsführer, Kapitän Ayers, ist früher für die Royal Navy gefahren. Auf jeder Überfahrt kann er fünf- oder sechstausend Pfund an privatem Frachtgut löschen, die er transportieren darf. Damit verglichen ist der Gewinn der Eigner allerdings astronomisch hoch.«

Das Plätschern des Flusses, der scharfe Geruch der salzigen Brise, die über die Marschen wehte, der Anblick der schwitzenden Schwarzen, die Baumwolle luden, während die Weißen Weihnachtslieder sangen, machten diesen Abend für Margaret zum merkwürdigsten Weihnachtsfest, das sie je erlebt hatte.

»Hat das Schiff auch einen Namen?« Das Heck trug keinen.

»Ich habe schon überlegt, ob du danach fragen würdest. Sie heißt *Lady Margaret*. Dein Weihnachtsgeschenk.«

»Ein Schiff als Geschenk? So etwas habe ich ja noch nie gehört.«

»Jetzt schon. Sie wurde durch Geld von McKee, Withers finanziert. Ich bin Hauptanteilseigner des Syndikats. Nächstes Fahrtziel sind die Bahamas. Du und ich, wir werden den Neujahrstag in der Sonne verbringen, und ich werde dem Büro in Nassau einen Besuch abstatten. Von dort aus reisen wir nach New York weiter. Das Klima für Geschäfte ist dort oben großartig. Der Bürgermeister, Fernando Wood, will sich immer noch von der Union lösen und eine eigene Freistadt gründen, die mit beiden Regierungen Handel treibt. Ich werde ihn dabei voll und ganz unterstützen.«

Ziemlich verstimmt sagte sie: »Donal, ich würde wirklich den Süden vorziehen, selbst Richmond ist noch besser als New York. New York ist Yankeeland, und ich bin kein Yankee. Müssen wir unbedingt dort leben?« Sie konnte sich die Isolation, die Unannehmlichkeiten, ja sogar Ächtung vorstellen, die sie dort erleben würde.

Er nahm ihre Hand in die seine. »Ja, es ist eine geschäftliche Notwendigkeit.«

»Und eine Ehefrau hat dabei gar nichts mitzureden?«

Sein Lächeln verschwand. »Wenn du es unbedingt wissen willst: nein. Bitte verdirb uns den Abend nicht, Liebling. Vielleicht würdest du auch gern mal an Bord gehen und unseren Kapitän kennen lernen?«

Sie folgte ihm die Gangway hinauf. Am königsblauen Himmel über dem Fluss funkelten die Sterne. In der Bibel stand, dass in dieser Nacht der Welt ein Stern der Hoffnung leuchten würde. Falls er da war, konnte sie ihn jedenfalls nicht entdecken.

45

Januar 1863

In ihrem Schlafzimmer in dem kleinen Haus nahe des Navy Yard tauchte Hanna einen Lappen in die Waschschüssel aus Porzellan und drückte ihn an ihr Gesicht. Das warme Wasser fühlte sich angenehm auf Wangen und Augenlidern an. Als sie den Lappen wieder wegnahm, stellte sie sich vor, dass ein Gesicht sie von der Wasseroberfläche anblickte. Das Gesicht des tapferen Offiziers der Konföderierten, Frederick. Sie sah ihn oft in ihren Träumen, und mehrmals täglich durchlebte sie den unerwartet zärtlichen und bewegenden Augenblick ihres Kusses. Sie betete, dass man seine barmherzige Tat nicht entdeckt und bestraft hatte.

Kaltes Sonnenlicht fiel durch die Fenster des beengten Wohnzimmers, wo sie ihren Vater über einen Stapel Schriftstücke gebeugt an seinem Schreibtisch fand. Es war Neujahr, der Tag, an dem die Proklamation zur Sklavenbefreiung in Kraft trat. Der District of Columbia hatte bereits im vorangegangenen April seine Sklaven freigelassen, sehr zu Major Siegels Verärgerung. Er brüstete sich zwar damit, die Unconditional Union Party zu unterstützen, den Flügel der Demokraten, der den Krieg billigte und der Regierung treu war, doch seine vorgebliche Loyalität war nur Heuchelei, um sich bei Stanton einzuschmeicheln. Natürlich begrüßte er den Krieg wegen der Möglichkeiten, die dieser ihm bot. In Fragen wie der Bestrafung des Südens und der Befreiung der Schwarzen gehörte er jedoch eher zu den Unionsdemokraten, dem Flügel der Partei, der sich einem sofortigen Frieden ohne soziale Umwälzungen verschrieben hatte. Nach dem heutigen Tage würde es unzählige Veränderungen geben, da war sich Hanna sicher.

Sie beugte sich über die Schulter des Majors, um seine Arbeit zu betrachten. Er schien eine Liste von Preisen abzuschreiben, die dem Kriegsministerium für militärische Ausrüstungsgegenstände in Rechnung gestellt wurden. In schwungvoller Handschrift hatte jemand oben auf dem Blatt *Vertraulich – Nicht in Umlauf bringen* vermerkt.

»Ist das zusätzliche Arbeit aus dem Ministerium, Papa?«

»Es ist zusätzliche Arbeit für mich. Gewisse Herren sind bereit, eine hübsche Summe springen zu lassen, wenn sie erfahren, was die Kontrakthändler in Rechnung stellen. Auf diese Weise können sie dann ein niedrigeres Gebot abgeben.«

Hanna war nicht sonderlich überrascht von seinem Vorgehen. Washington war zu einer Stadt der Spekulanten und Opportunisten geworden, die sich an den Trögen der Regierung mästeten oder zumindest darauf hofften, es bald zu tun.

»Solltest du solche Papiere mit nach Hause bringen?«

Verärgert erwiderte er: »Ich lege sie wieder zurück, und niemand merkt es. Mach dir keine Sorgen deswegen. Freu dich lieber über die Belohnungen.«

Sie hätte ihn daran erinnern können, dass sie selbst von den Belohnungen, auf die er anspielte, nicht allzu reichlich zu sehen bekam. Ihr Anteil war lediglich ein Tropfen auf den heißen Stein – nicht mehr als ein zusätzlicher Dollar im Monat für Lebensmittel. Der Major hingegen hatte sich kürzlich ein neues Reitpferd gekauft, einen grauen Wallach, der auf den Namen Foxy hörte.

Er schob die Papiere zu einem ordentlichen Stapel zusammen. »Gehst du später mit mir zum Weißen Haus?« Üblicherweise empfingen der Präsident und seine Frau am Neujahrsnachmittag eine jubelnde Besuchermenge in ihrem Amtssitz.

»Nein, ich habe Dienst im Krankenhaus. Danach gehe ich zum National Hotel, um einen Blick auf Mr. Booth zu werfen.«

»Auf wen?«

»Den Shakespeare-Darsteller. Edwin Booths jüngeren Bruder John. Er ist in der Stadt und verhandelt mit Leonard Grover wegen eines Engagements. Er ist vorher noch nie in Washington aufgetreten, obwohl er überall sonst für großes Aufsehen sorgt. Heute Abend begrüßt er seine Bewunderer im Foyer des National Hotel. Ich habe es im *Star* gelesen.«

Siegel polierte sein Monokel: »Diese Dinge interessieren mich nicht.«

Das war ebenfalls keine Überraschung. Obwohl Hanna und ihr Vater sich dasselbe Haus teilten, lebten und bewegten sie sich zunehmend in verschiedenen Welten. Sie wollte lieber nicht allzu viel über die seine wissen, aus Angst, dass sich ihre Enttäuschung dann in Abscheu verwandeln könnte.

Durch Pelzmütze und Fausthandschuhe vor der Kälte geschützt, machte sie sich am Vormittag auf den Weg zum Armory Square Hospital in der Nähe der Smithsonian Institution. Getrieben durch ein patriotisches Pflichtgefühl, arbeitete sie dort mehrere Tage in der Woche und half auf den Stationen. Sie hatte inzwischen keine geregelte Arbeitsstelle mehr. Das Krankenhaus bedeutete eine grundlegende Veränderung in ihrem Leben, und trotz der Schmerzen und Qualen, die sie dort sah, war es ein Wandel zum Guten.

Für alle hatte sich in Washington viel verändert. Bei Fredericksburg hatte General Burnside seinen guten Ruf zerstört. »Wollte sich nicht Feigling schimpfen lassen wie McClellan«, sagte der Major, »deshalb hat er zehntausend Mann den Hügel raufgeschickt, einen verdammten Angriff nach dem andern. Rebellenartillerie und sechs Reihen Infanterie haben seine Leute niedergemäht. Nicht einer hat den Steinwall auf der Höhe erreicht. Wieder einmal ein Sturm der leichten Brigade. Offiziere aus Burnsides Stab haben erzählt, dass er eine Zeit lang den Verstand verloren hat.« Burnside war durch General Joseph Hooker ersetzt worden. »Fighting Joe«, »der kämpfende Joe«, hatte die Aufgabe, die Armee für den Frühjahrsfeldzug wieder auf Vordermann zu bringen.

Hanna hatte seit ihrem letzten Auftritt mit Derek Fowleys kleiner Truppe keine Bühne mehr betreten. Derek hatte inzwischen seine Arbeit als Schuhverkäufer aufgegeben und sich freiwillig als Kutscher eines Lazarettwagens gemeldet, wahrscheinlich, um sich vor dem gefährlicheren Frontdienst zu drücken. Die Lazarettfahrer wurden nicht etwa vom Medizinischen Corps, sondern vom Quartiermeistercorps überwacht, allerdings nicht besonders effektiv. Hanna war schockiert, wie rau man die Verwundeten behandelte, die von den Kais des Potomac ins Krankenhaus gebracht wurden. Sie hatte von Verwundeten gehört, denen die Wertsachen gestohlen wurden, während sie bei vollem Bewusstsein, aber hilflos daneben lagen.

Einmal hatte sie Derek zufällig im Krankenhaus getroffen, als er keinen Dienst hatte. Seine elegante Kleidung ließ auf neu erworbenen Wohlstand schließen. Er erzählte, dass Zephira Comfort sich in einen verheirateten Offizier aus Michigan verliebt und ihn verlassen habe, um dem Offizier als Wäscherin in die Armee zu folgen. »Kein großer Verlust«, sagte er gönnerhaft. »An jeder Straßenecke gibt es charmante Damen. Und alle wiegen sie weniger als diese blöde Kuh.«

Hanna ging zu Fuß zum Krankenhaus und musste auf ihrem Weg zahlreiche Straßen überqueren, die Schlammtümpeln glichen. Ein paar schmutzige Schneereste schmolzen im bleichen Sonnenschein dahin. Als sie um eine Ecke bog, sah sie, wie ein Farbiger von drei Soldaten mit Steinen beworfen wurde. Sie jagten den Schwarzen in eine Gasse. Kurz darauf hörte Hanna Schreie.

Sie lief in die Gasse, doch niemand war zu sehen. Ein Tor in einem Bretterzaun schlug zu. Die Soldaten hatten ihr Opfer irgendwo hingebracht, um ihren Zeitvertreib ungestört fortzusetzen. Die Emanzipation der Schwarzen mochte zwar inzwischen Landesgesetz sein, doch bis das die Herzen der Menschen erreichen würde, sollte noch viel Zeit vergehen.

Eine einsame Wolke, die über die Türme der Smithsonian Institution glitt, zog mit ihrem gleißenden Weiß Hannas Blick auf sich. In der Wolke erschien ihr Fredericks Gesicht wie auf einer Leinwand.

Die Reise nach Virginia hatte etwas in Hanna ausgelöst. Sie hatte dort bewiesen, was sie sich beweisen musste; nun wollte sie nicht länger als Mann verkleidet über die Schlachtfelder ziehen. Sie wollte auch die Rebellen nicht länger bekämpfen. Vor allem nicht Frederick.

Ihr Dienst im Krankenhaus endete um sieben. Von dort ging sie direkt zum National Hotel an der Kreuzung der 6th Street und der Avenue. Unter den Gaslichtern im Marmorfoyer hielt der junge Booth Hof für ein gemischtes Publikum aus schmuddeligen Journalisten und respektablen Damen und Herren. Hanna erkannte den gut aussehenden Leonard Grover aus Baltimore, der inzwischen sein eigenes Theater auf der E-Street betrieb.

Sie flüsterte einer stämmigen Dame in der letzten Reihe zu: »War schon die Rede von einem hiesigen Engagement?«

»O ja, Mr. Booth hat angekündigt, dass er im Frühjahr im Grover's Theater spielen wird. Haben Sie jemals einen so unverschämt gut aussehenden Mann gesehen?«

Das hatte sie nicht. Der Spross der Familie von Junius Brutus Booth aus Maryland war ein schlanker, prächtig gebauter junger Mann in den Zwanzigern mit seidigem dunklem Haar und Schnurrbart. Seine sprühenden Augen standen auf exotische Weise leicht schräg. Es hieß, er sei sehr athletisch und improvisiere bei seinen Auftritten alle möglichen gewagten Kunststücke, Sprünge und wilden Duelle. Hanna fiel auf, dass er an einer Hand einen Verband trug.

»Was ich davon halte, Sir?«, sagte Booth gerade mit tiefer, gebieterischer Stimme. Er richtete sich an einen Journalisten, der in ein kleines Notizbuch kritzelte. »Es ist eine Schande. Ein Gräuel. Anständige weiße Männer und Frauen, die auch nur ein Quäntchen Vaterlandsliebe in der Seele tragen, werden sich das nicht gefallen lassen.«

»Spricht er von der Proklamation?«, fragte Hanna ihre Informantin.

»Ja.«

»Wer ist das da bei ihm?« Eine blonde Frau, gut gebaut und mit einem beträchtlichen Brustumfang, saß dicht neben Booth auf dem runden Samtsofa. Sie himmelte den Schauspieler mit schmachtenden Blicken an.

»Seine Geliebte, Ella Turner. Ihre Schwester betreibt ein zwielichtiges Etablissement auf der Ohio Street. Ich schätze, er kann jede Frau kriegen, die er nur will. Mich kann er haben!« Sie kicherte. »Psst«, drang es aus den Reihen der Zuhörer. Booth warf ihr einen feurigen Blick zu, ehe er weiterredete.

»Der Präsident der so genannten Union ist ein Plebejer. Nicht besser als ein Farmer, und er hat auch die Vorliebe eines Farmers für derbe Witze. Leider ist seine Vorstellung nicht mehr bloß komisch. ›Der Gotteswerke schändlicher Verderber, der trefflich große Wüterich der Erde‹, wie der Barde sagt, ist fest entschlossen, mit seiner verdammungswürdigen Doktrin von der Gleichberechtigung der Nigger die gesamte Gesellschaft zu Fall zu bringen, den Norden wie den Süden. Wir müssen ihn stürzen. Hier können Sie mich ruhig zitieren, Sir.«

Auf der anderen Seite des Foyers zischte jemand. Der Schauspieler ließ die Hand der Blonden los und sprang auf. »Wer hat dieses feige Geräusch gemacht? Er melde sich! Ich werde mit Vergnügen meine Meinung mit einer Waffe Ihrer Wahl verteidigen – Pistole, Rapier oder auch den bloßen Fäusten.« Ein Angestellter hinter der marmornen Rezeption beugte den Kopf tief über das Gästebuch. Ein teiggesichtiger Mann stahl sich in Richtung der Treppe davon, und ein anderer Gast versteckte sich hinter seiner Zeitung.

Booth setzte sich wieder. Einer der Reporter hob die Hand. »Sie sagten, der Tyrann solle gestürzt werden, Mr. Booth. Meinen Sie damit, dass General McClellan im November nächsten Jahres gewählt werden soll?«

»Das dauert viel zu lange, obwohl ich die tolerante Haltung des Generals der Sklaverei gegenüber begrüße. Sie stimmt überein mit den Ansichten der Südstaatler, unter denen ich mich immer am wohlsten gefühlt habe.«

»Nun, wenn Sie Lincoln nicht an der Wahlurne absetzen wollen, wie wollen Sie es dann bewerkstelligen?«

Booths dunkle, unergründliche Augen schienen sich zu weiten. Sie nahmen einen Ausdruck an, der Hanna durch Mark und Bein ging. »Das überlasse ich anderen und schicke nur die Mahnung Macbeths mit, dass es ›gut wär', man tät es eilig‹.«

»Großer Gott, er ruft zum Verrat auf«, sagte ein Mann, während seine Worte von Booths Ankündigung übertönt wurden, dass er und Miss Turner sich gern ausruhen und zurückziehen wollten. Der Reporter fuhr unbeirrt fort: »Haben Sie keine Angst, solche aufrührerischen Äußerungen von sich zu geben, Sir?«

»Das habe ich nicht, Sir. Unsere Vorfahren haben uns auferlegt, Freiheit und Gerechtigkeit zu lieben und, wenn nötig, Tyrannen zu stürzen, um diese bürgerlichen Segnungen zu erhalten. Abraham Lincoln ist ein solcher Tyrann.«

»Minister Stantons Detektive verhaften Menschen für diese Art von Gerede.«

»Ich würde ja gern sehen, wie sie mich verhaften wollen. Sie dürfen gern einen Versuch wagen, obwohl ich ihnen rate, lieber bewaffnet zu kommen.«

Vereinzelter Applaus deutete auf ein paar Sezessionisten unter den Zuhörern hin. Booths Bemerkungen gefielen Hanna nicht, doch sie war mit einer bestimmten Absicht hierher gekommen. Sie drängte zusammen mit den anderen nach vorn, ein kleines ledergebundenes Buch in der Hand. Booth schwang seinen Stift und verteilte mit gewinnendem Lächeln Autogramme.

»Hallo, meine Liebe«, grüßte er, als Hanna an der Reihe war. »Wie heißen Sie denn?«

»Hanna Siegel. Ich bin Schauspielerin.«

»Und dazu noch eine sehr hübsche!« Seine dunklen Augen hypnotisierten sie; sie hätten selbst eine Jungfrau aus Bronze verführen können. »Sind Sie von hier?« Sie bejahte. »Wir suchen normalerweise unsere Nebendarsteller aus der Stadt zusammen, in der wir auftreten. Das Engagement bei Grover's beginnt Ende April. Melden Sie sich doch bei Mr. Grover, wenn Sie Interesse haben.«

»Vielen Dank, Mr. Booth, das weiß ich zu schätzen.«

»Ist mir ein Vergnügen«, sagte er mit einer formvollendeten Verbeugung und einem Blick, der unmissverständlich von Schlafzimmern, heimlichen Treffen und freier Liebe sprach. Er wandte sich dem nächsten Bewunderer zu, und Hanna stahl sich davon; das Buch hielt sie umklammert wie ein kostbares Juwel.

Obwohl er ihr eine wunderbare Chance angeboten hatte, wusste sie nicht, ob sie sie wahrnehmen sollte. Booths Hass auf den Präsidenten beunruhigte sie. Und überdies war Johnny Booth, obwohl er so gut aussah, kein Rivale für den tapferen Offizier Frederick, dem ihre Gedanken auf dem ganzen Heimweg galten.

46

Januar 1863

Castle Thunder bestand aus drei Gebäuden. Das größte, die ursprüngliche Tabakfabrik, lag an der Cary Street. Zwei kleinere Gebäude bildeten einen viereckigen Hof, der von hohen Holzzäunen und an der hinteren Seite von einer Ziegelmauer mit Wachhäuschen umschlossen wurde. Das Gefängnis beherbergte konföderierte Offiziere, die auf ihren Kriegsgerichtsprozess warteten, sowie des Verrats bezichtigte Zivilisten, desertierte Unionssoldaten und angeklagte Spione. Es verfügte über Gasbeleuchtung, fließendes Wasser und stank genauso furchtbar nach menschlichen Exkrementen wie das nahe gelegene Libby-Gefängnis.

Lon verpasste das Weihnachtsfest, weil er zu der Zeit besondere Aufmerksamkeit von vier Männern erfuhr, die er im Geiste die apokalyptischen Reiter nannte: die Reiter auf dem weißen, dem roten und dem schwarzen Pferd und schließlich der Reiter auf dem fahlen Pferd, dessen Name der Tod war. Derjenige der Männer, der mit der größten Autorität sprach, war der Kahlkopf, dem er zum ersten Mal am Abend seiner Verhaftung im Libby-Gefängnis begegnet war. Sein Name war Cicero Miller, Margarets Bruder. Lon wusste nicht, welche Stellung er in der konföderierten Regierung bekleidete. Er nahm auch nicht an, dass Miller einem Gefangenen gestatten würde, ihn danach zu fragen. Dass ein derart eiskalter, berechnender Mann mit der Frau, die er liebte, verwandt sein konnte, bestürzte ihn sehr.

Miller empfing ihn in einem kleinen Büro, zusammen mit dem merkwürdigen Gefängnisdirektor, George Alexander. Hauptmann Alexander trug schwarze Strümpfe, schwarze Kniebundhosen mit Schnallen und ein locker sitzendes schwarzes Hemd. Sein Bart war lang und schwarz. Nero, die riesige Dogge, die stets hinter ihm hertrottete, war ebenfalls schwarz.

Lon stand vor den Männern, die Hände in Handschellen auf dem Rücken gefesselt. Der kahlköpfige Mann hatte seinen Fuß, an dem er einen Schuh mit verstärkter Sohle trug, auf einem Hocker abgelegt. Draußen war es bitterkalt, im Büro immer noch kühl.

»Der Gauner, der Sie geschnappt hat, Mars, hat es leider versäumt, Ihnen ein paar hilfreiche Informationen zu entlocken. Doch ich bin mir sicher, dass Sie uns viel zu erzählen haben, Soldat Rogers. Sie bleiben dabei, dass Sie Rogers heißen?«

»Albion Rogers ist mein Name.«

Miller seufzte. »O ja, natürlich. Und jetzt erzählen Sie mir bitte, welche Geheimschriften Sie sich eingeprägt haben.«

Lon erwiderte, er kenne keine Geheimschriften. Der kahlköpfige Mann wiederholte die Frage fünfmal, und Lon gab jedes Mal dieselbe Antwort. »Herr Direktor«, meinte Miller schließlich, »zeigen Sie ihm das Verlies.«

Hauptmann Alexander plauderte munter über sich und sein Leben, während er Lon durch die Halle führte. Er stamme aus Georgia. Dreizehn Jahre lang habe er in der US-Navy gedient. Sein Hund Nero habe schon gegen drei ausgewachsene Bären gekämpft und sie getötet. Würde Lon auch nur den Fetzen einer blauen Uniform tragen, dann hätte Nero ihm längst die Kehle durchgebissen. Eine echte Quelle des Frohsinns, dieser Direktor.

Das so genannte Verlies verfügte zwar über Gasbeleuchtung, hatte aber keine Fenster. Der Boden war glitschig, und es stank ekelerregend. An den schwitzenden Mauern hingen Kugeln und Ketten für zwölf Gefangene. Im Augenblick war jedoch nur ein einziger Mann dort eingesperrt, eine skelettartige Gestalt, die Lon zu seiner Überraschung wiedererkannte.

John Scully blickte hoch und wandte dann seine wässrigen Augen schnell wieder ab. Alexander meinte: »Der Alkohol hat seinen Verstand zersetzt. Das Saufen und eine Krankheit, die er sich bei einer der Frauen gefangen hat, die wir ab und zu hier festhalten. Wir gehen hier entlang.«

Die Tür öffnete sich auf den Hof hinter dem Gebäude. Alexander führte ihn zu der Ziegelmauer und deutete auf zahlreiche Einschusslöcher. »Hier werden unsere Pechvögel hingerichtet. Vielleicht gehören Sie ja bald dazu. Einstweilen können Sie sich jedoch in einer unserer so genannten ›Todeszellen‹ ausruhen.«

Ein schwarzer Verschlag, der vom Verlies abging, ohne Licht und Luft; nur grausige Stille, nachdem Alexander die Tür zugeworfen hatte.

Beim nächsten Verhör durch Cicero Miller traf Lon den dritten Reiter, einen großen Kerl mit hängenden Schultern, der in einem fort Tabaksaft ausspuckte, der ihm in den grauen Bart tröpfelte. »Mr. Caphart war früher bei der Polizei in Norfolk«, sagte Miller. »Die Häftlinge nennen ihn auch den Antichristen.« Caphart grinste. »Nennen Sie uns Ihre Kontaktpersonen in Richmond.«

»Ich habe keine. Ich weiß nicht, was Sie meinen.« Lon war ausgehungert, erschöpft und kämpfte nach drei Tagen und Nächten in der Todeszelle gegen seine Verzweiflung an.

Das Verhör dauerte noch weitere fünfzehn Minuten. Dann gab der kahlköpfige Mann auf. »Er gehört dir, John.«

Caphart führte Lon in eines der kleineren Gebäude, in ein Zimmer mit Lehmboden und einem etwa zwei Meter hohen Pfahl in der Mitte des Raumes. Zwei Paar Handschellen baumelten von der Spitze des Pfahls herab. Caphart befahl Lon, sein Hemd auszuziehen und sich dann auf die Zehenspitzen zu stellen, sodass seine Handgelenke in ein Paar der Handschellen passten. Caphart schloss die Handschellen und öffnete eine Werkzeugkiste, aus der er einen Lederriemen holte. Er schlug Lon damit auf den Rücken und hatte offensichtlich seinen Spaß daran. Lon biss die Zähne zusammen.

Caphart verpasste ihm neun weitere Schläge, die sich immer tiefer einschnitten, das Blut lief in Strömen an ihm herab. Lon umklammerte den Pfosten und presste seine Wange dagegen, um nicht schreien zu müssen.

»Das reicht. Fürs Erste.« Caphart wischte den blutigen Riemen mit einem Lumpen ab. Er ging und ließ Lon am Pfahl hängen; Rücken und Schultern brannten vor Schmerz wie Feuer.

Erst am nächsten Tag banden sie ihn vom Pfahl. Ein Wärter behandelte seinen Rücken mit einer brennenden Salbe und gab ihm sein Hemd zurück. Auf wackligen Beinen stolperte Lon durch den Platzregen zum Büro im Hauptgebäude. Dort traf er den vierten Reiter, einen Mann, dem er schon einmal begegnet war.

»Ja, guten Morgen, Sir!«, grüßte Hummy Cridge. »Ich hoffe, Sie genießen unsere Gastfreundschaft.« Lon erwiderte ihm, er solle sich zum Teufel scheren. Cridge schlug ihm ins Gesicht.

»Aber, aber, wir haben doch Geschäfte zu erledigen«, mahnte Miller. Draußen vor dem vergitterten Fenster wütete ein untypischer Wintersturm: Regen und Gewitter anstelle von Schnee. »Lassen Sie uns über einen anderen Punkt sprechen, Mr. Price. Ja, Price, sagte ich. Woher ich Ihren Namen weiß, braucht Sie nicht zu kümmern. Wer hat Sie nach Richmond geschickt? Für wen arbeiten Sie?«

Auf seinen Füßen hin und her wankend, erwiderte Lon: »Für niemanden. Ich habe in Heintzelmans …« Cridge verpasste ihm eine Ohrfeige.

»Noch einmal, bitte«, sagte Miller. »Für wen arbeiten Sie?«

Der wiederholte Wechsel von Frage und Verneinung dauerte eine Zeit lang. Schließlich meinte Miller: »Führen Sie ihn raus in den Zwinger. Das Wetter wird ihn schon wieder zu Verstand bringen, wenn sonst nichts hilft.« Lon spürte erneut die böse Kraft dieses Mannes. Seine drei Handlanger waren Verbrecher mit sadistischen Neigungen, die sie vermutlich wahllos an anderen ausließen. Millers Grausamkeit dagegen war wohl überlegt. Er war der Reiter auf dem fahlen Pferd.

Cridge zog sich einen Regenmantel über. Er und ein Wärter führten Lon auf den Hof und schubsten ihn in einen verrosteten Eisenkäfig, der in einer Ecke stand. Cridge blickte zum stürmischen Himmel hinauf. »Denn sie säen Wind und werden Sturm ernten.

So verfolge sie mit deinem Sturm und erschrecke sie mit deinem Ungewitter.«

Der Wärter verriegelte den Käfig. Der dunkle Himmel wurde von einem blendend weißen Blitz erhellt. Regen lief über Cridges vergnügtes Gesicht, dann war es verschwunden. Lon sank auf die Knie in den Schlamm, umklammerte die Gitterstäbe und versuchte verzweifelt, das bisschen, was ihm von seinem Mut geblieben war, festzuhalten.

Zwei Tage und zwei Nächte ließen sie ihn im Zwinger. Auf den Sturm folgte ein Strom polarer Kaltluft. Als sie ihn vom Boden aufhoben, wo er zitternd und murmelnd lag, war sein Haar mit Schneeflocken bedeckt.

Eine Woche lang wurde er von Fieberschüben geschüttelt. Nur sein eiserner Wille hielt ihn am Leben; immer und immer wieder sagte er sich, dass die glühenden Schweißausbrüche und krampfartigen Anfälle von Schüttelfrost vorübergehen würden, wenn er sich nur weigerte, vor ihnen zu kapitulieren.

Als er halbwegs ins Leben zurückkehrte, glich er einem bärtigen Skelett. Er trug ein neues, grob gewebtes Hemd. Ein Strohlager auf dem Boden diente ihm als Bett und ein Holzblock als Kopfkissen. Sein Klappmesser war ihm schon vor langer Zeit abgenommen worden.

Er war im so genannten Zivilistenzimmer untergebracht worden, einem Raum am Ende des langen Korridors im ersten Stock des Hauptgebäudes. Drei andere teilten sich das Zimmer mit ihm, ein fetter Mann namens Rampling, der stundenlang nur dasaß und seine Hände anstarrte; John Scully und Lons Kollege Pryce Lewis, inzwischen ein verbitterter Schatten seiner selbst.

»Der verfluchte Pinkerton hat uns hier hängen lassen. Ich habe Höllenqualen gelitten und mache ihn dafür verantwortlich! Wenn ich nach Washington zurückkomme, dann …«

»Er wird nicht da sein«, sagte Lon. »Er ist wieder in Chicago. Er hat seine Arbeit eingestellt, als McClellan entlassen wurde.«

»Wer ist dann zuständig?«

»Keine Ahnung.«

Während der Januar vorüberging, ließen Lons Schmerzen von Tag zu Tag etwas nach. Langsam gewann er an Kraft zurück. Der kahlköpfige Mann tauchte nicht mehr auf, daher nahm Lon an, dass er seine Aufmerksamkeit vorübergehend anderen Dingen zugewandt hatte.

Man gestattete ihnen, sich im ersten Stock frei zu bewegen. Das schloss auch den Zutritt zum so genannten Aufenthaltsraum ein, ein weiß gekalkter Raum mit vergitterten Fenstern am anderen Ende des Korridors. Hier trafen sich die Häftlinge und brachten die Zeit mit Gesprächen herum. Sie spekulierten über ihr Essen: »Ist euch schon mal aufgefallen, dass wir nach einem Kavalleriegefecht immer viel mehr Fleisch bekommen?« Es gab endloses Gerede über Fluchtpläne; darüber, wie man Tunnel graben könnte oder welche Möglichkeiten es noch gab: »'n Typ, den ich drüben in Palmer's Factory kannte, der hat sich mit 'ner glühend heißen Nadel das Gesicht zerstochen. Mann, das muss vielleicht wehgetan haben! Sie ham gedacht, es wär'n die Pocken und ham ihn ins Gefängnishospital gebracht. Nachts isser aus'm Fenster gestiegen! Das hat aber keiner 'n zweites Mal geschafft.«

Vom verbitterten Pryce Lewis erfuhr Lon, dass Hattie Lawson nach Websters Hinrichtung ausgetauscht worden war. Lon erzählte nichts über seine eigene Arbeit. Er wusste nicht, wie stark Lewis war und ob er nicht vielleicht plötzlich um seine Freiheit schachern würde, indem er andere verriet.

Eine kleine, zerbrechliche Frau in mittleren Jahren mit Hakennase und einem Korb am Arm besuchte regelmäßig das Gefängnis. Sie verteilte Bonbons, Decken, Spielkarten, Stifte und gebrauchte Bücher. »Das ist Miss Van Lew«, informierte Caphart ihn. »Die verrückte Bet. Die alte Schlampe liebt die Union, und alle wissen es, doch sie ist eine Freundin von Winder. Er glaubt, sie sei harmlos. Wenn ich's allein entscheiden könnte – ich würde ihr ordentlich das Fell gerben!«

Diesen Dienst erwies Caphart regelmäßig etlichen willkürlich ausgewählten Gefangenen. Sie wurden in das Nachbargebäude befördert und kehrten als blutige Fleischhaufen zurück. Einer von ihnen war ein paar Minuten nachdem Caphart ihn auf den Boden des Aufenthaltsraums geworfen hatte, gestorben. Ein abgestumpfter Häftling rief: »Hier drin hat grad einer seine Entlassung bekommen!« Erst einige Stunden später kamen die Wärter, um die Leiche wegzuschaffen.

Tauwetter setzte ein. Sonnenlicht durchflutete die Zimmer und lockte gaffende Menschengrüppchen auf die Straßen vor dem Gefängnis. Im Castle Thunder gab es keine Vorschrift, dass sich die Gefangenen von den Fenstern fern halten mussten; im Gegenteil: Es gefiel Direktor Alexander, seine Häftlinge der öffentlichen Beschimpfung auszusetzen. An einem sonnigen Morgen saß Lon an einem Fenster des Zivilistenzimmers, als eine Piepsstimme ertönte: »'tschuldigung, Sir, ich glaube, wir hatten noch nicht das Vergnügen.« Da stand die Dame mit der Hakennase, den Kopf zur Seite geneigt wie ein neugieriger Vogel. Ihre verfilzten Locken, die einmal blond gewesen sein mochten, waren inzwischen zu einem gelblichen Grau verblasst. Ein abgetragenes Baumwollkleid betonte ihre ärmliche Erscheinung noch zusätzlich. Ihre Hand fühlte sich trocken an wie Papier, als er sie schüttelte.

»Elizabeth Van Lew, Sir. Wie heißen Sie?«

»Soldat Albion Rogers.«

»O ja, o ja, Rogers.« Sie lächelte geistesabwesend und wühlte in ihrem Korb. »Einen Kamm habe ich noch übrig. Ein paar Magentabletten habe ich. Oh, und dieses Buch. Ich fürchte, es ist nicht ganz passend für Erwachsene, doch es hat ein paar schöne Bilder. Würden Sie es bitte nehmen, um sich die Zeit zu vertreiben?«

Sie kehrte dem übrigen Raum den Rücken zu, während sie ihm hastig das Buch zuschob. Der Blick aus ihren blauen Augen war so klar und durchdringend, dass Lon seine Meinung über Miss Van Lew sofort änderte. Das zerlesene Buch, verblichene Goldbuchstaben auf einem braunen Einband, war ein Buch mit Kinderliedern. Kaum hatte er es genommen, rief sie: »Dumdidum, schon bin ich weg!«, und trippelte vor sich hin singend durch die Halle davon.

Nachdem er sich wieder gesetzt hatte, blätterte er die vergilbten Seiten um. Er hielt auf der Seite mit dem Lied über die Katze im Schnee inne. »ABC, die Katze lief im Schnee.« In der vierten Zeile, »da hat sie weiße Stiefel an«, war das Wort *weiße* dünn mit Bleistift unterstrichen. Ein paar Seiten weiter, bei dem Lied »Brüderchen, komm tanz mit mir«, fand er eine zweite Unterstreichung. Hier war *dir* in der Zeile »Beide Hände reich ich dir« unterstrichen. Das dritte unterstrichene Wort fand sich im Text der »Vogelhochzeit«; hier war das Wort *von* unterstrichen. Schließlich entdeckte er noch eine illustrierte Doppelseite des Lieds »Backe, backe, Kuchen«. Dort hatte jemand mit Bleistift einen Kreis um den Bäcker mit seiner mehlbestaubten weißen Kleidung gezogen.

Weitere Hinweise fand er nicht. Er legte das Buch auf den Boden und bedeckte es mit Stroh. Waren die Stellen zufällig unterstrichen, oder bedeuteten sie etwas? Da Miss Van Lew ihn einen Moment lang so durchdringend angeblickt hatte, gerade so, als wolle sie ihm etwas zu verstehen geben, vermutete er, dass die Markierungen wohl einen Sinn hatten.

Weiße. Dir. Von. Und dann der Bäcker. Was sollte der Bäcker bedeuten?

Er hielt den Atem an. Bäcker – Baker, ja natürlich, Oberst Baker war gemeint. Sein Verstand raste und ordnete die Wörter in jede erdenkliche Reihenfolge.

Baker, weiße, von, dir.

Baker wusste über seinen Aufenthalt im Castle Thunder Bescheid.

47

Februar – März 1863

Im Februar besuchte Miss Van Lew das Castle Thunder zweimal wöchentlich. Lon sah sie nur von weitem, sie sprach ihn nicht an. Ihr Verhalten war verwirrend und bedrückte ihn. Hatte er sich die Botschaft im Buch aus Verzweiflung und fehlgeleiteter Hoffnung lediglich eingebildet?

Am letzten Tag des Monats, einem Samstag, war das Wetter klar und mild. Lon schloss sich einem Dutzend Gefangener an, denen eine halbe Stunde Freigang im umzäunten Hof gewährt wurde. Das war allerdings keine große Gnade, denn die überfließenden Latrinen dampften stinkend in der Sonne.

Miss Van Lew, wie immer ungekämmt, tauchte mit einem Korb voller Blumen auf. Sie betrachtete die Häftlinge, die apathisch durch den Hof schlurften, entdeckte Lon und näherte sich ihm mit Trippelschritten und einem törichten Grinsen auf dem Gesicht.

»Möchten Sie ein Sträußchen, Sir? Versüßt Ihnen den Tag!«

Die Blumen waren schäbige, hässliche Dinger aus Draht und Tapetenresten, die mit Wasserfarbe bunt angemalt waren. Er suchte sich eine aus. »Danke schön.« Ihm wäre lieber gewesen, sie hätte Brot mitgebracht. Das Gefängnis beging einen von Jefferson Davis'

Fastentagen, die der Präsident verfügt hatte, um Lebensmittel zu sparen und die Treue aller braven Rebellen auf die Probe zu stellen. Die Geschäfte und Märkte hatten an diesem Tag geschlossen.

Sie hängte sich bei ihm ein. »Machen Sie einen Spaziergang mit mir, Sir?« Nach ein paar Schritten zischte sie ihm zu: »Schauen Sie mich nicht an. Runzeln Sie die Stirn oder lachen Sie, so als ob ich Ihnen irgendeinen Blödsinn erzähle. Ich weiß nicht, wie lange sie uns erlauben werden, miteinander zu sprechen. Dieses Schwein Alexander will mich davon abhalten, mit den Häftlingen zu reden. Turner will mir meinen Erlaubnisschein für das Gefängnis sogar ganz abnehmen. Gott sei Dank gibt's noch meinen Freund Johnny Winder.« Sie entfernten sich von den stinkenden Latrinen. »Oberst Baker will Sie hier rausholen.«

»Woher weiß er, dass ich hier bin?«

»Durch mich.«

»Arbeiten Sie für ihn?«

»Nein. Wir haben jetzt keine Zeit für langatmige Erklärungen. Ich soll Ihnen bei der Flucht helfen.«

»Wie?«

»Ich habe hier drinnen einen Verbündeten.«

Lon fasste sich mit der Hand in den Bart, fing einen unwillkommenen Besucher und entledigte sich seiner. »Sie sind kein bisschen verrückt, Miss Van Lew.«

»Das will ich doch hoffen. Doch all diese Gefängniswärter und ihre sadistischen Detektive sollen mich weiterhin dafür halten.«

»Es gibt ein paar, die ich gern eines Tages auf neutralem Boden wiedertreffen würde!«

»Hören Sie mir genau zu. Ihre Flucht ist für nächsten Freitag geplant, zwei Stunden nach Einbruch der Dunkelheit. Haben Sie eine Uhr?«

»Nein, man hat mir alles abgenommen.«

»Dann müssen Sie die Zeit so gut abschätzen, wie es irgend geht. Die Tür zur Cary Street wird offen stehen. Der Wärter wird woanders sein. Gehen Sie auf direktem Wege zur Canal Street hinunter, halten Sie auf keinen Fall an. Einer meiner Kuriere wird dort mit einem Wagen auf Sie warten. Wahrscheinlich Mr. Rowley aus Charles City. Er ist Farmer und versorgt die Gefängnisse mit Lebensmitteln. Er darf nachts unbeschränkt reisen.«

»Was geschieht, nachdem ich …?« Plötzlich ging sie einen

Schritt zurück. Direktor Alexander war in die Sonne hinausgetreten, Nero dicht auf den Fersen. Miss Van Lew zog eine Papierblume aus ihrem Korb und schwenkte sie hin und her.

»Lieber Hauptmann! Hier ist eine Blume nur für Sie.« Sie hüpfte durch den Hof und winkte mit der Blume. Die Dogge knurrte. Miss Van Lew kickte dem Hund Dreck ins Gesicht. Gegen seinen Willen musste der Hauptmann darüber lachen.

Lon drehte die Papierblume zwischen den Fingern. Was für eine merkwürdige Person! War sie gerissen genug, einen Spionagering zu betreiben, der Farmer, Metzger und weiß der Himmel wen noch alles umfasste? Konnte er ihrer Zusage trauen, dass nächsten Freitag eine Tür offen stehen würde?

Er musste es wohl. Pinkerton war nicht mehr da, doch der verhasste Oberst Baker bot ihm eine Chance, sich diese Bastarde eines Tages vornehmen zu können, Sledge und auch sich selbst zu rächen. Im Castle Thunder war sein Leben keinen Heller wert. Er konnte genauso gut alles auf die verrückte Bet setzen.

Am Mittwoch, als Lons gespannte Erwartung mehr und mehr stieg, tauchte Miller wieder auf.

»Da meine Pflichten es verlangten, bin ich nach Baltimore und New York gefahren«, sagte er, während ein Wärter Lon in den Aufenthaltsraum stieß, aus dem man zuvor die anderen Gefangenen fortgeschickt hatte. »Setzen Sie sich bitte auf den Schemel.«

Es war ein wolkiger, trüber Märznachmittag. Hummy Cridge stand hinter Lon und klatschte sich mit einer prall gestopften Socke in die Handfläche. Er teilte Lon mit, dass die Socke mit Miniékugeln gefüllt sei. Direktor Alexander stand in der offenen Tür, um Eindringlinge abzuhalten.

Millers linker Schuh scharrte über den Boden, während er einen Platz gegenüber von Lon einnahm. »Und nun, Mr. Price, erzählen Sie mir, woher Sie meine Schwester kennen.«

»Ich kenne sie nicht.«

Miller warf einen Blick zu Cridge hinüber. Der Detektiv sagte: »Der Herr hasst jene, die da sprechen mit falscher Zunge.« Er ließ die schwere Socke auf Lons Schulter niederkrachen. Ein heftiger Schmerz durchfuhr seinen Arm und sein Genick.

»Margaret Miller hieß sie vor ihrer Heirat. Margaret Miller aus Washington und Baltimore.«

»Ich komme aus dem Staat New York.«

Cridge schlug erneut zu, sodass Lon beinahe vom Schemel gefallen wäre. Miller war wütend. Was Lon Angst machte, war das irre Funkeln in seinen Augen. Nicht Miss Van Lew, sondern Miller war hier der Verrückte.

»Sie erzählen verfluchten Mist, Price! Sie lügen. Sie sind ein dreckiger, intriganter Lügner! Meine Schwester kennt Sie.«

»Da muss es sich um einen Irrtum handeln.«

Wieder holte Cridge aus.

Die Befragung und die Schläge dauerten an. Lons Kopf hing schlaff herab. Blut lief ihm aus dem Mundwinkel. Ein abgebrochenes Stück Zahn lag zu seinen Füßen. Nach einer halben Stunde platzte Miller fast vor Wut.

»Ich bin daran gewöhnt, die Auskünfte zu bekommen, die ich haben will. Ich kann nicht meine ganze Zeit damit vertrödeln, Sie zu verhören. Ich habe mich noch um andere wichtige Dinge zu kümmern. Doch ich werde Sie brechen, Mr. Price. Ich werde es schaffen, weil ich bei meinen Methoden keine Grenzen kenne. Ich werde wiederkommen und Sie brechen, und Sie werden vor mir auf dem Boden kriechen und mir alles erzählen!«

Miller stülpte sich seinen Derbyhut auf den Kopf. »Bringen Sie dieses Stück Mist dahin, wo es hingehört.« Cridge warf die blutverschmierte Socke auf den Boden und riss Lon am linken Arm empor. Lon konnte einen gellenden Aufschrei nicht unterdrücken.

Er stolperte vorbei an verschüchterten Häftlingen, die das Verhör vom Gang aus beobachtet hatten. An der Tür zum Zivilistenzimmer trat Cridge ihm ins Kreuz. Lon stolperte und fiel vornüber auf das Gesicht. Rampling, John Scully und Price Lewis starrten ihn an, machten jedoch keine Anstalten, ihm zu helfen. Lon lag mit der rechten Wange in einer Blutlache, die ihm aus der Nase gelaufen war.

Am Donnerstag konnte er kaum stehen. Er bot ein Bild des Jammers, von den grün und blau geschlagenen Beinen über die Prellungen auf der Brust bis hin zu den schmerzenden Armen und Schultern. In wenig mehr als vierundzwanzig Stunden musste er versuchen zu fliehen. Falls ihn jemand aufhalten sollte, hätte er nicht mehr genügend Kraft, sich zur Wehr zu setzen. Er schlief kaum in dieser Nacht, drehte sich erst auf die eine, dann auf die andere Seite und konnte doch weder seine Unruhe noch die Schmerzen lindern.

Glücklicherweise kam Miller am Freitag nicht wieder. Ein zusätzlicher Segen war das stürmische Wetter. Schwarze Wolken trieben über die Stadt, und Windböen rüttelten an den Fenstern des Gefängnisses. Alle paar Minuten gab es einen Wolkenbruch.

Bei Anbruch der Nacht war der Sturm unvermindert stark. Lon lag stocksteif im Stroh und versuchte abzuschätzen, wie viel Zeit vergangen war. Hoffnungslos unsicher stand er schließlich mühsam auf. Pryce Lewis, der gedöst hatte, wachte auf. »Wo gehst du hin?«

»Zur Latrine. Mir ist schlecht.«

Lon schleppte sich in den Flur. Sein linkes Bein zitterte und versagte ihm beinahe den Dienst. Er stützte sich an der Wand ab, um einen geräuschvollen Sturz zu vermeiden. Nach einer Minute humpelte er zur Treppe. Ein Donnerschlag ließ das Gebäude erzittern und dämpfte alle anderen Geräusche.

Er wusste, dass während der Nachtstunden nur ein einziger Wärter in den unteren Fluren patrouillierte, und er betete, dass es sich um den Wärter handelte, der Miss Van Lew treu ergeben war. Im unteren Stockwerk waren alle Gaslichter bis auf eines gelöscht worden, das auf kleiner Flamme brannte. Er bewegte sich auf den Eingang zu, einen langsamen, mühseligen Schritt nach dem anderen. Als er unter der glühenden Gaslampe entlangging, lief ihm sein gebeugter Schatten an der Wand voraus.

Es donnerte. Der Boden bebte. Noch zehn Schritte.

Noch neun.

Sechs …

Plötzlich durchfuhr ihn Zuversicht wie ein wärmender Schluck Whiskey. Manchmal widerfuhr einem im Leben ein Unglück nach dem anderen, ohne vernünftigen Grund. Doch manchmal gelang einem auch der große Wurf; man hielt plötzlich alle Trümpfe in der Hand. Noch zwei Schritte, und er trat durch die Tür in den strömenden Regen.

Der Regen fühlte sich herrlich kühl und reinigend an. Es regnete so stark, dass er weder die Lichter entlang des Kanals noch die hinter den Fenstern des nahe gelegenen Libby-Gefängnisses sehen konnte. Er schlitterte über das abschüssige Kopfsteinpflaster der 18th Street zur Canal Street hinunter.

Tatsächlich stand dort ein offenes Fuhrwerk mit einem Maultiergespann, auf dessen Kutschbock ein Mann saß, eingehüllt in einen Regenumhang und mit einem schwarzen Sombrero auf dem Kopf. Mann, Maultiere und Fuhrwerk strahlten silbrig auf und waren wieder verschwunden, als der Blitz erlosch.

Lon trat von hinten an den Wagen. »Rowley?«

Unter dem Umhang des Mannes zeichneten sich die Umrisse eines Gewehres ab. »Price?«

»Wo soll ich mich verstecken?«

»Unter dem Stroh, machen Sie schnell.«

Am Wagenrad emporzuklettern war so anstrengend wie die Besteigung eines Berges. Er stöhnte, während er sich über die Kante des Wagens zog und ins nasse Stroh plumpsen ließ. Auf dem Rücken liegend, türmte er Stroh über seine Beine und seinen Oberkörper. Der Wagen war bereits angefahren und rumpelte über das raue Pflaster. Etwas bewegte sich unter dem Stroh und berührte Lons Hand.

Er lag da, sein Gesicht dem Regen entgegengestreckt. Der Farmer würde ihn aus der Stadt bringen; er würde sich ein wenig ausruhen und neue Kraft schöpfen, dann nach Washington weiterreisen und …

Er hörte, wie ein Pferd näher kam. »Es ist der Nachtwächter. Verstecken Sie sich!« Lon rollte sich auf den Bauch und warf sich mehrere Hände voll von dem durchnässten Stroh über den Kopf. Er konnte kaum noch atmen. Sein Gesicht drückte sich unbequem gegen die harten Holzplanken der Wagenpritsche. Er hörte ein Quieken.

»Anhalten! Wer sind Sie und was tun Sie hier?«

»Hugh Rowley aus Charles City. Ich bin Lebensmittellieferant für die Gefängnisse. Ich komme zweimal die Woche hierher.«

»Scheußliche Nacht, um unterwegs zu sein! Zeigen Sie mir Ihren Passierschein.«

»Kommen Sie mit Ihrer Laterne hier herüber. Ich will nicht, dass die Tinte im Regen verläuft.« Wieder ertönte das Quieken, diesmal ganz dicht neben Lons Ohr.

Nach etwa einer Minute sagte der Nachtwächter: »Alles in Ordnung, Sie können weiterfahren.« Ein winziger kalter Tupfen berührte Lons Backe. Beinahe hätte er losgeschrien. Eine zweite Ratte bohrte ihm die Zähne in die Hand. Er schlug unkontrolliert um sich. »Was zum Teufel ist das?«

»Ratten«, sagte Rowley. »Ich versuche, sie loszuwerden, doch ein paar schaffen es immer, im Stroh mitzufahren.«

»Nun, dagegen weiß ich ein Mittel!«

Rowleys Stimme klang beunruhigt. »Was machen Sie da?«

Wieder biss die Ratte in Lons Hand. Er hörte mehrere, sich überlagernde Geräusche: den prasselnden Regen, das Pferd des Nachtwächters, das neben den Wagen trabte, und das Spannen eines Revolverhahns. Ganz in der Nähe blitzte es. Der Nachtwächter beugte sich über die Kante des Fuhrwerks und leerte seinen Revolver ins Stroh.

Ein Schuss traf Lon. Das Letzte, was er hörte, ehe er das Bewusstsein verlor, waren die Worte des Nachtwächters: »Das sollte Ihr Rattenproblem erledigt haben!«

48

März 1863

Lichtsplitter. Das Bewusstsein kehrt zurück. Das rechte Bein schwer und steif; die kleinste Bewegung bereitet Schmerz.

Er rieb sich die Augen. Sah ein Zimmer, eine Patchwork-Bettdecke, einen groben, selbst gezimmerten Bettrahmen. Ein Musselinvorhang tanzte im Sonnenlicht neben einem offenen Fenster; davor wuchs wilder Wein. »Oh«, stöhnte er, während die Erinnerung allmählich zurückkehrte.

»Da sind Sie ja endlich wieder!«, sagte ein Mann. »Meine Frau kocht Ihnen gerade eine Fleischbrühe. Ich schätze, Sie sind schon halb verhungert.«

Lon sah seinen Wohltäter neben dem Bett sitzen, die großen Hände in die Hüften gestemmt.

»Wo sind wir hier?«

»Auf Rowleys Farm. Charles City County. Sie sind vorletzte Nacht hier angekommen.«

Er erinnerte sich: die Flucht, der Sturm, die Ratten, die Schüsse. Rowley fuhr fort: »Ich hatte schon Angst, Sie wären tot, doch ich konnte erst nach Ihnen sehen, nachdem ich den Nachtwächter abgehängt hatte. Als ich anhielt, habe ich gesehen, dass er Ihr Bein erwischt hat. Ich habe es, so gut es ging, verbunden und bin weitergefahren.«

Lon kratzte sich den Bart. »Daran kann ich mich gar nicht erinnern.«

»Der Herrgott hat uns beigestanden. Er hat für den starken Regen und das Gewitter gesorgt. Die Wächter an der Stadtgrenze haben mich einfach durchgewinkt. Bei Sonnenaufgang sind wir hier angekommen; ungefähr um die gleiche Zeit hörte der Sturm auf. Unser Pastor hat Medizin studiert, ehe er Gottes Ruf gefolgt ist. Er hat die Kugel entfernt und Ihr Bein verbunden. Die richtigen Ärzte hier in der Gegend sind alle stramme Sezessionisten.«

Lon bewegte erneut sein Bein und verzog das Gesicht. »Fühlt sich an, als ob ich für den Rest meines Lebens ein Krüppel sein werde!«

»Glaub ich nicht, doch Sie werden eine Zeit lang humpeln. Mein Sohn Ike schnitzt Ihnen gerade eine Krücke. Ah, hier ist Miz Rachel mit der Suppe!« Eine dralle Frau trug ein Holztablett ins Zimmer.

Die Suppe war heiß und köstlich. Lon stellte sich beim Essen ungeschickt an, zweimal kleckerte er etwas in seinen Bart. Zu der Suppe gab es zwei Scheiben Weißbrot mit frischer Butter. Er aß eine halbe Scheibe. Rowleys Frau zeigte ihm den Rinderknochen auf dem Tablett. »Saugen Sie das Mark aus, das wird Ihnen Kraft geben.«

Er brachte gerade noch genügend Energie auf, um ihrer Aufforderung nachzukommen. Kurz darauf, während eine warme Brise von draußen hereinwehte, war er eingeschlafen.

Die Tage zogen vorüber. Er ruhte sich aus, aß und unterhielt sich mit Rowley, wenn der Farmer abends vom Feld zurückkehrte. Neuigkeiten über den Krieg sickerten nur spärlich durch. Lon erkundigte sich nach Elizabeth Van Lew, die er eine ziemlich ungewöhnliche Spionin nannte.

»Weil sie ’ne Frau ist und sich so verrückt benimmt«, stimmte Rowley zu. »Sie ist Unionsanhängerin bis ins Mark. In Philadelphia erzogen, soweit ich mich erinnere. Ihre Familie hat ihre Sklaven freigelassen, als sie neun oder zehn war. Nicht jeder in Virginia gehört zu den Sklavenhaltern. Ich hab nie ein menschliches Wesen besessen, weder schwarz noch weiß noch grün, und werde es auch nicht.«

»Dieser Spionagering in Richmond. Wie umfangreich ist er? Wie viele Leute gehören dazu?«

»Keine Ahnung. Das hält sie geheim, zum Schutz für alle anderen. Ich weiß, dass einer der Direktoren einer Eisenbahngesellschaft dazugehört, und dann ein deutscher Fleischer ...«

»Retz, dem bin ich begegnet.«

»Doch das ist alles, was ich weiß. Diese Farm ist eines ihrer Depots.«

»Was meinen Sie mit Depot?«

»Ein Ort, wo die Scouts verschlüsselte Botschaften abholen. Miss Van Lew schickt wöchentlich zwei oder drei. Die Scouts schicken Anfragen nach ganz bestimmten Informationen zurück. Kuriere wie ich bringen sie ihr.«

»Wer schickt diese Anfragen? Für wen arbeitet sie?«

»Nun, für die Unionstruppen, nehme ich an. Die Scouts sind Spione, doch sie gehören zur Armee. Bald werden Sie selbst einen kennen lernen.«

»Es war doch nicht die Armee, die meine Flucht arrangiert hat, es war Oberst Ba ..., jemand anderes. Was hat die Armee damit zu tun?«

»General Hooker. Er hat Ende letzten Jahres eine Art Spionageabteilung aufgebaut.«

»Haben Sie schon mal von einem Mann namens Pinkerton gehört? Er hat den Geheimdienst für General McClellan auf der Halbinsel geleitet.« Rowley schüttelte den Kopf. »Oder von Major E. J. Allen?«

»Auch nicht. Ich schau jetzt besser mal nach meinen Legehennen. Morgen früh hilft Ike Ihnen, den Krückstock auszuprobieren.« Rowley stellte die Lampe neben dem Bett kleiner und ließ Lon mit seinen Gedanken allein. Lon grübelte darüber nach, auf welche Weise die Karten seit seiner Gefangennahme neu gemischt worden waren. Hatte die neue Spionageabteilung der Armee irgendetwas mit Lafayette Baker zu tun? Das würde er wohl erst erfahren, wenn er in Washington ankam. Washington, das war sein Ziel. Er konzentrierte seine Gedanken darauf, während er bei brennender Lampe einschlief.

Margaret tauchte in seinen Träumen auf, dann ihr Bruder Cicero und Hummy Cridge. Sie folterten ihn. Er erwachte schweißgebadet. Das Mondlicht tauchte das Fußteil des Bettes und die Decke in einen weißen Schein. Jemand hatte die Lampe gelöscht. Aufgewühlt von seinen schlechten Träumen, lag er über eine Stunde lang wach.

Am nächsten Tag versuchte er seine ersten Schritte mithilfe von Rowleys kräftigem Sohn und der Krücke, einem grob geschnitzten und klar lackierten Ast aus Hartholz. Nach zehn Schritten gab sein rechtes Knie nach, doch Ike war zur Stelle und fing ihn mit seinen riesigen Händen auf. »Sie schaffen das schon, Sir. Sie machen das ganz großartig.«

Manchmal hörte Lon nachts einen Reiter ankommen oder wegreiten. An einem sonnigen Morgen brachte Rowley einen dünnen Mann mit spitzem Kinn, der Farmerkleidung trug, in sein Zimmer. Nicht älter als fünfundzwanzig, schätzte Lon, doch sein Gesicht war dunkel und wettergegerbt. Ein langer Schnurrbart wie bei einem chinesischen Mandarin verlieh ihm ein finsteres Aussehen.

»Leonidas Whittaker«, stellte er sich vor, während sie einander die Hände gaben. »Meine Aufgabe ist es, Sie an den Potomac zu bringen. Morgen werden wir losreiten, wenn Sie sich dazu in der Lage fühlen.«

»Ich bin bereit«, sagte Lon, obwohl sein Bein immer noch höllisch schmerzte. Er musste nach Washington gelangen, um eine Möglichkeit zu finden, sich an Miller, Cridge und deren Gefolgsleuten zu rächen. Sobald das erledigt war, würde er sich Klarheit darüber verschaffen, wie es um Margaret stand. Ihre Ehe war offensichtlich ein Fehler gewesen und würde letzten Endes zerbrechen. Wie Margarets Bruder ins Bild passte, konnte er sich nicht erklären, noch nicht. Das blieb ein gewaltiges Problem für ihn.

Die Reise mit Whittaker dauerte vier Tage. Der Scout ritt einen großen Rotschimmel, Lon hüpfte auf einem Maultier nebenher. Sie versteckten sich tagsüber und ritten nachts; nur langsam kamen sie durch Ackerland und Wälder vorwärts, denn sie mieden die Straßen und Patrouillen der Konföderierten. Whittaker war ein vorsichtiger Mann, der nur redete, wenn er es für unbedingt nötig hielt, doch Lon war ein hartnäckiger Fragensteller und hatte ihm bald entlockt, was sich während seiner Abwesenheit zugetragen hatte.

Nach den amateurhaften Fehlern der ersten beiden Kriegsjahre hatte der neue Kommandierende General, Hooker, beschlossen, dass geheimdienstliche Aufgaben in den Zuständigkeitsbereich der Armee gehörten. Der Kommandeur seiner Militärpolizei, General Marsena Patrick, hatte das Amt für militärische Informationen geschaffen und einen gewissen Oberst George Sharpe, einen Juristen aus Yale und ehemaligen Kommandanten des Hundertzwanzigsten New Yorker Regiments, mit dessen Leitung beauftragt. Sharpe betrieb die Kette von Scouts, die Botschaften in den Depots rund um Richmond abholten.

»Kennen Sie einen gewissen Oberst Baker?«, fragte Lon.

Whittaker kaute auf einem Grashalm herum und betrachtete einen Heufalter, der über seinem ausgestreckten Stiefel schwirrte. Sie rasteten auf einer Lichtung neben einem plätschernden Bach und warteten auf den Einbruch der Dunkelheit.

»Ja, wir alle kennen Baker. Er ist Stanton direkt unterstellt. Nennt sich selbst Chef der National Detective Police. Sie arbeiten im Geheimen. General Patrick gefällt das gar nicht, doch Baker hat sich bei Stanton ins Vertrauen geschlichen, deshalb haben wir Anordnung, ihm und seinen Leuten aus dem Weg zu gehen.«

Kurz vor Einbruch der Dämmerung wurden sie von ein paar älteren Männern der Bürgerwehr über ein Kornfeld gejagt. Ein scharfer Ritt brachte sie vor den Musketenschüssen ihrer Verfolger in Sicherheit. Der zwei Meilen lange Galopp auf dem Rücken des Maultiers versetzte Lons Bein schwere Stöße und verursachte ihm erneut brennende Schmerzen.

In der Dunkelheit ritten sie durch das Dorf Weedonville. Nahe des Potomac, unterhalb vom Aquia Creek, führte Whittaker sie zu einer Hütte, die einem kräftig gebauten Schwarzen namens Eakins gehörte; ob das sein Vor- oder Nachname war, fand Lon nicht heraus. Eakins Kleidung war ärmlich, seine Entschlossenheit dagegen vorbildlich. Er zeigte Lon einen Einbaum, der inmitten von Schilf am Flussufer versteckt lag. Er hatte den Baum selbst gefällt und ausgehöhlt. Zwei- oder dreimal wöchentlich überquerte er den Potomac und nahm Botschaften oder Passagiere mit.

»Vor zehn Jahren hat mich der Master verkauft!«, erklärte Eakins. »Hat meine Frau Clytie und mein' Sohn, Eakins Junior, an 'nen anderen Mann verkauft, unten aus South Carolina. Das einzig Gute war: Master hat mich freigelassen, eh' er zu den Rebellentruppen gegangen is'. Ich hätt nach Norden gehen können, doch ich bin hier geblieben, um zu kämpfen, so gut ich kann. Sie ham mir meine Frau und mein' Jungen genommen. Sie ham eine Familie auseinander gerissen. Gott is' mein Zeuge, ich werde Clytie und Eakins Junior finden, wenn Linkum erst mal gewonnen hat und Jeff Davis hängen lässt!«

Die erste Nacht, die Lon bei Eakins verbrachte, war zu klar, um den Fluss zu überqueren. Am folgenden Abend wurde es neblig; im Schutz der dicken Suppe stakten und paddelten sie hinüber nach Maryland. Eakins half Lon aus dem Einbaum. »Sie sind jetzt auf freiem Boden. Hier sind Sie sicher. Erzählen Sie Father Abraham, dass Eakins als guter Soldat auf seiner Seite is'.«

»Das werde ich.« Eakins Händedruck war fest wie ein Schraubstock.

Eakins sprang in den Einbaum und paddelte davon. Lon knöpfte die alte Denimjacke zu, die Rachel Rowley ihm gegeben hatte, fischte einen Kieselstein aus seinem Schuh und machte sich auf den Weg nach Washington.

Lons irische Hauswirtin schrie auf vor Überraschung, als er an ihrer Tür erschien. Sie hatte sein Zimmer bereits weitervermietet in der Annahme, er wäre auf der Halbinsel gefallen. Doch sie hatte noch ein kleineres Zimmer, eine renovierte Mansarde. Seine Sachen wurden im Keller aufbewahrt. Sie hatte es nicht übers Herz gebracht, sie zu verkaufen.

»Ich habe allerdings kein Zimmer mehr für Mr. Greenglass frei«, sagte sie.

»Mr. Greenglass wird auch nicht zurückkommen, Mrs. Phelan.«

»Er …? Gütiger Gott!« Sie bekreuzigte sich.

Lon räumte auf und überredete seine Vermieterin dazu, ihm den Bart auf eine respektable Länge zu stutzen. Er bürstete seinen schwarzen Anzug ab, der so lange zusammengerollt gelegen hatte, dass die Falten wie eingebügelt aussahen. Um den Kragen seines weißen Hemdes band er sich eine Schleife aus einem schwarzen Schnürband und machte sich auf den Weg zum Kriegsministerium.

»Ich bin hier, um Oberst Lafayette Baker zu treffen.«

Der Wachposten am Eingang reckte das Kinn vor. »Ohne vorherige Anmeldung empfängt der Kommandeur der Militärpolizei niemanden.«

»Mich wird er empfangen. Teilen Sie ihm meinen Namen mit. Alonzo Price.«

»Ich bin nicht befugt...«

»Teilen Sie ihm meinen Namen mit!«, wiederholte Lon mit hasserfülltem Blick. Nur zwei oder drei Jahre Altersunterschied trennten sie, doch der Wachposten wirkte wie ein unerfahrenes Milchgesicht. Lon dagegen sah aus wie ein Mann, der durch die Hölle gegangen war. Der Wachposten ließ ihn auf einer Bank warten, unbeachtet von Zivilisten und hochrangigen Offizieren, die mit großer Geschäftigkeit hinein- und hinauseilten. Schließlich kehrte der Wachposten im Eiltempo zurück.

»Gehen Sie die Treppen hinunter ins Untergeschoss. Das Zimmer am Ende des Flurs.« Während Lon die Treppen hinabstieg, hörte er eine laute Stimme, vermutlich die Stantons, der gerade einen Bittsteller bei seiner Morgenaudienz abwies.

Der düstere, fensterlose Flur im Untergeschoss wurde von Gaslampen erhellt und roch nach der ewigen Washingtoner Feuchtigkeit. Baker stand wartend im Türrahmen. Er schüttelte Lon die Hand.

»Wir haben Sie da rausgeholt! Dem Himmel sei Dank, ich freue mich!«

»Ich bin Ihnen sehr dankbar, Oberst Baker.«

»Ich habe Ihre Flucht aus Virginia arrangiert, weil ich Ihre Fähigkeiten respektiere, Mr. Price. Treten Sie ein, schließen Sie die Tür. Wir haben eine Menge zu besprechen.«

Er schien weniger arrogant, als Lon ihn in Erinnerung hatte. Seine frostigen grauen Augen wirkten weniger feindselig, oder vielleicht hoffte Lon es auch nur. Ein reich verzierter Goldrahmen auf dem Schreibtisch zeigte das Miniaturporträt einer Frau. Baker bemerkte Lons Neugier. »Meine Frau.« Lon hatte gar nicht gewusst, dass Baker verheiratet war.

Sie unterhielten sich eine Stunde lang. Lon berichtete alles, was ihm widerfahren war, seit Allan Pinkerton ihn zusammen mit Sledge nach Richmond geschickt hatte.

»Ihnen ist klar, dass Pinkerton völlig von der Bildfläche verschwunden ist«, sagte Baker.

»Das hat man mir erzählt. Kennen Sie den Mann, den ich Ihnen beschrieben habe, Cicero Miller? Leicht gehbehindert, sein linkes Bein ist kürzer als das rechte.«

»Ich habe von ihm gehört. Er bekleidet eine hohe Position im Nachrichtendienst der Konföderierten. Wird als einer ihrer gerissensten Agenten angesehen. Manche sagen, er sei nicht ganz richtig im Kopf. Nach dem, was Sie mir über Ihre Erlebnisse im Castle Thunder berichtet haben, vermuten Sie das wohl ebenfalls.«

Lon nickte. »Woher wussten Sie, dass man mich verhaftet hat?«

»Miss Van Lew gehört nicht zu meinen Agenten, doch gelegentlich habe ich Zugang zu ihren Informationen über Kanäle, die wir hier nicht diskutieren wollen. Vor Jahren hat sie ein freies farbiges Mädchen nach Philadelphia geschickt, um es auf ihre Kosten erziehen zu lassen. Das Mädchen blieb im Norden, doch als der Krieg begann, bat Miss Van Lew die junge Frau, nach Richmond zurückzukehren. Ich weiß nicht, wie sie es eingefädelt hat, doch diese junge Frau hat sich eine Stellung im Haus von niemand geringerem als Jeff Davis gesichert. Sie bedient ihn bei Tisch und serviert ihm das Essen.«

»Bemerkenswert«, meinte Lon. Doch so wie er Miss Van Lew kennen gelernt hatte, sollte ihn das eigentlich nicht weiter überraschen.

»Eines Abends, als Cicero Miller zum Essen bei Davis war, haben sie Ihren Fall besprochen. Das farbige Mädchen ging im Speisesaal ein und aus. Miss Van Lew hat mir berichtet, was das Mädchen mitgehört hat.«

Baker hielt Lon eine silberne, offenbar teure Zigarrenkiste hin. Lon lehnte ab. »Ich kann Ihnen leider keinen Alkohol anbieten, ich bin Temperenzler«, sagte Baker mit überraschender Gläubigkeit. »Erlauben Sie mir, Sie nach Ihren zukünftigen Plänen zu fragen.«

»Ich will erleben, wie die Sezessionisten am Boden liegen, Oberst Baker! Die Schlimmsten von ihnen will ich tot sehen!«

»Ich begrüße Ihre Entschlossenheit. Wir haben in der Vergangenheit nicht gerade ein herzliches Verhältnis gepflegt, doch man muss auch nicht befreundet sein, um gut zusammenzuarbeiten. Wenn es Ihr erklärtes Ziel ist, die Rebellen zu bestrafen, kann ich Ihnen viele hervorragende Möglichkeiten dazu garantieren. Sie können Ihre Erfahrung nutzen, indem Sie für mich arbeiten, oder Sie können sie vergeuden und in die Armee eintreten. Sie scheinen mir allerdings niemand zu sein, der Reglementierungen liebt.«

»Nein.«

»Also, was sagen Sie dann?«

Lon ahnte, dass er einen Pakt mit dem Teufel schloss. Es war ihm egal.

»Ja, Sir, ich nehme an.«

»Großartig.« Baker trat um den Tisch und klopfte ihm kameradschaftlich auf die Schulter. »Mr. Peter Watson, der Ministerialrat, wird sich um alles Schriftliche kümmern und sich mit Ihnen über Gehalt und Zulagen unterhalten. Die Bezahlung in diesem Ministerium ist gut. Ich nehme an, Sie sollten Mr. Pinkerton in Chicago eine formelle Kündigung schicken.«

»Das werde ich. Er ist mir noch Gehalt schuldig.«

»Ich bezweifle, dass Sie es bekommen werden. Er war mit den Gehaltszahlungen an seine Angestellten in großem Verzug, als er ging. Wir führen hier eine erheblich effizientere Arbeit durch.« Baker streckte die Hand aus. »Willkommen bei der National Detective Police, Sir. Wir werden Jeff Davis noch in der Hölle schmoren sehen!«

49

Juni – Juli 1863

In der schwülen Sommerhitze schien Washington vor allem an ausschweifenden Vergnügungen interessiert zu sein. In den Hotels und Theatern herrschte reger Betrieb, und auf der Rennbahn verfolgten Soldaten und Zivilisten dicht gedrängt, wie die Traber um beachtliche Geldprämien gegeneinander antraten. Offiziere der Armee zeigten sich ganz offen mit ihren Huren, und zurückliegende Fehltritte ließen sich unschwer an der Zahl allein stehender Frauen ablesen, die Säuglinge durch die Stadt schleppten – »Halbinselbastarde« wurden diese Kinder genannt. Gewisse wohlhabende ehemalige Einwohner des District of Columbia kehrten still und leise aus Richmond zurück, offensichtlich hatten sie jede Illusion über die Konföderation verloren und fürchteten eine kommende Niederlage.

Am Horizont grollte nach wie vor der Krieg. Seit Mitte Juni erhielt das Kriegsministerium Berichte, dass Lees Truppen sich von Fredericksburg nach Culpeper bewegten; möglicherweise ein Hinweis auf eine zweite Invasion des Nordens. Am 9. Juni fochten zehntausend Soldaten von Stuarts Kavallerie bei Brandy Station eine zehnstündige Schlacht gegen eine gleich hohe Anzahl von Unionskavalleristen. Diesmal hielt sich die Union wacker.

An der westlichen Front zog Ulysses Grant einen Belagerungsring um Vicksburg am Mississippi. Trotz Gerüchten über seine angebliche Trunksucht gewann Grant zunehmend das Wohlwollen der Regierung. Er schien beinahe der einzige siegreiche General auf Unionsseite zu sein.

Die Feinde hingegen, mit denen Lon zu tun hatte, befanden sich in unmittelbarer Nähe.

In seiner Mansarde zündete er eine Kerze an und klemmte das kleine Fenster mit einem Stock auf. Kein Lufthauch regte sich. Er erschlug eine Mücke, die um sein Ohr schwirrte, und öffnete die Akte über den neuesten Verdächtigen.

Mr. Chauncey Hull, ein Yale-Absolvent, unterrichtete in einer Schule für höhere Töchter. Außerdem schrieb er energische, wortgewaltige Leserbriefe an die Zeitungen. In diesen Briefen beschuldigte Mr. Hull die Regierung, die Meinungsfreiheit zu unterdrücken und durch das Wehrpflichtgesetz, das im März verabschiedet worden war, verfassungswidrig die Bürgerrechte zu verletzen. Obwohl das Gesetz noch nicht in Kraft getreten war, hatte die bevorstehende zwangsweise Einberufung zum Wehrdienst bereits zu Tumulten und Unruhen in Wisconsin, Indiana und Pennsylvania geführt.

Mr. Hull nannte die allgemeine Wehrpflicht ein übles, von Despoten geschaffenes Gesetz. Durch derart aufwieglerische Äußerungen war Baker auf den Lehrer aufmerksam geworden. Lon sollte Mr. Hull am nächsten Morgen in Begleitung eines weiteren Agenten verhaften.

Sie trafen sich vor dem Mietshaus, in dem Hull wohnte. Eugene Sandstrom war neu in Bakers Organisation. Er war dünn, hatte ein sanftes, freundliches Gesicht und war stets zu einem Lächeln aufgelegt. Er hatte sich noch in der Ausbildung bei der städtischen Polizei befunden, als Baker ihn anwarb. Eugene erinnerte Lon daran, wie er selbst in den ersten Kriegsmonaten gewesen war: randvoll mit nutzlosem Idealismus.

Lon und Eugene gehörten zu den vierzig bis fünfzig Männern in Bakers privater Polizeiorganisation. Niemand außer Baker selbst und wahrscheinlich Mr. Stanton kannte die genaue Anzahl. Es amüsierte Lon, dass der gnomenhafte Minister mit den dicken Brillengläsern und der asthmatischen Stimme zum meistgefürchteten Mann in Washington geworden war. Stanton hatte etwas von Cicero Miller an sich. Als Fanatiker, der absoluten Gehorsam verlangte, befahl Stanton die Festnahme eines jeden, dem auch nur der leiseste Ruch mangelnder Regierungstreue anhaftete. Ob Journalisten, Geistliche, Befürworter von Friedensverhandlungen mit dem Süden oder unzufriedene Armeeoffiziere – Baker fing sie alle in seinem Netz.

»Zweiter Stock, hintere Wohnung«, sagte Lon, während sie in den dunklen Eingangsflur traten. Er ging die knarrenden Treppenstufen voran, vorbei an geschlossenen Türen, aus denen muffige Essensdünste drangen. Durch das dreckverkrustete Oberlicht über dem Treppenschacht drang das Sonnenlicht nur noch als dämmriger Schleier. Lon war es in seinem karierten Wollanzug unangenehm heiß. Schweiß tränkte seinen Kragen.

»Was hat der Kerl denn angestellt?«, fragte Eugene, während sie die Treppen hinaufstiegen.

»Aufwieglerische Briefe an die Zeitungen geschrieben. Die Männer sollten der Einberufung nicht folgen, England solle die Konföderation anerkennen, diesen ganzen Mist.«

»Also darf man seine Meinung nicht mehr frei äußern?«

»Nicht in dieser Stadt.« Lon zog den 31er-Colt aus seinem Jackett. Zach hatte ihn wie versprochen Mrs. Phelan zur sicheren Aufbewahrung übergeben. Zach arbeitete inzwischen wieder im Speisesaal des Hotel Willard, war allerdings nicht besonders glücklich darüber.

Im zweiten Stock wurde eine Tür neben der Treppe geöffnet. Eine mausgesichtige Frau trat heraus. Lon sagte: »Gehen Sie wieder rein, und bleiben Sie da!« Die verängstigte Frau sah seine Waffe und wäre in ihrer Eile, seinem Befehl nachzukommen, beinahe hingefallen.

Vor der Tür der hinteren Wohnung blickte Lon fragend zu Eugene herüber, der eine vierschüssige Sharps-Taschenpistole in der Hand hielt. Eugene antwortete mit einem nervösen Kopfnicken. Lon klopfte.

Ein paar Sekunden verstrichen. Er hörte jemanden auf der anderen Seite der Tür atmen. Er klopfte noch einmal, diesmal lauter.

»Wer ist da?«

»Polizei.«

Dann eine Frauenstimme: »Wer ist da, Chauncey?«

»Ich weiß nicht, Liebes. Sie sagen, sie wären von der Polizei. Ich bin sicher, es handelt sich um einen Irrtum.« Ein Schlüssel klapperte im Schloss, dann ging die Tür auf.

»Sie heißen Chauncey Hull?«

»Das ist richtig, Sir.« Hull war etwa fünfzig und stark übergewichtig. Er hatte ein rundes, rosiges Gesicht und trug Koteletten. Er erinnerte Lon an Mr. Micawber aus *David Copperfield.* »Können Sie sich ausweisen?« Lon zeigte sein Metallabzeichen, einen Stern in einem Kreis; durch die Mitte lief ein Balken, in den die Worte NATIONAL DETECTIVE POLICE gestanzt waren.

Etwas weniger angriffslustig fragte Hull: »Soll ich verhaftet werden?«

»So ist es. Holen Sie Ihren Mantel!«

»Wie lautet die Anklage?«

»Das werden Sie erfahren, wenn man es für richtig hält.«

»Zeigen Sie mir den Haftbefehl.«

»Wir brauchen keinen.«

»*Habeas Corpus …*«

»Existiert nicht mehr. Eugene, begleite ihn, damit er nichts anstellt.« Eugene schob sich an seinem Partner vorbei und lenkte dabei Lons Aufmerksamkeit für einen Moment ab. Hull stürzte zwischen ihnen hindurch in den Flur. Die Frau schrie auf: »O nein, tu's nicht!«

Lon wirbelte auf dem Absatz herum, packte Hull am Kragen und zerrte ihn zurück. Er schlug den Lauf des Revolvers gegen Hulls rechtes Ohr. Hull brach zusammen und griff im Fallen nach dem Treppenpfosten. Lon zog ihn hoch und stieß ihm den Lauf des Revolvers in die Wange.

»Noch mehr?« Lon schüttelte den zitternden Lehrer. »Wollen Sie noch mehr?«

»N-nein, ich werde ohne Widerstand mitgehen. Lassen Sie mich aufstehen. Sagen Sie Hortense, dass alles in Ordnung ist.« Eugene ging zu der hysterisch heulenden Frau in die Wohnung.

Auf dem Weg nach draußen stolperte der völlig eingeschüchterte Hull mehrmals. »Bringen Sie mich ins Old Capitol?«

»In den Carroll-Anbau. Dort hat man ein gemütliches Apartment in Einzelhaft für Sie reserviert.« Eugene sah Lon bestürzt an. Lon starrte mit bohrendem Blick zurück, bis der Junge sich abwandte. Er musste noch eine Menge über den Krieg lernen.

In der gleichen Woche brachte Korporal Fred Dasher vom Dreiundvierzigsten Partisanenbataillon eine Wagenladung Kriegsgefangener nach Richmond. Mosbys Leute hatten die Yankees in der vorangegangenen Woche oben in Loudoun County gefangen genommen. Zwei weitere berittene Partisanen mit Gewehren bewachten die Seiten des Wagens.

Der Transport von Kriegsgefangenen gehörte zu den niedrigsten Aufgaben, die man einem Soldaten zuweisen konnte. Fred hatte während der letzten Monate etwa ein Dutzend Transporte begleitet. Er hatte sich damit abgefunden. Von einem Kommandeur, der seinem Missfallen deutlich Ausdruck verliehen hatte, als sich Fred bei ihm meldete, hatte er wohl nichts Besseres zu erwarten. Fred erinnerte sich, wie eisig Mosbys Blick an jenem Tag gewesen war. Komischerweise erinnerte er sich auch noch an das elegant gebundene Buch auf Mosbys Feldtisch: Plutarchs *Lebensbeschreibungen*.

»Wir mögen einander nicht besonders, Mr. Dasher. Doch wir haben auch eine gemeinsame Aufgabe, daher werden wir über unsere gegenseitige Abneigung hinwegsehen. Bleiben Sie nüchtern, führen Sie die Befehle aus, und alles ist in Ordnung. Sollten Sie jedoch in irgendeiner Weise die Grenzen überschreiten, wird Ihnen keine Entschuldigung helfen! Man wird sich ohne große Umschweife um Sie kümmern.«

Fred brauchte keine weiteren Erklärungen. Im Hauptquartier in Fauquier war ein desertierter Yankee, der sich Mosby angeschlossen hatte, über die halbwüchsige Tochter des Hauses hergefallen, in dem er einquartiert war. Mosby hatte den Mann höchstpersönlich verurteilt. Ein Feldwebel hatte den Übeltäter mit vorgehaltenem Revolver abgeführt. Der Mann wurde nie wieder gesehen.

John Mosbys Partisanen waren ein liederlicher Haufen aus desertierten Unionssoldaten, konföderierten Veteranen, die von ihren Kriegsverletzungen genesen waren, und unzufriedenen Leuten aus Maryland, die über den Potomac geschwommen waren, um sich dem Guerilla-Hauptmann in seinem Hauptquartier in Fauquier County anzuschließen. Mosby nannte seine Männer die »Konglomerierten«. Fred gab sich mit ihnen nur ab, wenn es unbedingt sein musste. Anders als ordentliche Soldaten wussten sie weder, wie man exerzierte, noch, wie man ein Zelt aufbaute. Wenn sie nicht gerade ihre Streifzüge durchführten, schliefen sie in Unterkünften, die ihnen von der Bevölkerung zur Verfügung gestellt wurden, und bekamen dort auch ihre Mahlzeiten gekocht und serviert. Die meisten hatten sich wegen der guten Möglichkeiten zum Plündern gemeldet. Kürzlich erst hatten einige von ihnen dreißigtausend Dollar untereinander aufgeteilt, nachdem sie erbeutete Yankee-Ware in Charlottesville verkauft hatten. Mosby gab zu, dass die meisten seiner Männer durch Gier angetrieben wurden. Zwischen den Angriffen gestattete er ihnen zu tun, was sie wollten, solange keine Verbrechen gegen Zivilisten begangen wurden.

Die »Konglomerierten« waren gute Schützen; sie übten in jeder freien Minute. Als Einheit hatten sie dem Feind mit ihren Sabotageakten schon etliche empfindliche Schläge zugefügt. Sie hatten die Orange & Alexandria-Bahnlinie verwüstet, indem sie Lokomotiven zum Entgleisen brachten, Brücken niederbrannten, Eisenbahnschwellen herausrissen und sie mithilfe von Terpentin in Brand setzten. Das Feuer ließ die eisernen Schienen wunderbar schmelzen. Die Heldentaten von Mosbys Partisanen hatten seinen Namen in der ganzen Konföderation verbreitet und ihm die Beförderung zum Hauptmann und schließlich zum Major eingebracht.

Fred sah etwas präsentabler aus als die meisten anderen im Bataillon. Er hatte sich eine anständige hellgraue Feldjacke erbeutet und seine beiden Offiziersstreifen auf die Schultern genäht, als Mosby sie ihm als Zugeständnis an seinen früheren Rang wieder zuerkannt hatte. Er trug Sporen an den kniehohen Stiefeln und ein Paar 44er-Colts der Unionsarmee, die er bei einem Scharmützel einem toten Yankee abgenommen hatte.

Er kutschierte den Wagen über eine bewachte Brücke auf die Belle Isle, die kleine Insel im James River, die seit Beginn des Krieges immer wieder als Gefängnis gedient hatte. Im Augenblick waren fünf- bis sechstausend Männer auf der Belle Isle untergebracht, in kegelförmigen Sibley-Zelten, die sich auf einer Fläche von zweieinhalb Hektar hinter den Feldschanzen drängten, die als Todesstreifen dienten. Ursprünglich hatte man geglaubt, dass die frische Luft auf Belle Isle gesund sei, doch Sommerhitze und winterliche Kälte hatten diese Annahme widerlegt. Es herrschten äußerst primitive Zustände. Die Gefangenen badeten im Flusswasser, tranken es und benutzten den Fluss gleichzeitig als Latrine. Der junge

Kommandant von Belle Isle, Leutnant Bossieux, war ein strenger Zuchtmeister.

Fred erledigte seine Angelegenheiten mit Bossieux, so schnell er konnte, überließ seinen Untergebenen sich selbst und zog sich in eine Schenke in Richmond zurück. Dort legte er sein schmerzendes linkes Bein auf eine Holzbank. Ein seltsames Leben, dachte er. Er diente der Sache, indem er einem Mann dienen musste, der ihm zuwider war, obwohl er Soldat genug war, den Standesdünkel West Points zu überwinden und Mosbys militärische Fähigkeiten anzuerkennen. Er trank, wenn er die Gelegenheit dazu hatte, und blieb sonst einigermaßen nüchtern. Er bezahlte für die Dienste einer Frau, wenn sich ihm die Möglichkeit dazu bot. Er kratzte sich im Schritt und überlegte, dass er die Gelegenheit noch einmal nutzen sollte, ehe er Richmond bei Sonnenaufgang verließ.

Etwas Tiefgreifendes war ihm in jenen Augenblicken mit Hanna Siegel widerfahren, der merkwürdigen hübschen jungen Frau, die Soldat hatte werden wollen, bis sie die Realität des Krieges kennen lernte. Er nahm an, dass er sie nie wiedersehen würde, jedenfalls nicht, ehe der Krieg vorbei war. Falls er dann nach ihr suchte, würde er sie wahrscheinlich verheiratet wiederfinden oder feststellen, dass sie spurlos aus Washington verschwunden war.

Er glaubte nicht länger an einen Sieg des Südens, egal, wie viele Mosbys, Stuarts oder Lees sich fanden. Die menschlichen und materiellen Ressourcen des Nordens waren einfach zu groß. Und er wusste auch, dass all das wagemutige Herumreiten, das Galoppieren durch Kiefernwälder und Springen über Bäche und umgestürzte Bäume, begleitet vom Schwirren der Yankeekugeln, ganz schnell dazu führen konnte, dass ihm eine dieser Kugeln zum Verhängnis wurde. Es spielte keine Rolle mehr. Er fühlte sich ausgebrannt, er empfand nichts anderes als Schuldgefühle über den Tod des kleinen Mädchens und Sehnsucht nach der jungen Frau, die er in jener regnerischen Nacht spontan geküsst hatte.

»Bring mir noch einen!«, rief er dem Wirt zu. Nachdem Fred seinen vierten Bierkrug geleert hatte, war er zu müde, um sich noch eine Hure zu suchen. Er verbrachte die Nacht halb sitzend, halb liegend mit hängendem Kopf auf der Holzbank; in seinen Träumen vermischten sich Bilder von Hanna und dem kleinen Mädchen, das er getötet hatte.

Margaret fühlte sich in New York so einsam, wie sie es sich vorgestellt hatte, wenn ihr auch die Stadt deutlich weniger feindselig erschien als erwartet. Viele der Yankees, die sie auf ihren Einkaufstouren zu Lord and Taylor's oder dem A. T. Stewart Marble Dry Goods Palace traf, waren keineswegs Unmenschen, sondern eigentlich ganz umgänglich. Darüber hinaus herrschten in der Stadt sehr starke Ressentiments gegen den Krieg. Prahlerische Leitartikel in der *Daily News* und dem *Journal of Commerce* unterstützten die Konföderation zwar nicht offen, aber kokettierten so unverfroren mit deren Positionen, dass man ihre Herausgeber in Washington dafür verhaftet hätte, wie Margaret vermutete.

Wären Geld und Gut eine Garantie für Glück, war Donals Stadthaus am Gramercy Park North sicherlich das Höchste, was eine verheiratete Frau begehren konnte. Das Stadthaus bot Margaret ein eigenes geräumiges Schlafzimmer, ein Nähzimmer, eine Bibliothek, ein Musikzimmer – insgesamt drei ganze Stockwerke mit einem separaten Dienstbotentrakt im Keller. Eine Schwarze kochte für sie, zwei weitere schwarze Frauen, Schwestern, arbeiteten als Zimmermädchen, und ein alternder Ire namens Phineas Farley verwaltete den Haushalt. Sie alle gingen abends wieder nach Hause.

Margaret bewohnte das Stadthaus wie ein stiller Geist. Ihre üblichen Freizeitbeschäftigungen ließen sie ungerührt. Anthony Trollope unterhielt sie nicht länger, und Victor Hugos neuester Schinken über einen armen Mann, der sein ganzes Leben lang verfolgt wurde, weil er Brot gestohlen hatte, war einfach zu dick, um sie lange bei Laune zu halten. Sie rettete sich in die spärlichen Kenntnisse, die sie aus ihren Klavierstunden behalten hatte, und spielte Balladen auf dem Spinett: »Aura Lee« und »Lorena«, ein Lied, das zwar in Chicago geschrieben, aber längst von den Südstaaten vereinnahmt worden war. Oft begleiteten sie Gedanken an Lon Price in der Gefangenschaft, vor allem, wenn sie die traurigen Lieder spielte.

Am Unabhängigkeitstag führte die Neugier sie zum Lower Broadway, wo sie sich die jährliche Parade anschauen wollte. Diese war jedoch kaum der Rede wert, musste Margaret feststellen, während sie unter dem dürftigen Schatten ihres Sonnenschirms das Geschehen verfolgte. Es gab ein paar marschierende Musikkapellen, mehrere bunt zusammengewürfelte Kavallerieeinheiten und das unvermeidliche Trio von älteren Herren, die die Gründerväter von '76 verkörperten: George Washington, Thomas Jefferson und John Adams. Auffällig war das Fehlen der New Yorker Truppen. Zwölf Regimenter waren eilig nach Pennsylvania beordert worden, um an einer gewaltigen Schlacht teilzunehmen. Nach den Schlagzeilen zu urteilen, sah der Ausgang für Margarets Seite nicht gut aus: *Scheitern der Rebellenarmee! Die große Konföderation macht schlapp! General Meade feiert den Sieg!*

Sie hatte zum ersten Mal Ende Juni von General Meade gehört, als dieser Hooker abgelöst und sechster Kommandeur der Potomac-Armee geworden war. Hooker war nach Tennessee strafversetzt worden, nachdem er bei Chancellorsville gegen Lee verloren hatte. Diese Schlacht hatte Lee die Dienste des mächtigen Jackson gekostet, der am 10. Mai als Folge seiner Schusswunden und einer Amputation an Lungenentzündung gestorben war. Die Union konnte sich Jacksons Tod allerdings nicht als Verdienst anrechnen, denn er war irrtümlicherweise durch eigene, konföderierte Vorposten angeschossen worden.

Donals Beziehungen hatten ihr eine Karte für die Academy of Music auf der 14th Street gesichert, wo um zwei Uhr der Gouverneur eine Ansprache vor der Vereinigung der New Yorker Demokraten halten wollte. Als Margaret möglichst unauffällig ihren Platz aufsuchte, starrten die Leute sie unverhohlen an. Eine Frau ohne Begleitung hielt man für äußerst unkonventionell, wenn nicht gar für eine Hure auf Kundenfang.

Horatio Seymour, ein wenig eindrucksvoller Mann in den Fünfzigern, leistete seine zweite Amtsperiode in Albany. Er brachte erneut seinen Widerstand gegen das Wehrpflichtgesetz zum Ausdruck. Es sei verfassungswidrig, die Quotenberechnungen ungerecht. Er griff die Republikaner an und schwor, dem Kampf gegen die Wehrpflicht Nachdruck zu verleihen, indem er einen persönlichen Vertreter nach Washington schicke, der sich bei Mr. Stanton für ihre Aufhebung verwenden solle. Das entfachte schließlich einen vierminütigen Beifallssturm.

Danach brauchte Margaret zehn Minuten, um einen Hansom herbeizuwinken. Etliche der Mietkutschen reagierten auf ihr Handzeichen, doch jedes Mal drängte sich irgendein ungehobelter New Yorker vor und sprang hinein. Die letzte Person, die das versuchte, war eine beleibte Matrone. Margaret stieß der Frau mit ihrem Sonnenschirm in den Oberschenkel und eroberte die Droschke.

Der Lower Broadway war ein einziges Durcheinander von Omnibussen, Kutschen, Lastkarren, Vieh und verzweifelten Fußgängern, die beim Versuch, die Straße zu überqueren, ihr Leben riskierten. Für gewöhnlich erreichte man sein Ziel schneller zu Fuß. In der Droschke las sie noch einmal den langen Brief, den Rose ihr aus Richmond geschickt hatte. Ein Unbekannter hatte ihn am Dienstboteneingang abgegeben, ehe sie zur Parade ging.

Der Brief war auf den 14. Mai datiert, das hieß, er war längere Zeit in irgendeinem illegalen Kanal hängen geblieben. Rose hatte in London einen Verleger gefunden und würde bald nach England abreisen, um dort für ihre Memoiren und die Sache der Konföderierten zu werben. Schön für sie.

Kurz darauf setzte die Droschke Margaret in der angenehm grünen Enklave des Gramercy Park ab. Während sie den Kutscher bezahlte, sah sie einen schlanken Mann aus einer anderen Kutsche auf der Südseite des Parks steigen. Es war Edwin Booth. Donal hatte sie im letzten Monat zu einer Vorstellung von Booths *Hamlet* begleitet, eine der seltenen Gelegenheiten, bei denen er sie am Abend irgendwohin ausführte. Donal schützte ständig dringende Geschäfte in den Büros von McKee, Withers auf der Fulton Street vor. Sie vermutete jedoch, dass er etwa gleich viel Zeit in den Wirtshäusern, Varietés und zweifellos auch in ein oder zwei Bordellen verbrachte.

Margaret schämte sich solcher Gedanken schon längst nicht mehr. Ihre Ehe war ein Fehler, eine leere Hülle, aus der sie sich liebend gern herausgewunden hätte. Doch mit welcher Begründung? Sie hatte keinerlei Beweise für einen Ehebruch, nur den Verdacht, dass Donal sie regelmäßig und ohne Gewissensbisse betrog. Wenn sie sich tatsächlich aus dieser Ehe löste, würde sie für alle Zeit das Stigma der geschiedenen Frau tragen. Was würde sie gewinnen, außer einem ruinierten Ruf und einer neuen Art von Einsamkeit?

Penelope, eines der schwarzen Zimmermädchen, begrüßte sie mit einem verschwörerischen Flüstern: »Ein Gentleman erwartet Sie in der Bibliothek, Miz McKee.«

»Ich erwarte keinen Besuch. Wer ist es denn?«

»Sagt, dass Sie ihn kennen. Sagt, er will Sie überraschen.«

Verschwitzt, wie sie nach ihrem langen Ausflug war, hätte Margaret gern ein kühles Bad genommen. Sie war verärgert über die Unverfrorenheit des Fremden. Sie stieß die Türen der Bibliothek auf und schnappte nach Luft, als sie ein paar staubige schwarze Schuhe sah, die auf einem eleganten Marmortisch ruhten. »Cicero!«

»Hallo, Schwesterherz.« Er nahm die Füße vom Tisch, legte eine *Tribune* beiseite, die er durchgeblättert hatte, und stand auf, um sie auf die Wange zu küssen. »Du bist rot wie ein Hummer!«

»Ich bin den ganzen Tag draußen in der Sonne gewesen. Ich hätte nicht erwartet, dich irgendwo in der Nähe von New York zu treffen. Was machst du hier?«

Cicero spähte in den Eingangsflur, dann schloss er die Türen. »Ich hoffte, mit dir und Donal zu Abend zu essen, falls ihr mich einladet.«

»Ich glaube kaum, dass Donal zu Hause sein wird. Er ist abends meistens unterwegs.« Margaret behielt ihre Eheprobleme für sich.

»Schade«, meinte Cicero. »Dann vielleicht nächste Woche.«

»Montag fährt er mit dem Schiff nach Nassau. Wie lange willst du denn bleiben?«

»Ich weiß nicht genau. Ich besuche ein paar Bekannte, um – wie soll man sagen – den Puls der Stadt zu spüren.«

Sie setzte sich neben ihn und glättete ihre Röcke. »Ist das nicht furchtbar gefährlich?«

»Weniger, als du vielleicht glaubst. Ich bin schon in Chicago, Baltimore, ja sogar in Toronto gewesen, alles ohne Schwierigkeiten. Ich gebe mich als Rechtsanwalt aus, als so genannter Copperhead aus Kentucky.«

»Copperhead? Das Wort habe ich in letzter Zeit oft gehört.«

»Copperheads sind Leute, die Sympathien für uns Konföderierte hegen, vor allem im Mittleren Westen, doch auch hier gibt es einige. Wie ich gehört habe, tragen sie einen Kupferpenny als Kennzeichen, daher der Name.« Er nahm die abgelegte *Tribune* wieder zur Hand. Die fetteste Schlagzeile verkündete: DEN FEIND IN JEDER HINSICHT ABGEWEHRT. »Liest Donal etwa diesen Schund?«

»Ja, und noch einige andere Zeitungen, die den Republikanern gewogen sind. Er sagt, um sich zu informieren, müsse man nicht mit dem Informanten einer Meinung sein.«

Ciceros kahler Schädel glänzte in der Hitze genau wie Margarets Wangen. Draußen vor den hohen Fenstern verblasste das Grün der kleinen Parkanlage in der sengenden Spätnachmittagssonne.

»Heute Morgen bin ich am Gebäude der *Tribune* vorbeigekommen«, sagte er. »Zufällig habe ich Greeley selbst gesehen, wie er im

Eingang mit jemandem diskutiert hat. Der alte Feigling hat diesen weißen Mantel getragen, von dem du gelesen hast. Er ist einer der Yankees, die ich zu gern am Galgen sehen würde.«

Ciceros Augen hatten einen merkwürdig leeren Ausdruck. Beinahe wie ein Reptil, dachte sie. »Du musst mir unbedingt erzählen, wieso du hier bist. Hier ist doch trotz allem Feindesland.«

»Streng genommen ist es das natürlich. Doch dir müsste eigentlich klar sein, welch heftigen Widerstand man in dieser Stadt dem Krieg entgegenbringt. Gouverneur Seymour hat die Frühjahrswahlen nur mit knapper Not geschafft, doch in New York und Brooklyn hat er mit großer Mehrheit gewonnen. Die Arbeiter sind in Aufruhr, besonders die Iren. Sie hassen die Reichen, sie hassen die Republikaner, und am meisten hassen sie die Nigger, die sie für die Wehrpflicht verantwortlich machen. Die Situation ist äußerst heikel. Das kann man ausnutzen.«

»Ausnutzen? Wie?«

Er hinkte ans Fenster. Während er ihr den Rücken zuwandte, sagte er: »Keine Ahnung. Wirklich, ich habe nur laut nachgedacht.« Sein Tonfall hatte sich verändert; eine Mauer hatte sich aufgetan.

»Cicero.« Er drehte sich zu ihr um. »Plant ihr, du und diese Bekannten, wie du sie nennst, Unruhe zu stiften?« Sie empfand eher Sorge als Missfallen. Er lachte, legte die Handfläche auf die rote Weste und tat so, als sei er entsetzt.

»Ich? Dein lieber Bruder? Wie kannst du das nur denken?«

»Darf ich fragen, wo du wohnst?«

»Du darfst, aber ich werde es dir nicht erzählen. Das ist sicherer für uns beide.«

Seine abweisende Haltung entmutigte sie, weitere Fragen zu stellen. Sie brachte das Gespräch auf Lees verzweifeltes Wagnis, den Krieg in den Norden zu verlagern. Offensichtlich war er während der zwei Tage dauernden blutigen Kämpfe nahe der kleinen Stadt Gettysburg in Pennsylvania empfindlich geschlagen worden.

Sie nahmen ein leichtes Abendessen zu sich, bestehend aus gekochtem Hühnchen mit Frühlingsgemüse und einem hellen Roséwein. Obwohl Cicero so sonderbar und geheimniskrämerisch war, freute Margaret sich nach der langen Trennung doch über seine Gesellschaft. Um halb acht verabschiedete er sich mit einem höflichen Wangenkuss von ihr, hinkte die Steintreppe hinunter und wandte sich in Richtung Lexington Avenue. Sein langer Schatten bewegte sich zuckend vor ihm hin und her, während er davonhumpelte.

In der Eingangshalle traf sie den Hausdiener Phineas Farley. »Wäre es Ihnen recht, wenn ich heute ein wenig eher nach Hause ginge, Ma'am? Ich möchte meine Eileen im Augenblick abends nicht so gern allein lassen.«

»Aber sicher, Phineas. Gibt es Ärger in Ihrer Nachbarschaft?«

»Aufläufe in den Straßen, Ma'am. Viel Sauferei und derbes Gerede. Es ist wegen der Einberufung. Ein wohlhabender Herr kann sich für dreihundert Dollar einen Ersatzmann kaufen, der für ihn in den Krieg zieht, aber die Armen nicht. Die Jungs aus den freiwilligen Feuerwehrkompanien sind besonders aufgebracht über die Vorstellung, für die Nig…, für die Afrikaner kämpfen zu müssen. Ich fürchte, dass es noch schlimmeren Ärger gibt, wenn nächsten Monat die ersten Männer ausgelost werden.«

Eine äußerst heikle Situation. Das kann man ausnutzen.

»Sie haben wahrscheinlich Recht. Auf jeden Fall gehen Sie besser nach Hause.«

Im ersten Stock entkleidete sie sich und nahm ein Bad. Feuerwerkskörper überzogen den nächtlichen Himmel mit roten, weißen und blauen Lichtern. Durch die schwüle Luft drang die entfernte Musik einer Blaskapelle herüber. Sie schloss die Fensterläden und legte sich ins Bett, um sich weiter durch den Victor Hugo zu kämpfen. Donal kehrte irgendwann nach Mitternacht zurück, als sie bereits schlief.

50

Juli 1863

Am Montag nach dem 4. Juli rief Baker ihn zu sich. »Lesen Sie das!«

EINE KRIEGSERKLÄRUNG GEGEN ANMASSUNG UND TYRANNEI! Das primitiv gedruckte Flugblatt verdammte das Wehrpflichtgesetz und rief auf zur *Bestrafung der Diebe, Pharisäer und Despoten, die den Tempel unserer Freiheit beschmutzen.*

»Wo kommt denn das her, Oberst Baker?«

»Aus New York. Ich habe dort einen Verbindungsmann im Polizeihauptquartier. Die Flugblätter sind am Freitag vor dem Feiertag aufgetaucht. Rekrutierungsbeamte, die die Namen von wehrdiensttauglichen Männern sammeln, sind bei ihrer Arbeit bedroht worden, ja, man hat sie sogar verprügelt und mit Steinen beworfen. Wir haben den Verdacht, dass ein gewisser John Andrews den Pöbel zu Gewalttätigkeiten anheizt, wenn die Namen ausgelost werden. Vermutlich sind noch andere Männer aus Richmond geschickt worden, um ihn anzuleiten oder ihm zu helfen.«

»Wer ist Andrews?«

»Ein unbedeutender Anwalt aus Virginia. Er lebt seit vier Jahren in New York. Ich möchte, dass Sie mit dem Zug dort hinauffahren. Sollte es zu Gewalttätigkeiten kommen, überlassen Sie den Pöbel der Polizei und suchen Sie nach den Initiatoren der Aktionen. Nehmen Sie sie fest, oder schaffen Sie sie aus dem Weg. Betrachten Sie es als das Töten von feindlichen Soldaten. Man wird Sie weder befragen noch zur Rechenschaft ziehen.«

Bakers kühler grauer Blick, die Seelenruhe, mit der er einen Mord billigte, erschütterten Lon, den eigentlich nichts mehr so leicht aus der Fassung bringen konnte. »Ich verstehe. Übrigens habe ich Mr. Pinkerton geschrieben und eine Antwort erhalten. Er hat mir die Hälfte meiner ausstehenden Lohnforderungen geschickt.«

»Ich bin erstaunt, dass Sie überhaupt so viel bekommen haben.«

»Er schrieb, dass die Zahlungsverzögerungen und Unstimmigkeiten ihren Ursprung in diesem Ministerium hätten.«

Baker erstarrte. »Davon weiß ich nichts. In New York können Sie sich an unseren Informanten in der Polizei wenden. Aber lassen Sie sich bloß nicht einfallen, die Polizei um Zusammenarbeit zu bitten. Die Hälfte der Streifenpolizisten sind zwar Gauner, aber alle müssen sie den Vorschriften gehorchen. Für Sie gilt das hingegen nicht.«

Ein Hausschwein wühlte in der Gasse hinter dem Willard's Hotel herum. Lärm drang durch die geschlossene Küchentür nach draußen. Lon stand rauchend neben der Tür. Ein Schwarzer in Lumpen kam auf sie zugetorkelt, seine Augen glänzten fiebrig. Er streckte die Hand aus.

Zach sagte: »Wir können Ihnen nich' helfen. Gehen Sie in ein Krankenhaus.« Der Mann schlurfte weiter. »Hat die Pocken, was?«

»Sieht zumindest so aus. Zu viele Leute laufen wie er krank durch die Gegend.«

Zach warf einen Stein nach dem Schwein und wischte sich dann die Hände an seiner Schürze ab. Lon erläuterte ihm den Auftrag. »Vier Augen sehen mehr als zwei. Du könntest dich an Orte begeben, wo ich nicht hingehen kann. Es ist schon einige Zeit her, seit du die Rebellen gejagt hast.«

»Seit dem Halbinselfeldzug nich' mehr. Glaubst du, dass es in New York welche gibt?«

»Ich denk schon. Sie werden zwar keine Uniform tragen, sind aber trotzdem Feinde.«

»Würd auch gern ein oder zwei erwischen! Klar, wenn ich weiß wär, könnt ich ordentlich kämpfen.«

»Du bist sehr verbittert geworden, Zachariah.«

»Du wärst auch sehr verbittert, wenn du mit einer schwarzen Haut in diesem Land leben müsstest.«

»Wärst du zufriedener, wenn du dich bei einem der neuen schwarzen Regimenter melden würdest?«

»Oh, ich weiß genau, wie das läuft! Farbige kriegen nicht das Handgeld, das sie den weißen Soldaten zahlen. Bekommen auch zehn Dollar weniger Sold. Außerdem muss sich der Schwarze auch noch selbst Uniform und Ausrüstung kaufen. Nein danke! Da gehe ich lieber mit dir. Obwohl's dem Oberkellner gar nicht gefallen wird. Ziemlich kurzfristige Kündigung.«

»Wenn er sich quer stellt, kann ich gern arrangieren, dass er Gelegenheit bekommt, seinen Standpunkt im Old Capitol zu überdenken.«

Zach schüttelte den Kopf. »Großer Gott! Wo bist du nur plötzlich so grausam geworden?«

»Was glaubst du wohl? In Richmond.«

Am Donnerstag, dem 9. Juli, kamen sie morgens mit dem Zug in New York an. Selbst in einer Stadt mit achthunderttausend Einwohnern war es schwierig, ein Hotel zu finden, das einem Farbigen ein Zimmer vermietete. Schließlich hatten sie Erfolg in einem Seemannsheim auf der Water Street, einen Block von den South Street Piers entfernt, an denen sich Küstenschiffe und große Ozeandampfer drängten. Nicht weit von hier, in einem eleganten neoklassizistischen Gebäude auf der Fulton Street, hatte Margarets Ehemann seine Büros. So viel hatte Lon in Washington mithilfe eines Branchenverzeichnisses herausgefunden.

Bakers bezahlter Informant, Detective Sean Ruddy, traf sie in einer Gasse an der Murray Street, ein Stück westlich des City Hall Parks. Ruddy war ein gemütlich aussehender Ire mit lockigem weißem Haar und einem Bauch von der Größe einer Wassermelone. Das Erste, was er zu Lon sagte, war: »Wer ist denn das?«

»Zachariah Chisolm. Er arbeitetet mit mir zusammen.«

»Allmächtiger! Was wird noch alles kommen?«

Ruddy gab ihnen eine Beschreibung von John Andrews: einsachtzig groß, roter Bart, einen Rubinring an der rechten Hand. Lon notierte sich die Adresse von Andrews' Kanzlei in seinem Notizbuch.

»Washington hat den Verdacht, dass sich noch weitere Agenten der Konföderierten in der Stadt befinden.«

»Superintendent Kennedy glaubt das auch. Wir wissen aber weder, wer sie sind, noch, wo sie sich aufhalten.«

»Haben die Rebs ein Stammlokal? Einen Ort, wo sie sich versammeln?«

»Ich denke, ich habe Ihnen alles erzählt, was ich sagen kann. Das Geld, das ich bekomme, ist nicht gerade viel. Bis dann.«

Lon packte Ruddy am Handgelenk, wirbelte ihn herum und drehte ihm den Arm auf den Rücken. Ruddy schlug mit dem Kinn gegen die Mauer.

»Wollen Sie sich das nicht lieber noch mal überlegen? Sonst können Sie sich nämlich auf Mr. Stantons schwarzer Liste wiederfinden! Leute, die auf dieser Liste stehen, sind üblicherweise plötzlich wie vom Erdboden verschwunden!«

»Herrgott noch mal, lassen Sie mich los! Ich werde es Ihnen schon erzählen.« Lon trat beiseite. »Versuchen Sie es im Roost, Ecke Bond Street und Bowery. Eigentlich sollte man die Kneipe eher Rebel's Roost nennen.« Im Fortgehen rief Ruddy noch: »Wenn Sie den Nigger in einem irischen Viertel rumlaufen lassen, werden Sie ihn nicht mehr wiedersehen!«

John Andrews' Kanzlei, im zweiten Stock eines Gebäudes auf der Elk Street, einen Block oberhalb der City Hall gelegen, war verschlossen. Lon untersuchte die Staubschicht am Boden vor der Tür. »Hier ist schon eine ganze Weile niemand mehr gewesen.«

Der Rest des Tages und der ganze Freitag ließen ihn an die Sage von Orpheus' Abstieg in die Unterwelt denken, nur dass sie nicht nach Eurydike, sondern nach einem Spion suchten. An der Sportsmen's Hall in der Water Street umringte eine brüllende Menge einen umzäunten Kampfplatz, auf dem vier riesige Wanderratten gegen eine Bulldogge kämpften und ihr ein Auge ausrissen. Sie sahen die Bulldogge verenden. Niemand kannte Andrews.

In den nahe gelegenen Bordellen luden die Huren sie ein, sich zu bedienen, sogar Zach wurde angesprochen. Die hässlichsten unter ihnen trugen die grellste Kleidung, einschließlich schwarzer Netzstrümpfe und scharlachroter Stiefel, an denen kleine Glöckchen bimmelten. Ein fettes Mädchen glaubte, dass es mit einem Mann zusammen gewesen sei, der Andrews ähnelte, erinnerte sich dann aber an keine weiteren Einzelheiten.

Sie zogen weiter zu den Spielhöllen der Park Row und Vesey Street, wo arme Männer, die es sich kaum leisten konnten, ihr Geld bei Karten- und Würfelspielen verzockten. Niemand kannte Andrews.

An dem dreieckigen Platz, der Paradise Square genannt wurde, kreuzten sich mehrere Straßen und bildeten die »Five Points«, das Herz des berüchtigtsten Slums der Stadt. Ein Dutzend schmutzige Kinder umringten Lon und Zach, zerrten an ihren Händen und bettelten um Geld. Sie erinnerten Lon an Fagins Bande in Charles Dickens' »Oliver Twist«. Er leerte Münzen aus seinen Taschen, und die Kinder fielen darüber her wie zuvor die Ratten über die Bulldogge. Lon machte sich nicht die Mühe, nach Andrews zu fragen.

Auf der heruntergekommenen Bowery, ehemals eine elegante Straße, reihten sich Pfandhäuser, Waffengeschäfte und Kneipen aneinander. The Roost war eine schäbige Arbeiterschenke. »Nur für Weiße«, meinte Zach. »Da gehst du besser allein rein.«

An der schmutzigen Wand der Schenke hingen ein Union Jack und eine Lithographie von George III. Als weitere Dekoration fanden sich eine französische Trikolore, eine Radierung, auf der Madame Defarge strickend neben der Guillotine saß, sowie eine Kriegsfahne der Konföderierten und eine Zeitungsillustration, die den heroischen Stonewall Jackson zeigte. Man hätte die Kneipe wirklich Rebel's Roost nennen sollen. Weder der Barkeeper noch die wenigen Gäste, die schon um elf Uhr vormittags Whiskey tranken, kannten John Andrews. Oder behaupteten es wenigstens.

Im Bull's Head, einem Viehtreiberhotel auf der 43rd Street in der Nähe der Lexington Avenue, wollte Lon zwei Krüge Bier kaufen. Wegen Zach wurde er jedoch an der Tür zum Schankraum abgewiesen. Lons sonnenverbranntes Gesicht rötete sich vor Wut noch mehr, doch Zach legte ihm beschwichtigend die Hand auf den Arm.

Als sie durch den Hinterhof an den überfüllten Viehverschlägen vorbeischlenderten, sahen sie einen Mann, der Holzkisten von einem Wagen lud. Er hatte etwas Verstohlenes an sich. Die Kisten enthielten Blechkanister. Lon flüsterte: »Wir kommen nachher noch mal wieder.« Eine Stunde später, nachdem sie von freiwilligen Feuerwehrleuten in schwarzen Hemden angepöbelt worden waren, die vor einer Feuerwache auf der West 48th herumlungerten – »He, Nigger, sing uns 'n Niggerlied vor« –, kehrten sie zum Bull's Head zurück. Mithilfe einer Spitzhacke öffnete Lon die verriegelte Tür auf der Rückseite des Lagerhauses. Der Rollkutscher hatte vier von den Holzkisten ausgeladen. Lon zog einen unbeschrifteten Kanister heraus und stemmte den Deckel mit seinem Taschenmesser auf. Er hielt Zach den Kanister hin, damit dieser daran riechen konnte.

»Terpentin?«

»Terpentin«, sagte Lon. »Genug, um etliche Großbrände zu legen!«

Raue Männer. Durchgeschwitzte Hemden, Overalls, grob genagelte Stiefel. Ein paar Frauen, die genauso fluchten wie die Männer. Zach wurde böse angestarrt.

Die 3rd Avenue kochte unter der sengenden Sonne. Lon schätzte die Menschenmenge auf etwa zweihundert Personen.

Nach seiner Taschenuhr war es neun. Auf den Radspeichen eines Rollwagens stehend, konnte er in das Rekrutierungsbüro blicken, das sich in einer Reihe dreistöckiger Backsteinhäuser auf der Ostseite der 3rd Avenue an der Kreuzung zur 46th Street befand. Es war das einzige Rekrutierungsbüro, das auf die Ziehung am Samstagmorgen vorbereitet war. Drei nervöse Soldaten des Invalidencorps bewachten den Eingang. Schon ein paar kräftige Mädchen hätten sie überwältigen können.

Einer der Rekrutierungsbeamten der Militärpolizei trat vor die Tür. »Gemäß dem nationalen Wehrpflichtgesetz beginnt nun die Ziehung der Namen für den Wehrbereich Neun, Rekrutierungslokal Einundzwanzig.«

Die Menge murrte. Ein Beamter drehte die Kurbel einer Lotterietrommel. Ein anderer, der die Augen verbunden hatte, griff hinein und zog einen der gefalteten Zettel. Er überreichte ihn dem Mann an der Tür.

»Der erste Einberufene ist William Jones, Zweiundzwanzigster Distrikt, 46th Street, Ecke 10th. Ist er unter den Anwesenden?«

Er war es nicht. Die Menge antwortete mit Pfiffen. Der Rekrutierungsbeamte zog sich wieder zurück. Die Trommel wurde erneut gedreht. Weitere Namen wurden gezogen, aber nicht laut verkündet. Eine Pferdebahn auf dem Weg nach Norden, die durch das Gedränge nicht weiterfahren konnte, ließ ihre Warnglocke bimmeln, bis sich die Zuschauer widerstrebend zur Seite bewegten.

Lon war besser gekleidet als die meisten Umstehenden. Er trug einen braunen Leinenanzug, ein gelbes Halstuch um den offenen Kragen sowie einen gelben Strohhut mit einem gestreiften seidenen Hutband. Er hätte ein wohlhabender Kaufmann oder Landarzt sein können und wäre wahrscheinlich nicht besonders aufgefallen, hätte Zach ihn nicht begleitet. Ganz offensichtlich war es ein Fehler gewesen, seinen Freund mitzunehmen. In einem passenden Augenblick würde er Zach nahe legen, mit dem Zug nach Washington zurückzufahren. Er befürchtete allerdings, dass Zach sich weigern würde.

Gegen zehn Uhr begann ein schlanker junger Mann, den Lon vorher nicht bemerkt hatte, die Menge aufzuwiegeln: »Es sind die Nigger liebenden Schwarzen Republikaner, die uns das eingebrockt haben!« Der junge Mann trug dunkle Hosen, ein schmutziges weißes Jackett und ein Rauchkäppchen mit bestickter Borte. Ein kleines rundes Abzeichen, das kupfern glänzte, verzierte seinen Aufschlag.

»Was soll'n wir denn machen, du Klugscheißer?«, fragte eine zahnlose Frau.

»Einen Protest organisieren. Anführer wählen. Eine Demonstration planen.«

»Wat für'n Dämon?«, rief ein Mann. Die Leute lachten. Der junge Mann lächelte, um zu zeigen, dass er auf ihrer Seite stand.

»In Aktion treten. Ihr braucht keine Revolver. Ich habe Mistgabeln in den Ställen gesehen, Holzbalken auf den Baustellen, zerbrochene Pflastersteine da genau vor euch auf der Straße. Nehmt die!« Der junge Mann bemerkte, dass Lon ihn beobachtete.

Lon stupste einen Arbeiter an, der so roch, als habe er in seinem eigenen Schweiß gebadet. »Wer ist das?«

»Hab ihn noch nie vorher gesehen, aber er hat doch Recht, oder?«

Lon bewegte sich weiter durch die Menge. Niemand kannte den jungen Mann mit dem Rauchkäppchen. Lon beobachtete ihn eine halbe Stunde lang. Dann ließ er sich durch eine Bemerkung Zachs ablenken, und als er wieder hinsah, war der junge Mann verschwunden. Lon hatte sich sein Gesicht eingeprägt.

Um zwölf Uhr mittags gab der zuständige Rekrutierungsbeamte bekannt: »Wir haben unsere Quote für heute gezogen. Das Büro ist geschlossen.« Er schlug die Tür zu. Die verdrossene Menge löste sich allmählich auf.

Lon band sein Halstuch ab und wischte sich damit über das Gesicht. Der Stadt stand ein langes, heißes Wochenende bevor. Die Schnapsbuden würden rund um die Uhr geöffnet haben. Er musste weiterhin nach Andrews Ausschau halten und jetzt auch noch nach dem schlanken jungen Mann, bis am Montagmorgen die Einberufungen fortgesetzt wurden.

Zach ging neben ihm her und schaute argwöhnisch nach links und rechts. Wegen Zachs Hautfarbe wurden sie hier als Feinde betrachtet, und sie wussten es beide.

Die Sonne hing über den Dächern wie eine gelbe Eiterbeule. Die Armen verließen ihre Mietskasernen und hofften auf einen kühlen Lufthauch, doch auch draußen war es nicht besser. Auf den Straßen hörten Lon und Zach auch später noch zahlreiche aufgebrachte Gespräche. Am Spätnachmittag trennten sie sich; Zach begab sich in die Schwarzenslums, während Lon in den Zehnten Bezirk wanderte.

Als er in eine Kneipe auf der Allan Street trat, spannten sich seine Nerven: Ein rotbärtiger Mann mit einem Rubinring am kleinen Finger der rechten Hand stand auf einem Stuhl, umgeben von einer bierseligen Zuhörerschaft.

»Es würde keine Einberufungen geben, wenn es keinen Krieg

gäbe. Und es gäbe keinen Krieg, wenn nicht die Sklaverei wäre! Wer ist also verantwortlich? Die Nigger! Jeder Mann, jede Frau, jedes Kind mit schwarzer Hautfarbe!«

Einer der Zuhörer sagte: »Tötet sie.«

John Andrews lächelte. »Keine schlechte Idee! Ich schmeiß eine Runde, meine Herren. Und dann sprechen wir über Montag.«

Lon trat so dicht heran, wie er es wagte. Die Männer, die Andrews umringten, sprachen mit gesenkter Stimme. Gerade sagte Andrews: »Gut, Jungs, wir werden ihnen einen Denkzettel verpassen, oder?« Seine Anhängerschar stimmte zu, und Andrews schlenderte nach draußen. Lon zählte bis zehn und folgte ihm dann.

Ein Junge, der gegen eine Wand urinierte, fluchte laut, als Lon vorbeilief und gegen ihn stieß. Andrews blickte sich um, entdeckte Lon und stürmte in einen schmalen Durchgang zwischen hohen Mietskasernen. Lon rannte hinter ihm her.

In der Gasse war es dunkel wie in einer Höhle. Sie führte abwärts, an einem winzigen Hinterhof vorbei, auf dem gerade ein Mann in einer Fleischerschürze in einem dampfenden Kessel mit fettiger brauner Suppe rührte. Ein Stückchen weiter hockte eine fünfköpfige Familie im Dreck und aß mit bloßen Händen aus einem Eimer. Lon rannte weiter, zwischen Gebäuden entlang, die so dicht beieinander standen, dass kein Sonnenlicht mehr nach unten drang.

Er verlor Andrews im Gassengewirr des Slums. Als Lon wieder auf die breiteren Straßen hinaustrat, stand die Sonne dick und rot im Westen. Er marschierte zum City Hall Park. Dort traf er Zach, der auf und ab ging, weil er nicht wagte, sich auf eine der Bänke zu setzen.

»Ich war Andrews dicht auf den Fersen, doch er ist mir entwischt. Er wiegelt die Leute zum Kampf auf.«

»Bei den Farbigen scheint nich' viel los zu sein, außer den üblichen Samstagsbeschäftigungen. Aber sie sind ziemlich verängstigt. Hab mich mit einer Frau an ihrem Waschtrog unterhalten; sie sagte, Montag wird der Teufel los sein, und alle Farbigen sollten sich besser in Acht nehmen.«

»Zach, ich habe jetzt noch etwas zu erledigen.«

»Ich weiß.« Lon hatte Zach auf der Reise nach Norden in seine Pläne eingeweiht.

»Ich treffe dich im Hotel wieder. Sei vorsichtig!«

»Aber klar.« Zach seufzte, als wisse er genau, dass Vorsicht ihm nicht viel nützen würde, wenn er aus Versehen die falsche Straße entlangging und den falschen Weißen begegnete. Ein Polizist im Uniformrock schlenderte auf ihn zu und schwenkte die berüchtigte Waffe der Metropolitan Police, einen Schlagstock aus Robinienholz. Zach ging weiter, eine einsame Gestalt, die in der rötlichen Abenddämmerung einen langen Schatten warf. Lon machte sich auf den Weg zum Gramercy Park.

51

Juli 1863

Er klopfte viermal und wartete beinahe fünf Minuten auf dem steinernen Treppenabsatz vor dem Haus. Schließlich leuchtete ein schwaches Licht im Fenster über der Tür auf. Ein Riegel quietschte, die Tür wurde einen Spalt geöffnet. Margaret hielt eine Lampe empor, um den Besucher sehen zu können; in der anderen Hand hielt sie einen Pepperbox-Revolver. Die dunklen Wellen ihres Haares schimmerten im Licht. Er riss sich den Strohhut vom Kopf, damit sie sein Gesicht sehen konnte.

»O mein Gott.«

»Guten Abend, Margaret. Bitte lass mich herein.« Ein Streifenpolizist war auf der Lexington Avenue aufgetaucht. Er schwenkte seine Butzenscheibenlaterne und sah sich im Park um. Margaret trat ins Haus zurück. Sie trug einen sandfarbenen Morgenmantel aus Seide oder einem anderen dünnen Stoff. Der Spitzensaum eines Unterkleides berührte ihre bloßen Knöchel. Lon schlug die Tür hinter sich zu.

Die Lampe umgab sie mit einem Netz aus gelbem Licht. Margaret brachte ein unsicheres Lächeln zustande. »Ich empfange für gewöhnlich nachts keinen Herrenbesuch.«

»Das glaube ich gern.«

»Donal ist für zehn Tage in Nassau.«

»Ich weiß, ich habe mich vorher erkundigt.«

»Wie? Oh, aber es ist sehr unhöflich von mir, dich hier im Flur stehen zu lassen. Leg deinen Hut auf dem Tisch ab. Komm mit.«

Im Salon stellte sie die Lampe ab und schloss die Vorhänge vor den Fenstern mit Blick auf den Park. Sie schien weniger nervös zu sein, sah ihm jedoch immer noch nicht direkt in die Augen. Lon ließ sich auf einem Diwan nieder, überwältigt von ihrer Schönheit und den Gefühlen, die er für sie empfand, eine Leidenschaft, die er seit Monaten zu unterdrücken versucht hatte. Sie setzte sich in angemessenem Abstand von ihm an das andere Ende des Diwans.

»Wie hast du herausgefunden, dass Donal nicht da ist?«

»Ich bin Detektiv. Detektivarbeit besteht vor allem aus gesundem Menschenverstand und Kleinarbeit. Ich habe den Firmensitz von McKee, Withers aus einem Branchenverzeichnis herausgesucht. Dort habe ich auch unter Donals Namen eine Eintragung dieser Adresse gefunden. Heute Abend bin ich deinem Hausdiener auf seinem Heimweg gefolgt. Er ist in einer Schenke eingekehrt. Ich habe ihm einen Whiskey spendiert, und nach dem zweiten wurde er gesprächig. Ich hätte nie damit gerechnet, dass du ganz allein hier bist. Ich wollte ursprünglich nur herausfinden, ob es dir in Richmond gut geht.«

»Wir haben Richmond schon im Dezember verlassen. Weihnachten haben wir in Savannah verbracht.«

»Ich bin im März geflüchtet.«

»Das konnte ich nicht wissen.«

»Ja, selbst wenn du da gewesen wärst«, stimmte er zu. »Ausbrüche aus dem Gefängnis werden nicht an die große Glocke gehängt – es sei denn, sie sind so sensationell, dass man sie nicht vertuschen kann. Ich bin buchstäblich aus dem Castle Thunder herausmarschiert. Nun, eher gestolpert. Ich hatte Unterstützung, von der ich dir aber nichts erzählen kann.«

»Ja, wir stehen wohl immer noch auf gegnerischen Seiten, oder?«

»Es wird nicht mehr lange dauern. Nicht nach Gettysburg.« Er umfasste ihre Hände. Ihre Haut war kühl. Ihrem Haar schien ein Duft nach Vanille zu entströmen. »Geht es dir gut, Margaret? Bist du glücklich?«

»Glücklich? Ich war noch nie in meinem Leben unglücklicher. Donal zu heiraten war ein Fehler. In vielerlei Hinsicht. Ich glaube, er hat mich eine Zeit lang …«, sie zögerte, »… körperlich begehrt, doch kaum hatte er bekommen, was er wollte, hat er das Interesse verloren. Jetzt bin ich ein Einrichtungsgegenstand für ihn, wie ein

Küchenherd. Das ist Donals Vorstellung von einer Ehefrau. Er fühlt sich keineswegs zur Treue verpflichtet, wie du ja weißt. Vieles von dem habe ich schon vermutet, bevor ich ihn geheiratet habe. Ich kann also niemandem außer mir selbst die Schuld dafür geben, es sei denn diesem verdammten Baker, der mich im Gefängnis festgehalten hat.«

Die Stille des dunklen Hauses umgab sie mit einer bezwingenden Intimität. Er fühlte, wie ihm die Hitze ins Gesicht schoss, als er sagte: »Wenn du so über Donal denkst, dann verlass ihn!«

»Gott, ja, das würde ich auch, wenn nicht eines wäre: Ich habe ein Treueversprechen abgelegt. Es wäre unehrenhaft, es zu brechen.«

Er rückte nahe an sie heran. Ihre Knie berührten sich. Er konnte ihre Brustwarzen unter dem seidenen Morgenrock erahnen. »McKee ist dir kein richtiger Ehemann. Das hast du gerade selbst gesagt. Ich liebe dich. Ich habe dich immer schon geliebt.«

»Lon, bitte.«

»Es ist wahr. Nichts kann daran etwas ändern.«

»Der Krieg …«

»Vergiss den Krieg.«

»Wie können wir das? Die Kluft ist so gewaltig, es herrscht so viel Hass auf beiden Seiten.«

»Nicht zwischen uns.«

»Glaubst du wirklich, dass wir darüber hinwegsehen können, wer wir sind und was uns zugestoßen ist?«

»Es wird vielleicht nicht einfach sein, doch wir können es! Geh mit mir fort, sobald es uns möglich ist.«

»Wie lange wirst du in New York bleiben? Hast du hier einen Auftrag?«

»Ja. Ein Rekrutierungsbüro hat heute damit begonnen, die Namen der Wehrdienstpflichtigen zu ziehen. Montag werden auch die anderen Büros den Betrieb aufnehmen. Washington befürchtet, dass es Unruhen gibt, vermutlich durch die Konföderierten angestachelt. Ich bin hierher geschickt worden, damit ich mein Möglichstes tue, das zu verhindern.«

»Also stehen wir immer noch im Krieg miteinander. Wenn es mir auch so gut wie nicht gelungen ist, meinen Vater zu rächen.«

»Vielleicht warst du nie dazu berufen. Vielleicht solltest du das jemand anderem überlassen.« Fast hätte er ihren Bruder erwähnt, hielt jedoch noch rechtzeitig inne. Er konnte ihr unmöglich erzählen, was Miller ihm im Gefängnis angetan hatte. Stattdessen sagte er: »Mein Vater war Pfarrer daheim in Ohio. Er hat immer gepredigt, dass ›Auge um Auge‹ zwei Menschen in die Blindheit führt.« Lon musste sich eingestehen, dass er diese Lektion in letzter Zeit selbst allzu oft ignoriert hatte.

Sie seufzte. »Vielleicht hast du Recht. Manchmal glaube ich, dass ich weder mich selbst kenne noch meinen Weg in dieser Welt.«

»Du kommst mit mir. Du wirst packen, dieses Haus verlassen und mit mir nach Washington kommen. Hast du dort immer noch dein Stadthaus?«

»Ja. Ich habe überlegt, es zu verkaufen, doch die Dinge haben sich zu schnell entwickelt. Ich hatte noch keine Zeit dazu.«

»Wenn wir in Washington sind, werden wir uns überlegen, was wir als Nächstes tun. Der erste Schritt ist jedenfalls, dass du deinen Ehemann verlässt.«

»Ich wünschte, ich hätte den Mut dazu.«

»Den hast du, ich weiß es.« Er legte ihr die Hände auf die Schultern. Ihre Augen wirkten riesig, dunkel und ein wenig ängstlich. Er näherte sich ihrem Gesicht. Sie zog sich weder zurück, noch sträubte sie sich. Er küsste sie. Im ersten Moment blieb sein Kuss unerwidert. Dann, plötzlich, warf sie ihm die Arme um den Hals.

Er streichelte ihre Brüste. Sie murmelte: »O Gott, o Gott.« Er legte ihr die Hand aufs Knie. Dann hob er den seidenen Morgenmantel und das Unterkleid. Sie öffnete die Lippen.

Schließlich endete die Umarmung darin, dass sie beide lachten und nach Luft schnappten. Margaret lehnte sich mit zerzausten Haaren und geröteten Wangen zurück. Sie löste die Satinbänder, die den Kragen ihres Morgenmantels zusammenhielten. Dann öffnete sie den Morgenmantel und ließ ihn über ihr nacktes Dekolleté herabgleiten. Das Unterkleid reichte ihr nur bis zur Taille.

»Hier?«, fragte er.

»Im Bett wäre es besser.«

Sie ließ die Lampe im Salon brennen und führte ihn durch die Dunkelheit die Treppe hinauf. Sie kämpften sich aus ihren Kleidern, wozu er länger brauchte als sie. Sie küssten und streichelten einander, während er Schuhe, Hosen und Hemd auszog. Hinter den geschlossenen Fensterläden des Hauses war es heiß wie in einem Backofen.

Ihre Arme und Beine schlangen sich umeinander. Sie küsste ihn voller Leidenschaft, strich ihm über das Haar und die nackten Schultern und flüsterte: »Ich habe mir das schon so lange gewünscht. Du weißt gar nicht, wie sehr!« Dann waren sie zusammen, ihre Beine umklammerten ihn, ihr Rücken krümmte sich unter ihm und ihre Brustwarzen pressten sich gegen ihn, hart wie kleine Kiesel. Es schien nur einen Moment zu dauern, bis sich in ihnen beiden etwas in einer gewaltigen, langen Zuckung entlud. Margaret schrie auf und sank stöhnend zurück.

»Ich liebe dich, Lon! Himmel, ich liebe dich. Es ist eine Sünde, es ist gegen jede Vernunft, doch ich kann nicht anders.«

»Ich liebe dich, Margaret. Jetzt und für alle Zeit.«

»Halt mich fest. Küss mich. Ich will dich noch einmal!«

Das Haar hing ihm feucht in die Stirn. Schweißtropfen kitzelten ihn an der Nase. »Gleich«, sagte er und küsste sie mit verzehrender Zärtlichkeit, »gönn mir nur eine kurze Ruhepause.«

Viel später, gegen drei Uhr morgens, nachdem sie sich ein zweites Mal aneinander erfreut hatten, lagen sie sich in den Armen und lauschten einer Glocke, die in der Ferne zu hören war. Sie murmelte: »Was ist das?«

»Die Glocken der Feuerwehr. Es ist ziemlich weit weg.« Doch es ließ ihn an Montagmorgen denken.

Nachdem sie einen Moment geschwiegen hatte, sagte sie: »Ich muss dir etwas erzählen. Mein Bruder ist in der Stadt.«

»Dein Bruder Cicero?«

»Ja, aus Richmond. Er kennt dich nicht, ich habe ihn mal nach dir gefragt.« *Verlogener Bastard*, dachte Lon.

»Du hast von konföderierten Agenten gesprochen«, fuhr Margaret fort. »Es kann sein, dass er einer von ihnen ist.«

Castle Thunder tauchte wieder in seiner Erinnerung auf. Cridge, Miller, die Schläge. Wie sollte er ihr das erzählen? Eines Tages würde er es vielleicht können, aber nicht jetzt. Dennoch – er hatte seine Arbeit zu erledigen. »Wo ist er? In einem Hotel?«

»Er wollte es mir nicht sagen.«

»Warum hast du es mir dann erzählt?«

»Wenn zwischen uns Offenheit herrschen soll, wenn wir einander nah sein wollen, kann ich doch keine Geheimnisse vor dir haben.«

Er glaubte ihr. Es erleichterte ihn zwar, machte aber die Situation noch komplizierter, weil er selbst einiges vor ihr verschwieg. Mit ruhiger Stimme sagte er: »Nun, da wir nicht wissen, wo er sich aufhält, brauchen wir uns auch keine Sorgen um ihn zu machen. Falls es Montag keine ernsthaften Schwierigkeiten gibt, komme ich abends, um dich abzuholen, ungefähr um die gleiche Zeit wie gestern. Wenn mir etwas Schwerwiegendes dazwischenkommt, werde ich Dienstagabend hier sein. Aber ich verspreche dir, ich werde kommen.«

»Ich warte auf dich.« Sie küsste ihn.

Er verließ sie voller Unruhe. Er wünschte, sie hätte ihm nicht von ihrem Bruder erzählt. Nun musste er nach Miller suchen; ihn, wenn möglich, festnehmen.

Eine lächerliche Idee. Unter achthunderttausend Menschen würde er ihn nie finden.

Andererseits war Miller gut erkennbar, er hob sich von der Menge ab. Angenommen, Lon schnappte ihn. Konnte er sich so weit beherrschen, Miller nicht das anzutun, was er sich nach dem Aufenthalt in Richmond geschworen hatte? Es würde ihm schwer fallen, seine Wut zu zügeln.

Er würde es irgendwie schaffen. Er würde seine Pflicht erfüllen, Miller unversehrt seinen Vorgesetzten übergeben und gleichzeitig Margaret in ein neues Leben führen.

Irgendwie.

52

Juli 1863

Lon hatte sich noch nie beim Rasieren oder Bartstutzen geschnitten. Am Sonntagmorgen jedoch rutschte seine Hand aus, und das Rasiermesser schnitt ihm ins Kinn. Er blutete stark und fragte sich, ob das ein schlechtes Zeichen sei.

Er bat Zach, die Stadt zu verlassen.

»Nein, kommt nich' infrage! Ich hab die bösen Blicke gesehen, aber ich kann nich' einfach wie ein Hund mit eingekniffenem Schwanz davonlaufen. Ich muss den Konföderierten erst noch eins verpassen!«

In der erbarmungslosen Hitze durchkämmten die beiden den Ost- und Westteil der Stadt. Sie trafen zwar überall auf eine äußerst angespannte Atmosphäre, konnten jedoch nichts unmittelbar Bedrohliches entdecken. Gegen vier marschierten sie zurück zur Bowery. Zach wartete vor dem Roost, während Lon hineinging.

Ein Betrunkener lag am Boden in den Sägespänen und seinem eigenen Erbrochenen. Ein Junge mit traurigem Blick und Wasserkopf wischte teilnahmslos mit einem schmutzigen Spüllappen in der Schweinerei herum. An der Bar bezahlte Lon einen Whiskey. Diesmal war ein neuer Barkeeper im Dienst. Lon legte drei zusätzliche Fünfzig-Cent-Scheine auf das zerkratzte Holz. Der Barkeeper hob die Augenbrauen. Lon teilte ihm mit, was er wissen wollte. Die Fünfzig-Cent-Scheine verschwanden.

»Ja, so einer is' hier gewesen. Gegen Mittag oder so. Is' kahl wie'n Ei. Krängt beim Gehen nach Backbord – isser das?«

»Das ist er. Hat er gesagt, wie er heißt?« Der Barkeeper schüttelte den Kopf. »Wohnt er hier in der Gegend?«

»Keine Ahnung. Er hat 'ne Weile mit 'n paar Stammgästen gesprochen. Hat sie ziemlich aufgestachelt. Sie sind weggegangen, um Sachen für morgen zu planen.«

»Was zu planen?«

Der Barkeeper beäugte die Stelle, wo die Geldscheine gelegen hatten. Lon legte drei weitere hin.

»Ham gesagt, es würd 'ne Niggerjagd geben. Sie würden die Nigger jagen und rösten!«

»Was noch?«

»Ich musst' ja noch die Leute bedienen, klar? Ich hab auch nich' alles gehört. Sie ham über die 3rd Avenue geredet. Ich hab 'n paar Mal das Wort Arsenal verstanden und irgendwas über Fabrik.«

Das Waffenarsenal des Staates New York, auf der 2nd Avenue, Ecke 21st Street. Ganz in der Nähe der Union-Steam-Works-Fabrik. An beiden Orten wurden zurzeit Waffen hergestellt und gelagert. Baker hatte ihm eine Liste der Waffenlager gegeben. Er schenkte dem armen schwachsinnigen Jungen eine Münze und verließ die Schenke.

An diesem heißen, bedeckten Montag kochte New York über.

Lon bat Zach, die Schwarzenslums zu überwachen und nach den Rebellen Ausschau zu halten, die sie bereits identifiziert hatten: nach Andrews und dem schlanken jungen Mann. Lon wies auch noch mal auf Cicero Miller hin; immerhin bestand die vage Möglichkeit, dass Zach ihm über den Weg lief. »Wir treffen uns gegen sechs im City Hall Park wieder.«

Um halb neun postierte sich Lon, den Revolver in der Jackentasche, an der Ecke 46th Street und 3rd Avenue, gegenüber dem Rekrutierungsbüro. Das Büro wurde um neun geöffnet, doch die Beamten der Militärpolizei begannen nicht sofort mit der Ziehung der Namen, so als befürchteten sie Schwierigkeiten. Gegen zehn Uhr dreißig, ein paar Minuten nachdem der erste Name aus der Lostrommel gezogen worden war, hörte Lon ein dumpfes Tosen wie von einer Brandungswelle. Hinter der flimmernden Hitzewand im Norden tauchten Männer und Frauen aus der 47th Street auf und kamen die 3rd Avenue heruntergestürmt. Lon schätzte, dass es ein paar Dutzend waren. Doch dann wurden es immer mehr, schätzungsweise drei- oder vierhundert. Sie drängten sich dicht an dicht die Straße entlang. Viel zu viele Menschen, als dass sie sich spontan versammelt haben konnten.

Sie reckten Transparente empor: KEINE WEHRPFLICHT! Sie schwangen Stöcke, Ketten, Steine und Hackbeile. Einige kletterten an den Telegraphenmasten hoch und durchtrennten die Leitungen mit ihren Äxten. Der Telegraph verband das Polizeipräsidium auf der Mulberry Street mit zweiunddreißig Polizeirevieren. Der Mob verging sich gewöhnlich nicht an Kommunikationsverbindungen, ohne dazu angestiftet worden zu sein.

Die Menschen umdrängten eine stecken gebliebene Pferdebahn, zerrten die Mitfahrenden heraus, schlugen und traten sie. Zwei Randalierer warfen eine ältere Frau auf die Stufen der Pferdebahn. Einer hielt sie fest, während der andere ihr die Röcke hob und sich die Hosen aufknöpfte.

Zahlreiche Aufständische drängten sich vor dem Rekrutierungsbüro. Andere bewegten sich weiter nach Süden. Lon erkannte die schwarzen Hemden und ledernen Schutzhelme der Feuerwehrmänner von der 48th Street. Mehr und mehr Leute strömten aus der 47th Street; tausend oder mehr.

Frauen riefen obszöne Schimpfworte. Männer brüllten: »Tötet

die Reichen!« Der Mob richtete seine Wut gegen etwa sechzig Bezirkspolizisten, die, Schlagstöcke schwingend, auf die Menschen einstürmten. Die Polizisten knüppelten Männer, Frauen und Kinder nieder, jeden, der sich ihnen in den Weg stellte. Doch die Polizei hatte schlechte Karten. Sobald ein Aufständischer zu Boden ging, nahmen vier neue seinen Platz ein. Da sie sich hoffnungslos in der Unterzahl sahen, flohen einige der Polizisten. Die Zurückbleibenden hämmerten an die Tür des Rekrutierungsbüros und drängten sich hinein, sobald geöffnet wurde. Einige Aufständische folgten ihnen, tauchten aber kurz danach wieder auf und riefen: »Sie sind durch die Hintertür geflohen, die verfluchten Feiglinge!« Der Mob johlte.

»Fackelt das Gebäude ab!«

»Tötet die Reichen!«

»Hängt die Nigger!«

»Keine Wehrpflicht, keine Wehrpflicht!«

Lon sah, wie Blechkanister und Flaschen in das Büro gereicht wurden. Er hatte die Kanister schon zuvor bemerkt. Jemand warf ein brennendes Streichholz, und sofort brach eine Flammenwand aus dem Eingang hervor. Ein Mann, der zu dicht daneben gestanden hatte, fing Feuer und rannte herum wie ein geköpftes Huhn. Die Menschen lachten und ließen ihn brennen.

Zwei Frauen griffen mit Eisenstangen einen verkrüppelten Soldaten an. Der Kopf des Jungen zerplatzte wie eine reife Melone. Die 3rd Avenue war eine wogende See aus Menschen. Auf der 46th Street tauchten fünfzig bewaffnete Soldaten des Invalidencorps auf. Einige waren zäh und kräftig, andere aber blass und noch nicht völlig genesen. Ihr Leutnant befahl dem Mob, sich aufzulösen. Männer und Frauen gingen auf ihn los. Die Soldaten schossen in die Menge, begleitet von grässlichen Schreien. Etliche Aufständische fielen zu Boden. Andere trampelten über sie hinweg, griffen die Soldaten an und trieben sie auseinander. Die Feuerwehrleute in den schwarzen Hemden schwangen ihre Gürtel wie Peitschen, rissen Gesichter auf und schlugen mit den Gürtelschnallen Augen aus.

Einer der Aufwiegler stieß Lon die Faust ins Gesicht. »Warum kämpfst du nicht? Tötet die Reichen!« Lon stimmte ein: »Tötet sie alle«, und schwang die erhobene Faust. Zufrieden gestellt lief der Mann weiter.

Die Flammen fraßen sich durch die Mauern des Rekrutierungsbüros und weiter hinauf in die Wohnungen der Mietshäuser. Böden gaben nach und Wände stürzten unter Funkenregen ein. In den Seitenstraßen waren Feuerwehrglocken zu hören, doch Pferde und Ausrüstung kamen an der Barriere aus Menschen nicht vorbei, und die Feuerwehrleute waren auch nicht sonderlich erpicht darauf, es zu versuchen.

In den folgenden beiden Stunden teilte sich die aufgehetzte Menge mehrmals. Gruppen streiften durch die Vierziger bis hinunter in die Dreißiger Straßenzüge, rissen die Schienen der New-Haven-Bahn auf der 4th Avenue heraus, brachen in Geschäfte ein, trugen alles, was ihnen nützlich oder begehrenswert erschien, davon und zündeten den Rest an. Lon vermutete, dass in den Brandgeschossflaschen eine dieser leicht entzündlichen Flüssigkeitsmischungen war, die man »griechisches Feuer« nannte.

Gegen Mittag zogen schwere Wolken auf und ließen drohenden Regen ahnen. Der Rauch, der aus den brennenden Gebäuden emporstieg, ließ Rußteilchen auf Lons Haar herabregnen. Mit seinem Revolver in der Tasche zog er wütend durch die Straßen. Er fühlte sich ohnmächtig und schuldig, doch ein einzelner Mann konnte kaum darauf hoffen, diese Zerstörung aufzuhalten, und niemand erwartete von ihm, dass er es versuchte.

Alle paar Minuten machte ein neues Gerücht die Runde: »Sie haben John Kennedy umgebracht.«

»Der Dreckskerl wollte höchstpersönlich hierher kommen, um uns aufzuhalten!«

»Hurra, Superintendent Kennedy ist tot!«

Der Polizeichef getötet? Der Aufruhr steigerte sich immer mehr zu einem absoluten Chaos.

Gegen zwei Uhr marschierte Lon durch eine planlose Menge auf der 3rd Avenue, umgeben von Trümmerhaufen: überall zerstörte Kutschen, Lastkarren und umgeworfene Wagen der Pferdebahn. Jemand rief: »Die Waffenfabrik, die Waffenfabrik.« Lon entdeckte das bestickte Rauchkäppchen des schlanken jungen Mannes, den er am Samstag gesehen hatte. »Lasst uns die Waffenfabrik stürmen! Waffen für alle!« Wieder ermutigt schoben sich die Aufständischen in die Seitenstraßen und strömten in Richtung 2nd Avenue.

Lon drängte sich an den Langsameren vorbei. Als er im Gewühl nicht mehr weiterkam, zeigte er seinen Colt. Ein stämmiger Mann mit Augenklappe hielt Lon die Spitze eines Messers an die Kehle und wollte nach dem Revolver greifen. »Her damit!« Lon schoss ihm ins Bein.

Die Menschen kreischten und wichen zur Seite. Lon hatte freien Durchgang auf die Avenue. Der dünne junge Mann sah ihn und lief los. Dann brachte ihn jedoch die Deichsel eines Handkarrens zu Fall. Er stürzte der Länge nach auf den hölzernen Gehsteig an der Seite der Avenue. Lon schloss zu ihm auf.

Das Rauchkäppchen fiel herab, als der junge Mann sich aufsetzte und eine Derringer aus der Jacke zog. Lon feuerte ihm einen Schuss in die Brust, den zweiten in die Stirn. Der dünne junge Mann kippte zur Seite; er rührte sich nicht mehr.

In der ganzen Gegend standen Geschäfte und Wohnhäuser in Flammen. Unter den dicken Sturmwolken verdichtete sich der Rauch. Hin und wieder tauchte eine Phalanx Polizisten in Uniformröcken auf, um einen weiteren Angriff zu wagen. Jedes Mal gingen zwar ein paar Aufständische zu Boden, doch die Polizei zog sich immer wieder zurück.

Der Mob stürmte nach Süden, zur 21st Street, zu einem vierstöckigen Holzgebäude, an dem ein Schild mit der Aufschrift MARSTON & CO. hing. In Lons Unterlagen stand, dass Marston auf den beiden unteren Stockwerken Karabiner herstellte und sie in einer Exerzierhalle im zweiten Stock lagerte, zusammen mit älteren Musketen, Bajonetten und Munition. In den Unterlagen stand auch, dass Bürgermeister George Opdyke ein stiller Teilhaber von Marston war.

Der Mob brach die Türen auf und drängte hinein, während eine weitere Hundertschaft Polizisten mit Schlagstöcken angriff. Ein wildes Handgemenge mit Messingschlagringen, Mistgabeln, Ziegelsteinen und Flaschen folgte. Die Aufständischen blockierten die Tür der Waffenfabrik. Einige gelangten in den zweiten Stock, traten die Fensterscheiben ein und warfen Karabiner, Musketen und Bajonette hinunter.

Dann setzte jemand von innen die Fabrik in Brand. Das alte Gebäude fing Feuer wie Papier. Flammen fraßen sich die Treppen hinauf und hatten innerhalb von wenigen Minuten den zweiten Stock erreicht. Die Aufständischen, die von den Flammen eingeschlossen waren, sprangen schreiend aus den zerbrochenen Fenstern. Die Menschen im Erdgeschoss traten und schlugen ihre Kameraden und trampelten über sie hinweg, um zu entkommen. Eine Doppelreihe Polizisten erwartete sie draußen vor der Tür, schlug brutal auf die Aufständischen ein, bis sie als blutiger Haufen zu Boden sanken. Lon war entsetzt: Das war kein Kampf mehr, das war blanke Massenhysterie.

Er machte sich auf den Weg in Richtung Süden und stieß kurz darauf mit einer Bande aus den Slums zusammen, die nach Norden marschierte. »Nehmt euch in Acht, nehmt euch in Acht, hier kommen die Jungs aus der Bowery!«, sangen sie. Ehe Lon aus dem Weg gehen konnte, hatte die Bande sich schon über ihn hergemacht, ihn auf den Boden geschubst, getreten und mit Steinen beworfen. Dann eilten sie weiter und skandierten dabei: »Die Jungs aus der Bowery regieren die Welt!« Lon kämpfte sich wieder auf die Beine, ihm war übel vor Schmerz. Die Schnittwunde vom Rasiermesser war wieder aufgesprungen, und das Blut lief über seinen hellbraunen Leinenanzug, der bereits ein Patchworkmuster aus Rissen und Flecken aufwies.

Er schlüpfte durch schmale Gassen, ging in Deckung oder nahm Umwege, um Zusammenstöße mit weiteren Banden zu vermeiden. So zog er in südliche Richtung durch verwüstete Straßenzüge mit geplünderten Geschäften, zerbrochenen Fensterscheiben und brennenden Fuhrwerken. Auf dem Bordstein saßen oder lagen Verletzte, andere schauten von den Dächern herab wie schwarze Aasfresser vor dem unheilvoll dunklen Himmel.

Ein Trupp von etwa hundert Leuten, der nach Norden marschierte, sang nach der Melodie von »John Brown's Body«: »Wir hängen den alten Greeley an einen Apfelbaum!«

Auf dem gesamten Weg zum City Hall Park, den er um halb sechs erreichte, sah er Spuren der Ausschreitungen. Eine Stunde lang eilte er durch den Park, vorbei an Bänken, die zu Kleinholz geschlagen worden waren, und leichten Geschützen, die man zur Verteidigung des Rathauses aufgestellt hatte. Auch der elegante Stadtbrunnen war in Stücke geschlagen worden. Wasser schoss aus der Hauptleitung und bildete einen kleinen See. Wo blieb Zach nur?

Als wäre er durch Lons Angst herbeigerufen worden, tauchte Zachs Kopf hinter einem umgestürzten Phaeton auf. An seinem Gürtel trug er einen Dolch und einen Polizeischlagstock.

»Alles klar mit dir, Lonzo? Du siehst ziemlich mitgenommen aus!«

»Du siehst auch nicht viel besser aus!« Zachs Ärmel hingen in Fetzen, sein lockiges Haar war mit einer Schicht aus Ziegelstaub gepudert. Sein linkes Auge verschwand beinahe völlig hinter einem geschwollenen Lid.

»Irgendjemand Bekanntes gesichtet?«

Zach schüttelte den Kopf. »Bin 'n paar von diesen Niggerjägern in die Quere gekommen. Zum Glück bin ich ihnen entwischt. Herr im Himmel, Lonzo, hab noch nie was Derartiges gesehen! Drüben beim East River ham sie 'n paar Hütten der Farbigen abgefackelt. Und hast du schon gehört, dass sie in der Stadt ein Waisenhaus für Schwarze niedergebrannt haben? Alle sind rausgekommen, bis auf ein kleines Mädchen, das haben sie umgebracht. Das hab ich von 'nem Polizisten erfahren. Er hat erzählt, dass die Leute beinahe den Polizeichef umgebracht hätten.«

»Ja, Superintendent Kennedy.«

»Er liegt im Krankenhaus. Irgendwas mit Bell … Hat überall Stichwunden. Was machen wir jetzt?«

»Weiter nach den Verantwortlichen suchen. Erinnerst du dich an den Mann mit dem Rauchkäppchen? Er ist tot.«

»Hast du das erledigt?«

»Ja. Bist du bereit, noch mal zu dieser Kneipe auf der Bowery zu gehen?«

»Warum nich? Ich kann auch nich' mehr Angst kriegen, als ich jetzt schon hab.«

Ein glutroter Dunstschleier überzog die Stadt. Durch die Wolken und den Rauch setzte die Dämmerung früher ein als gewöhnlich. Wachsam, die Hände immer dicht an ihren Waffen, bewegten sie sich durch ausgeplünderte Straßenzüge mit zerschossenen Gaslaternen. Sie bogen um eine Ecke und sahen einen alten Schwarzen, dick und weißhaarig, der mit einem Strick um den Hals an einem Laternenpfahl baumelte. An seinen Hosen war ein Transparent befestigt: KEINE WEHRPFLICHT! Zach fluchte.

Auf der Bowery ging es vergleichsweise ruhig zu. Die Kneipen waren hell erleuchtet und gut gefüllt. Lon kaufte zwei geröstete Süßkartoffeln von einem Straßenhändler, der mutig genug war, mit seinem Wagen seine Ware anzubieten. Unaufhörlich hörte man die Glocken der Feuerwehr; in der Ferne erklangen Schüsse. Lon spähte durch das Glasfenster des Roost. Die Schenke war dicht gefüllt; Männer tranken und lachten, als wäre ein Feiertag. Ein

Schauer lief ihm über den Rücken. Manchmal hielt man plötzlich alle Trümpfe in der Hand.

»Er ist da drin! Lässt sich den Gratis-Lunch schmecken und feiert!«

Fragend reckte Zach den Kopf.

»Miller. Diesmal kriegen wir ihn.«

53

Juli 1863

Lon lud die leeren Kammern seines Colts. Er besprach sich kurz mit Zach, der daraufhin die Bond Street hinuntertrottete. Als seine Uhr ihm sagte, dass drei Minuten verstrichen waren, legte er die Hand um den Revolver in seiner Tasche und trat an die geschlossene Tür des Roost. Das kunstvoll gearbeitete Fenster aus Bleiglas verzerrte den Blick nach innen, indem es die Bilder brach und verdoppelte. Zwei grinsende Cicero Millers erhoben zwei Bierkrüge und tranken mit zwei Mündern. Lon schätzte die Anzahl der Männer in der Kneipe auf vierzig bis fünfzig.

Er trat schnell und leise ein und hinterließ dabei Fußabdrücke im Sägemehl. Es gelang ihm, sich unbemerkt durch die Kneipe zu drängen, bis er dicht neben Millers Ellenbogen stand. Mitten im Satz bemerkte Miller plötzlich, wie jemand ihn anstieß. Mit einem finsteren Blick drehte er sich um.

»Guten Abend, Miller. Kommen Sie doch mal mit an einen der Tische dahinten, und wir unterhalten uns ein bisschen.«

Miller sah die Ausbuchtung des Revolvers, Lons Körperhaltung verbarg die Waffe jedoch vor den anderen Gästen. Einer von ihnen meinte. »He, Kumpel, wer ist der Kerl?«

Auf Millers Stirn glänzte der Schweiß. »Ein alter Freund.« Den Fuß durch die Sägespäne schleifend, trat er an einen leeren Tisch. Sein Lächeln wirkte falsch und abstoßend. »Wie zum Teufel haben Sie mich gefunden? Hat meine Schwester …?«

»Ihre Schwester hat damit nichts zu tun. Wo auch immer sie stecken mag«, fügte Lon noch hinzu in der Hoffnung, Margaret dadurch zu schützen. »Wir gehen jetzt zusammen hier raus. Sollten

Sie auch nur die leiseste Bewegung machen, jage ich Ihnen eine Kugel in den Leib. Es würde mir nicht besonders schwer fallen.« Lons Worte waren mehr Bluff als Entschlossenheit; er hatte nicht die Absicht, Margarets Bruder an Ort und Stelle umzubringen.

»Schon gut, schon gut«, sagte Miller. »Lassen Sie mich nur mein Bier austrinken.«

Lon nickte, gleichzeitig wurde er sich jedoch des Gemurmels an der Bar bewusst. Es konnte nicht mehr lange dauern, bis die Männer etwas unternahmen. Plötzlich riss Miller seinen Arm hoch und schüttete Lon das Bier ins Gesicht.

Lon spuckte aus; einen Moment lang konnte er nichts mehr sehen. Miller stieß ihm zweimal das Knie zwischen die Beine und rief: »Dieser Mann ist ein verfluchter Polizeispitzel!«

Ein halbes Dutzend Gäste stürzte sich auf Lon. Miller stürmte an ihnen vorbei. Unter unerträglichen Schmerzen stolperte Lon gegen den Tisch. Als der erste Mann bei ihm angekommen war, riss er den Revolver heraus und spannte ihn.

Die Waffe schüchterte die Männer lange genug ein, um an ihnen vorbeischlüpfen zu können. Miller war durch einen schmutzigen Flur in den hinteren Teil des Gebäudes geflohen. Die Außentür schlug zu. Lon hörte einen Schuss. Er riss die Tür auf und sah Zach, der auf der anderen Seite der Gasse an einem Bretterzaun kauerte. Zachs linkes Hosenbein oberhalb des Knies war blutverschmiert. Am südlichen Ende der Häuserreihe bog Miller soeben nach Westen ab und verschwand außer Sichtweite.

»Lass mich mal sehen.« Lon hockte sich hin, um die Wunde zu untersuchen. Das blutige Loch in Zachs Hosen wirkte in der roten Abenddämmerung beinahe schwarz. Feuer brannten vom Hudson bis zum East River.

»Nicht schlimm, bloß 'n Kratzer. Verlier den Mann nicht aus den Augen!«

»Er kann nicht schnell laufen. Wir müssen die Wunde verbinden. Gott, Zach, es tut mir so Leid.«

Zach riss lange Streifen von seinem zerfetzten Ärmel ab. Er faltete einen zu einem Kissen und ließ Lon den anderen um sein Bein wickeln und über dem Kissen zusammenknoten. »Das reicht schon. Lass ihn nicht entkommen!«

Lon stürmte an das Ende der Gasse. Zwei Blöcke westlich hastete Miller über die Bleecker Street wie eine verschreckte Krabbe und kam trotz seiner Behinderung ziemlich schnell voran. Lon rannte hinter ihm her; Zach folgte mit seinem verletzten Bein etwas langsamer.

Inzwischen hatten sich die Armeen der Nacht in Marsch gesetzt. Während Lon und Zach über Straßenkreuzungen liefen, sahen sie irische Banden, die mit Ziegelsteinen Fenster einwarfen, Feuer im Rinnstein anzündeten und Jagd auf Fußgänger machten, die das Pech hatten, gerade in der Nähe zu sein. Man hörte das Krachen von Geschützfeuer. Der glutrote Himmel erzeugte eine Art unheimliches Tageslicht.

Sie überquerten den Broadway, eine weitere verwüstete Straße. Der liegen gebliebene Wagen einer Pferdebahn schwelte vor sich hin, kaum mehr als ein schwarzes Skelett. Überall lagen rubinrot glühende Glasscherben. Ein Schwarzer, der eine Schubkarre mit Haushaltsgegenständen schob, kämpfte sich an ihnen vorbei, drei kleine Kinder im Schlepptau. »Schnell, beeilt euch, wir müssen zur City Hall kommen. Dort sind wir in Sicherheit.«

Zach hinkte genauso schlimm wie ihre Beute, doch er hielt mit. Er zeigte auf den fliehenden Miller. »Der Kerl weiß nich', wo er hinläuft. Das sind Straßen, wo die Farbigen wohnen, ich bin gestern da gewesen.«

Im Laufen nahm Lon lediglich vereinzelte Eindrücke wahr: armselige Hütten, zerstört und ausgeplündert, winzige verwüstete Gärtchen; im Dreck davor lagen Kleider und Kochgeschirr. Ein Lebensmittelladen für Schwarze an der Ecke Thompson und Bleecker Street stand in Flammen. Einen Block weiter, kurz hinter der Sullivan Street, blickte sich Miller noch mal um. Er blieb stehen und baute sich mit seinem Revolver in der Mitte der Straße auf. Lon schubste Zach zur Seite, unnötigerweise, denn die Kugel erreichte ihr Ziel nicht. Miller lief einen weiteren halben Häuserblock bis zur MacDougal Street und verschwand dann in einem Eckhaus, aus dem Rauchwolken aufstiegen. »Warum zum Teufel geht er in ein brennendes Gebäude?«, fragte Zach.

»Vielleicht denkt er, dass er sich im Rauch verstecken kann. Vielleicht hat er auch nur Angst und denkt gar nicht mehr!«

Unter einer rußgeschwärzten Gaslaterne nahe dem Gebäude versuchte Lon, die Lage abzuschätzen. Das zweistöckige Haus sah verlassen aus. Rauchschwaden zogen aus den Fenstern im Erdgeschoss, hinter einem sah er den flackernden Schein der Flammen.

»Gleicher Plan wie eben. Ich geh rein. Du bewachst den Hinterausgang, falls er versucht zu fliehen.«

»Sei bloß vorsichtig da drinnen.« Zach humpelte in den schmalen Durchgang zwischen dem Gebäude und dem baufälligen Nachbarhäuschen.

Lons Handflächen waren schweißnass. Seine Brust schmerzte von der anstrengenden Verfolgungsjagd. Mit dem Revolver in der Hand schlich er in das Gebäude.

Beißender Rauch stieg ihm in Augen und Nase. In einem Zimmer zu seiner Linken schwelte der Holzboden. Er schlich sich zu einer schwarz verkohlten Treppe im hinteren Teil des Hauses. Ein Geräusch warnte ihn; gerade noch rechtzeitig warf er sich gegen die Wand, als Miller auf ihn schoss. Lon feuerte zurück, zielte jedoch tief, um Miller nur zu verletzen und nicht zu töten.

Miller trat und schlug fluchend gegen eine Hintertür. Sie ließ sich nicht öffnen.

»Geben Sie auf Miller, Sie sitzen fest!«

Unregelmäßiges Stampfen auf der Treppe verriet ihm, dass Miller in den ersten Stock floh. Der Rauch wurde dichter. Plötzlich zerfiel die Tür eines der Hinterzimmer im Erdgeschoss, als sich das Feuer durch das Holz gefressen hatte. Die Flammen warfen einen hellen Schein auf die rauen Wände und die Treppe, an der ein Großteil des Geländers bereits zerbrochen war oder fehlte. Warum ging der verdammte Idiot nach oben? Wollte er aus einem der Fenster springen?

Während Lon hinaufstieg, schwankte die Treppe und drohte unter ihm nachzugeben. Miller schoss erneut. Lon antwortete mit zwei Schüssen und hörte kurz darauf Millers Schlurfen, das sich in den vorderen Teil des Gebäudes bewegte.

Der Boden strahlte ungeheure Hitze ab. Feuerschein leuchtete zwischen den verzogenen Bodenbrettern. Eine Diele zerbrach krachend unter Lons Gewicht. Sein Bein schoss durch das Loch abwärts. Er umklammerte den Pfosten des Treppengeländers, das in den zweiten Stock führte, und zog sich wieder nach oben. Er schlug die Glut aus, die ihm Löcher in die Hosen brannte. Das Feuer im Gebäude krachte und knackte so laut, dass er nicht mehr hören konnte, wohin sich Miller bewegte.

Langsam schob er sich nach vorn. Es wurde heller im Treppenhaus, als ein weiteres Stück des Bodens verbrannte und einstürzte.

Der grelle Feuerschein zeigte zwei geschlossene Türen im vorderen Teil des Hauses. Lon stieß gegen die linke. Verriegelt oder verbarrikadiert, sie war nicht zu öffnen. Er lief über den Flur und versuchte die andere. Offen.

Er holte aus und trat die Tür ein. Als Miller schoss, sprang er in Deckung. Miller stand im Dunkeln am geöffneten Fenster, eine düstere Silhouette vor dem rot leuchtenden Himmel.

Lon schoss zu spät; Miller kauerte sich hin, in der Dunkelheit verborgen. Lon feuerte noch zweimal. Als er den Abzug erneut zog, traf der Schlagbolzen auf eine leere Kammer. Er griff in die Tasche, dann fiel ihm ein, dass er keine Munition mehr hatte.

Langsam schob er sich um die Türkante. »Du Hurensohn, wo bist du?«

Miller bewegte sich kaum merklich; einen Augenblick lang glänzte sein Schädel wie eine Billardkugel. Er hob den Revolver. Lon warf sich auf die Knie und rollte sich zur Seite. Miller schoss. Als der Nachhall verklungen war, hörte Lon das gleiche Geräusch wie bei seinem eigenen leeren Revolver.

Er stand auf, wischte sich die Hände am Jackett ab. Seine Augen hatten sich an die nur vom Feuerschein erleuchtete Dunkelheit gewöhnt. »Ich kann Sie in der Ecke sehen. Es ist vorbei, Miller. Ich nehme Sie mit nach Washington, und dann gibt es einen brandstiftenden, aufwieglerischen Rebellen weniger …«

Plötzlich warf Miller seinen Revolver nach Lon. Dieser wich nach links aus. Der Boden sackte unter ihm zusammen, doch diesmal gab es nichts, woran er sich festhalten konnte. Er stürzte hinab in die Rauchschwaden.

Er landete auf der Seite, benommen, aber in der Lage, sich von den Flammen wegzurollen, die den halben Raum verschlangen. Dann sah er ein offenes Seitenfenster, gleich unterhalb dem, durch das Miller springen wollte. Er hielt den Atem unter der Rauchschicht an und kroch darauf zu. Der halbe Boden des oberen Stockwerks brach krachend ein. Miller schrie auf, als sich der Boden von der Wand löste und unter ihm neigte. Er stürzte in die Flammen. Lon hatte das Fenster erreicht und hechtete nach draußen.

Sein Kopf schlug auf den harten Boden. Er blinzelte und hustete heftig, während er sich auf die Füße kämpfte. Das Innere des Raumes war hinter einer Flammenwand verborgen. Er glaubte, dass er Miller noch einmal schreien hörte, war sich aber nicht sicher.

Lon wich vor der Hitze zurück, während die Flammen aus den Fenstern im zweiten Stock züngelten. Miller war erledigt; nicht eine von Lons Kugeln hatte ihn getötet, sondern seine eigene Panik. Würde er das Margaret je erklären können? Sein Glück mit ihr hätte vielleicht Millers Einkerkerung standgehalten, doch wie sollte es seinen Tod überstehen?

Ein Teil der brennenden Wand knickte nach außen. Lon sprang zur Seite und prallte gegen den zerbrochenen Lattenzaun des Nachbargrundstücks. Von der MacDougal Street erklang lautes Stimmengewirr.

»Wir ham dich erwischt, Nigger!«

»Wo is' das Seil?«

»Ihr feigen Schweine...« Irgendetwas erstickte den Rest von Zachs Schrei. Mit pochendem Herzen rannte Lon in Richtung des Tumults.

54

Juli 1863

Zach lag auf der Straße, umgeben von fünf weißen Männern. Gewöhnliche Männer, einfach, ja sogar schäbig gekleidet. Einer hatte ein Glasauge, der andere einen Hängebauch, der dritte einen zerzausten weißen Bart, der vierte ein fliehendes Kinn. Lon sah zwei geöffnete Klappmesser, ein Paar Holzknüppel und ein Schleudergeschoss, eine Waffe der New Yorker Straßenbanden, die aus einem kleinen, mit Bleikugeln gefüllten Lederbeutel an einer Schnur bestand.

Fünf gewöhnliche Männer; sie sahen alles andere als bösartig aus, noch nicht einmal besonders furchteinflößend, doch durch den allgemeinen Aufruhr angestachelt, schienen sie nicht mehr sie selbst zu sein. Lon konnte es an ihren Gesichtern sehen. Sie hatten Zach den Verband vom Bein gerissen und seine Wunde wieder geöffnet. Er hatte einen Schlag auf die Stirn bekommen; Blut lief über seine rechte Gesichtshälfte. Er wirkte benommen.

Der Mann mit dem fliehenden Kinn, kaum älter als zwanzig, grinste Lon an. »Komm, Kumpel, mach mit! Wir ham uns den Nigger in der Gasse dahinten geschnappt.«

»Bunce sucht grade 'nen Strick«, sagte der Mann mit dem Schleudergeschoss, das Glasauge; er war der Älteste der fünf. »'n paar Blöcke weiter ham wir 'n Eisenwarengeschäft gesehen, wo noch nich' alles geplündert war.«

Der erste Mann sagte: »Mein Bruder hat im Achtundachtzigsten New Yorker Regiment gekämpft, in der Irischen Brigade. Is' auch bei Fredericksburg die Marye's Heights raufgestürmt. Würd noch leben, wenn nich' die verdammten Nigger wärn!«

Glasauge sagte: »Wenn Bunce wieder da is', zeigen wir diesem Kerl mal, wie wir mit Schwarzen umgehen, die meinen, sie wärn was Besseres.«

Schweißtropfen rannen Lon über das Gesicht. Er zog seinen Revolver. »Das glaube ich kaum.«

»Wer bist du denn, ein Bulle?«, fragte der Mann mit dem Hängebauch.

»Nur jemand, der sich solche Sachen nicht ansehen will!«

Die Männer tauschten Blicke. Sie waren fünf, Lon nur einer. Sie waren in der Überzahl, doch er hatte einen Revolver. Zach, der merkte, das irgendetwas vor sich ging, stützte sich auf den Ellenbogen. Der Bärtige kickte ihm Dreck ins Gesicht. Lon spannte den Abzug.

»Macht das nicht noch mal! Bleibt von ihm weg!«

Glasauge sagte: »Junge, sei doch vernünftig. Du bist 'n Weißer, wir sind Weiße, was schert dich ein dahergelaufener Nigger, der's nur drauf abgesehen hat, den Weißen die Arbeit wegzunehmen und ihre Schwestern zu vergewaltigen?«

Hinter Lons Rücken, von Norden her, rief eine weitere Stimme: »Ich hab das Seil, Jungs!« Plötzlich schleuderte einer der Männer seinen Holzknüppel. Lon duckte sich, der Knüppel flog an ihm vorbei.

Glasauge stemmte die Hände in die Hüften. »Tyrone, du bist da'n ziemliches Risiko eingegangen! Er hätt dich umnieten können. Hat er aber nich, oder? Wollt ihr hören, was ich glaube? Ich glaub, dieser Revolver ist leer. Er will uns mit einem leeren Revolver verarschen!«

Grinsend und einander anrempelnd, schlurften sie auf Lon zu, das Glasauge vorneweg. Glasauge schwang den prall gefüllten Beutel gegen sein Bein. Alles war hell erleuchtet; das Gebäude war inzwischen zu einem riesigen Haufen aus Glutasche zerfallen. Lon sah eine Polizeikutsche auf dem Broadway vorbeifahren, klein wie ein Spielzeug. Von dort war keine Hilfe zu erwarten.

»Schnappt ihn euch«, knurrte Glasauge. Der unsichtbare Bunce näherte sich Lon von hinten und hielt ihn fest, sodass Glasauges Schleudergeschoss gegen Lons Schädel prallte und ihn beinahe bewusstlos schlug. Auch die anderen fielen nun über ihn her. Lon schlug seinen Revolver gegen eine Stirn, ehe sie ihm die Waffe aus der Hand rissen. Er trat einem der Männer zwischen die Beine, wie Miller es getan hatte, worauf dieser rasend vor Wut schrie: »Du Niggerliebchen!« Geschliffener Stahl blitzte rot vor seinen Augen auf. Der Mann stieß Lon das Klappmesser ins linke Bein und zog es wieder heraus.

Ein anderes Messer zerschnitt ihm Jackett und Hemd und ritzte die darunter liegenden Rippen. Lons Beine gaben nach. Ihm wurde schwarz vor Augen, während er stürzte. Der Bärtige trat ihm mit dem Stiefel in die Seite, wo ihn zuvor das Messer verletzt hatte; Lon fühlte warmes Blut.

»Schlagt ihn nicht zusammen!« Das war Glasauge. Lon hörte ihn über das Brausen in seinem Kopf hinweg. »Tyrone, du und Miles, ihr rollt ihn auf den Bauch. Haltet seinen Kopf hoch. Knallt ihm eine, wenn's sein muss. Er soll sich das ansehen. Bunce, bereite die Schlinge vor.«

»Solln wir ihn nich' besser umbringen? Er is' schließlich 'n Zeuge«, fragte der mit dem Hängebauch.

Glasauge zog eine Whiskeyflasche aus der Hosentasche, öffnete sie und nahm einen Schluck. Dann gab er die Flasche weiter. »Zeuge wobei? Die Polizei wird uns schon nichts tun, bloß weil wir 'n paar Nigger umgebracht haben. Bunce, Himmelherrgott noch mal, beeil dich und mach endlich den Strick fest!« Ein Blitz zuckte über den Himmel, gefolgt von einem schweren Donnerschlag.

Jemand setzte sich auf Lons Rücken und riss ihn an den Ohren hoch, sodass er den Kopf heben musste. Wellen der Übelkeit und Schwäche überkamen ihn. Die weißen Männer hoben Zach vom Boden, schlugen ihm auf den Hinterkopf, bis er ihn nach vorn beugte und sie die Schlinge darum legen konnten. Sie führten ihn an den Laternenpfahl, versuchten, das Seil darüber zu werfen, verfehlten den Pfahl zweimal, waren aber beim dritten Versuch erfolgreich. Fünf versammelten sich um das Seil, während der Sechste Lons Kopf hochhielt.

»Schaut er zu, Felix?«

»Er schaut zu«, erwiderte der Mann, der auf Lons Rücken saß.

»Dann geht's jetzt los. Jungs, ich zähl bis drei. Alle zusammen: eins, zwei, drei – und zieht! Zieht ihn hoch!«

Sie zogen Zach zwanzig Zentimeter vom Boden hoch. Er röchelte. Seine Füße strampelten in der Luft, während sie ihn weitere zehn Zentimeter hochzogen. Der Bärtige band das Seil um den Laternenpfahl fest, und sie traten zurück, um sich die Hände sauber zu wischen und ihre Arbeit zu bewundern: Ein freier Schwarzer, der in einer Schlinge baumelte wie eine dürre Puppe.

»Er is' tot, Jungs, ich hab gehört, wie sein Genick gebrochen is'«, sagte Glasauge vergnügt. »Ein Nigger weniger, der unsere schöne Stadt verdreckt.« Nach dem nächsten Blitzschlag nahm der Wind plötzlich zu. Dicke Regentropfen platschten auf die Straße.

Der Bärtige meinte: »Riley, jetzt musst du aber den Priester besuchen, jetzt hast du viel zu beichten!«

Glasauge lachte. »Den Teufel werd ich tun. Es is' doch keine Sünde, Ungeziefer zu vernichten! Kommt, wir suchen uns den Nächsten!«

Der Mann stand von Lons Rücken auf. Lons Kopf schlug mit der Nase voran in den Dreck. Arm in Arm schlenderten die sechs davon und stimmten ein Lied über die gute alte Heimat Irland an. Zachs Leiche drehte sich im warmen Wind.

Der Himmel brach auf, und ein sintflutartiger Regenguss kam herunter. Innerhalb von einer Minute spülten die Regenbäche Schlamm in Lons Gesicht. Ein greller Blitzschlag tauchte die Welt in gleißendes Licht. Die Erde bebte. Er hatte furchtbare Schmerzen. *Ich werde hier sterben, genau wie Zach,* dachte er noch, dann umgab ihn Dunkelheit.

Das heftige Gewitter verebbte nach einer Stunde und hatte nicht allzu viele Feuer gelöscht. Die Luft wurde wieder heiß und schwül. Am Gramercy Park North wartete Margaret bis halb drei und stieg dann die Treppen zu ihrem Schlafzimmer hinauf.

Sie konnte nicht einschlafen; draußen klingelten überall die Feuerwehrglocken, und der Himmel war rot erleuchtet. Gedanken an Lon jagten ihr durch den Kopf. Morgen Abend würde er kommen. Morgen Abend würde er da sein. Ein einziger Handkoffer enthielt die wenigen Habseligkeiten, die sie mitnehmen wollte: ein paar Lieblingsstücke und Kleider aus der Zeit vor ihrer Hochzeit. Donal konnte den Rest behalten; alles, was er ihr gekauft hatte. Wenn es nach ihr ging, konnte er die Sachen verkaufen, verbrennen oder zur Hölle schicken.

Am nächsten Morgen tauchten weder die beiden farbigen Schwestern noch der Koch auf. Phineas Farley kam spät, er war niedergeschlagen und erschüttert. Obwohl das Gewitter die Menschen in die Häuser getrieben und kurzzeitig die Unruhen gestoppt hatte, waren zahlreiche Leute verletzt, die Anzahl der Toten war noch nicht bekannt, und schwarze Männer, Frauen und Kinder fürchteten weiterhin um ihr Leben. »Schrecklich, schrecklich«, wiederholte Phineas immer nur.

Er hatte ein Exemplar der *Tribune* mitgebracht. Margaret las Greeleys Leitartikel:

> *Abscheuliche Kräfte waren am Werk und haben einen Aufstand geschürt, der nicht auf den spontanen Zorn der Bevölkerung zurückgeführt werden kann. Kein vernünftiger Mensch wird bezweifeln, dass die Aufständischen unter genau geplanter Führung gehandelt haben. Sie wurden sorgfältig vorbereitet und zu zivilem Ungehorsam, Plünderung und Mord aufgehetzt.*

Wo steckte Cicero? Was war mit Lon geschehen? Im Lauf des Tages wuchsen ihre Angst und ihre Unruhe immer mehr. Gegen Abend, als Phineas sich widerstrebend verabschiedete, um nach Hause zu gehen und seine Eileen zu beschützen, lief sie ruhelos im Erdgeschoss auf und ab, in ihrem schweren Reisekostüm schwitzend, unfähig, etwas zu essen, unfähig sich auszuruhen, unfähig, von den Salonfenstern wegzutreten, hinter denen sich die Dächer wieder vor einem brandroten Himmel abhoben.

Ein Nachbar, ein älterer Herr, der sich von seiner Arbeit als Makler am Exchange Place zurückgezogen hatte, schaute um halb acht vorbei, um sich zu vergewissern, dass es ihr gut ging. Er wusste, dass sie allein war; würde sie die Nacht nicht vielleicht lieber bei ihm und seiner Frau verbringen? Sie hätten genügend Platz. Nein, bedankte sie sich, es gehe ihr gut; hier in der respektablen Wohngegend am Gramercy Park habe sie keine Angst. Welch klägliche Lüge.

»Ich wünschte, Sie würden es sich noch einmal überlegen, Mrs.

McKee. Überall im Viertel sind schon randalierende Banden gesehen worden.«

Margaret schüttelte den Kopf. »Ich bleibe. Es ist wichtig, dass ich hier bleibe.«

Der ältere Herr berichtete kurz über die schrecklichen Ereignisse des Tages: ein Angriff des Pöbels auf die Union Steam Works, wo viertausend Karabiner gelagert waren; Soldaten des Elften New Yorker Freiwilligenregiments hatten sich den Aufständischen auf der 35th Street mit zwei leichten Feldgeschützen entgegengestellt und Kartätschen in die Menge abgefeuert; Barrikaden aus zerstörten Pferdewagen, Handkarren, umgestürzten Telegraphenmasten und Drähten auf der 9th Avenue; Gouverneur Seymour war in die Stadt zurückgekehrt und hatte auf den Stufen des St. Nicholas Hotel, das augenblicklich als Hauptquartier der Armee genutzt wurde, eine Rede gehalten; er hatte den Ausnahmezustand erklärt und den Aufständischen befohlen, ihre Aktionen einzustellen, aber dennoch versprochen, dass die Einberufungen aufhören würden.

Noch mehr war passiert. Soldaten, die das Martyrium von Gettysburg gerade hinter sich gebracht hatten, waren eiligst in die Stadt zurückbeordert worden, um den Aufstand niederzuschlagen. Bedauernswerte Schwarze wurden ohne Grund erschossen oder an Straßenlaternen aufgeknüpft. Damen des horizontalen Gewerbes, die unglücklicherweise eine dunkle Haut hatten, wurden aus ihren Etablissements gezerrt und erstochen. Der alte Herr sagte zwar nicht: »Schrecklich, schrecklich«, doch sein Kopfschütteln und Händeringen ließen darauf schließen, dass er genau das dachte. Eine Stunde nachdem er gegangen war, kam ein Polizeiaufgebot von der 20th Street heranmarschiert und postierte sich rund um den Park.

Ein versiegelter Pergamentumschlag auf dem grünen Marmortisch in der Eingangshalle zog mehr als einmal Margarets Blick auf sich. Ihr Abschiedsbrief an Donal, in dem sie ihm mitteilte, dass sie ihn wegen eines anderen Mannes verlassen würde.

Nach einer durchwachten Nacht war sie bei Tagesanbruch immer noch vollständig angekleidet. Sie trug den Umschlag an ihren Schreibtisch. Ein bitterer Geruch nach Feuchtigkeit und Rauch durchzog das Haus. Sie kam sich vor wie eine Idiotin. All die falsche Hoffnung und Freude, die sie seit Samstag gehegt hatte!

Sie öffnete den Umschlag und zerriss den Brief. Sie schrieb einen neuen, während ihr stille Tränen über die Wangen liefen. Sie wusste nicht, ob Lon tot war oder noch lebte, doch sie wusste, dass er sie nicht mehr abholen würde. Weder an diesem Abend noch am nächsten, noch an irgendeinem anderen Tag.

FÜNFTER TEIL

Verschwörung

55

November 1863 – Januar 1864

Nachdem sie aus New York geflohen war, hatte Margaret einige Wochen lang befürchtet, Donal wäre über den Brief, in dem sie ihm mitteilte, dass sie nicht mehr länger mit ihm zusammenleben würde, außer sich vor Zorn und würde sie verfolgen. Als er nichts dergleichen unternahm, versetzte ihr das einen Stich der Enttäuschung. Später dachte sie jedoch, dass sein Desinteresse nur das Scheitern ihrer Ehe bestätigte.

Zuerst reiste sie nach Baltimore. Sie fand das Haus der Millers verstaubt und verlassen vor, die Möbel waren mit weißen Tüchern abgedeckt. Ein Nachbar erzählte ihr, Simms habe das Haus verlassen, um für die Unionstruppen zu kochen, die in der Stadt in Garnison lagen. Sie vertraute das Haus einem Makler an, zog Geld von drei Bankkonten ab und reiste nach Washington.

Der Vergnügungsdrang der Stadtbewohner zeigte sich sogar noch ausgeprägter, als sie es in Erinnerung hatte. Die Spätherbsttage mit ihrer früh einsetzenden Dämmerung waren ausgefüllt mit Empfängen, privaten Theatervorführungen und Tanzveranstaltungen in den großen Hotels, die allesamt ausführlich in den Zeitungen kommentiert wurden. Engagierte Damen und Herren steckten viel Mühe in die Organisation von Bazaren, um Geld für die Gesundheitskommission zu sammeln, jene Organisation, die nahezu die gesamte Pflege und Ernährung der Armee übernommen hatte. Die Kommission eröffnete Krankenhäuser, unterhielt riesige Warenlager und schickte Züge zu den Feldlagern, die mit allem, von Verbandsmaterial und Medikamenten bis hin zu Zwiebeln und Kartoffeln zum Schutz vor Skorbut, beladen waren.

Die Saison versprach exotisch zu werden: Gastgeberinnen planten Galaempfänge für die Offiziere der russischen Flotte, die über Winter im Potomac vor Anker gehen sollten. Margaret hatte noch an keinem dieser gesellschaftlichen Ereignisse selbst teilgenommen; sie las nur darüber in der Zeitung. Sie verließ das Haus am Franklin Square nur, wenn es unumgänglich war.

Sie erhielt keine weiteren Briefe von Rose. Infolge der Niederlage der Südstaaten bei Gettysburg war es den konföderierten Gesandten in England und Frankreich nicht gelungen, die Anerkennung ihrer Regierung zu erreichen. Die Zeitungen im Norden schrieben, dass es ihnen auch nicht mehr gelingen würde. Neue Namen tauchten in den Kriegsberichten auf – Thomas und Sherman, die für ihre Führungsstärke bei Chickamauga Creek und Lookout Mountain im fernen Tennessee gepriesen wurden. Lincoln erklärte als Beweis für die wieder erwachte Zuversicht der Union den Thanksgiving Day im November zum nationalen Feiertag. Margaret aß an diesem Tag allein; in stillem Protest hatte sie sich eine bescheidene Mahlzeit bereitet. An diesem Abend entdeckte sie im Spiegel erste graue Strähnen in ihrem Haar.

Die Geschäfte quollen über vor Weihnachtsware: Soldaten und Spielzeuggewehre aus Holz und raffinierte mechanische Puppen, die singen konnten; französisches Parfüm und Umhänge für die Damen und Zigarrenetuis für die Herren. Sie wusste nicht, wie und wohin sie ein Geschenk an ihren Bruder schicken konnte, da sie nach den New Yorker Aufständen nichts mehr von ihm gehört hatte. Sie hatte sonst niemanden, für den sie ein Geschenk kaufen konnte, bis auf Lon, der verschwunden war. Die Nacht, die sie gemeinsam verbracht hatten, diese erregende Erinnerung, stürzte sie immer noch in tiefe Niedergeschlagenheit, wenn sie zu lange darüber nachsann. Sie warf sich vor, dass sie zu oft und vehement über die Unmöglichkeit ihrer Liebe gesprochen hatte. Lon musste zu der Erkenntnis gekommen sein, dass sie Recht hatte.

John T. Ford, der Impresario aus Baltimore, war sehr erfolgreich mit seinem funkelnden neuen »Thespistempel« auf der 10th Street. Er engagierte zwei Wochen lang den beliebten John Wilkes Booth in seinen bemerkenswerten Rollen als Richard III. und als Bildhauer Raphael in der englischen Version des französischen Dramas *Das Marmorherz*.

Margaret entdeckte Hannas Namen in einer Ankündigung für das französische Stück. Sie mietete eine Droschke und ließ sich zum Theater kutschieren, wo sie sich eine Karte zu fünfundsiebzig Cent kaufte, für einen der besten Sitzplätze des Hauses.

Die Gasbeleuchtung sorgte in dem schönen neuen Theater für eine warme Atmosphäre. Eine Shakespeare-Büste zierte die Vorderbühne. Der Zuschauerraum war bis auf den letzten Platz belegt. Margarets Platz befand sich im ersten Rang rechts. Sie spürte eine ungewöhnliche Spannung im Publikum, die vermutlich durch die patriotische Beflaggung an einer Doppelloge am Ende des ersten Ranges links ausgelöst wurde. Von ihrem Sitzplatz aus konnte sie direkt auf die Loge blicken, doch nur die Leute auf ihrer Seite des Ranges genossen diesen Vorteil. Der häufig lautstarke Pöbel in den unteren Sitzreihen konnte die Loge überhaupt nicht sehen. Während die Beleuchtung im Zuschauerraum ausging, zog ein Platzanweiser in der Loge die Spitzenvorhänge zur Seite und gab den Blick frei auf mehrere Stühle und einen großen gepolsterten Schaukelstuhl. Abraham Lincoln liebte das Theater, und es war bekannt, dass er dem Ford's und dem Grover's häufig Überraschungsbesuche abstattete.

Stürmischer Beifall begrüßte den ersten Auftritt des jungen Mr. Booth. Mit seinem außergewöhnlich guten Aussehen und seiner Darstellungsweise riss er die Zuschauer mit. Anders als sein Bruder Edwin, dessen Schauspiel zurückhaltend und natürlich wirkte, bevorzugte er die großen Gesten und dramatischen Ausbrüche. In seiner Darstellung des armen Bildhauers, der sich unglücklich in eine Frau verliebt hatte, die das Geld mehr liebte als ihn, bekam er jedoch Konkurrenz um die Aufmerksamkeit des Publikums: Die Zuschauer, die in Margarets Nähe saßen, hielten den Blick gespannt auf die leere Loge gerichtet.

Zehn Minuten nachdem der Vorhang hochgegangen war, ertönten Ausrufe auf der anderen Seite des Ranges, dann wurde applaudiert. Im Dunkeln hatte Lincoln sich in die Doppelloge begeben und sich auf den Schaukelstuhl gesetzt. Seine Frau war nicht dabei. Ein Leibwächter in Zivil stand im Halbdunkeln hinter ihm.

Der Applaus schwoll an und breitete sich über den Orchestergraben und die obere Galerie aus. Lincoln erhob sich, um die Begrüßung zu würdigen, und forderte dann mit einer Geste in Richtung Bühne die Schauspieler auf weiterzuspielen. Mr. Booth hieß den hageren Präsidenten mit einer übertriebenen Verbeugung willkommen. Margaret fand, dass Booth verärgert wirkte. Eine Minute bevor der letzte Vorhang fiel, verließen Lincoln und sein Leibwächter die Loge wieder.

Margaret war sich nicht sicher, wie Hanna sie empfangen würde, dennoch wartete sie in der Gasse hinter dem Theater auf sie. Es war ihr peinlich, inmitten einer Gruppe von albernen Frauen zu stehen, die sehnsüchtig das Erscheinen des Hauptdarstellers erwarteten. Daher atmete sie erleichtert auf, als Hanna unter den Ersten war, die die Stufen herunterkamen. »Hanna? Da bin ich wieder!«

Hanna zuckte zusammen, als sie Margaret erkannte. Sie erholte sich jedoch schnell von ihrem Schrecken und lief zu ihr. Hanna trug noch ihr Bühnen-Make-up; ihre Augen waren schwarz umrandet, die Wangen und die Lippen in einem lebhaften Rot geschminkt.

»Um Himmels willen, was machst du denn in Washington?«

»Donal und ich haben uns getrennt. Ich habe deinen Namen in der Ankündigung gelesen und musste einfach kommen. Du warst gut, Hanna.«

»Danke. Es ist nur eine kleine Rolle, aber ich bekomme eine Gage, sodass ich mich endlich eine professionelle Schauspielerin nennen kann. Ist Johnny Booth nicht wunderbar?«

»Er ist sehr eindrucksvoll. Hast du Zeit für ein Abendessen?«

»Oh, verzeih mir. Mr. Ford gibt gleich eine Feier für das Ensemble. Es tut mir schrecklich Leid, von deiner Trennung zu hören! Wir müssen uns unbedingt wiedertreffen und bereden, was so alles passiert ist. Wohnst du noch in deinem Haus am Franklin Square? Ich schicke dir eine Nachricht, sobald ich Zeit habe.« Margaret fragte sich, ob sie das wirklich tun würde; Hanna kam ihr steif und reserviert vor.

Ihre Überlegungen wurden durch den Applaus unterbrochen, der von den etwa fünfzig Leuten kam, die sich am Bühneneingang versammelt hatten. Booth trat heraus; er trug einen Umhang mit Pelzbesatz und einen Seidenhut. Er wurde mit Blumensträußen überhäuft, und zwei junge Frauen steckten ihm zusammengefaltete Briefchen zu. Hanna drückte Margaret die Hand und flüsterte ihr etwas ins Ohr, was diese wegen des Lärms nicht verstehen konnte. Booths schwarze Augen leuchteten, während er Autogramme in Programmhefte schrieb. Jemand erkundigte sich, wie es ihm gefallen habe, vor Lincoln zu spielen.

»Eine schreckliche Belästigung, ihn im Theater zu haben. Er hat alle bei ihren Einsätzen durcheinander gebracht. Außerdem sagt es mir ganz und gar nicht zu, mich vor einem elenden Tyrannen zu verbeugen.«

Das Gemurmel der Menge verstummte. Zwei Männer applaudierten schwach. Margaret zog sich zurück, ohne noch einmal mit Hanna zu reden.

Im Dezember kaufte Margaret ein Paar Schildpattkämme für Hanna. Am Neujahrstag hatte sie immer noch nichts von ihrer Freundin gehört. Das Geschenk im geblümten Umschlagpapier lag nach wie vor in einer Schublade.

Der schwarze Brougham mit den schwarz verhängten Fenstern fuhr in die kleine Gasse zwischen der H- und der I-Street, wo die Stallungen lagen. Vor einem zweigeschossigen Haus mit zugezogenen Vorhängen zählte Lon neun Reitpferde, die an Eisenpflöcken festgebunden waren. Die Pferde wieherten und stampften, als der Brougham heranrollte. Lon sprang hinaus, gefolgt von Eugene Sandstrom und zwei weiteren Detektiven Bakers. Klaviermusik und Gelächter drangen durch die massive Eichentür. Der Atem der vier Detektive dampfte in der Januarluft. In der eisigen Luft schienen die Sterne weit entfernt zu sein.

Lon knöpfte seinen Mantel auf und lockerte den sechsschüssigen Navy-Colt, Kaliber 36, den er an einem Gurt unter dem Arm trug. Es war eine einfache, zuverlässige Waffe, die in großer Zahl an die Unionssoldaten ausgegeben wurde. Er vermisste seinen alten Taschenrevolver, den er verloren hatte, als Zach gelyncht worden war. Diese Waffe allerdings war größer und hatte den Vorteil, einschüchternder zu wirken.

Sandstrom blies sich in die Hände. »Wie heißt der Puff?«

»The Blue Goose.« Dem Kutscher befahl Lon: »Fahren Sie weiter, und geben Sie Bescheid, dass sie die Schwarze Maria herbringen.« Bakers Einheit verfügte über eine alte Polizeikutsche für den Gefangenentransport, die mit gewaltigen Riegeln an den Türen ausgestattet war. Der Kutscher schlug mit den Zügeln, und der Brougham fuhr davon.

»Wie viele stehen auf der Liste?«, fragte einer der anderen Detektive. Lon zog ein Blatt Papier heraus und hielt es in den Schein einer Gaslampe über dem Vordereingang.

»Sechs.«

»Der Chef hat ja einiges vor!«

»Er will siebzig bis achtzig Huren mit dem Schiff den Potomac runterschicken. Jede Einzelne von ihnen ist Sezessionistin.«

»Oder wird von jemandem beschuldigt, eine zu sein«, meinte Sandstrom.

Lon warf ihm einen warnenden Blick zu. »Kommt aufs selbe raus!« Dennoch hatte Eugene völlig Recht. Es war ein elendes Geschäft, mutmaßliche Verräter ohne echte Beweise festzunehmen. Lon hasste es besonders, Frauen belästigen zu müssen. Doch ihm entging nicht, dass drei der angebundenen Pferde mit den McClellan-Sätteln der Armee ausgestattet waren. Baker betonte immer wieder, dass Huren Offiziere betrunken machen und ihnen auf diese Art Informationen entlocken konnten.

»Folgt mir!«

Nachdem die weißen Schläger Zach ermordet hatten, war Lon eine Zeit lang bewusstlos auf der Straße liegen geblieben. Ein schwarzer Barbier hatte ihn entdeckt, ihn zu sich genommen und seinen Sohn geschickt, einen Polizisten zu holen. Lon verbrachte eine Woche auf einer Station des Bellevue-Hospitals, während Militäreinheiten aus Gettysburg in die Stadt kamen und den Aufstand niederschlugen. Lon konnte sich nur an die letzten drei Tage dieser Woche erinnern.

Seine Genesung war langwierig und entmutigend verlaufen. Noch immer schmerzten die verheilten Wunden in der Kälte. Während er die Stufen zu der Eichentür hinaufging, konnte er jeden Schritt spüren.

Er zielte mit dem Navy-Colt auf das Schlüsselloch und sprengte mit einem Schuss den Mechanismus. Dann trat er die Tür auf und sprang in einen Tumult aus kreischenden Frauen, brüllenden Männern, umstürzenden Möbeln, zersplitterndem Glas und obszönen Beschimpfungen. Es war schwer zu sagen, wer die herberen Worte gebrauchte, die Kunden oder die Damen des Hauses.

Ein Hauptmann mit aufgeknöpftem blauem Uniformhemd rannte über den langen Korridor neben der Treppe davon. Lon jagte knapp hinter ihm eine Kugel in den Boden. Der Mann blieb abrupt stehen. Lon schrie: »Die Hintertür ist von meinen Männern verstellt! Wir verhaften ein paar Damen dieses Hauses. Die Kunden können gehen. Machen Sie bloß keinen Ärger!«

Eine mütterlich wirkende Frau mit aufgetürmtem grauem Haar kam aus einem der Salons gestürmt: »Sie verfluchter Hurensohn! Was bilden Sie sich ein?«

Lon zeigte sein Abzeichen. »Einige Ihrer Damen werden eine

kleine Schiffspartie machen. Sie können in Richmond weiterarbeiten und Leuten ihres eigenen Schlages zu Diensten sein!«

»Zum Teufel mit Ihnen, Sie mickriger Dreckskerl! Sie können hier nicht einfach reinstürmen und so tun, als ob Ihnen ...«

Er spannte den Revolver mit dem Daumen. »Falls Sie Madame Hanna sind – Ihr Name steht noch nicht auf meiner Liste. Ich kann ihn allerdings gern dazusetzen, wenn Sie nicht augenblicklich den Mund halten!«

Madame Hanna erblasste unter ihrem Rouge. Sie griff sich in den Nacken und gab seltsame Schluckgeräusche von sich. Lon warf einen Blick auf seine Liste. »Das sind die Frauen, die wir suchen: Mary Ann Abelard. Dimity Baskin. Boots, auch als Helene Gunther bekannt. Eugene Mimms. Hier steht, sie sei schwarz. Josie Stein und Annie Wheaton. Schnappt sie euch, Jungs.«

Die Detektive liefen ins obere Stockwerk, während die Kunden eilig Mäntel, Hüte und Handschuhe zusammensuchten und sich nach draußen stahlen. Lon hörte, wie die Schwarze Maria in die Straße einbog.

Kurz darauf zerrte Eugene Sandstrom das erste Mädchen die Treppen herunter. Sie trug ihren Umhang über dem Arm; ihre Brüste quollen aus ihrem Hemd hervor. Sie bedachte Sandstrom mit wilden Beschimpfungen, bis er ihr die Pistole in die Seite stieß. »Halt die Klappe, und bedeck deine Titten.« Lon lächelte, Sandstrom hatte dazugelernt.

Gegen Mitternacht hatten sie die sechs Täubchen in Handschellen gelegt und in die schwarz gestrichene Kutsche gesperrt. Lon begleitete sie zum Old Capitol, saß jedoch außen auf dem Kutschbock. Drinnen hätten sie ihn vermutlich in Stücke gerissen.

Die ganze Angelegenheit war ziemlich geschmacklos, doch er hatte es in Kauf genommen, als er nach seiner Genesung zu Lafayette Baker zurückgekehrt war. Das Vorgehen von Baker und Stanton entsetzte ihn. Jeden Monat wurden Dutzende verhaftet – Journalisten, gewählte Beamte, Regierungsangestellte, jeder, der gegen den Krieg opponierte oder auch nur dessen verdächtigt wurde. Manche wurden einen oder zwei Tage lang eingesperrt. Manche aber wurden auf unbestimmte Zeit in den überfüllten Gefängnissen festgehalten. Lon wusste, dass er eigentlich nicht für einen Mann arbeiten sollte, den er verachtete. Trotzdem blieb er. Wo sonst konnte er in einer Weise Krieg führen, wie er es bei Pinkerton gelernt hatte?

Er beruhigte sein Gewissen, indem er sich sagte, dass jede Verhaftung eine Rache für Zachariah Chisolm war. Er trauerte um seinen Freund. Zach war auf so schreckliche Weise gestorben. Sicherlich hatte er sich wegen seiner Hautfarbe selbst für verdammt gehalten – und auch wegen der Scheinheiligkeit der Weißen. Er hatte keine Möglichkeit gesehen, im gelobten Land des Nordens anerkannt zu werden. Dieses traurige Schicksal machte seinen grausamen Tod nur noch schmerzvoller: Zach Chisolm hatte sich noch im Augenblick des Todes für unwert halten müssen.

An einem rauen Januarmorgen, an dem die Schneeflocken vom dunklen Himmel herabwirbelten, stand Lon an einem Kai der 6th Street, die Hände in den Manteltaschen vergraben und den Derbyhut tief in die Stirn gezogen. Er und Lafayette Baker beobachteten, wie Eugene Sandstrom und drei andere Detektive Prostituierte aus einer Reihe von Droschken und Polizeikutschen ausluden. Die Frauen fluchten inzwischen nicht mehr und leisteten auch keinen Widerstand, denn der Aufenthalt im Gefängnis hatte sie gehörig eingeschüchtert. Mit ihren Koffern und dicken Reisetaschen kämpfend, schleppten sie sich die Planke zu dem kleinen Raddampfer hinauf. Keiner von Bakers Leuten bot ihnen Hilfe an. Eine kleine Rothaarige schluchzte und tätschelte einen kränkelnden Papageien, der auf ihrer Schulter saß.

Baker war zufrieden. »Dort ziehen zweiundsiebzig verräterische Frauenzimmer, die uns keinen Ärger mehr machen werden. Gute Arbeit, Alonzo.«

»Ja, sehr gut.«

Lons Tonfall ließ Baker die Stirn runzeln. Lon hatte kein Interesse, das Dampfschiff mit seiner Fracht von Südstaaten-Huren abfahren zu sehen. Und dennoch: Frauen stellten eine große, ja geradezu überwältigende Bedrohung für die Union dar, oder etwa nicht? Alle guten Soldaten Bakers würden darin übereinstimmen.

In seine bitteren Gedanken versunken, sagte Lon: »Entschuldigen Sie mich«, und ging durch das Schneegestöber davon.

56

Mai 1864

»Ehe unsere Besucher ihren Vorschlag unterbreiten, lassen Sie mich noch mal unsere Situation zusammenfassen.«

Jefferson Davis sprach vom Kopf des Konferenztisches im Kabinettssaal. Draußen vor den hohen Fenstern ging ein sintflutartiger Regenguss nieder. Es schien beinahe so, als ob der Himmel um die Konföderation trauerte, sinnierte Cicero in seinem Sessel in der Ecke. Die Davis-Regierung hatte in der letzten Zeit katastrophale Rückschläge erlebt. Doch das konnte ihm nur zugute kommen.

Davis, den Cicero und viele andere für unfähig hielten, hatte ebenfalls seinen Anteil an persönlichem Leid zu tragen. Vor zwei Wochen war sein geliebter Sohn Joseph auf das Balkongeländer des Amtssitzes geklettert und auf die darunter liegende Straße gestürzt, wo man ihn mit gebrochenem Schädel fand. Joe war vier Jahre alt gewesen, das zweite Kind, das Davis verloren hatte.

»Zwei Wochen Kampf in der Wildnis und in Spotsylvania haben General Lee achtzehntausend Männer gekostet«, sagte der Präsident. »In der gleichen Zeit hat der Feind etwa sechsunddreißigtausend verloren. Ich kenne Sam Grant. Er ist ein brutaler und leichtsinniger Soldat. Er nimmt keine Rücksicht auf Menschenleben.«

Ciceros rechte Hand wanderte zu seiner linken, um den grässlich wulstigen Handrücken zu kratzen. Brandnarben überzogen seinen Arm, Schultern und Hals und zeigten sich oberhalb seines Kragens als zerfurchtes, rotes Gewebe. Sein linkes Ohr glich einem unförmigen Wachsklumpen. Er bezweifelte, dass selbst eine Hure ihn nackt anschauen würde, es sei denn, sie wäre betrunken oder hätte das Geld bitter nötig.

Kriegsminister Seddon räusperte sich, um die Aufmerksamkeit auf sich zu lenken. Er war ein verachtenswertes menschliches Wrack, ausgemergelt und ständig krank. Davis fühlte sich offenbar seltsam hingezogen zu Männern in schlechtem Gesundheitszustand. Kein Zweifel: Gleich und Gleich gesellt sich gern. Davis erteilte dem Minister mit einem Nicken Redeerlaubnis.

James Seddon sprach mit leichtem Virginia-Akzent: »Der Präsident hat vollkommen Recht. Lincolns neuer Oberbefehlshaber verschleudert Männer, als wären sie Steine in einem Kinderspiel. Er genießt Lincolns vollstes Vertrauen, sodass seine Taktik sicherlich weiterhin zum Einsatz kommen wird. Er kann es sich leisten, sechsunddreißigtausend oder fünfzigtausend Leute zu verlieren, und sie einfach ersetzen. Unsere Verluste können nicht so einfach wettgemacht werden.«

Cicero warf seinem Vorgesetzten, Major William Norris, einen Blick zu. Er hatte Norris schon in Baltimore gekannt. Norris' gutes Aussehen, sein Erfolg bei Frauen und die Leichtigkeit, mit der er die Yale-Universität absolviert hatte, waren Cicero immer schon ein Dorn im Auge gewesen. Norris war Leiter des Nachrichtendienstes.

Unter den Anwesenden war er nicht der einzige Jurist aus Yale. Gleich zur Linken Davis' saß Mr. Benjamin, der jüdische Außenminister, wie ein kleiner olivhäutiger Buddha und strich sich nachdenklich über den gestutzten Bart. Judah Benjamin aus St. Croix, New Haven und New Orleans galt als der engste Vertraute des Präsidenten. Seine Position am Tisch sowie Seddons Platz am anderen Ende verdeutlichten ihre jeweilige Stellung.

Davis fasste zusammen: »Sherman ist bereits im Norden Georgias. Ben Butler steht auf der Halbinsel und könnte durchaus zu einer Bedrohung für Petersburg werden. Sigel hat nur etwa achttausend Leute im Valley in Stellung gebracht, doch bedenken Sie, was uns allein das gekostet hat.« Er spielte auf Jeb Stuart an, der vor fünf Tagen, am 11. Mai, bei Yellow Tavern tödlich verwundet worden war.

»General Lees Truppen sind nach zwei Wochen blutigen Kampfes erschöpft. Wir können sie weder ausreichend bewaffnen oder einkleiden noch vernünftig ernähren. Unsere tapferen Jungs erhalten eine Feldration von ein paar Unzen Mehl, etwas verdorbenem Schinken und – so Gott will – vielleicht noch ein paar Löffeln Reis oder Melasse. Und das ist die Ration für einen ganzen Tag, meine Herren. Außerdem beweisen die Befehle, die man nach Oberst Dahlgrens gescheitertem Angriff bei ihm gefunden hat, dass Lincoln bereit ist, sich auf die niedrigsten Ebenen der Kriegführung hinabzubegeben.«

Dahlgren war im März mit viertausend Kavalleristen gegen Richmond vorgedrungen. Seine vorgebliche Mission war es gewesen, die Kriegsgefangenen von Belle Isle zu befreien und sie auf die Bevölkerung Richmonds loszulassen. Der Angriff wurde vereitelt,

Dahlgren im King and Queen County getötet. In seiner Tasche fand man einen Befehl, der die befreiten Gefangenen aufforderte, »die verhasste Stadt« auszurotten und niederzubrennen und dann Davis und seine Kabinettsmitglieder umzubringen. Außer sich vor Wut hatte Lee eine Abschrift des Befehls unter Parlamentärflagge an General Meade gesandt. Meade erklärte den Befehl schlichtweg für gefälscht und schwor, dass er nie ausgegeben worden sei. Washington stützte sein Dementi. Lincolns »Gedungene« waren nicht nur Mörder, sondern zudem Lügner.

Davis faltete seine blassen Hände auf dem Tisch. Der Regen trommelte gegen die Fenster. Seddon murmelte, man solle besser das Gaslicht anzünden. Davis erwiderte: »Gleich. Lassen Sie uns erst unsere Angelegenheiten abschließen.« Minister Benjamin strich sich über den Bart.

»Major Norris, Sie haben das Wort.«

»Danke, Herr Präsident. Meine Herren.« Norris erhob sich und lächelte leicht, als wolle er ihre gemeinsame Vornehmheit würdigen. Der Major war in den Vierzigern, eine elegante soldatische Erscheinung in Grau und Goldtressen. Cicero kratzte sich an der vernarbten Hand.

»Ich nehme an, Sie alle kennen Mr. Miller. Er ist einer meiner besten zivilen Ermittler und auch einer der tapfersten. Sie haben Berichte über seine Leistungen in New York während des letzten Sommers erhalten – ein heldenhafter Einsatz, der unglücklicherweise von der Brutalität eines feindlichen Agenten durchkreuzt wurde.« Cicero hatte eine blühende Geschichte erfunden, in der er mit Lon Price in einem brennenden Gebäude gerungen hatte. Mit der Realität hatte sie wenig zu tun. Nachdem Price ihn im Roost gestellt hatte, war Cicero einfach nur weggerannt, blind vor Angst. Offene Auseinandersetzungen waren nie sein Stil gewesen, außer wenn er dem Gegner klar überlegen war.

Er war vor Angst so verstört gewesen, dass er, ohne nachzudenken, in das Gebäude gestürmt war. Er hatte den Rauch gerochen und ihn aus den zerbrochenen Fenstern steigen sehen, doch er war viel zu sehr in Panik gewesen, um die Bedeutung dessen richtig wahrzunehmen. Deshalb war er auch in den ersten Stock geeilt, um Price zu entfliehen. Dann hatte das Feuer auf das gesamte Gebäude übergegriffen, Price war durch den Boden gebrochen und Cicero ebenfalls.

Sein Anzug hatte auf der linken Körperseite Feuer gefangen, doch es war ihm gelungen, aus einem der Fenster zu springen. Er hatte sich auf dem Boden gerollt, und ihm wäre wahrscheinlich nichts weiter passiert, wenn nicht Teile der brennenden Hauswand auf ihn herabgestürzt wären. Mit brennender Kleidung war er weitergerannt.

Er taumelte zu einer Regentonne, die durch das kürzliche Gewitter gefüllt war. Er tauchte Kopf und Schultern in das Wasser und kippte dann die Tonne, um seine untere Körperhälfte zu löschen. Seine gesamte linke Seite bestand aus qualmenden Lumpen. Erst dann setzten die Schmerzen ein, verschlimmert noch durch den Geruch nach seinem verbrannten Fleisch.

Er stolperte weiter. Vermutlich trieb ihn die Todesangst voran. Irgendwie erreichte er die kleine Pension in Lower Manhattan, die von einem Paar geführt wurde, das bekanntermaßen mit den Konföderierten sympathisierte. Wimmernd vor Schmerz und phantasierend, lag er im Bett, bis ein Doktor kam, ihn mit Laudanum betäubte und seine Qualen linderte. Bis er das nächste Mal erwachte.

Er brüllte nach einem Spiegel und sah seine Verbände. Sie wurden vier Wochen später abgenommen, doch da wusste er schon, dass er entstellt bleiben würde – ein zweites Mal verkrüppelt.

Major Norris sagte: »Mr. Miller hat mir seine Idee vor drei Wochen unterbreitet. Er soll sie Ihnen selbst vorstellen.«

Norris setzte sich wieder. Cicero verbeugte sich und schenkte ihnen ein kurzes, mechanisches Lächeln. Er wollte Lon Price umbringen. Er wollte eigenhändig den Sieg der Konföderierten herbeiführen. Er wusste, dass er das konnte.

»Meine Herren, der Kern meines Plans stammt nicht eigentlich von mir. Er wurde häufig genug in den Zeitungen vorgeschlagen und diskutiert. Ich meine hier einen ausgehandelten Frieden, einen Frieden, der unsere Konföderation ungehindert als eigenständige Nation überleben lässt.«

Seddon runzelte die Stirn und blickte in den Regen hinaus. Davis betrachtete seine bleichen Hände. Minister Benjamin strich sich nicht länger den Bart.

»Wir haben noch ein anderes, dringlicheres Problem. Ich meine Grants Befehl vom letzten Monat, den Austausch von Kriegsgefangenen so gut wie einzustellen, was nichts anderes ist als der skrupellose Versuch, unsere Kampfstärke zu verringern. Wir müssen

Grant zum Nachgeben zwingen. Gleichzeitig müssen wir danach streben, unser größeres Ziel zu erreichen: Frieden zu unseren Bedingungen. Keines dieser Ziele können wir auf dem herkömmlichen Verhandlungsweg erreichen. Wir brauchen vielmehr ein Druckmittel. Einen höheren Trumpf als alles, was der Feind in der Hand hält.«

»Und das wäre, Sir?«, fragte Benjamin.

»Abraham Lincoln, Sir. Entführt und sicher in unserer Hand hier in Richmond.«

Freundlich, aber mit Nachdruck bemerkte Mr. Benjamin: »Lincoln hat Leibwächter, militärische oder in Zivil, je nach Umständen.«

»So viele nicht, Herr Minister, und auch nicht ständig. Oft genug versetzt er seinen Stab in Aufregung, indem er in seiner Kutsche ohne Eskorte durch die Stadt fährt oder sich allein in ein Theater schleicht.« Cicero hielt einen Moment inne, um seine Worte wirken zu lassen. »Ich konnte mich kürzlich selbst in Washington davon überzeugen.«

Das ließ sie aufhorchen. Norris lächelte vor sich hin. Doch Seddon blickte finster, was auf Schwierigkeiten hinzudeuten schien, und meinte:

»Major Norris hat mich mit den Grundzügen dieses Plans vertraut gemacht, Herr Präsident. Ich bin aus einer Reihe von Gründen dagegen, nicht zuletzt wegen des damit verbundenen persönlichen Risikos. Welcher Mann, der bei Verstand ist, würde schon einen solchen Versuch wagen?«

Welcher Mann, der bei Verstand ist? Cicero wäre Seddon am liebsten an die Kehle gesprungen und hätte ihm so lange in sein selbstgefälliges, kränkliches Gesicht geschlagen, bis ihn vor lauter Blut niemand mehr erkennen ...

Sie starrten ihn an. Einen Moment lang hatte er die Kontrolle verloren. Er zwang das unterwürfige Lächeln in sein Gesicht zurück.

»Ich werde es versuchen, Sir. Wie ich schon sagte, habe ich bereits im Geheimen in Washington gearbeitet.«

»Wie, um Himmels willen, sind Sie dahin gekommen?« Seddons klagender Tonfall verriet, dass er sich bewusst war, den Kürzeren zu ziehen.

»Es gibt eine ganze Menge illegalen Verkehr über den Potomac –

in beide Richtungen. Für zwanzig Dollar in Gold nehmen die örtlichen Fährleute auch das Risiko der patrouillierenden Kanonenboote und der Blauröcke am Ufer von Maryland auf sich.«

Norris meinte: »Wie Sie wissen, Herr Minister, besteht der Nachrichtendienst aus mehr als nur Flaggen, Ballons und verschlüsselten Botschaften. Wir verfügen über Fähigkeiten in ungewöhnlichen Bereichen. Zum Beispiel können wir eine fingierte Identität schaffen.«

Cicero verbeugte sich, um seine neue Rolle vorzustellen: »Hiram Seth, Herausgeber einer kleinen Zeitung im ländlichen Maryland, zu Ihren Diensten. Mr. Seths Besuche wurden von den Behörden vollkommen ignoriert. Folglich habe ich bereits ein paar Männer ins Auge gefasst, die bei der Organisation und Ausführung unseres Plans helfen können. Ich bin sicher, dass ich noch mehr finden werde. In der Hauptstadt der Yankees wimmelt es von Leuten, die mehr als genug von den Auswüchsen der Lincoln-Regierung haben. Außerdem können wir unsere Mannschaft ergänzen, indem wir unsere Partisanenkämpfer, die entlang des Potomac operieren, um Unterstützung bitten.«

Er wartete. Der Regen trommelte gegen die Fenster. Im Kabinettssaal war es so düster geworden, dass sie sich genauso gut im lichtlosen Verlies des Castle Thunder hätten treffen können.

Benjamin äußerte nachdenklich seine Meinung: »Ihr Plan ist kühn. Ihr Mut steht außer Frage, insbesondere, wenn man die schrecklichen Verletzungen bedenkt, die Sie im letzten Juli erlitten haben. Ich werde Ihr Vorhaben unter zwei Bedingungen billigen. Erstens: Diese Regierung wird sich davon distanzieren, sodass sie nicht zur Rechenschaft gezogen werden kann, sollte der Plan scheitern. Meine zweite Bedingung ist offensichtlich: Die endgültige Entscheidung liegt beim Präsidenten.«

Davis neigte den Kopf, er wirkte gequält. »Ich habe nie gelernt, in dieser Weise zu kämpfen. Mir ist jedoch sehr wohl bewusst, dass wir nicht mehr viel Zeit haben und unsere Lage äußerst kritisch ist. Major Norris, ich beauftrage Sie, ein Memorandum dieses Plans zu meiner Kenntnisnahme zu entwerfen. Wenn ich es billige, werden Sie Ihren Plan in die Tat umsetzen – jedoch immer vorausgesetzt, wie Mr. Benjamin schon gesagt hat, dass wir jegliche Beteiligung abstreiten werden, falls der Plan scheitert, ehe wir den … äh … Gefangenen in unserer Gewalt haben.«

Norris konnte sich seine stürmische Begeisterung nicht verkneifen: »Sir, vielen Dank. Sie können sicher sein, dass wir Sie nicht enttäuschen werden.«

Davis wandte seinen trüben Blick Cicero zu. »Es liegt in Ihren Händen, ein großer Held der Konföderation zu werden, Mr. Miller.«

Und nicht nur das, dachte Cicero. Es gab noch etwas viel Wichtigeres. Seine nüchterne Miene verbarg sein Hochgefühl. Er war zwar kein Bibelexperte wie Cridge, doch auch er kannte einen passenden Vers: *Die Rache ist mein; ich will vergelten, spricht der Herr.*

57

Juni 1864

Das Partisanenbataillon verfügte inzwischen über zwei zusätzliche Kompanien, B und C, und weitere waren geplant. Regelmäßig trafen neue Männer ein, die sich durch Mosbys Namen und Ruhm angezogen fühlten.

Wenige Monate zuvor hatte die Aufhebung des Partisanengesetzes durch den Kongress der Konföderierten beinahe alle unabhängigen Kommandos aufgelöst. Brigadekommandeur Thomas Rosser hatte sich bei Lee über die Partisanen beklagt, sie als »Diebesgesindel« bezeichnet und die Meinung vertreten, dass sie ein schlechtes Licht auf die gesamte Armee warfen. Mosby war daraufhin nach Richmond geeilt, hatte inständig auf Lee eingeredet und war von der Gesetzesaufhebung ausgenommen worden. Während Grant im Frühjahr und Frühsommer erfolglos auf Lees Armee bei Spotsylvania und Cold Harbor einschlug, verteidigten die Partisanen in den Loudoun und Fauquier Countys ihre militärische Präsenz. »Mosbys Konföderation« wurden sie von Presse und Bevölkerung genannt.

Hauptmann William Smith, ein Vertrauter Mosbys, führte die B-Kompanie. Da er Freds Vergangenheit kannte, forderte er ihn an und beförderte ihn zum Feldwebel. »Trotz Ihres Rufs, dem Korn übermäßig zuzusprechen«, sagte Smith mit humorloser Offenheit.

Jeb Stuarts Tod bei Yellow Tavern traf Fred schwer. Er konnte dem extravaganten Kavalleristen zwar schwerlich dafür dankbar sein, dass dieser ihn zu Mosbys Einheit verbannt hatte, und auch nicht dafür, dass er Hanna Siegel in ein schmutziges Gefängnis in Richmond hatte schicken wollen. Dennoch konnte auch er nicht umhin, Stuarts militärisches Genie und seine Bedeutung für die Armee anzuerkennen. Stuarts Tod bedeutete eine Wende in Freds Leben, die zunächst völlig unvorhergesehen kam. Begonnen hatte sie durch ein Ereignis, das eher an eine derbe Posse erinnerte.

Mosby schickte Fred mit zehn Männern auf eine so genannte »Kornpatrouille«: Dabei wurden den Farmern, die man verdächtigte, mit der Union zu sympathisieren, Tributzahlungen in Form von Naturalien abgenommen. Die Leute waren zumeist Quäker, friedliebende Menschen. Es widerte Fred an, auf ihre Farmen zu reiten und ihnen ihr restliches Korn und Vieh wegzunehmen.

Einer der Männer in Freds Trupp erregte seine Verachtung in einer Weise, wie er es während seines Militärdienstes selten erlebt hatte. Der junge Rekrut, groß und schwarzhaarig, stammte aus Alabama. Fred schätzte ihn auf irgendwo zwischen achtzehn und einundzwanzig. Er hatte den Körperbau eines Herkules, aber das Hirn eines Spatzen. Da zwei seiner Brüder bei Murfreesboro gefallen waren, war er durchdrungen von Hass auf die Yankees. Er brüstete sich damit, einen feindlichen Soldaten noch nie verwundet zu haben. »Wenn ich schieß, dann entweder daneben oder ich töte sie!« Solche Prahlereien gab er des Öfteren mit breitem Grinsen von sich.

Ein Erlebnis, auf das der junge Mann besonders stolz war und das er auch jedem, der ihm zuhörte, ausschweifend beschrieb, war seine Begegnung mit John Wilkes Booth. Er hatte den Schauspieler auf einer seiner Tourneen in den Süden kennen gelernt. »Großartig hat der gespielt! Bin nach der Vorstellung gleich hinter die Bühne gegangen. Mr. Booth hat mir die Hand geschüttelt und mir in seiner Garderobe 'nen Whiskey eingeschenkt. Wir ham darüber gesprochen, wie wir beide die Schwarzen Republikaner hassen, diese verdammten Hurensöhne. Booth hat gesagt, dass er gern 'n paar umbringen würd. Und ich hab gesagt, dass ich ihm gern dabei helfen würd. Darauf ham wir uns die Hand gegeben.«

Keiner wusste, woher Lewis Powell im letzten Winter gekommen war. Wahrscheinlich war er von einer anderen Einheit desertiert, denn er verfügte bereits über militärische Erfahrung. Zudem schien er völlig furchtlos zu sein, eine Eigenschaft, die Fred immer mit Dummheit gleichsetzte. Powell spürte Freds Widerwillen und machte auch aus seiner Abneigung gegen ihn keinen Hehl, indem er ihm Seitenblicke zuwarf und vor sich hin kicherte, obwohl er sich seinen Befehlen nie offen widersetzte.

Eine weitere Aufgabe der »Kornpatrouillen« bestand darin, die Destillen zu zerstören, auf die sie in abgelegenen Gegenden stießen. Mosby betonte, dass Alkohol nicht nur einem Soldaten schade, sondern auch das kostbare Getreide verschwende, das man als Lebensmittel und Viehfutter benötigte. In der Nähe des Dorfes Bluemont, unweit des Blue Ridge, fiel Freds Trupp über eine Destille her, die von einem zahnlosen, mindestens achtzig Jahre alten Mann betrieben wurde. Sie zerstörten die Destillierkolben und schossen Löcher in die Kessel. Mit Freds Erlaubnis genehmigten sie sich abschließend etwas von dem Gesöff.

Fred selbst bediente sich allerdings etwas zu großzügig. Als die Spätnachmittagssonne ihr rotes Licht auf die Berge warf, befahl er dem Trupp weiterzureiten. Er steckte den Fuß in Barons Steigbügel und stieg so schwungvoll auf, dass er umgehend auf der anderen Seite wieder herunterfiel. Und alle seine Männer schauten dabei zu.

Die meisten versuchten, ihr Schmunzeln zu unterdrücken – nicht so Lewis Powell. Er brüllte vor Lachen und zeigte auf Fred, der benommen und volltrunken neben dem schwarzen Wallach saß.

Zu einem anderen Zeitpunkt hätte Fred sich vermutlich nichts daraus gemacht und selbst gelacht. In seinem niedergeschlagenen Zustand fand er die Situation jedoch alles andere als komisch. Während er in den stinkenden Pferdeäpfeln saß, auf denen er gelandet war, kam ihm plötzlich schmerzhaft zu Bewusstsein, was aus ihm geworden war.

Die Rückkehr des Trupps ins Lager fiel zusammen mit dem Besuch eines der unvermeidlichen Hausierer, die über Land zogen und die Truppen mit Bibeln und religiösen Traktaten versorgten. Von Zeit zu Zeit wurde die Armee von christlichen Erweckungstendenzen erfasst. Während der letzten Welle hatte General Leonidas Polk, der vor dem Krieg Bischof der Episkopalkirche gewesen war, die Generäle Hood, Hardee und Johnston in landesweit propagierten Zeremonien getauft.

Der Hausierer verteilte kleine religiöse Traktate. Um nicht unhöflich zu sein, nahm sich Fred eines, hatte aber vor, es später wegzuwerfen. Er steckte sich das vierseitige Blättchen in die Tasche und vergaß es, bis er es am Abend wiederfand. Im Licht der Laterne betrachtete er es.

Der Titel lautete »Dämon Alkohol«. Er musste daran denken, wie peinlich und entwürdigend es gewesen war, volltrunken, mit Schwindelgefühlen in den Pferdeäpfeln zu sitzen, und klappte das Blättchen auseinander. Die kleine Moralpredigt stellte die Frage: Was nutzt es einem Mann zu kämpfen, um sich von dem Joch zu befreien, das die Union dem Süden auferlegen will, wenn er sich gleichzeitig bereitwillig dem Alkohol unterwirft? Der anonyme Verfasser hatte seinen Text mit anschaulichen Zitaten gespickt. Lord Cornwallis: »Eine betrunkene Nacht zieht einen bewölkten Morgen nach sich.« Paulus Brief an die Römer: »Lasst uns ein ordentliches Leben führen, das das Licht des Tages nicht scheuen muss, nicht mit Fressen und Saufen, nicht in Unzucht und Ausschweifung.« Die Worte des Philosophen Seneca trafen Fred wie eine eiskalte Dusche: »Trunkenheit ist nichts anderes als selbst gewählter Wahnsinn.«

Er las die Zeilen ein zweites Mal. Kein strahlendes Licht fiel aus dem Himmel auf ihn. Kein Chor der Engel sang. Und dennoch erlebte er eine Epiphanie, die so tief gehend und umfassend wie still und privat war. In der Scheune des Farmers, in der er schlief, starrte Fred lange Zeit die Feldflasche in seiner Hand an, während er darüber nachdachte, wie er sein Leben in den letzten Jahren zugrunde gerichtet hatte. Schließlich ging er nach draußen, öffnete die Flasche und kippte den Whiskey in den Dreck. Ins reine weiße Licht des Vollmonds getaucht, füllte er die Flasche mit klarem Brunnenwasser.

Ende Juni schickte Hauptmann Smith Fred zu Oberstleutnant Mosby. Der Kommandeur wohnte in dem Schlafzimmer eines Farmhauses und benutzte das Esszimmer als Hauptquartier. Fred salutierte. »Bitte, setzen Sie sich, Herr Feldwebel. Ich bin gleich so weit.« Fred war überrascht von Mosbys Höflichkeit. Was würde nun folgen? Ein Verweis für das Spektakel, das er den Soldaten mit seinem Sturz von Baron geboten hatte? Doch das lag schon Wochen zurück.

Mosby schob sich die Lesebrille auf der Nase hoch und unterzeichnete eine Reihe Befehle. Dann legte er den Federhalter beiseite und richtete seine hellen Augen auf Fred. »Hauptmann Smith hat mir von Ihrem bemerkenswerten Verhaltenswandel berichtet, Feldwebel Dasher. Haben Sie dazu etwas zu sagen?«

Fred räusperte sich. »Eigentlich nicht, Sir. Ich habe in der Vergangenheit Fehler gemacht. Ich versuche, sie wieder gutzumachen.«

Ein Kardinalmännchen landete auf der Fensterbank und neigte seinen Kopf, als wolle es durch das geöffnete Fenster hineinschauen. Als es nichts Interessantes entdeckte, flog es wieder davon. Mosby sagte: »Mit diesem Eingeständnis setzen Sie sich in ein günstiges Licht. Es war der Alkohol, nicht wahr?«

Fred wurde beinahe so rot wie der Vogel, der gerade fortgeflogen war. »Ja, Sir, der Alkohol. Zu viel Alkohol.«

»Sind Sie jetzt trocken?«

»Ich habe seit mehr als einem Monat keinen Tropfen angerührt.«

»Fällt Ihnen das schwer?«

Fred wollte verneinen, überlegte es sich jedoch noch einmal anders. »Doch, Sir. Das tut es. Ich bin nie über ein Ereignis hinweggekommen, das auf der Halbinsel passiert ist.«

»Der Tod des kleinen Mädchens. General Stuart hat mir davon erzählt. Diese Erfahrung wäre wohl für jeden eine furchtbare Belastung.«

»Ja, Sir. Es begleitet mich immerzu. Der Whiskey lässt – das heißt, er ließ – es mich leichter vergessen. Doch schließlich habe ich erkannt, was der Alkohol aus mir gemacht hat.«

»Bewundernswert«, meinte Mosby. »Angesichts Ihrer Veränderung habe ich an Sie gedacht, als Richmond bei uns einen Freiwilligen angefordert hat. Wir werden bei einer gefährlichen Mission mit dem Nachrichtendienst zusammenarbeiten. Die Einzelheiten sind mir bis jetzt noch nicht mitgeteilt worden, doch ich weiß, dass es für den Auftrag erforderlich ist, einen Freiwilligen in gewisse Gefahr zu bringen, um Informationen zusammenzutragen.«

»Spionage, Sir?«

»Man könnte es wohl Spionage nennen. Der Nachrichtendienst möchte, dass jemand für ein paar Wochen nach Washington geschickt wird. General Stuart hat mir erzählt, dass Sie schon einmal dort waren; Sie kennen somit wahrscheinlich die Stadt.« Fred bejahte. »Falls Sie also bereit sind, sich der Gefahr auszusetzen, werde ich Ihnen den Marschbefehl ausstellen.«

Freds Gedanken rasten. War Hanna noch in der Hauptstadt? Würde er sie finden? Mosby räusperte sich.

»Ja, Sir, ich bin mehr als bereit. Soll ich direkt nach Washington gehen?«

»Nein, zunächst nach Richmond. Dort werden Sie sich in einen Kriegsgefangenen der Union verwandeln, der auf seinen Austausch wartet. Der Nachrichtendienst wird Ihnen einen anderen Namen und eine neue Identität verschaffen. Suchen Sie Ihre Ausrüstung zusammen. Mein Bursche wird Hauptmann Smith die nötigen Papiere überbringen. Sie können sich noch vor Einbruch der Dunkelheit auf den Weg machen. Das wäre alles.«

Fred sprang so stürmisch vom Stuhl auf, dass sich Mosbys dünner Mund zu einem Lächeln verzog; etwas, was nicht häufig vorkam. Es erstaunte Fred, dass Mosby ihm die Hand bot. »Ich bin stolz, dass einer meiner Männer bereit ist, sich dieser Aufgabe zu stellen. Ich wünsche Ihnen alles Gute. Und ich möchte Sie bitten, unsere früheren Differenzen zu vergessen, wenn Ihnen das möglich ist.«

»Aber natürlich.«

Doch im Augenblick drehten sich Freds Gedanken vor allem um Hanna Siegel.

58

Juni – Juli 1864

Margaret konnte nicht ewig ihr Einsiedlerleben weiterführen. Trotz des Schiffsbruchs, den ihre Gefühle durch Donal und Lon erlitten hatten, drängte ihre Veranlagung sie dazu, in die Welt zurückzukehren, selbst wenn diese so zerrissen schien wie die Washingtons. Zweimal in der Woche arbeitete sie auf den immer voller werdenden Stationen des Armory Square Hospital in der Nähe der Smithsonian Institution. Ein Aufruf in den Zeitungen nach freiwilligen Helfern hatte sie dazu bewegt. Sie rechtfertigte ihren Einsatz damit, dass zumindest ein Bruchteil der Verwundeten konföderierte Soldaten waren; Kriegsgefangene.

Im Krankenhaus hatte sie mit Yankees jeglicher Art zu tun: aufgeblasenen Armeeärzten mit grünen Schärpen über dem Bauch; steifen und tüchtigen Krankenschwestern, die nach den Anforderungen von Dorothea Dix, der Leiterin der Krankenschwestern, unattraktive Jungfern sein mussten; Krankenpflegern mit merkwürdig sanftem Wesen; ruhigen schwarzen Sanitätern; Lazarettfahrern, die die Verwundeten ablieferten wie Klafterholz und dann genauso ungerührt die billigen Kiefernsärge derjenigen abtransportierten, denen nicht mehr geholfen werden konnte.

Zu ihrer Überraschung fiel Margaret die Arbeit nicht sonderlich schwer. Eiter, Blut, Amputationen und ungesunde Gerüche machten ihr nichts aus. Wenn ein junger Soldat sie um einen Schluck Wasser bat oder wollte, dass sie seine Hand hielt, spielte seine politische Zugehörigkeit keine Rolle mehr. Ob blau oder grau – er war lediglich ein verletzter Mensch; ein weiterer Posten auf der »Metzgerrechnung«, wie der Krieg von den Zeitungen genannt wurde.

Sie erhielt einen Brief von Sparks & Spiderwell, Donals New Yorker Anwälten. In ebenso gestelzten wie geheimnisvollen Worten legte Mr. Spiderwell, Esquire, dar, was Margaret bereits vermutet hatte: Sie hatte keinerlei rechtlichen Anspruch auf Donals Eigentum. Er hatte vor, sich auf der einzig zulässigen Grundlage von ihr scheiden zu lassen: Ehebruch. Da er nichts von Lon wusste, würde er Beweise erfinden und Zeugen kaufen müssen, was dem gängigen Verfahren entsprach. Sie hoffte, dass der Mann, der ihren Liebhaber spielen würde, wenigstens einigermaßen ansehnlich war.

Der Sommer kam. Tulpen- und Judasbäume verloren ihre Blüten, und der Maifischrogen verschwand von den Speisekarten der Hotels. In Baltimore wurde Abraham Lincoln auf dem Konvent der Nationalunion erneut als Präsidentschaftskandidat nominiert. Die Parteiversammlung löste Vizepräsident Hamlin durch Andrew Johnson ab, den Militärgouverneur von Tennessee, einen Mann, über den Margaret so gut wie nichts wusste. Washington feierte die Nominierung der Kandidaten mit einem Fackelzug und Festbeleuchtung am Patent- und Postamt. Die radikalsten Republikaner, hieß es, seien nicht begeistert über Lincolns abermalige Aufstellung, da er von einer Versöhnung mit dem Süden und nicht von Vergeltung sprach.

Zweimal in der Woche exerzierten Miliztruppen auf dem Franklin Square. Washingtons Bewohner führten ihre Besucher zum Capitol, um die Statue der wehrhaften Freiheit zu bewundern, die endlich ihren Platz auf der Kuppel gefunden hatte. Abergläubische Menschen konsultierten Washingtons zahlreiche spirituelle Medien und hofften, auf diese Weise Kontakt zu ihren gefallenen Verwandten aufzunehmen. Hunderte von Konterbanden lungerten hungrig und ohne Arbeit auf den Straßen herum.

Margaret hatte unerwartet eine neue Freundin am Franklin Square gefunden, deren Gesellschaft sie ursprünglich gar nicht gesucht hatte. Mrs. Fanny Fitch wohnte zwei Türen weiter und verfügte über eine Dienerschaft von neun Personen. Anfang des Jahres hatte sie als gute Nachbarin Margaret einen Teller mit Apfeltörtchen vorbeigebracht, die ihre Köchin gebacken hatte. Mrs. Fitch war eine muntere kleine Dame mit feuerrotem Haar und einem losen Mundwerk. Bei ihrem ersten Besuch hatte sie Margaret darüber informiert, dass der verstorbene Mr. Fitch, aus der Familie der Georgia-Fitches, sein Vermögen mit einem Dienstleistungsbetrieb gemacht hatte, welcher mithilfe einer Wagenflotte menschliche Exkremente aus der Stadt abtransportierte. Die Härten des Fäkaliengewerbes hatten Mr. Fitch früh ins Grab gebracht, doch seiner kinderlosen Frau ein sicheres Leben im Wohlstand ermöglicht.

Fanny war durch und durch Sezessionistin. Als Ende Juni der Rücktritt von Finanzminister Chase publik wurde, frohlockte sie: »Er weiß genau, dass die Union bankrott ist und kurz vor dem Zusammenbruch steht!« Belustigt stellte Margaret fest, dass Fannys Hoffnungen bei weitem ihre Kenntnis der Fakten überstiegen.

Anfang Juli marschierte eine konföderierte Truppe, gemischt aus Kavallerie und Infanterie, in Maryland ein und eroberte das vierzig Meilen entfernte Frederick. General Jubal Early verlangte eine Zahlung von zweihunderttausend Dollar, oder er würde die Stadt niederbrennen. Die Bürger Fredericks kapitulierten, und Early marschierte weiter Richtung Washington. Augenblicklich verwandelte sich die sommerliche Lethargie in Angst und Schrecken, wenn auch nicht unter den Sezessionisten. Fanny führte Margaret zu ihrem Nähzimmer und schloss es mit verschwörerischem Blick auf. Auf dem Nähtisch war eine Kriegsflagge der Konföderierten in Arbeit.

»Ich hänge sie auf, wenn General Early in die Stadt einmarschiert. Er wurde in West Point ausgebildet, wissen Sie. 37er-Abschlussklasse.«

»Sicherlich wird Stanton zur Unterstützung Grants Truppen anfordern«, meinte Margaret.

»Grant ist vollauf damit beschäftigt, Petersburg einzunehmen. Was ihm natürlich nie gelingen wird. Hat Bob Lee ihn nicht schon seit Monaten schikaniert? Außerdem ist Grant nie lange genug nüchtern, um eine Schlacht zu gewinnen!«

Earlys Einmarsch rief in Washington große Aufregung hervor. Margaret ging regelmäßig aus dem Haus, um die Bekanntmachungen zu lesen, die vor dem Gebäude des *Star* aushingen. Am Samstag, dem 9. Juli, berichteten die Blätter, dass Early am Monocacy River einer Unionstruppe unter General Lew Wallace begegnet sei und diese besiegt habe. Nun hatte »Old Jube«, wie Early genannt wurde, freien Durchgang zur Hauptstadt.

Eine mitleiderregende Mischung aus halbwüchsigen Jungen, betagten Freiwilligen der Bürgerwehr sowie Rekonvaleszenten des Invalidencorps exerzierten am Sonntag auf dem Platz. Später an diesem Tag warnten die Bekanntmachungen, dass Early Rockville erreicht habe. Am nächsten Morgen wimmelte es auf den Straßen vor Flüchtlingen, die über die Rockville Road und 7th Street hereingeströmt kamen. Sie transportierten Kleidung und Wertsachen auf dem Rücken oder in Handkarren und erzählten schreckliche Geschichten darüber, wie die Rebellen Farmen niederbrannten und plünderten. Eine Viehherde stürmte über den Franklin Square, verfolgt von einem Farmer zu Pferde, der schrie, dass Early jeden Einzelnen massakrieren würde.

Gegen halb zwei an diesem Nachmittag hörte Margaret Kanonendonner aus Richtung der nördlichen Befestigungsanlagen. Durch das Geschützfeuer nervös geworden, folgte sie gern der Einladung zum Tee, die Fanny ihr durch ein Hausmädchen überbringen ließ. Fanny war so aufgeregt, dass ihre Hand beim Einschenken zitterte. »Morgen um diese Zeit werde ich meine Flagge hissen! Endlich wendet sich das Blatt!«

Margaret erwiderte nichts. Sie hatte gehört, dass eine ganze Unionsarmee den Potomac heraufkam, um die Stadt zu retten. Später erzählte ihr der Mulattenjunge, der ihr Lebensmittel lieferte, aufgeregt, dass sich an der 6th Street bereits Einheiten von General Horatio Wrights Sechstem Corps aus den Booten drängten.

Abends fuhr Fannys schwarzer Kutscher sie die 7th Street hinaus in Richtung Fort Stevens. Dort hatte, Fanny zufolge, Präsident Lincoln den Feind von einem Wall aus in Augenschein genommen und dabei ein gutes Ziel für Scharfschützen abgegeben. »Eine verpasste Gelegenheit!«, klagte sie.

Auf der 7th Street kamen sie nur langsam voran. Der Kutscher musste sich durch eine Menschenflut aus Maryland kämpfen, die in die Stadt floh. In den Gärten der kleinen Häuser luden Familien ihre Siebensachen in Jutesäcke und auf Schubkarren. Hinter dem Dunstschleier, der von den Feuern am nördlichen Horizont rötlich schimmerte, ging der Mond auf. Eine halbe Meile vor Fort Stevens verhinderte der Flüchtlingsstrom jegliches Weiterkommen. Fanny befahl dem Kutscher umzukehren.

Der Dienstag versprach erneut ein heißer Tag zu werden. Margaret zog sich ihr leichtestes Batistkleid an, nahm ihren Sonnenschirm und begab sich nach draußen, um herauszufinden, was sich über Nacht ereignet hatte. Zunächst einmal fiel ihr der bemerkenswert ruhige Zustand auf, in dem sich die Bevölkerung Washingtons befand: Kinder spielten in Hauseingängen und auf den Gassen, als ob es keinerlei Bedrohung gäbe. Und in den Geschäften drängten sich die Kunden wie an jedem anderen Wochentag. Falls irgendwo Panik herrschte, so konnte sie jedenfalls keinerlei Anzeichen dafür entdecken, abgesehen von dem umherstreifenden Vieh und den Flüchtlingen, die mit ihrem Hab und Gut auf leeren, verwilderten Grundstücken lagerten.

Auf der 7th Street beobachtete sie Kompanien des Sechsten Corps, die zu den Befestigungsanlagen marschierten. Obwohl sie noch jung waren, hatten die Soldaten bereits die unerbittlichen Augen und sonnenverbrannten Gesichter von weitaus älteren Männern. Keine zwei Uniformen glichen einander. Diese Jungen waren bereits kampferprobte Veteranen. Und der Norden verfügte noch über Tausende mehr. Fanny und ihre Gesinnungsgenossen würden eines Tages ihre Kriegsflaggen verbrennen oder sie auf dem Speicher verstecken müssen.

Hustend von dem Staub, der durch die vielen marschierenden Füße aufgewirbelt wurde, sah Margaret die Kompanien vorüberziehen, und als sie nach Hause ging, wusste sie, dass der Krieg verloren war.

Mittwoch war die Krise vorüber; Jubal Early war vor den Toren Washingtons abgezogen. Margaret kehrte zu ihren Pflichten im Krankenhaus zurück. Freitagabend gegen halb acht lenkte sie ihren Buggy in den kleinen Stall hinter dem Stadthaus. Es war ein anstrengender Nachmittag gewesen. Zwei Jungen auf ihrer Station, einer davon aus Mississippi, waren ihren Verletzungen erlegen. Der Soldat aus Mississippi war gestorben, während Margaret neben ihm saß und versuchte, einen Brief an seine Frau zu beenden. Plötzlich war sein Arm zur Seite gerollt und hatte ihr den Stift aus der Hand geschlagen. Sie hatte geweint.

Es war eine schwüle, windstille Sommernacht. Sie ging in die Küche und nahm ihre Haube ab; sie brannte darauf, ihre Kleider auszuziehen und ein lauwarmes Bad zu nehmen. Die Beine schmerzten ihr vom vielen Stehen.

Sie trat in den dunklen Salon und zündete ein Streichholz an. Das Licht fiel auf ihren Bruder, der in einem Ohrensessel saß, ein paar weiße Baumwollhandschuhe über die Knie gelegt. Margaret schrie leise auf und ließ das Streichholz fallen.

»Grundgütiger Himmel! Wie bist du denn hier reingekommen!«

Mit einem Lächeln, das kaum mehr war als ein leichtes Zucken der Gesichtsmuskeln, erwiderte er: »Ich habe Schlüssel, die jede Tür öffnen können. Ich bin gegen sechs gekommen. Eigentlich ist es sogar mein zweiter Besuch hier. Oh, und nenn mich bitte nicht Cicero. Im Augenblick bin ich Mr. Hiram Seth aus Lower Marlboro, Maryland. Möchtest du vielleicht meine Papiere sehen?« Seine linke Hand bewegte sich auf sein Revers zu. Margaret sperrte Mund und Augen auf.

»Was ist denn mit deiner Hand passiert?«

Er zeigte ihr seine Narben. »Und das ist noch nicht alles.« Er fuhr sich mit einem Finger unter die altmodische weiße Halsbinde, die er anstelle einer Krawatte trug. Als er die Binde zu Seite zog, wurden noch mehr hässliche rote Narben an seinem Hals sichtbar.

»Der Anstand verbietet mir, dir den Rest zu zeigen. Die Narben ziehen sich über meine gesamte linke Körperhälfte. Ich hatte das Pech, während der New Yorker Aufstände in einem brennenden Gebäude eingeschlossen zu sein. Ich konnte entkommen, obwohl ich mir manchmal wünsche, es wäre mir nicht gelungen.«

»O Gott, wie furchtbar. Es tut mir so Leid! Bist du wegen deiner Geheimdienstarbeit hier?«

»Das bin ich tatsächlich.«

»Du gehst ein großes Risiko ein, nach Washington zu kommen.«

»Es ist für eine gute Sache.«

»Du hast gesagt, dass du schon mal hier warst. War das heute?«

»O nein, das war im Winter. Ich hatte nicht erwartet, dass du hier wohnen würdest. Um sicherzugehen, hatte ich an die Haustür geklopft. Niemand hat geantwortet. Eine Nachbarin, eine kleine rothaarige Dame, kam vorbei und erzählte mir, dass du tatsächlich hier wohnst. Aber anscheinend nicht mit Donal.«

»Donal und ich haben uns getrennt. Das heißt, ich habe ihn verlassen, kurz nachdem ich dich im letzten Juli getroffen hatte. Es war ein großer Fehler von mir, ihn zu heiraten. Er hat die Scheidung eingereicht.«

»Nun, er war eine großartige Partie. Schade, dass es nicht funktioniert hat.« Cicero klang desinteressiert. »Ich fürchte, ich kann dir keine finanzielle Hilfe anbieten, ja nicht mal besonders viel brüderliche Unterstützung. Ich entwickle gerade einen Plan, der für die Regierung von höchster Priorität ist. Ich kann doch offen mit dir reden, oder? Ich würde ungern anders von dir denken.«

Er leckte sich die Lippen. »Ich versuche nichts Geringeres, als die Konföderation zu retten, ehe Davis sie in den Abgrund treibt.«

»Die Konföderation retten? Du allein?« Sein starrer Blick verbot jedes Lachen.

»Ich kann dir keine Einzelheiten enthüllen. Nur so viel: Wenn der Plan zur Ausführung kommt, wenn wir zuschlagen, dann setzen wir ganz weit oben an. So weit oben, dass du dich wundern wirst. Deshalb ist auch absolutes Stillschweigen erforderlich.«

Was meinte er damit, ganz oben anzusetzen? Hatte er vor, jemanden aus Lincolns Kabinett anzugreifen? Oder sogar Lincoln selbst? Es war heller Wahnsinn, und dennoch saß er da und äußerte seelenruhig seine ungeheuerlichen Behauptungen.

Das Haus knarrte in der Stille. Sie war erschöpft und wollte sich ausruhen. Sie war zu abgespannt. »Glaubst du im Ernst, ich würde dich verraten oder irgendetwas, an dem du beteiligt bist? Wir haben uns zwar auseinander gelebt, aber doch nicht so weit! Würdest du gern etwas essen? Ich koche selbst für mich, ich habe keine Bediensteten, aber ich könnte ...«

»Nein danke. Ich habe gleich eine Verabredung auf der H-Street. Erzähl niemandem, dass ich hier gewesen bin. Die Konföderation befindet sich in einer ernsten Notlage. Ich gestatte niemandem, mich bei meinem Vorhaben zu behindern. Ein Vertrauensbruch wäre sträflich. Jeder kann geopfert werden, falls nötig.«

Obwohl sie sich schon früher Sorgen um Ciceros geistige Gesundheit gemacht hatte, hatte sie doch nie wirklich Angst vor ihm gehabt – bis zu diesem Moment. Sie zog einen Hocker neben ihn und berührte leicht seine entstellte Hand.

»Ich will mehr darüber erfahren, wie das passiert ist. War es ein Unfall?«

»Nein. Erinnerst du dich noch an den Detektiv, nach dem du mich mal gefragt hast? Price? Er ist dafür verantwortlich.«

Margarets Magen krampfte sich zusammen.

»Als ich dir sagte, ich würde ihn nicht kennen, habe ich gelogen. Ich hatte ihn sicher im Gefängnis in Richmond, doch er ist entkommen. Allerdings hatte ich vorher noch das Vergnügen, ihn mir vorzunehmen. Ich hätte ihm gern die Augen aus dem Kopf gerissen.«

Sie flüsterte: »Cicero, was ist mit dir geschehen?«

»Geschehen?« Wieder dieses seltsam zuckende Lächeln. »Der Krieg ist geschehen. Nigger liebende Abolitionisten sind geschehen. Der Mord an unserem Vater ist geschehen. Ein Mord, den du aus Bequemlichkeit vergessen zu haben scheinst, Margaret.« Ihre Hand schoss vor und gab Cicero eine schmerzhafte Ohrfeige.

Augenblicklich bereute sie es. Sie setzte zu einer Entschuldigung an, doch er unterbrach sie. »Nun, das war mehr als deutlich. Ich bin hier nicht willkommen. Ich werde mich nicht wieder blicken lassen.« Er schnappte sich seine Baumwollhandschuhe und zwängte seine vernarbte Hand in den linken.

»Bitte, Cicero. Ich wollte dir nicht …«

»O doch, du wolltest mir eine Lehre erteilen. Irgendwie bist du weich geworden, Margaret. Verweichlicht und schwach, und das ausgerechnet jetzt, wo Mut vonnöten ist.« Er stand ruckartig von seinem Sessel auf.

»Ich hatte gedacht, du würdest meine Arbeit mit Begeisterung unterstützen. Das tust du nicht. Daher kann ich nur wiederholen, was ich schon gesagt habe: Jeder, der uns bedroht, kann geopfert werden. *Jeder.* Guten Abend.«

Den dicken linken Schuh hinter sich herschleifend, ging er zur Haustür und trat hinaus in die Nacht. Margaret ließ den Kopf in die Hände sinken, zitternd vor Angst.

59

Juli 1864

Ein blondes Mädchen servierte auf einem Tablett zwei Humpen und einen Krug mit Bier. Sie war etwa siebzehn und warf dem Schauspieler schmelzende Blicke zu. »Mama mag es eigentlich nicht, wenn im Haus Bier getrunken wird, aber für Sie macht sie eine Ausnahme.«

»Danke, mein liebes Mädchen.« Booth schenkte ihr ein hinreißendes Lächeln und tätschelte ihren Po. »Darf ich Ihnen die Tochter meiner Hauswirtin vorstellen, Miss Anna Surratt? Das ist Mr. Hiram Seth, Anna.«

»Sehr erfreut, Sir.« Anna knickste. Cicero lächelte so freundlich, wie es sein Temperament zuließ. Die hohe Kragenbinde und die Baumwollhandschuhe verbargen seine Narben.

»Was für ein reizendes Mädchen du doch bist«, sagte Booth. »Wenn du nur ein bisschen älter wärst, würde ich dir einen Antrag machen.« Anna kicherte, während sie hinaushuschte.

Booth kontrollierte den Flur und schob die Tür zu. Cicero spähte aus dem Fenster im ersten Stock in den grauen Nieselregen hinaus; das Backsteinhaus stand in der H-Street, Nr. 541. Booth war damit beschäftigt, die Bierkrüge zu füllen.

»Die Hauswirtin ist eine Witwe aus Maryland. Sie und ihr Mann haben eine kleine Schenke betrieben, aber es wurde ihr zu viel, nachdem er gestorben war. Sie ist eine harmlose, gläubige Frau, wie Sie sich vielleicht denken können, wenn Sie den ganzen religiösen Plunder hier sehen. Ihr älterer Sohn Isaac ist in der konföderierten Armee. John, der Jüngere, hat sich einen hervorragenden Ruf als Kurier auf der geheimen Linie nach Richmond erworben. Hier, trinken Sie!«

Cicero griff nach dem Bierkrug. Als er ihn zum Mund führte, entdeckte er ein Gebiss, das im Bier schwamm. Er ließ den Krug fallen. Booth brüllte vor Lachen und fing ihn in der Luft auf. Nur ein wenig Bier lief über.

»Verzeihen Sie mir meinen kleinen Scherz! Ich mache so etwas gern, wie meine Freunde nur zu gut wissen«, meinte Booth lachend. Er fischte das Gebiss aus dem Bier und hielt es empor. »Aus Elfenbein, aber eine gute Fälschung. Ich habe auch eine Spinne und einen Wurm. Hier, nehmen Sie meines.« Sie tauschten die Bierkrüge. Cicero fand den Scherz nicht besonders lustig.

»Bitte, nehmen Sie Platz.« Booth machte eine einladende Handbewegung, setzte sich und schlug die Beine übereinander. Der Schauspieler brachte Cicero mit seiner eleganten Kleidung in Verlegenheit: königsblauer Gehrock, eine zweireihige blau-gelb karierte Seidenweste, maßgeschneiderte graue Hosen und knöchelhohe modische Stiefeletten, die trotz des Schlamms auf der H-Street keinerlei Schmutzspuren aufwiesen. Er prostete Cicero zu. »Auf gutes Gelingen!«

Cicero erwiderte den Toast. »Haben Sie schon damit begonnen, die entsprechenden Männer zu suchen?«

»Johnny Surratt ist der Erste. Bald wird es noch mehr geben.«

»Gut. Wir werden in Kürze einen Mann in Washington haben, der an Ort und Stelle die Bewegungen unserer Zielperson beobachtet. Dies wird mehrere Wochen in Anspruch nehmen, damit wir nicht irgendeinen besonderen Vorfall für tägliche Routine halten.«

»Wer ist der Mann?«

»Jemand aus Oberst Mosbys Partisanenbataillon. Ein Kerl aus West Point, der die Stadt bereits kennt. Er war hier stationiert, ehe er in den Süden gegangen ist. Dasher heißt er, obwohl ich vermute, dass er unter falschem Namen kommen wird. Mir wurde gesagt, er sei zuverlässig.«

»Das sollte er auch besser sein! Bei unserem Vorhaben steht einiges auf dem Spiel. Wie finde ich ihn?«

»Er wird sich mit Ihnen in Verbindung setzen, aber nur, wenn es notwendig ist. Er wird als freigelassener Kriegsgefangener hier eintreffen.«

»Grant hat doch den Austausch eingestellt.«

»Den Eins-zu-eins-Austausch, ja. Aber unsere Gefängnisse sind dermaßen überfüllt, dass wir auch einseitig Gefangene freilassen, sogar von so weit südlich wie Andersonville.«

Booth stürzte sein Bier hinunter und schenkte sich nach. Der

Schauspieler stand in dem Ruf, übermäßig viel zu trinken. Er konnte die Unternehmung gefährden, falls er im Suff zu viel erzählte. Cicero entschied jedoch, dass dieses Risiko tragbar war.

Booths schwarze Augen funkelten, während er im Wohnzimmer auf und ab schritt. »Der Augenblick ist günstig, Mr. Seth. Der Tyrann hätte schon längst gestürzt werden müssen.«

»Darin stimmt der gesamte Süden mit Ihnen überein.«

»Nicht nur der Süden, Sir. Auch einige aus Lincolns eigenem Kabinett würden ihn gar nicht so ungern verschwinden sehen.«

Verwundert meinte Cicero: »Ich glaube, ich verstehe Sie nicht recht.«

»Da gibt es doch nicht viel zu verstehen. Glauben Sie nicht auch, dass es Minister Stanton missfällt, immer nur Lincolns Schoßhündchen zu sein?«

»Meinen Sie damit etwa …?«

»Ich meine nicht nur, Sir. Ein Schauspieler lernt eine ganze Reihe Leute kennen. Und hört so einiges. Können Sie sich nicht mehr daran erinnern, wie der Minister einmal Lincoln als ›wahrhaften Gorilla‹ verspottet hat? Wie schon Byron schreibt: ›Hass ist die längste Freude, die es gibt.‹«

»Booth, wollen Sie mir im Ernst sagen, dass es innerhalb der Unionsregierung Leute gibt, die an der Ausführung unseres Plans ebenso viel Interesse haben wie wir?«

»Allerdings.«

»Werden diese Leute uns helfen?«

»Lassen wir das für den Augenblick auf sich beruhen, Mr. Seth.« Booth war auf unangenehme Weise selbstgefällig. Cicero vermutete, dass er so lange nichts Näheres erfahren würde, bis es dem blasierten Mr. Booth gefiel, ihm mehr mitzuteilen. Der Mann war ein Blender ersten Ranges. Das ärgerte ihn zwar, würde aber nützlich sein, wenn es darum ging, weniger intelligente Leute für ihr Vorhaben zu gewinnen.

Sie unterhielten sich noch eine Zeit lang. Booth lehnte es ab, die Personen namentlich zu nennen, die er eventuell an dem Plan beteiligen wollte. Cicero hatte ebenfalls noch jemanden im Hinterkopf, mit dem er Kontakt aufnehmen wollte, behielt das aber für sich. Als der Nieselregen nachließ, machte er sich bereit zu gehen. »Sollen wir uns morgen Abend wieder treffen?«

»In meiner Suite im National Hotel. So gegen neun?«

»Ich werde da sein. Auf gutes Gelingen!«

»Und darauf, dass der Tyrann zur Hölle fährt, wo er hingehört«, fügte Booth mit einem Lächeln hinzu, das selbst Cicero das Blut in den Adern gefrieren ließ.

Cicero hasste Washington aus mehreren Gründen. Hauptsächlich verabscheute er den hohen Bevölkerungsanteil von entwurzelten Farbigen. Lincoln hatte die Stadt in ein wahres Asyl für freie Nigger verwandelt. Wenigstens war es ihnen nicht gestattet, in den öffentlichen Pferdebahnen zu fahren, die Cicero am nächsten Morgen nutzte, um von der Pennsylvania Avenue zu den Anhöhen von Georgetown zu gelangen.

Der Regen hatte aufgehört und schwüle Luft zurückgelassen. In seinem hohen Stehkragen war es Cicero unerträglich heiß, doch der Kragen verbarg seine Narben ebenso wie die Glacéhandschuhe. Er trug eine lächerliche, unförmige Schirmmütze aus grünem Tweed und hatte einen rot gebundenen Stadtführer bei sich. Mütze und Stadtführer waren zuvor als Erkennungszeichen verabredet worden.

Der hübsche Campus von Georgetown war bei Kriegsbeginn von den Studenten aus dem Süden verlassen worden. Es wurden immer noch Vorlesungen abgehalten, obwohl man einige Gebäude übergangsweise in Lazarette umgewandelt hatte. Cicero fand eine Bank mit Blick auf die Aqueduct Bridge und die Befestigungsanlagen auf der gegenüberliegenden Seite des Potomac. Kurz darauf kam ein kleiner, stämmiger Mann, der wie ein Pfau gekleidet war, den Weg entlangmarschiert. Cicero vermutete, dass es sich um die erwartete Person handelte. Man hatte ihm kurz geschorenes weißes Haar und einen Schmiss beschrieben. Er tat so, als lese er in dem roten Stadtführer.

Mit einer Verbeugung meinte der Fremde: »Ist dieser Platz besetzt, Sir?«

»Nein, Sir.« Der Mann hob die Rockschöße, setzte sich und rückte das Monokel vor seinem Auge zurecht.

Cicero betrachtete einen Lastkahn, der mit einer Fracht von drei riesigen Mörsern langsam flussabwärts glitt. »Siegel?«

»Ja, das bin ich. Normalerweise werde ich als ›Herr Major‹ angesprochen.«

Cicero überhörte die Rüge. »Ich heiße Hiram Seth.«

»So gut wie jeder andere Name, schätze ich.« Siegels Englisch hatte einen starken Akzent, sein Benehmen war schroff.

»Sie sind Deutscher?«

»Österreicher. Viele Jahre in der Armee gedient.«

»Und jetzt arbeiten Sie für Stantons Kriegsministerium. Ich habe gehört, dass Sie einer Übereinkunft aufgeschlossen gegenüberstehen würden.«

»Das kommt ganz auf die Übereinkunft an. Kommt darauf an, was gewünscht wird.«

»Das ist noch nicht ganz sicher.«

»Dann müssen wir uns wohl über eine Vorauszahlung unterhalten. Wie nennen es die Winkeladvokaten: Honorarvorschuss?«

Der Fisch hatte angebissen.

»Wie viel hatten Sie sich denn vorgestellt?«

Im zweiten Stock des National Hotel traf er Booth zerzaust und reichlich beschwipst an. Auf dem Schoß des Schauspielers saß eine Frau, eine üppige kleine Blondine, lediglich bekleidet mit dünnen langen Unterhosen und einem Korsett, das kaum ihre vollen Brüste umschloss. Cicero konnte die rosigen Brustwarzen der jungen Dame hervorschauen sehen. Er spürte, wie er beinahe schmerzhaft steif wurde.

Booth schwenkte seine lange Zigarre. »Die Dame wollte gerade gehen. Wir haben uns ein bisschen vergnügt, bis Sie gekommen sind.« Die Art der Vergnügung ließ sich unschwer an den zerwühlten Bettlaken im Nachbarzimmer erkennen. »Das ist Ella Turner. Sag Mr. Seth guten Tag, Ella.« Cicero lüftete die Schirmmütze.

»Ella lebt im Etablissement ihrer Schwester, drüben auf dem Ohio Drive. Sie wohnt zwar dort, arbeitet dort jedoch nicht. Ella gehört mir allein.« Eine Mätresse also. In den Zeitungen hatte Cicero Booths Namen im Zusammenhang mit der Tochter des äußerst geachteten Senator Hale aus New Hampshire gelesen.

Ella sagte: »Nett, Sie kennen zu lernen. Was is' denn mit Ihren Händen passiert?«

Ciceros Erektion verschwand. »Ein Hautproblem.« Ella klimperte mit den Augen und hüpfte ins Schlafzimmer, um sich anzuziehen. Nachdem sie die Tür hinter sich zugetreten hatte, ging Booth zu einem geöffneten Sekretär. Er hob eine Karaffe aus geschliffenem Glas empor.

»Einen Brandy? Sehr guter Tropfen.« Cicero schüttelte den Kopf. »Es stört Sie doch nicht, wenn ich mir einen genehmige?« Booths schwere Zunge deutete darauf hin, dass er sich bereits einige genehmigt hatte; er schwankte schon.

»Also, worüber müssen wir uns unterhalten?« Booth leerte den Cognacschwenker, als sei er mit Wasser gefüllt. Etwas von dem guten Tropfen lief ihm über das Kinn und tropfte auf sein Rüschenhemd.

Mit leiser Stimme umriss Cicero sein Treffen mit Major Siegel vom Kriegsministerium. »Der Herr wird uns weiterhelfen, wenn wir Informationen aus dem Ministerium brauchen. Ich zahle ihm ein kleines Honorar.« Er erwähnte weder Siegels Namen noch weitere Einzelheiten ihrer Übereinkunft.

Ella kam aus dem Schlafzimmer gehopst. »Küss mich, Johnny, ich muss mich auf den Weg machen.« Cicero saß hölzern auf seinem Stuhl, während die beiden innige Küsse tauschten. Wie er den Schauspieler bewunderte! Wie er sich danach sehnte, so zu sein wie er, mit einem gesunden, athletischen Körper, der anziehend auf die Frauen wirkte. Ciceros Neid schlug beinahe in Hass um.

Ella trippelte aus dem Zimmer, nur der schwere Duft ihres Parfüms blieb als Erinnerung in der Luft zurück. Booth schloss die Tür hinter ihr. Wieder lehnte Cicero den angebotenen Brandy ab. Und wieder bediente Booth sich großzügig.

»Können Sie diesem Kerl trauen?«

»Nur, solange er Geld von uns bekommt. Er ist kein Patriot wie Sie, Mr. Booth. Er ist ein Söldner. Er mag eine nützliche Informationsquelle sein, aber sobald er das nicht mehr ist, werden wir unsere Verbindung zu ihm kappen, wahrscheinlich, indem wir ihn töten lassen.«

Booth warf den Kopf in den Nacken und lachte. »Sie gefallen mir, Mr. Seth! Sie sind so direkt!«

»Die Karten offen auf den Tisch, das ist meine Devise. Wir haben keine Zeit für Fehler oder Missverständnisse.«

Nach weiteren Brandys meinte Booth: »Seit gestern habe ich dauernd über unseren Plan nachgedacht. Ich schlage vor, dass wir ihn aus einem der Theater, dem Grover's oder Ford's, entführen. Er verseucht beide Häuser regelmäßig mit seiner Anwesenheit. Außerdem kenne ich in beiden Theatern Leute. Das Ford's ist meine erste

Wahl. Ich habe dort ein Pferd untergestellt und hole auch meine Post dort ab.«

»Wo wir zuschlagen, muss erst noch entschieden werden.«

»Da ich die Sache leiten werde, sollte doch wohl ich derjenige sein, der bestimmt …«

»Es muss erst noch entschieden werden.«

Auf der 6th Street feuerte jemand eine Pistole ab. Cicero hielt den Blick starr auf Booth gerichtet. Dieser starrte zurück.

Booth blickte als Erster zur Seite.

60

August 1864

Der Raddampfer *Mohican Chief* drehte langsam seine Kreise auf dem Potomac und wartete darauf, einen Anlegeplatz an dem überfüllten Pier der 6th Street zu bekommen. Durch den blaugrauen Nebel war undeutlich das Panorama der Stadt aus Bäumen und Häusern zu erkennen. Darüber erhoben sich die Kuppel des Capitols, die roten Türme der Smithsonian Institution und ein Teil des unvollendeten Obelisken für George Washington. Ein Gewirr aus widerstreitenden Gefühlen hatte von Fred Besitz ergriffen. Eine gewisse nostalgische Freude kämpfte mit dem eindeutigen Gefühl, unter Feinden zu sein.

Er setzte sich in den Schatten, den Rücken gegen die Reling gestützt, und zündete sich seinen letzten Zigarrenstummel an. Ein Schatten fiel über seine Beine. Von den fünfzig Unionsgefangenen, die aus City Point am James River gekommen waren, hatten ihn schätzungsweise neunundvierzig bereits ausgefragt. Und hier nahte Nummer fünfzig, eine Bohnenstange mit schütterem Bärtchen und Zahnlücken.

»Ziemlich heiß, was?«, meinte die Bohnenstange und hockte sich neben ihn.

»Kann man wohl sagen. Ist das hier immer so?«

»Keine Ahnung, war vorher noch nie hier.« Die Bohnenstange pulte sich ein Stück Schorf von der Wange. »Dieser Sherman, er nimmt Atlanta unter Beschuss.«

»Ja, hab ich auch gehört.«

»Wenn Atlanta fällt, ist vielleicht alles vorbei.«

»Auf jeden Fall kann's dann nicht mehr lange dauern.«

»In welchem Gefängnis warst'n du?«

»In einem neuen. In Millen, Georgia.«

»Noch jemand aus Millen hier an Bord?«

»Nein.« Und das war auch höchst unwahrscheinlich. Nach Camp Lawton, einem Militärgefängnis der Konföderierten, das den Gefangenenüberschuss aus Andersonville übernehmen sollte, würden nämlich erst ab Herbst Männer geschickt werden. Der Nachrichtendienst hatte ihn bei der Version seiner Geschichte beraten.

»Ich und meine Kumpel, wir waren in Danville. Haus Nummer eins, direkt neben der Backstube. Da war's in diesem Sommer heiß wie die Hölle!«

Aber sicher auch nicht heißer als in dem Salon des billigen Hotels im Rocketts-Viertel von Richmond. Im zischenden Licht der Gaslampe hinter schweren Vorhängen, die das Tageslicht aussperrten, hatte ein Agent des Nachrichtendienstes namens Miller stundenlang mit ihm seine Geschichte eingeübt.

»Name und Rang?«

»Duane Sills. Oberleutnant in General Eli Longs Kavalleriebrigade, Cumberland-Armee.«

»Wo kommen Sie her?«

»Aus New Zion, Kentucky. Ein kleiner Punkt auf der Landkarte in der Nähe von Lexington. Viel Pferdezucht da unten.«

»Wann und wo hat man Sie gefangen genommen?«

»Am zweiten Tag der Schlacht von Chickamauga. Am 20. September.«

»Wie sind Sie aus dem Millen-Militärgefängnis freigekommen?«

»Mein Vater hat zwei Amtsperioden der Legislative von Kentucky angehört. Er ist ein loyaler Unionsanhänger, aber sein Bruder, mein Onkel, bekleidet einen hohen Posten in der Davis-Regierung.«

Sie kauten es wieder und wieder durch. Fred mochte den Zivilisten nicht. Er war glatzköpfig, und blaurote Narben überzogen seinen Hals und die linke Hand. Er hinkte. Und dazu noch dieser fanatische Blick und das höhnische Lachen. Verglichen mit ihm war John Mosby geradezu sanftmütig.

Das Dampfschiff tutete. Glocken klingelten. Begleitet vom

Jubel und Hüteschwenken der frisch befreiten Soldaten wurde die *Mohican Chief* an dem langen Pier vertaut. Fred fiel in das Freudengeschrei mit ein. In lockerer Formation marschierten die Soldaten den Pier entlang, vorbei an Stauern, die Fässer vor sich herrollten, und einer Kompanie von Ersatzmännern, die zu ihrer Verschiffung unterwegs waren. Die jungen, unerfahrenen Soldaten warfen neidische Blicke auf die struppigen, ungepflegten Männer, die ihren Kriegseinsatz vermutlich für alle Zeit hinter sich hatten.

Ein Feldwebel am Kopf des Piers winkte sie mit lautem Gebrüll weiter: »Hier entlang zum Soldatenheim. Ihr bekommt dort was zu essen und werdet dann untersucht.«

Fred trat aus der Reihe heraus: »Wo ist die Latrine, Herr Feldwebel?«

»Da drüben, auf der anderen Seite der Zeltleinwand. Machen Sie nicht zu lange, Sir«, fügte er aus Achtung vor Freds Schulterstreifen hinzu. Fred salutierte mit spöttischer Höflichkeit und folgte seiner Nase zu der stinkenden Latrine. Vom Pier war sie durch eine viereckige Einfassung aus dreckiger Zeltleinwand abgeschirmt. Ein Stauer pinkelte gerade lautstark in die Grube, als Fred hinter die Abtrennung trat und seine Hose öffnete.

Der Stauer schüttelte die letzten Tropfen ab, nickte beiläufig und ging. Fred zog sein blaues Uniformhemd aus und rollte es zu einem Bündel zusammen. Er steckte sich das Bündel unter den Arm und verließ die Latrine. Mit eiligen Schritten ging er auf ein Labyrinth aus schmalen Lagerhäusern zu. Er merkte, wie sein Herz schneller schlug.

Außer Sichtweite des Piers stopfte er das Uniformhemd in eine Abfalltonne. Der Rücken seines grauen Arbeitshemdes aus Baumwolle wies bereits große Schweißflecke auf. Erst als er eine halbe Meile vom Pier entfernt war und sich unter die Fußgänger und Fuhrwerke mischte, fühlte er sich sicher.

Er starrte in die Gesichter der Leute, die sich auf den Straßen drängten. Wo sollte er sie in den Kriegswirren dieser Stadt finden? Wo sollte er anfangen? Er kannte nur ihren Namen. Er konnte schließlich schlecht von Tür zu Tür ziehen und fragen: »Wohnt hier eine Hanna Siegel?« Auch hatte er gar nicht die Zeit dazu. Dieser Gedanke quälte ihn.

Im kärglichen Schatten eines Zaunes vor einer Reeperbahn griff er unter sein Hemd nach dem Gürtel aus Segeltuch, den sie ihm gegeben hatten, ehe sie ihn zusammen mit den anderen Gefangenen unter Parlamentärflagge bei City Point über die Linien der Union brachten. Ein Fach auf der Innenseite des Gürtels enthielt Geld, ein anderes ein gefälschtes Soldbuch der Union. Aus einem dritten zog er einen Zettel hervor, auf dem eine Adresse stand: H-Street 541.

Mary Surratt war eine einfache Frau mit glanzlosen Augen, das genaue Gegenteil zu den pompösen religiösen Gegenständen, die ihr düsteres Wohnzimmer zierten. Ein Jesus aus Gips hing bleich und blutend an einem Holzkreuz. Von der gegenüberliegenden Wand betrachtete eine bunt bemalte Maria aus einer Nische das Leiden ihres Sohnes.

»Mr. Sills, wir freuen uns so, Sie zu sehen«, sagte die Hauswirtin und lächelte nervös.

»Freue mich auch, hier zu sein, Ma'am. Ich habe wichtige Arbeit zu erledigen.«

»O ja, das wissen wir. Ein paar Kleider sind vorgestern für Sie abgegeben worden. Mein Sohn John sollte zum Abendessen zurück sein. Er ist so gespannt darauf, Sie kennen zu lernen. Ich kann Ihnen leider keine großartige Unterkunft bieten. Die Zimmer, die ich gewöhnlich vermiete, sind alle belegt. Aber ich habe meine Tochter Anna aus ihrer Dachkammer ausquartiert; Sie können in ihrem Zimmer wohnen.«

»Danke, Ma'am. Ich bin sicher, es wird ausreichend sein.«

»Leider ist es dort sehr heiß.«

Fred lächelte versöhnlich. »Wir haben ja auch Sommer, Ma'am.«

»Dann folgen Sie mir bitte.«

Wegen der steilen Dachneigung konnte er gerade mal in der Hälfte der Mansarde aufrecht stehen. Mrs. Surratts Tochter hatte persönliche Dinge an die frei liegenden Dachsparren geheftet: Postkarten, auf denen in Versen Liebe und Freundschaft gerühmt wurden. Verblichene Haarbänder. Erinnerungsphotographien von General Longstreet, General Lee und dem verstorbenen, immer noch unvergessenen Jeb Stuart mit seinem stolzen Blick, dem gewaltigen Bart sowie dem Hut mit der Pfauenfeder auf dem Schoß. Verschiedene Karten trugen die Photographien von männlichen und weiblichen Schauspielern. Fred kannte nur einen, Edwin Booths gut aussehenden jüngeren Bruder John.

Er zog sich das Hemd aus und wusch sich über einer Schüssel mit lauwarmem Wasser, die ihm Mrs. Surratt nach oben gebracht hatte. Im Esszimmer traf er einen dicklichen jungen Mann, der sich als Louis Weichmann vorstellte.

»Ich habe das Zimmer im dritten Stock nach hinten raus. Johnny teilt es sich mit mir, wenn er in der Stadt ist. Wir kennen uns vom St. Charles College.« Weichmann war beim Generalkommissariat für Kriegsgefangene angestellt. »Wahrscheinlich haben wir auch Ihre Unterlagen irgendwo.«

»Wahrscheinlich.« Sofern die Akten des Amtes auch Unterlagen über nicht existierende Soldaten enthielten.

Mrs. Surratt servierte eine Platte mit gekochtem Rindfleisch und einen Topf rote Kartoffeln. Ein stämmiger junger Mann mit staubigen Händen winkte ihnen zu, während er nach oben ging. Als er wieder herunterkam, stellte er sich als John Holahan vor, ein Steinmetz. Er ließ sich auf einen Stuhl fallen und sicherte sich seine Portion mit dem gezielten Griff des erfahrenen Logiergastes.

Kurz darauf tauchte auch der junge John Surratt auf. Bereits in den ersten fünf Minuten hatte er Fred mitgeteilt, dass er einen Aushilfsjob im Büro des Kurierdienstes Adams Express hatte und seine Arbeit dort hasste. Er war ein schlanker, strohblonder Kerl, der Fred um einiges klüger erschien als seine Mutter. Nach dem Abendessen nahmen sie auf der kleinen Veranda vor dem Haus Platz, möglichst weit weg von neugierigen Lauschern. Surratt bot Fred eine Zigarette an und hielt ihm ein brennendes Streichholz hin.

»Sie wissen, was man von Ihnen erwartet, nehme ich an.«

»Das weiß ich«, erwiderte Fred. »Morgen werde ich anfangen.«

»Kennen Sie Johnny Booth, den Schauspieler?«

»Ich habe nur von ihm gehört.«

»Er wird Sie kennen lernen wollen. Er leitet die Sache in Washington.«

»Das hat man mir erzählt. Wo ist er denn?«

»Bis gestern war er noch in New York, um Geld aufzutreiben. Gestern Abend ist er dann nach Charles County runtergeritten, um sich nach einem geeigneten Grundstück für eine Pferdezucht umzusehen.« John Surratts Grinsen verriet Fred, dass diese Geschichte nur ein Vorwand war.

»Ich verstehe.«

»Um ein geeignetes Grundstück zu finden, muss man viel über Land reisen.«

»Sie meinen, man lernt dabei eine ganze Menge Fluchtwege kennen.«

Surratt kicherte. »Genau. Wollen Sie vielleicht auf ein Bier mit zu McFees Wirtschaft kommen? Es ist verdammt heiß, und ich habe Durst.«

»Gern.« Fred klopfte sich den Staub von den Hosen und zwinkerte in den kupferroten Abendhimmel hinauf. Widerstrebend fügte er hinzu: »Ich nehme an, man hat dort auch Kaffee. Ich habe das Trinken nämlich aufgegeben.«

Am nächsten Tag ging er als Erstes zum Weißen Haus im President's Park.

Zusammen mit den anderen Besuchern wanderte er durch die Säle, betrachtete alles eingehend und verlieh wortreich seinem Entsetzen über den Schaden Ausdruck, den Souvenirjäger angerichtet hatten. Man hatte viereckige Stoffstücke aus den Vorhängen im East Room geschnitten, Teile der Tapete fehlten, und die Polstermöbel im Green Room waren mit Messern oder Scheren mutwillig beschädigt worden.

Am Nachmittag ruhte er sich wie viele andere Bürger auf dem niedergetrampelten Rasen zwischen dem Weißen Haus und dem dreistöckigen Kriegsministerium aus. Ein Strohhut schützte sein Gesicht vor der Sonne. Dies hier galt als die schönere Seite des Amtssitzes, obwohl es Schwärme von Mücken und Fliegen gab. Auf der Südseite des Gebäudes fand sich dagegen ein Gewirr aus Ställen und Nebengebäuden, und man blickte auf die Barackensiedlung, die sich auf der dahinter liegenden Ebene befand. Nichts konnte den Fäulnisgestank verdecken, der vom Kanal herüberzog.

Fred öffnete ein Buch aus der antiquarischen Abteilung von Shillington's. Poes Geschichten waren voller schauerlicher Begebenheiten in verschnörkelter Sprache, doch er konnte sich kaum darauf konzentrieren. Das Buch war nur Tarnung. Tatsächlich beobachtete er den Nordportikus des Amtssitzes.

Gegen vier fuhr ein farbiger Kutscher eine elegante Kalesche vor den Portikus. Ein betagter Saaldiener in Kniehosen hielt die Tür des Weißen Hauses auf, während der Präsident und seine sauertöpfische Frau herauskamen, gefolgt von einem untersetzten Mann in dunklem Gehrock und Zylinder. Jemand von der Metropolitan Police, den man mit dem Schutz Lincolns betraut hatte? In der Regel hatten zwei Polizeioffiziere die Tagschicht, zwei andere übernahmen die Nacht. Sie waren immer in Zivil und trugen 38er-Revolver versteckt bei sich. Sie unterstanden dem Distriktmarschall, einem alten Freund Lincolns, der ebenfalls stets schwer bewaffnet war. Miller verfügte über ausgezeichnete Informationen über die Sicherheitsvorkehrungen im Weißen Haus. Fred wusste, dass Marschall Ward Lamon ungewöhnlich besorgt um die Sicherheit des Präsidenten war und alles zu seinem Schutz unternahm.

Im Schatten der Bronzestatue von Jefferson schalt Mrs. Lincoln ihren Mann wegen irgendetwas. Er nickte ergeben, während er ihr in die offene Kutsche half. Vier uniformierte Kavalleristen auf schwarzen Pferden trabten hinter die Kutsche. Soldaten aus der leichten Kavallerie von Ohio, die hinter dem Regierungsgebäude ihr Quartier hatten. Sie begleiteten Lincoln auf seinen Ausflügen durch die Stadt.

Der Präsident stieg auf den Kutschbock und nahm die Zügel auf. Ein weiterer Diener führte einen Rotschimmel für den unbekannten Zivilisten heran. Lincoln trieb mit einem Schnalzen das Gespann vorwärts. Die Kalesche rollte durch eine Gasse von Jubelnden, die mit ihren Taschentüchern winkten und gute Wünsche riefen. Der Präsident tippte sich zum Gruß an den Hut.

Die Ohio-Kavalleristen ließen ihre Pferde im Schritt hinter der Kalesche gehen. Als Letzter folgte der Mann auf dem Rotschimmel und musterte dabei aufmerksam die Menge. Lincoln fuhr durch das eiserne Tor hinaus und lenkte die Kalesche auf der Pennsylvania Avenue nach rechts, seine Leibwache folgte dicht hinter ihm. Fuhren sie womöglich die 7th Street hinaus nach Soldier's Home, dem Sommerhaus des Präsidenten, wo die Bewohner des Amtssitzes häufig den Sommer verbrachten? Auch Lincoln war oft dort gewesen, obwohl er in letzter Zeit seine Besuche auf kurze Ausflüge an warmen Abenden beschränkt hatte.

Fred sah auf seine Uhr, leckte die Spitze seines Bleistifts an und schrieb etwas in ein kleines Notizbuch. Er klemmte sich den Poe unter den Arm und schlenderte zu dem betagten Diener, der im Schatten des Portikus stand.

»Entschuldigen Sie. Der Mann, der gerade hier weggeritten ist, der Zivilist auf dem Rotschimmel. Ich glaube, ich kenne ihn. Er ist doch von der Metropolitan Police, oder?«

»Nein, Sir. Er ist ein Sicherheitsbeamter. Arbeitet für Oberst Baker. Präsident Lincoln mag es nicht, von so vielen Soldaten umgeben zu sein. Er versucht manchmal, sie abzuschütteln. Bakers Leute hat er lieber.«

Fred tippte sich freundlich an den Strohhut. »Danke, dann habe ich mich wohl getäuscht.«

In der Nähe des Eisenzauns hielt er an, um sich eine weitere Notiz zu machen. Ohne Eile schritt er dann durch das Tor und verschwand in der Menschenmenge auf der Avenue.

Zwei Wochen später wachte er mitten in der Nacht in Mrs. Surratts Dachkammer auf und erinnerte sich an etwas, das er vollkommen vergessen hatte. Theater. Hanna Siegel hatte gesagt, sie spiele Theater.

Mit offenen Augen lag er auf dem Rücken in der Dunkelheit und lächelte.

61

Oktober 1864

Anfang September fiel Atlanta Sherman in die Hände. Der Norden fasste neuen Mut, doch das Gemetzel ging weiter. Inmitten von hunderttausenden Familientragödien – Väter, Söhne, Geliebte, tot und verstümmelt – blieben die Siegels nicht nur vom Unglück verschont, sondern profitierten sogar noch von den Umständen: Nach Jubal Earlys misslungenem Angriff auf die Stadt Washington boten einige überängstliche Hausbesitzer ihr Eigentum in den Vororten zu Schleuderpreisen an. Der Major ergatterte ein Haus mit vier Zimmern und einem Schuppen auf einem hübschen baumbewachsenen Grundstück in der Nähe der Rockville Road, jenseits der Stadtgrenze.

Als er Hanna von seinem Kauf berichtete, fragte sie: »Wo hast du denn das Geld her, Papa? Du erzählst mir doch dauernd, dass dein Gehalt so niedrig sei.«

»Das ist es auch! Den geizigen Kerlen, für die ich arbeite, ist einfach nicht mehr zu entlocken. Doch ich habe ein paar Investitionen getätigt. In militärische Güter. Aber damit brauchst du dein Köpfchen nicht zu belasten.«

»Weil ich nur eine Frau bin?«

Ihr Sarkasmus ärgerte ihn. »Ja, genau. Und jetzt keine weiteren Diskussionen, ich muss weiter an diesem Plan arbeiten. Das ganze Ministerium ist damit beschäftigt. Die Soldaten müssen im November unbedingt den Präsidenten wählen. Entweder wählen sie im Feld, oder wir müssen ihnen dafür Heimaturlaub gewähren. Stanton sagt, wenn wir das nicht tun, dann …« Seine Hand beschrieb die Bewegung einer Guillotine. »Einige aus Lincolns eigener Partei wollen ihn fertig machen, weißt du. Er ist ihnen nicht hart genug. Ich habe gehört, dass auch Stanton insgeheim so denken soll, doch ich glaube nicht an dieses Gerücht. Washington ist bekannt für seinen hässlichen Klatsch.«

Dank Leonard Grover und John Ford hatte sich Washington zu einer blühenden Theatermetropole entwickelt. Grover fand Gefallen an Hannas Schauspielkunst und setzte sie auf seine Liste von verlässlichen jungen Damen, die er engagieren konnte, wenn bekannte Schauspieler auf Tournee Darsteller für die Nebenrollen brauchten. Sie arbeitete mit dem gewandten und unterhaltsamen Joe Jefferson zusammen, als er seine berühmte Darstellung des Rip van Winkle im Grover's Theater gab. Erheblich weniger amüsant waren zwei Wochen Repertoiretheater mit Edwin Forrest, dem Veteranen der amerikanischen Bühne. Hanna spielte fünfmal die Goneril in *König Lear*.

Forrest hatte sich sein treues Publikum über viele Jahre erhalten können, obwohl sich sein Ruf nie ganz von den Astor-Place-Unruhen im Jahre 1849 erholt hatte. Seine Kritiker behaupteten immer noch, dass er sich mit Schlägern aus der Bowery und Anhängern der Know-Nothing-Partei verbündet habe, um mithilfe des Aufstands den englischen Tragödiendarsteller Macready von der New Yorker Bühne zu vertreiben. Hanna mochte Forrest nicht; er war ein schwülstiger Mann von achtundfünfzig Jahren, der immer noch lüstern jeder Frau hinterhersah.

Im Oktober gab Grover ihr eine Nebenrolle in *Onkel Waldos Weisheit*, dem ziemlich schwachen Beispiel eines beliebten Komödiengenres: Gebildete Städter werden von einem gerissenen Bauern aus Neuengland an der Nase herumgeführt. Hanna fand das Stück furchtbar, freute sich aber über die Gage.

Nach den täglichen Proben aß sie normalerweise in einem Café, das von vielen Theaterleuten besucht wurde. Eines Abends kam Derek Fowley geradezu demütig an ihren Tisch gehumpelt. Er arbeitete nicht mehr im Lazarettdienst; ein betrunkener Soldat hatte ihm in den Fuß geschossen.

In schamlos einschmeichelnder Weise fragte Derek, ob sie nicht ein gutes Wort für ihn bei Grover einlegen könne. Um ihn wieder loszuwerden, versprach sie ihm dies.

»Du hast dein Haar wachsen lassen, Hanna. Das steht dir sehr gut.«

»Danke.« Hannas strohblonde Locken ringelten sich über die Schultern ihrer modischen blauen Jacke. »Mr. Grover möchte, dass seine Darstellerinnen weiblich aussehen.«

Derek konnte sich einer Stichelei nicht enthalten: »Nicht wie Soldaten?«

»Das ist lange her, Derek. Das habe ich hinter mir. Nett, dich getroffen zu haben. Auf Wiedersehen.«

John Wilkes Booth wurde oft in der Stadt gesehen, wenn auch nicht auf der Bühne. Hanna begegnete ihm, als er wieder einmal im National Hotel Hof hielt. Sie stand hinter einer Menge von Bewunderern, als er gerade ausrief: »Ein großer, großer Verlust! Sie war eine echte Südstaatenpatriotin. Sie ist tapferer gestorben als so mancher Mann!«

»Hatte sie nicht eine Tochter?«, fragte jemand.

»Dem Himmel sei Dank, sie ist sicher in einer Klosterschule in Paris untergebracht.« Hanna ging auf, dass er von Rose Greenhow sprach, über deren Tod vor ein paar Tagen in der Presse berichtet worden war. Rose war mit dem Schiff von Greenock in Schottland nach Halifax gereist und von dort weiter nach Wilmington, North Carolina. Schwere See hatte ein Leck in das Dampfschiff *Condor* geschlagen, als es durch die Blockade in den Cape Fear River fuhr. Rose hatte Kriegsberichte für Richmond bei sich gehabt und darauf bestanden, bei Tagesanbruch ans Ufer gerudert zu werden. Riesige Wellen hatten das offene Boot zum Kentern gebracht, Rose war ertrunken. Die Männer in ihrer Begleitung hatten überlebt. Hanna fragte sich traurig, was Margaret wohl darüber denken mochte.

Am nächsten Tag trat Hanna nach einer langen, ermüdenden Probe nachmittags aus dem Bühneneingang des Grover's. Die herbstliche Dämmerung hatte bereits eingesetzt. Marschmusik, die von der Avenue auf der anderen Seite des Gebäudes herüberschallte, deutete darauf hin, dass gerade eine Parade stattfand. Lincolns und Johnsons Anhänger, vermutete sie. Die Blechbläser spielten: »We Are Coming, Father Abraham, Three Hundred Thousand More«, ein Musikstück, das bei Kundgebungen für McClellan nicht zu hören war. Die Demokraten präsentierten jetzt den gescheiterten General als ihren Präsidentschaftskandidaten und als Chance für einen schnellen Waffenstillstand und Friedensverhandlungen.

Hanna verhielt sich immer sehr wachsam, wenn sie allein unterwegs war. Daher fiel ihr auch sofort ein Mann in einem graubraunen Anzug auf, der neben dem schmalen Durchgang in die 13th Street an einer Hauswand lehnte. Als sie näher kam, nahm er die Mütze ab, als wolle er sie ansprechen. Sie machte einen Bogen um ihn und wich seinem Blick aus.

»Miss Siegel?«

Überrascht schnappte sie nach Luft. »Ich glaube es nicht! Major Dasher?«

»Sills heiße ich im Augenblick. Duane Sills.«

Ernst schüttelte er ihr die Hand. Er sah schlanker aus, regelrecht abgemagert.

Hanna wartete, bis zwei Männer aus dem Ensemble auf ihrem Weg zum Abendessen vorübergegangen waren. Nachdem sie ihnen zum Abschied zugewunken hatte, flüsterte sie: »Sind Sie desertiert?«

»O nein, das nicht. Mehr kann ich Ihnen leider nicht sagen. Ich habe Sie gesucht.«

»Sie haben mich gesucht?« Obwohl mehr als zwei Jahre vergangen waren, konnte sie ihm nicht in die Augen blicken, ohne weiche Knie zu bekommen. Sie musste daran denken, wie er sie in jener schrecklichen Nacht in Virginia gerettet und geküsst hatte.

»Ich habe Sie gesucht«, wiederholte er. »Mir fiel ein, dass Sie erwähnt hatten, Sie seien Schauspielerin, deshalb habe ich jede Zeile über das Theater gelesen. Jede Ankündigung. Als ich eine Besetzungsliste dieses Stücks sah, wusste ich endlich, wo ich Sie finden konnte.«

»Das ist sehr schmeichelhaft, Major … äh … Mr. Sills. Darf ich fragen, wo Sie wohnen?«

Im Halbdunkeln der Gasse nahmen seine Augen einen argwöhnischen Ausdruck an. »In einer Pension.«

»Ich war gerade auf dem Heimweg, um Abendessen für meinen Vater zu kochen. Möchten Sie uns nicht vielleicht Gesellschaft leisten?«

»Ja, Miss Siegel, sehr gern.«

Sie fuhren mit der Pferdebahn und gingen die letzten Straßenzüge zu dem Haus beim Navy Yard zu Fuß. Als sie eintrafen, streifte der Major gerade seine grauen Handschuhe über und setzte sich den neuen Zylinder auf. Hanna stellte ihm ihren Bekannten Mr. Sills vor. Der Major gab ihm die Hand, betrachtete Fred aufmerksam, um sich sein Gesicht einzuprägen, und sagte dann: »Ich kann nicht zum Essen bleiben. Treffe mich mit jemandem in Willard's Hotelbar.« Die Tür schlug zu, und sie blieben allein zurück.

Fred saß bei ihr in der Küche, während sie kochte, sprach aber wenig. Hanna servierte den Eintopf zusammen mit einem Brotlaib, den sie am Vortag gebacken hatte, sowie einer verstaubten Flasche Rheinwein. Sie entschuldigte sich, dass sie keinen Bordeaux anbieten könne. Im Haus des Majors hielten sich Getränkevorräte nicht lange.

Sie aßen bei Lampenschein in der Küche, so ungezwungen, als wären sie schon seit Jahren miteinander bekannt. Fred Dasher kam ihr dennoch nervös vor; er schien auf jedes kleine Geräusch von draußen zu achten. Über die Angelegenheiten, die er in Washington zu erledigen hatte, sprach er nicht. Aufgrund seiner Schweigsamkeit und des falschen Namens nahm sie an, dass es sich um eine geheime militärische Aufgabe handelte. Es störte sie nicht. Was seine Erlebnisse bei der Armee anging, berichtete er nur über den traurigen Tod von General Stuart, seinem früheren Kommandeur. Sie fragte nicht, wem er jetzt unterstand.

An der Tür setzte er sich die Mütze auf und meinte: »Ich weiß nicht, wie lange ich noch hier sein werde. Ich würde gern die Gelegenheit wahrnehmen und Sie so oft wie möglich sehen. Ich kann mir meine Zeit ganz gut frei einteilen.«

»Wie wäre es dann mit morgen? Das Wetter soll schön werden, und ich habe erst abends wieder Proben. Wir haben einen Dogcart und ein Pferd. Ich könnte Ihnen das Haus zeigen, das mein Vater draußen bei Rockville gekauft hat. Ich packe uns ein Picknick ein und hole Sie ab, wann es Ihnen recht ist.«

Er überlegte einen Augenblick. »Gut. Die Pension ist auf der H-Street, Nummer 541. Gegen Mittag?«

Hanna sprudelte über vor freudiger Erwartung: »Ich bin so froh, Sie wiedergetroffen zu haben, Dua… oh, ich kann mich daran einfach nicht gewöhnen. Für mich werden Sie immer Frederick Dasher sein. Ich versichere Ihnen allerdings, dass ich den Namen Sills benutzen werde, wenn es nötig ist. Ich bin eine gute Schauspielerin, wenn es drauf ankommt.«

»Daran zweifle ich nicht. Ich kann es kaum erwarten, Sie mal auf der Bühne zu sehen. Wenn nicht bei diesem Besuch, dann spätestens, wenn der Krieg vorbei ist. Er wird bald zu Ende sein. Ich glaube, jeder auf unserer Seite weiß das. Nun, Miss Siegel…«

»Hanna.«

»Ja. Hanna. Vielen Dank.« Er beugte sich vor, als wolle er sie küssen. Sie stellte sich auf die Zehenspitzen. Er wich wieder zurück. »Dann bis morgen Mittag.«

Sie verbarg ihre Enttäuschung. »Nur wir beide werden in unserem neuen Haus sein. Papa arbeitet den ganzen Tag über.«

»Nur wir beide. Ich freue mich schon darauf.«

Sie blickten sich in die Augen. Sie wusste genau, was am nächsten Tag passieren würde, so sicher, als hätten sie einen stillschweigenden Pakt geschlossen. Er verabschiedete sich und ging. Hanna klatschte in die Hände und wirbelte singend und tanzend durch das Haus.

Fünf Minuten vor zwölf fuhr sie vor der Pension auf der H-Street vor. Fred Dasher winkte ihr zu und eilte die Treppen zu dem kleinen Dogcart herunter. Ein Reiter galoppierte heran, bog um die Hausecke und band seinen edlen Braunen an den Pfosten vor der außen am Haus befindlichen Treppe. Er lief die Stufen in den ersten Stock hinauf, ohne sich noch einmal umzuschauen.

»Das war doch John Booth, der Schauspieler!«

Fred zog sich die Krempe seines Strohhuts tiefer ins Gesicht. »Tatsächlich? Ich bin ihm noch nie begegnet. Ich kann mir gar nicht vorstellen, dass er etwas mit Mrs. Surratt oder irgendeinem der Hausbewohner zu tun hat.«

Gegen ein Uhr hatten sie das Haus nahe der Rockville Road erreicht. Hanna trug den Picknickkorb in die kleine Küche. Bisher hatten sie noch keinerlei Möbel hierher gebracht. Die Zimmer waren leer und hallten wider, waren jedoch dank des Vorbesitzers makellos sauber. Durch die Fensterläden fiel das Sonnenlicht in Streifen auf den Eichenfußboden des Wohnzimmers. Hanna holte eine rot-blau gemusterte Wolldecke aus einem Wandschrank. Am letzten Sonntag hatten sie und der Major auf der Decke gesessen und geplant, wo sie ihre Möbel hinstellen wollten. Das heißt, sie hatte geplant, während der Major sich beschwert hatte. Er wollte am liebsten alles neu kaufen. »Wir haben das Geld.«

»Hier, das ist bequemer.« Sie schüttelte die Decke auseinander. Fred half ihr, sie auszubreiten. Von der nahen Landstraße, wo Earlys Artillerie tiefe Krater hinterlassen hatte, drangen nur schwache Geräusche herüber. Während sie die Decke zwischen sich gespannt hielten, sahen sie einander an. Er stieß eine Art Seufzer aus und murmelte ihren Namen: »Hanna.« Dann ließ er die Decke fallen, trat darauf und umarmte sie.

Erregt, aber ängstlich legte sie ihm die Arme um den Hals und küsste ihn. Würde er sie zu dünn, zu jungenhaft finden? *O Gott, hoffentlich nicht*, dachte sie, während sie sich auf den Boden knieten. Sie zerrten sich die Kleider vom Leib wie ausgehungerte Kinder, die man plötzlich an einen reich gedeckten Tisch gesetzt hat.

Später lagen sie nackt auf dem harten Dielenboden, die Decke über sich gebreitet. Hannas blondes Haar floss über seine Schulter. Er hielt sie mit seinem starken Arm umfasst. Noch nie hatte sie etwas Vergleichbares gefühlt wie das ekstatische Beben, das sie kurz zuvor erfahren hatte.

»Ich glaube, ich habe mich schon im ersten Moment in dich verliebt«, sagte er.

»Mir ging es genauso. Ich hatte nie viele Verehrer.«

»Wir wissen nicht viel voneinander.«

»Jetzt, da du nicht über deine Arbeit sprechen kannst, sogar noch weniger.« Er schwieg. »Wirst du nach Washington zurückkommen?«

»Keine Ahnung. Vermutlich nicht.«

»Wann werde ich dich wiedersehen?« Sie rollte sich zu ihm hin, ihre rechte Brust drückte sich in seine Seite. Sie wünschte, sie hätte etwas mehr Oberweite. »Ich liebe dich, Frederick. Ich kann es nicht ertragen, mich von dir zu trennen.«

Er küsste sie zärtlich. »Ich liebe dich auch. Wenn der Krieg vorbei ist, werde ich dir mein Zuhause in der Nähe von Front Royal im Shenandoah Valley zeigen. Eine Pferdefarm, schon seit langem in Familienbesitz. Ich schätze, der verfluchte Sheridan hat inzwischen alle Pferde gestohlen, vielleicht auch die Gebäude niedergerissen. Doch das Land gehört immer noch mir, und ich werde die Farm wieder aufbauen. Es ist ein wunderschöner Flecken Erde.«

»Ich würde sie sehr gern sehen.« Sie streichelte sein Gesicht. »Ist der Krieg sehr furchtbar für dich?«

»Nicht schlimmer als für andere auch. Etwas Schreckliches ist mir an einem Ort namens Garlick's Landing zugestoßen, auf der Halbinsel. Es hat mich für eine ziemlich lange Zeit völlig aus der Bahn geworfen.«

»Wirst du es mir erzählen?«

»Noch nicht. Aber eines Tages.«

»Der Krieg ist so gefährlich. Man kann so leicht …« Sie konnte es nicht aussprechen.

»Mir wird nichts passieren. Ich werde es nicht zulassen.« Er hob ihre Hand an seinen Mund und küsste sie. »Ich hatte in den letzten Jahren nicht viel, für das es sich zu leben lohnte. Jetzt schon.«

Sie konnte die Tränen nicht länger zurückhalten. »Oh, Liebling. So geht es mir doch auch, ganz genauso.«

62

Oktober 1864

Die geschlossene Kutsche rumpelte durch den dichten Verkehr über die Avenue. Lon ritt einen Rotfuchs und hielt sich auf der linken Seite der Kutsche, dicht neben der Tür. Es war der letzte Freitagabend im Oktober, der Tag, an dem er das erste Mal seinen Dienst für das Weiße Haus verrichtete.

Die Aufgabe, den Präsidenten zu schützen, zeigte zwar, welches Vertrauen Baker Lon entgegenbrachte, verschaffte ihm aber nicht die gleiche grausame Befriedigung wie seine gewohnte Arbeit für Bakers Polizeitruppe. Es quälte ihn inzwischen nicht mehr, jemanden ohne Haftbefehl, nur mit gezücktem Revolver festzunehmen. Wenn er Verdächtige ohne jegliche Beweise stellte, sagte er sich jedes Mal, dass er der Union schon einen Gefallen erweise, wenn auch nur die Hälfte von ihnen tatsächlich schuldig sei. Es machte ihm sogar Spaß, einem Verdächtigen die Zähne einzuschlagen, wenn dieser sich wehrte. Er rächte sich immer noch für Sledge und Zach Chisolm an den Sezessionisten.

An diesem Abend kam er sich vor wie ein Leichenbestatter. Seine gesamte Kleidung, von dem einreihigen Wollanzug über Weste und Halstuch bis zu dem breitkrempigen Filzhut, war schwarz. In einer Schlinge unter dem linken Arm trug er einen Deane & Adams, 36er-Kaliber, einen Double-Action-Revolver mit fünf Schuss, der weniger sperrig war als sein Navy-Colt. Baker hatte darauf bestanden, dass er sich einen zulegte. »Ward Lamon macht uns wegen angeblicher Morddrohungen gegen den Präsidenten die Hölle heiß, ob sie nun echt oder eingebildet sind. Er würde Lincoln am liebsten an seinem Stuhl festbinden, um ihn von den Theatern fern zu halten.« Lon konnte sich nur zu gut an Lamon erinnern. Der Mann, der Pinkerton einen nur auf seinen Vorteil bedachten Opportunisten genannt hatte, war inzwischen Marschall des District of Columbia.

Der dünne, kränklich aussehende Präsident hatte seiner stämmigen Gattin vor dem Nordportikus in die Kutsche geholfen. Lon hatte er kaum eines Blickes gewürdigt, denn er war viel zu sehr damit beschäftigt gewesen, die vier Reiter der Leichten Garde anzuweisen, sie sollten zurückbleiben.

Im Westen hörte man ein Trockengewitter. Der Wind wirbelte Staubwolken, Bauschutt und Zeitungsreste durch die Straßen, begleitet von dem üblichen Geruchscocktail, der die Stadt beherrschte. Lon hatte selten so viele Uniformen auf der Avenue gesehen. Jeder Zug aus dem Norden und Westen spuckte Hunderte von Soldaten aus, die zur Wahl beurlaubt worden waren. Die Regierung war voll und ganz mit den Bemühungen beschäftigt, Lincolns Präsidentschaft zu retten. Baker erzählte, dass Stanton schon seit Monaten routinemäßig alle Schreiben verlege, in denen die Beförderung von Offizieren gefordert wurde, die im Verdacht standen, den Kandidaten der Demokraten zu favorisieren.

Lon hörte Musik. Er konnte den Qualm der Fackeln bereits riechen, ehe er die Marschierenden sah. Sie strömten in Zehnerreihen in die Avenue, von einer Kapelle im Gleichschritt gehalten. Er klopfte gegen die Tür der Kutsche. »Wir fahren auf eine Wahlparade zu, Herr Präsident. Ich schlage vor, wir biegen ab.«

»Sind sie für oder gegen mich?«

Lon kniff die Augen zusammen, um die Schriftzüge auf den großen, eckigen Transparenten zu entziffern, die in den ersten Reihen getragen wurden. »Auf jeden Fall für Sie. Ich kann ein Transparent des republikanischen Elephant Club sehen, und ein Bild von General McClellan, das mit ›Feind der Freiheit‹ betitelt ist. Wir können in die 11th Street abbiegen, wenn Sie möchten.«

»Gut, aber bleiben Sie hinter der Ecke stehen, damit ich zuschauen kann. Wie Sie vielleicht wissen, habe ich in dieser Stadt nicht allzu viele Bewunderer.«

Lon konnte Lincolns Galgenhumor verstehen. Lange vor der Wahlversammlung hatten einige Republikaner gewollt, dass er für einen Kandidaten Platz machte, der ihnen geeigneter erschien, Grant oder Ben Butler. Lincolns Veto gegen den Wade-Davis-Rekonstruktionsplan hatte seine Schöpfer, Senator Wade aus Ohio und den Abgeordneten Davis aus Maryland, erzürnt. Im August hatten sie ihrem Unmut in Greeleys *Tribune* Luft gemacht. Das Wade-Davis-Manifest beschuldigte Lincoln, in die Machtbefugnisse des Kongresses einzugreifen und selbst Gesetze zu schaffen, statt diese zu achten und sie auszuführen.

Lon sagte dem Kutscher, er solle anhalten, damit der Präsident die Parade sehen konnte. Wenige Leute auf der 11th Street bemerkten den Mann überhaupt, der sich aus dem Fenster der Kutsche lehnte. Hunderte von Fackeln, Laternen und Transparenten wurden an der Kreuzung vorbeigetragen, gefolgt von der Musikkapelle und Pferdewagen, auf denen die »Veteranen für Lincoln« saßen, schließlich kam eine zweite Kapelle und noch mehr Fußvolk. Lon klappte seine Taschenuhr auf.

»Verzeihen Sie, Sir, aber das Stück beginnt bereits.«

»Ja, ich habe genug davon, hier herumzustehen. Es ist kalt.« Das kam von Mary Lincoln, die noch genauso zänkisch war, wie Lon sie von der schrecklichen Fahrt durch Baltimore in Erinnerung hatte.

»Ja gut, Mutter. Wir fahren weiter.« Ein Klopfen auf das Dach setzte die Kutsche in Bewegung. An der Ecke von 11th Street und F-Street rief ein Straßenjunge den Vorbeifahrenden zu: »Hier entlang zum Ford's Theater, noch ein Block bis zum Ford's, es gibt noch freie Plätze.«

Die Kutsche bog von der F-Street nach rechts in die 10th Street und hielt auf der falschen Straßenseite, damit Lincoln zur Bordsteinseite aussteigen konnte. Gaslicht beleuchtete die grellbunten Plakate rechts und links der Türen. An diesem Abend zeigte Ford's STRASSEN VON NEW YORK – DIE GROSSARTIGE WIEDERAUFNAHME DES HERZZERREISSENDEN DRAMAS VON MR. DION BOUCICAULT. Lon stieg ab. Er übergab die Zügel zusammen mit einem Geldstück einem schwarzen Jungen.

»Sie steht für Sie bereit, wenn die Vorstellung vorbei ist«, sagte der Junge.

»Nein, fünfzehn Minuten früher.«

Ein Blitz zuckte über den Himmel, doch das Donnergrollen blieb weit entfernt. Die Kutschentür öffnete sich. Lincoln stieß mit seinem seidenen Hut gegen die Tür, ergriff ihn jedoch noch rechtzeitig, ehe er herunterfiel. Er lachte, und sein Blick blieb an Lon hängen. »Sie habe ich doch schon mal gesehen. Das erste Mal in Harrisburg, oder?«

»Sie haben ein hervorragendes Gedächtnis, Herr Präsident. Price heiße ich. Damals habe ich noch für Pinkerton gearbeitet.«

»Ja, Sir. Mr. Price, willkommen bei der langweiligsten Arbeit, die man in dieser Stadt verrichten kann!«

Lincoln half seiner Frau auszusteigen. Auch sie konnte sich an Lon erinnern und rümpfte verächtlich die Nase. Das Leben unter den Mächtigen war schon manchmal eine Strafe.

John Ford und einer seiner Assistenten kamen nach draußen, um die Lincolns zu begrüßen und sie über die mit Teppichen ausgelegten Treppen nach oben zu geleiten. Lon folgte ihnen. Sie gingen über den verdunkelten ersten Rang, vorbei an einer Reihe von Köpfen, die sich nach ihnen umdrehten. Jemand rief aus: »Da ist er!« Die Leute applaudierten. Lincoln schwenkte seinen Zylinder zum Gruß, wurde aber von seiner verärgerten und ungeduldigen Frau weitergezerrt.

Ein Durchgang führte vom ersten Rang in die Präsidentenloge. Ursprünglich waren es zwei Logen gewesen, zwischen denen man die Trennwand entfernt hatte. Die prunkvolle Tapete hatte die Farbe von schwerem Rotwein. Lincoln rückte einen Sessel für seine Frau zurecht und lehnte sich dann über die Brüstung, um sich zu verbeugen und für den Applaus zu bedanken, während die Schauspieler auf der Bühne in ihrer Darstellung innehielten. Der Präsident hob seine Frackschwänze an und setzte sich in den Schaukelstuhl. Er sah, dass Lon sich auf seinen Beobachtungsposten im Durchgang begeben wollte. »Nein, nein, Mr. Price, bleiben Sie bei uns. Schauen Sie sich das Stück an.«

Lon dankte ihm, trat in die Loge zurück und stellte sich mit dem Rücken zur Tür. Mrs. Lincoln zog einen japanischen Fächer aus ihrem perlenbestickten Täschchen und schlug ihn geräuschvoll auf. Mit ihrem ostentativen Fächergewedel zog sie die Blicke der ihr gegenüber Sitzenden im ersten Rang auf sich.

Das an diesem Abend aufgeführte Melodram hatte eine reichlich komplizierte Handlung. Es ging um einen Mann, dem Unrecht angetan worden war, einen gewissen Hauptmann Fairweather. Des Weiteren kamen vor ein untreuer Bankbeamter namens Badger und ein strammer Held, der Mark Irgendwas hieß. Lon achtete kaum auf das Bühnengeschehen, sondern konzentrierte sich auf die Bereiche des Zuschauerraums, die er von seinem Platz aus sehen konnte.

Nach dem zweiten von fünf Akten fiel der Vorhang zur Pause. Lon erkundigte sich, ob der Präsident oder seine Frau vielleicht nach draußen gehen wollten. »Nein«, fuhr Mary Lincoln ihn an. Auf der gegenüberliegenden Seite des ersten Ranges standen die Leute auf und bewegten sich plaudernd auf den Mittelgang zu. Da entdeckte Lon Margaret Miller, die allein für sich im Zuschauerraum saß.

»Darf ich für einen Augenblick nach draußen gehen, Herr Präsident?«

»Aber sicher, Price. Stimmt irgendetwas nicht?«

»Nein, Sir, alles in Ordnung«, log Lon.

Überwältigt von Schuldgefühlen und wieder aufflammendem Verlangen, blieb er im Durchgang stehen. Margarets Gesicht strahlte in seiner Vorstellung auf. Er hatte sich bemüht, sie aus seinem Herzen und seinen Gedanken zu verbannen, nachdem er in New York zu der Entscheidung gekommen war, dass ihm nichts anderes übrig blieb. Im Lauf der Monate hatte der Schmerz nachgelassen, obwohl er sicher nie ganz verschwinden würde.

Als er in die Loge zurücktrat, blickte Margaret gerade zum Präsidenten und seiner Frau hinüber. Dann entdeckte sie ihn. Sie ließ ihr Programmheft fallen, saß stocksteif da und bemerkte den Gentleman nicht, der an seinen Platz zurückkehren wollte. Ihre Augen schienen zu brennen wie schwarze Opale. Er konnte ihrem Blick nicht ausweichen.

Der Feuerschutzvorhang ging hoch; die Gaslampen wurden heruntergedreht. Mr. Ford erschien auf der Vorbühne. »Ladys und Gentlemen, zu Ehren unserer berühmten Gäste, des Präsidenten und seiner Frau, haben wir eine besondere Einlage organisiert. Mr. Sothern, den Sie in der heutigen Vorstellung sehen können, wird uns mit einem Vortrag der beliebten Ballade ›Sheridans Ritt‹ von Mr. T. Buchanan Read erfreuen.«

»Nun, es ist die Zeit der Wahlen«, flüsterte Lincoln Lon zu. »Es kann also nicht schaden.«

Das Publikum pfiff und jubelte als Reaktion auf die Ankündigung. Eine Woche zuvor war General Philip Sheridan im Shenandoah Valley mit seinem großen schwarzen Pferd Rienzi von Winchester nach Cedar Creek galoppiert und hatte einen Gegenangriff gegen Jubal Early geführt. Als Folge von Sheridans Sieg hatten etliche Dichter die Öffentlichkeit mit ihren Lobeshymnen auf den General überschüttet; Reads Verse waren sofort ein riesiger Erfolg.

Mr. Sothern, ein britischer Schauspieler, der nach Amerika übergesiedelt war, trat ins Rampenlicht und deklamierte: »Ein Hurra, ein Hurra für Sheridan, ein Hurra, ein Hurra für Pferd und Mann!« Lons Blick glitt immer wieder zu Margaret hinüber.

Die zweite Pause wurde vor dem fünften Akt eingelegt, der als SPEKTAKULÄRE SCHLUSSSZENE! INFERNO IN DEN SLUMS! angekündigt worden war. Lon bezweifelte, dass irgendwelche Bühneneffekte wiederholen konnten, was er selbst in New York erlebt hatte. Er trat wieder in den Durchgang hinaus – und da stand sie, mit seltsamem, nachdenklichem Gesichtsausdruck.

»Guten Abend, Lon. Ich wäre fast in Ohnmacht gefallen, als ich dich gesehen habe.«

»Das Gleiche könnte ich auch von mir sagen. Du siehst großartig aus, Margaret.« Und das tat sie wirklich: Sie trug smaragdgrüne Seide und einen schwarzen Schal. Das Haar hatte sie am Hinterkopf zu einem Knoten hochgesteckt, aus dem sich kleine Löckchen ringelten, und ihn mit weißen Rosen geschmückt.

Die Tür der Loge öffnete sich. Margaret hielt den Atem an, als Lincoln heraustrat. Er lächelte mit einer Warmherzigkeit, die sein hässliches, mit Muttermalen übersätes Gesicht vergessen ließ. »Hallo zusammen. Mr. Price, wer ist denn diese reizende Besucherin?«

»Eine alte Freundin, Sir. Mrs. ...«

»McKee«, sagte sie. »Guten Abend, Mr. Lincoln.«

»Guten Abend, meine Liebe. Wir sind uns noch nicht begegnet. Kommen Sie aus Washington?«

»Eigentlich aus Baltimore. Und um ganz offen zu sein, Sir, ich fürchte, ich bin das, was Sie eine Sezessionistin nennen würden.«

»Nun, Mrs. McKee, das ist verzeihlich. Ich habe mir bei einigen meiner Freunde ziemlichen Ärger eingehandelt, weil ich nicht glaube, dass wir die Südstaatler unbarmherzig bestrafen sollten, wenn wieder Frieden herrscht. Ich schlage vielmehr vor, unseren gestrauchelten Brüdern die Hand zu reichen und ihnen wieder aufzuhelfen.«

»Mit wem sprichst du da, Vater?«, rief Mrs. Lincoln aus der Loge.

»Nur eine junge Freundin unseres Leibwächters.« Flüsternd fügte Lincoln hinzu: »Ich komme immer in die Bredouille, wenn Mutter mich dabei erwischt, wie ich mich mit einer anderen Frau unterhalte. Entschuldigen Sie mich.« Er kehrte in die Loge zurück. Ein Gongschlag kündigte den Beginn des letzten Aktes an. Margarets grünes, tief dekolletiertes Abendkleid betonte den weichen, runden Körper, den er in jener Nacht in Gramercy Park in den Armen gehalten hatte.

»Lon, warum hast du mich nicht abgeholt?«

»Ich konnte nicht.«

»Aber warum?«

Er ergriff ihre Hände. Ihre Haut war warm und duftete leicht nach einem Parfüm, das an Rosenblätter denken ließ. »Ich weiß nicht, ob ich dir das erklären kann, ohne dass du mich noch mehr hasst.«

»Was soll das heißen? Ich habe meinen Mann für dich verlassen. Das Mindeste, was du tun kannst, ist, mir die Wahrheit zu sagen. Hast du nach dem Theater Zeit?«

»Sobald ich die Lincolns zum Weißen Haus zurückbegleitet habe.«

»Dann komm mich danach besuchen. Ich wohne ...«

»Ich weiß, wo du wohnst. Am Franklin Square. Ich reite alle paar Tage dort vorüber. Ich habe dich manchmal gesehen.«

»Warum bist du dann nicht ...?«

»Weil ich dir nicht gegenübertreten konnte, Margaret.«

»... fällt dir ein, mit anderen Frauen zu flirten, Vater?«

»Mutter, das habe ich nicht. Ich war lediglich höflich zu einer Bekannten von Mr. Price.«

»Einer *weiblichen* Bekannten!«

»Mutter, mach doch bitte keine Szene. Die Leute schauen schon herüber.«

Das barsche Zwiegespräch ging weiter, doch Lon hörte kaum mehr hin. In Margarets Augen glänzten Tränen. Die Gasbeleuchtung wurde heruntergedreht. »Komm zu mir Lon, ich werde die ganze Nacht warten.«

»Ich werde kommen.«

»Das hast du schon einmal gesagt.«

»Ich werde da sein, das verspreche ich.« Er drückte ihr die Hand und schlüpfte in die Loge zurück. Mrs. Lincolns Wut war deutlich an ihrem Gesichtsausdruck und ihrer Haltung abzulesen. Der Präsident hatte seinen Schaukelstuhl von ihr fortgerückt und starrte mit leerem Blick auf die Bühne. Es hieß, er habe Albträume und depressive Verstimmungen. Kein Wunder.

Lon lehnte sich an die Wand; seine Gedanken rasten. Der Vorhang hob sich über dem letzten Akt, der im Inneren eines Mietshauses spielte. Margarets Platz gegenüber im ersten Rang blieb leer. Sie beide würden ihren eigenen letzten Akt spielen, noch ehe die Nacht vorüber war.

63

Oktober – Dezember 1864

»Du weißt gar nicht, wie sehr du mich verletzt hast. Du hast keine Vorstellung davon.«

Der Wind blies Staubwolken über den Franklin Square, die im Schein der Blitze silbern schimmerten. Der Donner blieb weit entfernt in den Bergen Marylands. Wieder würde ein Gewitter ohne Regen vorbeiziehen.

Lon saß mit einer brennenden Zigarette in der Hand da. Er hatte seinen Leichenbestattermantel abgelegt und das Halstuch gelockert. Margaret stand an einem der Fenster und war noch genauso perfekt gekleidet wie im Theater. Eine Standuhr in der Eingangshalle schlug Mitternacht.

»Lon, ich muss es wissen. Warum bist du nicht gekommen?«

»Weil etwas Furchtbares passiert ist. Ich war dafür verantwortlich. Dein Bruder Cicero war in New York…«

»Das habe ich dir nicht verheimlicht. Ich habe ihn am Gramercy Park gesehen, er ist dorthin gekommen.« Ein herabfallender Ast schlug gegen eine Fensterscheibe, laut wie ein Schuss. Sie hatte wegen der beinahe ständig aufleuchtenden Blitze keine Lampe angezündet. Die oberen Stockwerke des Hauses ächzten und stöhnten im Wind. Lon fand einen marmornen Aschenbecher, um seine Zigarette darin auszudrücken.

»Ich habe ihn gesucht. Das war meine Pflicht. Ich wusste, dass er ein Agent der Konföderierten war, und ich habe ihn an einem Treffpunkt der Sezessionisten gefunden. Als ich versuchte, ihn festzunehmen, floh er. Ich bin ihm gefolgt. Er lief in ein Gebäude, das während der Unruhen in Brand gesteckt worden war. Er muss in Panik gewesen sein. Ich habe ihn in die Enge getrieben, worauf er versucht hat, mich zu töten. Ich habe es gerade noch geschafft, aus dem Gebäude zu fliehen, ehe es komplett abbrannte. Er ist nicht mehr rechtzeitig rausgekommen.«

Das schien Margaret erst mal verdauen zu müssen. Sie fasste sich an den Hinterkopf, zog die Haarnadeln heraus und schüttelte ihr dichtes dunkles Haar aus, bis es ihr über die Schultern fiel. Kleine weiße Röschen lagen über ihren Rock verstreut. »Als du in Richmond inhaftiert warst, hat mein Bruder dich gefoltert, oder?«

»Woher weißt du das? Ich habe es dir nie erzählt.«

»Er hat es mir gesagt.«

»Was?« Lon trat auf sie zu und versuchte, ihren Gesichtsausdruck zu erkennen. Sie schlüpfte an ihm vorbei, klapperte mit einer Streichholzschachtel und entzündete eine Lampe. Der Ausschnitt ihres Kleides erregte ihn in einer Weise, die im Augenblick gänzlich unangemessen war. Trotzdem konnte er es nicht verhindern.

»Setz dich, Lon. Ich erzähle dir, was ich weiß.«

Er griff nach ihrer Hand, doch sie wich ihm aus und ging zu einem Sofa auf der gegenüberliegenden Seite des Salons. Sie setzte sich und faltete die Hände im Schoß.

»Cicero ist bei diesem Brand nicht umgekommen. Genau wie du hat er es geschafft zu fliehen. Doch er hat schreckliche Verbrennungen erlitten. Hier hat er Narben«, sie berührte ihren Hals, »und auch auf der Hand. Und irgendetwas ist seitdem mit ihm geschehen. Er ist noch seltsamer geworden als früher, sofern das überhaupt möglich ist. Es fällt mir schwer, mir die Wahrheit über meinen Bruder einzugestehen. Er ist ein schrecklicher Mensch. Voller ... ich weiß auch nicht ... voller Gift.«

»Wo hast du ihn das letzte Mal gesehen?«

»Hier. In diesem Zimmer.«

»Wann?«

»Im Juli. Direkt nach Jubal Earlys Angriff.«

»Was hat er in Washington gemacht? Hatte er einen Spionageauftrag?«

»Ich nehme es an. Er reiste unter falschem Namen, Hiram Seth. Er hat dauernd davon geredet, wie er die Konföderation im Alleingang retten wolle. Wie er ganz weit oben ansetzen wolle. So weit oben, dass ich mich wundern würde. Das waren seine Worte: Ich würde mich wundern.«

»Was heißt das, er will ganz oben ansetzen? Will er eine Person treffen? Oder ein Gebäude? Das Capitol? Das Weiße Haus? Wir haben Berichte über konföderierte Agenten in Kanada erhalten, die eine Verschwörung planen und weitere Brände in New York legen wollen. Hat er so etwas vor?«

»Lon, ich schwöre dir, er hat es mir nicht erzählt. Er hat mir gedroht, und das auf nicht besonders subtile Weise.«

»Dir gedroht? Wie?«

»Ich habe ihn so verstanden, dass ich Vergeltungsmaßnahmen zu befürchten hätte, falls ich irgendetwas von dem, was er mir gesagt hat, weitererzähle. Ich fürchte, Cicero ist geistesgestört. Ich kann ihn kaum mehr als mein eigen Fleisch und Blut betrachten. Er ist eine kranke, verquere Bestie, die Freude daran hat, anderen Menschen wehzutun. Er rechtfertigt sich damit, dass er sie zu Feinden erklärt.«

»Ich fürchte, damit hast du alles andere als Unrecht.« Lon blickte auf den Franklin Square hinaus, der verlassen in der stürmischen Herbstnacht lag.

»Du hast mich in New York nicht abgeholt, weil du glaubtest, dass du für seinen Tod verantwortlich wärst?«

Er ging zum Sofa hinüber. Der Duft nach Rosenblättern umfing ihn. »Wie hätte ich dir gegenübertreten sollen? Mit dir zusammenleben sollen? Ich konnte es einfach nicht.«

»Gott, dieser Krieg zerbricht die Menschen. Schau dir nur an, was er aus uns gemacht hat. Er hat uns ruiniert. Mich hat er ruiniert.«

Er setzte sich neben sie, berührte sie aber nicht, obwohl er die Wärme ihres Körpers greifbar nah spüren konnte. »Margaret, du wolltest Rache für deinen Vater. Du wolltest jemanden dafür büßen lassen. Das ist verständlich.«

»Ich weiß, aber es war falsch.« Sie schlug sich mit der Faust auf das Knie. »Es war dumm. Ich hatte nie die Nerven dazu. Ich bin nicht diese Art Frau. Ich dachte, ich wäre es, aber ich bin es nicht.«

»Aber du hast doch für sie spioniert.«

»Das war ein Spiel. Eine Freizeitbeschäftigung für vornehme Damen und Herren, mit Rose als Spielleiterin. Rose lebt nicht mehr. Sie ist bei dem Versuch, nach Wilmington zu gelangen, ertrunken, wusstest du das?«

»Ja, die Zeitungen haben ausführlich darüber berichtet.«

»Der Krieg hat sich verändert, nicht wahr? Er ist nicht länger ein Spiel. Das musste ich am eigenen Leib erfahren.«

»Ich ebenfalls. Und das hat auch jeder der West-Point-Generäle erfahren müssen, der zunächst gesagt hat, der Krieg würde lediglich neunzig Tage dauern. Und jeder Rebellendandy, der sich einen Federhut aufgesetzt hat und in einen vermeintlich edlen Kreuzzug geritten ist. Der Krieg hat sich verändert, und er hat alle Beteiligten verändert.« Lon war so angespannt, dass ihm Arme und Beine schmerzten. Er verschränkte die Hände zwischen den Knien.

»Ich bin deinem Bruder gar nicht mehr so unähnlich, Margaret. Inzwischen bin ich so weit, dass es mir Spaß macht, meinen Feinden wehzutun. Teilweise liegt es daran, dass ich den Sieg für unsere Seite will, zum andern will ich die Freunde rächen, die ich verloren habe. Vor allem aber, glaube ich, liegt es an meiner Arbeit selbst. An den Lügen. Der Verstellung. Der Brutalität. Man gewöhnt sich daran. Einer meiner getöteten Freunde, ein Detektiv namens Greenglass, hat mich mal gewarnt. Er hat gesagt, Schmutz färbt ab. Ich wollte nicht auf ihn hören.«

Sie verschränkte die Arme vor der Brust und neigte den Kopf. Er hatte Angst, sie zu verärgern, wenn er sie berührte, doch er konnte seine Hand nicht zurückhalten. Er legte sie sanft auf ihre. Sie blickte auf. Im Schein eines Blitzes sah er die Tränen, die ihr über die Wangen liefen.

Ein paar Sekunden lang saßen sie bewegungslos da. Dann, wie von einer magnetischen Kraft angezogen, beugte sie sich im selben Moment vor wie er. Sie schlangen die Arme umeinander, und ihre Münder trafen sich voller Sehnsucht und Verlangen.

Im ersten Stock, im warmen und schläfrigen Nachklang ihrer Liebe, lächelte er unsicher, während er sagte: »Ich glaube, ich habe eine Frage außer Acht gelassen, die einige Auswirkungen auf unsere Zusammenkunft haben könnte. Wo ist dein Ehemann?«

»Wahrscheinlich bei irgendeiner Frau im Bett.« Sie küsste ihn auf den Mundwinkel. »Wen kümmert das?«

»Du bist immer noch verheiratet, oder?«

»Nicht mehr lange. Donal hat die Scheidung eingereicht, wie ich von seinen Anwälten erfahren habe.«

Sie drehte sich auf den Rücken und schmiegte sich an ihn. Er zog das gestärkte Bettlaken über sie und legte seine Hand auf ihre nackte Brust.

»Ich muss wieder zurück an die Arbeit.«

»Das habe ich schon befürchtet.«

»Doch ich werde dich nicht wieder aufgeben. Nicht noch einmal. Wir schließen unseren eigenen Waffenstillstand, bis es vorüber ist.«

»Bis der Süden sich ergibt?«

»Ja. Eine Kapitulation ist unumgänglich. Der Süden kann zwar noch eine Zeit lang kämpfen, doch er hat weder genügend Männer noch Mittel, um sich zu behaupten.«

»War es falsch von uns, die Union zu verlassen und zu kämpfen?«

»Ja. Das ganze Gerede über das Recht der Einzelstaaten und das Aufrechterhalten eines Erbes, einer Lebensweise – das kann man vielleicht noch mehr oder weniger hinnehmen. Doch ein harter Brocken ist nicht so leicht zu schlucken: die Sklaverei. Sie ist eine Sünde und muss aufhören.«

»Wann, glaubst du, wird es vorbei sein?«

»Nächstes Jahr, hoffe ich. Wenn wir Glück haben, bereits früher.«

»Können wir unseren eigenen Waffenstillstand so lange aufrechterhalten?«

»Bei Gott, ich werde alles versuchen.«

»Ich auch.«

Er wagte nicht, ihr mitzuteilen, dass er Cicero bis zum bitteren Ende verfolgen, ihn, falls nötig, auch mit Gewalt festnehmen würde, besonders, nachdem er von Ciceros großem Plan gehört hatte. Ein letzter aufzuckender Blitz tauchte die Zimmerdecke in weißes Licht und erlosch. Dann lagen sie nebeneinander in einer Dunkelheit, die so tief und undurchdringlich war wie die Zukunft selbst.

Später am Vormittag setzte Lon Lafayette Baker von Ciceros Auftauchen in Washington in Kenntnis. Margaret wusste davon, sagte aber nichts dazu. Sie billigte es weder offen, noch äußerte sie Missfallen.

Baker übertrug Lons Beschreibung von Millers Brandverletzungen in ein dickes Dossier, das Angaben über mutmaßliche Agenten des konföderierten Nachrichtendienstes enthielt. »Ich werde Lamon davon unterrichten, dass man Miller hier gesehen hat. Ich kann mir kaum vorstellen, dass er noch in der Stadt ist, doch wir werden die Augen offen halten. Welchen Plan er auch ausheckt, er wird vermutlich Komplizen brauchen.«

»Da stimme ich Ihnen zu«, meinte Lon. »Doch wer sind diese Komplizen? Wie sollen wir sie finden?«

Keiner von ihnen wusste eine Antwort darauf.

Lon überprüfte die Schlösser an Vorder- und Hintertür von Margarets Haus und erklärte, dass sie nicht ausreichend sicher seien. Er kaufte bei einem Eisenwarenhändler neue Schlösser, stieg in den feuchten Keller des Hauses hinab, um Werkzeug zu suchen, kam jedoch mit leeren Händen wieder herauf und ging noch einmal zum Eisenwarenhändler zurück. An einem Vormittag, als er keinen Dienst für das Weiße Haus leisten musste, tauschte er die alten gegen die neuen Schlösser aus, die über schwere Riegel verfügten. Margaret belohnte ihn mit einem üppigen Frühstück aus Eiern mit Schinken, Hafergrütze und süßen Brötchen, die sie selbst gebacken hatte.

Zu Weihnachten überreichte er ihr ein Geschenk, das sie ziemlich überraschte, als sie die lackierte Schachtel öffnete.

»Es ist ein 31er-Colt. Eine sehr gute Waffe. Ich habe auch eine Zeit lang einen besessen. Er wird gut in deine Handtasche passen. Wir gehen auf das Freigelände hinter dem Weißen Haus, und ich bringe dir bei, wie man damit schießt.«

»Ich habe eine Deringer. Warum um alles in der Welt brauche ich noch eine Waffe?«

»Weil man mit einer Deringer nur einen Schuss abgeben kann. Weil du allein lebst und ich nicht die ganze Zeit bei dir sein kann. Weil Grant die Sperre für den Gefangenenaustausch lockert und die Straßen voll sind mit Unionssoldaten, die schon seit Monaten keine Frau mehr zu Gesicht bekommen haben. Weil es beinahe genauso viele konföderierte Deserteure in der Stadt gibt. Weil ich dich liebe.«

Margaret küsste ihn. Damit war die Diskussion beendet.

64

Januar 1865

Washington feierte das neue Jahr mit einem Optimismus, der Booth ganz krank machte. Der verfluchte Tyrann im Weißen Haus hatte die Wiederwahl mühelos gewonnen. Richmond glaubte immer noch daran, dass man Lincoln benutzen könne, um Friedensverhandlungen zu erwirken, allerdings nicht, um konföderierte Kriegsgefangene zu befreien. Inzwischen erlaubte Grant den Austausch von Gefangenen wieder.

Per Telegramm hatte der verabscheuungswürdige General Sherman dem Präsidenten ein Weihnachtsgeschenk verkündet: die Einnahme der Hafenstadt Savannah. Shermans Truppen waren zusammen mit einer weiteren Armee aus Plünderern und Rachsüchtigen über Georgia hergefallen und hatten die Stadt verwüstet. Nun war »Cump« Sherman bereit, seinen Vernichtungskrieg auch in die beiden Carolinas zu tragen. Der verfluchte Nigger liebende Kongress drückte den Verfassungszusatz zur Abschaffung der Sklaverei durch. Die ganze Welt stand Kopf, doch die zweite Amerikanische Revolution war zum Scheitern verurteilt. Booths geliebter Süden strauchelte zielsicher auf Niederlage, Kapitulation und Demütigung zu. Je gewisser das wurde, desto mehr wuchs sein Hass auf den vermeintlichen Hauptschuldigen.

An einem grauen Januarmorgen, an dem Booth gegen Niedergeschlagenheit und Kopfschmerzen zu kämpfen hatte, kleidete er sich ausgehfein mit den militärischen Accessoires, für die er neuerdings eine Vorliebe hegte: Kavalleriesporen aus Messing, Lederhandschuhe und einen Jeff-Davis-Hut aus grauem Filz mit schwarzer Feder, dessen linke Krempe hochgeschlagen war.

Seine Theaterkarriere interessierte ihn nicht mehr so wie früher. Er hatte vor kurzem noch den Romeo im Grover's Theater gegeben, doch er hatte die Rolle lustlos gespielt, wenn auch etwas nüchterner als sein verstorbener Vater, der gern damit geprahlt hatte, dass er jede männliche Hauptrolle des Shakespeare'schen Repertoires in sturzbetrunkenem Zustand spielen könne. Was er auch oft getan hatte.

Sollten doch die anderen aus seiner Familie den Ruhm für sich in Anspruch nehmen: sein älterer Bruder Edwin, der die Disziplin hatte, die ihm fehlte, oder sein Bruder June – Junius Booth Junior –, der großes Interesse für die Bühnenleitung zeigte. Als Jüngstem der Familie waren Booth Berühmtheit und Frauen stets wichtiger gewesen als die harte Arbeit, die sein Handwerk verlangte. Nun, mit siebenundzwanzig, war er besessen von seiner neuen, großen Mission.

Um sie zu erfüllen, hatte er eine kleine Verschwörergruppe um sich versammelt, die Besten, die er auftreiben konnte. Samuel Arnold und Michael O'Laughlin waren Jugendfreunde aus Maryland.

Der extravagante O'Laughlin sah auf finstere Weise gut aus, Arnold dagegen war eher still und unauffällig. Arnold führte die Bücher im Futtermittelhandel seines Bruders, O'Laughlin verdingte sich als einfacher Landarbeiter. Beide waren ehemalige Soldaten.

Den eher simpel gestrickten Davy Herold mit den vorstehenden Zähnen und dem albernen Grinsen hatte Booth rekrutiert, da Herold durch seine Jagdausflüge die abgelegenen Wege und Nebenstraßen Marylands kannte wie seine Westentasche. Atzerodt, der kleine Deutsche aus Port Tobacco, wusste dagegen gut Bescheid über die Strömungen des Potomac. Er arbeitete eigentlich als Kutschenbauer, diente der Sache jedoch als geheimer Fährmann über den Fluss.

Und schließlich war da noch Johnny Surratt, dessen Mutter die Pension betrieb, in der sie sich zusammenfanden, obwohl sich nie mehr als zwei oder drei Leute auf einmal dort trafen. Keiner hatte je sämtliche anderen Beteiligten kennen gelernt und würde es auch nicht, falls es nicht absolut notwendig war. Booth hielt das für eine gute Methode, den Erfolg seines Vorhabens zu gewährleisten.

Die Männer waren zwar geeignet, aber nicht unbedingt die Idealbesetzung. Atzerodt und Herold hatten kein Hirn, Arnold war gelegentlich dickköpfig und streitsüchtig. Der Gruppe fehlte ein guter Soldat, den Booth damit beauftragen konnte, jemanden zu töten, und zwar im sicheren Wissen, dass er den Auftrag auch ausführen würde. Dieser Mangel war nur eine der vielen Unwägbarkeiten des Komplotts, die Booth bereits morgens um acht oder neun Uhr zum Schnapsvorrat greifen ließen.

»Johnny?«, quengelte Ella aus dem Schlafzimmer. »Gehst du weg?«

Er warf sich einen Umhang über die Schultern. Himmel noch mal – wie es im Wohnzimmer stank! Schmutzige Hemden und Unterwäsche hingen über den Sesseln und türmten sich in den Ecken. Ein halbes Dutzend Whiskeyflaschen zierte den Schreibtisch. Er wollte nicht, dass das Zimmermädchen in seinen Räumen herumschnüffelte, und verließ sich darauf, dass Ella ein- oder zweimal in der Woche sauber machte. Die kleine Schlampe war jedoch alles andere als fleißig.

»Ich gehe ins Ford's«, rief er. Sein Kollege Forrest spielte an diesem Abend *Jack Cade*. Booth wollte sich noch einmal einen Platz in der Präsidentenloge sichern, um sie sich genauer anzuschauen.

»Wir haben noch gar nicht gefrühstückt!«

»Geh in den Speiseraum! Lass anschreiben!«

Ella schob ihren pummeligen Körper um den Türrahmen und schmollte. Ihr grellbunter Morgenmantel klaffte auseinander. Er sah den erregten Zustand ihrer Brustwarzen und rümpfte die Nase.

»Ich will dich noch mal, Johnny! Geh nicht weg!«

»Um Himmels willen, Ella, wir haben die halbe Nacht lang gevögelt! Ich bin müde und habe anderes im Sinn!«

Sie hob ihren Morgenrock und bot sich ihm dar. »Johnny, bitte geh nicht weg. Du bist in letzter Zeit so komisch geworden, seit du mit all diesen Nichtsnutzen herumhängst.«

»Halt die Klappe!« Booth sprang zum Schreibtisch und warf eine fast leere Flasche nach ihr. Ella kreischte und duckte sich. Die Flasche zerschellte an der Wand und zerbrach in tausend Scherben. Der Whiskey rann die Tapete herunter und hinterließ dunkle Flecken.

»Oh, du hast furchtbare Laune, Johnny, furchtbar!« Ella äugte um den Türrahmen, bereit, sofort in Deckung zu gehen, falls er den nächsten Gegenstand warf. Booth strich sich mit zitternder Hand über den Schnurrbart und zeigte auf die Glasscherben.

»Und wenn ich zurückkomme, will ich das da nicht mehr sehen!«

An diesem Nachmittag traf er sich mit Sam Arnold in einem Café am Rand der Northern Liberties. Sie setzten sich an einen Ecktisch, möglichst weit entfernt von den anderen Gästen.

»Wir werden unseren Plan in zwei Tagen ausführen, am Mittwoch, dem 18.«, sagte Booth. »Forrest spielt wieder Jack Cade. Das ist ein Stück, das Lincoln gefällt.«

»Wieso?«

»Woher zum Teufel soll ich das wissen? Bin ich sein Vertrauter? Jack Cade führt eine Revolte von Leibeigenen an. Vielleicht sieht der Affe darin Sklaven, die sich gegen ihre Herren auflehnen.«

Arnold betrachtete misstrauisch seine Steinguttasse; den Kaffee hatte er noch nicht probiert. »Ich habe den gleichen Einwand wie sonst auch. Woher wollen wir wissen, ob er tatsächlich kommt, um sich das Stück anzusehen? Häufig verkünden es die Zeitungen erst am Spätnachmittag. Manchmal schreiben sie gar nichts darüber.«

»Es ist immerhin eine Chance, die wir nutzen müssen. Und das Ford's ist der ideale Ort.«

»Johnny, ich sag dir doch immer wieder, es ist *nicht* der ideale Ort. Ihn aus einem Theater zu entführen, vor allem aus dem Ford's, ist nicht besonders schlau. Die Loge dort hat keinen separaten Zugang. Der einzige Weg nach draußen führt über den ersten Rang.«

»Wir fesseln ihn und lassen ihn aus der Loge auf die Bühne hinunter. Es sind nur dreieinhalb Meter, ich kann da leicht hinunterspringen.«

»Das sollen wir mit einem ausgewachsenen Mann machen?«

Aschgrau im Gesicht flüsterte Booth: »Sprich gefälligst etwas leiser!«

»Entschuldigung. Doch meine Frage ist berechtigt. Wenn er sich nun wehrt? Er ist groß!«

»Er ist ein Schwächling. Die meiste Zeit über ist er außerdem krank.«

»Er hat immer einen Leibwächter bei sich.«

»Den wirst du mit einer Pistole in Schach halten. Wir stellen Michael an die Gasbeleuchtung neben dem Souffleurpult. Er wird das Theater verdunkeln, sobald Linc … unser Mann auf der Bühne angekommen ist. Davy wird an der Hintertür die Pferde bereithalten. Ich hoffe, dass er wenigstens dazu nicht zu blöd ist«, fügte Booth mit einem verächtlichen Kopfschütteln hinzu.

Sam Arnold schob seine Kaffeetasse weg. »Es gefällt mir nicht. Ich mach das nicht. Das ist mein letztes Wort, Johnny. Ich mach es nicht, wenn wir ihn uns nicht irgendwo draußen schnappen, wo wir eine bessere Chance haben.«

»Verdammt noch mal, Sam! *Verdammt!*« Zwei ältliche Damen, die am Fenster saßen, drehten sich um und starrten herüber. »Das ist *mein* Plan – und er wird so ausgeführt, wie ich es für richtig halte!«

»Tatsächlich, Johnny? Ich dachte, der Plan käme aus Richmond.« Booths Hand schnellte nach vorn und stieß die beiden Kaffeetassen zu Boden.

Der struppige alte Mann, dem das Café gehörte, kam, so schnell er konnte, aus der Küche gehumpelt. »Was ist hier los? Wer nimmt hier mein Café auseinander? Oh, Booth, Sie sind es. Das hätt ich mir denken können!«

Der Schauspieler zog ein paar Geldscheine aus der Tasche und warf sie dem alten Mann zu. »Wenn Sie mich nicht mehr als Gast haben wollen – es gibt genügend andere, die mich gern bei sich sehen!« Er riss seinen Federhut vom Nachbartisch, warf Sam Arnold einen wütenden Blick zu und marschierte mit klirrenden Sporen zur Tür.

Der alte Mann kniete sich mit einem Wischlappen auf den Boden. »Diese Booth-Familie, die sind alle verrückt! Und Ihr Freund ist der Schlimmste!«

Arnold erwiderte: »Man nennt sie nicht ohne Grund die verrückten Booths aus Maryland!«

An diesem Mittwochabend, dem 18. Januar, besuchte Lincoln die Vorstellung im Ford's nicht. Es hätte sowieso keinen Unterschied gemacht. Sam Arnolds Bedenken hatten Booth davon abgehalten, die Entführung durchzuziehen.

Er schickte Arnold einen Brief, in dem er ihm mitteilte, dass sie anders vorgehen würden, dass sie Lincoln bei nächster Gelegenheit aus seiner Kutsche entführen würden. Booth brachte es kaum über sich, in dieser Weise nachzugeben, doch aus taktischen Überlegungen heraus hatte er keine andere Wahl. Er brauchte Arnold, er brauchte sie alle, obwohl kein Einziger von ihnen der Aufgabe wirklich gewachsen war.

Gegen den peitschenden Regen bis zu den Augen vermummt, sah Booth den Mann nicht rechtzeitig, der neben der Eingangstür des National Hotel herumlungerte. »Mister? Mister Booth?« Der Mann trat vor. Sie prallten zusammen.

»Sie dämlicher Idiot! Sie hätten mich beinahe umgerannt!«

»Tut mir furch'bar Leid, Mister. Hab den halben Tag auf Sie gewartet, hab gehofft, Sie würden vielleicht hier vorbeikommen.« Riesige Augen starrten ihn aus einem bleichen, fleischigen Gesicht mit kindlich flehendem Blick an. Die breite flache Nase des jungen Mannes und die vorstehenden Brauen verliehen seinem Gesicht ein debiles Aussehen. »Erkenn' Sie mich nich?«

»Nein, und ich bin froh darüber. Machen Sie mir Platz, oder …«

»Mister Booth«, unterbrach ihn der Mann. »Wir ham uns unten im Süden kennen gelernt. Sie ham dort Theater gespielt. In Montgomery, Alabama.«

Booth kam eine vage Erinnerung. »Wie heißen Sie?«

»Paine, Sir. Lewis Paine.« Ein rascher Blick über den verregneten Bürgersteig, niemand beachtete sie, nicht einmal den berühmten Mr. Booth. Paine rückte auf eine Weise an Booth heran, die dieser geradezu unverschämt fand.

»Als ich Sie nach dem Theater getroffen hab und wir uns einen schönen Drink in Ihrer Umkleide genehmigt ham, hieß ich noch Lewis Powell. Der Powell, das war ein Soldat. Zuletzt war er in Mosbys Einheit, doch er hatte die Nase voll davon. Und dann, eines Tages, wissen Sie, eines Tages letzte Woche, isser einfach auf und davon, der Powell. Hat auch prompt seine Uniform verloren und alles. Die Unionssoldaten, die sich um die Flüchtlinge kümmern, ham gefragt: ›Wie heißt du, Junge?‹ Und ich hab gesagt: Lewis Paine.«

Ein Deserteur also. »Ja, ich erinnere mich an Sie, Mr. Paine, aber Sie müssen mich entschuldigen, ich habe noch viel zu erledigen.«

»Oh, ich hab halt bloß gehofft, wir könnten noch mal zusammen einen trinken, und ich könnt Sie fragen, wie's Ihnen so ergangen is'. Ich weiß, Sie sind jetzt so berühmt wie noch nie. Ich bin immer stolz drauf gewesen, dass ich sagen konnt: Ich bin ein Freund vom großen Mr. John W. Booth. Doch ich versteh schon, dass Sie viel zu tun ham, Mister.« Mit traurigem Blick hielt Paine Booth die Hand hin, um sich zu verabschieden.

Plötzlich vergaß Booth den unangenehm kühlen Regen und seine durchnässte Kleidung. Der junge Mann war großartig gebaut und offensichtlich ziemlich stark. Booth vermutete, dass er auch ziemlich einfältig war, aber geblendet von Booths Ruhm.

Und ihm fehlte noch ein gehorsamer Soldat …

Er lächelte sein freundlichstes und gewinnendstes Lächeln. »Mr. Paine, ich muss mich bei Ihnen entschuldigen, dass ich zu einem alten Freund so unhöflich gewesen bin. Meine Geschäfte können noch ein Stündchen warten. Natürlich müssen wir in Erinnerung an unsere nette Begegnung in Montgomery noch einen zusammen trinken.«

»Wir können in die Saloon Bar gehen, ich bezahl!«, rief Paine begeistert.

»Aber nein, Mr. Paine, kommt gar nicht infrage.« Booth, der kleiner war, musste sich strecken, um Paine einen Arm um das breite Kreuz legen zu können. »Wir trinken von dem herrlichen alten Whiskey, den ich in meiner Suite habe. Ich lade Sie ein. Kommen Sie mit, Sir. Ich kann Ihnen gar nicht sagen, wie ich mich freue, Sie wiedergetroffen zu haben.«

65

Februar 1865

Der Spionagering in Richmond operierte immer noch erfolgreich hinter Miss Van Lews vorgeblicher Verrücktheit. Ihre Agenten schickten Nachrichten über ungewöhnliche Aktivitäten innerhalb der konföderierten Armee und deren Regierung und vermuteten, dass Lee sich darauf vorbereitete, den Großteil seiner Streitkräfte nach North Carolina zu verlegen, um dort bis zum letzten Mann zu kämpfen.

In der Zwischenzeit gingen Bakers Detektive jeder Todesdrohung gegen Lincoln nach, jedem Gerücht über eine Bombenlegung, jedem noch so fantastischen Hinweis eines Denunzianten. Um alle Meldungen zu bewältigen, ließ Baker seine Leute Tag und Nacht arbeiten. Er schickte sie nach Montreal, New York, Philadelphia, Chicago und Columbus. Andere durchkämmten die heruntergekommenen Ecken Washingtons und patrouillierten auf den ländlichen Straßen Marylands. »Wenn verzweifelte Menschen eine Niederlage fürchten, schlägt ihre Siegesgewissheit ganz schnell in Rachlust um«, sagte Baker. »Wir können uns keinen Fehler erlauben.«

Am 13. Februar, einem Montag, fuhren Lon und Sandstrom mit dem Zug nach Baltimore. Jemand hatte vor einem schwarzen Hausmädchen damit geprahlt, dass er bei der Entführung Lincolns helfen würde. Die Polizei aus Baltimore hatte daraufhin ein Telegramm an das Kriegsministerium geschickt.

Eingehüllt in dicke Mäntel mit Fellkragen, saßen die Detektive nahe an dem eisernen Ofen im Vorderteil des Waggons. Lon hatte wieder begonnen, sich den Bart wachsen zu lassen; dieser wies inzwischen die ersten weißen Stellen auf. Er betrachtete die verlorenen Bäume und einsamen Felder, die vorüberzogen. Es schneite. »Ach, Eugene, ich hasse diesen Teil des Landes.«

»Warum?«, fragte Sandstrom.

»Zu viele schlechte Erinnerungen. Von New York bis runter nach Richmond nichts als schlechte Erinnerungen. Bis auf eine Ausnahme.«

»Deine Dame.«

Lon nickte.

»Letztes Jahr habe ich ein Buch über Kalifornien gelesen. Klang gar nicht schlecht.«

»Ist nicht längst alles Gold weg?«

»Aber es gibt jede Menge Sonnenschein. Das ganze Jahr über.«

»Als Kind in Ohio habe ich den Winter nicht so gehasst«, sagte Lon. »Ich bin liebend gern Schlitten gefahren und Schlittschuh gelaufen. Aber jetzt hasse ich ihn. Ich hasse die Kälte und die Düsternis und den Schnee, der, schon fünf Minuten nachdem er gefallen ist, ganz schmutzig wird.«

»Ich wette, es ist der Krieg, der dich so deprimiert, und nicht das Wetter!«

»Der Krieg und diese Arbeit«, meinte Lon, den Blick auf den trostlosen Horizont gerichtet.

»Ich leih dir das Buch mal.«

»Danke. Ich werde es lesen.« Obwohl er keinen Gedanken daran verschwenden konnte, sein Leben zu ändern, ehe nicht die Konföderation die Waffen niederlegte und alle unbelehrbaren Rebellen, Möchtegern-Meuchelmörder und Bombenleger gefasst, eingesperrt oder gehängt waren.

»Er hat sie geschlagen«, sagte die füllige Dame, die Mrs. Bransons Pension in der Nähe des Hafens von Baltimore betrieb. »Die arme Sabina hat sich seinen Annäherungen widersetzt, und er ist über sie hergefallen wie ein wild gewordener Hund. Es wundert mich nicht. Jeden Tag, an dem er hier war, hat er nach Schnaps gerochen.«

Lon fragte: »Wann hat er das Zimmer bei Ihnen gemietet?«

»Heute vor einer Woche. Ich hatte gleich ein ungutes Gefühl, aber Sie wissen schon: Geld ist Geld.«

Schneeflocken trieben vor den Fenstern des engen Wohnzimmers vorbei. Lon öffnete das Notizbuch auf seinen Knien. »Wie war sein Name?«

»Er hat die Anmeldekarte mit Lou Smith unterschrieben, L-o-u. Ich konnte seine Handschrift kaum entziffern. Er ist offensichtlich nicht besonders gebildet.«

»Können Sie mir beschreiben, wie er aussah?«

»Sehr groß, viel größer als Sie oder Ihr Begleiter.« Sandstrom musterte mit ärgerlichem Gesichtsausdruck seine Fingernägel. »Mindestens einsachtzig, vielleicht auch ein paar Zentimeter größer. Seine Stirn stand ziemlich weit vor, hing fast wie ein Regal über seinen Augen. Er sah aus wie geistig zurückgeblieben. Aber sein Körper – wie ein griechischer Gott!« Sie fächelte sich mit ihrem Taschentuch frische Luft zu.

Sandstrom meinte: »Wir möchten gern mit dem Mädchen selbst sprechen.«

Mrs. Branson führte sie in eine kalte Mansarde; das Zimmer wurde vom dürftigen Licht einer Stalllaterne erhellt, die von einem Dachbalken hing. Sabina Lee war eine kräftig gebaute junge Schwarze. Ihr hübsches Gesicht war durch die Schläge verfärbt und geschwollen. Eine Naht aus einem halben Dutzend Stiche überzog ihre Stirn wie eine Sorgenfalte.

»Sabina, diese Herren sind Detektive aus Washington. Kannst du ihnen erzählen, was passiert ist?«

»Damit wir den Mann fassen können«, ergänzte Lon.

Sabina richtete sich auf ihrer Pritsche auf. Sie verschränkte die Arme über der Brust ihres Flanellnachthemdes, als ob sie es für zu anstößig hielt, was es nicht war. »Samstagnacht hab ich die Küche sauber gemacht, so um halb zwölf. Er is' reingekommen, voll wie 'ne Haubitze. Wir ham uns 'n bisschen unterhalten, dann hat er mich betatscht. Ich hab ihm gesagt, er soll aufhören. Er hat gelacht und weitergemacht. Ich hab ihm noch mal gesagt, hör'n Sie auf damit. Ich hatte wirklich Angst. Ich hab nach 'nem Hackmesser gegriffen. Das hat ihn erst recht fuchsteufelswild gemacht. Er hat mir das Hackmesser aus der Hand geschlagen und mich in' Magen geboxt. Hat mich Nigger genannt und auch noch alle möglichen andern Schimpfworte gesagt. Er hat mich noch mal geboxt, und ich hab mich übergeben. Dann hat er ein Stuhlbein abgebrochen und mich damit geschlagen.«

»Sie müssen wissen, meine Herren, meine Cousine Veronica ist krank«, erklärte Mrs. Branson. »Ich bin bei ihr geblieben, bis ihr Mann von der Spätschicht am Samstag nach Hause gekommen ist, er ist Bremser bei der Baltimore & Ohio. Als ich um halb eins wieder nach Hause kam, fand ich Sabina bewusstlos und blutend auf dem Küchenboden.«

Sandstrom sagte: »Das ist zwar eine schreckliche Geschichte – aber was ist mit den Drohungen gegen Lincoln? Deshalb sind wir eigentlich hier. Erzählen Sie uns lieber, was Smith über den Präsidenten gesagt hat.« Lon warf ihm einen warnenden Blick zu, den Sandstrom ignorierte.

»Oh, er hat viel über'n Präsidenten geredet, eh' er mit seinen Schweinereien angefangen hat. Er war ziemlich besoffen, deshalb hab ich nix auf sein Gerede gegeben. Er hat gesagt, dass er und ein paar Freunde von ihm Mr. Linkum entführen wollen. Er hat schreckliche Schimpfnamen für den Präsidenten gebraucht, bei manchen Worten werd ich jetzt noch rot, wenn ich nur dran denke.«

Lon sagte: »Sabina, das ist jetzt sehr wichtig. Hat Smith irgendeinen Tag oder ein Datum für die Entführung genannt?«

»Ja, Sir, das hat er. Übermorgen. Am Mittwoch.«

»War das ganz sicher?«

»Ja, Sir. Hat gesagt, er muss zur großen Party wieder in Washington zurück sein – Party hat er das genannt –, bis Dienstagmittag muss er zurück sein.«

»Und wo sollte dieses Verbrechen verübt werden?«, fragte Sandstrom.

»Er hat gesagt, wenn Mr. Linkum sich ein Stück im Theater anschaut.«

»Im Ford's Theater? Grover's? In welchem Theater?«

»Das Stück soll in irgend so 'nem Krankenhaus sein. Nich' abends, tagsüber. Mr. Linkum und seine Frau, die schaun sich beide dieses Stück an, und da soll es passieren.«

Lon tätschelte ihr die Hand. »Danke schön, Sabina. Sie waren uns eine große Hilfe. Sie auch, Mrs. Branson.«

»Sorgen Sie dafür, dass Mr. Linkum nix passiert, Sir. Er is' ein großartiger Mann. Er hat die Farbigen freigelassen, und wenn der Krieg vorbei ist, wird er Jubel und Freude bringen.«

»Aber es gibt viele, die ihn gern davon abhalten würden«, sagte Lon.

Am Dienstagmorgen brachte Lafayette Baker den Terminkalender des Weißen Hauses aus Stantons Büro mit. Lon und Sandstrom sprangen von ihren Stühlen auf.

»Meine Herren, diese kleine Schwarze verdient eine Belohnung und einen Freifahrschein in den Himmel. Sehen Sie hier.« Baker deutete auf einen Eintrag auf dem eng beschriebenen Papier. »Morgen Nachmittag, drei Uhr, Campbell Hospital, draußen bei Soldier's Home. E. L. Davenport und andere aus Dalys Wandertheater werden für die genesenden Soldaten das Stück *Stille Wasser sind tief* aufführen. Der Präsident und Mrs. Lincoln wollen der Aufführung beiwohnen und danach die Soldaten besuchen. Letzte Woche hat es auch in der Zeitung gestanden.«

»Sie können nicht dahin gehen«, sagte Lon.

»Genau das habe ich dem Minister auch gesagt. Er wird das Weiße Haus informieren und den Präsidenten irgendwo anders hinschicken. Dem Präsidenten wird das zwar gar nicht gefallen, doch er wird sich fügen müssen. Stanton ist schon ganz aus dem Häuschen über diese Geschichte.«

Baker legte den Stiefelabsatz auf die Kante seines Schreibtisches. »Die Kutsche des Präsidenten wird wie geplant zum Campbell-Hospital fahren. Mit dem regulären Kutscher, aber ohne berittene Eskorte. Stattdessen werden Sie, meine Herren, in der Kutsche sitzen. Bewaffnet«, fügte er hinzu, beinahe als wäre es ihm erst nachträglich eingefallen.

Ein scharfer Wind schnitt Booth ins Gesicht. Seine kleine Stute tänzelte. Er hatte sie in Baltimore für achtzig Dollar gekauft, und sie war ihren Preis wert. Er tätschelte der Stute mit dem Handschuh den Hals, um sie zu beruhigen. Alle waren an ihrer Einsatzposition, alles war genau geplant worden.

Hinter ihm, halb versteckt in einem Dickicht aus kahlen Bäumen, zappelte Johnny Surratt nervös auf dem Kutschbock eines alten Dearborn-Wagens herum, eines einfachen grauen Fuhrwerks, dessen mittlere und hintere Seitenvorhänge geschlossen waren. Lincoln sollte aus seiner Kutsche gezerrt und in den Wagen geworfen werden. An einem vereinbarten Treffpunkt im District würden Arnold und O'Laughlin zu ihnen stoßen und den Wagen über die East Branch Bridge nach Maryland begleiten. In Port Tobacco sollte George Atzerodt die nächtliche Überquerung des Potomac übernehmen. Eine Abordnung der Neunten Kavallerie Virginias sollte dann den Gefangenen nach Ashland, einem abgelegenen Ort fünfzehn Meilen nördlich von Richmond, geleiten. Johnny Surratt hatte im Januar beinahe zwei Wochen dort unten verbracht und alles organisiert. Letzte Woche hatte Booth per Kurier Miller eine Nachricht übersandt und den Tag mitgeteilt. Er hatte die Botschaft mithilfe der Vigenère-Tafeln und einem neuen Schlüsselsatz geschrieben: *Komm, Sieg!*

Auf einer eiligen Reise nach New York hatte er sich von Edwin in seinem Stadthaus am Gramercy Park verabschiedet. Edwin hatte natürlich keine Ahnung, weshalb sein jüngerer Bruder so gefühlvoll Abschied von ihm nahm. Als Nächstes hatte Booth seine geliebte Schwester Asia in Philadelphia besucht. Sie merkte, dass etwas nicht in Ordnung war, als er ihr ein versiegeltes Päckchen zur Aufbewahrung im Safe ihres Mannes übergab. Er wollte ihr jedoch nicht sagen, was der Umschlag enthielt: sein Testament, in dem er seine dürftigen Mittel ihr, June und Edwin vermachte, sowie einen Brief. *An alle, die es angeht*. Der Brief beschwor Booths lebenslange Loyalität dem Süden gegenüber und rechtfertigte die Entführung des Yankee-Tyrannen.

Auf der 7th Street, die sich weit draußen vor der Stadt als Landstraße fortsetzte, herrschte nicht viel Verkehr, vor allem nicht an einem dunklen Winternachmittag. Vor einer halben Stunde waren zwei Lazarettwagen vorbeigerollt, die Verwundete ins Hospital brachten. Kurz darauf waren drei Krankenschwestern zitternd in einem offenen Buggy Richtung Süden gefahren. In allen Himmelsrichtungen bot sich Booth ein trüber Ausblick auf Waldland, Farmhäuser, Viehställe und Scheunen. In der grauen Landschaft war weit und breit kein Mensch zu sehen. Atzerodt und Paine versteckten sich hinter einem verfallenen Hühnerstall auf der gegenüberliegenden Straßenseite. Jeder von ihnen trug eine Pistole und eine doppelläufige Schrotflinte bei sich. Die Waffen stammten aus dem Lager, das sie in der ländlichen Gastwirtschaft eingerichtet hatten, die immer noch den Namen Surratt's trug.

Booth hörte die herankommende Kutsche, ehe er sie sehen konnte. Eine halbe Meile südlich machte die Straße eine Kurve. »Johnny, halt dich bereit. Ich glaube, es ist so weit.«

Surratt nahm die Zügel in die Hand. Zwei Pferde tauchten in der Senke auf, dann die große Kutsche, ein düsterer, schwarzer Landauer, dessen Verdeck gegen die Winterkälte hochgeschlagen war. An den beiden Ecken des niedrigen Geländers vor dem Kutschbock flatterten kleine Stars-and-Stripes-Fahnen. Booth schmerzte der Magen. Dann fiel ihm Richmonds Rede auf dem Feld bei Bosworth im fünften Akt von *Richard III.* ein: *O du, für dessen Feldherrn ich mich achte* … Er zog sich den Umhang aus dem Gesicht und flüsterte unbewusst die Worte mit:

»›… sieh meine Scharen an mit gnäd'gem Blick.‹«

Die Hufe der Kutschpferde donnerten über die gefrorene Straße.

»›Reich ihrer Hand des Grimms zermalmend Eisen.‹«

Er hob eine Hand und beschrieb einen kleinen Kreis in der Luft. Paine kam hinter dem Hühnerstall hervorgeritten. Er trug einen Militärmantel und einen schmierigen Zylinder. Er antwortete auf Booths Signal, indem er seine Schrotflinte über den Kopf hob.

»›Mach uns zu Dienern deiner Züchtigung!‹«

Booth ließ die Stute rückwärts gehen, bis sie näher an Surratts Wagen war. Der Landauer war beinahe auf ihrer Höhe angekommen. Ein viereckiges Fenster aus Marienglas reflektierte das trübe Tageslicht. Der Landauer verdeckte Paine, als dieser beide Läufe seiner Schrotflinte abfeuerte. Die Schüsse hallten durch die verschneite Landschaft.

Der Kutscher peitschte auf das Gespann ein. Das Seitenfenster der Kutsche flog auf. Ein Mann lehnte sich heraus und zielte mit einem Revolver. Booths selbstgefälliges Lächeln erstarb schlagartig. Eine weitere Person im Landauer gab Schüsse nach der anderen Seite ab. Booths nervöse Stute wieherte und tänzelte zur Seite. »Das ist nicht Lincoln!«, schrie Surratt. »Wer zum Teufel ist das?«

Mit klapperndem Geschirr und knirschenden Rädern fuhr der Landauer vorbei. Booth sah Paine und Atzerodt verblüfft und verängstigt auf ihren Pferden sitzen. Der Kutscher betätigte die Bremse und riss an den Zügeln, der Landauer kam ruckartig zum Stehen. Zwei Männer sprangen heraus und rannten zum Ort des Überfalls zurück. »Los, weg, auseinander!«, schrie Booth seinen Leuten auf der anderen Straßenseite zu. »Komm vom Wagen runter, Johnny. Steig hinter mir auf.«

»Aber da sind noch Pistolen und Munition …«

»Verdammt, steig endlich auf, wenn du nicht erwischt und gehängt werden willst!«

Johnny Surratt sprang auf den Rücken der Stute und klammerte sich an Booth fest. Die Männer auf der Straße feuerten Paine und Atzerodt, die davongaloppierten, eine Salve hinterher. Booth gab seiner Stute die Sporen und trieb sie ins Dickicht zwischen den kahlen Bäumen. *Sie haben uns erwartet. Woher wussten sie es?*

Herabhängende Äste schlugen ihm ins Gesicht. Bald zogen sich blutige Kratzer über seine Wangen. Seine Verfolger, die wohl Agenten der Regierung sein mussten, konnte er problemlos abhängen, was ihm jedoch wenig Trost verschaffte. Der Tyrann im Weißen Haus war in Sicherheit und unversehrt. Booth stieß sämtliche Verwünschungen aus, die er kannte, während die Stute ihn und Surratt davontrug.

Lon schlug mit der Faust auf Bakers Schreibtisch. »Wir hätten sie nicht verlieren dürfen! Wir hätten Pferde dabeihaben müssen!«

»Ich stimme Ihnen zu. Mein Fehler.« Bakers Worte trösteten Lon auch nicht. »Ich hätte sechs oder acht Männer schicken müssen, nicht zwei.«

»Ich habe den Mann erkannt, den Sabina Lee beschrieben hat.«

»Wir geben eine Fahndungsmeldung nach Smith heraus, sofern das tatsächlich sein Name ist. Verteilen Sie sie an unsere Männer, an die Militärpolizei und die städtische Polizei mit dem Befehl, jeden zu verhaften und festzuhalten, der ihm auch nur entfernt ähnlich sieht.«

Sandstrom verzog das Gesicht. »Na dann, viel Glück! Es gibt in dieser Stadt Tausende von Schlupflöchern. Kann es nicht sein, dass wir sie zum letzten Mal gesehen haben, Oberst? Vielleicht haben wir sie so verschreckt, dass sie nicht wiederkommen.«

»Vielleicht tanzen auch die Engel am helllichten Tag auf der Pennsylvania Avenue! Freuen Sie sich nicht zu früh, die werden es auf die eine oder andere Weise wieder versuchen. Der Krieg geht dem Ende entgegen. Richmond wird fallen oder aufgegeben. Jeff Davis steht der Galgen oder ein Leben als politischer Flüchtling bevor. Denken Sie daran, was ich gesagt habe: Diese Männer sind verzweifelt.«

66

März 1865

Vier Kompanien von Mosbys Partisanen überwinterten im King George County auf dem Northern Neck, der Landenge zwischen dem Potomac und dem Rappahannock. Ihr altes Territorium, die Loudoun und Fauquier Countys, konnten nicht das gesamte Regiment aufnehmen. Die niedergebrannten Dörfer und verwüsteten Felder von Mosbys Konföderation boten nicht mehr ausreichend Lebensmittel und Viehfutter. Im Winterlager auf dem Northern Neck ernährten sie sich von harten Zwiebäcken, die sie in schlammigem Wasser aufweichten und dann in altem Fett brieten, wobei sie eine halbe Feldflasche voll für eine Bratpfanne gebrauchten. Das wenige noch übrig gebliebene Fleisch war so alt, dass es verdorben roch, doch wenn man es über dem offenen Feuer grillte, verschwand der Geruch üblicherweise. Freds Trupp von acht Personen verfügte nur über ein einziges Messer, sein eigenes. Sie aßen mit Stöcken, Holzspänen oder den Fingern.

Hauptmann Smith hatte ihn zum Leutnant befördert. Das war keine besonders große Ehre; er musste lediglich einen Offizier ersetzen, den, vom Tripper bereits geschwächt, eine Lungenentzündung dahingerafft hatte. Sein edles schwarzes Pferd, Baron, litt an Huffäule, weil es ständig auf feuchter Erde stehen musste. Die Rippen des Wallachs ragten so deutlich hervor wie Gitterstäbe eines Käfigs. Nässende, wunde Stellen überzogen seinen Körper. Aus Mangel an Futter siechte Baron einem langsamen Tod entgegen. Fred hatte vor, ihn zu erschießen, ehe das Unvermeidliche eintrat.

Im Geist schrieb er Hanna lange Briefe, aber es gab leider kein Papier. Kränkelnd, ausgemergelt und unendlich erschöpft hielt ihn nur noch die Erinnerung an ihre gemeinsamen Stunden und an Hannas Versprechen, in Washington auf ihn zu warten, bis dieser verwünschte Krieg zu Ende war, aufrecht. Die Einsamkeit und Entbehrungen, die ständigen Regengüsse und Graupelschauer ließen seinen Durst nach Alkohol wieder erwachen, doch er widerstand tapfer.

Ende Dezember hätten sie beinahe ihren Kommandeur verloren. Mosby, der bei einem Kundschaftsritt überprüfen wollte, ob an dem Gerücht über einen Vorstoß der Unionskavallerie im Fauquier County etwas dran war, hatte mit seinen Leuten zum Abendessen im Haus eines sympathisierenden Zivilisten in Rectortown Halt gemacht. Reiter des Sechzehnten New Yorker Regiments entdeckten die Pferde der Soldaten, die vor dem Haus angebunden waren. In dem nachfolgenden Handgemenge hatte Mosby einen Bauchschuss abbekommen. Im Sturz war er noch geistesgegenwärtig genug, sich die Abzeichen von der Kleidung zu reißen. In einer Blutlache liegend, gab er den Unionsoffizieren einen falschen Namen an. Sie ließen ihn zurück, da sie annahmen, dass er sowieso sterben würde. Mosby berichtete später den Zeitungen Richmonds, auch er habe schon mit dem Tod gerechnet, als er das Bewusstsein verlor. Phil Sheridan gab seinen Truppen den Tod Mosbys bekannt, doch dieser hielt sie alle zum Narren, indem er sich wieder erholte. In der Hauptstadt wurde er wie ein Held begrüßt; Lee bereitete ihm einen überschwänglichen Empfang, und der Kongress der Konföderierten gab ihm in einer seiner Sitzungen einen Ehrenplatz.

In einer regnerischen Märznacht kam Mosby, begleitet von einer kleinen Eskorte und einem Buggy mit Verdeck, in das Lager am Northern Neck geritten. Ein Bursche rief Fred in das Zelt des Oberst.

»Wie geht es Ihnen, Leutnant Dasher?«

»Leidlich, Sir. Wie geht es Ihnen?«

»Auch leidlich. Ich kann's immer noch hier spüren.« Er klopfte sich auf den Bauch. Sein schwaches Lächeln passte zu seinem blassen Gesicht. Regen strömte an der äußeren Zeltwand herab. Die kleine Laterne auf dem Tisch spendete keinerlei Wärme und nur wenig Licht. »Ich habe Besucher aus Richmond mitgebracht. Sie trocknen sich gerade ab. Ich brauche einen zuverlässigen Mann, um ein Sonderkommando zu übernehmen.«

»Ja, Sir?«, erwiderte Fred und reckte sich erwartungsvoll. Schon seit langer Zeit hatte niemand mehr das Wort »zuverlässig« im Zusammenhang mit ihm gebraucht.

»Näheres erkläre ich Ihnen, wenn sie kommen. Ruhen Sie sich aus, und entschuldigen Sie mich bitte, während ich diesen Brief an Pauline zu Ende schreibe.«

Fred setzte sich behutsam auf einen dreibeinigen Hocker. Er roch nach Dreck und nasser Wolle. Er kratzte sich die bärtige Wange und zupfte sich eine zuckende Milbe heraus, die er zwischen seinen rissigen Fingernägeln zerdrückte, bevor er sie fortschnippte. Mosby konzentrierte sich auf den Brief an seine Frau.

Über das Rauschen des Regens hinweg hörte Fred, dass Männer auf das Zelt zukamen. Er stand auf, als ein Offizier und zwei Zivilisten eintraten. Der Offizier, ausgezehrt, mit tief liegenden Augen und einem gelben Dragonerschnauzbart, wirkte fanatisch. Beide Zivilisten trugen Umhänge und durchweichte Filzhüte. Als der eine seinen Hut abnahm, sah man seine Hand, die mit schuppigem Narbengewebe überzogen war. Er hatte eine Glatze. Der andere, der ungewöhnlich feist war, wenn man bedachte, dass sie sich inmitten des Zusammenbruchs der Konföderation befanden, trug eine kleine runde Brille und hatte sonderbare gelbbraune Augen, die Fred eine Gänsehaut verursachten.

»Meine Herren, ziehen Sie sich diese Kisten da heran, und machen Sie es sich so gemütlich wie möglich«, sagte Mosby. »Zuerst will ich Sie vorstellen. Oberstleutnant Rowland Harney, Leutnant Frederick Dasher.«

»Sir«, grüßte Fred und salutierte.

»Dasher ist West-Point-Absolvent«, sagte Mosby.

»Sehr gut. Ich habe The Citadel, die Militärakademie in Charleston, besucht.« Fred glaubte, in Harneys Augen ein fanatisches Leuchten zu sehen.

»Unsere Besucher aus Richmond. Mr. Miller vom Nachrichtendienst ...«

»Wie geht es Ihnen«, sagte der Kahlköpfige, als wäre er an einer Antwort nicht interessiert. Er reichte Fred die Hand, die nicht vernarbt war. Sie fühlte sich kühl und feucht an. »Mein Kollege, Humboldt Cridge.« Der feiste Mann nickte. Er war Fred sogar noch unsympathischer als Miller.

Mosby sagte: »Oberst Harney ist in besonderer Mission hier, beauftragt von Präsident Davis. Man hat versucht, Abraham Lincoln zu entführen, um ihn während der Verhandlungen als Geisel festzuhalten.«

Verblüfft fragte Fred: »Welche Verhandlungen, Sir? Um einen Waffenstillstand?«

Miller sagte: »Das ist Sache des Präsidenten und seines Kabinetts. Nicht nötig für Sie, das zu wissen.«

»Auf jeden Fall«, fuhr Mosby fort, »haben die Bemühungen bisher zu nichts geführt. Daher hat Richmond sich entschieden, einen anderen Kurs einzuschlagen.«

»Der Vorschlag stammt von uns«, sagte Miller mit eitlem Lächeln.

»Oberst Harneys Spezialität sind Sprengstoffe«, erklärte Mosby. »Er soll nach Washington eingeschleust werden, und wenn sicher ist, dass sich Lincoln und seine Kabinettsmitglieder im Weißen Haus treffen, wird Oberst Harney Sprengladungen in oder vor dem Gebäude platzieren und es in die Luft jagen.«

Zum ersten Mal ergriff Cridge das Wort: »Denn der große Tag ihres Zorns ist gekommen, und wer kann bestehen?«

»Mr. Cridge hat die Heilige Schrift fast so gut parat wie der Teufel«, sagte Miller lächelnd. Diese Bemerkung schien Cridge zu gefallen.

In der darauf folgenden Stille hätte Fred beinahe losgelacht. War das wirklich ihr Ernst? Konnten diese Männer tatsächlich einen derart niederträchtigen Schritt in Erwägung ziehen? Dann jedoch rief er sich gewisse Dinge ins Gedächtnis: die immer länger werdende Metzgerrechnung; der weißhaarige oder milchgesichtige Nachschub, der zum Sterben an die Front geschickt wurde; die ausweglose Lebensmittelknappheit; die Horden von Deserteuren auf den Straßen, die höhnisch lachend jeden verfluchten, der versuchte, sie zu den Waffen zurückzubeordern.

Richmond führte diesen Schlag wohl kaum aus irgendwelchen militärischen Erwägungen durch, sondern um ein letztes Blutopfer zu fordern, einen Tribut für die bevorstehende Niederlage.

Miller warf Fred einen finsteren Blick zu. »Stimmt was nicht, Sir?«

»Nein, nein. Es ist nur … etwas überraschend.«

»Auch nicht überraschender, als es für den Affen und seine Nigger liebenden Kumpane sein wird. Wie auch immer, ehe Oberst Harney seinen Auftrag ausführen kann, benötigt er Zeichnungen, Pläne des Weißen Hauses und des umliegenden Grundstücks. Ich freue mich, sagen zu können, dass wir diese von einem Agenten erhalten werden, der Zutritt zu den meisten Washingtoner Büros hat, das Architekturbüro der Regierung eingeschlossen. Sobald es ihm möglich ist, wird unser Agent diese Pläne kopieren, den Potomac an einer vorherbestimmten Stelle überqueren und Oberst Harney das Material übergeben.«

»Ich möchte, dass Sie die Abordnung führen, die den Oberst begleitet«, sagte Mosby zu Fred. »Sie werden seinem Befehl unterstehen.«

»Ja, Sir. Ist das alles?«

Miller leckte sich die gelblichen Zähne. »Nicht ganz. Wir wollen nicht, dass unser Agent sich jemandem anvertraut, nachdem er seinen … äh … seinen patriotischen Dienst verrichtet hat. Wenn Oberst Harney sich von der Authentizität des Materials überzeugt hat, wird er dem Agenten eine nicht unerhebliche Geldmenge überreichen, um ihn abzulenken. An dieser Stelle, Leutnant, kommen Sie ins Spiel und töten ihn.«

»Sir?«

»Stellen Sie sich nicht so begriffsstutzig, ich habe mich klar und deutlich ausgedrückt. Major Siegel überquert den Potomac nur einmal, und wir behalten die stattliche Geldsumme, die wir ihm versprochen haben.«

Etwas krabbelte in Freds Unterwäsche herum, doch er wagte nicht, sich zu bewegen. »Wie heißt der Agent?«

»Siegel. Er arbeitet im Kriegsministerium. Sein Rang hat jedoch nichts mit der Unionsarmee zu tun. Er war bei der österreichischen Armee.«

Hatte sich Hannas Vater mit diesen Leuten eingelassen? Sie hatte ihm mehr als einmal erzählt, dass der Mann, den er einmal kurz in ihrem Haus in der Nähe des Navy Yard getroffen hatte, ständig unzufrieden mit seiner niedrigen Position und der schlechten Bezahlung war. Fred bewahrte einen starren Gesichtsausdruck, um seine Bestürzung zu verbergen. *Ich werde nicht dabei mitmachen, ihren Vater umzubringen. Und auch keinen anderen Menschen kaltblütig ermorden.*

Mosby erhob sich. »Wenn es keine weiteren Fragen gibt …? Sehr gut. Ich muss Sie morgen früh wieder verlassen, meine Herren. Ich fürchte, wir haben nur ein Zelt für Sie und Ihren Begleiter zusammen, Mr. Miller. Wir haben jedes überzählige wasserdichte Segeltuch und jede Decke zusammengesucht, die wir finden konnten. Ich hoffe, dass es Ihnen bequem genug sein wird.«

»Das hoffe ich auch.« Diesmal fiel Millers verärgerter Blick auf Mosby. »Kommen Sie, Cridge, ich kann einen ordentlichen Schluck Schnaps gebrauchen!«

Die Zivilisten gingen nach draußen. Mosby ließ Harney wegtreten. Fred blieb im Zelt zurück. »Ist noch was, Leutnant Dasher?«

Mosby starrte ihn durchdringend an. Der Mut verließ ihn. »Nein, Herr Oberst.«

»Ich fürchte, ich glaube Ihnen nicht. Bedrückt es Sie, diesen Spion zu erschießen? Lassen Sie das doch das pummelige Ferkel erledigen! Ich habe das Gefühl, es würde ihm Spaß machen.«

»Ja, Sir. Danke, Sir.« Dann platzte Fred heraus: »Aber, Gott im Himmel, wie tief sind wir gesunken, Sir?«

»Ich versuche mir diese Frage nicht zu stellen, Leutnant Dasher. Gute Nacht.«

Fred trat in die Dunkelheit hinaus. Graupel schlugen ihm ins Gesicht.

Mosby hatte ihn zwar von dem unmittelbaren Mord entbunden, aber er war immer noch mit daran beteiligt. Er konnte das nicht. Nicht jetzt, wo er endlich die Hand über den dunklen Abgrund seines Lebens gestreckt und einen Menschen gefunden hatte, der ihm etwas bedeutete.

Unwillkürlich schritt er zu dem kleinen erleuchteten Zelt, in dem ein Mann namens Peebles seinen Marketenderhandel betrieb. Fred hustete, um sich anzukündigen. Peebles rief: »Kommen Sie rein!«, und Fred trat in das übel riechende Zelt. Peebles legte ein gelb eingebundenes Heftchen zur Seite; es war aufgeschlagen bei der Photographie eines nackten Mannes, der eine Frau bestieg. Peebles hatte das Gesicht eines alternden Cherubs und die Seele eines Aasgeiers.

»Nun, wen haben wir denn da! Den ›Ich trink bloß kaltes Wasser‹-Soldaten!«

»Heute Abend nicht.« Fred wühlte einen zerknitterten Schein des Ersatzpapiergeldes aus seiner Hosentasche hervor. »Was haben Sie zu trinken da?«

Zwanzig Minuten später, zusammengekauert unter den verbrannten Balken einer Scheunenruine, setzte Fred seine Feldflasche an und nahm einen Schluck von dem kopfschmerzenträchtigen Gebräu des Marketenders.

Er würgte, spuckte aus und wischte sich über den Mund. »Allmächtiger!« Was zum Teufel mochte da drin sein? Pfeffer? Vitriol? Wahrscheinlich würde es ihn vergiften. Doch er brauchte es. Zum ersten Mal seit Monaten brauchte er es wieder.

67

März 1865

Nächtlicher Nebel verbarg den Fluss und dämpfte die Geräusche der Pferde. Fred ritt einen am Spat erkrankten Schecken, der kurz vor dem Tod beim Abdecker stand. Vorgestern, nach einer Stunde qualvollen Zauderns, hatte er Baron erschossen.

Oberst Harney folgte als Nächster in der Reihe, dann Cridge und schließlich die drei Soldaten, die Fred ausgewählt hatte. Er fühlte sich in seinem geflickten Militärmantel dick wie ein Bär. Den ganzen Tag lang war er nicht in der Lage gewesen, einen Bissen herunterzubringen. Ihm war nicht übel, vielmehr war ihm jeglicher Hunger vergangen. Gelegentliche Schlucke von Mr. Peebles' Gebräu verschleierten den Blick auf das, was bevorstand; dämpften die schreckliche Realität, wenn sie sie auch nicht ganz aus seinem Bewusstsein verbannen konnten.

Ein Pfosten, auf dessen Spitze ein Rinderschädel steckte, markierte die Stelle am Ufer, an der der Kurier landen sollte. Hier lief der Potomac in Richtung Nordosten, ehe er sich wieder krümmte, um sich zu verbreitern und nach Südosten in die Chesapeake Bay zu fließen. Ihnen gegenüber lag, verborgen in der Dunkelheit, Pope's Creek in Maryland.

Fred zog die Drahtschlinge, an der die Blechlaterne befestigt war, von seinem Gürtel. Er reichte sie dem jüngsten der Soldaten. »Zünden Sie die Laterne an, aber halten Sie die Abdeckung geschlossen, bis wir ihr Signal sehen.«

Seite an Seite warteten sie zu sechst auf ihren Pferden am Flussufer. Die Luft roch feucht und modrig. Das Wasser schlug leise gegen das Ufer; daneben war nur der Ruf eines Nachtvogels zu hören. Nach mehreren Versuchen hatte der Soldat die Kerze in der Laterne angezündet. Ehe er die Abdeckung verschloss, tanzte das Licht der Flamme kurz über Cridges runde Brillengläser. Der Spion aus Richmond hatte ein Lächeln auf den Lippen.

»Sie wissen, dass Sie die Sache zu Ende führen müssen«, sagte Fred zu ihm. »Ich werde es nicht tun.«

»Leutnant, wir haben darüber bereits diskutiert, und ich habe mich einverstanden erklärt. Ich werde es genau so machen, wie es Mr. Miller will. Ich habe Ihnen genau erklärt, wie und wann.«

»Ich verstehe verdammt noch mal nicht, wie Sie so erfreut darüber sein können.«

»Weil das, was ich tue, richtig ist, Sir. Der Herr steht auf unserer Seite. Der Heilige Paulus hat die Epheser ermahnt, die Rüstung Gottes anzulegen. Den Panzer der Gerechtigkeit, das Schild des Glaubens …«

»Verschonen Sie mich mit dem Rest«, knurrte Fred, doch Cridge fuhr ungerührt fort:

»Den Helm des Heils und das Schwert des Geistes. So gerüstet kann ich das Böse mit reinem Herzen schlagen.«

»Wo kommt denn dieser Mist her? Wie können Sie im Ernst glauben, dass es edel und gerecht ist, einen anderen Menschen zu töten, Himmelherrgott noch mal?«

»Ich protestiere dagegen, dass Sie den Namen unseres Herrn auf so profane Weise in den Mund nehmen! Ich bin ein tief religiöser Mann. Ich habe neun Kinder, die ich im Geiste des Herrn erziehe. Es missfällt mir, wie Sie meinen Glauben und die Heilige Schrift verhöhnen!«

Der Mann ist vollkommen verrückt, dachte Fred. *Oder ist uns allen im Krieg der Verstand abhanden gekommen?*

Seine Männer fingen an, miteinander zu tuscheln. Er hieß sie schweigen, da er ein Geräusch vom Fluss hörte: ein leises Plätschern im Wasser. Der Ruf einer Eule erklang. Fred gab einem der Soldaten ein Signal, und dieser antwortete mit dem gleichen Ruf.

Er stellte sich in die Steigbügel und beugte und streckte die Finger der rechten Hand, um sie aufzuwärmen, während er unter seinem Mantel nach dem Revolver im Halfter griff. Cridge klopfte ihm aufgeregt auf den Arm.

»Da ist das Licht!« Zuerst schwach, dann heller. »Martin, geben Sie ihnen das Zeichen!«

Der Soldat hob die Laterne, öffnete und schloss die Abdeckung dreimal. Das Licht auf dem Wasser verschwand, tauchte dann wieder auf. Dreimaliges Blinken, eine Pause, dann ein viertes Blinken. Martin öffnete und schloss die Abdeckung noch einmal.

Fred spannte den Hahn seines Revolvers mit dem Daumen. Aus dem Nebel kam der Bug eines drei Meter langen Ruderbootes auf sie zu. Fred rief: »Identifizieren Sie sich!«

»Siegel«, kam die Antwort. Sein Akzent ließ es wie *Ziegel* klingen. Die Stimme gehörte jedoch nicht zu dem Mann, der das Boot ruderte, dieser war älter und schwarz. Er trug ein zerlumptes Militärhemd, aber keinen Mantel. Eine Laterne stand auf einer Ruderbank hinter ihm. Fred fragte sich, wie die Schwarzen sich mit den Menschen verbünden konnten, die sie in Ketten halten wollten, doch viele taten es. Manche kämpften sogar in den grauen Uniformen der Konföderierten, hatte man ihm erzählt.

Das Ruderboot schwankte, als der Passagier aufstand. Er kam Fred ziemlich korpulent vor, doch es war schwer, ihn in den aufsteigenden Nebelschwaden deutlich zu erkennen. Der Bootsmann sprang völlig angekleidet samt Schuhen ins flache Wasser. Er hielt den Bug fest, während der Passagier nach vorn ging und auf festen Boden ausstieg. Cridge sagte: »Sieg!«

»Vergeltung!«, erwiderte der Passagier.

»Major, wir sind überaus erfreut, Sie zu sehen!« Cridge wuchtete sich aus seinem Sattel, sein erschöpftes Pferd schien erleichtert aufzuseufzen. Fred wies Martin an, die Lampenabdeckung zu öffnen, um ihnen Licht zu verschaffen. Das Risiko mussten sie eingehen, bis das schäbige Geschäft erledigt war.

Siegel trug einen dunkelbraunen Wollmantel mit reich verzierten Knöpfen und geflochtenen Knebelverschlüssen. Die Krempe seines hohen braunen Filzhutes war verwegen nach oben geschlagen. Er ähnelte mehr einem Diplomaten als einem Spion, wie er da selbstsicher, beinahe blasiert stand und den Tragegurt einer ledernen Kuriertasche von der Schulter nahm. Statt seines Monokels trug er diesmal eine Brille. Die Gläser ließen seine Augen groß und rund wie Vogeleier erscheinen. Sein Blick wanderte von Gesicht zu Gesicht, als Letzten betrachtete er Fred.

»Sie kenne ich.«

»Das stimmt, wir sind uns schon mal begegnet. Aber bitte keine Namen.« Fred stieg ab und deutete auf Harney: »Das ist der Herr, der Ihr Päckchen untersuchen wird. Geben Sie dem Oberst die Laterne«, forderte Fred Martin auf.

»Treten Sie hier herüber«, sagte Harney. Er musterte Siegel abfällig. Offensichtlich war es völlig in Ordnung, mit Verrätern Geschäfte zu machen, doch nirgendwo stand geschrieben, dass man ihnen auch noch Achtung entgegenbringen müsse.

Siegel folgte Harney mit einem breiten Grinsen, als wollte er zeigen, dass er Herr der Lage war. Wie er sich da täuschte! Cridge strahlte so fröhlich wie jemand, der kurz davor stand, sich seinen Weihnachtsbraten einzuverleiben.

Ein Stück weiter oben an der Uferböschung tauschte Harney die Laterne gegen Siegels Kuriertasche. Er ging in die Hocke, öffnete die helle Messingschnalle und holte vorsichtig die Papiere heraus. »Halten Sie die Laterne tiefer.« Siegel gehorchte, stapfte mit den Füßen und blies seinen Atem in kleinen Dampfwolken aus.

Ein Knie als Unterlage benutzend, ging Harney die Blätter durch, etwa ein halbes Dutzend, faltete jedes auseinander und betrachtete es eingehend. Unaufhaltsam verging die Zeit. Freds Mund war wie ausgedörrt. Sobald das hier vorbei war, würde er seine Feldflasche vom Sattel lösen und das ganze restliche Gebräu des Marketenders hinunterkippen.

Harney faltete das letzte Blatt zusammen, steckte die Papiere in die Tasche zurück und verschloss sie. »Bezahlen Sie ihn!«, sagte er zu Cridge.

Der alte Bootsmann wandte sich an Fred: »Bin froh, dass es so schnell ging. Wir müssen gegen die Strömung zurückrudern. Wird länger dauern.« *Es wird eine einsame Rückfahrt für dich werden, alter Mann.*

Cridge leckte sich die Lippen. »Major, ich werde jetzt unter meinen Mantel greifen, um das Geld herauszuholen.« Mit der rechten Hand zog er langsam einen dicken braunen Umschlag hervor. »Zählen Sie es bitte nach. Es ist die Summe, auf die wir uns geeinigt haben.«

Freds Nerven waren zum Zerreißen gespannt. Das war der geplante Moment: Siegel war durch seine Gier nach dem Geld abgelenkt und achtete nicht mehr auf Cridge und den Rest der Gruppe.

Siegel riss eilig den Umschlag auf. Fröhlich zerrte er ein dickes Bündel Yankee-Banknoten heraus. Er hatte sich geweigert, konföderiertes Geld anzunehmen. Während er sich den Daumen leckte und mit dem Zählen begann, schob Cridge die linke Hand in die Manteltasche. Das Metall einer Waffe glänzte in der Dunkelheit, eine importierte fünfschüssige Kerr.

Die drei Soldaten warfen Fred beunruhigte Blicke zu. Er signalisierte ihnen durch eine Handbewegung, still zu sein. Siegel hatte das Zählen beendet. Er blickte auf und sah Cridge mit der Pistole in der Hand. »Was soll das denn? Was zum Teufel soll das werden?«

»Ich fürchte, wir können Sie nicht so einfach gehen lassen, Sir. Sie könnten unser Geschäft an die große Glocke hängen. Es wird einfacher für Sie, wenn Sie mir das Geld zurückgeben und sich in das Unvermeidliche fügen.«

Siegels Augen hinter den Brillengläsern weiteten sich. »Ihr verfluchten Hurensöhne! Ihr habt mich reingelegt!«

Cridge streckte die Hand aus: »Das Geld, Sir.« Siegel neigte den Kopf, er schien sich ergeben zu wollen. Plötzlich schleuderte er Cridge den Umschlag ins Gesicht. Dann warf er sich auf den Boden und ließ sich mit überraschender Behändigkeit für jemanden seines Alters zur Seite rollen.

Oberst Harney war ohne Waffe aus dem Lager geritten, entgegen Freds Ratschlag. Die jungen Soldaten wussten nicht, was sie tun sollten. Plötzlich hielt Siegel einen kurzen vierläufigen Revolver in der Hand. Auf dem Bauch liegend, ließ er die Hand nach vorn schnellen, um auf Cridge zu schießen, der links von Fred stand. Cridge packte Fred am Arm und riss ihn wie einen Schild vor sich. Er feuerte an Fred vorbei auf Siegel, verfehlte aber sein Ziel. Siegel antwortete mit zwei Schüssen. Ein heftiger Schlag durchfuhr Freds Brust und ließ ihn taumeln.

Eine Sekunde später lag er ausgestreckt im Schlamm, eher überrascht und wütend als erschrocken. Eine Woge des Schmerzes durchfuhr ihn.

Dann ging alles ganz schnell. Cridge erwiderte das Feuer nicht, sondern stürmte stattdessen vom Ufer weg, sich mit einer Hand den Hut haltend. Unter wüsten Verwünschungen schoss Siegel auf Harney, verfehlte ihn aber. »Ins Boot, Nigger!« Siegel trat den panisch um sich blickenden Bootsmann, der es schaffte, ins Boot zu steigen und die Ruder zu lösen. Der Schmerz in Freds Brust wurde stärker. Er berührte das Vorderteil seines Militärmantels und hob dann die Finger vor die Augen. In dem spärlichen Licht sah sein Blut aus wie Teer.

Durchs Wasser platschend, erreichte Siegel das Boot: »Los, leg ab, leg ab!« Er feuerte seinen letzten Schuss ab. Die Pferde der Soldaten wieherten und buckelten.

Aus dem Dunkeln rief Cridge: »Er hat das Geld genommen! Er verschwindet mit dem Geld!«

Fred schien die lebhaft bunte Straße seines Lebens entlangzufliegen. Er war wieder ein Junge und tollte auf der sonnigen Wiese in Front Royal herum, während glänzende Pferde mit wehenden Mähnen an ihm vorbeigaloppierten. Er marschierte auf dem Exerzierplatz von West Point; Hörner und Trommeln erklangen, und die Fahnen knatterten im Wind. Er sah sich selbst, wie er kurz vor seinem Austritt aus der Armee im Senatssaal saß. Er blickte auf Garlick's Landing hinab, sah den Moment, als er das Mädchen getötet hatte. Mosby nannte ihn bei Laternenschein einen zuverlässigen Soldaten. Er war wieder in dem leeren Haus und hielt Siegels Tochter in den Armen.

Die Stimmen wurden schwächer. Die Kerzenflamme in der Laterne wurde immer dunkler und schwand dahin. Er spürte, dass das Ende nahte, und schrie stumm dagegen an. Aus dem Dunkeln war er gekommen, und nun, durch einen zufälligen Schuss, würde er wieder dorthin zurückkehren. Er wollte nicht zurückkehren. O Gott, nein …

»Hanna«, flüsterte er im Augenblick des Todes.

SECHSTER TEIL

Attentäter

68

März 1865

Hanna schwebte in einem Nebel aus freudiger Erwartung durch die Tage. Grant schlug Petersburg vernichtend und bedrohte Richmond, und alle sagten, dass der Krieg bis zum Sommer zu Ende sein würde. Fred Dasher würde seine Uniform ablegen und über die 7th Street geritten kommen, und sie würden Händchen haltend auf der Veranda sitzen und ihre gemeinsame Zukunft planen.

Die wenigen gemeinsam verbrachten Wochen, die kostbaren Augenblicke, die sie sich im Haus draußen vor der Stadt erschlichen hatten, hatten sie mit tiefer körperlicher Befriedigung erfüllt und ihr ein Wohlgefühl als Frau vermittelt, wie sie es nie zuvor erlebt hatte. Dann war er eines Tages so plötzlich und geheimnisvoll wieder verschwunden, wie er aufgetaucht war. Allerdings schickte er einen Jungen mit einem Brief zu ihr, in dem er schrieb, dass er zu ihr zurückkehren werde, sobald die Kämpfe vorbei seien. *In ewiger Liebe, Frederick*, hatte er als Unterschrift darunter gesetzt. Sie las den Brief oft, und ganze Zeilen waren von ihren Tränen verwischt.

Am Samstag, dem 4. März, ging sie unter einem bedrohlich aussehenden Himmel zu der Parade anlässlich des zweiten Amtsantritts des Präsidenten. Eingequetscht in der Menge unterhalb des Aufgangs zum Capitol, sah sie, wie die Sonne unheilvoll durch den dunklen Himmel brach, als der dünne, abgezehrte Präsident an den Eisentisch auf der Plattform trat. In der Menge brodelten Gerüchte, dass der neue Vizepräsident während der vorangegangenen Vereidigung vor dem Senat betrunken gewesen sei. Mit leuchtend rotem Gesicht saß Andrew Johnson derb wie ein Bauer da und zwinkerte in den Himmel, während der Präsident eine bewegende Rede hielt, in der er dazu aufforderte, sich statt im Bösen in Nächstenliebe zu üben, die Wunden der Nation zu heilen und für einen gerechten und anhaltenden Frieden zu sorgen.

Auf dem Balkon über dem Präsidenten entdeckte sie Johnny Booth. Sie hatte nicht besonders auf die Gäste geachtet und war überrascht, ihn dort zu sehen. Seine Augen leuchteten fiebrig dunkel in seinem blassen Gesicht. Wie war er an eine Eintrittskarte für diese Veranstaltung gekommen? Über Senator Hale, den Vater seiner Verlobten Bessie? Und wieso? Alle, die irgendetwas mit dem Theater zu tun hatten, wussten doch, dass er ein eingefleischter Sezessionist war.

Hannas Vater hatte den exorbitant hohen Preis von zehn Dollar bezahlt, um eine Eintrittskarte für den Präsidentenball im Patentamt zu bekommen. Sie fragte nicht, wen er als Begleitung mitnahm; wahrscheinlich irgendein Flittchen. Er kam erst um acht Uhr am nächsten Morgen wieder, mit hängenden Augensäcken und unsicherem Gang, den er aber darauf schob, zu viele Polkas, Schottische und Quadrillen getanzt zu haben.

Zwei Wochen nachdem der Präsident seine zweite Amtszeit angetreten hatte, gab Booth eine Benefizvorstellung für einen befreundeten Schauspieler im Ford's Theater, die Hanna besuchte. Das Theater war nur halb gefüllt, wahrscheinlich weil die Zeitungen verkündet hatten, dass der Präsident und Mrs. Lincoln sich eine Vorstellung von *Faust* im Grover's Theater ansehen würden.

Booth trat in einer seiner berühmtesten Rollen auf, als Bösewicht Pescara in *Der Apostat*. Hanna fand, dass seine Darstellung zu wünschen übrig ließ; er brachte Textzeilen durcheinander, als wäre er unkonzentriert oder betrunken. Während des Duells im letzten Akt stolperte er. Dabei fügte ihm sein Gegenspieler mit dem Theaterdolch eine Wunde am Handrücken zu. Booth fiel hin, das Publikum schnappte nach Luft.

Er erhob sich wieder, warf ein Lächeln in den dunklen Zuschauerraum und führte sein Spiel mit blutender Hand fort. Als der Vorhang fiel, belohnte ihn das Publikum mit stürmischem Beifall. Sein Lächeln schien ihm auf dem Gesicht festgefroren zu sein. Zweimal sah sie, wie sein Blick an der leeren Präsidentenloge hängen blieb. Sie wollte ihn hinter der Bühne aufsuchen, um ihm zu gratulieren, doch der Andrang war so heftig, dass sie es bald aufgab.

Die Stimmung in Washington entsprach ihrer eigenen; die gesamte Stadt erlebte den Überschwang des Frühlings. Auch der Major hatte ungewöhnlich gute Laune. Großzügig gab er Geld für neue Kleidung aus, besuchte die Spielhöllen der Stadt und versprach Hanna immer wieder, dass bald bessere Zeiten kämen, ohne jedoch zu erklären, warum. Dann, ohne vorhergehende Ankündigung, kehrte er eines Abends nicht nach Hause zurück. Sie hatte Angst, dass er in einem Hinterhalt überfallen oder ermordet worden sein könnte.

Am nächsten Morgen eilte sie zum Kriegsministerium. Ein Beamter sagte ihr, Major Siegel habe gestern einen Brief geschickt, in dem er mitteile, dass er krank sei und nach seiner Genesung wieder an seinem Arbeitsplatz erscheinen werde. Sie dankte dem Beamten und ging. Auf dem Weg nach draußen stolzierte ein Herr an ihr vorüber, den sie als Oberst Baker erkannte, den verhassten Mann, dessen Geheimpolizei jeden terrorisierte, den man für einen Vaterlandsverräter hielt.

An diesem Abend aß sie allein. Während sie auf ihrem Maisbrot herumkaute und geistesabwesend mit dem Finger durch die Krümel auf dem Teller fuhr, grübelte sie über die geheimnisvolle Abwesenheit ihres Vaters nach. Dann wusch sie das Geschirr in einer Blechwanne mit Brunnenwasser, das sie auf dem Herd erhitzt hatte. Nachdem sie gespült und die Lampe gelöscht hatte, beschloss sie, sein Verschwinden am nächsten Tag der Polizei zu melden.

Ein kräftiger Frühlingswind aus Westen peitschte gegen das Haus, während sie sich zum Schlafen bereitmachte. Sie zog gerade ihr Flanellnachthemd über den Kopf, als ein Geräusch wie ein Pistolenknall sie aufschrecken ließ. Eine Tür, die vom Wind zugeschlagen war? Sie hatte doch Vorder- und Hintertür verriegelt. Ihr Herz schlug schneller, während sie in den Flur schlich.

In der Küche brannte eine Lampe. Ein Einbrecher. Nein, das war lächerlich. Einbrecher machten nicht auf sich aufmerksam, indem sie Lampen entzündeten. Barfuß schlich sie sich an die Küchentür.

»Papa!«

»Guten Abend, Hanna.« Er saß am Tisch und zog gerade die schlammverkrusteten Stiefel aus. Seinen Filzhut und den braunen Wollmantel hatte er bereits auf den Boden geworfen.

»Wo bist du gewesen? Ich habe mir solche Sorgen gemacht.«

»Hab eine kleine Reise nach Virginia unternommen.« Er öffnete die Schnalle einer ledernen Kuriertasche, zog einen braunen Umschlag daraus hervor und machte ihn auf. Er blätterte ein Bündel Geldscheine durch. »Fünfzehnhundert Dollar. Das war ein schneller Verkaufshandel.«

»Verkaufshandel? Was für ein Verkauf?«

»Von Plänen. Plänen des Weißen Hauses.«

»Du hast …? Papa, ich verstehe nicht recht.«

»Was gibt's da zu verstehen. Ich will Geld verdienen. Die Rebs haben Geld für Informationen übrig. Ich habe keine Ahnung, wofür sie die Pläne wollten, und ich habe sie auch nicht gefragt.« Er warf die Scheine auf den Tisch. »Geh, und kauf dir ein neues Kleid! Und erzähl niemandem von der Sache.«

Hanna ließ sich ihm gegenüber auf einen Stuhl fallen. »Willst du mir etwa sagen, dass du die Leute verraten hast, für die du arbeitest?«

»Was bin ich denen schuldig? Sie zahlen mir einen Hungerlohn! Das war ein Geschäft. Allerdings härter, als ich es erwartet hatte. Die Rebs wollten mich nämlich auch nicht bezahlen und haben mich reingelegt: Sie haben versucht, mich zu beseitigen. Ich musste kämpfen, um ihnen zu entkommen.«

»Gegen wie viele?«

»Fünf Soldaten und einen Mann mit Brille und bösartigem Gesichtsausdruck.« Mit einem lauten Knall warf der Wind einen Stuhl auf der Veranda um. »Der Kerl, den du mal mit in unser altes Haus gebracht hast, war einer von den Soldaten.«

»Frederick?«

»Ich weiß nicht mehr, wie er hieß, aber ich habe ihn wiedererkannt. Hat Pech gehabt, er hat in der Schusslinie gestanden. Ein weiteres Opfer des Krieges«, sagte Siegel mit einem Schulterzucken. »Noch was zu essen da?«

Hanna grub die Fingernägel in ihre Handflächen, um nicht hysterisch loszuschreien. »Papa, was ist mit Frederick passiert?«

»Meine Kugel hat ihn getroffen. Warum fragst du? Er war doch bloß ein flüchtiger Bekannter, oder?« Siegel durchwühlte den Küchenschrank. »Verflucht noch mal! Haben wir bloß noch trockene Kekse im Haus?«

»Er war nicht bloß ein flüchtiger Bekannter! Er war mein Geliebter!«

Siegel ließ einen Keks fallen. »Seit wann?«

»Seit letztem Herbst. Einen Monat lang habe ich ihn beinahe täglich getroffen. Ich habe ihn bloß nie mit nach Hause gebracht, wenn du da warst, weil er für die andere Seite spioniert hat. Ich weiß nicht genau, was er gemacht hat, nur, dass er heimlich in Washington war. Wir wollen heiraten, wenn der Krieg vorbei ist.«

Der Major schien einen Augenblick lang völlig verdutzt. »Nun, jetzt musst du deine Pläne ändern.«

»Ist er tot?« Sie lief zu ihm, ihre Stimme überschlug sich. »Ist Frederick tot?«

»Ich hab ja seinen Puls nicht gefühlt, aber ich glaube schon. Hanna, Liebes…«

Sie entzog sich ihm. »Fass mich bloß nicht an! Wage es nicht, mich zu berühren! Du hast die Menschen verraten, die dir vertrauen, und du hast den einzigen Mann getötet, aus dem ich mir je etwas gemacht habe!«

Er schrie sie an: »Er war doch bloß ein verdammter Reb! Ich hab ihn nicht absichtlich erschossen! Ich hatte keine andere Wahl! Es war Notwehr. Wir haben schließlich Krieg!«

»Du bist ein Mörder! Ein Verräter und Mörder!«

Siegel packte sie am Handgelenk. »Das reicht jetzt! Ich habe Geld für uns verdient, und zum Dank schreit mich meine Tochter an wie eine Wahnsinnige!«

»Lass mich los! Du wirst für das bezahlen, was du angerichtet hast! Ich werde dich den Behörden melden!«

Seine Augen quollen hervor. Er ließ ihr Handgelenk los. Beinahe wäre sie hingefallen, hielt sich jedoch noch an einer Stuhllehne fest.

»Red nicht solchen Unsinn! Du würdest doch deinen eigenen Vater nicht verraten!«

»Du wirst schon sehen!«

Der Gesichtsausdruck des Majors schien sich von einem Moment zum nächsten von Besorgnis in Wut und dann wieder in Besorgnis zu verwandeln, als wüsste er nicht, wie er ihre Entschlossenheit einschätzen sollte. Schließlich kam er zu dem Schluss: »Nein, Hanna, das wirst du nicht tun. Es tut mir Leid, wenn du diesen Kerl gemocht hast, aber das konnte ich nicht wissen. Es gibt noch viele Fische im Ozean. Geh besser zu Bett. Heul dich in den Schlaf. Morgen wirst du dich besser fühlen. Wir sind um fünfzehnhundert Dollar reicher. Ich muss jetzt etwas zu essen auftreiben.«

Hanna verschloss ihre Zimmertür. Sie kleidete sich an, band sich den Umhang um die Schultern, schob das Fenster gegen den Sturm hoch und kletterte hinaus.

Sie entzündete eine Laterne und spannte die Stute vor den

Buggy. Das Pferd war gereizt, weil es mitten in der dunklen, windigen Nacht noch nach draußen sollte. Natürlich hörte der Major die Stute wiehern. Er kam auf die Veranda hinausgestapft, als sie gerade die Zügel in die Hand nahm, um wegzufahren.

Der Major hatte sich bis auf die Reithosen entkleidet. Er hielt eine Schnapsflasche in der Hand. »Wo fährst du hin? Hanna, komm zurück! Wir werden miteinander reden.«

Sie schlug heftig mit der Peitsche auf das Pferd ein und ließ ihren Vater im Wind stehen, ein bemitleidenswerter, halb nackter Mann, dem sie sich in keiner Weise mehr verbunden fühlte.

Wegen der ständigen Telegraphenverbindung zu den Truppen in Virginia brannte im Kriegsministerium die ganze Nacht über Licht. Der Dienst habende Wachposten weigerte sich, sie einzulassen, und sagte, dass Oberst Baker erst gegen halb sieben oder sieben eintreffen werde. Sie flehte ihn so lange an, bis er nachgab und sie in die Empfangshalle treten ließ. Er verbot ihr jedoch, sich von dort fortzubewegen. Sie setzte sich auf eine der Bänke und starrte ins Leere. Im oberen Stockwerk klickten die Telegraphenempfänger wie klappernde Knochen.

Baker stellte zwei Detektive ab, um sie zum Haus zurückzubegleiten. Einer hieß Sandstrom, der andere Price. Sie sahen aus wie Männer, die viel Übles erlebt und wenig Skrupel hatten.

»Es kann sein, dass er inzwischen weggegangen ist«, sagte Hanna, während sie die 7th Street entlangfuhren. »Ich weiß nicht, ob er versuchen wird, sich bei seiner Arbeitsstelle herauszureden. Manchmal ist er ziemlich unverfroren. Er glaubt, ich sei das nicht.«

Price sagte: »Wir kümmern uns darum.«

Hanna stand tatenlos auf der Veranda, während Price einen Revolver aus dem Halfter unter seinem Mantel hervorzog. Vorsichtig schob er die Tür auf. »Warten Sie hier, Miss.« Er gab dem anderen Detektiv ein Zeichen, ihm zu folgen.

Wenige Minuten später kam Price kopfschüttelnd heraus. »Hier ist er nicht. Das Bett ist ungemacht. Der Kaffee auf dem Herd ist noch warm.« Sein Blick glitt an ihr vorbei. »Der Schuppen.«

»Und das Klohäuschen«, meinte Sandstrom.

Sie pirschten sich an den Schuppen heran, während ein Huhn des Nachbarn, nach Futter pickend, über den Hof lief. Price griff gerade zum Tor des Schuppens, um es aufzuschieben, als Sandstrom sagte: »Da ist er.« Der Major kam mit herabhängenden Hosenträgern und einer Zeitung in der Hand aus dem Klohäuschen.

»Siegel, Sie sind verhaftet!«, rief Price. Der Major entdeckte Hanna im Halbdunkeln auf der Veranda. Sie hatte einen Wutausbruch erwartet und war überrascht, wie ungerührt er sie anstarrte. Er ließ die Zeitung fallen und stürzte auf die zerfurchte Straße zu.

Mit drei Sätzen hatte Sandstrom ihn eingeholt. Der Detektiv schwang einen dicken Lederbeutel, der am Ende eines Strickes hing, und schleuderte ihn gegen den Hinterkopf des Majors. Der Major ging blutend in die Knie. Sandstrom schlug ihn überflüssigerweise noch einmal. Price ergriff Sandstroms Arm.

»Das reicht. Leg ihm die Handschellen an.«

Auf der Seite liegend, wimmerte der Major: »Ich muss mich noch anziehen!«

Sandstrom lachte höhnisch. »Klar, für das Old Capitol müssen Sie sich extra fein machen!«

Der Major stolperte an Hanna vorbei, ohne sie anzusehen. Sie saß auf dem Schaukelstuhl, in dem Frederick an sonnigen Nachmittagen geschaukelt hatte. Sie starrte auf ihre Hände hinab, bis die Detektive mit ihrem Vater wieder aus dem Haus kamen. Sein Blick war klar, und er sah in seinem besten braunen Anzug und der karierten Weste elegant aus. Ein improvisierter Verband, den er sich um den Kopf gebunden hatte, verlieh ihm das verwegene Aussehen eines Piraten. Zwischen den eisernen Handschellen an seinen Gelenken baumelte eine kurze Kette.

Price sagte: »Ich glaube, es ist am besten, wenn Sie nicht mit uns gehen, Miss Siegel.«

»Gut.«

Sandstrom schubste den Major vorwärts. »Augenblick, ich habe noch etwas zu sagen.« Sandstrom wollte etwas einwenden, doch Prices Blick brachte ihn zum Schweigen. Der Major sah seine Tochter an, aufrecht, mit geraden Schultern und stolzem Blick.

»Ich hätte nie gedacht, dass du das tun würdest. Keinen Augenblick lang. Ich habe dir Unrecht getan. Jahrelang habe ich immer gedacht: ›Sie ist bloß ein Mädchen. Weich, schwach wie all die anderen.‹ Das war ein Fehler. Ein großer Fehler.« Ein merkwürdiges, beinahe melancholisches Lächeln zeigte sich auf seinem Gesicht.

»Ich habe wohl doch noch einen Soldaten großgezogen!«

Sandstrom sagte: »Vorwärts, Abmarsch.«

Hanna hörte, wie der Buggy davonfuhr, blickte jedoch nicht hinterher. Die Wagengeräusche wurden überdeckt vom Geschnatter der Nachbarskinder, die auf der Straße in die Schule gingen. Das Huhn nahm seine Futtersuche wieder auf. Hanna schlug die Hände vors Gesicht und heulte auf, ein langer erschütternder Aufschrei aus Schmerz und Niederlage.

69

April 1865

TRIUMPH DER UNION!

***

DANKT GOTT FÜR DIESEN SIEG!

****

HISST EURE FAHNEN!

****

Kapitulation der Rebellenarmee: Übergabe von Waffen, Munition und Vorräten. Offiziere und Mannschaften dürfen unbehelligt nach Hause zurückkehren.

Kriegsministerium, Washington, 9. April 1865, 21 Uhr

Dieses Ministerium hat heute den offiziellen Bericht erhalten über die Kapitulation General Lees und seiner Armee vor Generalleutnant Grant in Appomattox Court House zu den von General Grant gestellten Bedingungen. Weitere Einzelheiten folgen so bald wie möglich.
Edwin M. Stanton, Kriegsminister

Margaret erfuhr erst am folgenden Morgen, dem 10. April, von der Kapitulation am Palmsonntag. Ein Artilleriebataillon feuerte bei Tagesanbruch in der Nähe des President's Park Salutschüsse ab, die sie aus dem Schlaf rissen. Sie setzte sich auf und strich sich das Haar aus der Stirn. Ihr Blick richtete sich auf die zwei großen Fenster, die ihrem Bett gegenüberlagen. Beide hatte Sprünge bekommen.

Es war also vorbei. Am letzten Abend, den sie mit Lon verbracht hatte, war er davon überzeugt gewesen, dass es nicht mehr lange dauern würde. Er war zum Schutz des Präsidenten abbeordert worden, der auf dem Dampfschiff *River Queen* flussabwärts reiste, um sich mit Grant im Kriegsgebiet zu besprechen. Lincoln hatte seine Frau und seinen Sohn Tad mitgenommen.

Mit einer Mischung aus Enttäuschung und Erleichterung betrachtete sie die beschädigten Fenster. Inzwischen war sie zu der Einsicht gekommen, dass die Sache des Südens wahrscheinlich schon zum Scheitern verurteilt gewesen war, als die Hitzköpfe aus Virginia noch den Fall von Fort Sumter feierten. Im Lauf der letzten Monate war ihre ursprüngliche blinde Loyalität dem Süden gegenüber zunehmend ins Wanken geraten. Hatte nicht erst die Sezession das nachfolgende Blutvergießen heraufbeschworen?

Den ganzen Tag über verkündete Kanonendonner den Sieg der Union. Die Kirchenglocken läuteten. Zeitungsjungen riefen aus, dass die Regierung ihren Sieg mit großen Illuminationen an den öffentlichen Gebäuden feiern würde.

Erst in der vorangehenden Woche hatte ein ähnlich patriotischer Eifer die Stadt zum Leuchten gebracht, als Jeff Davis nach dem Fall von Petersburg und Richmond geflohen war. Befreite Sklaven hatten auf der Wiese des alten Herrenhauses der Familie Lee in Alexandria getanzt. Republikaner hatten eine Kundgebung auf den Stufen des Patentamtes abgehalten, dabei hatten die Redner die Führer der Konföderierten und West Point, wo viele der konföderierten Feldherrn ausgebildet worden waren, verunglimpft. Ein Richter des Obersten Distriktsgerichts verlangte, dass »die, die man auf Kosten der Öffentlichkeit ernährt, gekleidet und ausgebildet hatte«, als Erste an den Galgen wandern sollten. Vizepräsident Johnson, für seine cholerischen Anfälle berüchtigt, hatte, wenn auch diesmal relativ nüchtern, den flüchtigen Davis geschmäht, bis der Mob hysterisch kreischte: »Hängt ihn, hängt ihn!« Margaret hatte den Bericht im *Star* mit einer bösen Vorahnung gelesen. Lincoln, der sich nach wie vor für Vergebung und Versöhnlichkeit aussprach, hatte im radikalen Flügel seiner Partei mittlerweile ebenso viele Feinde, wie einst in Richmond.

Richmond war von den Konföderierten in Brand gesteckt worden, ehe sie die Stadt aufgegeben hatten. Margaret wusste nicht, ob Cicero das apokalyptische Ende der Hauptstadt überlebt hatte. Sie hoffte, dass er in Sicherheit war und wieder zur Vernunft kommen würde. Vielleicht konnte er sich mithilfe eines Pastors oder Arztes aus dem Sumpf seines Hasses befreien. Sie hegte noch immer diese Hoffnung, obwohl sie die Wahrscheinlichkeit für gering hielt.

Den ganzen Montag und Dienstag über rollten patriotisch beflaggte Kutschen am Stadthaus vorbei; die Feiernden johlten und schwenkten Wein- und Champagnerflaschen. Vor Minister Sewards Wohnhaus auf der anderen Seite des Platzes versammelten sich die Schwarzen und brachten ihm ein Ständchen. Sie sangen Spirituals und »The Battle Cry of Freedom«. Seward hatte sich bei einem Unfall mit einer Kutsche den Arm ausgerenkt und den Kiefer gebrochen und erholte sich immer noch von seinen Verletzungen.

Lincoln war am Sonntag aus City Point und Richmond zurückgekehrt, doch Lon hatte sich noch nicht bei Margaret gemeldet. Sie nahm an, dass er von seinen Pflichten völlig in Anspruch genommen wurde. Vor seiner Abreise hatte er versprochen, dass er so schnell wie möglich zu ihr zurückkehren würde. Doch falls er in der Stadt war und sie ihn dringend brauchte, sollte sie eine Nachricht bei einem Mann namens Mapes hinterlassen, der als Barkeeper im National Hotel arbeitete. »Schick eine Nachricht oder, wenn es wichtig ist, bring sie selbst dort vorbei. Es wird dir wohl kaum etwas ausmachen, dass sich ehrbare Frauen an diesem Ort sonst nie sehen lassen«, hatte er mit einem verschmitzten Lächeln hinzugefügt. Auch um Lons willen wollte sie ein Ende des Krieges. Lon hatte in letzter Zeit einen seltsamen, beinahe toten Ausdruck in den Augen. Er lief durch die Gegend wie jemand, der körperlich und seelisch erschöpft war. Seine Kleidung hing lose um seinen ausgezehrten Körper, er aß nur wenig.

Im Zuge der Kapitulation strömten Unionssoldaten von den Piers und über die Brücken herbei, bekamen sofort Schnaps angeboten, Lorbeerkränze und Blumen überreicht und wurden von dankbaren Damen der Stadt geherzt und geküsst. Margaret verließ am Mittwoch das Haus und drängte sich durch Horden von heimkehrenden Veteranen. Seltsamerweise liefen auch viele konföderierte Soldaten durch die Straßen, ohne belästigt zu werden. Eine Kapelle, die sich aus vier lebenden Leichen in konföderiertem Grau zusammensetzte, trommelte und dudelte auf der Avenue das Lied

»Dixie«. Die Zuhörer pfiffen und klatschten Beifall, und als die Kapelle zu Ende gespielt hatte, baten sie sie, das Lied zu wiederholen.

Der *Star* vom Mittwoch hatte gemeldet, dass General Grant am Donnerstag ankommen werde, um sich mit dem Präsidenten zu beraten. Donnerstagnachmittag kehrte Margaret, nachdem sie einige Einkäufe erledigt hatte, zu Fuß zum Franklin Square zurück. Als sie noch einen halben Block von ihrem Haus entfernt war, sah sie einen untersetzten Unionssoldaten, der auf der kleinen Veranda vor dem Haus in einem Buch las. Die blaue Uniformjacke und die Hosen des Mannes waren schlammverkrustet. Sie eilte auf ihn zu und war bereit, ihn fortzuschicken.

Er hörte sie kommen und blickte von dem kleinen in Leder gebundenen Buch mit Goldprägung auf. Das Neue Testament. Er hielt es in der linken Hand; zwischen seinem Daumen und der zerrissenen Manschette leuchtete die zornrote Narbe eines verheilten Messerstichs.

Er rappelte sich auf und riss sich unterwürfig die Feldmütze vom Kopf. Sein Gesicht war bleich wie Reispapier, die Augen hinter den kleinen runden Brillengläsern von seltsamer gelb-bräunlicher Farbe. Wären diese Augen nicht gewesen, hätte man ihn für einen Küster oder Anwalt vom Land halten können.

»Mrs. McKee? Wir haben Sie schon erwartet.«

»Wie bitte?«

Nachdem er einen schnellen Blick die Straße hinauf- und hinuntergeworfen hatte, flüsterte er: »Cridge heiße ich. Humboldt Cridge. Ein Herr, den Sie sicherlich gern sehen möchten, wartet drinnen auf Sie. Er hat mich hier postiert, um Ausschau zu halten.«

Verwirrt und beunruhigt stieg sie vor ihm den Treppenabsatz hinauf. »Halten Sie das bitte.« Sie gab ihm den Einkaufsbeutel, in dem sich Rüben, grüne Bohnen und ein kleines, in braunes Papier gewickeltes Stück Braten befanden.

»Gerne zu Diensten!« Er ließ seinen Blick auf eine Art und Weise über ihre Figur gleiten, die ihr eine Gänsehaut verursachte. »Sie brauchen keinen Schlüssel, Madam, die Tür ist bereits offen.«

Im Eingangsflur roch es nach ungelüfteten Zimmern, Staub und einer starken Zigarre. Der Zigarrenrauch kam aus dem Salon. Ehe sie durch die Tür getreten war, wusste sie bereits, wer sie dort erwarten würde.

»Cicero.«

Er saß in einer schmutzigen blauen Uniform auf ihrem besten Sofa. Irgendwie hatte er es geschafft, einen Stiefel über seinen verkrüppelten linken Fuß zu zwängen; einen abgetretenen Stiefel, bei dem sich die Sohle löste und den er nun auf einen bestickten Schemel gelegt hatte. Getrocknete Lehmklümpchen verschandelten die feine Stickarbeit. Eine lange Zigarre hing ihm schräg aus dem Mundwinkel, und er schien sich äußerst wohl zu fühlen. »Schwesterherz, sei gegrüßt.«

Sie lächelte gequält. »Du gehst ja wirklich in meinem Haus ein und aus.«

»Leider hast du hier neue Schlösser einbauen lassen. Glücklicherweise bin ich jedoch wie immer mit der richtigen Ausrüstung gekommen.« Er klimperte mit seinem Schlüsselbund.

»Ich habe nicht gerade mit deinem Besuch gerechnet«, erwiderte sie und versuchte, ihr Unbehagen zu verbergen.

Er wedelte mit seiner Zigarre und hinterließ dabei ein Flechtwerk aus Rauch in der Luft. »Meinen Leutnant, Mr. Cridge, hast du ja bereits kennen gelernt. Cridge, das ist meine Schwester Margaret.«

»Ja, Sir, wir hatten bereits vor der Tür das Vergnügen.«

»Wir brauchen einen sicheren Hafen, um ein gewisses Vorhaben durchzuführen, Margaret. Ursprünglich wollten wir dich ja gar nicht behelligen, doch unser üblicher Treffpunkt, eine Pension auf der H-Street, steht uns nicht mehr zur Verfügung. Die arme Wirtin ist über die Kapitulation so verzweifelt, dass sie all ihre Mieter rausgeworfen und sich zum Trauern eingeschlossen hat.«

»Wie habt ihr es geschafft, in die Stadt zu kommen?«

»Dabei gab es überhaupt keine Schwierigkeiten. Der Nachrichtendienst – der nun leider nicht länger in Richmond operiert – hat ein Lager mit Yankeeuniformen unterhalten, die man den toten Kriegsgefangenen abgenommen hat. Cridge und ich sind hier als siegreiche Helden begrüßt worden. Wir werden dich nicht lange stören, obwohl wir die Örtlichkeiten heute Abend noch einmal in Anspruch nehmen müssen.«

»Wie könnte ich meinem eigenen Bruder etwas abschlagen?«, sagte sie, obwohl sie gern genau das getan hätte. »Würdet ihr euch gern frisch machen? Habt ihr Hunger?«

Cridge reckte interessiert den Kopf, doch Cicero antwortete

für beide: »Nein. Machen Sie es sich bequem, Cridge. Ich will meine Schwester einen Moment unter vier Augen sprechen.« Cicero packte Margarets Ellenbogen härter als nötig und schubste sie regelrecht in den langen, stickigen Flur, der zur Küche führte.

Verärgert entwand sie sich seinem Griff. »Ich verstehe nicht, weshalb du wieder in Washington bist, doch ich hoffe, es hat nichts mit der Tätigkeit zu tun, der du in Richmond nachgegangen bist. Der Krieg ist vorbei.«

»Nicht für mich.«

»Was habt ihr …«

»Stell bitte keine Fragen. Misch dich lieber nicht ein.« Sie erinnerte sich an seine früheren wenig subtilen Drohungen. *Jeder kann geopfert werden.*

»Wir werden dein Haus nutzen, solange es nötig ist, dann werden wir wieder verschwinden. Wenn irgendjemand später nach uns fragt, sind wir nie hier gewesen. Du hast nichts gesehen und nichts gehört.« Er fuhr mit dem Zeigefinger seiner vernarbten Hand über ihr Handgelenk, eine Zärtlichkeit, die sie erschaudern ließ. »Ich muss noch eine letzte Mission erfüllen.«

»Für Davis?«

»Der feige Mr. Davis hat seine Taschen gepackt und ist geflohen, als Richmond in Flammen aufging. Diese Mission ist allein meine.« Er schwieg einen Augenblick. »Der Tyrann wird seine Strafe erhalten.«

»Tyrann?«, wiederholte sie, voll Sorge, dass sie ihn nur zu gut verstanden hatte.

»Ich glaube, ich würde mir doch ganz gern die Hände waschen. Wenn du so nett wärst und uns einen Tee aufbrühen könntest … Das wäre schön. Wir haben einen langen Weg hinter uns, und, offen gestanden, bin ich ziemlich erschöpft von all den Schmeicheleien, die mir durch die Bevölkerung zuteil wurden.« Sein Mund verzog sich zum gespenstischen Versuch eines Lächelns.

»Ich koche euch den Tee. Allerdings muss ich sagen, dass mir dein Begleiter nicht besonders gefällt.«

»Cridge? Er ist ein guter Soldat. Ein braver Christ und Gentleman. Ich weiß nicht, wer von uns Lincoln mehr hasst.«

Er tätschelte sie, als sei sie ein widerspenstiges Kind. »Bring den Tee, dann werden wir uns zurückziehen. Innerhalb der nächsten Stunde wird noch ein weiterer Besucher hier eintreffen. Ich werde ihn hereinlassen. Ich denke, es ist am besten, wenn du oben bleibst. Ja, ich bestehe sogar darauf.«

Sie wandte sich ab und ging mit steifen Schritten in die Küche.

Zehn Minuten später trug sie ein Tablett in den Salon. Cridge blickte von seinem Neuen Testament auf und lächelte schmierig. Sie musste an Lon denken und wünschte sich, er würde plötzlich hereinmarschieren. Im nächsten Moment ging ihr jedoch auf, dass sein Auftauchen eine Katastrophe bedeuten würde. Wahrscheinlich würde er über Cicero herfallen und ihn in Stücke reißen.

»Herzlichen Dank«, sagte Cicero vom Fenster aus, von dem aus er den Platz im Auge behielt. »Ich werde dir noch mal einen gemütlicheren Besuch abstatten, wenn der Feldzug vorüber ist.« *Feldzug. Leutnant. Mission.* Mein Gott, hielt er sich für eine Art Soldat, der weiterkämpfte wie General Joe Johnston in North Carolina?

In der hereinbrechenden Dämmerung saß sie im ersten Stock auf ihrem Bett und blätterte in einem Buch, das Lon ihr geschenkt hatte, *Das Eldorado des Wohlstands und der Gesundheit* von T. Fowler Haines. Die Seiten, auf denen Kalifornien in den leuchtendsten Farben gepriesen wurde, hätten genauso gut auf Russisch geschrieben sein können. Die Buchstaben verschwammen ihr vor den Augen. Ihre Handflächen wurden feucht. Sie lauschte dem Ticken der Schlafzimmeruhr.

Draußen brannten bereits die Laternen, als Geräusche aus dem unteren Stockwerk die Ankunft des neuen Besuchers verkündeten. Sie lief auf Zehenspitzen zum Treppenabsatz und spähte um den Geländerpfosten.

Cicero war in den Flur gehumpelt, um den Besucher zu empfangen. Er ergriff die Hand eines gut gekleideten Herrn und winkte ihn dann in den Salon. Der Besucher nahm seinen breitkrempigen Hut ab. Margaret erkannte das dunkle Haar und Profil des Schauspielers Booth wieder. Beide Männer verschwanden aus ihrem Blickfeld. Die Salontüren wurden zugeschoben.

Sie blickte durch die rissige Fensterscheibe auf das blaue und rote Feuerwerk, das sich über den Himmel ergoss. Dumpfes Raketenknallen erklang, und die farbigen Lichtreflexe huschten über ihr angespanntes Gesicht. Eine Stunde später sah sie unten auf der Straße drei Männer. Zwei von ihnen, die blaue Uniformen trugen, schüttelten Booth die Hand, ehe sie in verschiedene Richtungen auseinander gingen. Sie zählte bis zwanzig und hastete dann nach unten.

Die silberne Teekanne war leer. Schlammklümpchen überzogen den eleganten Teppich. In der Luft hing der Geruch nach Zigarrenrauch. *Cicero, tu das nicht. Der Krieg ist vorbei.*

Sie sah seinen glänzenden kahlen Schädel vor sich, die sonderbar traurigen Augen, den verkrüppelten Körper. Und hörte ihn sagen: *Nicht für mich.*

Sie wusste, was sie zu tun hatte, und betete, dass Gott es ihr einst vergeben möge.

70

April 1865

Lon sagte: »Unglaublich, anders kann man es gar nicht bezeichnen!« Er kauerte an der Bar des National Hotel, verloren zwischen all den Männern, deren ausgelassene Fröhlichkeit er nicht teilen konnte.

Vor ihm, auf der Theke zwischen seinen Händen, stand sein vierter Whiskey. In der bernsteinfarbenen Tiefe spiegelten sich ganze Häuserblöcke verkleinert zu ein paar fensterlosen Wänden; davor durchwühlten weiße und farbige Plünderer einige Schutthaufen oder liefen einfach nur wie benommen umher.

»Richmond«, meinte Sandstrom.

»Die verfluchten Rebellen haben ihre eigene Stadt niedergebrannt. Der Kommandeur der städtischen Militärpolizei hat es angeordnet, um die Aufzeichnungen der Regierung zu vernichten. Es wird Jahre dauern, bis der niedergebrannte Bezirk wieder aufgebaut ist. Und hundert Jahre, bis die Narben endgültig verheilt sind.«

»Aber der Krieg ist vorbei, das ist doch immerhin etwas.«

Auf der Avenue zeugte eine weitere Parade schmetternder Blechbläser und Trommler vom Ende des Krieges, ebenso wie das Geschrei, die Scherze und das derbe Schulterklopfen im verrauchten Schankraum. Doch Lon sah und hörte noch das ländliche Virginia. Meilenweit nur Straßen, Hügel und Felder, die von der Artillerie zerstört waren. Ein fauliger Geruch stieg vom Boden auf, unter dem verwesende Menschen und Pferde lagen, bedeckt nur von ein paar

Zentimetern Erde. Verbrannte Bäume, die ihre Äste flehend in die Frühlingsluft streckten wie verkohlte Hände.

»Ich weiß nicht, wie der Krieg je für jemanden vorüber sein kann, der ihn erlebt hat, Eugene. Für mich wird er nie vorbei sein.« Lon trank den Whiskey in einem Zug aus.

»Was machst du den Rest des Abends?«

Lon betrachtete sein Gesicht mit den leeren Augen im Spiegel hinter der Bar. Seit Monaten hatte er keinen Barbier mehr gesehen. Er hatte dringend frische Wäsche nötig. Sein schwarzer Anzug war so zerknittert, dass er sich fragte, ob ein Bügeleisen die Falten je wieder würde beseitigen können. Das Schulterhalfter beulte seinen Mantel auf der linken Seite aus. »Gentleman Lon« gab es wirklich nicht mehr.

»Noch einen Drink, dann werde ich mir das überlegen.«

»Wir hatten schon vier. Ich bin kurz davor, umzukippen.«

»Dann halt dich an der Bar fest.« Lon schnippte mit den Fingern, um seinen Freund Mapes, den Barkeeper, auf das leere Glas aufmerksam zu machen.

»Wie spät ist es?«, erkundigte sich Sandstrom.

Lon zog eine dicke goldene Uhr aus der Westentasche. Er klappte den Deckel mit dem Daumennagel hoch. »Zehn nach neun.«

»Die Uhrkette ist ja lang genug, um damit einen Ochsen zu erwürgen. Neu?«

Lon hielt die Uhr empor, sodass Sandstrom die zierliche Schrift lesen konnte, die in die Innenseite des Uhrdeckels graviert war.

In Dankbarkeit
für Ihre Dienste.
A. L.
1865

»Der Präsident hat sie mir geschenkt und Bill Crook eine zweite, dafür, dass wir ihn auf der Reise nach City Point bewacht haben. Er hat gesagt, es sei die Idee seiner Frau gewesen, doch das bezweifle ich. Sie schaut zurzeit durch die Leute hindurch, als seien sie aus Glas. Ich glaube, sie steht kurz vor einem Nervenzusammenbruch.« Lon klappte den Deckel des Gehäuses zu und steckte Uhr und Kette wieder zurück in die Tasche.

»Eigentlich sollte ich Margaret besuchen. Ich habe mich noch nicht bei ihr gemeldet, seit ich zurück bin. Baker hat uns zu sehr eingespannt.«

Urplötzlich ließen Lärm und Stimmengewirr nach. Eine Woge des Schweigens lief durch die Bar. »Ich glaube, du musst sie nicht mehr besuchen«, stellte Sandstrom fest.

Das Whiskeyglas an die Lippen gesetzt, blickte Lon in den Spiegel. Hinter ihm tauchte Margarets Gesicht auf. Als einzige Frau in einem Raum mit lauter Männern war sie sichtlich nervös.

»Du sagtest, ich könnte hier eine Nachricht hinterlassen, falls es dringend ist. Ich hatte nicht erwartet, dich hier zu treffen.«

»Baker hat uns heute frei gegeben. Ich hatte vor, bei dir vorbeizuschauen, sobald ich mein Glas geleert habe.«

Sie konnte unschwer die leeren Gläser zählen, die vor ihm standen. »Bitte komm mit mir nach draußen.«

Der schrille Unterton in ihrer Stimme vertrieb den Nebel in seinem Kopf etwas. Er schob Sandstrom ein paar Geldscheine zu, ergriff ihren Arm und führte sie auf die Straße hinaus, vorbei an den anzüglich grinsenden Männern an der Bar und den Tischen. Lons grimmiger Gesichtsausdruck kam etwaigen Kommentaren zuvor.

Auf der Avenue peitschte ihnen ein staubiger Wind ins Gesicht. »Was ist los, Margaret? Du bist ja völlig durcheinander.«

»Das bin ich auch. Mein Bruder und ein Mann namens Cridge sind vorhin in mein Haus gekommen. Lon, sie planen irgendein Verbrechen. Ich glaube, gegen Lincoln gerichtet.«

Sofort war er hellwach, so wach, als hätte Mapes ihm nur kaltes Wasser serviert. »Jetzt? Die Konföderation hat doch kapituliert.«

»Cicero sagt, dass Davis nichts damit zu tun hätte. Er behauptet, es sei allein sein Plan. Du weißt, dass er noch nie der Vernünftigste war.«

»Und Cridge kenne ich noch aus Richmond. Er ist ein brutaler Schläger. Wie sind er und dein Bruder in die Stadt gekommen?«

»Als Unionssoldaten verkleidet. Sie haben sich mit einem anderen Mann getroffen ...«

»Mit wem?«

»John Wilkes Booth, dem Schauspieler.«

»Wo?«

»Am Franklin Square. Sie waren bis vor einer halben Stunde

dort. Cicero hat gesagt, dass sie sich später am Abend noch einmal dort treffen würden. Die Pension, in der sie sich wohl sonst versammeln, ist geschlossen, weil die Wirtin die Kapitulation betrauert.«

»Dann gehen wir zum Franklin Square.«

»Ich habe den Buggy mitgebracht. Ein Junge passt an der Ecke darauf auf.« Wenige Minuten später klapperte der kleine Buggy mit Lon als Kutscher in Richtung des Stadthauses.

Auf dem Franklin Square brachte erneut eine Gruppe von Schwarzen ihre Ständchen vor Sewards Haus. Margaret grub ihre Finger in Lons Arm. »Fahr am Haus vorbei, halt nicht an. Als ich ging, habe ich alle Lichter gelöscht.« Doch nun schien durch das halbrunde Fenster über der Tür Lampenlicht. Er schlug mit den Zügeln, und sie fuhren schnell vorbei.

»Fahr hinten herum in die Gasse. Ich habe die Hintertür offen gelassen.«

»Ich will nicht, dass du mit mir da hineingehst.«

»O doch, ich gehe mit«, sagte sie mit seltsam stockender Stimme. »Vielleicht kann ich Cicero so lange ruhig halten, dass du ihn verhaften kannst.«

Der Buggy bog in die Gasse ein. »Wirst du wirklich zulassen, dass ich ihn verhafte?«

»Ja. Er richtet viel Böses an, er ist ein kranker Mann.«

Sie kamen an einem Lattenzaun vorbei. »Hier ist es«, sagte sie. Er sprang ab, schlang die Zügel um den Peitschenhalter und streckte die Hände empor, um ihr beim Absteigen zu helfen. Sie lehnte sich gegen ihn und hielt sich einen Moment an ihm fest. Er strich ihr übers Haar.

»Ganz ruhig. Es wird schon alles gut ausgehen«, versicherte er ihr, war jedoch selbst nicht davon überzeugt.

Sie schlichen durch den kleinen Garten. Der diesige Mond spiegelte sich in einem Zierbrunnen wider. Lon knöpfte seinen Mantel auf, zog den Schultergurt nach vorn und löste den Revolver aus dem Lederhalfter. Die Stufen der Hintertreppe knarrten. Er hoffte nur, dass keines der Fenster offen stand.

»Ich geh jetzt rein«, flüsterte er, die Hand auf den Türknauf gelegt. Er drehte ihn, die geölte Tür ließ sich lautlos öffnen.

Im schwachen Lichtschein, der vom Ende des Flurs herüberfiel, konnte er den Arbeitstisch und den Hackblock in der Küche sehen. Er hörte Stimmen. »Sie sind wieder im Salon«, flüsterte sie. Er spannte den Revolver.

»Bleib hinter mir.«

»Ja, gut.«

Er trat leise aus der Küche, vorsichtig jede Diele prüfend. Es schien eine Ewigkeit zu dauern, bis er den Flur durchquert hatte und sich eng mit dem Rücken an die Wand neben dem Eingang zum Salon presste. Er erkannte die Stimmen wieder und kämpfte gegen die unbändige Wut an, die diese in ihm wachriefen.

»Diese feigen Jammerlappen haben die Nerven verloren«, sagte Cicero Miller gerade. »Wir haben jetzt bloß noch drei, plus Johnny. Doch das sind gute Leute. Paine und Herold werden Seward erledigen.«

»In seinem Haus.«

»Ja, genau hier gegenüber. Das sollte einfach sein; er ist immer noch bettlägerig. Atzerodt bricht in Johnsons Hotelzimmer ein und tötet ihn. Booth hat die Ehre und das Vergnügen, den Tyrannen und General Grant ins Jenseits zu befördern.«

»Ist es denn ganz sicher, dass die Grants morgen Abend in Ford's Theater gehen?«

»Die Zeitungen haben es so angekündigt. Lincoln hat ein Faible für billige Komödien, wie nicht anders zu erwarten. Ich werde mich darum kümmern, dass Booth hinterher sicher aus der Stadt kommt. Paine und Davy Herold werden sich nach Surrattsville begeben, dort Atzerodt treffen und nach Port Tobacco weiterreiten. Ich habe wirklich keinerlei Bedenken hinsichtlich der Flucht. Ein bestimmter Telegraphist im Kriegsministerium wird die Fahndungsmeldung nur sehr langsam weiterleiten. Gewisse Soldaten, die die Brücken der Stadt bewachen, werden in die andere Richtung schauen. Gewisse Wachposten werden versehentlich die falschen Straßen abreiten. Es zahlt sich aus, Freunde in Washington zu haben.«

»Stimmt es wirklich, dass es Yankees gibt, die seinen Tod wollen?«

»Ich würde das nicht beschwören wollen, Hummy, doch es ist uns über eine lange Kette von Informanten so mitgeteilt worden. Wir mögen keine direkten Mittäter haben, doch wir können immerhin mit einem gewissen Maß an stillschweigender Kooperation rechnen.«

Steif vom langen Stehen in ein und derselben Haltung, verlagerte Lon sein Gewicht auf den linken Fuß. Die Diele unter seinem Absatz knarrte. Im Salon stürzte lärmend etwas um. »Was zum Teufel ist das?«

Lon trat in die Tür. »Meine Herren, Sie sind verhaftet.«

Miller blinzelte. »Wenn das nicht unser alter Freund Price, der Spion, ist«, sagte er überraschend ruhig und selbstsicher. »Oder sollte ich besser Rogers sagen? Wie viele andere Namen haben Sie noch?« Lon brannte darauf, ihm eine Kugel in den Leib zu jagen, und eine weitere in Cridge mit seinem teigigen Gesicht, der im Sessel saß und mit den Händen die Armlehnen umklammerte. Cridge lachte höhnisch.

»Sein Mund ist voll Fluchens, voll Lug und Trug; auf seiner Zunge sind Verderben und Unheil.«

»Halt die Schnauze, du gotteslästerlicher Hurensohn! Erinnerst du dich auch noch an den folgenden Vers? ›Er sitzt und lauert in den Höfen, er mordet die Unschuldigen heimlich.‹ Das beschreibt euch zwei Mistkerle doch ganz gut!«

Margarets Röcke raschelten hinter Lon. Cicero sah sie und sagte zu Lon: »Ich habe mich schon gewundert, woher Sie Bescheid wussten. Ich hätte erkennen müssen, wie schwach sie ist.« Dann schrie er Margaret an: »Gehst du mit ihm ins Bett? Hast du uns deshalb verraten, du Hure?«

»O Cicero, was ist nur mit dir geschehen?« Sie schob sich an Lon vorbei und streckte ihre Hand unsicher nach Cicero aus. »Lass dir von uns helfen.«

Lons Warnruf kam zu spät. Miller hatte sich bereits mit einem torkelnden Schritt auf sie gestürzt. Er packte ihr Handgelenk und riss sie vor seinen Körper. Mit dem anderen Arm umschlang er ihre Taille. »Los, erschießen Sie sie doch!«, krächzte er mit dem Übermut eines Verrückten. Lon spürte eine Bewegung zu seiner Rechten und drehte sich schwungvoll herum. Cridge warf mit einem Schemel nach ihm. Als er zur Seite sprang, rutschte er mit dem Fuß auf einem kleinen Teppich aus und verlor das Gleichgewicht. Cridge packte seinen Revolver. Lons Finger riss am Abzug; die Kugel schlug durch den gerahmten Druck eines Bergsees und grub sich in die Wand. Cridge entwand ihm den Revolver, holte aus und versetzte Lon zwei kräftige Schläge mit dem Lauf. Margaret schrie auf.

Lon stolperte und fiel zu Boden. Er fing den Aufprall mit den Händen ab, warf sich auf den Rücken und wollte wieder aufstehen. Cridges Brillengläser funkelten, während er mit dem Fuß ausholte und Lon gegen das Kinn trat. Sein Kopf schlug auf den Holzboden. Funkelnde Sterne tanzten in einer Dunkelheit, die ihn auf einmal umgab und alles andere auslöschte.

Eine Flamme leuchtete auf, zunächst schwach. Er konnte die modrige Feuchtigkeit riechen, die typisch für Räume war, die unter der Erde lagen. Seine Wange ruhte auf einem lehmigen Untergrund.

Sein Blick wurde klarer. Er konnte Margaret sehen, die rechts von ihm stand. Die Flamme tanzte im Zylinder einer Lampe, die von Cridge gehalten wurde. In der anderen Hand hielt er einen langen Colt. Miller stand auf der untersten Stufe der Treppe und grinste wie ein Kobold.

»Nochmals guten Abend, Price oder Rogers, oder wer immer Sie sein mögen. Mr. Cridge hat Sie in Ihre neue Unterkunft gebracht, während Sie gedöst haben. Der Keller hat keine Fenster und keinen Ausgang außer dieser Treppe hier, die Mr. Cridge getreu bewachen wird, bis wir morgen Abend unser Vorhaben erledigt haben. Johnson stirbt. Seward stirbt. Der Schlächter Grant und sein tyrannischer Cäsar werden gemeinsam mit ihren Frauen sterben. Ich halte so lange hinter Ford's Theater die Pferde bereit, die uns sicher fortbringen werden. Und Sie werden sich den Rest Ihres Lebens mit dem Gedanken quälen müssen, dass Sie nichts getan haben, um all das zu verhindern.«

»Miller, wenn Sie irgendjemanden umbringen, sind Sie nirgendwo auf dieser Welt mehr sicher. Sie können in die Berge Tibets klettern, und es wird Ihnen nichts nutzen. Man wird Sie so lange jagen, bis man Sie aufgespürt hat.«

Cicero tätschelte mit den Fingern der einen Hand die Fläche der anderen, eine Art müder Applaus. »Sehr schön gesprochen. Aber nutzlos. Die Union mag die Schlachten gewonnen haben, doch ich werde den Krieg gewinnen. Denken Sie über meine Worte nach. Bis morgen Abend haben Sie genügend Zeit dazu, Sie Nigger liebender Abschaum.«

Er spuckte aus, der Speichel landete in Lons Auge. Lon wollte sich hochkämpfen, doch Margaret hielt ihn zurück.

Cridge ließ die Lampe auf einem kleinen Fässchen stehen. Er

trat zur Seite und ließ Miller vorbeigehen; dieser hinkte die Treppe hinauf und pfiff dabei »The Bonnie Blue Flag«. Die schwere Tür fiel zu, der Riegel wurde von außen vorgeschoben. Lon streckte die Hand nach Margaret aus. Ihre Hand war so kalt wie Marmor.

71

April 1865

Der Docht der Lampe brannte bläulich und flackerte. Auf Lons Uhr war es zehn nach zwei morgens. Er hämmerte gegen die Tür am Ende der Stufen.

»Cridge!«

Es dauerte fünf Minuten, bis er ihren Wärter geweckt hatte. Schließlich hörte man schwere Schritte den Flur auf der anderen Seite der Tür entlangkommen.

»Wir brauchen neues Öl für die Lampe.«

»Ich mach die Tür nicht auf.«

Lon fluchte und stieg wieder auf den festgetretenen Lehmboden des Kellers hinunter. Margaret saß verloren auf einem alten Schrankkoffer. Puder und Schminke, die ihr Gesicht verschönert hatten, waren verschwunden und ließen es blass und kahl aussehen.

»Was sollen wir bloß tun, Lon?«

»Ich weiß es nicht.« Er hatte sich dieselbe Frage schon seit Stunden gestellt. Gemeinsam sahen sie zu, wie der flackernde Docht der Lampe sie unweigerlich auf die Dunkelheit zuführte.

Als das Licht erlosch, verschwand auch sein Zeitgefühl. Er saß gegen eine Regalreihe gelehnt, Margaret neben ihm schmiegte sich in seinen Arm. Schweigend spielte er die verschiedensten Pläne durch, verwarf aber jeden einzelnen wieder. Cridge war zwar brutal und gewissenlos, aber er war nicht dumm.

Lon vermutete, dass es Morgen sein musste. Er hörte ein trippelndes Geräusch. Margaret drückte sich an ihn. »Hier drinnen sind Ratten! Ich habe eine an meinem Bein gespürt!«

Er rappelte sich auf und stampfte wie ein spanischer Tänzer, bis er etwas Quiekendes unter seinem Absatz erwischt hatte. Er lauschte.

»Ich glaube, ich habe sie erledigt.«

Durch die Dunkelheit klang Margarets heftiges Atmen.

Später stieg er noch einmal die Treppen hoch, hämmerte wieder gegen die Tür und schrie, bis Cridge kam.

»Was ist los?«

»Die Dame fühlt sich nicht wohl. Wir haben hier unten keine Toilette.«

»Benutzen Sie einen Eimer. Machen Sie auf den Boden. Sie hat keinen Anspruch mehr auf Schamgefühl. ›Ich sah eine Frau auf einem scharlachroten Tier sitzen, und die Frau war in Purpur und Scharlach gekleidet …‹«

»Cridge …«

»›… und hatte einen goldenen Becher in der Hand, voll Gräuel und Unreinheit von ihrer Hurerei.‹«

»Verflucht noch mal, haben Sie doch wenigstens so viel Anstand und …«

»Sie ist eine Hure! Sie soll ruhig in den Dreck pinkeln.«

»Verfluchter Bastard!« Lon hämmerte gegen die Tür, bis sie bebte.

Sie kämpften gegen die Schrecken der Isolation und der Gewissheit, dass gerade ein paar Wahnsinnige einen Anschlag auf Andrew Johnson im Kirkwood House, auf William Seward in seiner Residenz und auf die Lincolns und Grants in der Abendvorstellung von *Unser Vetter aus Amerika* in Ford's Theater vorbereiteten.

»Dein Bruder wird vermutlich von Leuten aus unserer Regierung unterstützt«, sagte Lon. »Zumindest helfen sie ihm bei der Flucht.«

»Wie kann das sein? Wie kann irgendjemand nach Kriegsende noch zum Verräter werden?«

»Hass geht tief, Margaret. Ich habe schon seit langem gewisse Gerüchte über Stanton gehört. Es fällt mir schwer, an eine Verschwörung zu glauben, doch wieso sollte dein Bruder so etwas erfinden?«

Schweigen. Aus Richtung der Treppe klang ein leises Quieken. Er sprang auf und wartete angespannt.

Die Ratte kam nicht näher. Nach zehn Minuten setzte Lon sich wieder hin, er war unglaublich schläfrig. In Gedanken meinte er, eine Uhr ticken zu hören.

Allmächtiger. Sie *mussten* einfach hier rauskommen.

Margaret schlief zuerst ein. Ihr Kopf kippte an seine Schulter und blieb dort, während er bewegungslos dasaß, um sie nicht zu wecken. Er fuhr fort, Fluchtpläne zu schmieden, doch alle hatten irgendeinen Haken. Er hatte keine Waffe, zumindest keine, die es mit einem Revolver aufnehmen konnte. Und was noch schlimmer war: Er schaffte es nicht, Cridge zu bewegen, die Tür zu öffnen.

Sein Kopf schmerzte ihm vor Hunger und von den Schlägen, die er hatte einstecken müssen. Ein Fuß war eingeschlafen. Er versuchte, nicht zu gähnen, doch er merkte, wie er allmählich wegdämmerte. Er stellte sich ein Uhrglas vor, durch das der Sand rieselte. Hellroter Sand, wie das Blut aus einer frischen Wunde.

Das Bild beherrschte seine Gedanken. Er schlief ein.

Voller Panik erwachte er. Es konnte eine Stunde vergangen sein oder auch ein ganzer Tag. Er blinzelte in die Dunkelheit und kämpfte gegen seine Schläfrigkeit.

Vorsichtig schlich er sich von Margarets Seite weg, die leise schnarchte. Auf der anderen Seite des Kellers knöpfte er sich die Hosen auf und erleichterte seine Blase, die sich während des Schlafens gefüllt hatte.

Als er so dastand und über seine Niederlage brütete, dachte er daran, wie Cridge die Worte aus der Offenbarung 17 gerufen hatte. Die Frau auf dem scharlachroten Tier. Die große Hure Babylon.

Er hielt den Atem an.

Er kehrte wieder an Margarets Seite zurück und berührte sie an der Schulter. »Wach auf.«

Murmelnd erwachte sie aus dem Schlaf. Sie tastete nach seinem stoppeligen Gesicht und streichelte es. »Was ist los?«

»Ich möchte, dass du Theater spielst. Ich habe gesehen, wie Cridge dich oben im Haus angestarrt hat. Du hast selbst gehört, wie obszön er dich beschimpft hat. Also gut, du wirst jetzt das spielen, für was er dich hält. Ich kann mir vorstellen, dass ihm das gefallen wird, so scheinheilig, wie er ist.«

Er hockte sich neben sie. »Und zwar werden wir Folgendes tun …«

»Mr. Cridge?«

»Was willst du, Weib?« Cridges Stimme klang schwer und müde. Vielleicht machte ihn das langsamer. Lon lag zusammengerollt auf der Seite nahe dem Fuß der Treppe.

»Ich würde mich gern frisch machen und waschen. Der Detektiv schläft. Sie haben einen Revolver. Ich kann Ihnen nichts tun. Öffnen Sie die Tür. Geben Sie mir nur fünf Minuten auf der Toilette, ich bitte Sie.«

Ihre Stimme wurde heiser und einschmeichelnd; Lon musste angesichts des Schauspiels beinahe grinsen. »Ich habe bemerkt, wie Sie mich gestern Abend angesehen haben. Sie haben Recht, ich weiß, was den Männern gefällt. Doch ich verhungere hier drin. Eine Schüssel mit Wasser, ein Happen zu essen – in dem bemalten Kasten in der Küche ist ein Brotlaib. Geben Sie mir nur fünf Minuten, und dann werde ich Ihnen auch etwas Gutes tun, Mr. Cridge.«

Lon wagte kaum zu atmen.

»Wenn ich dich rauslasse und dann feststellen muss, dass du mich betrogen hast, jage ich dir eine Kugel in den Leib.«

»Das wird nicht nötig sein, das verspreche ich Ihnen.«

Wieder Schweigen. »Gut. Warte.«

Cridge stapfte davon, ein paar Augenblicke später hörte man ihn zurückkommen. »Bleib von der Tür weg.« Lon biss sich so fest auf die Unterlippe, dass er Blut schmeckte. Er hatte Margaret angewiesen, nur drei Stufen hinunterzugehen, nicht mehr.

Der Riegel wurde zurückgeschoben. Ein Streifen Licht fiel in die Dunkelheit. Margaret flüsterte: »Sehen Sie selbst, da liegt er. Er schläft, genau wie ich Ihnen gesagt habe.«

»Komm rauf, eine Stufe nach der anderen.«

»O danke, ich bin Ihnen so dankbar.« Lon öffnete ein Auge zu einem Schlitz und sah, wie sie ihre Röcke anhob. Cridge trug die Lampe und den Revolver, die er auch am Vorabend bei sich gehabt hatte. Als Margaret auf der obersten Stufe, in seiner Reichweite, angekommen war, fragte sie: »Können Sie mir sagen, wie spät es ist?«

»Fast halb elf.«

»Abends?« Ihre Unruhe hätte sie beinahe verraten.

»Ich habe dich nicht rausgelassen, um dumme Fragen zu beantworten. Wasch dich, und dann gehen wir ins Schlafzimmer. Mach Platz, damit ich die Tür schließen kann.«

Margaret trat in den Korridor. Cridge griff nach dem Türknauf. Ihre Hände schnellten zu seinen Rockaufschlägen empor. Mit einem kraftvollen Ruck schleuderte sie ihn seitwärts auf die Treppe.

Sein Revolver ging los. Die Lampe flog ihm aus der Hand und fiel Funken schlagend in den Keller, während er die Stufen hinunterpolterte. Der Ölbehälter der Lampe zerbrach, eine Lache ergoss sich über den festgetretenen Lehmboden, wo der Docht das Öl entzündete.

Cridge lag keuchend ausgestreckt auf dem Rücken. Lon trat Cridge auf den Arm und riss ihm den Revolver weg, seine eigene fünfschüssige Waffe. Cridge kämpfte sich hoch und zog ein langes Messer aus einer Scheide unter seiner Jacke hervor. Auf seinen gefletschten Zähnen glänzte der Speichel. Er stach nach Lon, der zur Seite trat und Cridge einen Schuss ins Handgelenk verpasste. Blut spritzte, das Messer flog zu Boden.

Lon ließ sich mit beiden Knien auf Cridge fallen. Das Haar hing ihm in die Augen. Cridge packte ihn. Lon versetzte ihm einen Schlag mit dem Revolver. Dann warf er die Waffe weg und zerrte die Uhr an der Kette aus seiner Weste. Er schlang die lange Uhrkette um Cridges Hals.

Cridges Augen quollen hervor. Seine feisten Finger schnellten zu den Metallgliedern hoch, die sich in seine Kehle einschnitten. Dann setzte Lons Erinnerung aus.

Als sein Wutrausch vorüber war, blickte er auf und sah Margaret, die entsetzt die Hände vor den Mund presste. Schweißtropfen rannen von Lons Kinn herab. Sein Atem verlangsamte sich. Die Uhrkette hatte sich so tief in die Haut eingegraben, dass sie beinahe ganz verschwunden war und nur ein dünnes Halsband aus Blut auf Cridges Kehle zurückgelassen hatte. Lon war schwindlig und übel, er lockerte die Uhrkette. Cridge war tot.

Er wischte die blutige Kette an seinen zerrissenen Hosen ab. Das brennende Öl auf dem Lehmboden war beinahe aufgezehrt. Er öffnete den Uhrdeckel mit dem Fingernagel. Das Glas war mit einem Spinnennetz aus Sprüngen überzogen. Die Zeiger waren auf fünf nach halb elf stehen geblieben.

Margaret sank auf die Knie und schlang die Arme um ihn.

»Alles in Ordnung, wir sind in Sicherheit«, sagte sie und schaukelte ihn tröstend wie ein Kind.

Minuten später, nachdem er sich wieder beruhigt hatte, liefen sie nach oben auf den Franklin Square.

In der Ferne läuteten die Feuerwehrglocken. Soldaten und Polizisten mit Fackeln umringten den Eingang zu Sewards Stadthaus. Lon und Margaret eilten über das platt getrampelte Gras zu der Absperrkette von bewaffneten Männern. Lon zeigte einem Polizeioffizier sein Abzeichen. »Was ist hier passiert?«

»Ein Mann hat gesagt, er würde Medizin von Mr. Sewards Arzt abliefern. Er ist mit einem Messer bis in Sewards Schlafzimmer gelangt. Dort hat er den Krankenpfleger und einen Boten des Außenministeriums erstochen. Der Mann hat den jungen Fred Seward so schwer verprügelt, dass er im Koma liegt.«

»Was ist mit dem Minister?«

»War geistesgegenwärtig genug, sich aus dem Bett zu rollen. Ist genau auf seinen ausgerenkten Arm gefallen, aber er ist nicht angegriffen worden.«

»Wurde der Täter gefasst?«

»Nein, er ist entkommen. Das ist jedoch noch nicht das Schlimmste. Vor ein paar Minuten hat ein Attentäter in Ford's Theater auf den Präsidenten geschossen. Grant war nicht dort, er und seine Frau haben ihre Pläne geändert. Sind mit dem Zug nach New Jersey gefahren.«

»Ist der Präsident …?«

»Verwundet. Man hat ihn in ein Haus gegenüber vom Theater getragen. Dieser Schauspieler, Booth, hat auf ihn geschossen und ist dann von der Loge auf die Bühne gesprungen und durch den Hintereingang rausgerannt.«

Lon ergriff Margarets Hand. Sie gingen vom Franklin Square über dunkle Straßen nach Osten. Überall hatten sich Menschenansammlungen gebildet, und Kavalleriegruppen galoppierten vorüber. Auf der 10th Street hatte die Polizei, ausgerüstet mit Schlagstöcken, eine Barrikade vor dem Ford's gebildet. Die Menschen drängten und schubsten dagegen an und riefen: »Brennt das Theater nieder!«

Das Haus gegenüber dem Theater gehörte einer Familie namens Petersen. Diejenigen, die davor standen, verhielten sich ruhiger als der Mob vor dem Theater, obwohl Lon und Margaret wilde und widersprüchliche Gerüchte hörten, während sie sich durch die Menge schoben. Das gesamte Kabinett sei einem Attentat zum Opfer gefallen. Die Grants seien im Zug nach New Jersey ermordet worden. Der Präsident sei bereits gestorben. Soweit man es wusste, war kein Anschlag auf den Vizepräsidenten verübt worden. Vielleicht hatte der Mann, der Andrew Johnson töten sollte, in letzter Minute die Nerven verloren.

Lon stieß auf einen Journalisten, den er kannte, und fragte ihn aus. Ja, viele der Zuschauer und Schauspieler hätten Booth erkannt. »Er hat seine Pistole auf den Boden der Loge fallen lassen. Er hat irgendwas auf Latein gerufen, als er auf die Bühne sprang. Dabei ist er mit einem Sporn an einer Flagge hängen geblieben und schwer gestürzt. Hätte sich das Bein brechen können. Noch besser wär's gewesen, wenn er sich gleich das Genick gebrochen hätte!«

Die ganze Nacht lang beförderten Kutschen Ärzte und Stabsoffiziere zum Haus der Petersens. Das wütende Drängen der Menge, das Ford's abzubrennen, ließ allmählich nach. Hunderte versammelten sich in der kühlen Dunkelheit, doch nur wenige sprachen und dann auch nur mit gedämpfter Stimme. Lon und Margaret saßen auf dem Bordstein vor dem Theater. Bei Tagesanbruch begann es zu regnen. Lon zog seinen Mantel aus und breitete ihn über ihren Kopf.

Durchnässt und frierend harrten sie weiter aus. Um halb acht öffnete ein Oberst die Tür des Hauses der Petersens. Alle Gespräche verstummten. Nur der kalte Regen rauschte herab.

»Meine Damen und Herren, ich muss Ihnen leider mitteilen, dass der Präsident um zweiundzwanzig Minuten nach sieben dahingeschieden ist.«

Margaret brach in Tränen aus. Sie war nicht die Einzige. Lon sagte: »Ich bringe dich nach Hause. Dann muss ich Bericht erstatten. Ich muss dabei helfen, die Männer zu fassen, die das getan haben.«

Eine Kutsche für Mrs. Lincoln fuhr vor. Unter lautem Wehklagen wankte sie, gestützt von zwei Armeeoffizieren, die Stufen hinab. Irgendwo in der Stadt läutete eine Kirchenglocke. Andere stimmten ein, bis ihr Läuten den Himmel erfüllte.

»Was für ein Tag ist heute? Ich habe den Überblick verloren«, meinte Lon, während sie sich durch die schweigende Menge drängten. Margaret lehnte sich an seine Schulter, der Regen vermischte sich mit ihren Tränen.

»Samstag, der 15. Morgen ist Ostern.«

Er lauschte dem Läuten der Glocken und erinnerte sich an die Osterpredigten, die Mathias Price gehalten hatte. »So ist auch Lincoln am Karfreitag den Märtyrertod gestorben.« Doch dieses Mal würde es keine Auferstehung geben.

72

April 1865

Noch lange sollten Lon diese Tage als schwarzes Osterfest in Erinnerung bleiben. Riesige Girlanden aus schwarzem Krepp tauchten an Regierungsgebäuden und Bürohäusern auf, zierten Theater und Varietés, Villen wie Mietskasernen. Frauen gingen in Trauer, Männer trugen schwarze Armbinden oder Bänder am Revers.

Der Sonntag brachte herrlichen Sonnenschein, der so gar nicht zur Stimmung in der Hauptstadt passen wollte. Baker rief seine Männer im Kriegsministerium zusammen. In einem Konferenzraum, dessen Luft ebenso geschwängert war mit Rauch wie mit Spekulationen, sprach Minister Stanton zu ihnen. Jeder der Männer trug etwas Schwarzes.

Stantons Mopsgesicht war merkwürdig fahl. Er marschierte vor den Detektiven auf und ab wie Napoleon vor seinen Truppen. »Ich trage einen Großteil der Verantwortung für diese Tragödie. Ich habe mich gegen den Besuch des Präsidenten im Theater ausgesprochen, allerdings nicht energisch genug. Ich konnte mich nicht durchsetzen. Nun werde ich nicht eher ruhen und auch Sie werden nicht eher ruhen, bis die Erzverschwörer, die diese Gräueltat verübt haben, vor Gericht gebracht worden sind. Wir kennen die Haupttäter. Ein Logiergast im Haus der Surratts, ein alter Schulkamerad von John Surratt namens Louis Weichmann, ist gestern an die Öffentlichkeit getreten. Er hat Surratts Bande identifiziert und bestätigt, dass Booth sich häufig mit ihnen getroffen hat. Ich habe eine Belohnung von je fünfundzwanzigtausend Dollar für die Ergreifung von David Herold und George Atzerodt ausgeschrieben, zusätzlich zu den fünfzigtausend Dollar für Booth. Die Polizei von Baltimore wird alle Männer namens Arnold und O'Laughlin ausfindig machen und verhaften. Allerdings halte ich all diese Leute für bloße Schachfiguren und Mitläufer. Der Mord an unserem hoch geschätzten Präsidenten wurde auf höchster Ebene in Richmond geplant und abgesegnet. Booth und seine Gefolgsleute wurden von dem kaltblütigen Spieler gelenkt, der die ganze Sache geplant hat. Ich meine den skrupellosen Jefferson Davis. Er wird gehängt werden. Das werden sie alle.«

Wie er so eingekeilt saß zwischen Sandstrom und einem anderen Detektiv namens Everton Conger, der kürzlich von der Ersten Kavallerie des District of Columbia freigestellt worden war, überkamen Lon starke Zweifel. Cicero Miller hatte gesagt, er allein habe den Plan entworfen. Wusste Stanton das? Falls ja, schob er möglicherweise absichtlich dem konföderierten Präsidenten die Schuld zu?

»Oberst Baker wird die Verfolgung und Verhaftung der Verdächtigen überwachen. Die Festnahmen werden unverzüglich beginnen; in allen Fällen wird die Schuld der Betreffenden vorausgesetzt. Zeigen Sie ihnen gegenüber kein Erbarmen, meine Herren. Sie haben auch unserem ermordeten Präsidenten gegenüber keine Gnade walten lassen.«

»Nimm die Axt«, sagte Lon.

Sandstrom zertrümmerte die Tür des Bordells auf der Ohio Street. Die Folgen waren vorhersehbar: Weibliches Geschrei und Gekreische erklang, ein seltsamer Kontrapunkt zu den läutenden Glocken, die die Gläubigen zur Andacht riefen.

Lon führte die Razzia im Erdgeschoss an. »Sichert die Hintertür. Werft die Frauen in den Polizeiwagen. Ella Turner?«, rief er. »Wo ist Ella Turner?«

In jener Nacht gelangte Booths Geliebte, die zusammen mit den anderen Huren im Old Capitol eingesperrt worden war, irgendwie an Chloroform und unternahm einen Selbstmordversuch. Als sie am nächsten Morgen davon erfuhren, sagte Sandstrom nur: »Ein Jammer, dass es ihr missglückt ist.«

Vollauf damit beschäftigt, die Verdächtigen festzusetzen, bekamen Bakers Leute von den Vorbereitungen für das Staatsbegräbnis nicht viel mit. Am Montag kehrte der schwachsinnige Lewis Paine in Mrs. Surratts Pension zurück. Die Detektive, die ihn dort erwartet hatten, verhafteten ihn zusammen mit Mary Surratt und ihrer Tochter Anna. Lon hatte zu der Zeit auf der 10th Street alle Hände voll zu tun.

»Los, bewegt euch, bis nach vorn an den Polizeiwagen.« Er schubste den Verdächtigen, John Ford, mit dem Lauf seines Revolvers vorwärts.

»Das ist einfach empörend!«, sagte der Theaterleiter. Schauspieler aus Fords Ensemble, unter ihnen auch Mr. Hawk, Mr. Emerson und Miss Keen, fielen lautstark in den Protest ein.

»Sie können sich glücklich schätzen, dass wir Ihr Theater nicht abbrennen«, meinte Lon. »Eugene, verriegel das Theater, sobald sie alle draußen sind.«

Die eingeschüchterten Schauspieler, Bühnenarbeiter und Kassierer drängten und schoben sich voran, bis sie eingekeilt wie die Sardinen in der Büchse im Polizeiwagen saßen. Ein alter Mann flehte Lon an:

»Sir, ich bin Buckingham, der Pförtner. Ich arbeite nur zeitweise hier. War jahrelang Schreiner am Navy Yard. Ich bin der Regierung treu ergeben. Fragen Sie meine Chefs.«

»In den Polizeiwagen«, befahl Lon.

Am Dienstag lag Abraham Lincoln feierlich aufgebahrt auf einem schwarzen Katafalk im East Room. Der Kommandeur des Militärbezirks Washington schrieb weitere zehntausend Dollar Belohnung für die Ergreifung Booths aus. Der Stadtrat fügte noch zwanzigtausend Dollar hinzu. Kavallerie, berittene Washingtoner Polizei und einzelne unabhängige Suchtrupps schwärmten nach Maryland aus und verfolgten die Verschwörer, die sich immer noch auf freiem Fuß befanden. Nachdem Lon zwei Tage damit zugebracht hatte, Verdächtige ins Old Capitol zu befördern, ging er an diesem Abend in Bakers Büro.

»Sir, ich bitte darum, mich von meiner Arbeit hier im District zu entbinden. Ich möchte gern an der Verfolgung teilnehmen.«

»Locken Sie all die Belohnungen?«

»Herr Oberst, das Geld ist mir vollkommen egal. Ich habe noch eine Rechnung mit Davis und seiner Bande zu begleichen.« Vor allem mit einem von ihnen. Lon hatte Cicero Millers Namen niemandem gegenüber erwähnt. Jedes Mal, wenn er in Versuchung geriet, hielt er sich aufgrund von Millers Behauptung zurück, dass hochrangige Leute in Washington an dem Anschlag beteiligt seien. Lafayette Baker befand sich lediglich eine Stufe unter Edwin Stanton.

»Haben Sie etwa bereits eine Vorstellung, wo sich die Verdächtigen aufhalten könnten?«

Lon erinnerte sich daran, dass Miller Surrattsville und Port Tobacco erwähnt hatte. Es gefiel ihm gar nicht, lügen zu müssen. »Nein, Sir.«

»Nun, in Anbetracht dessen, was Sie in Richmond erlitten haben, lasse ich Sie gehen.«

»Danke, Oberst Baker.«

»Wie jeder unter meinem Kommando, der nach Maryland geritten ist, werden auch Sie mich auf dem Laufenden halten. Das ist keine Bitte, sondern ein Befehl.«

Für den Baker womöglich einen persönlichen und äußerst triftigen Grund hatte, und Miller konnte derjenige sein, der dies wusste.

Am Mittwoch, dem 19. April, kündigten Kirchenglocken und Kanonendonner den Trauergottesdienst an, der am Mittag im Weißen Haus stattfinden sollte, gefolgt von einer Prozession auf der Avenue. Lon hörte das Läuten der Glocken und Dröhnen der Kanonen, während er über die East Branch Bridge ins Prince George County trabte. Als er eine Stunde zuvor das Hauptquartier verlassen hatte, hatte Baker ihm mitgeteilt, dass der deutsche Verschwörer, Atzerodt, in der Nähe des Dorfes Surrattsville gefangen genommen worden sei.

Auf dem Weg dorthin kam Lon an großen Gruppen berittener Soldaten und kleineren Gruppen von bewaffneten Zivilisten vorbei. Lon hielt weder an, noch redete er mit ihnen. Am Nachmittag hatte er Surrattsville erreicht. Dort fand er Feldposten der Armee vor, die das Wirtshaus der Surratts bewachten. An die Wirtshaustür war eine in groben Buchstaben gekrakelte Notiz genagelt worden:

GESCHLOSSEN
auf Befehl der US-Regierung

Er ließ sein schweißüberströmtes Pferd im Schatten einer großen Eiche rasten, die gerade die ersten Blätter trieb. Die Menschen stellten sich immer vor, der Polizeidienst sei besonders abenteuerlich, doch in Wahrheit wurden Ergebnisse meist allein durch harte Arbeit erzielt, wie Lon vor langer Zeit von Pinkerton gelernt hatte. Er fütterte sein Pferd aus einem Hafersack, tränkte es an einem Trog und setzte dann seine Suche nach Miller in Richtung Süden fort.

Er ritt über Feldwege, die zu Bauernhöfen und Blockhütten führten, und zeigte jedes Mal wieder sein Abzeichen vor. »Ich möchte Ihnen gern einen Mann beschreiben und wissen, ob Sie ihn vielleicht gesehen haben.«

»Einer von Lincolns Mördern?«, fragten die Bauern oder Hausbesitzer dann gewöhnlich.

»Ja, und falls Sie ihn gesehen haben, werden Sie sich vermutlich auch an ihn erinnern.«

Doch er war niemandem aufgefallen.

Staubig und wundgerieben vom langen Reiten, schlug Lon in dieser Nacht sein Lager in den Wäldern auf. Während er gegen die Stechmücken ankämpfte, aß er ein Stück harten Zwieback aus seiner Satteltasche zum Abendbrot und spülte es mit Bachwasser hinunter. Donnerstag und Freitag setzte er seine Suche fort, verdreckte sich die Stiefel mit Schlamm und Jauche, wurde von Hähnen und Schweinen gejagt, fand jedoch keinerlei Hinweise auf Millers Aufenthaltsort. Vielleicht war Margarets Bruder bereits über den Potomac nach Virginia geflüchtet, mit oder ohne Booth.

Gepeinigt vom immer drängenderen Gefühl des Misserfolgs, legte er sich Freitagabend schlafen, den Kopf auf den Sattel gelegt und das Pferd nahebei angebunden. Der Zug mit Lincolns Sarg hatte Washington wahrscheinlich inzwischen verlassen und brachte ihn nach Springfield, zusammen mit dem Sarg seines Sohnes Willie, der für die traurige Heimreise exhumiert worden war. Lon wünschte, er hätte am Bahnhof sein können, um dem Präsidenten die letzte Ehre zu erweisen.

Am Samstagmorgen ritt er nach Port Tobacco. Der Ort roch nach den Tabakblättern, denen er seinen Namen verdankte. Er fand eine Schenke und trank ein Bier zu seinen hart gekochten Eiern und Maisbrei. Als er die Rechnung bezahlte, erkundigte er sich nach Miller.

Das Gesicht des schmächtigen Gastwirts hellte sich merklich

auf. »O ja, den hab ich gesehen. Sein Pferd lahmte. Er hat sich in Fullers Stall ein neues gekauft. Fuller hat sich gar nicht mehr einkriegen können über den – was das für 'n komischer Typ gewesen ist. Hat schlimm gehinkt. Schreckliche Narben auf'm Hals und im Gesicht. Mir persönlich ist er auch ziemlich merkwürdig vorgekommen. Schien irgendwie 'n bisschen verrückt zu sein. Hat hier zu Abend gegessen, ehe er drüben bei Fuller übernachtet hat.«

Fuller, der Besitzer des Stalles, erzählte: »Ich hab ihm 'nen alten Braunen verkauft. Seine Kleidung war völlig verdreckt, so als hätt' er die ganze Zeit im Freien verbracht.«

»Wohin war er unterwegs?«

»Er hat sich erkundigt, wie man am besten nach Riverside kommt. Das ist auf der Westseite des Flussarms.«

»Nahe an Virginia?«

»Ziemlich nah, ja.«

»Gibt's da Fährmänner, die die Leute ins Konföderiertengebiet übersetzen?«

Plötzlich vorsichtig geworden, meinte Fuller: »Davon weiß ich nichts.«

Lon hatte sich bereits in den Sattel geschwungen und lenkte sein Pferd vom Hof.

Samstagabend ritt er bei Einbruch der Dämmerung nach Riverside hinein, ein Ort, der wenig mehr als eine Durchgangsstation am Wasser war. Ein Streifen schwefelgelben Tageslichts hing noch über den Bäumen. Er kam an Hütten von Schwarzen vorbei und hörte den schönen Klang einer Mundharmonika, auf der »Aura Lee« gespielt wurde. Der Rücken tat ihm weh. Die Innenseiten seiner Schenkel brannten vom stundenlangen Reiten.

Er trabte an baufälligen Landungsstegen vorbei, an denen Ruderboote und ein Krabbenkutter vertäut lagen. Ein alter Schwarzer saß auf einem der Stege und reparierte eine Krebsreuse. Lon wiederholte seine Beschreibung.

»Nein, ich glaub nich', dass ich so einen gesehen hab.« Der nervöse Blick des Mannes verriet ihn jedoch.

Statt Drohungen bot Lon ihm einen Golddollar an. »Der Mann ist einer der Rebellen und war an der Ermordung Präsident Lincolns beteiligt.«

Der alte Mann biss auf die Dollarmünze und steckte sie dann

in die Tasche. »Ich nehm das Geld, weil ich neun Kinder durchzufüttern hab, aber die Wahrheit sag ich Ihnen, weil Mr. Lincoln so viel für meine Leute getan hat. Reiten Sie 'ne halbe Meile am Südufer entlang. Dann biegen Sie ab auf einen Sandpfad, der is' gekennzeichnet mit 'nem runden Stein, ungefähr so groß.« Mit erhobenen Armen beschrieb er einen etwa halben Meter großen Bogen.

»Reiten Sie ungefähr 'ne Meile bis zum Fluss runter. Da finden Sie 'ne Hütte, die gehört meinem Cousin Wilf. Wilf is'n Mischling; kennt den Potomac wie seine Westentasche. Ich hab den Weißen heute Morgen zu Wilf geschickt. Schien ziemlich blass und krank zu sein. Hat gesagt, dass er sich nich' wohlfühlt. Sie sagen, er is'n schlechter Mensch?«

»Er ist ein Mörder«, erwiderte Lon und stieg auf sein Pferd. »Vielen Dank.« Er warf dem Mann einen weiteren Golddollar zu, seinen letzten. »Passen Sie gut auf Ihre Kinder auf!«

In der Dunkelheit verpasste er den runden Stein und den Sandweg. Als er bemerkte, dass er zu weit geritten war, kehrte er um. Er wartete, bis der Mond aufgegangen war, und kaute seinen letzten Zwieback. Sobald das weiße Mondlicht den Wald erhellte, fand er den Sandpfad ohne Schwierigkeiten.

Er band sein Pferd an, überprüfte seinen Deane & Adams und vergewisserte sich, dass in allen fünf Kammern Patronen waren, hängte seinen flachen Hut über den Sattelknauf und ging in Richtung des plätschernden Flusses. Er konnte Rauch riechen.

Als er um eine Wegbiegung trat, tauchte die Hütte vor ihm auf. Hinter einem unverglasten Fenster leuchtete der Schein einer Lampe. Während er näher heranschlich, bemerkte er ein Pferd zu spät, das in der Dunkelheit angebunden war. Das Tier wieherte. Jemand in der Hütte ließ einen metallischen Gegenstand zu Boden fallen. »Was ist das?« Das war Millers Stimme.

»Weiß nich', Sir. Hier kommen nich' viele Besucher vorbei.«

»Verdammt, wir hätten schon vor einer Stunde den Fluss überqueren sollen.«

»Sie ham gesagt, Sie wollten erst was essen, Sir.«

»Aber nicht diesen Schweinefraß!«

Unter der Fensterbank zusammengekauert, zählte Lon stumm bis drei, sprang dann hoch und richtete den Revolver in das Zimmer. Dort saß Margarets Bruder fiebrig und verschwitzt im Licht der Kerosinlampe. Ein dürrer junger Mann mit karamellfarbener Haut stand im Zimmer und hatte den Arm um eine ebenholzschwarze Frau gelegt.

»Miller, keine Bewegung, oder Sie sind ein toter Mann.«

Ein Wirbel widerstreitender Gefühle glitt über Millers Gesicht und mündete in ein erstaunlich selbstgefälliges Lächeln. Er hob die vernarbte linke Hand. »Schätze, Sie haben mich erwischt!«

Lons Augen brannten vor Müdigkeit. »Beide Hände«, sagte er genau in dem Moment, als Millers rechte Hand die linke mit einem Revolver kreuzte. Der Lauf spie Feuer. Die Kugel zischte knapp an Lons Ohr vorbei.

Miller warf den Tisch um. Die Frau schrie auf. Miller wirbelte herum und schoss ihr in den Bauch. Er schnappte sich die Laterne und warf sie auf den Boden. Sofort entzündeten sich die dort ausliegenden Binsen zu einem Flammenteppich. Miller stürmte durch die Tür an der Flussseite nach draußen.

»O Dee, o Dee, er hat dich getötet!«, schluchzte Wilf, während er versuchte, seine regungslose Frau von dem sich ausbreitenden Feuer wegzuzerren. Lon rannte um die Hütte herum und sah einen Schatten, der sich die mondbeschienene Uferböschung zu einem Ruderboot hinunterbewegte. Miller hörte ihn kommen und schoss zweimal. Beide Schüsse verfehlten ihr Ziel.

Miller kletterte in das Ruderboot und band es von einem Eisenpfahl los. Lon ließ seinen Revolver fallen und watete ins Wasser. Er warf sich über das Dollbord und zerrte Miller an den Schultern. Beide fielen rücklings in den Fluss.

Miller war keineswegs schwach. Er trat kräftig nach Lon, während sie im Wasser strampelten, dann zerkratzte er ihm mit den Fingernägeln die Wange. Lon packte Miller an der Kehle, beide sanken unter Wasser. Lon hielt seine Beute fest umklammert und würgte Miller; er wollte seinen Atem anhalten, sein Leben beenden.

Plötzlich musste er an Margaret denken. Dann schoss ihm durch den Kopf, dass Miller noch nicht alle seine Geheimnisse offenbart hatte. Keuchend und spuckend zerrte er seinen Gefangenen durch das seichte Wasser zum Ufer, wirbelte ihn herum und versetzte ihm einen kräftigen Schlag gegen das Kinn. Miller stürzte auf die Uferböschung.

»Nun töten Sie mich schon. Bringen Sie es hinter sich!«

Lon zupfte ein Stück Wasserpflanze von seiner Stirn. Dann sah er seinen Revolver auf dem Boden liegen. Miller hatte ihn ebenfalls entdeckt und rollte darauf zu. Lon stürmte die Böschung hinauf und trat auf Millers tastende Hand.

»O nein. Sie müssen mir erst noch ein paar Fragen beantworten. Wo ist Booth?«

»Wer?«

Lon riss Miller an den Rockaufschlägen empor. »Verkaufen Sie mich nicht für dumm! Wo ist er?« Er stieß Miller mit dem Kopf voran in den Schmutz. »Wo?«

»Scheren Sie sich doch zum Teufel!«

»Wollen Sie es sich etwa noch schwerer machen?«

»Noch schwerer?« Miller lachte; er legte eine seltsame Mischung aus Angst und Trotz an den Tag. »Sie wissen doch gar nicht, was das heißt. Wenn ich Ihnen erzählen würde, was ich weiß, wäre mein Leben keinen Pfifferling mehr wert! Sie können mir Nägel durch Hände und Füße treiben – von mir erfahren Sie trotzdem nichts! Los, finden Sie Booth doch allein!«

73

April 1865

Lon ritt den ganzen Weg nach Washington mit gezogenem Revolver. Miller ritt vor ihm, zusammengesunken im Sattel, die Hände hinter dem Rücken gefesselt. Der Anblick der beiden Männer zog etliche Farmer mit ihren Familien an den Straßenrand, doch niemand mischte sich ein. Lons Waffe hielt die Leute davon ab, Fragen zu stellen. Sonntag, kurz vor Mitternacht, hatten sie die Stadt erreicht.

Mit knurrendem Magen, stinkenden Kleidern und einem schmutzigen, klebrigen Gefühl auf der Haut lieferte Lon Miller am Eingang des Old Capitol ab. Dem Dienst habenden Wachmann befahl er: »Sperren Sie ihn allein in eine Zelle. Niemand darf ihn ohne die Erlaubnis von Oberst Baker sehen oder mit ihm sprechen.« Der Wachmann winkte einen weiteren Gefängniswärter herbei, der dem Gefangenen die Handfesseln aufschnitt. Miller schwang sein Bein über den Sattel und stürzte kraftlos zu Boden.

Der Soldat mit dem Messer fragte: »Sollen wir einen Arzt rufen?«

Lon betrachtete den bemitleidenswerten Haufen zu seinen Füßen. Millers Augenlider flatterten.

»Nein, er simuliert bloß.«

Lon wendete sein Pferd und ritt davon, ehe ihm jemand widersprechen konnte.

Er schlief zwei Stunden, wachte dann auf und füllte eine Schüssel mit lauwarmem Wasser. Er wusch sich und sah, wie das klare Wasser allmählich eine dunkelgraue Farbe annahm. Er rasierte sich bei Kerzenlicht vor einem kleinen Spiegel, dann schlang er sich ein knappes Handtuch um die Hüften und setzte sich hin, um einen Bericht zu schreiben, den er um sieben Uhr früh in Bakers Büro ablieferte.

»Miller sagt, er und nicht Davis habe den Anschlag geplant. Er behauptet, dass hochrangige Leute aus unserer eigenen Regierung kooperiert und den Verschwörern zur Flucht verholfen haben.«

Baker stützte den Stiefelabsatz auf die Schreibtischplatte, ein untrügliches Zeichen seiner Skepsis.

»Welche Leute? In Ihrem Bericht nennen Sie keine Namen.«

»Er hat es mir nicht erzählt. Falls er sie kennt, will er es trotzdem nicht sagen. Er fürchtet Vergeltungsmaßnahmen.«

»Wir halten ihn in Isolationshaft. Das wird ihn vielleicht gefügig machen.« Baker warf den Bericht auf eine geringschätzige Art beiseite, die Lon ärgerte. Oder vielleicht störte ihn an diesem Morgen einfach alles. Die Knochen schmerzten ihm immer noch vom stundenlangen Sitzen im Sattel. Er wollte Margaret sehen.

Es sollte nicht sein. Ein paar Minuten nach neun lockte ein Tumult in Bakers Büro Lon aus der kleinen Zelle, die die Detektive für Schreibarbeiten benutzten. Aufgebracht stand Baker auf dem Flur und diskutierte mit einem Leutnant der Armee. Als Lon dazukam, rief Baker: »Major O'Beirnes Suchtrupp ist in Belle Plain, auf der anderen Seite des Potomac in Virginia. O'Beirne hat Zeugen gefunden, die Booth und Herold nach Süden haben reiten sehen, auf den Rappahannock zu. Booth trägt das Bein in einer Schiene. Er muss es sich gebrochen haben, als er auf die Bühne im Ford's gesprungen ist. Er kann unmöglich schnell genug vorankommen. Ich werde die Verfolgung persönlich leiten. Sind Sie in der Lage, mit uns zusammen loszureiten, Price?«

Obwohl er kurz davor war, vor Erschöpfung umzufallen, erwiderte Lon: »Ja, Sir.«

»Suchen Sie Conger, Sandstrom und noch drei oder vier andere zusammen. Halten Sie sich in einer Stunde bereit.«

In mitternächtlicher Dunkelheit setzten sie mit einem Boot über den Potomac. In Virginia, auf der anderen Seite, warteten ausgeruhte Pferde auf sie. Mit halsbrecherischer Geschwindigkeit ritten sie nach Süden durch das vom Krieg verwüstete Land; etwa jede Stunde wurden sie von einem Militärkurier begrüßt, der die Straße entlanggaloppiert kam. Gegen halb elf vormittags, nachdem Baker gerade den letzten Kurier hatte wegtreten lassen, brachte er mit einem Ruck sein Pferd zum Stehen und wandte sich an seine schwitzenden, zerzausten Detektive.

»Booth und Herold sind auf einer Farm in der Nähe von Port Royal untergetaucht. Ein Kommando der Sechzehnten New Yorker Kavallerie hat sie dort aufgespürt. Offensichtlich sind sie schon seit einiger Zeit dort. Die Falle ist zugeschnappt, meine Herren.«

Baker galoppierte auf der sonnigen Straße davon. Lon gab dem Grauen mit dem durchhängenden Bauch die Sporen. Er, Sandstrom, Everton Conger und die anderen sahen von Baker nur noch eine Staubwolke und mussten sich anstrengen mitzuhalten.

Gegen zwei Uhr nachmittags erreichten sie, geführt von einem Korporal der Armee, ein Tor am Anfang eines baumgesäumten Weges. An dessen Ende sah Lon ein weiß gestrichenes Farmhaus, einen Hühnerstall, einen Maisspeicher und eine große Tabakscheune.

Nahe beim Tor hielten ein Kavallerieoffizier und ein Korporal mit vorgehaltenem Revolver einen Gefangenen in Schach. Der Gefangene, ein junger Mann von etwa zwanzig Jahren mit völlig verängstigtem Gesicht, trug eine zerrissene Südstaatleruniform. Der Offizier salutierte vor Baker. »Leutnant Jethro Murdock, Sir.«

»Oberst Lafayette Baker. Ich übernehme das Kommando. Wer ist dieser Mann?«

»Heißt Willie Jett, Sir. Er hat Booth und Herold letzte Nacht auf die Farm gebracht. Er kennt die Garrett-Brüder, denen die Farm gehört. Er hat vorgeschlagen, dass die Flüchtigen sich hier ausruhen sollen, bis sich ein Fährmann findet, der sie über den Rappahannock setzt. Als wir ihn geschnappt haben, ist er sofort weich geworden und hat gestanden.«

Ein gelber Schmetterling umkreiste Lon neugierig. Eine Spottdrossel trillerte in einem nahen Busch. Baker zog seinen Armeecolt, beugte sich vom Pferd hinab und drückte Jett die Mündung an die Stirn.

»Wo haben sie sich versteckt?«

»In ... in ...«, Willie Jett brachte kaum ein Wort heraus, »... in der Tabakscheune. Glaub ich zumindest.«

»Murdock, wo sind Ihre Leute?«

»Nur ein Stück die Straße rauf. Haben sich da hinter dieser Hecke versteckt.«

»Wir steigen ab und laufen auf den Hof. Keinen Laut. Verteilen Sie sich nach rechts und links, sobald wir den Hof betreten haben, aber warten Sie auf mein Signal, ehe Sie weiter vorrücken.« Lon zog seinen Deane & Adams aus dem Schulterhalfter.

Staubwolken stiegen vom sonnenbesprenkelten Weg auf, während sie ihren seltsam angenehmen Spaziergang durch die Frühlingsluft zurücklegten. Das geschäftige Summen und Brummen und Rascheln der wiedererwachenden Natur stand in scharfem Gegensatz zu den angespannten Gesichtern und argwöhnischen Blicken der Soldaten, die hinter der Hecke hervorkamen. Bakers Augen funkelten unter der Hutkrempe.

Der Feldweg mündete in einen Vorgarten. Ein Zivilist mittleren Alters, in Overall und derbe Schuhe gekleidet, beobachtete sie von der Veranda eines gepflegten Farmhauses. Baker ging schnurstracks zu ihm.

»Ich bin Oberst Lafayette Baker von der Washington Detective Police. Wer sind Sie?«

»R-R ...«, wütend über sein Stammeln, schüttelte der Farmer den Kopf. »Richard Garrett. M-m-meinen Brüdern und mir gehört diese Farm.«

»Wir haben gehört, Sie beherbergen hier zwei Besucher.«

»N-n-nein, Sir, ham hier keine Besucher. Wir ...« Er konnte nicht weitersprechen, weil ein Hund mit langen Ohren bellend hinter der Tabakscheune hervorgerannt kam. Mehrere andere Hunde, die man nicht sehen konnte, fielen in das Gebell ein. Ein weiterer Zivilist, jünger als Richard Garrett, spähte aus dem Maisspeicher hervor. Einer der Kavalleristen zielte mit seinem Karabiner auf ihn. Der jüngere Mann hob die Hände und kam in angstvoll geduckter Haltung auf sie zu.

»Ich bin John Garrett. Bitte nicht schießen.«

»Nicht, wenn Sie mit uns kooperieren, Mr. Garrett. Wo sind Booth und Herold?«

Einer der Hunde kläffte immer noch. John Garrett sah zu seinem Bruder. Der warf ihm einen finsteren Blick zu, der ihm Schweigen gebot. John Garrett schüttelte den Kopf, entschuldigend, wie es Lon schien. »Richard, die sperren uns ein, wenn wir es ihnen nicht sagen.« Ehe sein älterer Bruder reagieren konnte, rollte John Garrett die Augen in Richtung des Tabakspeichers und flüsterte: »Da drin.«

Baker lächelte. Er zog seinen breiten Gürtel hoch, schlenderte auf die Scheune zu und gab seinen Männern ein Zeichen, ihm zu folgen. Lon ging ihm zusammen mit Sandstrom und Conger hinterher. Vor der Scheune angekommen, rief Baker: »Booth? Herold? Wir haben Sie umstellt! Werfen Sie die Waffen nieder und ergeben Sie sich!«

Die darauf folgende Stille zog sich so lange hin, dass Lon sich schon fragte, ob die Garretts sie hinters Licht geführt hätten und die Verschwörer längst entwischt seien. Schließlich antwortete jemand. Lon erkannte die Stimme wieder, klangvoll, wenn auch augenblicklich stark geschwächt.

»Ich werde nicht den Feigling spielen. Ich verlange einen fairen Kampf!«

Baker schnaubte verächtlich. »Nun, Mr. Booth, den werden Sie nicht bekommen, und es steht Ihnen auch nicht zu, darum zu bitten. Kommen Sie jetzt raus?«

»Nein!«

Eine andere Stimme in der Scheune rief: »Ich komme raus!«

Baker winkte Conger nach vorn an das Scheunentor. Lon und die anderen hörten, wie Booth mit seinem Komplizen diskutierte und ihn beschimpfte. Ein stämmiger junger Mann stolperte in den Sonnenschein heraus, die Hände über den Kopf gehoben. Baker schrie: »Booth?«

Aus dem dunklen Innern der Scheune knallte ein Schuss und ließ die Detektive und die Soldaten auseinander stieben. Baker warf sich zu Boden. Conger schob das Scheunentor zu, während zwei von Murdocks Leuten Herold ergriffen und ihn zum Maisspeicher hinüberzerrten. Baker sprang wieder auf.

»Ihr Männer, sucht etwas von dem losen Heu zusammen! Häuft

es zu beiden Seiten neben der Scheune auf. Wir räuchern ihn jetzt aus!«

Innerhalb von fünf Minuten hatten sie alles vorbereitet. Baker rief: »Ihre letzte Chance, Mr. Booth!«

Schweigen. Baker schlug sich mit seinem Hut gegen das Bein. »Mr. Conger, zünden Sie das Heu an.«

Die alte ungestrichene Scheune brannte wie Zunder, als die Flammen sie erreichten. Das Feuer fraß sich durch die Ritzen der Holzwände und verteilte sich schnell im Innern. »Price, gehen Sie da rüber. Schauen Sie rein, und berichten Sie mir, was passiert.«

Lon ging auf die Seite der Scheune, an der kein Heu aufgetürmt worden war. Er presste sein Auge an eine Ritze zwischen den Brettern und sah Booth. Er lag auf dem Rücken und hielt einen Karabiner, das geschiente Bein ragte in unnatürlicher Haltung ab. Einzelne Heuballen in der Scheune hatten bereits Feuer gefangen. Auf Booths rot verfärbtem Gesicht lag ein irrer, verlorener Ausdruck.

»Ich kann ihn sehen, Sir. Er hat offensichtlich Schmerzen.«

»Dann schießen Sie.« Lons Nackenhaar sträubte sich. »Töten Sie ihn, ehe er flieht.«

Lon drehte sich ruckartig um, er konnte kaum glauben, dass er Baker richtig verstanden hatte.

»Sir, er kann nicht davonlaufen. Er ist verletzt.«

»Tun Sie, was ich sage, Mr. Price. Erschießen Sie ihn.«

Und dann fiel es Lon wie Schuppen von den Augen: Mit einem Mal wusste er, wer in Wahrheit den abscheulichen Mord in Washington geplant hatte. Bakers Gesicht sah verschwitzt und angespannt aus. Die Männer, die ihn umringten, zivile Detektive wie Soldaten, starrten Lon an.

»Ich sagte, erschießen Sie ihn, Mr. Price!«

Das ist schon lange so geplant gewesen, dachte Lon.

»Sir, das werde ich nicht tun. Booth muss vor Gericht gestellt werden, zusammen mit Cicero Miller.«

»Ich habe Ihnen einen Befehl erteilt.«

Rauchschwaden trieben an Lon vorbei und brannten ihm in den Augen. Mitten an einem sonnigen Frühlingsnachmittag zerbrach alles mit einem Schlag, jegliche Vernunft, Logik und Menschlichkeit…

Plötzlich ergriff Lon eine merkwürdige Ruhe. Sein Puls verlangsamte sich. Er fühlte sich, als ob ihn eine kühle Brise gestreift hätte, obwohl das in der Hitze des Feuers unmöglich war.

»Herr Oberst, ich weigere mich. Das Land hat es verdient zu sehen, wie Booth gerichtet und bestraft wird.«

Baker hob seinen Colt und richtete den Lauf auf Lons Kopf. »Führen Sie den Befehl aus, Mr. Price. Sie arbeiten für mich.«

Lon angelte in der verschwitzten Tasche seines schwarzen Anzugs nach dem Metallabzeichen.

»Nein, Sir. Von jetzt an nicht mehr!« Er warf das Abzeichen in den Schmutz, sicherte seinen Revolver und schob ihn unter seinen Mantel. Dann trat er von der brennenden Scheune zurück.

Zehn lange Sekunden hielt Baker seinen Colt auf Armeslänge entfernt. Lon wartete und hielt den Atem an.

Schließlich ließ Baker den Revolver sinken. Mit rot angelaufenem Gesicht rief er: »Conger! Schieben Sie das Scheunentor zurück! Jemand – irgendjemand – soll Booth erschießen! Ich befehle es!«

Ein Feldwebel der Sechzehnten New Yorker Kavallerie lief durch das offene Scheunentor und gab einen Schuss ab. Dann machte er einen Freudensprung und schwenkte seine Waffe: »Er ist erledigt! Hab ihm ins Genick geschossen!«

»Bringt ihn raus, schafft ihn nach draußen!«, schrie Baker. Sandstrom trottete los und bedachte Lon mit einem mitleidigen Blick. Lon ging auf ein halbes Dutzend Männer zu, die in der Mitte des Hofes standen. Andere Soldaten und Detektive schleppten Booths schlaffen Körper durch den Rauch nach draußen.

Lon näherte sich den Männern, die zwischen ihm und dem Weg standen. Alle, bis auf Lafayette Baker, wichen zur Seite. Lon schlug das Herz schneller. Er ging direkt auf Baker zu und blieb stehen.

Baker hob seinen Colt. Er hielt Lon die Mündung unters Kinn.

»Mr. Price, Sie sind erledigt.«

Lon berührte den Lauf des Revolvers und schob ihn zur Seite.

»Freuen Sie sich nicht zu früh.«

Er trat einen Schritt zur Seite, ging an Baker vorbei und marschierte den Weg hinunter zu seinem Pferd.

Später erfuhr er, dass die Kugel, die Feldwebel Boston Corbett abgeschossen hatte, Booth zunächst gelähmt hatte. Der Schauspieler hatte an jenem Tag noch bis sieben Uhr abends auf der Veranda der Garretts gelegen und zweimal zum Sprechen angesetzt: »Meine Mutter soll wissen, dass ich für mein Land gestorben bin«, sagte er. Und dann, als er Willie Jett zu Gesicht bekam: »Hat dieser Mann mich verraten?« Er starb ein paar Minuten nach sieben und nahm seine Geheimnisse mit sich – in jene unbekannte Hölle, die die Attentäter vielleicht erwartete.

Lons einsamer Ritt brachte ihn bei Tagesanbruch in die Stadt. Ein trüber, silbriger Himmel wölbte sich über ihm. Schwarze Kreppgirlanden lagen im Rinnstein, besudelt von Schmutz und Kot. Ein paar verkrüppelte Veteranen in zerlumpten Uniformen waren bereits unterwegs und bettelten mit ihren Feldmützen. Eine schläfrige, unglaublich dicke Hure rief ihm mit ihrem rot geschminkten Mund eine anzügliche Einladung zu. Lon ritt weiter.

Während sein Pferd die Avenue entlangtrottete, setzte Nieselregen ein. Als er die Zügel einem schwarzen Jungen vor dem Willard's Hotel übergab, prasselte bereits ein heftiger Schauer auf seinen Hut und tropfte von der Krempe herunter. Er schlüpfte rasch ins Trockene, während der Junge, der keinen Hut hatte, mit kläglichem Gesicht draußen am Bordstein stehen blieb.

Ein halbes Dutzend früher Mittagsgäste hielt die Tische in der Salonbar besetzt. Einer der vielen Barkeeper, die Lon kannte, ein Ire mit langem kastanienbraunem Schnurrbart, dessen linker Ärmel hochgesteckt war, begrüßte ihn. Michael hatte beim Kampf für McClellan auf der Halbinsel einen Arm verloren.

»Bourbon, Michael.«

»So früh schon?«

»Schenken Sie mir bitte einfach ein! Aus der guten Flasche.«

Michael füllte das Glas. »Soll heute und morgen wie der Teufel regnen. Vielleicht auch noch ein paar Tage länger.« Er schob das randvolle Glas zu seinem Gast hinüber. »Ich habe gelesen, dass eines von Ihren Vögelchen Montagnacht davongeflogen ist.«

»Was meinen Sie?«, fragte Lon, der gerade den ersten Schluck aus dem Glas nehmen wollte.

»Der Reb im Old Capitol. Wussten Sie das noch nicht? Warten Sie mal.«

Michael wühlte einen Zeitungsstapel hinter der Bar durch. Bald hatte er gefunden, was er suchte, eine Ausgabe des *Star.* »Steht auf der zweiten Seite.«

SELBSTMORD EINES KONFÖDERIERTEN SPIONS

Häftling im Old Capitol
erhängt in seiner Zelle aufgefunden

Regierung verspricht Untersuchung, um ein
Gewaltverbrechen auszuschliessen

Lon entdeckte Millers Namen im ersten Absatz. Margarets Bruder war irgendwann in der zweiten Nacht seiner Inhaftierung gestorben, als Lon sich auf der Verfolgungsjagd in Maryland befunden hatte.

Er musste an Millers Äußerung denken, dass sein Leben keinen Pfifferling mehr wert sei, falls er erzähle, was er wisse. Hatte Miller seine mögliche Schwäche, ein Geständnis und die Konsequenzen vorausgesehen? Hatte er sich mit einer Schlinge aus Bettlaken vor Vergeltungsmaßnahmen schützen wollen? War es die Handlung eines Geistesgestörten, oder hatten ihn andere mit freiem Zugang zum Gefängnis zum Schweigen gebracht? Genau wie Booth hatte auch Cicero Miller die Antworten mit ins Grab genommen. War etwas dabei, über das Lafayette Baker und der ehrenwerte Edwin Stanton lieber den Mantel des ewigen Schweigens breiten wollten?

Michael räusperte sich. »Hätten Sie gern Frühstück?«

»Ich glaube, mir ist der Appetit vergangen.« Lon bezahlte den Drink, ließ das fast volle Glas auf der Bar stehen und ging.

74

Mai 1865

Dauerregen trommelte auf die Überdachung des Bahnsteigs. Aus dem Schornstein der B&O 4-4-0-Lokomotive stieg eine dünne Rauchsäule zum Bahnhofsdach empor. Die Feuchtigkeit verursachte einen Dunstschleier und verlieh den vorübereilenden Passagieren und Gepäckträgern ein unwirkliches, geisterhaftes Aussehen. Lon stand mit seinem Gepäck an den hinteren Eingangsstufen eines Waggons. Seine Stimmung entsprach genau der bedrückenden Dunkelheit des Morgens. Es schien eher März als Mai zu sein.

Er rauchte eine kleine Zigarre, während er wartete. Margaret war noch mal hineingegangen, um ihre Freundin zu suchen. Das Geräusch von kleinen Holzrädern auf dem Bahnsteig erregte seine Aufmerksamkeit. Ein etwa zwanzigjähriger Junge – oder vielmehr das, was noch von ihm übrig war – saß auf einem viereckigen Rollbrett. Mithilfe von ledernen Schutzpolstern, die er um seine Fingerknöchel gebunden hatte, bewegte er sich auf den Anfang des Zuges zu. Leder schützte auch die Stümpfe, wo einmal seine Beine gewesen waren.

Die düsteren Augen des Jungen rührten Lon. Er tippte sich an seine breite Hutkrempe. »Morgen, Soldat.«

»Morgen.«

»Auf welcher Seite hast du gekämpft?«

Der Junge bremste mit den Handschonern ab. »Spielt das noch eine Rolle?« Dann schob er sich weiter und verschwand in den Dampfwolken.

Als Lon suchend in die andere Richtung blickte, entdeckte er Margaret, die zusammen mit ihrer Freundin Hanna Siegel aus dem Bahnhofsgebäude trat. Hannas Vater saß im Old Capitol ein, er war des Verrats angeklagt. Die junge Frau, an die er sich von Siegels Verhaftung her erinnerte, entsprach mit ihrem lieblos kurz gestutzten blonden Haar und der ganz in Grau und Schwarz gehaltenen Kleidung kaum der Vorstellung, die man allgemein von einer Schauspielerin hatte. Margaret hatte erzählt, dass sie im Krieg ihren Geliebten verloren hatte.

»Tut mir Leid, dass ich so spät gekommen bin, um mich von euch zu verabschieden«, sagte Hanna, während sie Lon die Hand gab. Ihr Gesicht war blass, ohne die geringste Spur von Farbe. »Margaret hat mir von Ihrer Reise erzählt. Sie ist erschreckend lang!«

»Ich vermute, sie wird angenehm und interessant werden«, erwiderte Lon, obwohl er das genaue Gegenteil befürchtete. In seiner Reisetasche trug er die Tickets für eine Schiffspassage von New York zur Landenge von Panama, die sie in zwei Tagen überqueren wollten, um dann den zweiten Satz Fahrkarten für die Schiffspassage entlang der Küste Kaliforniens einzulösen.

»Eure Reise ist so aufregend«, sagte Hanna. »Und sehr mutig!«

Margaret meinte: »Wir haben beide genug vom Osten.«

»Haben Sie schon irgendwelche Pläne für San Francisco, Mr. Price?«

»Noch keine bestimmten. Doch es wird uns dort sicherlich gut gehen. In Kalifornien gibt es unzählige Möglichkeiten.« So stand es zumindest in der überschwänglichen Prosa von T. Fowler Haines. Die Frage nach der Zukunft erinnerte ihn wieder an den Brief, den er zusammengefaltet in seiner Innentasche trug.

Schwarze Kofferträger schleppten eilig die letzten Gepäckstücke in die Waggons. Ein Schaffner forderte mit lauter Stimme zum Einsteigen auf. »Ich werde schreiben«, versprach Hanna, während sie ihre Freundin umarmte.

»Schreib mir auch, wie es deinem Vater ergeht.«

»Selbst, wenn sie ihn hängen? Das ist der wahrscheinlichste Ausgang.«

»Oh, Hanna.« Margaret zog sie an sich, diesmal war die Umarmung beinahe mütterlich. Hanna bemühte sich um ein Lächeln. Lon tippte sich an den Hut und half Margaret die Stufen hinauf.

»Die Arme!«, seufzte Margaret, während sie es sich auf den Plüschsitzen bequem machten. »Sie ist völlig verloren.«

Lon warf seinen Hut auf die Ablage über seinem Kopf. »Da ist sie in guter Gesellschaft.«

Im Waggon war es unerträglich heiß. Flammen flackerten hinter einer Ofentür im vorderen Teil. Margaret winkte Hanna Siegel zu, während der Zug sich in Bewegung setzte. Als sie aus dem überdachten Bahnsteig hinaus in den Regen fuhren, lehnten sie und Lon sich beide in einem Augenblick stiller Gemeinschaft in ihre Sitze zurück. Sie hielten sich an den Händen. Lons Zeigefinger streichelte zärtlich den schlichten Goldring an ihrem Ringfinger.

»Ich muss dir etwas zeigen.«

»Was?«

»Einen Brief. Er lag an der Rezeption, als ich unsere Hotelrechnung bezahlt habe.« Er zog ihn aus der Westentasche und faltete ihn auf seinem Knie auseinander. Die Absätze, verfasst in eleganter Handschrift, strotzten nur so vor Komplimenten: *Außergewöhnliche Fähigkeiten. Hervorragender Charakter*. Und vor Versprechungen. *Blühende Zukunftsaussichten. Eine Firma mit Plänen für schnelle nationale und internationale Expansion*. Margaret richtete den Blick auf die Unterschrift.

»Dein alter Arbeitgeber.«

»Ja, der Boss. Aus Chicago. Mr. Pinkerton will mich wieder einstellen."

»Möchtest du das denn? Wir können unsere Fahrkarten stornieren.«

»Es ist das Einzige, was ich kann«, sagte Lon, während die Waggons durch die nördlichen Vorstädte ratterten. Überall standen tote Bäume, die niemals wieder grünes Laub tragen würden. Granattrichter überzogen die Felder und Straßen. Er dachte an all die Gewalt und das Töten; daran, wie er eine Zeit lang zu einer Maschine geworden war, die nur darauf eingestellt war.

»Ich will damit nichts mehr zu tun haben, Margaret. Ich wollte es dir bloß zeigen.«

»Es ist deine Entscheidung.«

»Ich danke dir.«

Er zerriss den Brief. Dann trat er an das vordere Ende des Waggons, spuckte sich in die Hände, um sich nicht zu verbrennen, und zog am heißen Griff der Ofentür. Er warf die Papierfetzen ins Feuer und ging den Gang entlang zu seinem Platz zurück. Es würde lange dauern, bis die Wunden verheilten. Menschen wie Margarets Freundin, deren Leben zerstört war, würden sich vielleicht niemals wieder erholen. Wenigstens war der geheime Krieg für ihn vorbei, obwohl ihn Sledges Worte sein Leben lang verfolgen würden: »Schmutz färbt ab.«

Er hatte sich selbst mit Schmutz überhäuft. Würde er je wieder rein werden? Erst am Vorabend, als er zu Bett ging, war er in Wut geraten, weil Margaret einen unschuldigen Scherz darüber gemacht hatte, wie oft er sich die Hände wusch.

Auch ihr Krieg war vorüber. Sie hatte das Gefühl, ihren Vater enttäuscht zu haben; es würde sie immer verfolgen. Sie gestand, dass sie um ihren Bruder Cicero trauerte, weil es sich so gehörte. Doch die Liebe, die sie einmal für ihn empfunden hatte, war zerstört durch das, was er geworden war.

Egal, wie sehr sie auch versuchten zu vergessen – der Krieg würde immer das prägende Ereignis ihres Lebens bleiben, sie würden sich nie davon befreien können. Als sie durch Baltimore fuhren, hielt Lon Margaret in den Armen, während sie aus dem Fenster blickte, die vertraute Stadt betrachtete und weinte.

Nachwort

Die Geschichte der Spionage während des Amerikanischen Bürgerkriegs ist ein Thema, das mich von dem Moment an fasziniert hat, in dem ich vor Jahren zum ersten Mal darauf stieß. Ich nahm mir vor, eines Tages, wenn ich die Gelegenheit dazu hätte und einen Verleger fände, der meine Begeisterung teilt, einen Roman darüber zu schreiben.

Bemerkenswert fand ich die Entwicklung, die die Spionage während des Bürgerkriegs im Lauf von relativ wenigen Jahren nahm. Zu Beginn gründeten die Bemühungen beider Seiten eher auf Schwärmerei als auf Erfahrung. Während der ersten Kriegsmonate, als militärischer Eifer den gesunden Menschenverstand verdrängte und jeder ein schnelles Ende des Krieges voraussagte, waren die Spionageaktivitäten geradezu lächerlich unprofessionell. Bald jedoch wurde Pinkertons Agent Tim Webster in Richmond gefangen genommen und gehängt, und Spionage war nicht länger ein Spiel für vornehme Damen und Herren, sondern eine brutale Schlacht ohne Regeln.

Die Literatur zum Thema ist nicht sehr umfangreich. Einige der Originalquellen, die von den tatsächlich Beteiligten verfasst wurden, sind wenig zuverlässig. Damit meine ich besonders Allan Pinkertons *Spy of the Rebellion* und Lafayette Bakers *History of the United States Secret Service*. Schon vor längerer Zeit haben Wissenschaftler beide Texte als parteiisch und historisch ungenau kritisiert. Beide Bücher sind zwar eine interessante Lektüre, können jedoch nicht dazu dienen, historisch gültige Informationen zu gewinnen.

Bis heute bleibt vieles an Lincolns Ermordung durch John Wilkes Booth und seine Mitverschwörer geheimnisumwittert und in mancher Hinsicht auch umstritten. So stellen sich folgende Fragen:

Haben die konföderierte Regierung in Richmond und ihr Geheimdienst ein Einsatzkommando gegründet, das von Booth geführt wurde? Eine kürzlich erschienene Arbeit mit dem Titel *Come Retribution* argumentiert dahin gehend.

Haben radikale Republikaner, erzürnt durch Lincolns gemäßigte Haltung gegenüber der »Reconstruction«, der Wiederherstellung des abtrünnigen Südens, die Verschwörer ermuntert und unterstützt? 1937 veröffentlichte der Hobbyhistoriker Otto Eisenschiml ein Buch mit dem Titel *Why Was Lincoln Murdered?* Eisenschiml vertrat darin die Theorie, dass Edwin M. Stanton, verborgen hinter einer Maske der Loyalität, die Ermordung des Präsidenten anzettelte und dann Booth und seinen Mitverschwörern zur Flucht verhalf. Etwa ein Jahrzehnt lang war das Buch recht populär, bis sein »Beweismaterial« als falsch widerlegt und Eisenschimls These verworfen wurde – außer von denjenigen, die ständig und überall Verschwörungen wittern.

Natürlich sind beide Theorien ein gefundenes Fressen für Romanautoren, und ich habe mich auf die gleiche Weise durch sie inspirieren lassen wie schon bei meiner Arbeit an *Liebe und Krieg*, dem zweiten Band der Trilogie *Fackeln im Sturm*. Dort habe ich mir unter der Prämisse »Was wäre wenn« ein, wie ich fand, plausibles Komplott zur Ermordung Jefferson Davis' ausgedacht. Davis wurde von vielen seiner Zeitgenossen gehasst, und sein Leben wurde genau wie das Lincolns unzählige Male bedroht.

Die Verschwörung Booths mit dem Ziel, Lincoln zu entführen und ihn dann zusammen mit Seward und Johnson umzubringen, füllt tatsächlich umfangreiche Bände, in denen in allen Einzelheiten über die Bewegungen der Beteiligten berichtet wird: Wer traf wen wann, wer zog wann in welches Hotel, und wann zog er wieder aus und so weiter. Vieles davon habe ich vereinfacht und in ein paar Fällen die Daten leicht abgewandelt. Die wesentlichen Details sind jedoch unverändert geblieben, obwohl ich nochmals eindringlich daran erinnern muss, dass die Beteiligung Richmonds an der Verschwörung eine Theorie ist und keine bewiesene Tatsache.

Die Observierung von Rose Greenhows Wohnsitz in einer regnerischen Augustnacht 1861, die stark an eine Szene aus der komischen Oper erinnert, hat tatsächlich so stattgefunden wie beschrieben, obwohl natürlich die fiktiven Romanfiguren nicht anwesend waren.

Die Ballonfahrt mit der *Liberty* ist frei erfunden, steht aber beispielhaft für die Aufklärungsflüge, die tatsächlich von Professor Lowes Ballontruppe durchgeführt wurden.

Hannas Gefangennahme in Catlett's Station beruht auf Tatsachen. Eine unbekannte junge Frau, die sich als Soldat verkleidet hatte, wurde festgenommen und zu J. E. B. Stuart geschleppt, der – aus ungefähr den gleichen Gründen, die er im Roman nennt – befahl, sie nach Richmond zu schicken. Über das weitere Schicksal der jungen Frau weiß man nichts. Sie hatte vermutlich keinen galanten Offizier, der sich Stuarts Befehl widersetzte.

Aus erzählerischen Gründen habe ich den Wohnsitz von Außenminister William Seward in Washington an den Franklin Square verlegt. Tatsächlich hat er aber am Lafayette Square residiert.

Das Leben der historischen Persönlichkeiten endete nicht mit dem Krieg. Im Folgenden wird geschildert, was aus einigen von ihnen geworden ist:

Lafayette Bakers rüde Methoden hatten seinem Ansehen geschadet und wurden in der Presse öffentlich verurteilt. 1866 zog er sich im Rang eines Brigadegenerals aus dem Kriegsministerium zurück. Im darauf folgenden Jahr veröffentlichte er seine ziemlich zweifelhaften Memoiren, die ich bereits erwähnt habe. Er starb 1868.

Einen Monat nach der Kapitulation nahmen Bundestruppen Jefferson Davis in Georgia fest. Zwei Jahre Gefängnisstrafe zerrütteten seine Gesundheit endgültig. Obwohl er des Verrats angeklagt wurde, stellte man ihn nie vor Gericht. Nach Johnsons Amnestiegesetz im Jahre 1868 kehrte Davis auf seine Plantage in Mississippi zurück. Seine letzten Jahre verbrachte er damit, eine zweibändige Geschichte der Konföderation zu schreiben. Er starb 1889.

John Singleton Mosby nahm nach dem Krieg seine Tätigkeit als Anwalt in Virginia wieder auf. Er wurde Republikaner, stützte die Präsidentschaftskandidatur Grants und wurde von einem weiteren Bürgerkriegsgegner, Präsident Hayes, zum U.S.-Konsul in Hongkong ernannt. Mosby, einer der interessantesten und rätselhaftesten Führer der Rebellen, starb 1916 im Alter von 83 Jahren.

George McClellan hatte als Präsidentschaftskandidat der Demokraten im Jahre 1864 nur drei Staaten hinter sich. Sein Ruf erholte sich nie ganz von seinem zögerlichen Vorgehen beim Halbinsel-Feldzug. McClellan war eine Amtszeit lang Gouverneur von New Jersey und starb 1885. Ein Sohn, George McClellan Junior, wurde sowohl Kongressmitglied als auch Bürgermeister von New York City.

Allan Pinkertons kurze Karriere im militärischen Geheimdienst wird allgemein als wenig herausragend, wenn nicht sogar verfehlt betrachtet. Pinkertons Scheitern wird gewöhnlich seiner blinden Ergebenheit McClellan gegenüber zugeschrieben – dem Wunsch, seinem Gönner zu gefallen und ihn zu unterstützen, was auf Kosten von Wahrheit und Urteilsvermögen ging. Nach seiner Rückkehr nach Chicago führte Pinkerton weiterhin seine Firma, die sich zu einer internationalen Detektei und einem Sicherheitsdienst entwickelte, was sie auch heute noch ist.

Pinkertons Ermittler haben im ganzen Land Verbrechen bekämpft. Sie verfolgten Banditen im Wilden Westen, darunter auch die berühmte Bande von Butch Cassidy. Doch im Lauf der Jahre veränderte sich die ursprüngliche Ausrichtung. Das Detektivbüro, im Bürgerkrieg noch eine Bastion der liberalen Sklavereigegner, schadete seinem Ansehen, indem es während der Aufstände der Molly Maguires im Kohlerevier von Pennsylvania sowie beim Stahlwerkerstreik in Homestead und ähnlichen Aktionen der radikalen Arbeiterbewegung Mitarbeiter als brutale Streikbrecher stellte. Dennoch gilt Allan Pinkerton als Pionier und Erneuerer auf dem Gebiet der Verbrechensbekämpfung. Nach seinem Tod im Jahre 1884 führten seine Söhne Robert und William die Firma weiter.

Edwin M. Stanton lebte nach Kriegsende nur noch vier Jahre, doch diese Zeit war äußerst stürmisch. Er überwarf sich mit Andrew Johnson, der ihn seines Amtes enthob. Als der Senat sich weigerte, die Amtsenthebung zu bestätigen, entließ Johnson Stanton ein zweites Mal. Daraufhin verbarrikadierte Stanton sich in seinem Büro und blieb dort mehrere Wochen. Nach dem Scheitern des »Impeachment«, der Präsidentenanklage gegen Johnson, verließ er die Regierung und lebte nur noch ein weiteres Jahr mit stark angeschlagener Gesundheit.

Die bemerkenswerte Elizabeth Van Lew führte ihre Geheimdiensttätigkeit für die Union bis zum Kriegsende weiter. Obwohl sie dauernd des Verrats verdächtigt wurde, überstand sie den Krieg unversehrt dank einer Kombination aus einflussreichen Kontakten und dem sorgfältig aufrechterhaltenen Bild ihrer Verrücktheit. Während der Großteil der Bevölkerung Richmonds den Einmarsch der Yankees betrauerte, jubelte Miss Van Lew: »Was für ein Moment …! Die Zivilisation ist ein ganzes Jahrhundert vorangeschritten!« Als Belohnung für ihre Dienste ernannte Präsident Grant sie zur Posthalterin von Richmond, eine Position, die sie acht Jahre innehatte. Sie starb im Jahre 1900. Ihr Grabstein auf dem Friedhof von Shockoe Hill wurde später als Vergeltung für ihre Spionagetätigkeit geschändet.

Die Schicksale der Lincoln-Verschwörer verliefen unterschiedlich. Edwin Stanton befahl, Booths Leiche auf dem schnellsten Wege mit dem Dampfschiff nach Washington zu bringen; seine Identität wurde durch einen anonymen Leichensack verborgen gehalten. Sein Begräbnis wurde von ähnlicher Geheimhaltung begleitet: Man verscharrte ihn in einem Loch im Lehmboden des alten Zuchthauses der Hauptstadt. Nur Stanton und ein paar seiner engsten Vertrauten wussten, wo sich die Leiche befand.

Unter Stantons Führung trug Lafayette Baker das Beweismaterial gegen Booths Mitverschwörer zusammen, insgesamt waren es acht: Herold, Paine, Atzerodt, O'Laughlin, Arnold und Mrs. Surratt, dazu Edward Spangler, ein Gelegenheitsschreiner und Bühnenarbeiter in Ford's Theater, der in dem kleinen Stall hinter dem Theater Booths Pferde versorgt hatte, sowie Dr. Samuel Mudd aus Maryland, der das gebrochene Bein des Schauspielers behandelte. Der Ausgang des Gerichtsverfahrens – acht Schuldsprüche – stand außer Zweifel. Herold, Paine, Atzerodt und Mrs. Surratt wurden gehängt. Die anderen vier wurden in das Bundesgefängnis auf den Dry Tortugas vor der Küste Südfloridas verschifft.

Wie schon in der Vergangenheit hat mir auch diesmal die University of South Carolina als Stützpunkt für meine Recherchen gedient. Ich möchte den Mitarbeitern der Thomas Cooper Library und ihrem Direktor, meinem Freund Dr. George Terry, danken. Mein Dank gilt auch dem Bibliothekar Jan Longest von der Beaufort-Zweigstelle der University of South Carolina in Hilton Head.

Viele hilfsbereite Menschen und Institute haben zahlreiche Schwierigkeiten und Fragen für mich geklärt. Besonders möchte ich Denny Hattler und dem Forschungsteam der Virginia Historical Society in Richmond danken. Zu großem Dank bin ich auch Pat Falci verpflichtet, dem ehemaligen Vorsitzenden des Civil War Roundtable of New York. Mr. Falci hat das Manuskript eingehend geprüft und eine Reihe kleiner, aber bedeutsamer Fehler entdeckt, die inzwischen korrigiert sind. Er zeigte großes Verständnis für meinen Wunsch, auch die vielen Einzelheiten korrekt darzustellen. Wie immer muss ich der Vollständigkeit halber erwähnen, dass die Menschen und Institutionen, die mir ihre Hilfe angeboten haben, in keiner Weise für die Geschichte verantwortlich sind, die ich aus einer Mischung aus Fakten und Phantasie geschaffen habe.

Ich bin verschiedenen Personen in der Dutton und NAL-Gruppe von Penguin Putnam zu großem Dank für ihre engagierte Unterstützung dieses Projekts verpflichtet. Mein herzlicher Dank gilt Clare Ferraro, Verlagsleiterin von Viking Penguin, Plume; Louise Burke, die Signet/NAL leitet; Carolyn Nichols, der Cheflektorin von Signet/NAL; und natürlich Phyllis Grann, der Direktorin von Penguin Putnam Inc.

Bei diesem Buch habe ich zum ersten Mal mit meinem Lektor Doug Grad zusammengearbeitet. Mit Vergnügen setze ich Dougs Namen auf die Liste all jener ausgezeichneten Lektoren, die im Lauf der Jahre in meinen Romanen Fehler entdeckt und Falten geglättet haben.

Dieses Nachwort schreibe ich im Spätsommer 1999. Zum Zeitpunkt seiner Drucklegung werde ich einen wichtigen Meilenstein hinter mich gebracht haben:

Am 12. April 1950 stellte mir *The Magazine of Fantasy and Science Fiction* einen Scheck über fünfundzwanzig Dollar aus, das Honorar für die erste Erzählung, die ich nach einigen Jahren vergeblicher Versuche verkauft hatte. Ich war gerade achtzehn geworden. Die Kurzgeschichte mit dem Titel »Machine«, fünfzehnhundert Wörter lang, taucht immer noch gelegentlich in Science-Fiction-Anthologien auf. Im April 2000 kann ich also mein fünfzigstes Jahr als Berufsschriftsteller feiern.

Verleger, Lektoren und meine Leserschaft haben das möglich gemacht. Meine Leser waren die Jahre hindurch ausgesprochen gut zu mir. Ich hoffe, dass ich diese Gunst in irgendeiner Form vergelten konnte. Viel wichtiger als mein Einkommen oder der Status als Bestsellerautor – beides Dinge, mit denen ich nie gerechnet hätte –, war für mich die Flut von Briefen und E-Mails, in denen mir mitgeteilt wurde, dass meine Bücher mehr getan haben, als meinen Lesern die Zeit zu vertreiben; dass sie ihnen auf unterhaltsame Weise einen Teil der Geschichte der Vereinigten Staaten und ihre Verflechtung in die Weltgeschichte nahe bringen konnten.

Fünfzig Jahre lang als Schriftsteller zu arbeiten verlangt nicht nur von einem selbst viel Schweiß und Angst, es bedarf auch großer Hilfe und Unterstützung von anderen. Beträchtlichen Dank schulde ich hier Frank R. Curtis, der mir während der letzten fünfundzwanzig Jahre als Anwalt und wertvoller Berater beigestanden hat. Er ist stets für mich da und hat immer Recht.

Ich danke meinen vier Kindern, die sich wunderbar entwickelt haben, obwohl ihr Vater mehrere Abende in der Woche in seinem verrauchten Kellerbüro verschwand. Vor allem aber bin ich meiner Frau Rachel zu ewigem Dank verpflichtet, die während unserer nun beinahe fünfzig Jahre währenden Ehe einen manchmal launischen Autor erträgt und ihn dennoch stets ermutigt. Ihre Liebe und ihr Verständnis kennen keine Grenzen.

John Jakes

Greenwich, Connecticut
15. August 1999
www.johnjakes.com

»Sagen Sie alle Termine ab und lesen Sie METEOR!«

The Washington Post

Als die NASA mithilfe modernster Satelliten-Technologie in der Arktis eine sensationelle Entdeckung macht, wittert die angeschlagene Raumfahrtbehörde Morgenluft. Tief im Eis verborgen liegt ein Meteorit von ungewöhnlicher Größe, der zudem eine außerirdische Lebensform zu bergen scheint. Rachel Sexton, Mitarbeiterin des Geheimdienstes, reist im Auftrag des Präsidenten zum Fundort des Meteoriten. Doch es gibt eine Macht im Hintergrund, die den spektakulären Fund für ihre eigenen Zwecke nutzen will – und die bereit ist, dafür zu töten ...

ISBN 3-404-15055-4

BASTEI LÜBBE

Der neue fesselnde Australienschmöker mit Bestseller-Potenzial

Australien 1903: Jordan Hale kehrt zurück nach Eden, der Zuckerrohrplantage seiner Eltern, die er nach deren Tod verlassen hat. Er will aus Eden wieder das blühende Paradies von einst machen – und den Konkurrenten Max Courtland in die Knie zwingen. Ihm gibt Jordan die Schuld am Tod seiner Eltern. Doch Max ist ein mächtiger Mann geworden – und kaum jemand wagt es, Jordan beim Wiederaufbau von Eden zu helfen. Unterstützung findet er schließlich bei einer Hand voll mutiger, unabhängiger Männer und der ebenso eigensinnigen wie geheimnisvollen Eve. Doch nach einer unerwarteten Begegnung bei einem Tanzfest überstürzen sich die Ereignisse: Jordan erfährt die unfassbare Wahrheit über Eve, und Max' Frau Letitia offenbart ein Geheimnis, das ihr Leben in Gefahr bringt ...

ISBN 3-404-14928-9

BASTEI LÜBBE